Trois romans incontournables de
Frédéric Dard dit San-Antonio

175 volumes des aventures
du commissaire San-Antonio
sont disponibles
aux éditions Fleuve Noir

Trois romans incontournables de
Frédéric Dard dit San-Antonio

Préfacés par Alain Mabanckou
Présentés par Maxime Gillio

Alice au pays des merguez
Le Casse de l'oncle Tom
Al Capote

fleuvenoir

I.S.B.N. : 978-2-265-15704-0
Dépôt légal : juin 2023

SOMMAIRE

LES TROIS ROMANS DE SAN-ANTONIO QUI M'ONT FORMÉ

Adolescent, j'ai découvert les romans de San-Antonio au début des années 1980 depuis le Congo-Brazzaville, dans la ville côtière de Pointe-Noire. Mon père, qui était en ce temps-là réceptionniste à l'hôtel *Victory Palace*, au centre-ville, avait rapporté à la maison trois titres « abandonnés par un client de l'hôtel dans sa chambre », disait-il, qui m'ont marqué et que je relis au moins une fois par an avec le même bonheur et la même délectation : *Alice au pays des merguez*, *Le Casse de l'oncle Tom* et *Al Capote*.

Je n'avais pas saisi à l'époque les jeux de mots et autres calembours qui donnaient aux œuvres de San-Antonio une particularité inégalée. J'ignorais d'ailleurs que derrière ces aventures, les unes plus rocambolesques que les autres, se cachait un auteur prolifique, Frédéric Dard, véritable amateur de la culture populaire et qui avait commis aussi des livres d'une facture plutôt classique, conscient néanmoins que c'était son œuvre sanantonienne qui lui garantirait une place dans la postérité.

J'avais commencé par découvrir *Alice au pays des merguez*. Parce que c'était ce roman qui était au-dessus de la pile des livres, dans une encoignure de la chambre de mes parents. Je le lisais à la dérobée à cause de l'ambiguïté de la couverture qui laissait deviner une image à connotation sexuelle, et mon père m'avait prévenu au sujet des œuvres de San-Antonio : « Tu n'as pas encore le droit de lire ça, c'est pour les adultes ! »

Je n'avais pas écouté ses conseils. Je cherchais l'évasion, l'aventure, l'action, et j'étais bien servi puisque dans *Alice au pays des merguez* je me retrouvais loin de Pointe-Noire, entre la France et le Maroc, suivant les tribulations du commissaire San-Antonio chargé de retrouver Alice Lambert de Vilpreux enlevée par Kazaldi, un milliardaire arabe. Je n'avais jamais autant éclaté de rire, mieux encore, j'appréciais cette langue aussi inventive que lumineuse – je prenais conscience que la littérature était au fond une fête de mots et que les plus grandes œuvres n'étaient pas forcément celles qui révéraient le subjonctif imparfait ! San-Antonio jouait autant avec les mots qu'avec ses personnages, ses lieux, sa connaissance pointilleuse de la matière qu'il traitait.

Le deuxième roman, *Le Casse de l'oncle Tom*, m'avait conforté dans cette passion secrète que je nourrissais de plus en plus pour l'auteur. Il était assurément celui qui m'avait poussé dans la réflexion, car, bien plus tard, en découvrant un roman du même titre signé par l'auteur noir américain Chester B. Himes et paru en France en 1979, mais publié au début des années 1960 sous le titre de *Retour en Afrique*, je me demandai le lien que ces deux fictions entretenaient. Sans doute leurs qualités de grands romans policiers. L'auteur afro-américain campait son intrigue dans un espace habité en majorité par des Noirs (Harlem) autour d'un personnage qui vendait des billets à ses « frères et sœurs » en vue d'un retour en Afrique. L'intrigue de San-Antonio, elle, se déroulait plutôt en Europe, dans un village à Saint-Joice-en-Valdingue où un oncle savoyard s'était fait découper « morceau par morceau ». Une histoire de « gros magot » que devait démêler le neveu.

Dans les deux romans, le jeu de mots tiré du titre de la fameuse fiction très controversée d'Harriet Beecher Stowe, *La Case de l'oncle Tom*, aurait pu surprendre. Beecher Stowe traitait de la question de l'esclavage des Noirs aux États-Unis, et son roman avait été considéré comme un plaidoyer pour la cause abolitionniste.

La conclusion que j'en tirais ? San-Antonio était à n'en pas douter un lecteur de Chester B. Himes, de la littérature noire américaine en général, et j'allais considérer son roman comme un véritable hommage à ce grand maître du roman policier.

Enfin, *Al Capote* est l'un des grands « romans américains » de San-Antonio. Il se déroule à Los Angeles et à New York. À l'époque où je l'avais découvert, je n'imaginais même pas que j'habiterais et travaillerais à Los Angeles. Nous avions, à Pointe-Noire, des bandits du quartier qui s'étaient surnommés « Al Capone ». Nous ignorions que le vrai Al Capone était un des bandits les plus réputés de l'histoire américaine et qui avait sévi entre les années 1920 et 1930. Là encore, je n'allais comprendre que des années plus tard pourquoi certains de ces grands du quartier se surnommaient « Scarface », empruntant ce surnom au brigand américain dont ils avaient appris les mésaventures dans le film classique d'Howard Hawks, en noir et blanc, sorti en 1930, puis le remake très populaire réalisé par Brian de Palma et scénarisé par Oliver Stone des années 1980 incarné par Al Pacino qu'aucun jeune de Pointe-Noire n'avait raté.

C'est grâce au roman *Al Capote* que j'avais ainsi su qu'il existait une célèbre prison fédérale dans l'île d'Alcatraz, dans la baie de San Francisco, dont il était quasiment impossible pour les captifs de s'évader à cause des conditions de sécurité très rigoureuses. Voilà que San-Antonio racontait l'histoire d'un ancien rescapé de cette prison, M. Constaman, qui allait pousser notre commissaire à la recherche d'un document lié au mystère de l'assassinat du Président américain John Fitzgerald Kennedy !

Ce roman était l'illustration de l'esprit des œuvres de San-Antonio : une documentation crédible, une écriture jubilatoire, une langue habilement populaire portée par le désir d'offrir au lectorat une connaissance dans une légèreté à la fois ludique et envoûtante. C'est sans doute le secret de l'immortalité de ses romans, ceux-là qui m'ont formé, qui ont accompagné mes premiers pas d'écrivain…

Alain Mabanckou

ALICE AU PAYS DES MERGUEZ

AVANT-PROPOS *ALICE AU PAYS DES MERGUEZ*

Alice au pays des merguez s'ouvre sur une naissance. Celle d'Apollon-Jules, fils tardif, mais bien en chair, du couple Alexandre-Benoît et Berthe Bérurier. À parents hors normes, rejeton exceptionnel. Cet enfant, conçu « à la limite du hors-jeu », a toutes les caractéristiques de l'ogre rabelaisien. À force de lire dans la critique – et de revendiquer – cet héritage littéraire, Frédéric Dard l'assume de façon explicite. Apollon-Jules y est décrit comme un « Gargantua vagissant », « fils de Grandgousier et de la gente Gargamelle ». Chacune de ses apparitions est ponctuée de cris, pleurs, défécations et autres engloutissements de victuailles variées, à l'encontre de tous les préceptes pédiatriques. Et il possède bien sûr les attributs gigantesques de son géniteur.

L'irruption de cette créature dans la saga est une *vis comica* qui fait ressortir la nature profonde de ses parents : Béru reproduit un atavisme paysan certes discutable (biberons de vin sucré, boudin et hamburgers au menu), mais empreint d'une vraie tendresse paternelle, qui pallie les manquements de Berthe, partie en villégiature avec Alfred, son amant, sitôt le baptême de son fils expédié.

Baptême qui donne la couleur du roman. La description du banquet est d'une force visuelle époustouflante. Décadent et jubilatoire, on se croirait dans une illustration pour adultes de Dubout ou une peinture de Bosch.

La famille est le fil rouge de cette aventure, car parallèlement aux tribulations de l'héritier des Bérurier, San-Antonio enquête sur l'enlèvement d'Alice Lambert, jeune femme de 22 ans, kidnappée en plein Paris, par Kazaldi, un milliardaire yéménite obèse et repoussant.

Frédéric Dard fait alors un de ces pas de côté dont il est coutumier : entre chaque chapitre décrivant San-Antonio en pleine enquête, il alterne avec des passages narrés à la troisième personne, dans une écriture beaucoup plus classique, voire précieuse, où kidnappée et kidnappeur se livrent à un jeu de séduction contre nature. Alice est ensorcelée par Kazaldi, dont elle tombe amoureuse. Comme une relecture croisée de *La Belle et la Bête* et des *Mille et Une Nuits*.

Puisque le ravissement d'une fille à son père est un élément central de ce roman, difficile de faire abstraction du vécu de l'auteur. *Alice au pays des merguez* est publiée en 1986, trois ans après l'enlèvement de Joséphine Dard, la fille du romancier, dans leur domicile suisse. Si le livre fait preuve d'une pudeur bienvenue dans le traitement de ce thème délicat et évite les écueils du larmoyant et du pathos, comment ne pas être sensible à certains passages, dans lesquels la voix de l'auteur prend clairement le dessus pour évoquer des souvenirs traumatisants à jamais gravés dans sa chair.

« Pas un quart d'heure ne s'est écoulé sans que je l'imagine, recroquevillé près de son téléphone, à balancer entre la crainte et l'espoir ; vieillissant d'heure en heure, fou de détresse, mais luttant pour conserver coûte que coûte son calme parce que c'est la seule chose qu'il puisse faire pour l'enfant volée : se maîtriser, être prêt. »

Et, quand Béru évoque l'éventualité qu'on puisse lui enlever son nouveau-né, et que la Terre ne serait pas assez vaste pour que le ravisseur puisse échapper à sa colère, voici ce que pense le commissaire :

« Je songe mélancoliquement à un type que j'ai connu et qui pensait cela. Il lui était survenu un turbin façon Lambert. Avant, quand il lui arrivait d'envisager pareille éventualité, lui aussi se disait que le monde ne serait pas assez grand. Et puis la chose s'est produite et c'est lui qui s'est senti tout petit, tout minuscule dans le monde immense, dans la jungle infinie qu'est le monde. »

Excessif et pudique, organique et lyrique, rabelaisien et intime. Ce *Alice au pays des merguez* est un San-A royal.

Maxime Gillio

À Claude Delieutraz,
mon génial bûcheron.
Affectueusement,

San-A.

PREMIÈRE PARTIE

APOLLON-JULES

SURAVANT-PROPOS

Un rire de femme l'arracha à sa torpeur.

Quand il mangeait, il s'enlisait, bouchée après bouchée, dans une trouble félicité purement organique qui le comblait tout en lui laissant l'esprit disponible.

Il venait de se commander deux cents grammes de caviar qu'il comptait consommer tartiné sur des pommes de terre en robe des champs, et ce tas noir et luisant, planté au centre de son assiette, le préparait déjà à la joie gustative.

Il ferma les yeux et mordit à grande gueulée vorace dans le tubercule lesté d'œufs d'esturgeon. Il avait nappé le tout de crème aigre. Le bonheur qu'il escomptait se produisit aussitôt, et c'était cela surtout qui le rivait aux plaisirs de la table, cette attente jamais déçue, cette évocation très forte qui, chaque fois, trouvait confirmation.

Il mastiqua lentement, voluptueusement, s'abandonnant avec ferveur à sa gloutonnerie, lorsque le rire de la femme vint pour la seconde fois brouiller son début d'extase.

Il reposa sa pomme de terre si fastueusement tartinée et chercha du regard la personne qui riait ainsi. Il y avait tant de joie spontanée, tant de fraîcheur dans ce rire qu'il en était troublé. La salle luxueuse du club, aux éclairages savants, était comble. Aucun homme qui ne fût en smoking, aucune femme qui ne portât une robe ou un ensemble du soir. Des bougies délicates faisaient briller leurs yeux et exaltaient leur maquillage. Une cohorte de serveurs hautement professionnels, efficaces et empressés, se déployait dans le restaurant en un ballet plein de grâce et de précision.

Le bâfreur attendit, la tête dressée, que la femme au rire mélodieux se manifestât à nouveau, ce qui ne tarda pas. Elle se tenait à deux tables de la sienne, sur la gauche, assise face à une grande glace sombre qui renvoyait son image à l'homme. Il pouvait la contempler simultanément de dos et de face et il éprouva alors cette impétueuse cuisance de l'envie poussée au paroxysme. Il essaya de la chasser de sa vue et mordit à nouveau dans sa pomme de terre ; mais son plaisir de manger devenait lointain, comme improbable.

Un instant, il en voulut à la fille de lui gâcher une joie déjà installée en lui. Elle ne devait guère avoir plus de vingt ans. Elle était d'un blond légèrement cendré. Ses cheveux moussaient sur la nuque et tombaient en mèches savantes sur ses oreilles, formant une frange « à la diable » sur le front. L'homme était fasciné par la peau claire de son cou, fine comme celle d'un fruit délicat.

Il acheva son caviar lentement, l'esprit ailleurs. Quand il mangeait, son corps énorme décrivait des espèces d'ondulations continues. Ses épaules s'abaissaient pour remonter avec une lenteur océane.

Il but son verre de vodka, d'un coup. Un trait de feu balaya ses papilles. Le maître d'hôtel s'empressa pour remplir son verre. L'homme venait de prendre sa décision. Il murmura, sans regarder son interlocuteur :

— Quelqu'un peut-il aller prévenir mon chauffeur que j'ai des instructions urgentes à lui donner ? La Rolls blanche devant la porte.

— Certainement, monsieur Kazaldi.

Le rire, une fois de plus, vrilla ses sens. L'homme se mit à tartiner l'autre moitié de la pomme de terre. Un bonheur confus lui venait. À la déception de la bonne chère succédait l'espoir de la chair. Il se sentait souverain, puissant.

Quelques instants plus tard, son chauffeur se présenta à sa table, en uniforme noir, sa casquette à la main. C'était un grand type à la peau bistre et aux yeux de loup. Il s'inclina face à son maître.

Kazaldi murmura :

— La jeune femme blonde, deux tables derrière toi. Elle porte un smoking de velours à parements de soie. Elle se trouve en compagnie d'un couple dont la femme est rousse et un homme l'accompagne, d'un certain âge, avec des cheveux blanc bleuté. Fais le nécessaire.

Il avait parlé en arabe et si bas, du fond de sa graisse, que seul son domestique à l'oreille exercée pouvait capter ses paroles.

Le chauffeur eut une nouvelle inclination de buste et se retira. Au passage, il jeta un regard indifférent à la table qui venait de lui être indiquée, repéra la fille blonde, et remonta l'escalier de marbre garni d'un tapis iranien.

Des parfums délicats mais obsédants s'y mêlaient. Le chauffeur y était allergique. Il retint un éternuement.

VLAN !

Les cloches.

À toute volée.

Le cortège, maigre mais dense, quitte l'église où vient d'avoir lieu le baptême.

C'est Félicie la marraine. Elle tient le délicieux bébé dans ses bras. Elle est émue et y aurait pas besoin de la secouer longtemps pour que des larmes lui tombent des paupières.

C'est Pinaud le parrain. Il marche au côté de m'man, solennel, guindé, gourmé, rasé de frais, vêtu de noir, cravaté de gris. Il a les lèvres veuves de tout mégot et, pour une fois nu-tête, il va, tel un diplomate britannique, son chapeau neuf à bord roulé à la main et s'en fouette le mollet.

Pour assumer son rôle, il tient, de son autre main, un peton du petit Apollon-Jules, afin de bien marquer qu'en qualité de parrain, il a des droits sur l'enfant.

Les parents suivent, rayonnants. Alexandre-Benoît et Berthe, bras dessus, bras dessous, beaux d'amour, ivres du seul orgueil qui soit tolérable : l'orgueil paternel. Car enfin ça y est. Oui, ça y est ! Que dis-je : ÇA Y EST ! Ce couple sur le retour a pu procréer à la limite du hors-jeu. Quelques pratiques médicales sur la Bérurière, un traitement hormonal chez le Gros. La mise en application d'une position amoureuse propre généralement aux canins et en particulier aux lévriers, tous ces éléments conjugués aboutissent ce jour dans les bras de Félicie.

Apollon-Jules est né. Le voici, âgé de deux mois à peine, mais pesant seize livres déjà. Sorte de Gargantua vagissant. Le front plus bombé qu'un croissant de lune, inexplicablement rouquin, bigleux, mafflu, goitreux, adorablement obèse, histoire de rendre un vibrant hommage à ses chers parents, le nez en coquille d'escargot, la bouche semblable à un bigarreau, les jambes torses because la graisse, les épaules musculeuses, modèle réduit de déménageur de pianos, voire de fort des Halles, il gigote dans sa vie neuve, le bougre, gueulant à tout-va, pissant à tout-va, déféquant davantage qu'il ne consomme tout en brandissant des poings agressifs qui, probablement, un jour, feront trembler bien des mâchoires, comme le dirait son géniteur.

Derrière le couple parental, il y a moi, donnant le bras à Mme Pinuche. Elle boitille à cause de son arthrite, ou de son arthrose, ou de sa décalcification, je ne sais. Tous les deux pas, elle s'arrête pour donner à son asthme un peu de répit.

Viennent ensuite Marie-Marie et son fiancé, le docteur Machegrin, homme jeune, beau et dynamique, et qui ne me paraît pas con du tout, ce qui me fait un tout petit peu chier, compte tenu de la jalousie qu'il m'inspire.

Mathias et sa femme ferment la marche. Une compagnie de C.R.S. des plus serviables a accepté de garder leurs dix-sept chiares, après avoir pris toutefois la précaution de placer les plus turbulents dans un parc clos de chevaux de frise.

Tiens ! Toinet a disparu. Serait-il devant notre groupe, tel l'alezan sauvage caracolant en tête du cortège ? Mais non, le voilà qui sort d'un confessionnal. Il brandit son appareil photo pour m'expliquer qu'il est allé changer de pellicule dans la sombre guitoune aux péchés.

Les cloches remettent une salve. Ah ! oui, carillonnez, amies de bronze, pour célébrer l'entrée du dauphin béruréen dans la grande famille catholique.

Il domine le son du clocher de son organe de ténor frais pondu, Apollon-Jules. Irrésistiblement, devant cet énorme poupard, je songe au fils de Grandgousier et de la gente Gargamelle. Déjà force de la nature, à deux mois à peine ! Volcan crachant la vie comme son cousin l'Etna sa lave. M'man a grand mal de garder ce pacsif tressautant dans ses bras de mansuétude. Câliner ce boisseau de cabri en délire est un exploit.

Qu'heureusement, ma chignole est à deux pas. Je me désaccouple de la dame Pinaud pour déponner la portière à Féloche. Elle s'installe à l'arrière avec monseigneur le marmot-tard-venu. Pinuche la suit, toujours superbe de tact et de chic ; sa pauvre épouse souffreteuse prend place à mon côté (la place du mort lui convenant à merveille) ; elle se meut avec mille précautions, biscotte ses vertèbres nazes et aussi ses plaies variqueuses qui suintent comme des conduits de chiottes éclatés par le gel.

Bon, paré de mon côté.

L'heureux père est saboulé dans les beige-Mitterrand, chemise canari, cravate orange. Il fait songer à un tournesol épanoui.

— Tu sais où c'est-il qu'on clape, grand ? s'informe-t-il, en hôte soucieux d'assurer la bonne marche des festivités qu'il assume. Le *Goujon de la Marne,* à Chennevières. Si t'arriverais le premier, tu d'manderas la salle privée particulière à m'sieur l'miniss.

— Je sais, je sais.

— J'ai r'tenu là-bas car y sont imbattab' sous l'rapport quantité-prix. Ça s'tire la bourre dans la soupe, d'nos jours. Sont obligés de baiser leurs prétendants ; c'est la loi de Joffre et de l'Allemande, quoi !

Il me quitte pour retrouver la jolie maman d'Apollon-Jules tout en bleu, jupe plissée, chemisier à ramages, renard argenté sur les épaules. Le carnassier a perdu un de ses yeux de verre et cette borgnitude incommode. Berthe à qui je me suis permis d'en faire la remarque, m'assure qu'à la place du lampion manquant elle coudra un bouton de braguette à son homme ; ce qui devrait alléger l'infirmité du malheureux renard.

Le cortège s'ébranle. Quatre voitures.

— Avec qui Toinet est-il monté ? s'inquiète Félicie.

— Je l'ai confié aux Mathias, rassuré-je ; ils sont habitués aux cyclones.

— Nous aurions pu le prendre avec nous, ta voiture est suffisamment vaste.

Apollon-Jules remue-ménage jusqu'au délire. M'man diagnostique une faim de loup. Le parrain prie ma chérie de lui confier le fauve.

— Vous l'avez suffisamment coltiné comme cela, chère madame. Un peu à moi !

Félicie fait droit à sa requête afin de ne pas désobliger l'Ancêtre. Et voilà César avec du chiare plein les brandillons, s'efforçant de contenir la tornade.

— Il a de la vitalité, assure cet homme qui en manque tellement.

Je drive moelleux pour que notre escadrille ne se désunisse pas. On biche bientôt la voie sur berge, et puis on remonte au bout d'un temps pour continuer sur l'autoroute aménagée dans le lit de l'ancien canal. Et bon, on passe Saint-Maurice, on oblique sur la droite. Mme Pinaud me prie de ralentir pour qu'elle puisse gober deux de ses pilules contre les maux d'estomac. M'man commet l'imprudence de lui parler de sa santé et la vieille délabrée plonge par l'ouverture et nous assène, coup sur coup, son pylore mité, ses ovaires carbonisés, sa rate ébréchée, ses calculs rénaux, les friponneries de son gros intestin, le lâchage de son foie, son dernier pontage, son herpès aux fesses, l'ablation de sa vésicule, son pneumothorax, ses fistules au complet, ses fissures en cours, l'angine herpétique de l'automne passé, son kyste en voie de développement, le fibrome dont il faut l'opérer et tous les examens entrepris sur ce qui subsiste de sa personne physique. Le tout nous mène sans encombre jusqu'à La Varenne. On suit alors la Marne jusqu'à une guinguette classique à l'enseigne du *Goujon de la Marne,* précisément.

Parvenus à destination, nous notons une forte odeur dans ma Maserati. Une rapide enquête nous amène aux constatations suivantes : Apollon-Jules a déféqué de fond en comble sur Pinuche, sa couche s'étant malencontreusement déplacée. L'heureux parrain aura du bonheur pour l'année car il est tartiné du torse jusqu'aux mollets. Même son beau chapeau neuf qu'il avait déposé sur la banquette ressemble désormais à un vase de nuit après usage. La situation est grave, mais non désespérée. Berthy, la jolie petite maman, embarque d'autor l'emmerdé et le démerdé aux chiches (tardivement, hélas) afin de remettre de l'ordre dans la situation.

Le gentil papa, peu troublé par les premiers méfaits de son hoir, nous guide au « Salon Bleu », ainsi nommé je pense parce qu'il est peint en vert et que le nappage est d'un rose fringant. Au fond dudit, sur une petite table, une bouteille de Martini, une autre de Ricard et une troisième d'Alsace nous attendent pour l'apéritif. Un jeune serveur, dont la veste blanche témoigne encore du menu de la veille, commence à servir ces breuvages de qualité à qui les réclame.

— Si vous permettrez, déclare alors Alexandre-Benoît. Du temps qu'Berthaga décamote Pinuche et not'enfant, faut qu'je vais vous lire l'menu ; et vous constaterez qu'il est pas si m'nu que ça !

Là il place un rire qu'il voudrait déclencheur, mais qui trouve peu d'écho dans notre assistance à tendance intellectuelle.

Sa Majesté l'ancien miniss (si j'ose m'exprimer de la sorte) va prendre un bristol graisseux sur la table dressée en vue de nos proches agapes. Il s'éclaircit la voix par un toussotement préalable ponctué d'une expectoration dont il balance les résultats par la fenêtre ouverte. En bas, quelqu'un rouscaille, comme quoi il vient de morfler le glave en pleine poire. Béru va lui crier que, quoi, merde, si on rigolerait pas un jour de baptême, merde, autant rester couché, merde !

Puis il se met à déclamer ce qui, pour lui, est bien plus beau que du Verlaine, bien plus fort que du Hugo :

— Pour commencer : andouille de Vire. N'ensuite : friture d'la Marne. On continuerera par des tripes à la mode de Caen ; puis par d'la tétine de vache r'venue aux z'oignons, que c'est l'espécialité d'la maison.

Pour poursuivre, y aura du boudin aux deux pommes. Puis : fromage-à-la-crème à la crème, beignets de saison, profiteroles au chocolat et desserts. Ceux qu'aimeraient pas d'un plat, ce que je doute mais quoi, on trouve des peigne-culs partout, ceux-là qu'je cause pourraient l'remplacer par une omelette aux œufs, mais va falloir faudre le dire avant d'commencer vu qu'les grands chefs de cuisine culinaire aiment pas qu'on les fait chier en plein service, ce qu'est compréhensive.

« En ce dont qui concerne les vins, y aura beaujolais, muscadet, asti qui pue la menthe entièrement en provenance d'Italie, marc de Savoie et Chartreuse jaune de Parme pour les dames. Quéqu'un a-t-il-t'il qué-qu'chose à objectionner ? Non ? Banco ! Ah ! V'là Pinuche. Montre un peu, parrain ? Mouais, elle t'a décapé l'plus gros, mais tu fouettes encore tant tellement et si bien qu'je te conseille d'enl'ver ton beau costard et d'le mett' au portemanteau, en bas. Moi, l'odeur d'la merde m'a jamais dérangé, mais y a des natures délicates parmi nous que j'voudrais pas les faire déguster c'magnifique menu kif s'ils seraient bouclarès dans les gogues. Comme j'sais qu'tu portes des caleçons longs, César, tu peux déjener en p'tite tenue, n'est-ce pas, méames ? D'alieurs, c'est pas ce qu'il aurait à vous montrer qui vous ferait pousser des cris d'orfèvre, croilliez-moi. Notez qu'avec sa zézette d'officier d'caval'rie, y n'se défend pas trop mal, l'Ancêtre. Maâme Pinaud ici présente peut témoigner, si ell' s'souviendrait encore de leur époque héroïque. Césaroche, j'lu ai vu grimper des gaillardes qu'y fallait pas leur en promettre, sauf le respecte qu'j'vous dois, Ninette. Il allait à la tâche comme un grand, son petit cul de lapin maigre activant tout berzingue, j'vous promets. C't'un consciencieux, bistougnet ou monstre chibraque style moi-même, l'homme consciencieux fait reluire sa mousmé, je démords pas. Bon, on s'enfouit un deuxième apéro et on passe à tab'.

C'est à ce moment précis, comme on dit toujours et depuis si longtemps dans les feuilletons bien torchés, que surgit un personnage familier, en l'occurrence le brigadier Poilala, huissier auprès du Saint-Siège d'Achille, notre père à tous.

Poilala, c'est tout un bonheur à emporter. T'en ai-je suffisamment parlé ? Non, sans doute. On ne s'exprime jamais assez sur les êtres intéressants. Imagine un canard à moustaches, chauve du devant, le nez en pied de marmite, le regard pincé, ce qui lui donne l'air bigleux. Hautement ganache. Mais courageuse ganache ; dévouée à ses maîtres jusqu'à la mort. Teigneux avec ses inférieurs, servile avec ses supérieurs, le vrai vieux brigadier de jadis, quoi ! L'honneur de la France !

Il est en uniforme mais tient son képi sous le bras, tel un général arrivant chez la marquise de Montroux-Céfiny.

Il rougit de confusance.

L'apercevant, Béru exclame :

— Poilala ! En v'là n'une surprise ! Comment se fait-ce ?

— Mes respectes, m'sieur l'miniss, mande pardon pour l'dérangeage, c'est au commissaire Santonio que j'en aye.

— Faisez, faisez ! déclare le Magnanime. Mais comment t'est-ce t'as su qu'il était là ?

— Vous avez envoillé une invitation au Vi… à môssieur l'direqueur.

— Dont il n'a pas pu accepter, j'sais, renfrogne Bérurier.

— C'est lui qui m'a indiqué le lieu d'c'te cérémonie. À propos, m'sieur l'miniss, je pourrais-je voir le bébé ?

— Il va viendre dans un instant, renseigne le Mastodonte ; il s'était chié parmi et sa p'tit môman l'nettoye. Les bébés, tu sais, c'est pas un ciné de curé.

Je trouve opportun de m'enquérir auprès du brigadier de ce qui motive sa venue inopinée au *Goujon de la Marne*.

Il me prend à l'écart et, la voix belle, le regard en mission, la moustache horizontale, me chuchote :

— En bas, dans une Ross-Roll, y a un monsieur de la haute, ami du Vi… de môssieur l'direqueur. C't'homme aurait des problèmes dont j'ignore lesquels sont-ce. Môssieur l'direqueur veut qu'v'v's'en occuperez de toute urgence.

J'enrogne. Pas mèche d'être peinard. Je sens que ce repas de baptême, unique au monde, va être carbonisé pour moi.

Berthe se pointe avec son produit dans les bras. Prodige de la maternité : elle paraît être une toute jeune maman. Poilala s'empresse et part dans des exclameries sans fin, comme quoi c'est tout son père, avec quelque chose de sa mère, là, là et là…

Je descends parler au môssieur de la Ross-Roll.

Le noble véhicule est de couleur bronze foncé avec un léger liséré mordoré à hauteur des poignées de portes. Au volant se tient un chauffeur sans livrée (ça se fait de moins en moins) mais en bleu croisé marine.

J'avise près de la voiture un homme bien mis, élégant, les cheveux gris, le visage allongé, très bronzé.

Ce qui frappe c'est que, malgré la dignité de son maintien et l'élégance de sa mise, il ressemble à un type au bout de son rouleau.

Il y a en lui quelque chose de brisé, de hagard, de désemparé et, surtout, d'infiniment las. Il pourrait jouer l'industriel ruiné au sortir du casino ; le gentleman totalement décavé qui se demande s'il va pouvoir rentrer chez lui pour se filer une bastos dans le cigare, ou bien si, ne s'en sentant pas l'énergie suffisante, il n'est pas préférable d'aller s'allonger sur la voie ferrée pour confier son problème aux roues du T.G.V.

En me voyant venir à lui, il comprend que je suis moi et un suprême effort de volonté bande ses muscles.

Il me tend la main.

— Alain Lambert de Vilpreux, se présente-t-il.

— Commissaire San-Antonio.

— Je suis un vieil ami de…

— D'Achille ?

— Oui. Il m'a dit que ce qu'il pouvait faire de mieux pour moi, c'était de me mettre en contact avec vous…

Je salue comme ceux qui *morituri*.

Nous nous mettons à marcher le long d'un massif de rosiers borduré par un muret de ciment. Des odeurs de graillon arrivent des cuisines en nuage épais. L'endroit est pittoresque, folklo. Une survivance de Renoir, des guinguettes de l'époque Bruant. On aperçoit une barque de bois à la renverse sous un hangar de tôle. Dans une vaste cage grillagée, des lapins indifférents grignotent avec un bruit de rasoir électrique des trognons de choux provenant du jardinet qui fait suite au massif de rosiers. Le ciel est gris-samedi, avec des traînées jaunasses, genre slip pisseux.

Un instant de silence, et puis Alain Lambert de Je-me-rappelle-plus déclare :

— Ma fille a disparu, monsieur le commissaire.

— Quand ?

— Dans la nuit de jeudi à vendredi.

— Dans quelles circonstances ?

— Nous avions passé la soirée dans un club de la rive droite, le *Pasha*, en compagnie d'un couple d'amis. Ensuite nous avons regagné mon hôtel particulier de la rue d'Andigné. Parvenus devant la maison, ma fille est descendue de la voiture tandis que je remisais celle-ci au garage. Lorsque j'ai eu terminé cette manœuvre, Alice n'était plus là. Comme elle n'avait pas les clés de la maison sur elle, elle ne pouvait être rentrée. Je l'ai appelée, j'ai arpenté la rue. Par acquit de conscience, je suis rentré chez moi, mais non : elle avait bel et bien disparu. C'est alors que je me suis rappelé qu'une voiture nous suivait depuis un bon moment, je n'y avais pas tellement prêté attention, croyant à une coïncidence de parcours, comme il s'en produit fréquemment. D'ailleurs, lorsque j'ai stoppé devant chez moi, la voiture en question m'a doublé.

— Vous avez pu enregistrer la marque ?

Il hocha la tête.

— Une grande voiture, spacieuse. Américaine ou allemande, sombre. Impossible de préciser.

— Quel âge a votre fille ?

— Vingt-deux ans.

— Mariée, fiancée ?

— Non.

— Un ami ?

— Des amis. C'est une femme de tête. Pas du genre liaisons. Je suis veuf et nous menons une existence très… soudée, elle et moi. Elle ne me cache rien.

In petto je me dis qu'après les époux, les papas sont les hommes les plus crédules de la création. Leurs grandes fifilles parviennent à leur faire avaler n'importe quelle salade non assaisonnée.

Sans doute capte-t-il mon scepticisme car il murmure :

— Puisqu'elle me disait tout, pourquoi m'aurait-elle menti ? Je suis un père à l'esprit large, capable de tout comprendre. Quand il lui arrivait d'avoir une aventure avec un homme, elle me l'avouait sans que j'eusse à lui poser de question. Alice a des copains, surtout des copains. Il lui est arrivé d'aller un peu plus loin avec l'un d'eux, sans qu'elle en fasse mystère.

— Cela lui arrive souvent ?

— Non. Elle m'annonce la chose d'un ton amusé. Sa préoccupation principale, voyez-vous, c'est de « s'accomplir ». Je ne veux pas parler de surdouée, mais elle est licenciée en droit depuis l'an passé et a créé dans mon entreprise un département marketing qui fonctionne du feu de Dieu.

— Vous avez une photo d'elle ?

Il l'avait préparée et me la tend comme par magie, sans que je la lui aie vu prendre dans sa poche.

Je fais hardiment tilt. Ce qu'il m'annonçait de sa môme me donnait à croire qu'elle n'était pas laubée, la gosse. Les filles surdouées, presque sérieuses, qui vivent avec leur papa et s'activent dans leur usine ont généralement des frimes peu comestibles. Mais alors, là : oh ! pardon. Une souris mignonne à bouffer crue.

Blonde, harmonieuse, mutine, intelligente. Un regard clair qui doit te décortiquer en deux secondes ; une bouche charnue faite pour le sourire et le baiser. Des fossettes presque enfantines. Un rêve !

On marche jusqu'au hangar où est remisée la barque et on s'assoit sur l'embarcation renversée.

Ça fouette de plus en plus le graillon dans le coinceteau. Un gros chien borgne à l'œil laiteux s'approche de nous d'une allure épuisée tant il est gras et probablement vieux. Son infirmité lui donne l'air méchant, mais c'est un brave toutou qui vient fourrer sa truffe dans ma braguette pour un « salut les copains » débonnaire.

— Je peux la conserver ? demandé-je à Lambert de Moncul en levant la photo.

— Naturellement.

— Continuez votre récit.

Quelque part, un air d'accordéon éclate. C'est le Gros qui a voulu un repas en musique. Je reconnais Mme Yvette Horner, chevalière de la Légion d'honneur dans ses œuvres. De toute beauté !

— Vous dire mon angoisse !

— Inutile, en effet, soupiré-je.

— J'ai ressorti ma voiture, fait le tour du quartier, sillonné toutes les allées du bois de Boulogne proche. Je m'imaginais que des partouzards en goguette avaient forcé Alice à monter avec eux. D'ailleurs, lorsque j'ai compris qu'une voiture nous filait, j'ai cru qu'il s'agissait « d'amazones » motorisées, ou bien d'un couple en quête de partenaires. À pareille heure et dans ce quartier, la chose est fréquente. Je suis rentré à la maison et j'ai attendu toute la nuit.

— Vous n'avez pas songé à prévenir la police ?

— Bien sûr que si, mais je ne croyais guère à son efficacité, sans vouloir vous désobliger, monsieur le commissaire. Je me voyais dans un commissariat presque désert, face à un gardien de la paix maussade qui enregistrerait ma déposition en ronchonnant. Je me rendais compte qu'à ce niveau policier, rien ne serait déclenché immédiatement et que, de toute manière, il était trop tard pour se lancer à la poursuite de ces gredins. J'ai donc décidé d'attendre.

— Qu'espériez-vous ?

— Le retour d'Alice dans le cas où elle aurait eu affaire à des déréglés sexuels. Ensuite, j'escomptais une demande de rançon. J'ai passé la journée près de mon téléphone. Et puis encore la nuit suivante. Je n'ai pas fermé l'œil une seconde depuis jeudi matin.

Il me fait de la peine. Il paraît tellement vidé, cet homme. Tellement à bout d'énergie, à bout d'espoir.

— Ce matin, à l'aube, je me suis souvenu que je connaissais le directeur de la police judiciaire pour avoir fait une partie de chasse en Sologne en sa compagnie, voici quelques années. Je l'ai appelé et il m'a reçu aussitôt.

— Et alors ?

— Il m'a dit que j'avais peut-être eu raison de garder le silence. Tant que la presse ne se jetterait pas sur l'affaire, on conserverait les coudées franches, et au cas où des transactions s'établiraient, on aurait une bien meilleure possibilité de manœuvre.

— Exact, approuvé-je.

Alain Lambert de Mes Chères Deux poursuit :

— Votre directeur a réfléchi et m'a dit : « On va confier cette affaire à San-Antonio, c'est mon superman ; il va nous débrouiller tout cela. »

J'encaisse le compliment du Dabe, pas fâché de constater qu'il pense de moi plus de bien qu'il ne m'en dit.

Lambert de Chosetruc prend la main gauche que je laissais traîner sur mon genou également gauche et la presse.

— Je suis au fin fond de l'horreur, commissaire. Je veux retrouver ma petite fille ! Il le faut ! Il le faut.

À bout de nerfs, il éclate en sanglots. Je passe un bras fraternel sur son épaule et on reste là, en silence, tandis que le gros cador borgne nous considère de son unique lampion en battant la mesure avec sa queue en cor de chasse.

Béru se pointe, le front barré de deux traits, comme un chèque ou le sigle de la lire.

En nous découvrant, l'homme à la Rolls et moi, dans cette attitude peu usitée chez des messieurs qui ne se connaissent que depuis dix minutes, il reste un instant perplexe, puis se décide :

— 'scusez-moi si j'vous d'mande pardon, m'sieur-dame, et d'interrompir vos infusions, s'l'ment, Tonio, l'service est forcé d'être obligé d'commencer, vu qu'la friture, ça n'attend pas.

— Gros, soupiré-je, pardonne-moi, mais je ne vais pas pouvoir assister au repas. Notre boss me met sur une enquête urgente et grave. Je dois partir. Tu mettras maman et Toinet dans un taxi, après les agapes, si tu veux bien.

Il y a quelque chose de superbe chez Bérurier : son sens du devoir. Tu croirais qu'il va râler, exploser, déplorer ? Que nenni. Il opine sobrement, renifle et dit :

— Bon, ben, à l'impôt-cible, nul détenu, mec. On va attaquer la clape dare-dare. Bon turf, mes n'veux t'accompagnent.

LA CAGE

Alice ouvrit les yeux et resta longuement prostrée. Elle ne comprenait pas et, même, ne se rendait pas compte qu'il y avait « quelque chose à comprendre ». Une sorte de paix organique, de bien-être souverain, la tenait « en réserve » d'elle ne savait quoi. C'était douceâtre, agréable, lumineux. Un faisceau de sensations capiteuses proches du plaisir. Elle distinguait une pièce blanche luxueusement meublée à l'orientale, des soieries moirées, une profusion de fleurs, un amoncellement de tapis et d'énormes coussins, plus une gigantesque cage dorée où s'ébattaient des oiseaux chatoyants.

Un rêve en Technicolor. Elle admirait la porte de cuivre ouvragé. Son regard glissait insensiblement vers d'autres points d'intérêt : une somptueuse corbeille emplie de fruits, une caissette contenant des confiseries aux tons pastel, un brûle-parfum délicatement ouvragé et, sur l'immensité artistiquement « talochée » d'un mur blanc, une toile abstraite, étrange en ce décor, de Kandinsky, peut-être. Alice croyait reconnaître la facture du maître.

Elle tenta de mieux connaître son « territoire », se mit sur son séant. Elle était allongée sur un lit bas, immense, et cernée par des coussins qu'elle eut quelque mal à déblayer. Elle se sentait légère, dispose. Elle portait une espèce de robe de chambre légère par-dessus son slip et son soutien-gorge.

Alice quitta sa couche afin d'inventorier les lieux. Une vaste fenêtre arrondie donnait sur un jardin intérieur luxuriant. Elle était pourvue de barreaux ouvragés comme en comportent les maisons andalouses. Alice poursuivit son exploration et gagna la porte de cuivre qui se composait de deux battants munis d'un va-et-vient. Elle la franchit et se trouva dans une antichambre servant de dressing-room. Le lieu comportait des penderies modernes, un canapé occidental, et deux portes dont l'une donnait sur une luxueuse salle de bains. Elle ne put ouvrir l'autre qui se trouvait fermée de l'extérieur, par un verrou probablement, car elle ne possédait pas de serrure. Donc, elle était enfermée.

Alice revint dans la chambre et s'assit sur une pile de coussins pour réfléchir. L'immense félicité qu'elle éprouvait gênait ses réflexions. Il est difficile de concentrer ses pensées quand on se sent béat. Elle tentait très confusément d'analyser par quel mystère elle se trouvait dans cet endroit exotique. En elle, c'était la brume. Une brume dorée, radieuse, dont elle n'avait pas envie de se dégager.

Elle s'abandonna, les bras en croix, dans le moelleux des coussins. Les oiseaux de la cage pépiaient gaiement. Les fleurs sentaient bon. Elle avait envie de faire l'amour.

BING !

Nous sommes convenus de nous retrouver devant le *Pasha Club*, Alain Lambert de Tes Deux Mignonnes et moi. L'établissement n'ouvre que le soir, mais je tiens à refaire en compagnie de mon « client » le parcours qu'il a suivi avec sa fille dans la nuit de jeudi à vendredi. Aussi je gare ma tire près du club et monte avec lui dans sa Rolls.

— Ça vous ennuie de piloter vous-même ? lui demandé-je. C'est préférable plutôt que de donner des indications à votre chauffeur.

— Volontiers.

On assiste alors à cette chose jusqu'à présent inusitée : le chauffeur va se prélasser sur la banquette arrière tandis que le « maître » s'installe au volant.

— J'aimerais que vous m'indiquiez à partir d'où vous vous êtes aperçu qu'on vous suivait, monsieur Lambert.

Il acquiesce d'un signe de tête. Et puis, soudain, il pile, ce qui me balance le tarin dans le pare-brise. Ça a beau être un pare-brise de Rolls, il n'est pas en caoutchouc et voilà que je me mets à raisiner du pif comme le premier apprenti boxeur qui n'a pas vu arriver un uppercut du droit.

Un taxi qui nous suivait de trop près manque de nous emboutir et son driver se défenestre pour annoncer à Lambert qu'il est un manche à couilles, un enviandé de capitaliste dont le tas de ferraille est tout juste bon à coltiner le cul sexagénaire de la reine d'Angleterre (et du Commonwealth).

— Je suis navré, me dit mon malheureux conducteur, tandis que je me tamponne les narines, la tête renversée, et que son chauffeur se retient de ricaner, mais il éjacule en loucedé dans son kangourou, l'artiste.

— Pas grave ! articulé-je laconiquement, tout en déplorant dans ma Ford intérieure cette foutue idée que j'ai eue de lui demander de conduire.

— Vous savez ce qui vient de m'arriver, commissaire ?

— Dites ?

— En démarrant, j'ai compris que cette fameuse voiture noire nous a filés « depuis le *Pasha Club* ».

— Comment avez-vous « compris » cela ?

— Probablement en refaisant la manœuvre de l'autre nuit. Je me rappelle brusquement qu'une auto a déboîté juste comme je laissais ma place libre. Une auto qui devait stationner sur le trottoir, à l'angle des rues. Et puis nous nous sommes mis à parler avec nos amis et je n'y ai plus pris garde. J'ai déposé mes amis chez eux, à Neuilly, boulevard des Sablons.

— Qui sont ces gens ?

— Lui est notre médecin de famille, le docteur Marate. Nous nous voyons de temps à autre.

Il s'est remis à rouler. On pique sur les Champs-Zé. Ça bouchonne ferme.

— Vous êtes passés par ici ?

— Oui, car au milieu de la nuit, c'est beaucoup plus fluide. J'ai craché les Marate devant leur domicile, puis j'ai coupé par le Bois. Et c'est alors que je me suis aperçu qu'on nous suivait.

Il refait le trajet de la fameuse nuit, s'arrêtant devant l'immeuble en pierre de taille où habite son toubib dont la plaque scintille faiblement dans le jour gris.

Puis il repart… Le Bois… Nous roulons jusqu'à son domicile.

— Voulez-vous entrer, commissaire ?

— Volontiers.

Nous descendons tandis que le chauffeur reprend possession de la tire pour la remiser.

— Qui est au courant de cette affaire, monsieur Lambert ?

— Mes domestiques : un couple de Yougoslaves à mon service depuis une quinzaine d'années. De braves gens, discrets par obligation car ils ne connaissent pas deux cents mots de français. Tania pleure comme une Madeleine.

— Et en dehors d'eux ?

— Les Marate.

— C'est tout ?

Il hésite.

— Il y a également une amie à moi, très… intime.

— Puis-je vous demander ses coordonnées ?
— Est-ce nécessaire ?
— Vous savez bien, monsieur Lambert, que TOUT est nécessaire dans un cas comme celui-là.
— Mon amie tient une maison de couture, *Chez Belle Isabelle*, rue du Colisée ; elle se nomme Isabelle de Broutemiche.
Je me récite *in petto* qu'il faut pas craindre, quand on se prénomme Isabelle, d'appeler sa boutique *Chez Belle Isabelle*. Je la pressens vachetement chochotte, la dame. Hautement « ta bite à un goût » !
— Si je récapitule, fais-je, entre les domestiques, le docteur et sa femme, et Mme de Broutemiche, pour propager la nouvelle, un millier de personnes environ sont déjà au courant de l'événement.
— Pensez-vous ! s'insurge Alain Lambert. Ils m'ont tous juré le secret.
— Je m'en doute. S'ils ne vous l'avaient pas juré, on pourrait tabler sur trois mille personnes. Vous savez bien que chacun de vos confidents possède une dizaine « d'amis sûrs » auxquels ils auront révélé la chose sous la foi du serment. Demain dix mille personnes la sauront, et après-demain, immanquablement, la presse commencera à pointer le bout de l'oreille ; nous devons donc agir rapidement. Quelqu'un répond au téléphone en votre absence ?
— Je me suis mis sur répondeur.
— Commençons par relever les appels !

La crèche d'Alain Lambert est superbe, un peu grandiose sur les bords, et représente à la perfection ce que je hais dans l'immobilier, le mobilier et la décoration. Je m'abstiendrai donc de te la décrire afin de ne pas te vexer, car je parie que chez toi ça ressemble à ce machin bourgeoiso-prétentiard-dix-huitième.
Lambert m'entraîne dans son bureau-bibliothèque, pièce un peu moins conne que les autres à cause des livres qui en garnissent les murs. Il se précipite sur son répondeur.
— Il y a eu trois appels, m'annonce-t-il.
Il rembobine et branche sur le « play ». Une voix de femme un peu rauque, avec des vibratos bandants et des pleurs en arrière-gorge, déclare qu'elle est Maryse.
— La femme du docteur Marate, m'avertit rapidement Lambert.
La dame en question murmure simplement :
— « Je venais aux nouvelles, mon pauvre Alain. Nous n'avons pas fermé l'œil de la nuit. Si vous saviez ! »
Comme s'il ne « savait » pas, ce pauvre père mort d'angoisse !

Le deuxième coup de grelot est de sa secrétaire qui demande si sa *grippe* va mieux.

Du regard Lambert me fait comprendre qu'il a allégué la maladie pour expliquer son absence d'hier à son entreprise. Le troisième émane d'un tapissier annonçant que le grand canapé Louis XV est « fini de recouvrir » et que si on le rappelait avant onze heures, il pourrait le livrer avant midi.

Mon hôte jette le combiné sur sa fourche.

— Toujours rien ! soupire-t-il.

Il vieillit à vue d'œil, le malheureux.

— Vous devriez demander à votre ami toubib qu'il vous ordonne quelque remontant, monsieur Lambert, vous en avez besoin.

Il hausse les épaules et se laisse choir dans un fauteuil.

— Vous permettez que je jette un œil à la chambre de votre fille ?

Geste las. Il permet tout.

La mère Tania me conduit. C'est un grand bourrin taillé à coups de serpe, comme on dit puis en littérature. Hommasse, rougeasse, chougniasse. Elle paraît être la mère de son mari. Je lui ordonne de me conduire à la chambre de mademoiselle et elle me précède en psalmodiant des incantations serbo-croates.

Escalier gravissant, je lui demande si, ces derniers jours, elle a constaté quelque chose de suce pet dans l'entourage de Mlle Alice. Des gens rôdaient-ils devant la maison ? A-t-elle reçu des visiteurs inconnus ? L'a-t-on demandée au téléphone ? Alice a-t-elle fait part à Tania d'incidents qui l'auraient troublée ?

Non, non, répond la Yougoslave. Tout bien. Tout normalien.

La chambre est vaste, élégante et fonctionnelle à la fois, un peu moins gourmée que le reste de la crèche, moins tartignole. C'est le « nid douillet » d'une jeune fille cultivée. Beaucoup de toilettes de classe. Beaucoup de livres qui « forment l'esprit » : bouquins de philo, essais, San-Antonio, classiques, biographies d'hommes célèbres, etc.

Je déniche du courrier dans les tiroirs du mignon burlingue. Des lettres d'amies, sans grand intérêt, une missive enflammée d'un certain Éric qui se languit d'elle. Mais la bafouille remonte à trois ans. Dans un grand carnet à couverture de cuir et au papier filigrané, quelques notes, des pensées plutôt, qui sont probablement d'elle ou qu'elle a fait siennes. Exemple : « Il est difficile d'aimer qui l'on méprise. » À qui pensait-elle ? À son père ? À la maîtresse de ce dernier ? Est-ce un amant qui lui a inspiré cette sentence définitive ?

Des photos plus ou moins anciennes… Sur presque toutes une jeune femme revient, à qui Alice ressemble. Sa mère, à n'en pas douter.

Je me biche un coup de cafard noir, moi, dans cette chambre dont on a kidnappé l'occupante. Une espèce de lien ténu est en train de se créer entre Alice et moi.

Je décroche le bigophone pour appeler le service des écoutes. Je me fais connaître et ordonne à mes confrères de placer les lignes d'Alain Lambert de Mongrozizi sur leurs tablettes. Tout devra être enregistré et tenu à ma disposition. Qu'ensuite de quoi je tube à la Grande Taule pour que quelqu'un vienne planquer devant l'hôtel particulier de Lambert.

Ça c'est le tout-venant, les premières mesures classiques. Mais je m'interroge en grand secret, je vais carillonner à la porte de mon instinct pour lui demander ce qu'il pense de ce bigntz. Il ne m'ouvre pas, mais, à travers le battant, il me dit que cette affaire n'est pas « courante ». On ne réclamera pas de rançon. Il ne sent pas ça du tout, mon sub. Onc n'appellera le daron d'Alice. Ceux qui ont kidnappé la gosse n'ont rien à cirer du blé de son papa. Il s'agit d'autre chose.

Soudain, je me casse. Rien à foutre dans cette baraque. La vérité se trouve ailleurs.

— Voilà, je vous laisse. Prenez des calmants, monsieur Lambert, et essayez de dormir un peu. Il faut que vous soyez d'attaque. Votre fille, quelque part, a besoin que son père soit en forme.

Mon langage l'arrache à sa léthargie.

— Vous croyez qu'elle est vivante, commissaire ?

— Naturellement.

Il me tend la main.

— Vous me la retrouverez ?

— Oui.

Gonflé, l'Antonio, non ? Charitable, certes, mais faut oser !

Le valet-chauffeur, Mikael, s'apprête à me reconduire à ma chignole, mais je refuse et marche jusqu'à la prochaine station de taxis. Par chance, il y en a un. Le conducteur, un vieux crabe tout moisi, lit *L'Équipe*, à travers des lunettes aux verres larges commak. À son côté, sur le siège passager, un fox-terrier examine les passants d'un air blasé. Il a une oreille cassée et une tache noire sous sa truffe, ce qui le fait ressembler à Adolf Hitler.

Je prends place. Le chauffeur achève le passionnant article consacré à Platini, puis il plie son baveux et, sans se retourner, me demande où « nous allons ».

— À moins que vous n'y voyiez un inconvénient majeur, moi j'aimerais bien aller boulevard des Sablons, lui avoué-je.

Il ne répond pas, déclenche son compteur, puis son moteur. Comprenant que nous partons en croisière, le Führer à poil ras se love sur la banquette où il s'assoupit séance tenante.

Par contre, c'est une Portugaise à poils longs qui m'ouvre la porte du docteur Marate (en un seul mot, et non en deux maux comme on pourrait s'y attendre). Charmante personne au demeurant : la moustache est belle, le cheveu coiffé à l'huile d'olive, l'œil de braise, le fessier de baise, la jambe couverte d'astrakan plus ou moins défrisé et les pieds chaussés de mules délicates en provenance des Charentes.

Comme il est presque quatorze heures au méridien de Greenwich, je suppose que les Marate en sont au café. Mais que non : le docteur a cabinet, quant à madame, elle se repose.

Je demande à la soubrette ibérique de bien vouloir interrompre la sieste patronale pour annoncer à dame Marate qu'un commissaire de police la demande.

L'ancillaire sourcille au mot police.

— C'est à cause de sa voiture, hein ? s'enhardit-elle à questionner. Madame se gare toujours n'importe où.

Je lui souris mystérieusement afin d'accréditer l'hypothèse et *menina* Maria se retire, heureuse d'avoir deviné juste.

Peu de temps s'écoule avant que je sois reçu par la maîtresse de ce cher vieux Maison. Mme Marate est une somptueuse rousse du genre auburn, mais avec des mèches flamboyantes qui font ressembler sa chevelure exubérante à un tas de broussailles enflammé. Carrossée par Pina Farina, grande, superbe, le regard d'un bleu tirant sur le vert, la bouche charnue, elle en balance à tout-va, crois-moi. Tu la prendrais pour une star des années 60, sauf qu'elle n'a pas encore quarante balais. C'est de l'animal de concours ! Un navire de délices en partance. T'as qu'une envie : grimper à bord et plonger dans la cale.

Elle a passé une robe de chambre verte, pure soie, avec des revers plus sombres. Par-dessous, m'est avis qu'elle ne porte ni armure ni gilet pare-balles, et peut-être même pas de soutien-gorge vu que les deux boutons moletés qui se dressent sur sa console m'ont l'air dépourvus de toute protection.

Je raffole être reçu par des gerces en déshabillé ; je les sens plus proches de moi, plus… atteignables.

Aussitôt, un début de Parkinson agite mes mains. Elles tremblent tellement que je voudrais pouvoir les planquer dans sa culotte pour lui dissimuler le phénomène.

— Vous devez deviner ce qui m'amène ?

Elle me frime suave. Une ombre de grande tristesse passe sur son regard d'azur comme un nuage sur… Attends, j'avais préparé une phrase très jolie pour faire plaisir à Maurice Rheims qui me dit du bien de partout, et voilà que je la retrouve plus, merde ! Ah ! si ! « Une ombre de grande tristesse passe sur son regard d'azur, comme un nuage de pluie sur l'eau limpide d'un lac de Laponie. » Voilà. Ça vous plaît-il, maître ? Comment ? Ça ne casse rien ? Vous trouvez ? Ça fait certificat d'études primaires ? Oui, mais des Panzani, maître ! Comparez pas la compofran d'un petit branleur et la métaphore d'un Sana quatre étoiles, dont une de David. C'est pas la même encre qui coule, ni la même blenno. Y a lyrisme et lyrisme, c'est pas à vous que je vais l'apprendre. Vous êtes le genre à pas confondre un bonheur-du-jour avec une table de nuit. Moi, je voulais juste vous offrir un petit brin de vraie littérature, par reconnaissance ; mais si vous préférez mes escargots à la parisienne, après tout, ça vous regarde. Alors, je vous en mets une douzaine ? D'acc. Grosse bise !

Ma question la déconcerte un brin car elle redoute une maldonne possible. Peu vraisemblable, mais y a que l'invraisemblable qui se produit. Le prévisible, c'est seulement en politique. Par exemple, tu vois les socialos et les cocos qui forment un gouvernement. Tu rigoles de pitié. Tu dis « ça va pas durer, cette kermesse ! ». Et puis, fectivement, ça ne dure pas. Mais dans la vraie vie des gens honnêtes, pas la peine d'espérer Grouchy ; Blücher est déjà en route ! T'attends Godot et t'as Mauroy.

Comme je la darde sans faiblir, elle finit par murmurer :

— Alice ?

— Vous avez gagné. On peut parler tranquillement ?

— Venez dans mes appartements.

Elle marche de vent, répandant des senteurs indicibles. On longe le hall, on passe devant le salon d'attente du doc où trois personnes morfondent en faisant mine de se passionner pour les *Jours de France* de 1975. Et puis on oblique à droite par un couloir plus étroit tendu de velours grège. Un boudoir prolonge une chambre à coucher. Entièrement Louis XV taillé dans la masse !

Je suis pas fana de parfums, je veux dire artificiels. Les odeurs en flacon, moi, merci bien, alors qu'il y a des genêts plein la lande, des aubépines dans tous les buissons et des chattes de femme à foison !

Je reconnais pourtant que chez la madame au toubib, ça fouette superbe, genre extase.

Elle me montre un fauteuil crapaud.

— Prenez place, et veuillez m'excuser de vous recevoir dans cet appareil, mais je me relève d'une hépatite virale et je dois me reposer plusieurs fois par jour.

— Je vous en prie, balbutié-je, me retenant in extremis d'ajouter que tout le plaisir est pour moi.

V'là qu'une question secrète me lancine. À ce stade de convalo, dites, docteur, ça s'attrape encore l'hépatite virale ou s'il vaudrait mieux que j'attendasse un peu avant de proposer la botte à votre dame ? Mais trêve d'érotiqueries : boulot !

J'attaque :

— Alain Lambert m'a mis au courant de la situation et je me trouve chargé de l'enquête. Vous et votre époux êtes, avec le père d'Alice, les dernières personnes à avoir vu cette dernière, il est donc normal que je vous entende. Une première chose : avez-vous remarqué quelque chose d'anormal au cours de cette soirée au *Pasha Club* ?

— Nnnnon.

— Vous paraissez marquer une once d'hésitation.

— Non. D'ailleurs, qu'appelez-vous « anormal », monsieur le commissaire ?

— Mon Dieu, le mot est imprécis, j'en conviens, mais je tiens à lui garder son sens le plus vague. Par anormal, j'entends, auriez-vous noté un incident, même très banal, pendant que vous étiez en présence des Lambert ? Alice a-t-elle fait une réflexion susceptible de vous surprendre ? Auriez-vous aperçu une présence inhabituelle dans son entourage ? Avait-elle l'air inquiète, troublée ? Vous a-t-elle parlé de quelqu'un qui l'aurait préoccupée ? Ils sont passés vous prendre ici et vous y ont ramenés, croyez-vous que vous ayez été suivis ?

Je me tais car elle vient de croiser les jambes, découvrant de belles cuisses à la peau piquetée de taches de son minuscules.

Tu crois qu'elle est rousse pour de bon, toi ? Je le lui demanderais volontiers, mais je ne voudrais pas qu'elle prenne ma question en mauvaise part. T'as des gerces avec lesquelles tu franc-parles à ta guise, sans que cela tire à conséquence, et d'autres, bêcheuses, qui se croient obligées d'indigner comme des perruches quand on leur arrache les plumes du fion. Le mieux, pour pas l'offusquer, serait que je vérifie de visu. Bon, je vais arranger ça, attends-moi ici.

— Non, fait-elle après mûre réflexion, je n'ai rien observé d'anormal et Alice ne m'a rien confié de particulier. Elle était joyeuse et intéressante comme à l'accoutumée, car c'est une fille passionnante ; pas du tout le style effarouchable, croyez-le bien.

Nouveau silence. La Portugaise à poils longs travaille dans une pièce voisine en chantant *Une maison portugaise*, air fameux internationalisé par le talent d'Amalia Rodriguez.

— Vous lui connaissiez des liaisons ?

— Ce n'était pas son style non plus. Elle devait aimer les hommes, mais brièvement. Alice attendait le grand amour en s'offrant quelques fredaines parfois.

— Par hygiène ?

Mon interlocutrice se rembrunit.

— Que voilà une vilaine expression, monsieur le commissaire. Amour et hygiène sont deux mots qui ne vont pas bien ensemble.

Au temps pour moi ! Je viens de béver[1]. Femme délicate, romanesque peut-être ? Il faut que je change tout de suite mon Fusy Yama des pôles. Opération diversion ! *Schnell !* Moi, le génie, tu me connais ? *Never* pris au dépourvu, Albert. Ça me jaillit du foutre.

— Ne seriez-vous pas d'origine irlandaise, madame Marate ?

Elle écarquille ses vasistas tellement grands que son regard ça fait comme deux dahlias épanouis.

— En effet. Comment l'avez-vous deviné ?

— Donc, vous êtes réellement rousse. Quelle merveille ! Ah ! certes, l'instant n'est guère propice à ce genre de digression, mais cela fait dix minutes que la question me tourmentait. Je ne parvenais pas à me mobiliser sur mon propos pourtant si capital. Il faut dire que, malgré ma profession terre à terre, je suis également artiste, madame. Chez moi, l'action et le rêve font bon ménage. En vous admirant, je songeais : « Une telle carnation n'est pas de chez nous. Elle vient d'ailleurs : des verts pâturages où paissent des moutons à tête noire. Il y a du Connemara dans ce regard plein d'infini. Je devine des landes de bruyère sur ces lèvres fascinantes. » Ah ! madame, comme je regrette de me trouver dans cette chambre en qualité d'enquêteur !

Je rebrousse les poils du tapis de haute laine d'un soupir.

Elle, interdite, ne sachant plus si c'est du commissaire ou du cochon, me dévisage de toutes ses forces.

1. Verbe du premier groupe signifiant « commettre une bévue ».

« Seigneur, me dis-je, mais qu'est-ce qui t'a pris, l'artiste ? T'es plus cap' d'assumer la promiscuité avec une belle rousse en robe de chambre ? Eh, dis, p'tit gars, faut me soigner ça en vitesse. Tu deviens dangereux dans ton genre, mon bonhomme ! Saute-aux-miches congénital. Ta pomme, la chaglaglatte t'électrise, te court-jute, te foudroie ! Et ton self, grand, hein ? T'en fais quoi de ton self ? »

Alors, bon, je m'engonce. Prends un air et des attitudes d'huissier venant opérer une saisie du mobilier ; biche un air rogue.

Faut voir la manière que je réintègre ma dignité, rentre au bercail des convenances ! Même les sadiques ont besoin de faire sérieux. Tout de suite qu'ils ont refermé leur braguette, après le viol de la petite fille, ils compassent vachement, se composent un personnage austère, réprobateur. Officiers dans l'ordre de la Légion d'honneur, moralement. Présidents de la Ligue du Culte ! Hypernotables.

— J'aimerais insister sur un point précis, madame Marate. Tout à l'heure, lorsque, d'entrée de conversation, je vous ai demandé si vous aviez remarqué quelque chose d'anormal au *Pasha Club*, vous m'avez répondu que non, mais après un léger temps de réflexion, et pas de manière catégorique. Vous ne m'avez pas dit « non », mais « nnnnon ». Cela vous ennuierait-il de rechercher dans vos souvenirs l'origine de ce manque de spontanéité ?

Son visage s'éclaire d'un sourire, comme on dit dans les vrais livres. Les visages « s'éclairent d'un sourire ». C'est beau, hein ?

— Vous êtes observateur, commissaire.

— Si je ne l'étais pas, je ferais un autre métier, madame.

J'attends, impénétrable, mais vachement pénétrateur de vocation.

Elle détourne les yeux.

— Il s'agit d'une observation tellement insignifiante qu'il serait stupide d'en faire état.

— Qu'en savez-vous ? riposté-je, le ton sévère.

— Au *Pasha Club,* non loin de notre table, se trouvait un dîneur solitaire. Il n'a pas cessé de regarder Alice au cours de la soirée. Il béait littéralement devant elle. Je sentais qu'il faisait des efforts pour ne plus s'occuper d'elle mais que, irrésistiblement, ses yeux la cherchaient.

— Eh bien ! voilà qui est plus intéressant que vous ne le pensez, madame Marate !

— Vous croyez ?

— À quoi ressemblait cet homme ?

Elle réprime un frisson[1].

— Un monstre[2] ! répond-elle sans barguigner.

— Vous me mettez l'eau à la bouche. Puis-je vous demander de m'en faire une description ?

— Un obèse ! Beaucoup plus de cent, voire de cent vingt kilos. Levantin, des cheveux épais et très noirs descendant bas sur le front. Un nez fort, comme épaté. Des sourcils fournis formant unc seule barre sombre. La bouche lippue, les paupières bombées. Quand il mange, il le fait avec une telle voracité qu'il ressemble à un animal affamé. Des diamants plein les doigts, sa montre en est sertie. Une caricature du potentat arabe, jouisseur et despote. Ce bonhomme pue le pétrole. Il mangeait du caviar à la louche.

— Son âge ?

— Vous parvenez à donner un âge à une baleine, vous ?

— Vous dites qu'il semblait intéressé par Alice Lambert ?

— Fasciné serait plus juste.

— Il se trouvait encore au club quand vous êtes partis ?

— Oui, il buvait du whisky.

— Seul, dites-vous ?

— Tout seul.

— Au moment de votre départ, il n'a pas amorcé de mouvement pour vous suivre ?

— Non. Mais Dieu qu'il fixait cette pauvre Alice !

Je me lève.

— Merci de votre obligeance, chère madame. J'espère ne pas vous avoir trop perturbée ?

Elle se lève idem, s'approche de moi. Et voilà que j'ai le feu aux oreilles, et peut-être bien aux noix, du temps que je monte le thermostat d'ambiance.

On se regarde. Méditatifs, l'un et l'autre. Comme deux qui cherchent à se rappeler quelque chose ou qui se demandent où ils en sont. Ses lèvres ont un curieux petit retroussis : la supérieure (pas celle du couvent). C'est comme un appel de l'instinct en provenance du fond de l'espèce humaine.

---

1. J'ai trouvé cette expression dans une chiée d'ouvrages très bien. Ça veut dire que l'intéressé a les foies, mais parvient à dominer sa trouille. Alors il « réprime un frisson », et après ça va mieux. Essaie, tu verras.

2. En anglais « monster ».

Je me penche et l'embrasse sans porter mes mains sur elle. Il me revient une réplique de Gabin dans *Quai des Brumes*.

— T'es belle, tu sais ! j'articule.

Elle me bouffe la gueule en grand. Et c'est elle qui se cramponne à moi pendant que tout son corps se plaque au mien.

Moi, je vais te dire : c'est superbe, l'Irlande !

Et puis alors ce vertige, pardon ! Je courrais sur la rambarde de la tour Eiffel, au troisième étage, j'éprouverais pas plus intense. En deux coups les gros, mister Popaul est dégainé de son étui, drivé par les mains expertes de mon « témoin ». Hop ! par ici, la bonne soupe ! Je me l'intercale debout, héroïquement, contre la porte capitonnée du boudoir.

Dans les profondeurs de l'apparte, on entend la voix du docteur qui raccompagne un clille en l'assurant que son traitement devrait faire effet. J'ignore s'il le berlure ou pas. En tout cas, le mien fait effet à sa dame, je te fichtre foutre ! Si je te dis su-bli-me, qu'est-ce que tu réponds, Raymond ? Rien ? Eh ben t'as raison, parce qu'une troussée de cet envol, depuis la Rome Antique, plus romantique on n'avait pas vu !

Là-bas, à Chennevières, autour du berceau d'Apollon-Jules, on en est probablement aux desserts et je te parie un second coup de bite contre *L'Angelus* de Millet que Béru se lève déjà pour interpréter *Les Matelassiers,* a cappella.

BARREAUX SANS PRISON

Le domestique avait grande allure dans sa tenue immaculée à boutons et épaulettes d'or. C'était un garçon très sombre, à la chevelure calamistrée.

Il sourit à Alice en pénétrant dans la pièce, chargé d'un immense plateau de cuivre ouvragé qui supportait des victuailles délicates. Il le déposa sur une table basse.

— Comment vous appelez-vous ? lui demanda Alice.

Il la regarda sans comprendre et eut un sourire indécis. Visiblement, il ne parlait pas français.

Alice se leva et se dirigea vers la porte. Elle n'avait pas l'intention de quitter la pièce, simplement elle éprouvait quelque curiosité concernant le reste de la demeure. Elle aperçut un grand gaillard vêtu d'une gandoura blanche à parements verts, debout dans l'ouverture, jambes écartées, bras croisés, dans l'attitude d'un gardien de sérail pour film américain de l'époque Novarro. Cet homme « couvrait » le serviteur, prêt à intercepter une éventuelle tentative de fuite de la jeune fille.

Au lieu d'affoler Alice, cette constatation l'amusa. Elle était prisonnière dans un palais d'Orient. Cela ressemblait à un conte des *Mille et Une Nuits*.

Elle ne parvenait pas à dramatiser la situation. Tout cela lui paraissait plaisant. Elle s'efforça de se rappeler l'enchaînement des faits qui l'avaient conduite là. Elle les évoquait de façon floue, sans parvenir à rétablir la notion temps. Tout cela avait eu lieu voilà longtemps, dans une autre vie. Elle se voyait (ou bien s'imaginait) devant l'hôtel particulier familial, par une nuit grise qui sentait le mouillé. Elle attendait que son père eût remisé la Rolls dans le garage aménagé sous l'immeuble de pierres blondes. Une rampe fortement inclinée y conduisait. La porte était actionnée par un boîtier commandant le déclenchement d'une cellule photoélectrique.

Pendant que son père s'activait, une grosse bagnole noire avait surgi, en marche arrière, depuis l'extrémité de la rue. Alice n'avait pas eu peur tout de suite. C'est seulement quand le véhicule avait stoppé à sa hauteur et qu'un grand diable brun en avait jailli qu'elle s'était précipitée vers le garage. Mais un bras d'airain l'avait cueillie par le cou. On lui avait appliqué un tampon imbibé de chloroforme sur le visage et elle était aussitôt devenue d'une docilité stupéfiante. Elle continuait de penser, de marcher, mais toute peur l'abandonnait et elle suivait le grand diable sans lui opposer de résistance. Elle était montée à l'arrière de l'auto, l'homme à son côté. Au volant, une femme brune et silencieuse avec d'énormes boucles d'oreilles scintillantes.

L'homme avait ouvert une boîte de fer pour y prendre un second tampon humide. Elle se rappelait qu'il avait murmuré « *Sorry* » en le lui collant sous le nez. Dès lors, ç'avait été la grisaille. En cherchant bien, elle retrouvait une foule de sensations diverses. Voyage en voiture… Repos sur une couche voluptueuse. Elle percevait de la musique orientale… Et puis…

Et puis quoi d'autre ? Ah, oui… L'avion… De cela elle était certaine. Elle se rappelait avoir marché sur un terrain battu par le vent. Il pleuvait. L'eau ruisselait le long de sa nuque. On l'avait aidée à gravir l'escalier rétractable de l'appareil : un jet de businessman, confortable comme la Rolls paternelle et qui sentait également le cuir fin. À nouveau elle avait dormi. Mais pouvait-on qualifier de sommeil cette torpeur suave dans laquelle on la plongeait artificiellement ?

Toujours est-il qu'elle se sentait infiniment bien : délivrée et heureuse. Délivrée de toutes les préoccupations quotidiennes, de toutes les arrière-pensées de la vie. Délivrée des petites peines qui, sans trêve, vous griffent l'âme. Pour la première fois elle existait « pour elle-même », uniquement.

Une seule crainte toutefois : cette félicité allait-elle durer encore longtemps ?

Après le départ du valet, Alice s'approcha du plateau. Elle y trouva des médaillons de langouste en gelée, du caviar avec des blinis, du foie gras, du saumon fumé. Un repas composé de hors-d'œuvre de luxe. Amusant, non ?

POUM !

On dit que le meilleur moment de l'amour c'est quand on monte l'escadrin ; mais « après » n'est pas mal non plus si tu as réussi ton affaire.

On reste là, debout, haletants, empêtrés, vidés de nos intimes secrets et pleins de nos sécrétions plus intimes encore, les tempes battantes, la chevelure trempée de sueur. Étourdis, éblouis, fiers de nous.

Quand on finit par se désunir c'est à cause de Maria, la bonne portugaise à poils longs qui frappe à la porte. Le rideau tombe sur notre final.

— Qu'est-ce que c'est ? demande Maryse (car tel est son prénom).

— Cé lé mosieur masseur dé la Madame ! annonce la valetonne.

— Je vais le recevoir.

On se contemple en souriant. Je lui roule la pelle de la reconnaissance infinie.

— Tu es comblante ! lui dis-je.

— Tu m'as comblée, rétroque-t-elle.

Elle ajoute :

— Tu as mon téléphone privé ?

— Pas encore.

Elle trottine à sa coiffeuse et prend dans un tiroir une petite carte bleue qu'elle glisse dans ma poche.

— Quand tu voudras, où tu voudras.

— Merci, je fais-je, ému.

Et bon, je vais me filer un petit ravalage express de la grosse bitoune, lui rendre l'éclat du neuf pour qu'elle redevienne opérationnelle.

Avant de m'extrader, je lui demande :

— Dis voir, ma Merveille, Alain Lambert, quel genre d'homme est-ce ?

Elle sourit.

— Un type bien : intelligent, efficace, homme du monde, homme d'affaires, bon père. Il n'a pour l'instant qu'un seul défaut : sa maîtresse.

— Belle Isabelle ?

— Ah ! tu es déjà au courant ?

— Ben : flic, non ? Que reproches-tu à la dame ?

— D'être tordue et de perturber la vie d'Alain.

— Tu es jalouse ? perspicacé-je.

Elle rougit.

— Pas le moins du monde ; Lambert n'est qu'une relation amicale.

Ment-elle ? Après tout, c'est son affaire. S'il fallait éclairer le passé des dames qu'on baise, on devrait acheter un groupe électrogène avec une tripotée de projos.

— Tu vas aller voir cette houri ? demande Mme Marate.

— Naturellement.

— Alors, c'est maintenant que je vais être jalouse.

— À cause ?

— Elle risque de t'intéresser car c'est un personnage et, tel que je crois te deviner, tu raffoles des personnages. Sois prudent.

Elle me drive jusqu'au hall. La soubrette court délourder et me voici reparti pour de nouvelles aventures, kif le Grand Meaulnes à la fin du *book.*

C'est « petite abeille », Antoine. Lesté de pollen. J'ai appris des choses intéressantes, j'en ai fait de merveilleuses. Une grande joie des sens me donne confiance en l'avenir.

Un peu de soleil essaie de dire son mot dans l'harmonie universelle. N'apercevant pas de bahut à l'horizon, je décide de m'armer de courage et d'aller prendre le métro.

Chez *Belle Isabelle*, j'ai compté : la boutique mesure six mètres sur quatre. On y vend des toilettes d'avant-garde auxquelles tu ne commences à t'habituer qu'au bout de plusieurs mois, c'est-à-dire lorsqu'elles sont passées de mode. Chacune de ces guenilles vaut le prix du caviar et ça se bigorne pour les acheter comme s'il s'agissait de soldes avant travaux.

Une ravissante, mystérieuse et impressionnante créature est assise derrière un exquis bureau Mazarin, en train de lire *Vogue* (pas le bureau, la créature). Très blonde, sans doute grande, porteuse d'une de ses fripes, le maquillage dans les tonalités parme, le cou interminable, les cheveux coupés à la bagnarde, la belle donzelle ne passe pas inaperçue.

Elle manque peut-être un peu d'artillerie lourde sur le devant, il n'empêche qu'elle est autrement comestible que la Mère Denis et je comprends parfaitement qu'Alain Lambert en soit amoureux. Seulement, comme je viens juste de donner à la Croix-Rouge, c'est en toute sérénité glandulaire que je pénètre dans son estanco.

— Madame de Broutemiche ? je hasarde.

— En effet, monsieur le commissaire, répond la superbe en moulant son mensuel.

— Vous me connaissez ? éberlué-je.

— Non, mais Alain vient de m'annoncer votre visite. Comme en dehors du facteur et des livreurs, il est rarissime qu'un homme seul se risque dans ma boutique…

Elle rit féroce. C'est vrai qu'elle paraît un peu bizarre, cette chérie. Quelque chose d'inhumain m'incommode chez elle. Un éclat de déraison dans ses prunelles. Une sorte de vanité sauvage, d'orgueil interplanétaire. Pour elle, la base de sa philosophie, c'est « moi et Dieu ».

— Je pensais bien que la police commencerait par s'intéresser à moi, lorsqu'elle entrerait en action, poursuit l'incommodante personne. Vous pensez : la maîtresse du père dont on a kidnappé l'enfant, quel os à ronger, d'entrée de jeu ! Eh bien non, mon cher commissaire : je ne trempe pas dans cette histoire, bien que je l'aie pratiquement prévue et annoncée à Alain.

Cette affirmation insolite me fait sortir de mes gongs, voire même de mes gonds.

— Qu'entendez-vous par « l'avoir prévue » ?

— Le thème astral d'Alice. Son trigone autobloquant avait une connexion foirinante avec Vénus dans une parabole de déviation par rapport à Mars ; conclusion : « elle allait vivre un événement qui devait changer fondamentalement son destin. » Sa résidence lunaire allait s'impliquer dans le trémulseur endémique de Jupiter, mon cher. Dès lors, inexorablement, le grand chambardement devait s'accomplir. Tout cela je l'ai dit et seriné à Alain. Mais il est sceptique. Ne croit ni en Dieu ni au diable et encore moins à l'astrologie. Vous pensez : Capricorne ascendance Taureau !

Bien ce que je pensais : un tantisoit givrée, la de Broutemiche. Qu'est-ce que ça peut bien donner au pieu, une nière tellement ensuquée par ses giries astrales ? Pas grand-chose. Il trouve son fade comment, Lambert de nos Mignonnes Burnes quand il escalade ce brancard ? En moins de jouge, j'inverse les réacteurs de mon appréciation. En entrant et en matant sa géographie, j'ai cru que le papa d'Alice devait reluire comme un fou avec médéme. Mais il a suffi qu'elle me balance trois répliques pour que je pense pis que le contraire.

— Vous, vous êtes Cancer, n'est-ce pas, commissaire ?
— Effectivement.
— Ascendance ?
— Sagittaire.
— Votre date de naissance ?
— Je ne suis pas venu ici pour me faire tirer les cartes, madame.
Elle bondit.
— Non mais, vous n'allez pas m'assimiler à une cartomancienne, à une diseuse de bonne aventure ! L'astrologie est une science reconnue et qui...
— Si vous donnez une conférence sur le sujet, envoyez-moi un carton, je ferai l'impossible pour y assister. Mais, le temps presse, madame : une jeune fille a été enlevée et j'ai pour mission de la retrouver. Alors veuillez, je vous prie, répondre à mes questions de la façon la moins astrale possible.
Mon ton, mon expression, lui clouent le bec. Elle décide de me haïr silencieusement. Ses deux lance-flammes continuent de se promener sur mon visage photogénique. Elle est en train de me mijoter un horoscope pas piqueté des charançons, je prévois. Du gratiné, calamiteux de partout, avec des turbulences planétaires à en chier dans son froc. Bon, je laisse passer. Mon destin ne concerne que Dieu et moi. Nous nous en chargeons, Lui et ma pomme. On s'est déjà réparti le boulot : je crois en Lui et Il croit en moi. Ça s'appelle un *divine agreement*.
Très flic, j'entreprends l'interrogatoire de « Belle Isabelle ». Ça donne un peu moins que pas grand-chose. Ce qu'il ressort de l'entretien, c'est que les proches de Lambert, à savoir sa fille et ses amis, ne doivent pas vénérer la nière Broutemiche car, selon ses déclarations, elle ne les fréquentait pas. Sa liaison avec Alain se résume à quelques rendez-vous tendres deux ou trois soirs par semaine. Je crois comprendre que c'est l'industriel qui a financé l'achat de la boutique de fripes. Au début, comme elle est vexée, elle se montre réticente, mais la jacte vient en parlant et la voilà qui repart bille en tête sur son dada. Bientôt, elle m'interrompt pour m'annoncer que Cancer ascendance Sagittaire, c'est pas mauvais, mais qu'hélas je tombe pile dans je ne sais quelle merderie constellaire qui va me faire baver des bielles de locomotive avant longtemps. D'abord, faut que je m'attende à partir en voyage imminemment. Et ce sera pas une croisière d'agrément, elle me prédit. Tant pis pour moi puisque je lui refuse ma date et mon heure de naissance, elle aurait pu m'en dire davantage et me fignoler un plan anti-scoumoune pour me dépêtrer du mauvais sort, le rendre plus supportable. Puisque j'obstine,

je devrai me débrouiller tout seul, faire face à l'adversité comme je pourrai. Elle s'en lave les mains, les pieds, la chatte, plus les yeux (à l'Optrex).

Lorsque je la quitte, j'ai une tronche grosse comme la Maison de la Télé. Des gonzesses pareilles, j'aimerais mieux m'embourber un bûcheron des Vosges ou un patron pêcheur de Fécamp plutôt que d'y risquer ma livre sans os. Si l'occase se présente, faudra que je l'interviewe, Lambert. Au plan humain, ça doit être enrichissant de piger son problème.

Le *Pasha Club* n'ouvrant ses lourdes qu'à partir de 21 heures, je décide de faire un break et d'aller recoller au baptême d'Apollon-Jules, du moins à ce qui peut subsister encore de ses fastes. J'atteins le *Goujon de la Marne,* en fin d'après-midi. Un loufiat à la veste déboutonnée fait relâche devant l'établissement en fumant une cigarette.

— Le baptême Bérurier fonctionne encore ? lui demandé-je.

Il a une expression écœurée.

— Mouais, y a des restes.

J'avise la voiture des Béru sur le parking, cette rarissime Traction Avant quasi cinquantenaire, dont le pare-brise est en contreplaqué, les portières absentes ou maintenues par du fil de fer et les banquettes remplacées par des caisses recouvertes de coussins avachis.

Je grimpe dans la salle « particulière » où s'est perpétré le festin. Trois bruits de nature différente agressent mes tympans avant que je ne l'atteigne : des cris de bébé, des ronflements de vieillard, et une chanson à boire dont les paroles sont inaudibles du fait de son interprète.

J'entre !

Ô désolation !

Seul Rossellini aurait pu « inventer » la scène qui s'offre à moi.

La longue et large table jonchée de bouteilles vides, avec sa nappe naguère blanche, rouge maintenant par le beaujolais renversé, graisseuse, froissée, brûlée par des cigarettes insurveillées. Au centre, parrain Pinaud roupille, la joue dans une portion de gâteau au chocolat dont un brusque sommeil l'a privé. Apollon-Jules rampe sur le plancher, ou plutôt s'y agite avec des mouvements primaires de crabe sur le dos. Il a saisi (comment ?) un moignon de boudin qu'il tète comme s'il s'agissait du colossal sein maternel.

Assis à califourchon sur une chaise, Béru écluse au goulot la fin d'un flacon de marc. Il est beurré à ne plus se voir les mains. Et c'est peut-être heureux car sa dame, penchée sur la table et cramponnée à ladite, se laisse embroquer d'importance par un plongeur maghrébin, lequel procède par à-coups profonds, déterminés, fiers et dominateurs. *Babel Oued Story !* Touche bien à mon pote ! C'est la Grande France, celle où ça « s'ajoute » comme dit si bien le cher Ivan Levaï dont je défends à Le Pen (à faire jouir) de porter la moindre atteinte !

Complètement imbibée également, la jeune maman finit par m'entrevoir à travers sa brume éthylique et me lance :

— V'vous rendez compte d'un culot, le service d'cette taule, Antoine ? Ça fait une heure qu'y se relayent dans mes miches, les uns les autres ! Des vrais mendigots : v'donnez l'petit doigt à l'un, l'restant viennent vous réclamer la moniche ! Sous prétesque qu'j'ai taillé une p'tite pipe en camarade au maît' d'hôtel qu'était plutôt avenant, les voilà qui font la queue.

Le Nordaf continue sa séance d'aérobic (si j'ose dire sans qu'on me traite tout de suite de sale raciste). Il plonge avec méthode et discernement. Berthy se laisse faire, en grande bonté d'âme, anesthésiée qu'elle est par la picole.

— Et les autres convives ? m'inquiété-je.

— Partis ! La mère Pinaud a eu une remontée d'glaires après la tétine aux oignons et on l'a embarquée dans un taxi. Au fromage, y a eu un coup de turlu pour les Mathias, comm' quoi les céréesses qui gardent leurs chiares déclaraient forfait, alors y sont filés. Après le repas, au moment du pousse-café, « marraine », vot' môman, est rentrée av'c Toinet. C'est Marie-Marie et son fiancé qui l'a remmenée chez eux. Nous aut' la Pine et le Gros, on est restés pour écluser le dernier. Mais j'voye qu'Apollon-Jules se traîne par terre, vous voulez-t-il bien l'rmett' dans son couffin du temps qu'Mohamed me finit ? Mercille beaucoup. Prenez quéqu'chose, Antoine. Commandez ce vous voudriez, aujourd'hui, c'est jour de fête. Si j'vous dirais que j'sus un peu pompette, moi que je bois jamais ou presque !

Elle essaie de tourner son mufle en arrière et demande :

— Ça vient, Mohamed, quoi ou merde ! J'vais couler une bielle, moi, à force qu'on me râpe l'intimisme. Déjà le chef qu'arrivait pas à prend' son *foot*, j'veux bien tout c'qu'on veut, mais faut pas abuser, mon grand ! D'autant qu'ça va êt' l'heure d'la tétée pour mon bébé…

— Ça va s'arranger, m'dame, promet le plongeur en plongée.

Et il passe la vitesse supérieure.

Je considère ce lieu, ces gens, cet instant exceptionnel. Je me demande si cette conjugaison ne fournit pas une image parfaitement composée de « l'honneur ».

Un loufiat qui est déjà passé par Berthe se pointe, en bras de chemise.

— Vous prenez quelque chose ? s'informe-t-il.

— Oui, décidé-je : une omelette au lard et un coup de beaujolais car j'ai fait ballon.

Le serveur fait la moue.

— Y a plus que le taulier en cuisine, je vais voir s'il veut se mettre au piano.

Un bruit de source, soudain. C'est Alexandre-Benoît qui urine sans quitter sa chaise ni défaire sa braguette.

— Ce qu'il est blindé, mon homme, s'extasie Berthaga. J'lu en ai vu ramasser des sévères, mais une aussi pareillement carabinée, j'me rappelle plus. Notez qu'il a des escuses, hein ? C't'enfant qu'on n'attendait plus, qu'on croilliait pas possible, et qu'est là, si beau, si ressemblant… Un cadeau du ciel, Antoine !

Elle se fout à chialer au moment précis où Mohamed se met à jouir, sobrement sans un cri, sans un soupir. Il reste un court instant immobile avant de prendre congé de son hôtesse, puis s'en dégage et s'essore la tête chercheuse avec la retombée de la nappe.

Mon omelette grésille. Je mange de bon appétit, en tentant de faire le point. Mes déplacements et visites récents me préoccupent. Cette fois, je suis entré dans l'affaire Lambert. Il y a presque toujours, au début d'une enquête, une période de flottement. On s'imprègne, tu comprends ? On renifle. Chaque affaire a une odeur, se peuple de gueules qu'on doit connaître. Il convient de la situer, géographiquement, socialement, humainement.

Le plongeur comblé s'esbigne. Quelqu'un toque à la lourde, et c'est le beau-père du patron, un vieux veuf en retraite qui bricole au jardin « pour s'occuper ». Il balbutie qu'il voudrait bien tremper un peu le biscuit, lui aussi. Ça fait huit ans qu'il macère dans la chasteté et, malgré ses soixante-quinze ans, elle lui monte un peu à la gorge. Madame voudrait-elle essayer de le démarrer un peu à la main ? Il est sûr de rien, mais il aimerait tenter l'expérience, juste pour vérifier où il en est.

Mais Berthy le refoule.

Elle a suffisamment donné commako, la Gravosse. Dis, faut qu'elle s'aère un peu les meules, merde ! D'autant que contre une table, mercille beaucoup ! Ça lui enraye la digestion. Elle a une barre au niveau de l'estom'. Et puis c'est le moment qu'elle donne le sein à son bambino vorace. Chacun son tour, non ? D'autant que messire l'ancêtre, si on doit l'entreprendre à la manivelle, on n'est pas encore sorti de l'auberge, c'est le cas d'y dire ! Elle regrette véry moche, mais ça sera pour une autre fois, quand Apollon-Jules fera sa première communion ; si pépé se cramponne jusque-là, elle lui donnera priorité, juré !

Le départ est homérique. Le personnel accepte de transporter Béru jusqu'à ma calèche. Il va laisser sa traction à l'hôtel, n'étant plus en état de la piloter. Il carmera la note demain en venant la reprendre. Le patron est si content de nous voir partir qu'il accepte le principe. Pinaud suit le cortège en chancelant. Tous les deux ou trois pas, l'un de ses genoux cède et il se paie une génuflexion involontaire.

Je fourre tous ces résidus d'humanité sur le cuir de ma Quattroporte, poum ! Et bon, je vais driver l'équipe jusqu'à l'appartement des jeunes parents. Le hic c'est que Berthe a paumé son sac à main, et donc la clé de l'apparte. Alors on retourne au *Goujon « frivole » de la Marne* pour rechercher le réticule mais, manque de bol, la guinguette a fermé ses volets pour cause de demain dimanche. Alors, bon, comme on ne peut pas laisser un nouveau-né à la rue, je décide d'emmener les Bérurier et leur progéniture chez moi. Ils bivouaqueront dans la chambre d'amis.

Et puis qu'est-ce qui me prend, en cours de chemin faisant, de vouloir passer au *Pasha Club* ? La conscience professionnelle, tu crois ?

Oui, je ne vois pas d'autres explicances.

Je me pointe dans la rue de l'établissement, gare ma chignole à la je-m'en-branle à l'angle de deux rues.

J'explique à dame Berthe que je dois faire un saut au club, l'affaire de dix minutes, et qu'ils veuillent bien m'attendre, tous ces romanos.

Qu'ensuite je vais carillonner à la porte de l'établissement. Huis clouté, avec un judas comme un guichet de prison percé en son milieu et pourvu d'une grillette de fer forgé.

Au bout de peu, une gueule répond à mon appel.

— Vous désirez ?

— Entrer, réponds-je avec une grande précision.

— Vous avez la carte du club ?

— Non, mais peut-être que celle-ci fera l'affaire ? hypothèsé-je en plaçant ma brème poulardière devant le judas.

Magique : on m'ouvre !

Un beau gosse, saboulé pingouin, avec une denture éclairée au néon, m'accueille. À la fois sémillant et blasé. Baraqué sans que son *tailor* y mette trop du sien. Le genre de gusman qui doit chasser la douairière et lui faire sa joie de vivre sur traversin moyennant une montre Cartier ou une gourmette de chez Boucheron. Le club constituant un vivier à vieilles dragueuses, des mémères que le temps a dérouillées et qui raffolent se faire dérider la babasse par un petit champion du pic à glace.

— Très honoré, monsieur le commissaire, il y a un problème ?

Son ton tranquille m'assure déjà que s'il y en a un il est infondé, le *Pasha Club* étant une boîte sans peur et sans reproche.

— J'aimerais questionner le personnel du restaurant à propos d'un de vos clients.

— En ce cas, descendez l'escalier. En bas, vous demanderez Freddy, c'est le maître d'hôtel.

Je dévale un escadrin entièrement tendu de tapis avec deux rampes dorées et de savants éclairages en forme d'étoiles dans le plaftard. Un second esclave tout smok et tout sourire m'accueille au bas des marches. Celui du haut l'a déjà affranchi par le biniou intérieur car il m'envape avec zèle en me filant du « monsieur le commissaire » gros comme ma cuisse. Me voici installé à une table discrète, derrière des plantes vertes artificielles, mais tellement bien imitées que de vraies racines leur poussent.

— Accepteriez-vous un petit champagne-framboise, monsieur le commissaire ?

— Avec plaisir.

— Je vous envoie Freddy dans un instant.

Je retapisse la salle luxueuse, tout en glaces fumées, avec des sièges et un nappage dans les tons abricot.

Pas grand monde encore : une tablée de six personnes (trois couples) plus deux de deux. Les convives sont en tenue de soirée, à l'exception d'un homme qui s'est contenté d'un bleu croisé, mais on l'a accepté tout de même. Moi, je trouve que c'est une bonne chose de s'habiller *for the dinner* de temps à autre. Si on se fout tous en bloudgine ou en salopette pour aller au théâtre ou dans des dîners mondains, la France ressemblera vite à une affiche chinetoque célébrant la Longue Marche.

Le champagne-framboise est délicatement dosé et frappé. Au-delà du restau s'ouvre la boîte de nuit, dans des demi-teintes orangées coupées de zones ténébreuses. Elle ne fonctionne pas encore, du fait de l'heure jeunette. Mais déjà, de la musique mouline à tout-va ; ritournelle pour vieux crabes, *Strangers in the Night* et sirop de trompe d'Eustache à lavement.

Un grand type blond, affable, s'approche de moi, s'incline à 45 degrés, se présente :

— Freddy, maître d'hôtel, vous souhaitez me parler, monsieur le commissaire ?

De l'allure, du parler bien ajusté : bref, un vrai pro.

— Pas à vous en particulier, mon bon, je lui retourne en souriant Colgate, mais il est probable que vous allez pouvoir éclairer ma lanterne.

J'aimerais bien qu'il s'asseye (ou qu'il s'assoie s'il trouve cette forme plus confortable) car c'est vachement torticolant de s'entretenir avec un grand type debout lorsqu'on est assis à vingt centimètres de lui ! Mais dis, t'imagines pas un serveur, même chef, installé à la table d'un clille en plein service !

— Vous connaissez Alain Lambert de Vilpreux, camarade ?

Bien que le mot camarade ne soit guère de mise en ce lieu doré et coûteux où l'on sert davantage de homard que de sardines à l'huile, le maître-autel répond sans perdre son sourire :

— C'est un habitué, oui.

— Il vient souvent au club ?

— Au moins une fois par semaine.

— Avec qui ?

— Tantôt avec sa fille, tantôt avec son amie.

Il ajoute :

— C'est un bon client, très gentil.

Donc, il arrose facile, le Lambert. Dans la limonade de luxe, pourliche *or not* pourliche, *that is the question.*

— Je crois savoir qu'il est venu ici avec sa fille et des amis, jeudi passé ?

Freddy n'a pas à gamberger long. Il acquiesce, me désigne une table.

— Si fait : ils ont soupé au 11.

— Maintenant, rappelez bien vos souvenirs, mon bon. Ce même jeudi soir, il y avait, non loin de leur table, un dîneur solitaire. Un gros homme du genre levantin qui bouffait du caviar comme moi de la choucroute.

Freddy n'hésite pas une broquette.

— M. Kazaldi, annonce-t-il.

— Ça consiste en quoi ?

— Propriétaire d'un groupe pétrolier ; il a du fric plus gros que lui, et ce n'est pas peu dire !

— Qu'en pensez-vous, Freddy ?

Et comme il rosit légèrement (tous les blonds sont comme ça), je m'empresse de le rassurer :

— Soyez sans inquiétude, ça restera entre nous. Mais il est important que j'aie votre opinion.

Le maître d'hôtel devient pensif.

— C'est un homme tranquille. Il lui arrive de venir avec des amis à lui, arabes également, et toujours des hommes ; pourtant, la plupart du temps, il est seul. Il aime la table et pardonnez-moi le terme, il s'empiffre. C'est un client également très large (là, il se marre) au propre comme au figuré. Malgré la loi coranique, il prend de l'alcool, en petite quantité toutefois.

— Après la bouffe, il va draguer dans la boîte ?

— Il n'en a jamais passé la porte. Je ne pense pas que les femmes l'intéressent. Les hommes non plus d'ailleurs, ajoute-t-il. Il fait un peu… comment appelle-t-on cela, pas eunuque mais…

— Castrat ?

— Voilà : castrat, c'est cela. Du reste, il possède une voix de femme qui détonne dans cet énorme corps.

— Vous le classeriez dans les méchants ou les gentils, Freddy ?

— Oh ! les gentils, ça ne fait pas de doute ; et même parmi les gentils qui inspirent la pitié. Sa solitude et sa boulimie ont quelque chose de pathétique.

— Au cours de la soirée, vous n'avez rien remarqué d'anormal à sa table, non plus qu'à la table des Lambert ?

Le grand blond avec deux chaussettes noires paraît surpris par ma question. Il me regarde, puis contemple la salle comme pour chercher des ombres aux tables qu'occupaient les gens que j'évoque.

— Franchement non, monsieur le commissaire.

— Pas le moindre incident à signaler ?

— Aucun.

— Eh bien, je vous remercie. Vous m'avez l'air d'un type très bien, Freddy.

— Merci de cette appréciation, monsieur le commissaire. Vous n'avez plus besoin de moi ?

— Non.

Il s'incline à nouveau et s'en va.

Je bois une nouvelle gorgée de champ'. Tiens, mon godet est naze. Comme je déteste me montrer chien, je commande une autre coupe, pas me tailler comme un malpropre. Qu'alors un brouhaha retentit dans l'escadrin. Une voix forte et grumeleuse hurle :

— Si tu comptes que vous m'empêchez d'descend', moi, mon fils et ma femme, 'spèce de morpion, tu t'goures ! Un nouveau-né en nécessité, qu'est plein d'merde jusqu'aux oreilles, j'voudrais voir !

— Mais, monsieur, c'est un club privé ! Vous n'êtes pas habillé ! Et on ne reçoit pas les enfants, c'est impossible !

— Pas habillé, moi ! Non, mais on croye rêver ! Un costard sur mesure en prov'nance de chez « L'homme élégant Bastille ». Tire-toi d'mon chemin ou j't'émiette, crevard !

Un bruit sourd, un autre, à rebondissement, et le beau Valentino en smok de l'entrée déboule dans la salle les quatre fers en l'air et le nœud pap' sur le sommet de la tronche (joyeuses Pâques !).

On s'empresse pour l'aider à se relever. Mais, souverain, écartant la valetaille, Sa Majesté Alexandre-Benoît Premier, père du prince Apollon-Jules, débouche dans cette salle huppée, chiffonné, congestionné, violacé, taché de partout.

Freddy court s'interposer. Le Mastar brandit sa carte de police en aboyant :

— Ta gueule, esclave ! Non-assistance à bébé en danger de merde, ça pourrait vous coûter chaud, à tous.

Il se tourne vers les marches.

— Viens, ma Berthy, viens, ma colombe, et laisse-moi pas tomber c'te petite fleur, surtout ! Tiens, va t'mett' à cette tab' là-bas, près de celle à Tonio. T'seras nickel pour langer l'bijou. Faudrait qu't'aurais dû prend' davantage d'couches, mais ces messieurs t'prêteront des serviett' de tab' pour remplacer. Allons, les mecs, grouillellez-vous ! Et pis apportez une bassine d'eau tiède qu'on dépommade c't'enfant Jésus.

Il s'avance vers les convives attablés, sidérés par une telle intrusion.

— Faites z'escuses, braves gens, mais quand ça urge, ça urge, n's'pas ? Continuez d'claper sans vous préoccuper, c's'ra l'affaire d'un instant bien qu'maâme Bérurier ici présente soye novice du fait qu'c'est son premier bambino. Au quinzième elle aura pris l'tour d'main.

Il éclate de rire, s'approche de moi.

— Toi, alors, c'est la vie d'château, mec. Môssieur se nettoye les dents du fond au kir royal, du temps qu'mon héritier glaglate dans sa tire ! Faut êt' décontracte, bravo ! On voye qu't'es pas père. La fibrane paternelle, tézigue, connais pas ! Un jour, tu comprendras. Garçon ! Trois kirs royals, c'est baptême, j'arrose !

Ça conciliabule vachement dans les troupes du *Pasha Club.* Ils téléphoneraient bien à Police-Secours pour une évacuation rapide des squatters, mais comme ceux-ci sont eux-mêmes de la Rousse, ça les retient, les pauvres ! Et puis le patron qu'est à sa campagne pour le ouiquende, merde ! Bon, ils vont laisser passer la tornade ; tant pis pour les clilles. Tout le monde le sait qu'on vit une époque difficile, pleine de risques et d'imprévus. Ce couple folklorique et ce poussah braillard ne sont pas tellement dangereux, bien que le père ait la bourrade facile !

Alors, soit : trois kirs ! Plus la bassine et les serviettes. Apollon-Jules ferme sa grande gueule, biscotte la musique d'ambiance qui doit le calmer, quelque part. Ils commencent à rire sous cape, les loufiats. Moi, je file un gros talbin de deux cents pions dans la paluchette à Freddy, manière de calmer le jeu.

Trois mots pour expliquer : baptême, une nature cet ancien ministre. Freddy enfouille, comprend.

— Monsieur le commissaire, vous m'avez parlé d'incidents au cours de la soirée de jeudi. Ce que je vais vous dire n'en constitue pas un, c'est un détail, un simple détail…

— Vas-y : je suis preneur ; dans mon job, c'est avec les petits détails qu'on bâtit les grandes vérités.

Curieux comme ça leur revient en fin de parcours, aux uns et z'autres ! Pas dans la foulée. Ils doivent ruminer un moment avant de pouvoir dégorger.

— L'autre soir, M. Kazaldi a fait appeler son chauffeur.

— Ici ?

— Il l'a envoyé chercher, lui a dit quelques mots et le gars s'est retiré. Ça n'a duré qu'un instant. Vous voyez que c'est sans importance.

— Il est coutumier du fait ?

— Non, c'était la première fois.

— Dites-moi, Freddy, puisque le *Pasha* est un club privé, vous avez nécessairement la liste de ses membres avec leurs adresses ; je voudrais celle de M. Kazaldi.

LE NUAGE

Alice regardait le ciel à travers les motifs de fer forgé scellés devant la fenêtre. Elle vit un nuage rose, tout seul dans le bleu, pareil à ceux qu'on trouve sur les dessins d'enfants. Au bout d'un instant, elle eut la sensation délectable d'être étendue sur ce nuage et de flotter, loin au-dessus de la vie, dans des régions heureuses.

L'appartement qu'elle occupait était un nuage. Un nuage rose.

TCHLAOFF !

Les garçons cérémonieux du *Pasha Club* sont très captivés par la leçon de puériculture que leur donne Berthe Bérurier. Ils font cercle autour de la table, admirant la dextérité de la jeune maman occupée à langer le chérubin.

Elle, très calme, maîtresse d'elle-même (et de qui le lui demande), assortit sa démonstration de commentaires :

— C'est un tour d'main à prendre, voiliez-vous. C'qui m'a beaucoup aidée c'est que, depuis lulure, mon espécialité enculinaire, c'est le pâté d'campagne enveloppé dans d'la crépine. V's'imaginez que l'cul du bébé, c'est l'pâté. Vous disposez l'lange d'la façon ci-jointe, en triangle, d'manière que ça fasse trois angles comme dans certains triangles quand y sont bien triangulaires. Vous passez l'angle du milieu ent'les jambes, en l'aplatissant bien, pas lui pincer les roupettes, ensuite…

J'abandonne le cours pour aller prévenir maman qu'elle aura, cette nuit, trois pensionnaires.

À peine ai-je ma vieille chérie au fil qu'elle s'écrie :

— Le service des écoutes te cherche, Antoine. Tu dois le rappeler d'urgence.

La nouvelle me déconcerte quelque peu.

— Ça t'ennuierait que j'amène les Bérurier à la maison pour la nuit ? Ils ont perdu leurs clés et ne savent où aller dormir avec leur enfant Jésus.

Bien sûr, ma Féloche m'assure qu'elle est ravie. Conchita, notre servante ibérique, a justement préparé la chambre d'amis hier. Elle va aller récupérer au galetas la petite baignoire qui servit pour Toinet.

— Ne te décarcasse pas trop, ma poule, tu sais bien que l'hygiène n'est pas tête de liste chez les Bérurier.

Ayant dit, je raccroche pour appeler « les écoutes ». L'un des hommes de nuit m'annonce qu'il a quelque chose d'intéressant à me faire écouter à propos de l'affaire Lambert.

— Ça concerne une demande de rançon ? demandé-je.

— En effet, commissaire. Nous avons rappelé Lesgourde, notre technicien expert, il est en train de travailler sur la bande.

— J'arrive.

Et nous voilà repartis pour la Grande Taule, les *trois* Bérurier, Pinuche endormi et moi.

Chemin roulant, je leur propose d'aller réveiller un serrurier afin qu'ils puissent rentrer chez eux, mais ils déclinent. Non, non, ils m'attendront. Ils préfèrent venir pieuter à Saint-Cloud, ce sera plus joyce. Moi, j'enrage de n'avoir point pris mon sésame fameux qui eût solutionné le problème des clés. Mais ce matin, partant « en baptême » je ne pouvais me douter que j'en aurais besoin. Comme quoi, le flic d'aujourd'hui ne doit jamais se départir de son outillage, fiesta ou non. Même pour aller tirer une crampe à l'hôtel du *Morpion Farceur*, il a besoin de son matériel.

À la Grande Cabane, les écoutes se trouvent dans un local à part avec tout un bordel technique. Quelques perdreaux, en bras de limouille, éclusent des boîtes de Kronenbourg en tapant le carton, car les attentes sont longuettes. Ils macèrent dans un nuage de fumée qui donne à leur local une ambiance de tripot américain. Au mur, le poster géant d'un photomontage représente la dame Thatcher en train de se faire enfiler en levrette par le chancelier Khol. Les deux protagonistes sont tournés vers l'objectif et lui font le signe de la victoire. C'est assez marrant, d'autant que les loloches de la Dame de Fer (en anglais : *the Iron Lady)* traînent par terre comme deux polochons mal rembourrés.

— Salut, les gars ! lance Bérurier, lequel a insisté pour me suivre, son précieux couffin à la main. Regardez un peu qu'j'vous montre les produits du plumard !

Il place son chargement sur la table. Réveillé et ébloui par la forte lumière, Apollon-Jules y va de sa bramante la plus soignée. Son organe fait vibrer les cadrans des appareils et nos collègues de la technique se plaquent les pognes sur les cages à miel.

— Mordez un peu le bestiau ! exulte l'heureux papa. Il a qu'deux mois mais on lu donnerait huit ans. Quand t'est-ce on l'a amené à l'église, ce morninge, le curé a d'mandé si c'serait pour un baptême ou pour une première communion. Quel artilleur slave va donner, hein ?

Les copains contemplent le rejeton vociférant.

— Et quel charcutier ! assure l'un d'eux. Il gueulera plus fort que les cochons qu'il égorgera.

— Son père, c'étaient des messieurs rouquins, non ? suggère un perfide.

La boutade ne désoblige pas Béru.

— On lu a fait un texte sanglant, il est du même group'ment que moi : AB positif, comme Rébus. AB, les initiales d'Alexandre-Benoît, c'est ben un' coïnciderie, non ?

— T'as raison, renchérit l'un des poulets, c'est une coïncidence, mais juste une coïncidence.

Tandis que ces gentlemen échangent des calembredaines, je passe dans le labo attenant où mon collègue Léonce Lesgourde « s'occupe » de la fameuse bande. Il est penché sur ses plateaux, règle des amplis, tripote des manomètres, le chef coiffé d'un casque aux plantureux écouteurs. Je passe ma main entre sa frite et son boulot afin d'attirer son attention et il relève la tronche.

— Oh ! c'est vous, commissaire.

— Tu me fais jouer ton concerto, Léonce ?

— Un instant.

Il bobine la bande, la lance.

Pourquoi une forte émotion me gagne-t-elle, tout à coup ? Parce qu'il va se passer quelque chose de capital ? Tout l'après-midi j'ai charrié au fond de l'âme la misère d'Alain Lambert. Pas un quart d'heure ne s'est écoulé sans que je l'imagine, recroquevillé près de son téléphone, à balancer entre la crainte et l'espoir ; vieillissant d'heure en heure, fou de détresse mais luttant pour conserver coûte que coûte son calme parce que c'est la seule chose qu'il puisse faire pour l'enfant volée : se maîtriser, être prêt.

Sonnerie du téléphone. À deux reprises ; la seconde ne va pas jusqu'au bout. On décroche. La voix fêlée, mais qui se veut forte de Lambert, annonce :

« — Alain Lambert, j'écoute. »

Il y a un silence. Peur du correspondant ? Manœuvre ultime ?

« — Allô ! » crie Lambert.

Un organe étrange se manifeste, rappelant celui d'un robot de télévision. C'est caverneux, mécanique, truqué :

« — Combien de temps vous faut-il pour réunir cinq millions de francs en coupures de cent ? »

Nouveau silence. Le temps que met Lambert à réaliser que c'est le fumier qui a kidnappé sa fille qui lui parle. Le temps d'enregistrer la somme. De faire le tour de ses possibilités. De…

« — Demain après-midi ! finit-il par répondre. Comment va-t-elle ? »

« — Elle ira bien si vous fermez votre gueule. On vous rappellera. »

Et tchlaoff ! on raccroche.

Lambert crie trois « Allô ! » qui vont decrescendo puis raccroche à son tour.

Lesgourde se mordille une peau morte près d'un ongle et la crache à deux mètres.

On se regarde.

— Tu étais à pied d'œuvre, Léonce, murmuré-je. As-tu déjà quelque chose à m'apprendre ?

Il hoche la tête.

— Trop court pour que les copains localisent l'appel. Cela dit, je crois pouvoir affirmer qu'il s'agit d'une femme.

— On ne le dirait pas.

— Elle déguisait sa voix et se servait d'un vibraphone vocal, mais à l'ampli et avec le décomposeur Blochard, on perçoit des accents féminins dans les syllabes muettes.

— Bon, c'est toujours ça d'acquis.

Je prends un grand congé de mes collaborateurs après leur avoir recommandé d'ouvrir en très grand leurs baffles. Demain sera peut-être déterminant.

La journée du lendemain est marquée par un événement de la plus haute importation, comme dit Béru : son héritier est malade. Il vomit et se paye 40 de fièvre. Branle-bas de combat chez Félicie. On mande notre toubib qui se pointe dans les meilleurs des laids. Le praticien diagnostique une infection intestinale, probablement due au fait qu'Apollon-Jules a mangé hier des denrées peu faites pour les bébés de deux mois : boudin, friture de goujons, profiteroles.

C'est sa première maladie. Affolé, Alexandre-Benoît retrouve intacte la foi de son enfance et se met à réciter des *Je croise en Dieu,* des *Not' paires* à n'en plus finir pour obtenir du ciel le salut d'un rejeton sur lequel on ne comptait plus.

Cavalcade « au » pharmacien. Étant donné les circonstances et comme il n'est pas question de transbahuter le jeune malade, les Bérurier vont donc continuer de séjourner chez nous. Quelqu'un de plus dévoué que m'man, tu meurs.

Le calme étant revenu, je décide de rendre visite à Alain Lambert de Machinchose. Bérurier me demande de m'accompagner, histoire de se changer les idées. Je l'emporte donc dans mes fontes et quarante-cinq minutes plus tard, nous déboulons chez le pauvre père angoissé. Ce dégât ! Tu lui refilerais quatre-vingts berges, à l'élégant. Il a eu beau se raser et se saper rutilos, il est complètement brisé, cet homme.

Il me serre mollement la main.

— Vous avez du nouveau ? me demande-t-il.

— Pas encore, et vous ?

— Non, rien !

Ça y est : il me bite. Se gaffe de la Rousse. Il ne veut pas que nous pointions nos longs nez dans ses tractations, alors il a décidé de manœuvrer seul, sans comprendre qu'il n'est pas de force.

Curieux qu'il ne se doute pas qu'on l'a mis sur écoute. C'est tellement élémentaire, mon cher Watson, une pareille mesure. Comment un homme civilisé, intelligent, très dans le vent, peut-il croire que nous le laissons seul, livré à lui-même ? Mais peut-être qu'il est conscient des précautions prises et qu'il veut éviter d'en parler pour garder sa liberté et nous laisser la nôtre ? Pas d'interférences dans le problème de la rançon. Il jouera le jeu, en conscience, et ce sera à nous de jouer le nôtre. Je pencherais plutôt pour cette version.

— Il paraît que vous avez rencontré mes amis ; tous mes amis, murmure-t-il.

— En effet.

— Et cela n'a rien donné, évidemment ?

— Pas vraiment.

— Pas vraiment laisserait croire que vous en avez dégagé néanmoins des choses positives ?

— Disons, simplement des impressions.

Bérurier, que j'ai mis au courant de la situasse, déclare qu'il aimerait parler au personnel.

— Mon chauffeur fait des courses, mais sa femme est à la cuisine, le renseigne Lambert.

Le Gros nous abandonne un instant. À peine a-t-il tourné les talons que le biniou tinte. Lambert pâlit et me regarde.

— Je vous en prie, fais-je innocemment.

Avec quelque embarras, il décroche.

— Alain Lambert, j'écoute.

Son terlocuteur terlocute. Ce qu'il bonnit paraît soulager mon « client » car celui-ci déclare d'un ton satisfait :

— C'est très aimable à vous, mon cher Durbard. Je saurai m'en souvenir. Eh bien, passez donc à quatorze heures pour… les formalités. Merci de tout cœur.

L'Antonio regarde par la fenêtre qui donne sur un jardin de faibles dimensions, savamment arborisé et entretenu avec soin. En son centre, il est un temple d'amour en fer tressé, après quoi grimpent des rosiers. Une table et des chaises meublent ce nid romantique. J'imagine Mlle Lambert, l'été, en train de lire dans cette cage idyllique.

En quelle cage plus sordide gît-elle présentement, si nous admettons qu'elle est toujours vivante ?

Bérurier tarde à revenir. Je le laisse agir, sachant que c'est un vrai poulet avec de bonnes initiatives qui, toujours, portent leurs fruits.

Lambert soupire :

— Je vais devenir fou.

Il a un tel accent de détresse que je pose ma main sur son épaule.

— Restez fort et gardez confiance : la situation va se décrisper.

Je suis sincère, car depuis qu'on lui a parlé rançon, j'ai repris espoir. Au début, je craignais que ce rapt ne soit pas lié à des questions de blé, et dès lors on pouvait tout craindre. Depuis qu'on lui a réclamé cinq cents briques, je me dis qu'on circule dans le conventionnel. Alice est devenue une denrée à vendre. Il va la racheter. S'il ne se produit pas de bavures, on peut envisager le *happy end* pour bientôt.

— Vous me permettez de lancer un coup de fil, monsieur Lambert ?

— Faites.

Avec une sublime impudence, je turlute au service des écoutes. Ils vont me trouver gonflé de les appeler sur la ligne même qu'ils surveillent.

— Commissaire San-Antonio ; j'aimerais savoir où vous en êtes ?

— On peut parler, commissaire ?

— Évidemment.

— Tôt ce matin, Lambert a appelé son banquier, un certain Durbard. Il lui a dit qu'il lui fallait de toute urgence cinq cents tuiles en liquide. Que le banquier devait vendre des titres, des obligations, au besoin lui consentir un prêt. Bien que Lambert n'ait pas fourni d'explications, l'autre a parfaitement pigé la destination de cet argent lorsqu'on lui a précisé qu'il fallait réunir la somme en billets de cent francs. Il est resté discret, malgré tout. À l'instant il vient de…

— Je sais. Merci. Je vous rappellerai plus tard.

Béru fait retour, mordant dans un sandwich au foie gras long comme un oléoduc (de Windsor).

— J'avais un' p'tite dent creuse, explique-t-il, et vot' cuistaude a bien voulu m'confectionner ce léger casse-graine.

Si tu savais ce que Lambert s'en fout ! Il n'a même pas entendu. On le moule pour aller vivre sa vie plus loin.

À peine sur le perron, le Gravos jubile :

— Formide, sa bonniche, pas fière pour deux thunes. À ses yeux, la police c'est magique. Elle s'est laissé miser su' la carante sans faire d'chichis malgré qu'elle portasse un' culotte d'honnête femme, à l'ancienne. J'y ai mis une monstre troussée. Couicli, biscotte les lend'mains d'java, j'ai les sens qu'emportent. C'matin, j'm'ai réveillé av'c un mandrin d'Sénégalais. À cause des inquiétudes d'not' enfant, j'ai pas osé m'met' à jour av'c la Grosse, mais j'pouvais pas m'trimbaler tout' la journée dans c't'état. Si j'aurais pas calcé la Yougo au Lambert, j'allais me faire éponger le trop-plein chez la mère Ripaton, à Courcelles.

— Voilà qui aura fait progresser l'enquête, ironisé-je.

— Bêche-moi pas, grand, ça m'a pas empêché d'questionner la femme tandis qu'j'la brossais galamment. C'est pas poli d'causer la bouche pleine, mais tu peux l'faire avec ta bitoune en va-et-vient ent' des miches amies. C'que j'ai appris, c'est que Lambert a pour maîtresse titrée une chieuse de force cinq, crème de bourrique complète, qui passe leur vie à lu faire des scènes et lui griffer un max d'osier. C'est d'la pétasse jamais contente, au plus qu'il lu refile des cadeaux et d'la fraîche, au plus qu'elle en veut. Ell' n's'entendait pas du tout av'c la petite sauterelle kidnappée.

— C'est tout ? ricané-je.

Le Mastar se fiche en renaud.

— Eh, dis, l'artiss, pousse pas. V'là une cuistaude qui m'rencarde su'la gerce à son singe, qui m'vide les burnes et m'confectionne un sandouiche au vrai foie gras, j'peux pas y demander, en suce, d'me faire une pension ou de m'adopter, merde !

Il rentre dans ma voiture, comme d'autres à la Trappe pour y faire retraite.

Un immeuble ultramoderne dans le quartier de Grenelle, sur le front de Seine. Le hall est plus vaste que le Palais des Congrès, tout en marbre rose, avec des plantes exotiques dans des bacs de bronze. La loge du gardien serait une aubaine pour un cadre supérieur ou un P.-D.G. moyen. Il en sort une musique douce d'avion au moment de l'embarquement.

Je sonne à la double porte vitrée et une dame de belle allure, genre doctoresse ou avocate en renom, vient délourder. C'est la gardienne de l'immeuble (à ce niveau de standinge, y a plus de concierge).

— M. Kazaldi ? je m'enquiers-je.

— Au douzième, mais il n'est pas chez lui : il est parti hier pour sa propriété de Marrakech.

Je déconviens un brin, n'en montre rien à cette personne de la haute, promue cerbère par dérogation spéciale, et demande :

— Il a du personnel à son appartement, je suppose ?

— Son valet de chambre, voui.

— En ce cas, je m'en contenterai.

— Vous parlez l'arabe ? s'inquiète mon électrocutrice avec du doute dans la voix et davantage encore dans le regard.

— Je sais dire *zob* et *barka,* oui, pourquoi ?

— Parce que le domestique ne parle pas un mot de français.

— Ça ne fait rien, j'ai le geste éloquent.

Et j'enquille l'ascenseur. La cage d'acier est si rapide qu'un violeur n'aurait pas le temps de sauter une douairière pendant le voyage, quand bien même il ferait de l'éjaculation précoce et qu'elle aurait le pot comme une entrée de métro. Le temps de se dire : je vais compter jusqu'à douze, et, dès le milieu de la phrase te voilà rendu comme du thon avarié.

Un appartement par étage, c'est de la toute belle crèche. Je sonne. Au bout d'un lapsus de temps infime, je devine un œil derrière le judas. Je regarde le bitougnet cyclope droit dans son reflet central et lui adresse un clin d'œil complice. Tu peux être certain que c'est magique. Le gusman qui t'observe n'a pas le temps de penser qu'il t'est impossible à toi de le voir. Il accepte le prodige, se croit regardé et t'ouvre.

Je me trouve face à un type pour film de James Bond (où d'ailleurs je crois bien l'avoir aperçu). Il mesure près de deux mètres, doit peser un quintal et demi, et a la boule rasée triple zéro, le teint gris, les paupières lourdes et une cicatrice d'un blanc immaculé qui serpente de son oreille au coin de sa bouche en faisant un détour par la jugulaire.

Je le salue gravement, d'un hochement de tête componctuel. D'instinct, je me mets à balancer en anglais.

— Puis-je m'entretenir avec vous un instant ?

Le gars murmure, dans la langue d'Elizabeth two :

— M. Kazaldi n'est pas là.

Ouf ! Je savais qu'il jactait le rosbif, ce tas de viande. Doit être saoudien, ou venir d'un émirat quelconque, à l'est d'Aden.

— Je sais, c'est pourquoi j'aimerais vous parler *à vous*.

— C'est de la part ?

Je lui montre ma brème.

— Police. J'appartiens au service des Étrangers et j'ai besoin de quelques renseignements.

Il s'efface pour me faire pénétrer dans un appartement immense comme le planétarium de New York, tout en vitres et en acier chromé, meublé mi-design, mi-oriental. Le salon, avec sa moquette verte, pourrait servir de terrain de foot si l'on en dégageait les sofas, poufs et autres tables basses pour les remplacer par des filets.

— Pour commencer, je vous serais reconnaissant de me montrer votre passeport, dis-je.

Le gorille (il est en training vert et blanc) quitte la pièce. J'éprouve un vague malaise dans cet univers si peu conforme au mien. Tout m'y est étranger : l'agencement, les odeurs, cette vie organisée à ras de terre… Dis-moi, Éloi, j'envoie pas le bouchon un peu loin en venant renifler chez ce richissime Arbi simplement parce qu'il a fortement louché sur la petite Alice le soir de sa disparition ? Si je me mets à enquêter sur tous les matous qui ont admiré cette ravissante fille, je vais me payer l'enquête du siècle !

L'esclave d'Aladin revient, non pas avec la lampe merveilleuse, mais avec un passeport verdâtre qu'il me présente sans un mot.

Bien sûr, il commence par la fin. Là-dessus, c'est écrit en double rubrique – arabe et anglais. Mon loustic se nomme Karim Harien, né et habitant « San'A », capitale du Yémen.

Le premier mec que je rencontre en provenance de San'A. Marrant, non ?

J'ai sorti mon calepin de flic et je note son état civil, avec une application de fonctionnaire minutieux. Quand c'est fait, je rends le document à King Kong.

— Vous séjournez en France depuis quand ?

— Deux mois.

— Permis de séjour ?

Il secoue négativement la tête :

— Je n'habite pas. J'accompagne mon maître.

— Vous ne l'accompagnez pas puisqu'il est à Marrakech et vous ici.

— Il va revenir.

— Quand ?

Il hausse les épaules.

— Mon maître ne dit pas.

Son maître ! Dis, ça reste vachetement médiéval, le Yémen.

— Il habite ici ?

— Non, c'est juste un pied-à-terre.

Je vois ! Et il doit avoir le même à Londres, à New York, au Caire et dans bien d'autres capitales.

— Il a des femmes, M. Kazaldi ?

— Non.

— Des amies ?

— Non.

— Il vit complètement seul ?

— Avec ses gens, oui.

« Mon maître », « ses gens » ! On folâtre en plein Moyen Âge, je te dis !

L'homme attend, sans marquer d'impatience. Fataliste. Je peux le questionner jusqu'à la Saint-Trouduc (ton saint patron), il conservera ce même détachement soumis et répondra à toutes mes questions sans pour autant éclairer ma lanterne.

Je parcours des yeux ce luxueux appartement sans âme. Anonyme comme le salon d'attente d'un dispensaire. C'est quoi, la vie de M. Kazaldi, en dehors des affaires ? La bouffe ? S'il n'a pas de femmes c'est qu'il ne les aime pas, pourquoi alors fixait-il Alice Lambert au *Pasha Club* avec une acuité qui a attiré l'attention de Maryse Marate ?

— Comment s'appelle la résidence de votre maître à Marrakech ?

— « L'Orangeraie ».

Ignorant le français, il écorche le mot, le prononce avec un épouvantable accent. Je dois le lui faire répéter à plusieurs reprises pour le comprendre.

Et alors, un truc me biche, qui n'a rien à voir avec l'instant que je suis en train de vivre. Je me dis : « Qu'est devenu Pinaud ? » Comme ça, tout culment.

Il est tellement furtif, le Débris, tellement peu, tellement moins que rien qu'on ne s'aperçoit pratiquement pas de sa présence et donc, a fortiori, de son absence. Hier, au cours de mes pérégrinations au *Pasha*, puis à la Rousse, il roupillait dans la guinde. Or, il ne s'y trouvait plus en arrivant chez moi à Saint-Cloud. Je suppose qu'il se sera réveillé pendant l'une de ses haltes et qu'il aura pris le chemin du bercail ?

Le gorille de San'A me considère d'un air impénétrable, mais je devine sa surprise. Je fais un drôle de fonctionnaire décidément. Je lui demande son passeport, lui pose deux questions sur son patron, pardon :

sur son *maître*, et je pars à rêvasser comme si j'étais alangui sur du sable, au soleil.

— Très bien, merci. Ce sera tout.

Bon, pour lui, c'est comme je veux. Il se dit que ces Occidentaux sont en voie de disparition et que c'est une bonne chose car ils occupent de plus en plus mal l'espace vital qui leur est imparti. Une civilisation s'éteint, d'autres se développent; ça ne changera jamais le volume du globe terrestre, ni sa vitesse de rotation.

— M. Kazaldi également est de San'A? questionné-je, tout en me dirigeant vers la sortie.

— *Yes, sir*.

— Et il habite Marrakech?

— Aussi.

— Il habite partout, n'est-ce pas? Dans tous les endroits où il y a une place boursière et des bureaux d'import-export; plus dans quelques autres où il fait beau, histoire de se remettre des premiers. Au fait, vous me permettez de téléphoner?

Sans attendre son acquiescement, je m'approche d'un appareil ultra-sophistiqué posé sur une table basse à marqueterie d'ivoire. Une fois de plus, je compose le numéro des écoutes, me fais connaître. Le larbin ne comprenant pas le français, j'y vais franco :

— Je vais vous donner un numéro que vous allez foutre dans votre collimateur. Trouvez un collègue qui parle l'arabe, mais l'arabe d'Arabie; vous avez quelqu'un sous la pogne?

C'est Lesgourde qui me répond :

— Je ne vois que Mathias : il cause toutes les langues.

— Il est dans la taule?

— Je l'ai croisé tout à l'heure.

— Fais-le radiner d'urgence car dès que j'aurai quitté l'endroit où je me trouve, ça risque de tubophoner sec.

J'épelle le numéro inscrit sur le combiné.

— Vous permettez que j'en fasse un second? demandé-je au gorille indifférent qui attend près de la porte, les bras croisés comme le génie d'Aladin attendant les ordres.

J'ai parlé en français. Il m'adresse un signe d'incompréhension. Je réitère en anglais et il hausse sobrement les épaules.

Il en a rien à cirer, le colosse, que je prenne l'appartement de son maîmaître pour un bureau de poste. Alors, je tube chez Pinuche. La vieillarde vermoulue me répond. Elle arrive de la messe, suprême effort qui a achevé de la démanteler; c'est sa foi qui la porte. Bientôt elle devra, comme tant et tant de gens diminués, suivre l'office à la télé. Ayant dit, elle me demande des nouvelles de son vieux. Sais-je où il se trouve, cet inconscient qui, hier, l'a laissé rentrer seule du baptême, alors qu'elle souffrait mille morts ? Il n'a pas eu un geste pour l'accompagner. La beuverie, pour César, passant avant tout. Qui plus est, il a découché sans même la prévenir. Pas le moindre appel téléphonique de l'époux indigne. Un bouc aviné ! Et, par comble, ça ne répond pas non plus chez les Bérurier. Tout ce joli monde doit gésir sous une table, à cuver des boissons fermentées dans des flaques de déjections, elle devine. Ah ! commissaire ! commissaire ! Sa vie est un calvaire, Mme Pinaud. Malade et abandonnée. Elle se meurt stoïquement en priant pour la rémission des péchés qui la cernent.

Je lui prodigue des paroles de réconfort, de celles qui ne veulent rien dire, n'engagent personne, ne sont écoutées que d'une oreille distraite.

— Je vous rappellerai plus tard, ma chère vaillante amie, conclus-je.

Ouf !

Mais dis-moi, Benoît ? Et Pinaud ? Que lui est-il advenu ? *That is the question* que je pose au Gros, de retour à ma brouette. Lui aussi, ça l'interloque fort. C'est vrai, ça : la Pine a cessé de se trouver en notre compagnie hier soir et onc ne s'en est aperçu.

— Faudra que je vais demander à Berthy, dit-il. Car, selon d'après moi, c'est quand est-ce on a été au Service des écoutes qu'il s'est fait la valoche, l'Ancêtre. Or, ma chère épouse s'trouvait av'c lui à nous attend'.

Tout en regagnant mon home, nous supputons et tombons d'accord sur l'hypothèse suivante : réveillé par un besoin pressant, Pinuche sera allé dans un bistrot où il aura, sa vessie une fois vidée, entrepris de la remplir. L'ivresse est une aventure. La sienne l'aura conduit en quelque lieu particulier où il se trouve encore, le vieux bougre.

Nous nous autorassurons et rallions la maison de Félicie où une fabuleuse blanquette de dévot nous attend. Onctueuse, légèrement citronnée, fondante, admirable ; bref : réussie !

Mais, contre toute attente, B.B. n'est point là pour la déguster ; M'man nous explique que Mme Bérurier, chiffonnée par la journée d'hier, a décidé d'aller se faire faire un brochinge chez Alfred, leur ami coiffeur. Elle a frété un taxi après avoir confié Apollon-Jules à ma vieille. Et puis, quelques heures plus tard, elle a appelé de Pantruche afin de prendre des nouvelles de son lardon ; comme la fièvre était tombée, elle a déclaré à m'man qu'elle resterait à Paris et que Béru devrait se rapatrier avec le chiare en fin de journée.

Excellente mère, comme tu peux en juger. Le Gros la pardonne en faisant valoir que la maternité de sa merveilleuse a été longue (9 mois) et pénible, et qu'il est normal qu'elle prenne un peu de bon temps pour se changer les idées. Il est fréquent qu'après leurs couches, les jeunes mamans se paient une déprime. Berthe, consciente du danger, veille au grain et prend les mesures qui s'imposent. Et que nous notions bien à quel point l'héroïque épouse a le sens du devoir, dites : n'a-t-elle pas téléphoné pour prendre des nouvelles d'Apollon-Jules ? Qui l'y obligeait, somme toute, hmmm ? Eh bien, « voiliez-vous », c'est ça, une maman !

Il chougnasse d'émotion et va faire un guiliguili au menton de son héritier, lequel ignore encore, ce petit plein de merde, quelle grâce du ciel c'est que de posséder de tels parents !

Les « écoutes » m'informent que Karim Harien, le valet du sieur Kazaldi, a appelé son maître vénéré au début de l'après-midi. On me lit la communication enregistrée et traduite par Mathias, le Savant.

« — Allô ? Ici Karim Harien !

« — Salut, tête de zob !

« — Ah ! c'est toi, Moktar, je veux parler au Maître.

« — Pas le moment de le faire chier, il est en plein dans les amours !

« — Tu pourras lui dire qu'un sale porc immonde de policier français est venu à l'appartement. Police des étrangers, il voulait voir mes papiers.

« — Et alors ?

« — Je lui ai montré mon passeport, il a pris des notes et me l'a rendu.

« — C'est tout ?

« — Il m'a aussi demandé si le Maître avait des femmes.

« — Tu lui as répondu quoi, tête de zob ?

« — Ben, qu'il n'en a pas.

(Ricanement de l'interlocuteur. Puis le type demande :)

« — Le flic t'a dit qu'il repasserait ?

« — Non.

« — Rien d'autre ?

« — Il a téléphoné depuis l'appartement.

« — À qui ?

« — Je ne sais pas, je ne comprends pas le français. (Période de réflexion. Karim Harien finit par demander :)

« — Moktar ?

« — Quoi ?

« — Je croyais que tu avais raccroché.

« — Non. Écoute, tête de zob, ne rappelle plus de l'appartement. Téléphone au Maître en fin de journée d'un bureau de poste.

« — Tu crois que… ?

« — Fais ce que je te dis, d'accord ?

« — D'accord.

« — Salut !

« — Salut ! »

Fin de la communication avec Marrakech. Je gamberge posément, n'après quoi je dis à mes zèbres que je vais rester à mon domicile jusqu'à nouvel ordre et qu'ils m'y joignent s'il y a du nouveau.

L'instant est venu d'offrir un calva hors d'âge au Gros. M'man va relanger Apollon-Jules car elle prend son rôle de « marraine » au pied de la lettre.

L'HOMME ET SON RAMAGE

L'appartement d'Alice comportait un système de phonie délicatement incorporé dans des boiseries murales. Il diffusait de la musique orientale, aux accents nostalgiques. Une musique un peu « loukoum », se disait-elle. Mais cette diffusion n'était pas systématique. Elle intervenait pendant ses périodes de rêveries, comme pour les soutenir. Quand elle prenait ses repas, dormait, faisait sa toilette ou bien lisait l'un des nombreux ouvrages français garnissant les rayons d'une bibliothèque basse, la musique cessait aussitôt, d'où elle concluait que quelqu'un épiait ses faits et gestes et ne branchait la phonie qu'à bon escient.

Elle venait de prendre un bain et s'accoudait à la fenêtre pour admirer le somptueux jardin lorsque la musique retentit. Elle déclenchait comme par enchantement le pépiement des oiseaux peuplant la volière. Ils paraissaient la capter et ils y répondaient dans leur langage céleste. Soudain, la musique shunta et ne subsista plus qu'à l'état de fond sonore à peine marqué. Une voix prit le relais. Voix d'homme ? Un instant, Alice en douta, tant cet organe était doux, feutré, suave.

— Pardonnez-moi de troubler votre quiétude, mademoiselle Lambert, mais l'instant est venu de vous parler…

Oui, il s'agissait d'une voix d'homme avec un fort accent oriental. Les « r » roulaient sous la langue de façon caressante.

— Vous devez vous demander ce qui vous est arrivé. Eh bien, je vais vous le dire : je vous ai fait enlever. Pourquoi ? Parce que je vous ai trouvée si belle, si irrésistible que j'ai voulu vous avoir à moi. Rassurez-vous, mademoiselle, je ne suis pas un sadique ; simplement un homme en mal d'amour…

Alice ferma les yeux pour mieux s'offrir à cette voix caressante qui la chavirait. Elle se sentait troublée comme elle ne l'avait encore jamais été.

ZIM !

Béru regarde m'man langer son rejeton. Il est attendri.

— V'v'rendez-t-il compte que c'est un Bérurier ? nous demande-t-il, humide.

— Oui, répondons-nous, car le bébé possède indéniablement la morphologie de son cher papa : il est gras et musclé à la fois, massif, replet, obèse, bajouteux, affamé, assoiffé, gueulard, pétomane et parfois rieur.

— Chez nous aut', c'est signé, poursuit le Gravos. Mon père était comme ça, mon grand-père, mon arrerière-grand-père. Le même qu'on traverse les cercles, d'puis Vercinge et Torisque. On est un produit épiquement français. Qu'on pourrait nous fout' un' médaille originelle à la patte comme aux volailles de Bresse. Bérurier, comme un chêne est un chêne, si je me fait-il bien comprend' ?

Il se fait.

Conscient d'être suivi, il repart :

— Quand t'est-ce il s'ra en âge, il rentrera dans la Rousse et quand j'lu aurai mis l'pied à l'étriqué, j'retournerai à Saint-Locdu-le-Vieux, moi et Berthe, reprendre la ferme que j'ai donnée en fermage. J'y apprendrerai à traire, Berthy. Elle saura vite, elle a des dons. Ell' m'aidera à faire les foins, et puis à fumasser l'étable. Sauf l'respecte qu'j'vous dois, maâme Félicie, j'la carambolerai su'les bottes d'paille quand l'envie nous chopera. C'sera une vie nickel, croiliez-moi. J'aurai mon cochon au saloir ainsi qu'mes prop' fromages. On irera à la messe l'dimanche, vu qu'chez nous, ça se pratique encore.

Il rit d'aise.

— Lui, Apollon-Jules, j'le marirerai à une jeune fille d'la bonne société, la fille d'un charcutier par exemp', ou celle d'un boucher…

— Pourquoi l'as-tu prénommé Apollon-Jules ? demandé-je.

Il réfléchit pour fournir une réponse taillée dans la pierre.

— Jules, biscotte c't'un prénom familial. On a des chiées d'Jules Bérurier su' not' pierre tombale. Quant à Apollon, c'est parce qu'il est né à la clinique du Belvédère. C'est Pinuche qui m'l'a soufflé, faut conviendre. C't'un homme qu'on dira c'qu'on voudra, mais il possède l'instruction. Quand j'y ai annoncé la naissance de bébé rose, y s'est écrié : « C'est l'Apollon du Belvédère ! »

La sonnerie tubophonique l'interrompt. Je vais décrocher. *It is* Berthe. Elle me gazouille qu'elle pourrait-elle causer à son homme ? Je le lui branche. Et ça donne la moitié de dialogue ci-dessous :

— Popo ? (diminutif naturel d'Apollon). Ben, il est là, ma grande. Maâme Félicie finit d'le linger.

— …

— Ben, j'pense rentrer en fin d'journée, moui.

— …

— Ah ! bon. Moui, j'comprends. Tu peux pas faire ça à Alfred. T'serais d'retour quand t'est-ce que ?

— …

— Demain soir ? Bon, ben j'm'arrangerai. C'te noye, ça ira, j'lu ferai son bib'ron et j'mettrai un p'tit verre d'marc d'dans pour qu'y dormira ; c'est c'que f'sait toujours ma mère. Quant à c'qu'est d'demain, j'le confirerai à la concierge qui nous a à la chouette d'puis qu'j'y ai foutu la médaille du Mérite, du temps qu'j'étais miniss…

— …

— D'acc, ma poule, fais-toi pas d'mouron. Une mère aussi inquiète qu'toi, j'ai jamais vu ! T'as pas t'mett' la rate au court-bouillon à cause d'c'garnement, quoi merde ! Allez, profite-z'en et fais mes amitiés à Alfred ; j'espère qu'vous décroch'rez la cymbale.

Il repose le combiné et annonce :

— Alfred participe à un concours d'haute coiffure, c'soir à Montbéliard. Il insiste pour qu'Berthe y serve d'modèle ; elle peut pas refuser ! Mais ça la mine à cause du chiare ; c't'une personne qu'est trop à cheval su'l'sens du d'voir ; soucieuse pareillement, ell' vivra pas son âge !

Félicie s'efforce de dissimuler son sentiment et invite le Gros à prolonger son séjour ici de vingt-quatre heures, de la sorte c'est elle qui assumera son filleul.

L'ancien ministre accepte, ravi.

Et c'est l'instant où enfin tout se déclenche. Le biniou de nouveau. Cette fois, c'est le service des écoutes. Lesgourde est surexcité comme mille poux dans la chaste culotte d'une chaisière en retraite.

— Du nouveau, commissaire ! Je vais essayer de vous passer l'enregistrement, j'espère que ce sera audible, sinon je vous le lirai.

— De quoi s'agit-il ?

— Oh ! oui, pardon : un appel à Alain Lambert. Vous y êtes ?

Apollon-Jules se met à bieurler. Je supplie m'man de l'évacuer le plus loin possible du téléphone : du côté de Rambouillet, voire de Vladivostok.

J'écoute ardemment. Là-bas, ils ont placé la partie émettrice du combiné contre le haut-parleur de l'appareil enregistreur. Je perçois très distinctement la conversation.

Sonnerie. On décroche.

« — Ici Lambert, j'écoute.

« — Vous avez la somme ?

« — Je l'ai.

« — En ce cas, écoutez bien mes instructions. Allez au Prisunic des Champs-Élysées, vous y achèterez une mallette métallique actuellement en promotion au prix de douze francs, marque Gognin. Répétez ! (La voix quelque peu stupéfaite de Lambert reprend :)

« — Mallette métallique marque Gognin à douze francs au Prisunic Champs-Élysées.

« — C'est cela. Vous rentrerez chez vous et placerez l'argent dedans. Compris ?

« — Compris.

« — À huit heures du soir, vous déposerez la mallette dans le coffre de votre Rolls que vous ne fermerez pas à clé et vous vous mettrez au volant pour gagner l'autoroute du Sud.

« — D'accord.

« — Vous roulerez en direction de Lyon jusqu'au premier restauroute que vous rencontrerez. C'est toujours clair ?

« — Très clair ; le premier restauroute que je rencontrerai.

« — Vous remiserez votre Rolls sur le parking, le plus à l'écart possible et vous irez prendre une consommation dans l'établissement. Vous devrez y séjourner une demi-heure au moins. O.K. ?

« — O.K.

« — Au bout d'une demi-heure, vous rentrerez chez vous.

« — Et ma fille ?

« — Si tout se passe bien, vous la récupérerez plus tard.

« — Mais je… »

La communication est coupée. *End.*

— Vous avez tout entendu, monsieur le commissaire ? s'informe Lesgourde.

— Oui, tout, merci. Cependant je vais te demander de me repasser la bande afin que je prenne des notes.

Il est rare que je mette les pieds sur la table quand je me trouve à la maison. M'man est tellement soigneuse que j'ai l'impression de commettre un crime de lèse-propreté. Pourtant, dans le cas présent, l'intensité de ma réflexion est si forte que je m'oublie à le faire. Et me voilà donc, à demi allongé dans notre fauteuil voltaire, mes talons sur le bord de la carante, les yeux partis dans l'Infini de la pensée. Je ne perçois même plus les chialeries d'Apollon-Jules qui donne son récital à m'man dans la cuisine. Même un gros pet de Béru ne parvient pas à m'arracher. Je viens de lui relater le coup de turlu et lui aussi gamberge ferme. Nous sommes deux flics pensants.

Au bout de longtemps, Sa Majesté murmure :

— Sana !

Mais je reste dans le flou artistique. Surtout qu'il ne m'en arrache pas, ce goret. Je « tiens » quelque chose. C'est vague, à peine discernable, mais ça existe.

Mon silence l'indécise et il pète plus fort. À croire que le cannage de sa chaise vient d'éclater.

— Ne te gêne pas, murmuré-je, fais comme chez toi.

— Merci, qu'il répond en y allant de sa troisième salve.

— Être ton slip ne constitue pas une place de tout repos, noté-je.

— Avec c'qu'il coltine dans la poche d'son tablier, y peut s'permett' de soupirer, rigole l'Infâme.

Un silence, puis il repart :

— Sana !

— Quoi ?

— Pourquoi qu'on lu fait coltiner la fraîche dans une valdingue achetée au Prisunic des Champs-Zé à ton Lambert ?

Tiens, on faisait donc pensées communes, lui et moi ?

— Tu le sais, toi ? interrogé-je.

— Je m'en gaffe, moui. Pas toi ?

— Si.

— Dis-y !

— Parce qu'il faut deux valises identiques dans l'affaire et qu'ainsi le rançonneur est sûr que Lambert aura la même que lui.

— Banco !

Je tends la main vers le téléphone. Obligeant, Son ex-Excellence dépose le poste sur mes genoux.

— Et pourquoi deux mêmes valtoches, mec ? insiste l'Hénorme.

— Parce que, quelque part dans la manipulation du blé, il y a une monstre astuce prévue.

Étant capable de mener deux actions à la fois, comme par exemple baiser une dame tout en préparant mon discours de réception à l'Académie, j'ai, tout en causant, composé le numéro du Vieux. Il serait temps de l'affranchir, le père noble. Sinon il va faire sa poussée d'urticaire. Tu connais les chefs ? Leur devise c'est « Rien foutre, mais tout savoir ».

Je le rancarde minutieusement sur toute l'historiette.

— Donc, on est en plein cœur de l'affaire ! exulte l'homme au crâne en coquille d'œuf assermentée.

— Apparemment, moui, monsieur le directeur.

— Pourquoi cette restriction adverbiale, San-Antonio ?

J'hésite.

— Je ne sens pas très bien cette demande de rançon.

— C'est-à-dire ?

— Mon instinct me dit qu'elle est en marge du rapt. Mais je pense que nous devons appliquer le dispositif normal en mettant des hommes en planque aux abords du parking où devra stationner Lambert et en constituant une chaîne de filature qui démarrera à compter de l'instant où il ira livrer la rançon.

— D'accord, faites !

Je m'installe avec un grand bloc et de quoi écrire afin de dresser mon plan de bataille. C'est scientifique, une opé de cette nature. Faut rien omettre, tout prévoir et choisir des compétences. Je déclenche mon action par téléphone, appelant brigade après brigade, la Criminelle, la Routière, qu'en fin de bigntz je tube à Mathias, l'irremplaçable, pour le charger d'une mission banale mais précise, et il me faut un gars intelligent pour la conduire.

À la fin, je relis mes notes, reconsidère tout mon dispositif. Rien ne cloche.

Bérurier joue avec son cher bambin. Il lui fait « À dada sur mon bidet », écartelant le malheureux placé à califourchon sur son monstrueux genou. Le bébé se marre. Et le Gravos chantonne :

À dada sur mon bidet

Quand y trotte y fait des pets...

D'ordinaire, c'est avec la bouche qu'on produit les vents ponctuant la comptine, mais le preux pétomane ne saurait imiter avec ses lèvres ce qu'il produit si spontanément avec son anus.

Soudain, il interrompt la chevauchée fantastique de son petit monstre.

— Tu veux qu'j'vais t'dire, Tonio ? C'kidnappeur, c't'un zozo !

— Pourquoi ?

— Pas s'gaffer que Lambert est sur écoute, faut z'êt amateur en plein, non ? À moins qu'il ne susse pas que la Rousse est en piste ?

J'obaise du chef[1].

— Je me suis déjà fait la réflexion, Alexandre-Benoît. Et j'ai fini par me dire que le demandeur de rançon n'en a rien à cirer que sa communication soit enregistrée et, qu'au contraire, ça l'arrange peut-être.

Bien avant vingt heures, nous voilà déjà en planque dans le quartier de Lambert. Après étude des lieux, nous sommes allés nous embusquer dans une impasse devant laquelle le jeu des sens uniques contraindra fatalement le père d'Alice à passer. J'ai troqué ma Maserati trop voyante contre une Renault 25 « équipée » qui me permet d'être en liaison avec tous les gars mobilisés.

À vingt plombes tapant, la vigie en faction près de l'hôtel particulier de l'homme d'affaires annonce :

« Opération Cigogne. Le renard sort de son terrier. »

De quoi se tapoter le cul sur pain de glace pour essayer de produire de l'électricité. Tu sais l'à quel point les hommes sont mômes ? Flics ou militaires, faut qu'ils jouent aux cove-bois dans les circonstances les plus graves. Alors, ils codent, ils chiffrent, ils créent un langage de scout pour se donner des importances. Ça, toujours, leur principal objectif ! S'affirmer ! Impressionner ! Soi-même pour commencer, et puis les autres si possible. Y aller à l'épate. « Trognon de Chou appelle Pattemouille » « Je vous reçois cinq sur cinq, Trognon de Chou ! Affirmatif ! » « Ici Londres : les seize francs parlent aux seize francs ! La chemise de l'archiduchesse est-elle sèche, archisèche ? » « Le carré de l'hippopotamus est égal à la somme carrelée des deux pièces d'à côté » « Passe-moi ton Pythagore, je te refilerai mon Archimède ! » Travestir fait plus sérieux. Pose un loup de velours noir sur la gueule des mots et ils se mettent à receler des secrets de Polichinelle !

Comment il disait, Coluche ? Enfoirés ? Il avait raison. Et la preuve c'est qu'ils sont presque unanimes à répondre présent ! Y a-t-il un enfoiré dans la salle ? Moi ! Moi ! Moi ! Moi ! Tous ! Ils se torgnolent tant tellement ils veulent être davantage enfoirés l'un que l'autre.

1. Il s'agit là d'une inattention de l'auteur qui voulait très probablement écrire « j'opine ». Les Éditeurs.

Je suis cent fois mieux enfoiré que lui ! Regardez bien mon enfoirure à moi comme elle est conséquente ! Comme elle se voit de loin. Et comme elle est garantie irréversible ! Plus enfoiré que moi, vous trouverez jamais ! Ou alors vous risquez d'imploser.

Et bon, soit, dans l'Opé Cigogne, le renard est donc sorti de son terrier, ce qui veut tout connement dire que le pauvre Alain Lambert de J'm'en Torche, vient de larguer son domicile.

En effet, quatre minutes s'écoulent et sa Rolls passe devant l'impasse.

En route ! Je suis à distance, inutile de me faire retapisser puisque des voitures relais sont disposées tout au long du parcours.

On franchit Paris…

Autoroute du Sud…

Béru consomme un sandwich à la crème de saumon que Félicie nous a confectionné avant le départ.

Il dit, la bouche *full* :

— Moi, on me kidnappingerait Apollon-Jules, le monde ne serait pas assez grand pour que le ravisseur se planque.

Je songe mélancoliquement à un type que j'ai connu et qui pensait cela. Il lui était survenu un turbin façon Lambert. Avant, quand il lui arrivait d'envisager pareille éventualité, lui aussi se disait que le monde ne serait pas assez grand. Et puis la chose s'est produite et c'est lui qui s'est senti tout petit, tout minuscule dans le monde immense, dans la jungle infinie qu'est le monde.

Je capte les différents appels des voitures jalonnant le parcours :

— Attention, voiture 14, il va arriver au carrefour.

— Je le vois ! Relais assuré !

On roulingue dans du moite. La circulance se calme. Peu de temps avant le restauroute prévu, je mets toute la gomme, double Lambert et filoche jusqu'au but. Dans le parking, je choisis le coin le plus isolé pour stationner. Je descends seul, le Gravos s'étant, selon notre dispositif prévu, allongé sur son siège dont il a renversé le dossier. Muni d'un petit périscope à infrarouge logé dans chacun des rétroviseurs latéraux, il va pouvoir surveiller les abords. Moi, tout plan-plan, je me dirige vers le restaurant et choisis une table à l'écart, derrière un grand bac contenant des plantes vertes en matière plastique très superbe.

Au bout d'un moment, Alain Lambert se pointe, sanglé dans un imperméable anglais à épaulettes. Il a l'air d'un vieux major écossais carbonisé par le whisky et les années de service. Il regarde sa montre, commande une conso et se met à attendre.

Je vais finir par bicher une arthrose de la nuque à force de me pencher sur son problème, à cet homme. Pourquoi ai-je la désespérante sensation de perdre mon temps ? Comme si, tous, victimes et policiers, nous étions les interprètes d'une comédie mal ficelée. Ça bat à mes tempes. Je me sens devenir mauvais. J'aigris. Tout à coup, je me lève et fonce à la table de Lambert.

Il blêmit en m'apercevant.

— Mais comment, vous…

— Oui, je ! Venez avec moi !

— Oh ! non, je vous en conjure, vous risquez de tout faire capoter.

— Je ne le pense pas, venez !

Je dépose un billet sur sa table pour douiller son scotch (c'était du whisky, sa conso) et l'entraîne dans la nuit où grommelle un vent mouillé qui a des sautes d'humeur et flanque des claques aux carrosseries des tires rangées sur le parking.

— Écoutez, commissaire, si je ne vous ai rien dit…

— Pas la peine de vouloir m'expliquer, si je ne comprenais pas ça, je ne mériterais pas la superbe paire de couilles que je trimbale dans mon kangourou.

— Vous m'aviez mis sur table d'écoute ?

— J'espère que vous n'en doutiez pas ?

— Effectivement je…

Nous atteignons sa Rolls, remisée à vingt mètres de ma R 25.

— Ouvrez le coffre, monsieur Lambert.

Il déponne. Sur le revêtement de moquette beige se trouve une méchante valise métallique, guillochée, avec une poignée en matière plastique merdique.

— Maintenant, ouvrez cette mallette.

Lambert fait jouer le double fermoir quincaillesque et soulève le couvercle. L'abondante lumière du coffre nous découvre une pile de revues luxueuses sur papier couché.

— Ça y est ! Ils sont passés ! exulte Lambert avec soulagement, heureux de s'être fait engourdir ses cinq cents bâtons.

Je le quitte pour aller à ma propre chignole où le Gros continue d'avaler de la boustifaille en guignant dans le périscope.

— T'as vu quelqu'un s'approcher de la Rolls, Gros ?

— Non, personne.

Je décroche l'appareil de phonie et hèle mes hommes dispersés dans les alentours.

— L'opération est terminée, regroupement autour de la Rolls, sur le parking.

Peu à peu, des silhouettes se dégagent de l'ombre, comme on écrit dans les romans à suspense qui racontent toujours la même histoire avec juste l'heure et les noms des personnages qui changent. Six gaillards sont bientôt là, attentifs, intrigués par mon initiative contraire à tout ce qui se fait dans des cas similaires.

— Messieurs, avez-vous vu quelqu'un s'approcher de cette Rolls-Royce à un moment quelconque, depuis qu'elle a quitté son garage ?

La réponse est unanimement : non.

— Mais alors, murmure Lambert, abasourdi, qu'est-ce que ça veut dire ?

— Mon cher monsieur, lui dis-je, rappelez-vous les écriteaux qu'on peut lire dans les devantures de certains commerces : « Ce que vous ne voyez pas dans la vitrine se trouve dans le magasin. »

Je laisse Béru piloter la tire de la Grande Crèche et voyage au côté de Lambert, dans son carrosse fouettant le cuir délicat et les parfums les plus distingués des maisons Dior, Guerlain et Olida.

Il m'avoue ne rien comprendre à ce micmac. Et moi, en termes mesurés, je lui explique mon fâcheux point de vue.

— Je crains fort, monsieur Lambert, que le rançonneur n'ait rien à voir avec le kidnappeur. Comme il arrive parfois dans ce genre d'affaires, un gredin opportuniste se greffe sur l'aventure, abjecte bouture plus criminelle peut-être que l'arbre du crime.

Je laisse un blanc pour lui permettre de me traiter de con, ou, au moins de le laisser me dire que mes métaphores sont belles comme du papier chiotte après usage. *L'abjecte bouture* devrait le faire sauter, mais son abattement est si grand, son désespoir si profond, son accablement si… (merde, voilà que je recommence !) qu'il ne prend même pas garde à mon délire littéraire. Je pourrais y aller pleins gaz dans les comparaisons à changement de vitesse, roulement à billes incorporé, frein à tambour, fourche télescopique, ça ne lui ferait même pas froncer les sourcils.

Afin de couper court à ses questions, je me mets à lui en poser :

— À quelle heure êtes-vous allé acheter la mallette métallique au Prisunic Champs-Élysées ?

— Vers seize heures.

— Et après ?

— Je suis revenu chez moi.

— Et puis ?

— J'ai placé l'argent dans la valise.

— Quelqu'un se trouvait chez vous, en dehors du personnel ?

— Mon amie Isabelle et l'épouse du docteur Marate.

— Vous avez agi en leur présence ?

— Grand Dieu non, je n'ai soufflé mot à âme qui vive de la rançon. Je suis allé emplir la valise dans mon bureau.

— Et ensuite, où l'avez-vous mise en attendant vingt heures ?

— Je l'ai placée dans le tiroir du bas qui est plus vaste que les autres.

— Ces dames sont parties avant vous de votre domicile ?

— Oui, et en même temps, Isabelle a proposé à Maryse de la déposer chez elle car elle était venue me rendre visite en taxi.

— Quelle heure était-il ?

— Dix-neuf heures cinquante environ. Je venais de leur dire que j'allais devoir sortir, ayant rendez-vous au Quai des Orfèvres pour une conférence.

— Ces deux dames avaient-elles un bagage en arrivant chez vous ? Genre grand sac ou je ne sais quoi ?

Il freine un bon coup et me coule un regard anéanti.

— Si je comprends bien, vous les soupçonnez d'avoir échangé la valise de la rançon contre une autre ?

— Mon métier consiste à être objectif, monsieur Lambert. Quatre personnes seulement ont pu procéder à cette substitution : mesdames de Broutemiche et Marate, plus le couple de domestiques.

Il a carrément stoppé son carrosse en double file, indifférent aux coups de klaxon rageurs qui foncent sur nous.

— Mais aucune de ces quatre personnes ne savait que je m'apprêtais à payer une rançon.

— Si, monsieur Lambert : celle qui vous l'a réclamée.

La réalité, l'hideuse, l'épouvantable réalité le frappe à toute volée, comme disait une cloche de mes amies. Le pauvre homme mesure soudain que cette arnaque n'a rien de commun avec le rapt de sa grande fille. On a profité du kidnapping pour le baiser de première. Donc, le sort d'Alice n'est toujours pas réglé. Il s'effondre en sanglotant sur son volant. À deux mètres de lui, sur le capot, la fameuse statuette Rolls fait de l'épate à la proue du navire. Et moi, populiste comme pas deux, je me dis qu'il vaut mieux être relaxe au volant d'une 2 chevaux-poubelle que malheureux à dégueuler sa vie à celui d'une tire de reine. J'ai pas raison, Léon ? Nous autres qui ne sommes pas des philosophes, n'ayant pas les moyens intellectuels suffisants, ce qui nous sauve c'est notre bon sens.

Le bon sens c'est ce qui vous permet d'être écouté quand vous êtes trop con pour être intelligent.

Sa peine le secoue comme le vent de la toundra… Oh ! puis classe ! Je vais pas encore te tarabiscoter des comparaisons à la graisse de cheval de bois. Il pleure fort, un grand coup. Ça craque, tu comprends ? Il est là, planté au milieu du monde, sans son enfant, avec des gredins familiers qui le dépècent dans le brouillard de son chagrin (t'as beau dire, mais « dépecer dans le brouillard du chagrin », merde, c'est pas à la portée du premier plumitif venu !).

Je cherche à lui porter assistance, moi, tu comprends ? Sa misère me délabre le mental.

— Allons, Lambert, je suis là, gardez confiance.

Il se redresse, essuie ses pleurs avec sa pochette de soie, ce qui ne vaut pas un bon mouchoir de coton, crois-z'en mon expérience.

— Pour tout vous dire, je n'ai pas cru à cette péripétie de la rançon. J'ai une autre idée de derrière la tête…

— Laquelle ?

— Je vous en parlerai plus tard, pour l'instant réglons cette triste question d'argent. Vous n'avez pas répondu à ma question : l'une de vos deux amies avait-elle un grand sac ?

Il s'efforce de réfléchir et finit par soupirer :

— Toutes les deux.

Le Gravos m'attend chez Lambert en clapant une aile de poulet prolongée de sa cuisse et de ses deux filets. Il mastique avec la gloutonnerie d'un dogue allemand affamé. Tania, la cuisinière, le regarde dévorer, non sans admiration. Son vieux est à la téloche. Béru me raconte, dans un regard, qu'il vient de filer un petit coup de tringle express à l'ancillaire, sur une chaise ; comme preuve il me désigne cette dernière d'un hochement de menton et je peux constater que le malheureux siège est devenu trijambiste depuis l'exploit du Conquérant.

Avec le Gros, la vie est toujours simple et tranquille comme dans du Verlaine. Quand tu veux remettre ta pendule à l'heure, une seule adresse : celle de mister Alexandre-Benoît. À son contact, les cœurs en arythmie se calment, les pensées brûlantes se refroidissent, les projets les plus funestes partent en couille et l'existence reprend le poêle de l'ablette.

— Écoutez, monsieur Lambert, attaqué-je.

— Appelez-moi Alain, murmure-t-il, il me semble que ça m'aiderait…

Un tendre, cet homme d'affaires. Je le biche par le cou et allant au-delà de son souhait, me mets à le tutoyer, comme s'il était devenu un ami d'enfance.

— Écoute, Alain, Tania va t'accommoder un petit frichti tardif que tu te forceras de manger en vidant une bouteille de bon bordeaux. D'ici une paire d'heures nous serons de retour, le gros Béru et moi, et on abordera la seconde partie de ton problème. Ça joue ?

Il acquiesce et m'offre même un pauvre sourire d'hépatique en pleine crise.

— Faites c'qu'y vous cause ! renchérit le Mammouth. Simp'ment je conseille qu'vous montassiez trois boutanches d'la cave au lieu d'une, pour quand qu'on va reviendre. On va l'retrouver vot' moustique de fille, Lambert. Avec nous deux, moi et Sana, vous savez à qui est-ce vous avez affaire, n'est-ce pas ? Matière d'police, c'est l'top. On est la Rolle-Rosse de la flicaille, moi et lui. D'mémoire d'homme, s'y faudrait qu'on vous cite un échec dans not' carrière, on s'rait obligés d'inventer ; je ments-je-t-il, Sana ?

En parfait altruiste, il continue de remonter le moral du pauvre papa.

Pendant qu'il débloque tout-terrain, je passe un coup de turlu à Mathias.

Instructif !

La belle Isabelle crèche dans un immeuble neuf de la porte Maillot. Je dois carillonner longuement avant qu'on délourde, et c'est un vieux crabe, ridé comme la Beauce avant les semailles, qui se tient devant nous, l'air pas gentil dans sa robe de chambre de velours pourpre taillée à même un vieux rideau de théâtre. Il a les cheveux très longs, teints en noir de jais, qui pendent sur ses épaules. Ses sourcils entièrement blancs détonnent vachement de même que sa mal-rasure couleur sel et poivre blanc.

— Ma femme n'est pas là ? il nous demande sèchement, comme si nous étions, nous visiteurs, en mesure de répondre à cette interrogation saugrenue.

— Si c'est de Mme de Broutemiche que vous parlez, c'est exactement la question que je m'apprêtais à vous poser, rétroqué-je[1].

— Qui êtes-vous ?

— Police.

---

1. Car je préfère rétroquer que rétorquer, mais ça n'engage que moi.

San-A.

Il a le pif large du bas, en forme d'éteignoir, et puis des yeux enfoncés. Il est simiesque sur le bord, le bonhomme. Au fait, j'ignorais que la belle Isabelle fût marida. Lambert n'a pas mentionné la chose. Note que, pour un époux, il fait chiement cinquième roue, ce mec. Pas même prince consort. Lui, c'est carrément le vieil ustensile délabré qu'on a filé au rancart une fois pour toutes.

Une langue blanche tente, en vain, d'humecter des lèvres qui le sont également. Ses yeux de vieille guenon fourbue ont un éclair de contentement.

— Police ! il répète. Police ! Grands dieux, se pourrait-il que cette salope ait des ennuis ? Entrez, mes bons messieurs, entrez vite me régaler de cela. Vous tombez à point : je m'ennuyais.

Il nous guide à travers l'appartement au classicisme désopilant, nous le fait traverser de part en part et pousse une porte plus étroite que les autres.

— Je vous reçois chez moi, dit-il, nous y serons plus tranquilles, et puis ma sale bougresse ne tolère pas que j'use de son salon.

Son « chez-lui » est un antre noir, ancienne resserre ne prenant la lumière que par un étroit fenestron. Elle comprend un lit de camp, une table de bois blanc, une chaise, une garde-robe démontable, en toile cirée, que clôt une longue fermeture Éclair. Des rayonnages surchargés de livres. Un poste de télé posé sur le plancher. Un transistor japonais et une pile de cartons occupent un quart du local. Celui du dessus est ouvert, défoncé plus exactement, et il en sort des faire-part de deuil.

— Asseyez-vous sur mon lit, conseille M. de Broutemiche après s'être octroyé l'unique chaise, et narrez-moi ce qui vous amène ; il faut que ce soit bien grave pour que vous arriviez chez les gens à dix heures du soir !

Il se renfrogne.

— Ne venez pas me dire surtout qu'il s'agit d'une visite d'amitié et que c'est ma pétasse de femme qui vous a fixé rendez-vous !

— Non, fais-je, rassurez-vous.

L'étrange bonhomme m'intéresse et je sens qu'il va enrichir ma collection de hurluberlus, ces enfants chéris de mes rencontres. Car l'existence grise, peuplée de cons gris, laisse parfois échapper une perle. Il t'arrive de rencontrer un *personnage*, c'est-à-dire un marginal excessif ou bien haut en couleur qui tranche sur la morosité désespérante.

— Je crois comprendre que vous menez des existences relativement séparées, votre épouse et vous-même ?

— Relativement ! Pourquoi relativement ? Parce que nous habitons le même appartement ? Mais, mon cher policier, nous n'avons plus en commun que notre adresse et notre haine. Il y a belle lurette que c'est archifini, Isa et moi.

— Et vous continuez de cohabiter ?

— Il le faut bien : je n'ai rien et elle a tout. Certes, mon train de vie est modeste, pourtant il me faut l'assumer. Malade et sans ressources, comment existerais-je ?

— Ça ne doit pas être réjouissant, dis-je.

— Ma haine me fortifie, répète M. de Broutemiche. C'est donnant, donnant, dans notre cas. Elle m'entretient et je lui permets de demeurer baronne. Un divorce la rendrait à sa condition de Martinet, car tel est son patronyme de naissance. Martinet, comme le copain de l'hirondelle ou le fouet du garnement ; cocasse, non ?

Je m'approche, mine de rien, des cartons contenant les faire-part de deuil, louche sur celui du dessus et je lis :

Le *Baron Wilfrid de Broutemiche*
a la douleur de vous faire part de la perte cruelle
qu'il vient de subir en la personne de son épouse
la Baronne de Broutemiche
née Héloïse Lanouvelle
décédée tragiquement à la suite
de l'inconséquence d'un chauffard
nommé *Alfred Rondibet*
le 6 mars 1972 en sa trente-huitième année.
Les funérailles ont eu lieu le 9 mars
à Tatezy-Meleu (Yonne),
berceau de la famille, dans la plus stricte intimité.
Priez pour elle

Mon hôte a suivi mon indiscrétion, sans se formaliser.

— C'était une sainte, déclare-t-il quand il constate que ma lecture est achevée.

Il a des larmes plein la gueule, ne songe à les torchonner.

— Chaque jour, je prie pour le repos de sa grande âme, nous assure-t-il.

Il ajoute :

— Être tombé sur une pute-garce-cancrelate, après une telle femme ! Quelle sombre dérision ! Quelle déchéance !

Je désigne les cartons.

— Tous ces paquets contiennent des faire-part, monsieur de Broutemiche ?

— Oui, j'en ai fait imprimer quinze mille et il m'en reste encore de quoi voir venir pendant une trentaine d'années. Comme j'ai soixante-huit ans, je peux pousser l'optimisme au plus loin.

Paroles sibyllines.

C'est Béru qui, le premier, ose manifester notre incompréhension :

— Qu'est-ce z'entendez par voir venir pendant une trentaine d'années ?

Le baron respire large, referme les pans de sa robe de chambre de roi mage à la débine sur son académie maigriotte et consent à nous affranchir :

— Héloïse a été tuée par un chauffard ivrogne : ce Rondibet Alfred, comme se présentent les minables. Vous savez ce qu'il a eu comme peine ? Trois mois de prison avec sursis et une année de retrait de permis de conduire ! C'est faire bon marché de la peau des baronnes, n'est-ce pas ? Il a bien fallu que je trouve une vengeance.

— Laquelle est-ce-t-elle, baron ? questionne Alexandre-Benoît, qui redevient rapidement serf au contact des titres.

— Chaque jour, je fais parvenir un faire-part de deuil à l'assassin, pour qu'au moins il garde le souvenir de sa victime. Je lui adresse le faire-part sous les formes les plus diverses : en recommandé, par express, par pneumatique, ou bien je le lui fais remettre en main propre. Ce dégueulasse est tripier : j'en fais parfois apposer sur la devanture de son effroyable boutique. Si vous saviez mon ingéniosité ! Il lui en a été posté de Venise, du Honduras, du Japon ! Il en a trouvé dans des boîtes de chocolats ! Ses gamins lui en ramènent de l'école ! Les garçons de café lui en donnent au moment où il prend son Ricard en compagnie de ses ignobles amis. J'espère qu'il finira par craquer. Qui sait ? Peut-être se suicidera-t-il ? Quoique cette engeance n'ait aucun sens de l'honneur. Enfin, même s'il endure cela jusqu'à ma mort, cette mission sacrée m'aura aidé à vivre. Une existence sans but est une existence invertébrée. Notez que c'est mobilisateur, une telle ténacité. Sans compter que je n'ai pas que cela : il faut aussi que je m'occupe d'Isabelle.

« Belle Isabelle ! Tu parles ! Elle peut plastronner, avec ses vergetures et ses culottes de cheval. Vous regarderez son cul lorsqu'elle rentrera, messieurs. Attentivement. Et vous me direz comment elle trouve tant d'amateurs pour le fourrer ! Je sais que pour moi, excusez, mais c'est la gerbe. Ça m'a pris un soir, il y a quatre ou cinq ans. Jusqu'alors je me comportais assez brillamment au lit. Je n'aime pas me vanter, mais franchement, deux coups successifs ne me faisaient pas peur. À soixante piges ! Chapeau, non ? Ce qui m'a toujours mis en train, si je puis dire, c'est la minette. L'âme de l'amour. Un cul bien bouffé est un cul à moitié baisé ; telle était la devise de Godfroy de Broutemiche, mon regretté père, que Dieu ait en miséricorde. Donc, un soir… Mais je vous ennuie peut-être ? » s'interrompt-il.

Nous le détrompons. Il est passionnant, ce mec. Qu'il dise ! Qu'il dise !

Alors, comme il ne demande que ça, toujours à morfondre dans ses regrets, ses haines et ses silences, il repique des deux.

— Un soir, je m'apprêtais à déguster Isabelle. J'avais aménagé une lumière ocrée du meilleur effet. Les amoureux, comme les restaurateurs, négligent trop souvent l'éclairage. Et pourtant c'est si capital ! Me voilà donc au travail. Elle raffolait de la chose, la bougresse ! Une clitoridienne, je vous le dis sans tergiverser. Moi, je tenais solidement ses fesses, comme on tient son grand bol de lait à deux mains pour en boire le contenu. Et soudain, sous mes doigts, je sens du grenu, du pas sympa. Cela formait de minuscules vagues. « Mais, me dis-je en aparté, tu es en train de bouffer un cul fané, Wilfrid ! » Instantanément mon appétit vole en éclats, ma virilité se fait flasque, mon désir se change en répulsion. Je quitte le festin en disant : « Madame, j'ai le regret de vous informer que vos fesses ne remplissent plus les conditions requises pour assurer mon érection. Le port de vos gaines a peut-être hâté la mutilation du temps, je ne chipoterai pas sur ce point ; il n'en reste pas moins que vous ne m'inspirez plus, allez vous faire mettre ailleurs ! »

— Un peu tranchant ! reproché-je.

— Elle me l'a fait payer le prix fort, la damnée radasse ! J'ai cru qu'elle allait me jeter à la rue, m'abandonner, sans gîte et sans pension, elle en est capable ! C'est une truie mauvaise, messieurs ! Une gorette cruelle. Comprenant que les choses risquaient de se gâter, je lui ai proposé l'arrangement dont je vous ai parlé : elle resterait baronne de Broutemiche mais assurerait ma subsistance. Cela dit, je suis en train de me venger, ou du moins essaie. Pas commode.

— On peut savoir, m'sieur l'baron ? implore Béru d'un ton gourmand.

Wilfrid regarde autour de lui, comme si des présences silencieuses étaient venues se joindre aux nôtres. Rassuré il chuchote :

— Je vais essayer de lui flanquer le sida.

Et il éclate de rire.

— L'idée est fumante, n'est-ce pas ?

— Certes, admets-je, mais j'envisage mal sa réalisation, du moins sans une participation active de votre épouse.

— Ne soyez pas benêt et réfléchissez, ami flic. Comment se transmet cette saloperie ? Hmmm ? Quelles sont les trois mamelles du sida ?

Je récite, en bon lecteur de la presse française :

— Sperme, sang, salive.

— Bravo ! Je m'efforce d'entrer en relation avec des malades contaminés. Pas aisé car on a tendance à les planquer. Mais je me suis déjà lié d'amitié avec un éminent professeur à qui j'ai raconté que je comptais écrire un bouquin sur la question et interviewer des malheureux frappés par le fléau. Dès que j'aurai obtenu gain de cause, je rendrai visite à l'un d'eux, m'efforcerai de capter sa confiance et me ferai remettre par lui un prélèvement de sa semence ou de sa salive. Ah ! messieurs les poulets, le jour où je rentrerai à l'appartement nanti de ce précieux virus, quel bonheur infini j'éprouverai à l'introduire dans le pot de yaourt que mange cette houri chaque soir avant de se mettre au lit, car elle souffre de paresse intestinale.

— Ça peut z'êt' dang'reux pour vous, d'manipuler c'te saloprerie, souligne Béru.

— Et alors, mon bon ? Il faut savoir vivre dangereusement. Mais changeons de sujet, je crois qu'elle rentre. Et vous ne m'avez pas dit encore ce qui vous amenait ici ?

— Vous allez l'apprendre en même temps qu'elle ! assuré-je.

LE CHARME

Alice était fascinée par cette voix suave qui, des heures durant, lui arrivait par les baffles scellés dans les murs. Elle se manifestait sur de la musique. Il y avait des périodes de déclarations enflammées, puis la voix se taisait et le niveau de la musique remontait. La prisonnière (mais est-on prisonnier lorsqu'on consent à sa détention et que, mieux encore, on la savoure ?) ne tardait pas à l'espérer de nouveau. Elle aimait ces accents feutrés, ces « r » qui roulaient comme du grain, ces mots doux et passionnés qui atteignaient son âme.

Elle répondait à son interlocuteur invisible. L'assurait qu'elle se sentait bien, heureuse, et qu'elle souhaitait le voir.

— Pourquoi ne vous montrez-vous pas ? demandait-elle avec reproche.

Il lui répondait que le moment n'était pas encore venu. Il fallait que des liens se tissent entre eux.

— Vous me voyez, mais je ne vous vois pas, ripostait Alice, ce n'est pas juste.

La « voix » lui répondit qu'elle redoutait la confrontation : « Vous êtes si belle, et moi si laid. »

— La laideur n'existe pas quand on est capable de dire ce que vous dites.

Il murmurait « merci », puis laissait la musique investir l'appartement.

Un matin – c'était combien de jours après son arrivée ? Alice n'aurait su le préciser car ici la notion de durée s'estompait –, un matin, donc, « il » lui proposa de sortir dans le jardin.

— M'y rejoindrez-vous ? demanda-t-elle.

— Non, mais vous devez bouger, prendre l'air…

— Pas sans vous, répondit Alice.

Une fois de plus, il murmura « merci ».

BEURK !

On attend un instant, sans se montrer. Isabelle, la belle, vaque dans son appartement. Leurs existences sont réellement scindées car elle ne vient pas voir son vieux crabe. On l'entend aller et venir dans son univers mitoyen, indifférente à la proximité du mari. Elle se comporte vraiment comme si elle était seulabre, cette donzelle.

Lui, l'écoute, tendu, rageur, sardonique. Il commente à voix basse ses faits et gestes :

— Elle arrose ses plantes. Tous les soirs ; un de ses dadas. Elle passe dans son dressing pour se déshabiller. Elle branche la radio, faisant partie de ces gens qui ne savent exister seuls sans déclencher leur moulin à sottises…

Je lui désigne son propre transistor.

— Ça ne vous arrive pas, à vous ?

— Presque pas. Je hais. Ne supporte que la météo, et encore à condition qu'elle soit bonne !

« Ah ! maintenant, la cérémonie du bidet. C'est une personne qui abuse de ce genre d'ablutions. Elle y voit un acte purificateur, la salope. Combien de garces abjectes s'estiment vierges après s'être lavé les fesses, messieurs ? Elles ont des culs de linotte. »

Béru me sollicite du regard. Il pige mal que je tarde à me manifester. Qu'attends-je ? Je me le demande itou. Pourtant, quelque chose me conseille de ne rien bousculer. En fait, je préfère qu'elle se soit mise au lit pour intervenir, Isabelle. Tant qu'à batifoler dans l'illégalité, allons jusqu'au bout de notre propos.

— Là, elle mange son yaourt, déclare le cocu. Vous vous rendez compte de ma joie, le soir où j'y aurai flanqué du foutre de sidiste ?

On poireaute encore. La chambre du vieux nœud pue la ménagerie. On est dénoncés par nos odeurs, les hommes. Nous pestilons. On fait illuse à force de bains et de parfums, sinon c'est la Berezina atroce ! Nos fumets dénoncent le fumier en mouvement que nous sommes. Arrête-toi de bouger et te voilà en quelques heures putrescent. T'as beau te fourbir l'oignon, te le rincer à grande eau, il schlingue encore. Là est notre vérité animale. Pour obtenir tous les renseignements les plus détaillés sur ta condition humaine, unc seule adresse : ton trou du cul !

— Cette fois, elle se met au lit. Elle va lire des revues pendant une dizaine de minutes, puis le sommeil la gagnera.

San-Tonio gamberge à outrance. Ça fume du côté de mes étiquettes, tiens, regarde ! Même que ça sent le caoutchouc brûlé, comme quand un Sénégalais baise avec une capote.

Wilfrid de Broutemiche me regarde et questionne :

— Vous attendez quoi ?

— Qu'elle dorme.

— Pour quoi faire ?

— Pour la réveiller !

Il soupire :

— Vous ne voulez toujours rien me dire ?

— Vous saurez tout à l'heure.

— Je suis patient, non ?

— Très, et je vous en félicite ; mais vous en serez récompensé ; je crois pouvoir vous promettre un moment rare.

— J'y compte bien.

— Vous n'auriez pas quelque chose qui me permettrait de dissimuler mes traits ? Car elle me connaît.

— Un bas, ça irait ? C'est classique.

Il va à un tiroir et en sort une paire de bas noirs agrémentés de broderies représentant de minuscules roses pâles.

— Ils appartenaient à ma chère Héloïse ; si vous pouviez ne pas les abîmer…

— Rassurez-vous, j'en prendrai le plus grand soin.

Je regarde ma montre.

— Vous saurez quand elle dormira ?

— Parbleu : sa chambre est contiguë et je vis à l'oreille. Elle jettera sa revue sur la descente de lit, bâillera très fort et actionnera son commutateur.

Il met son doigt à la verticale de sa bouche.

— Faisons silence, je vous préviendrai.

J'opine. Naturellement, il suffit d'intimer à Béru de fermer sa gueule pour qu'il l'ouvre.

Il me mugichuchotte dans la portugaise droite :

— Tu veux qu'on va la coincer en pleine dorme ?

— Oui.

— Biscotte ?

— Parce que cette gonzesse est un sacré morceau et qu'on ne la réduira jamais par les moyens normaux. Trop forte pour s'affaler avec des perdreaux. Il faut lui faire peur. Nous sommes admirablement servis par les circonstances ; grâce à son époux, on peut manœuvrer comme des chefs.

Renseigné, il consent à s'hermétiser.

— Ça y est ! annonce Wilfrid. La garce vient d'éteindre.

— Elle a le sommeil léger ?

— Non, normal.

— O.K., on va lui accorder encore dix minutes de répit ; après quoi, vous irez actionner le disjoncteur électrique de façon à ce qu'elle ne puisse éclairer.

— Entendu.

— Vous nous guiderez alors jusqu'à sa chambre et vous nous laisserez agir sans intervenir. Essayez de ne pas vous montrer.

Il en tremble de joie.

— Ah ! mes amis, mes chers amis, je crois que je vais éjaculer de bonheur. C'est trop, c'est trop : vous me comblez !

Toujours ces parfums qui me tarabustent.

La chambre de la mère Isabelle pue très fort. Elle doit asperger vilain, la gueuse, vivre dans les essences les plus rares. Et pour comble, les bas de feu Héloïse reniflent aussi : une odeur fanée mais obsédante au point que ça me flanque envie d'éternuer.

J'ouvre la lourde et pénètre le pommier, m'éclairant de ma lampe-stylo à faisceau popkorn concentrique. J'opte pour bâbord et fais signe au père d'Apollon-Jules d'accoster le plumard capitonné par tribord.

Manœuvre exécutée en souplesse. Je dépose doucement la mallette métallique, debout au pied du lit, qu'ensuite de quoi, je braque le faisceau de ma loupiote sur la frime d'Isabelle.

Les fesses se font sentir, elle bat des cils et ouvre ses vasistas. Aveuglée, elle met sa main en parade devant ses yeux.

— C'est vous, Wilfrid ? grommelle Isabelle.

Et moi, ton un tantisoit caverneux :

— Non, ma poule, c'est pas Wilfrid !

Pour lors, tu verrais cette cabriole ! D'une détente elle se met sur son séant, lequel a de l'assiette si j'en crois les révélations intimes de son vioque.

Elle tâtonne pour le commutateur. L'actionne zéro ! *The light,* ça sera pour une autre fois. Du coup, elle panique.

— Qui êtes-vous ?

— Des gens qui ne plaisantent pas.

— Que voulez-vous ?

— Alors ça, c'est une bonne question à cinq cents millions ! Ce qu'on veut ? Regardez !

Je cesse de lui planter le faisceau dans la poire et l'éloigne lentement sur le lit, sans hâte, pour aller éclairer la valise de métal.

Un superbe silence, plus beau que du Vivaldi, suit. Son et lumière sur l'accroc de Paul, comme dit le Gravos.

— Qu'est-ce… qu'est-ce que… qu'est-ce que c'est ? bafouille belle Isabelle.

— C'est l'autre, réponds-je.

Toujours rester laconique, la pression est bien plus forte. La jacte rassure, le mutisme affole.

— L'autre quoi ?

Quelque chose s'opère dans les pénombres, un déplacement d'air, un bruit sourd. Sa Majesté Béru Ier père du futur Apollon-Jules Ier vient de mornifler la gonzesse. La belle beigne franche et massive venue d'ailleurs. Dans le noir, ça émotionne. Isabelle se met à glapir. Pour la calmer, le Mastar lui complète la paire en grondant :

— Ta gueule, morue !

Un qui doit se répandre dans son slip, c'est le pote Wilfrid ! S'il parvient à suivre tout ça bien comme il faut, il avoisine l'extase ! Voir sa houri subir un traitement tel qu'il aimerait lui en infliger dix heures par jour, c'est bandant, non ?

Je reprends :

— Ça, c'est la valise que vous avez achetée à Prisunic, hier. La vendeuse était une petite brune boulotte, avec un œil qui disait merde à l'autre, vous vous souvenez ?

Ces détails rapportés par Mathias qui a mené une enquête serrée la dégoupillent complet. Il a fait du bon boulot, le Rouquemoute. La description de belle Isabelle cadrait pile avec celle d'une des clientes ayant empletté une valdingue de métal.

Je sors mon pote Tu-Tues de ma vague et le promène contre son visage. Je finis par le pointer contre sa pommette droite.

— C'est du neuf millimètres, je dis. Si la bastos rentre par là, vous n'avez plus de frimousse, belle Isabelle. On vous enterrera avec un trou à la place du visage ; une belle fille comme vous, ce serait dommage, ça filerait la gerbe aux asticots.

On perçoit un faible bruit : elle tremble. Ses chailles jouent aux castagnettes et tout son être s'agite.

— On veut la valise de Lambert que vous avez échangée contre celle-ci, dans le tiroir du bas de son bureau. Je ne vous donne pas une minute de réflexion, je ne compte pas jusqu'à dix, je veux la réponse immédiate sinon je tire.

Béru, toujours bonnard pour les grandes rescousses, applique lui aussi le canon de son feu sur l'autre pommette de cette vilaine fille.

— Non ! Ne tirez pas. Elle est dans une consigne de la gare de Lyon ! hurle Mme de Broutemiche.

— Et la clé de la consigne ?

— Dans mon sac à main.

— Va voir ! enjoins-je au Dodu.

— Il est où est-ce, vot'sac, ma p'tite déme ?

— Sur la commode. J'ai mis la clé dans mon poudrier, sous la houppette !

Le Démoniaque vérifie, opine.

— Numéro quatre-vingt-quatre ? il lit interrogativement au faisceau de ma loupiote.

— Oui, soupire ma « patiente », vaincue.

Je chuchote à l'oreille de Sa Grassouillette Majesté :

— Appelle un bahut et va chercher l'osier ; je t'attends ici.

Le Zélé opine et s'éclipse, poussant un juron au passage parce qu'il s'est pris les pattounes dans celles de Wilfrid embusqué dans l'encadrement.

Lorsqu'il est parti, je m'assois sur le lit, face à Isabelle, en tenant ma minuscule torche braquée sur ses yeux. Ça aide aux interrogatoires, tous les perdreaux du monde te le diront.

— Où est la fille Lambert ?

Elle écarquille ses vasistas.

— Je l'ignore !

— Vous vous faites payer une rançon et vous niez avoir trempé dans le rapt ?

— Je… Alain Lambert était affolé à propos d'Alice parce qu'on ne lui réclamait rien…

— Et vous avez décidé de lui demander une rançon pour le rassurer ? ironisé-je.

Elle ne répond pas, j'enchaîne :

— Cinq cents millions d'anciens francs, vous êtes une maîtresse coûteuse !

— J'ai perdu la tête !

— Je trouve que vous l'avez drôlement sur les épaules, au contraire, ma bonne dame.

Dans la ténèbre, Wilfrid se dresse, majestueux dans sa vieille robe de chambre. Un chevalier de la Table ronde !

— Infâme épouse ! déclame-t-il, ce qui constitue déjà le tiers d'un alexandrin ; mais le reste va être livré dans l'instant.

À preuve :

— Charogne qui ose porter mon nom ! Loque humaine, pus de fumier ! Raclure de sanie ! Chienne en chasse ! Slip merdeux ! Bévue de Dieu ! Fausse couche vivante ! Honte de l'espèce ! Limon de marécage ! Cloaque de cul ! Basse salope ! Dégueulis d'ivrogne ! Menstrues de gorgone ! Fille de pute vérolée ! Diarrhée verte ! Sécrétion hépatique ! Venin pourri ! Décomposition avancée ! Exhalaison d'égout ! Rate crevée ! Communiste ! Naufrageuse de particule ! Sous-garce !

Il scande dur, de Broutemiche. Ça devient beau, y a du rythme, un balancement, des images… Il se laisse emporter, tournoie dans les cosmos, à la fois ficelle de toupie. Il se débafoue un grand coup ! Il solde de tout compte ! Se dépasse ! Grandit ! Y aurait que Mounet-Sully pour le courser, et encore ! Sa voix enfle, enfle, s'emmajeste ! Don Diègue, le comte et le Cid réunis. Fleur de pissotière ! Mouche à merde ! Chiottes de gare bouchées ! Venaison gâtée !

Bon, il reprend souffle. C'est sublime, dans l'obscurité de le voir ainsi. Une enseigne pour Fiat, rouge italien, filtre à travers volets et rideaux, jetant dans l'ombre épaisse des éclaboussures sanglantes.

La dame s'écrie :

— Oh ! toi, le vieux con, la ferme ! Ou je te coupe les vivres !

Son tempérament qu'emballe, à Isabelle. C'est de la pétroleuse atroce, de la gourgandine sauvage. Elle vient de foirer son coup. Cinq cents tuiles qui se transforment en une seule, d'importance ! Commence à se poser des questions : qui je suis et comment sa combine a explosé au départ ! Qu'est-ce qu'il s'est produit, tu piges ? Comment se peut-ce ? Tout ça…

Ma pomme également se bigorne avec ses points d'interrogation. Par exemple, me demande si cette pétasse a réellement trempé dans l'enlèvement d'Alice. Je ne le « sens » pas, mais il se peut que j'aie le nez bouché, avec ces grippes en circulation. En tout cas, je ne peux pas négliger l'hypothèse. Logiquement, je devrais me débasser (arracher mon bas) et sortir mes menottes. Arrestation ! Mais avec cette salope, c'est elle qui serait chiche de porter le pet, comme quoi on a établi une mise en scène et qu'en pleine nuit on est venus la molester dans son pucier ; qu'elle est innocente, Blanche-Neige de partout, martyre et presque vierge, sainte Blandine ! Ma décise est gravissime. Un pas de clerc et je l'ai dans l'os. Non, faut que je vais suivre mon instincte, dirait Béru.

— Donnez à madame de quoi écrire, elle va signer des aveux ! dis-je au déclameur de stances.

Comment il empresse, Wilfrid ! Une tornade blanche, tu assisterais ! Monsieur Propre en accéléré !

Mais pendant que nous restons seuls, Isabelle déclare :

— Je ne signerai rien.

— Alors vous ne verrez pas le jour se lever ! déclaré-je catégoriquement.

À nouveau, le pétard sur la pommette.

— D'ailleurs je me demande si ce ne serait pas la meilleure solution.

— Qui êtes-vous ?

— Quelqu'un qui remet les pendules à l'heure et qui ne chipote pas sur les moyens !

Et v'là pépère de Broutemiche qui se la radine avec un bloc correspondance vélin supérieur, et une pointe Crouille.

— Tiens, abomination ! Honte de ma vie ! Radasse infecte !

Il lui cloque son petit matériel pour « Confessions d'une pute du Siècle » sur le pubis, par-dessus drap et couvrante.

— Inutile, dis-je, votre morue préfère mourir que de signer. Reculez-vous si vous ne voulez pas voir ça !

— Pas voir ça ! Mais je donnerais tout ce qui me reste à vivre pour assister à un tel régal. Je donnerais nos décorations de famille au P.C., mon nom à un nègre, mes yeux à la science et mon âme au diable !

— Navré de vous décevoir, mais je vais lui mettre son oreiller sur la figure et tirer à travers ; c'est ma méthode. De cette manière, le travail est plus propre. Sinon, avec un calibre pareil on en prend partout, c'est dégueulasse.

Je commence à lui arracher son oreiller, alors elle beugle !

— Je signe ! Je siiiiigne !

Je fais mine d'hésiter, puis de me raviser.

— Très bien, alors écrivez : « Je soussignée, Isabelle de Broutemiche, née Martinet…

Wilfrid intervient :

— Ne pourrait-elle écrire simplement : « Je soussignée Isabelle Martinet ? » Je ne puis tolérer mon nom dans une pareille infamie.

— Si vous voulez…

— Je préfère.

— Soit. Alors : « Je soussignée, Isabelle Martinet, déclare avoir voulu exploiter la disparition de Mlle Alice Lambert pour extorquer à son père, qui est mon amant, une somme de cinq cents millions de francs. »

Elle écrit en tremblant, car elle se demande très fort si, une fois cette confession rédigée, je ne la plomberai pas tout de même.

— Datez et signez !

Elle n'a pas plus tôt achevé que son vieux se jette sur le bloc, arrache le feuillet manuscrit et me le tend.

— J'espère que ça ne fait que commencer, hein ? murmure-t-il. Ça va être les galères à vie, non ? Elle va peler des pommes de terre jusqu'à son dernier souffle. Se casser les ongles dans des ateliers de prison. Mais vous êtes bien sûr qu'elle ne mérite pas une balle dans l'œil ? Juste dans un œil, pour me faire plaisir ? Je la voudrais tellement morte et borgne !

Un coup de sonnette stoppe sa supplique. Béru qui revient de la gare avec l'autre valise métallique.

— L'artiche s'y trouve ? questionné-je.

— Paré, mec. Les cinq cents pions y sont, j'ai compté dans le taxi en revenant.

— Alors, en route !

— Qu'est-ce qu'on fait de cette chérie ?

— On la tient à l'œil.

— Vous permettez, fait le Mammouth en s'avançant vers la tête du plumard.

Il saisit le haut du drap et le rabat complètement.

— Éclaire-moi un brin, just' pour dire.

Le voilà qui retrousse la chemise d'Isabelle terrorisée et qui gémit de trouille, croyant son trépas arrivé.

Le Valeureux contemple et déclare :

— C'pourtant vrai, ce que cause son époux : médème a des culottes d'cheval. C'est l'genre de cul, v'voyez, bon, j'dis pas que j'ferais la fine bite, mais j'aurais moins d'bonheur qu'avec un bon gros fessier bien rebondissant façon Berthaga.

Nous caltons en emportant les deux valoches.

Alors, les choses continuent de la manière suivante : On regagne notre tire, on place les valoches à l'arrière. Je m'installe au volant. Je lance le moulin. J'allume les phares. Je mets le clignotant pour déboîter, bien que la rue soit vide, mais nous vivons dans une société où, si t'es pas automatisé t'es mort. Me voilà dans la rue. Je vais pour lancer le bidule, qu'à cet instant, une chose claire tombe du ciel et s'écrase dix mètres devant le museau de la guinde. Je freine pile. Malgré le bruit du moteur, j'ai perçu le baoum ! de l'écrasement.

Belle Isabelle gît sur le pavé parisien, morte. Défenestrée !

Je sors de ma tire pour l'examiner, elle a la nuque à 45 degrés. Et c'est pas beau. Ce que je lui promettais, par taquinerie, en lui grattouillant la pommette avec mon feu s'est opéré.

J'élance dans l'immeuble. Coup de sonnette chez les Broutemiche. J'attends.

L'huis s'entrouvre.

— Qu'est-ce que c'est ? demande la voix ensommeillée de l'ami Wilfrid.

— Ouvrez, c'est moi !

Il ouvre.

— Vous avez oublié quelque chose ? demande-t-il, bonasse.

Les bras, les burnes, les yeux m'en tombent.

— Vous venez de balancer votre rombière par la fenêtre ! explosé-je.

— Moi ? J'étais couché !

On se regarde. Je lis dans ses lotos enfoncés qu'il a renoncé au sida pour user d'un moyen plus expéditif.

Il soupire :

— C'est cette confession qui l'aura déterminée à en finir, si vous voulez mon avis. Elle a compris que, désormais, sa vie était foutue. Que voulez-vous qu'elle fasse pour continuer avec un papier aussi accablant ? Dont *j'ai un double,* ayant eu l'idée de placer un carbone à l'intérieur du bloc.

Le vieux brigand !

Tu parles d'un chou, Pépère. Après la séance à laquelle nous nous sommes livrés, Béru et moi, on ne peut guère le traiter d'assassin ; ça plongerait dans les méchantes confusions, les doutes abjects et les médias se goinfreraient de sous-entendus pernicieux.

— Faut appeler Police-Secours ? me demande de Broutemiche avec calme.

— Je crois que c'est le mieux, admets-je.

LE JARDIN D'ALLAH

Alice fit quelques pas et s'assit sur un banc. L'air capiteux du matin la chavirait. Elle venait de passer plusieurs jours confinée dans sa chambre et il lui semblait qu'elle relevait de maladie. Elle se mit à regarder le jardin, émue par tant d'harmonie, de grâce et de parfums. Des orangers, des citronniers, des lauriers-roses à profusion, des plates-bandes de rosiers allant du blanc au rouge en passant par toute la gamme des roses, des amphores d'où coulaient des flots de fleurs rampantes, des pelouses aux étranges arabesques, le sable ocré des allées, tous ces éléments composaient une œuvre d'art. Des colombes blanches, familières, voletaient dans cet éden, se perchant sur les branches basses des arbustes, ou s'ébattant au sol en des joutes amoureuses. Une odeur de jasmin dominait celle des roses. Une tour carrée, blanche et crénelée, se dressait au-dessus d'un moutonnement de toits. La voix d'un muezzin appelait à l'une des cinq prières journalières. Elle était répercutée par un haut-parleur qui la déformait en lui infligeant des nasillements métalliques ; néanmoins, elle ajoutait à l'enchantement de l'instant. Alice continuait d'être en état de totale félicité. Par instants, elle se demandait si on ne la droguait pas à son insu tant elle se sentait radieuse de corps et d'esprit ; mais cette perspective ne l'émouvait pas outre mesure tant elle appréciait cette espèce de magistrale paix, ce bonheur stupéfiant comme elle n'en avait jamais connu jusqu'alors.

Elle tendit la main vers l'amphore placée à côté de son banc et cueillit une tigette de plante d'un vert presque noir portant une fleurette blanche à quatre pétales. Elle plaça la tige entre ses lèvres. Elle avait un goût amer.

Le soleil emplissait le ciel bleu d'une clarté d'apothéose. Alice renversa sa tête en arrière pour offrir son visage à la chaleur. Elle demeura longtemps dans cette position et s'en arracha parce qu'elle avait le sentiment d'être observée.

Regardant autour d'elle, elle aperçut un étrange personnage à l'autre extrémité du jardin. Un être énorme, à la chevelure brune ondoyante sur la nuque. Il se laissait pousser la barbe et, de loin, on avait l'impression qu'il portait une sorte de bavette noire sous la bouche et que celle-ci descendait jusqu'à sa poitrine. L'homme était vêtu d'un burnous immaculé qui scintillait comme de la nacre.

Il se tenait assis dans un fauteuil de jardin et contemplait Alice sans ciller. La fixité de ce regard était si intense que la jeune fille se dressa et, à pas lents, se dirigea vers l'énorme bonhomme.

Il ne cessa de la regarder pendant tout le trajet, se leva lorsqu'elle arriva à quelques mètres de lui et la salua d'un profond signe de tête.

Ils restèrent un long moment indécis, les yeux dans les yeux. Alice finit par lui sourire et il en fut comme ébloui.

— C'est vous, n'est-ce pas ? demanda-t-elle.

Il sut à quoi elle faisait allusion et battit des paupières. Il possédait de longs cils noirs qui rendaient son regard sombre, plus sombre encore.

— J'aimerais que vous me parliez, fit-elle.

— Je n'ose plus, murmura-t-il.

— Pourquoi ?

— Parce que vous pouvez me voir.

— Justement, s'étonna Alice, c'est mieux ainsi.

Elle avança la main et saisit le poignet grassouillet de son « amoureux ». Elle le trouvait beau et fascinant. Kazaldi le comprit et des larmes firent de ses yeux deux diamants noirs[1].

---

1. Je viens de relire ce court chapitre ; je voudrais pas me vanter, mais c'est vachement chié !

Tu vois, quand je veux m'appliquer, l'où est-ce qu'ils vont dinguer, les prosateurs assermentés !

(San-A.)

DEUXIÈME PARTIE

APOLLON-JULES

PIF !

Ça ne paraît pas tellement le combler d'avoir si vite récupéré sa fraîche, Lambert. C'est un brave gonzier, pas obnubilé par les biens de ce monde. Pour lui, les vraies richesses sont ailleurs ; seulement, de ce côté-là il est guère comblé, ce chéri. D'apprendre qu'il a été fabriqué par sa maîtresse, et surtout que celle-ci « s'est donné la mort », le cisaille.

Il touche le fond du gouffre ; le bout de la nuit. Il coule à pic. Tout est perdu, foutu, rincé. Plus le moindre brin d'herbe à quoi s'accrocher au flanc de la falaise qu'il dévale.

Il est penché en avant, la tête presque entre les jambes, c'est te dire ! Qu'à peine il a jeté un œil au pacsif de grisbi dans la valise ouverte.

Ses yeux lui pendent de la tête ; sûr qu'ils vont finir par rouler sur le tapis persan !

Bérurier qui, à présent, connaît les lieux, revient de la cuistance où il est allé se préparer un sandouiche de sa composition en l'absence de la grosse Tania. Un vrai monument classé, ce sandwich. Il a fendu une baguette en deux et y a installé une profusion de nourritures variées : rosbif, foie gras, œufs de saumon, morceaux d'omelette, quiche lorraine, camembert, reste de ragoût, etc. À noter que les végétaux sont absents de cet échantillonnage, Béru affirmant volontiers que le meilleur des légumes restera toujours la viande.

Son bouffement dégouline de partout, chaque fois qu'il y plante ses dents carnassières. Il murmure :

— M'sieur Lambert, sauf vot' respecte, vous seriez-t-il assez gentil de me dire où est la cave ? Y a plus la moind' goutte de pichtegorne à l'officiel.

— Béru ! sermonné-je, tu en prends à ton aise.

Le Gros désigne la valdingue.

— Quand c'est qu'on ramène cinq cents tuiles à un monsieur, on peut s'permett' d'lu solliciter un coup d'rouge, non ?

Lambert, arraché de son désespoir, raconte comme quoi, la cave, faut sortir dans le jardin et que c'est l'escalier de droite et y a la clé dans le tiroir de la cuisine.

Exit le Mahousse qui, avant de sortir, dépose son sandouiche des Mille et Une Nuits sur l'habillage de velours d'une table ronde supportant des bibelots rares dont il devient le fleuron.

Je m'assois face à Lambert.

— Oublie ta pétasse, Alain, tu étais tombé sur ce qu'on nomme une gourgandine sans scrupules. Elle se jouait de toi et seul ton fric l'intéressait.

— Elle s'est tout de même suicidée ! riposte-t-il. Preuve que…

— Preuve qu'elle a eu peur en se voyant démasquée. Ne commence pas à l'embellir ! Nous sommes les rois des cons, nous les hommes. Toujours prêts à trouver des circonstances atténuantes à celles qui nous grugent et à voir de saintes innocentes en celles qui nous font cocus. Tu te traînais une salope au fion, mon grand, ça oui. Expulse-la de ton esprit. Ce qui importe, c'est de retrouver Alice.

— Je le sais bien, soupire Lambert. Mais nous voici dans l'impasse.

— Peut-être que non, laissé-je tomber doucement au bout d'un silence hésitant.

Il réagit :

— Tu as du nouveau ?

— Il y a peut-être une autre piste. Et cette autre piste, elle, je la sens ; le coup de la rançon m'en avait détourné.

En termes suce sein, je lui bonnis tout ce que je sais sur le dénommé Kazaldi. Il m'écoute, ferme les yeux.

— En y réfléchissant bien, je me rappelle effectivement cet homme. Un obèse effroyable, adipeux, qui regardait fréquemment dans notre direction au *Pasha*.

— Il se trouve présentement dans sa propriété de Marrakech, ce qui va compliquer les choses car je n'ai pas qualité pour intervenir là-bas. Il faut que ce soit de façon tout à fait occulte.

Alors il s'arrache à ses misères, Alain Lambert de Chosetrucmachin.

— Écoute, me dit-il. Je possède un avion particulier, un jet avec pilote pour mes déplacements en France et en Europe. Veux-tu que dès demain matin nous partions pour Marrakech ?

Il désigne la valise de métal récupérée à la consigne.

— L'argent ne manque pas. Si l'on doit s'assurer des complicités, là-bas, nous avons de quoi les rémunérer.

Ouf ! Il est sauvé. Il va enfin agir. Y avait que cela pour le tirer du désespoir. L'inertie est un pourrissement.

Bérurier revient, nanti de deux bouteilles de Richebourg illustres.

— J'ai pris c'qui m'tombait sous la pogne, déclare-t-il avec un air faux cul qui équivaut à de la franchise. La deuxième boutanche c'est juste au cas qu'vous m'feriez un brin d'conduite, mais si vous n'en boiveriez pas, il est pas dit qu'je l'entamasse.

***

M'man a les larmes aux yeux de rendre Apollon-Jules à son illustre paternel. Bien langé, le bavoir fraîchement amidonné, le bonnet capuchonnant bien sa tête un tantisoit hydrocéphale, le moutard en jette comme s'il se présentait au concours du plus beau bébé de France. Sa Majesté se saisit du petit prince, l'assure dans le pli du bras, dépose sur sa joue un baiser vorace qui l'estampille de jaune d'œuf et le fait bieurler.

— J'vous r'mercille infiniment, maâme Félicie ; c'est très gentille à vous.

Il cligne de l'œil.

— Maint'nant, je sais à qui qu'on pourra confier c't'artiss quand t'est-ce nous irons en voiliage, moi et Berthe.

Nous voilà en décambutage. Lambert m'a filé le ranque à l'aéroport du Bourget, mais je dois auparavant déposer les Bérurier père et fils à leur domicile. La bagnole endort Apollon-Jules et c'est tout bénéfice.

— T'y crois, toi, à la piste du gros Arabe ? chuchote Alexandre-Benoît.

— Oui, répondis-je résolument.

— T'imagines quoi ?

— L'acte d'un sadique, je crains bien. Ce gros mec doit être un détraqué sexuel. Il aura jeté son dévolu sur Alice Lambert, et comme il dispose probablement d'une main-d'œuvre compétente, il l'aura fait enlever pour assouvir ses bas instincts.

— Pour, ensuite, y sectionner le corgnolon ?

— J'en ai bien peur.

Le Mastar serre fort son hoir contre lui.

— Moi, un mec f'rait ça à Apollon-Jules, j'y coupe les couilles, j'lui oblige à les bouffer, n'ensute j'le plonge dans une cuve d'acide, et puis…

— Voilà qui me paraît être un traitement complet, l'arrêté-je.

On se pointe devant son immeuble.

— T'sais ce dont il m'ferait plaisir, mec ? déclare le Mastar. C's'rait d'aller av'c ta pomme à Macache Bonno. J'ai idée qu'on n's'rait pas trop d'deux si y s'met à vaser des chieries, là-bas.

— En effet, conviens-je.

— La Grosse va sûr'ment rouscailler comme quoi j'la laisse seule avec Popo, tu d'vrais viendre av'c moi pour qu'on y entende raison, cette douceur. Tu l'impressionnes.

Il ajoute, dans l'escadrin :

— Berthe, c'est plutôt l'genre sérieux, en tant qu'épouse, pourtant j'sus certain, tu lu proposerais la botte, elle r'fuserait pas.

— Jamais je ne ferais ça à un ami comme toi ! m'écrié-je avec un tel accent de sincérité qu'il en est retourné.

— Mercille, gars. Slave étant dit, j'me rends compte qu'à l'idée d'se laisser tirer par toi, une gonzesse, elle est prêt' à faire brûler les cierges qu'é s'fout dans la moniche pour obtiendre du ciel un tel bonheur.

Juste comme il ouvre sa porte, on entend carillonner le biniou dans son logis. Le Gros se précipite et va décrocher. Il désappointe en reconnaissant la voix de sa chère compagne.

— Allô ! Moui, on arrive à l'instant, moi et Popo. Tu es où est-ce ? Ah ! bon ? Comment ?... Ah ! bon, fais-y mes compliments !... Qu'est-ce tu dis ?... Moui. Moui, j'comprends. Non, t'as raison, c'serait incorrèque. Bon, ben, j'vais m'arranger.

Il embrasse l'émetteur et raccroche. Puis, se tournant face à moi.

— Figure-toi qu'y sont toujours à Montbéliard. Alfred a z'eu l'premier prix et y a d'grandes manifestances organisées en leur honneur. Tous les grands journaux d'Montbéliard font une circonférence de presse. La mairie donne un grand banquet, tout ça. Brèfle, y n'rentrereront qu'd'main.

— En ce cas, ton voyage au Maroc est scié.

— Penses-tu : je vais laisser Apollon-Jules à maâme Glandsale, not' concierge.

On redévale.

Las ! Un écriteau est fixé à l'intérieur de la loge, entre la vitre et le rideau sale de la porte-fenêtre :

LA CONCIERGE EST EN DEUIL
DANS SA FAMILLE
POUR DURANT TROIS JOURS

— C'est ben la vérolerie, bordel ! tonne mon pote.

Mais ce n'est pas l'homme des longues lamentations.

— On n'a pas le temps d'rembarquer le mouflet chez maâme Félicie ?

— Bien sûr que non, je suis déjà à la bourre !

— Alors, nous cassons pas l'cul : je l'emmène.

— À… à… à Marrakech ? je m'exorbite.

— Et pourquoi pas ? L'air y est pas plus mauvais qu'ailleurs, non ? Et av'c un lardon dans les bras, j'te jure qu'on passera inaperçus.

Il baigne tant tellement dans le sirop d'orge, Alain Lambert, qu'il réagit pas devant le bébé. On lui amènerait une colonie de vacances dans son jet, ça le laisserait indifférent, au point extrême où il en est.

Son zinc, c'est de l'appareil surchoix. Dix places, tout confort. Un beau zoizeau blanc avec des zizigoumis rouges et des chiffres noirs. Il est drivé par un gars du genre coureur de brousse, un grand blond à gueule de mercenaire mal rasé, impressionnant dans une combinaison blanche. Il se nomme Slim et je suppose qu'il n'est pas français pur fruit. Je l'imagine en jean ravagé, avec une limouille à épaulettes. Style romantisme néo-cradingue, si tu vois ? Pour les garçons de sa trempe, le monde commence à être trop exigu et ils se cognent contre les murs. Son regard clair, intense, sa gueule aux plis précoces en disent long comme le règne de Louis XIV sur son tempérament baroudeur.

On se serre la louche sur présentation de Lambert. Lui, il jette un regard à Apollon-Jules et déclare simplement :

— Mon plus jeune passager.

Et puis bon : bouclons nos ceintures. Ça jacte avec la tour de con. Slim et un gazier du trafic échangent l'essentiel de ce qu'ils doivent savoir. Dans un élan souple on saute dans le ciel, franchit la couche de merde qui tartine la région parisienne et débouche dans le soleil pimpant qui nous attend là-haut.

Béru virgule une louffe de décompression qui se mêle au bruit des réacteurs. Je le foudroie d'un regard sombre.

— Les pets de Damoclès ! explique-t-il.

Il rit, joyeux de vivre, d'être père et de se baguenauder dans l'éther. Son marmot pionce sur son sein paternel. Touchante image. Quand on visionne les Bérurier, ainsi enchevêtrés, on se persuade non seulement que l'homme descend bien du singe, mais qu'il y remonte.

Dans le fond, nous avançons dans la vie comme dans une barque : à reculons.

Vaincu par mon existence trépidante et ma maldormance, je me mets à en écraser.

Tout le monde te le dira que Marrakech est l'une des plus belles villes du monde.

Attends, je vais te montrer le dépliant touristique... Tu vois : c'est blanc et ocre, avec des édifices vachetement bathouzes ; et puis des palmeraies de-ci de-là, des propriétés princières, le golf, les orangeraies... Dans le fond, jusqu'aux confins les plus lointains, la chaîne de l'Atlas. Sublime. Rouge, avec des reflets bleutés et mauves. C'est beau, le Maroc. Noble. On distingue des piscines de rêve à travers les frondaisons. Les souks comptent parmi les plus pittoresques du monde. Bien plus formides, par exemple, que ceux de Stockholm ou de Varsovie qui ne sont plus ce qu'ils étaient. Et le marché, dis, tu l'as vu le marché ? Tous ces étalages bigarrés (dans une description de ville du Sud, n'oublie jamais l'adjectif bigarré, il est indispensable ; t'oublies « bigarré » et tu carbonises ta répute d'écrivain célèbre ; faut se gaffer à ce genre de détail dans mon métier !), ces montreurs de serpents, ces marchands de cuivres ouvragés ou de bijoux en véritable argent bien imité. Des fois, quand tu as de la chance, tu vois passer le roi. Un monarque sympa, pas fier, juste la bonne pointure, à cheval entre modernisme et tradition. Majestueux sans le faire exprès, mais la volonté d'être simple. Il traverse la populace avec une canne de golf à la main en guise de sceptre. La foule liesse en plein. Crie « Vive ! Vive ! » ; et lui, fait droit à sa requête : il vit. C'est dur de rester roi, de nos jours, j'en causais la semaine dernière avec Élizabeth (pas celle qui travaille chez Cartier, celle qui travaille à Buckingham). Faut du cran, pas craindre, se faire accepter et même aimer. Monarque, merci bien ! Plus une sinécure ! Pour rester dans le coup, faut travailler son *look*. Une cravate pas conforme, un sourire mal venu et y a de la détrônance dans l'air.

Les derniers funambules, les souverains. Les sultans sont vite insultés, de nos tristes jours.

Bon, je t'en reviens à la sublime Marrakech, si enchanteresse. Médiévale ! Ça rameute ferme la gentry ternationale. Pédoques de haut niveau qu'ont le cul bordé de nouilles en or ! Grands financiers en mal de fastes. Artistes en tout genre. Pétasses réputées. Les gens du patelin voient radiner le flot et s'exercent doucement à piquer un max à ces parasites. Les roulent de leur mieux, comme la semoule du couscous. Moi, je leur dis bravo. De quel droit t'es envahi par des hordes barbares qu'en comparaison, celles d'Attila ressemblaient à des pèlerins déferlant sur Lourdes? Parce que t'habites un bled sublime, voilà que ça se pointe de Nouillork, de Paname, de London, et de partout ailleurs, pour te voler ton panorama et ton soleil. Ils déboulent comme en pays conquis. Part à tous, camarades! Nous aussi, on la veut, la palmeraie! Il nous le faut, l'Atlas! Tirez-vous de devant, vous nous faites de l'ombre! La Troisième Guerre est en cours, les gars. Et ce sont les touristes qui la livrent. Au plus ils sont huppés, au plus ils font mal. À nous, le Maroc! Les Seychelles! L'Andalousie! Les îles grecques! Taillez-vous dans l'arrière-pays, les ploucs! Laissez-moi usiner avec mon blé étrange venu d'ailleurs. J'achète, j'achète! *Raus!* Ton lopin, ta lapine. Laissez vos femmes : elles pourront servir. Et même votre gamin, le petit frisé. Il suce bien, j'espère?

Moi, à force de me traîner les burnes de continent en continent, je la vois se développer, l'infernale invasion. Je les vois pousser, les grands immeubles épouvantables, souilleurs de contrées merveilleuses. Ils sont niqués les autochtones. Ont beau laisser faire le temps, leur vaillance et leur roi, ça prolifère. Hôtels de luxe à deux trois piscines « olympiques »; villas hollywoodiennes; Rolls et Ferrari. Que les pauvres dromadaires ont juste le temps de planquer leurs miches. Ils les regardent passer avec leur regard haut perché et paterne qui fait songer à celui du président Mitterrand passant les troupes en revue. Toujours, tu le remarqueras, le président quand il arpente devant un détachement d'un air détaché; mais la démarche empreinte et l'œil dromadaire, moi je trouve.

Et bon, je débloque, déconne, même, car les vérités sont stériles. Le bon sens est un langage qu'on pige de moins en moins. Quelques-uns qu'écoutent, hochent la tronche et pensent : « C'est pas bête, ce qu'il nous dit, mais c'est con. » Et tu sais pourquoi c'est con, Lanture? Parce que *ça ne sert à rien*. Et en nos temps de merde, y a que ce qui sert vraiment à quelque chose qui est pris en considérance.

Alors on déboule dans Marrakech. Slim s'occupe des formalités pour le zinc. Mais les fonctionnaires de la police des frontières nous cherchent du suif à cause d'Apollon-Jules. Faut dire qu'il n'a aucun faf, l'exquis bébé. Pas même un extrait de naissance. Et le Gros ne s'est pas muni de son livret de famille. Alors, Apollon-Jules, c'est comme s'il n'existait pas, tu piges? Heureusement, Lambert traite beaucoup avec le Maroc. Je ne sais pas ce qu'il fabrique, mais il en vend aux Marocains, des caisses et des caisses! De ce fait, il est assez lié avec le ministre du Commerce. Quelques coups de turlu bien placés et ça se tasse. On délivre un visa d'entrée au descendant des Bérurier.

Il nous convie à la Mamounia, Lambert. Au diable la ladrerie ! Notre installation est d'autant plus rapide que, selon notre bonne habitude, Béru et moi sommes sans bagages.

Son lardon fouette vilain. Il expédie un groom à la pharmacie pour acheter des couches et des pots de bouffe pour bébé de deux mois.

Pendant qu'il puériculte et que Lambert défait sa valoche, je frète un taxi et me mets en quête d'une résidence qui s'appelle « L'Orangeraie ».

La propriété doit compter parmi les chouettos de Marrakech, car le driver n'exige pas plus d'explication que ses confrères de Washington à qui tu demandes de te charrier à « la Maison-Blanche ». Il bombe comme un dingue par les larges artères, doublant à gauche et à droite, brûlant les feux rouges, détraquant l'aorte des piétons dans une équipée sauvage digne des meilleurs films de poursuites américains. Que, très bientôt, nous voici rendus devant une demeure immense, cernée de murs blancs, au centre de laquelle se dresse une sorte de minaret qui, en réalité, sert de colombier. Les toits s'étagent harmonieusement et de blancs pigeons roucoulent ou se foutent la troussée sur les tuiles ocre parsemées de tuiles bleues. Tout est silence. On aperçoit des frondaisons de cyprès et d'orangers par-dessus le mur. Une porte ouvragée, à deux battants, très ancienne, avec des incrustations d'ivoire et de nacre, ouvre l'accès à ce paradis. Une lourde pareille, chez n'importe quel antiquaire du boulevard Saint-Germain, tu la casques un saladier !

— Tu rentres pas ? me demande le chauffeur, surpris de me voir rester debout près de son bahut.

— Non, j'admire seulement.

— Et tu payes la course juste pour admirer ?

— Je suis journaliste et je dois écrire un livre sur les plus belles maisons de Marrakech, je commence par un tour d'horizon.

Je m'éloigne de quelques pas, histoire de fuir sa curiosité. Et c'est alors qu'une voix masculine s'écrie :

— Hep ! San-Antonio !

J'avise, au volant d'une Morgan rouge dont le modèle a cinquante ans, Albert Nécreux, un comédien spécialisé dans les rôles de dégueulasse, à cause de sa frime pas recommandable.

Le monde est petit ! comme dit ta concierge.

Je m'approche de lui, sans enthousiasme excessif. Rien de plus chiant que de rencontrer des importuns.

— Salut, Nécreux, ça boume ?

Il m'en presse un paquet et rigole :

— Rectification, commissaire. Je ne m'appelle plus Nécreux, car j'ai pris un nom de théâtre.

— Tu te nommes comment, aux dernières nouvelles ?

— Noubly.

— Et ça change quelque chose à ta carrière ?

— Tout. Jean Noubly. Ma cote grimpe.

— À cause ?

— Je faisais partie des obscurs. Mon blaze n'était jamais cité dans les interviews de vedettes ou de metteurs en scène. Or, vous l'aurez remarqué, chaque fois que ceux-ci parlent de la distribution, ils disent, immanquablement : « En dehors de moi, il y a Depardieu, Sophie Marceau, Galabru et j'en oublie. Ce qui fait que, désormais, j'ai en quelque sorte la vedette américaine. Jean Noubly, c'est moi.

— Superbe, conviens-je.

— Je fais jouer le vide à mon profit ; je suis devenu la mémoire défaillante de mes illustres confrères. C'est indiscret de vous demander ce que vous faites devant cette somptueuse propriété ? Vous vous portez acheteur ?

— Mon livret de Caisse d'Épargne n'est pas suffisamment gonflé pour ça.

— Alors, boulot ?

— Vacances ! J'admire… Et toi ?

— J'habite chez une amie.

Il cligne de l'œil.

— Une dame veuve et bourrée d'osier. Ah ! certes faut pas compter ses heures de vol et elle a fait des tas d'atterrissages sur le ventre, mais sa crèche ressemble à celle-là et sa table à celle de Bocuse. Elle fait partie du Tout-Marrakech. Le roi la reçoit, ainsi que le maire, les notables, les grossiums, les célébrités en vacances. Elle connaît même le gros sac qui habite ici.

Il me désigne la crèche de rêve.

Comme il est disert, il enchaîne :

— Elle fait un monstre raout, ce soir, venez, je vous invite. Vous avez un smoking ?

— Bien sûr, ments-je précipitamment.

— Alors soyez à neuf heures à la propriété qui se nomme « Les Confins », en direction de Ouarzazate ; d'ac ?

— Volontiers, mais à une condition : tu ne dis à personne que j'appartiens à la Poule ; ça jetterait un froid.

— Promis juré, j'ai pas envie de me déconsidérer !

Il décarre dans un vrombissement forcené.

Moi, je cherche ma bonne étoile, au ciel ; un peu désorienté parce qu'il fait un jour d'une folle luminosité. Tu ne trouves pas que ça n'arrive qu'à moi ce genre de mésaventure ?

Je passe par le bar de la Mamounia et j'y trouve Lambert et Slim son pilote attablés devant des doubles whiskies.

— Où étais-tu ? me demande Alain, car ça y est, c'est fait, on se tutoie à la vie à la mort dorénavant.

— Opération de reconnaissance, lâché-je.

— Que prends-tu ?

— Un hélicoptère, dis-je, en état second.

Je me tourne vers Slim.

— Vous pilotez également les hélicos, je parie ?

— Et aussi les hydravions.

— *Bueno.* Il faudrait en louer un pour une heure, vous pouvez arranger ça ?

— *No problem,* assure-t-il.

— Occupez-vous-en, vieux. Dès que vous serez à même de me faire survoler Marrakech, prévenez-moi.

Il siffle son gorgeon et se dresse. Lambert, l'air du Maroc semble le doper. Dans son cas, l'action est le meilleur des remèdes. Rien de pire que d'attendre, prostré, auprès d'un téléphone.

— J'aurai besoin d'un bon appareil photographique muni d'un téléobjectif puissant.

— Allons acheter ça.

Il y a des magasins surchoix à la Mamounia. J'emplette un Nikon avec ses accessoires et retourne au bar me familiariser avec son fonctionnement. Bérurier s'y trouve en compagnie de son fils et d'une bouteille de champagne rosé dont les premières coupes le font feuler comme tout le Bengale. Exceptionnellement, son chiare se tient coi et je le trouve tout dodelineur.

— Il paraît pas très en forme, Apollon-Jules, m'inquiété-je.

Sa Majesté pouffe de rire.

— Lui ? Il fait l'boa, moui ! Si tu saurais tout c'qu'il a clapé, le monstre ! Six pots Neslé av'c un hamburgère mélangé. Plus un grand biberon de vin sucré et une portion d'tarte aux pommes. Il a d'qui tenir! J'te prédis qu'y va deviendre un giant!

— Tu ne crois pas que son alimentation devrait être plus conforme aux principes nutritifs prônés par les pédiatres?

Le Rugueux se remplit une nouvelle coupe.

— Les pédiatres, mec, j'me les carre dans l'oigne. Chez les Bérurier on a toujours su élever ses enfants sans ordonnance et, conclusion, de père en fils, on sera été les plus forts av'c la plus grosse bite du canton. Tu l'as déjà vu, son croquignol, au p'tit prince? J'sais des officiers d'carrière qui pleureraient d'la comparaison.

Sa certitude heureuse est communicative. Je ne doute plus que la puériculture béruréenne soit la bonne.

Je lui ai donné un plan de Marrakech, à Slim, sur lequel j'ai coché d'une croix la demeure du dénommé Kazaldi. J'explique au pilote ce que j'attends de lui : qu'il me permette de photographier du ciel, à basse altitude, la fastueuse propriété du potentat, sans toutefois donner au personnage l'impression que nous sommes à sa verticale pour lui seul. Il est fréquent, de nos jours, que des photographes prennent des vues aériennes des belles propriétés d'un coin résidentiel. Pour cela, ils survolent la zone en question et la ratissent méthodiquement avec leurs téléobjectifs. Il faut donc que Slim procède comme ces professionnels.

On décolle, et parvenu dans la région fatidique, l'ami Slim se met à opérer dans le sens est-ouest, avec régularité. Au loin, je retapisse le petit palais de Kazaldi à travers la bulle de plexiglas. Nous en approchons progressivement. Bientôt je distingue la configuration de la propriété, laquelle est construite autour d'un merveilleux patio et d'un jardin intérieur dont la végétation ferait mouiller un producteur hollywoodien.

Je suis en batterie, le zoom paré, le tube lance-torpilles du téléobjectif braqué. J'ai jamais été un crack en matière de photographie et tu sais depuis lurette mon aversion pour les touristes konkodak qui passent leurs vacances avec un œil fermé et l'autre collé à un viseur, cependant mon désir de capter cette magnifique crèche est si vif que me voilà super doué par volonté extrême, tripotant les molettes de réglage, les bistougnets, les clapets de vidange, tout ce circus avec lequel jonglent mes potées de la presse photographique.

— On y est! m'annonce Slim.

— Je sais.

Il quadrille le coinceteau avec application. Et ma pomme, j'y vais plein cadre ! Clic, clic, clic ! Ne cherche pas à repérer pour mon compte. C'est à l'appareil de jouer. Tu ne peux pas mener à bien deux choses simultanément. Mon Nikon (pas plus nikon que toi, d'ailleurs) bouffe à pleines dents le panorama. Clic ! clic ! clic ! Je flashe à tout berzingue. Une série à gauche, une autre à droite. Merde, ai-je fait gaffe au soleil ? Ne risqué-je pas d'avoir des images surexposées ? Le mahomet y va à fond la caisse dans ce magnifique patelin. Il est si intense que même ton trou de balle bronzerait à l'intérieur de ton bermuda.

Ça y est, nous sommes passés. Slim, obéissant à mes instructions, continue sa manœuvre systématique pour endormir les éventuels soupçons de Kazaldi.

Et puis bon, après un quart d'heure de frime, on retourne se poser. Maintenant, va falloir développer mon rouleau de pelloche. Je musarde dans le centre-ville à la recherche d'un photographe. J'avise une boutique sans histoire à côté d'une brasserie et, me fiant à mon instinct, j'y pénètre. Un vieux mecton est assis derrière un comptoir tapissé de photos représentant la chaîne de l'Atlas en continu. Il est tout gris et archiridé, ce bonhomme, avec une abondante crinière d'un blanc sale de loulou de Poméranie négligé. Des lunettes en demi-lunes sont posées au bout de son pif poilu comme une chatte de chaisière. Il me demande avec un accent très marqué (arabe ou juif) ce que je désire.

Je sors de ma poche le rouleau jaune.

— Vous est-il possible de développer ça immédiatement ? Je suis journaliste à *Connaissance des Arts* et je dois envoyer un article sur les plus belles demeures de Marrakech. Il est indispensable que j'aie la photo pour écrire le texte qui la concerne. Bien entendu, je vous défraierai en conséquence. C'est du noir et blanc, donc, y a pas de problèmes.

Qu'ajouter d'autre ?

Il tend la main, empare le rouleau et appelle sa femme pour qu'elle garde la caisse et me surveille tandis qu'il opérera.

Dans la chambre de Lambert, j'étale mes photos agrandies. Y en a partout sur la moquette. Faut se mettre à genoux pour les examiner. Quelques-unes, comme je le prévoyais, sont surexposées, mais dans l'ensemble ma prestation n'est pas mauvaise. On domine bien les lieux. Ce qui frappe, c'est qu'on ne voit âme qui vive. Pourtant, doit y avoir du trèpe dans cette casbah. Béru m'en fait la réflexion.

— À cause du bruit de l'hélico, expliqué-je, les occupants se sont planqués.

— Si y s'sont planqués, c'est pour pas s'montrer, commente l'expert; si y veuillent pas s'montrer, c'est qu'ils tiennent pas à c'qu'on les voye!

Alain soupire.

— Et dire que ma chère Alice se trouve peut-être là.

Et à moi, d'un ton où l'espoir le dispute à la détresse, comme l'a écrit la comtesse de Paris dans son célèbre livre intitulé *Un Doigt de Cour* :

— Ton impression de flic ?

Miroska, vous êtes avec moi ? Je me concentre à mort. C'est comme si je tenais un câble électrique à haute tension. Faut que ça passe ou que ça casse ! S'agit plus de police mais d'occultisme. Je fais appel à des forces surnaturelles, tel que tu me vois. Je puise à mort dans mon subconscient. Je regarde cette vue générale du palais de Kazaldi. Alice s'y trouve-t-elle oui ou merde ?

Ça craque dans ma caboche. J'ai le cervelet comme trois plaques de chouinegomme mâchées. Ça s'étire. Vite, j'en fais une boulette compacte. Alors ? Elle y est oui ou merde ? Je reste à l'écoute de l'infini. Mets toute la sauce. S'agit pas de balancer n'importe quoi pour faire plaisir à Lambert.

Elle y est, Alice ? Hein ? Seigneur, inspirez-moi ! Inspirez ! Inspirez !

Je ferme les châsses. Que, juste au paroxysme de ma concentrance, l'organe paisible de Béru s'élève :

— M'sieur Lambert, vot'môme aurait-elle-t-elle un bracelet que ça représente un serpent ?

Alain Lambert, qui me scrutait à s'en disloquer les sphincters, tressaille.

— Un bracelet... Non... Heu, si, oui : pas exactement un bracelet mais une montre de chez Bulgari que je lui ai offerte au dernier Noël; en effet, cela a la forme d'un serpent,

Le père d'Apollon-Jules paraît satisfait.

— Alors, *no problem* : elle est bien là.

Il se tient devant la fenêtre, l'une des photos entre ses doigts.

— Venez mater ici, les gars. J'croye qu't'as une loupe après ton couteau suisse, l'Antoine, c'est l'moment d'la dégainer.

Nous l'encadrons, cœur battant, z'yeux en folie.

— V'voiliez c'te fenêt', à l'ang' du jardin ? Y a des barreaux. Z'y êt' ?

— Vououiiii, répondons-nous.

— C'est dans l'omb', on distingue pas lerche. Mais r'gardez attentionnement le barreau qu'est là, le plus dans l'omb'... Y paraît plus gros qu'les aut', d'ac ? C'est à cause de parce qu'un bras est plaqué cont'. Quéqu'un est accoudé de l'intérieur et tient l'barreau. Le poignet de la quelqu'unte est tourné déhors. Et on voye un brac'let. Y fait plusieurs fois l'tour du poignet. Ai-je la berlue ?

Armé de ma loupe je vérifie le bien-fondé de son observation.

— C'est VRAI ! écrié-je.

Alain Lambert de Ploquesibuche se signe (en un exemplaire) car, dans ces cas extravagants, première chose à faire : remercier le Seigneur. Puis il se saisit de la dextre béruréenne.

— Bérurier ! balbutie-t-il. Ô Bérurier…

— Mettez-vous pas la queue en trompette pour si peu, riposte le Gros : j'ai un œil de larynx, Sana vous confirmera. Mon acuitance visuelle est si forte qu'on voulait me corporer dans la marine, mais av'c le chibre qu'je m'colporte, y z'ont craint que j'éclate le fignedé des copains ent' les escalades à terre.

Comme son chiare commence à clamer, il va lui préparer un biberon de porto additionné d'un jaune d'œuf.

LOVE STORY

Le soir tombait. Une lumière rasante illuminait l'appartement d'Alice. Clarté mauve, mêlée de traînées pourpres. Des parfums exaltés arrivaient du jardin. Elle avait remarqué qu'à la tombée du jour, des jets d'arrosage disséminés dans ce dernier entraient en action et que les végétaux, sous l'effet de l'eau, se mettaient à sentir avec plus d'intensité.

Les oiseaux de la volière, calmés par la pénombre, se taisaient ; mais les pigeons blancs de l'extérieur continuaient de battre l'air immobile de leurs ailes blanches, s'élançant de toit en toit pour se pavaner sur les tuiles et faire compliment aux femelles.

Sentant une présence derrière elle, Alice se retourna. « Il » était là, dans l'encadrement de la porte que sa masse obstruait entièrement. Il portait un smoking blanc. Des brillants servaient de boutons à sa chemise. Son étrange regard la bouleversait. L'iris de ses yeux sombres s'auréolait d'un mince cercle bleu. Elle lui sourit et il osa s'avancer dans la pièce d'une démarche roulée d'obèse empêtré dans ses graisses. Lorsqu'il fut près d'elle, il lui saisit la main et la porta à ses lèvres.

Puis il chuchota de sa voix soyeuse d'Oriental :

— Toute ma vie pour cet instant.

Elle lui laissa sa main qu'il baisa de nouveau avec ferveur.

— J'avais toujours rêvé d'absolu, d'infini, fit Kazaldi. Et voici que j'atteins les rivages du rêve.

Il s'assit près d'elle sur le canapé. Alice posa sa joue contre un revers de smoking. Et ils restèrent longuement dans cette tendre posture.

— Vous sortez ? murmura-t-elle après une période de félicité silencieuse.

— Une soirée chez une vieille folle d'ici. Je ne pouvais décliner l'invitation car elle possède des affaires qui sont proches des miennes.

Me permettez-vous de passer vous voir en rentrant, je veillerai à ne pas m'attarder ?

— J'y compte bien.

— Même si cela doit vous réveiller ?

— Je ne dormirai pas avant votre retour, promit Alice.

PAF !

Couché dans le lit paternel, Apollon-Jules pue comme une pompe à merde suractivée.

— Tu voudrais-t-il m'l'langer ? demande le Gros, attablé devant un couscous servi « en chambre ».

— Sans façon, réponds-je en montrant mon smok made in Paris immaculé, acheté voici une heure chez un bon faiseur de la ville. Si je me mets à tripoter ton tas de merde, en arrivant chez mon hôtesse je ressemblerai à un mur de chiotte.

Le Mastar engloutit d'une goulée cinq cent cinquante grammes de semoule, plus une merguez en ordre de marche.

— Y a des moments, t'es pas serviab', mec. J'm'demande de qui est-ce tu tiens quand j'vois ta mère si tant tellement dévouée les uns les autres… Une sainte !

— Les saintes ne font pas fatalement des saints, j'objecte.

— J'm'en aperçoive, ronchonne la Masse. T'es l'bon gars, mais sujet à potion, par instants. Suffit qu'tu te saboules en plaie-bois pour chichiter seizième !

Il se verse à boire. Un picratos rouge comme du sang de bœuf et aussi épais que de la gelée de groseille.

— C'est ta seconde boutanche ! lui fais-je remarquer.

— Mercille du renseignement, rétorque le Ténor des bistrots, la pépie vient en mangeant.

— J'aimerais que tu restes lucide pour l'opération de ce soir.

— Fais-toi pas d'mouron, l'artiss, j'ai un' cylindrée qui m'permet d'en massacrer un escadron avant d't'voir doub' ; déjà qu'en un exemplaire tu suffis à mon bonheur !

— Très bien, alors à tout à l'heure, comme convenu.

Je passe dans l'appartement d'Alain. Lambert est en contemplation devant la photo sur laquelle nous croyons distinguer le poignet de sa fille. Elle l'hypnotise.

— J'y vais, lui dis-je. Es-tu bien certain de vouloir participer à notre coup de main ?

— Je ne pense qu'à ça. Et Slim aussi veut en être.

— Tu sais que s'il y a une couille, on se retrouvera tous au gnouf?

— Que m'importe. Antoine ?…

Il respire profondément, abaisse ses paupières un instant, et quand il remonte ses stores, deux larmes dégoulinent sur ses joues.

— Tu sais, fais-je, j'ai longtemps balancé sur la conduite à tenir. Évidemment, on pouvait aller raconter l'histoire à mes collègues d'ici ; mais ce Kazaldi est un personnage puissant, considéré ; j'ai craint que trop de préambules policiers ne lui permettent d'évacuer la petite en douce, si toutefois il la séquestre comme nous le pensons.

— Tu agis pour le mieux, tranche Lambert. Je te fais confiance.

Faut reconnaître que c'est la vraie fiesta mondaine sous les étoiles. Un immense chapiteau est dressé au centre d'un encore plus immense jardin, comme l'écrit Mme Tas-de-Chair dans ses Mémoires. Des projecteurs jaunes et roses mettent en valeur ce qui mérite de l'être : la façade de la maison, les palmiers, les buissons d'écrevissiers en fleurs, les rosiers en arceaux et tout le bordel. À l'écart, ombreuse à souhait, une piste de danse avec, sur un petit podium, quatre musiciens en smoking qui moulinent des trucs mouillants, propices à l'enlacement (mais on ne s'en lasse pas).

Mon pote Jean Noubly chique les maîtres de cérémonie. Il est actif, gracieux. Un élément sûr pour sa rombiasse. En admettant qu'il la tire convenablement, ce que je crois, la dadame doit tenir à lui.

Il m'accueille avec force tapes dans le châssis. « Et comme c'est chouette à vous d'avoir tenu parole », nani nanère… S'empresse de me présenter à son brancard.

Quand il dit qu'elle ne compte plus les heures de vol, Mémère, il est poète ! On se demande, à mater cette flétrissure amidonnée, si elle mérite encore une ultime réfection. Le moment arrive où, à force de ravaudages, la machine est complètement naze. Médème, elle doit escalader ses septante-cinq ans comme une grande. Combien de fois la lui a-t-on retendue, la peau, à cette chérie ? À la longue, elle est usée. On devine que ça craque, qu'elle devient poreuse et qu'elle est à la merci d'un éternuement ou d'une vilaine bronchite qui la ferait tousser trop fort. Elle risque de voler en éclats, Bichette ! Y a des zones luisantes, par larges plaques, à son front, sur ses joues, ailleurs, partout ! Et puis des points critiques où ça fripe envers et contre tout. Le cou, surtout, et autour des yeux. Elle devrait pas se décolleter ainsi, ni avoir les bras nus. Ça pendouille cruel entre le coude et l'épaule. Tu croirais une serpillière trempée qu'on soulèverait avec un bâton. Question poitrine, alors là, c'est le tombeau du Soldat Inconnu, mon frère ! Waterloo morne plaine... Des creux, des plissures, des cratères lunaires. Faut pas s'attarder dessus sinon la gerbe t'empare. T'es obligé de penser à autre chose, à n'importe quoi de radieux : le coucher de soleil sur l'Atlas, Canuet à la tribune, les petits Chanteurs à la Croix de Bois, un bouquet de pâquerettes, pour t'arracher les angoisses, refouler les évidences.

Jean me présente journaliste. La vieillarde met son râtelier sur le *drive* et me dit qu'elle est charmée et que je suis beau.

Des frissons m'en goulinent des testicules aux chaussettes ! Je dégoise quelques compliments usagers et mets le cap sur le fastueux buffet, escorté par mon pote.

— Merde, je lui dis, comment fais-tu pour t'embourber ce charnier ! Dis-moi à quoi tu penses pendant que tu calces ce fantôme, ça doit être gigantesque comme stimulant. T'es en état d'apesanteur ou quoi ?

Il hausse les épaules.

— Pour moi, c'est Notre-Dame du Bon Secours, commissaire. Ses largesses méritent un effort.

— Un effort ! T'as des mots simples, Jeannot. Un vocabulaire de pygmée. Moi, j'appelle ça de l'héroïsme. Le député Baudouin qu'est allé se faire zinguer sur les barricades pour quarante sous, c'était le plus poltron des rats malades en comparaison.

Il rit jaune. Et puis il me murmure à la sournoise :

— Faut-il vous présenter à M. Kazaldi, ou bien le connaissez-vous déjà ?

Je cabre :

— Pourquoi cette question ?

Il ricane.

— Barbiquet peut-être, mais con, sûrement pas, commissaire...

— Laisse tomber mon titre, tu veux ?

— O.K.

Et d'expliquer :

— Je vous aperçois en train de draguer autour de sa chaumière et quand je vous invite après vous avoir annoncé qu'il sera de la soirée, vous acceptez d'emblée. Or, vous avez horreur des mondanités, tout le monde le sait.

À son tour de goguenarder. Il roule à tombeau ouvert, le Castor ! Je lui saisis le bras.

— Fais quelque chose pour l'humanité en détresse, Jean : oublie tout ça. Dans l'intérêt général, tu saisis ?

— Barbiquet, mais vif ! fait Noubly. Tenez, il est là-bas, près de la fontaine, votre « client », avec la fille de ma gagneuse.

Je mate et aperçois, dans des pénombres veloutées, une masse de viande enveloppée dans un emballage en forme de smoking. Il porte des tas de diams partout qui chahutent les reflets ambiants comme autant de gyrophares. Il tient un verre de scotch et fait la causette à une poupée peinte, tout ce qu'il y a de jolie et de putassière. Tu la prendrais pour une pute à grand spectacle. Elle porte une jupette de cuir noir ras-les-miches, une espèce de casaque longue en paillettes brillantes décolletée jusqu'au nombril. Très simple : elle est nu-pieds. Elle a les cheveux rasibus, façon la pauvre chère Jeanne d'Arc (de triomphe) telle qu'elle est représentée parfois à l'écran. Par contre, j'ai pas connu la Pucelle vénérée de Dom Rémy les Chevreuses, mais je doute qu'elle eût été maquillée. Même les statueurs de Saint-Sulpice ont jamais osé peinturlurer la noble sainte à ce point : ils se seraient fait excommunier à coups de pompe dans le culte ! Nonobstant, c'est un beau brin de femelle, carrossée par Bertone, altière, vivace, bonne à prendre en passant.

— Dis donc, murmuré-je, t'es sûr que t'es là pour la maman, Jeannot ? Tu nous ferais pas un doublé, des fois, queutard comme je te sais ? Je parie que tu cartonnes les deux.

— Très épisodiquement, m'assure Jean Noubly, la fifille est nympho et attrape les bites qui passent comme des écoliers désœuvrés attrapent des mouches ou des heures de colle ! Venez, je vais vous présenter et je vous parie mille balles qu'avec votre physique de Casanova, elle vous vide les burnes en deux coups les gros.

On s'avance vers le couple en discussion. Jean fait une fois de plus les présentances. Je suis toujours journaliste, j'appartiens à la rédaction de *L'Événement du Jeudi*.

La môme me braque de son regard ratisseur. Poum, ferrée ! Des chandelles s'allument dans ses prunelles. Mon pote a raison : voilà de la cliente sérieuse, parée pour les manœuvres les plus audacieuses. Avec Césarine, tu hisses le grand froc d'emblée. Visiteuse de braguettes, la Miss ! Elle entre dans un futal comme chez elle !

On se serre la louche et déjà elle replie son médius au creux de ma main, bien me signifier que ma grosse bitoune est programmée d'office et que je participerai au prochain tirage.

Ensuite, je presse l'énorme pattoune molle de Kazaldi. Ça me fait un effet étrange. Je m'efforce d'être bref, de ne pas le regarder outre mesure. Juste le « ravi » banal, bateau, habituel. « Ravi » ! Tu sais ce que ça signifie, toi, ravi ? Ça veut dire « enchanté ». Tu parles d'un enchantement, ces gonziers qui te défilent dans l'existence. Ces gueules de raie, de con, de vache ! Ravi !

« Permettez-moi de vous présenter… »

« Ravi. »

« Le commandant Macheprot, le docteur Chmeurgue… »

« Ravi ! »

« Ravi ! »

Si tant tellement ravi, faudrait pousser des cris de liesse ! S'embrasser, se sodomiser ! « Ravi ! Ravi ! » Des têtes de nœuds pas regardables, pas racontables. Des gueules en coin de rue sinistrées ! Des faciès de vieux requin malade ! Des frimes de rat à dégobiller son quatre heures sur leurs godasses. Tu les chierais si t'osais. Mais non, penses-tu. T'arbores ton sourire le plus somptueux. Tes zygomatiques se conjuguent pour le ravissement suprême. Tu mouilles dans tes guenilles, tu suintes de partout.

Ravi ! Oh ! là là ! ce que je suis totalement extrêmement et pour toujours ravi de vous faire la connaissance, bougre de crabe verdâtre ! Mon jour de gloire enfin arrivé ! N'ai-je donc tant vécu que pour cette poussée d'adrénaline ? Putain, ce que je suis ravi de toucher ta patte froide et fripée, vieux saurien ! Montre-moi comme tu es beau, superbe, étincelant de grâce et d'intelligence, espèce de lavement ! Quel pied de te rencontrer, saucisse ! C'est somptueux de contempler ta bouille en crevaison, avec ce regard fumier, ce sourire réjouissant comme des hémorroïdes au bord de l'éclatement, cette expression si funeste sous le sourire de commande. Ravi ! Ce que je te flanquerais une fourche dans le ventre après l'avoir arrachée d'un tas de fumier moins malodorant que toi, vérolé !

Ravi, président Locdu. Ravi, colonel Monzob ! Ravi, docteur Mabuse ! Ravi, Excellence ! Excellence ! De quoi se poignarder le cul avec une brochette à chich-kébab. Excellence ! Des fientes, des pets ! Qui, en ce monde de déjections peut se prévaloir d'un tel titre ? Un jour, pourtant, on me l'a donné. C'était en Iran, à Ispahan. L'hôtel je ne sais plus quoi. J'avais réservé. C'était au temps ou le greffier régnait. Je me pointe à la réception :

« — San-Antonio, j'ai retenu. »

« — Mes respects », Excellence.

Je me suis retourné. Y avait personne. C'était moi, l'Excellence !

J'ai dit au pingouin :

« — Écoute, Albert, appelle-moi Ducon, je préfère. »

Il a pas compris. Depuis, il a eu l'Ayolie Comédie, il a dû comprendre. Et demain, ce sera les Popofs, alors là tout lui paraîtra limpide. La vie va, quoi, faut s'adapter.

Et donc, bon, voilà que selon ma mauvaise habitude, je viens de t'en tortiller trente mètres sur le porte-bagages avec mes rébellions de noces et banquets. Ça pisse pas haut, ça ne mène pas loin, seulement ça soulage un peu. C't' un comprimé d'aspirine dans la cuisance perfide du temps. Un grog pour mon rhume chronique. Un pet pour mes ballonnements. Pas très biblique, je sais. Où est l'importance ? T'es d'accord, que ça n'en comporte pas la trace d'une ? Con ou génie, gros ou maigre, *Pensées* de Pascal ou *Almanach Vermot,* c'est tout bon, tout rien, tout pour le néant. Tu balaies jusqu'à la bouche d'ombre, tu balances tout dedans : les détritus, le balai et toi pour finir. Terminé ! Au suivant ! Servez-nous une autre tournée, monsieur Paul, je suis pas pressé de rentrer : ma femme a ses règles, mon gosse ses devoirs et la télé est en panne.

Mais voilà que je repars, repars encore, toujours. J'en titube de trop avoir besoin de causer d'autre chose, du temps que je te tiens, nous deux. Moi à écrire, toi à lire. Content ? Mécontent ? Je vois pas ta gueule. Mais je t'aime, tu dois me supporter. Rappelle-toi, comme on en chie, toi et moi, chacun dans notre coin de chiotte. Frères, quoi ! Que ça te plaise ou non. Caïn et Abel, peut-être ; un peu sûrement, sur les bords. Mais peut-être qu'ils s'aimaient bien, Caïn et Abel ? Peut-être que Caïn a scrafé son frelot avec tendresse ? Qui te dit que ça n'était pas un lien de plus, cet assassinat ?

Kazaldi me visionne avec une politesse teintée d'ennui. Jeannot m'a présenté : « M. de Saint-Antoine ». Marrant !

La fille demande :

— Votre famille est originaire d'où ?

— De Padoue, je rate pas de répliquer, tu penses !

Elle rigole. Faut dire qu'elle s'appelle Graziella, ça incite.

On s'éloigne, Jean et moi. Puis il me laisse pour aller chambrer de nouveaux arrivants. Les prendre en charge, les convoyer : présentations, buffet. Ravi ! Ravi ! Raviiiiii ! Fume !

Me voici seul parmi la foule.

Tu sais ça que je vais faire, Albert ? Cramponner une coupe de Dom Pérignon et me placarder dans les ténèbres pour observer Kazaldi.

Je saisis donc une flûte aux flancs glacés et j'en joue. Juste comme je m'éloigne, une main se glisse sous mon bras libre : Graziella ! Déjà ! Il se gourait pas, Noubly : c'est de la pétroleuse à effraction !

— Comment trouvez-vous notre propriété, monsieur de Saint-Antoine ?

— De rêve ! réponds-je sans me mouiller.

— Ça vous plairait de la visiter ?

Sa main pressionne mon biceps. Salopiote, va !

Avant de répondre, je mate Kazaldi, pas qu'il m'échappe, le monstre. Il vient de se mettre en grappe avec d'autres personnages à l'aspect important et tous ont pris place à une table, près des palétuviers roses. Comme la soirée débute, je présume qu'il restera ici encore un bon moment.

— Volontiers, ravissante hôtesse.

L'hôtesse se donne de l'air, si j'ose cette navrance. Nous voilà partis, toujours *arm on, arm under.* C'est la visite des salons avec la collection d'hyperréalistes amerloques, LE Magritte tellement magrittien (chapeau melon), les quelques Paul Klee à la traîne sur les murs et le sublime Kandinsky au-dessus de la cheminée moderne.

— Depuis ma chambre, la vue du jardin, de nuit surtout lorsque nous donnons une soirée, est enchanteresse, promet-elle. Venez !

Ça y est, à l'ouvrage ! Prépare ta bite, forgeron ! Mimiss va m'interpréter la scène du viol par les corsaires.

Elle me grimpe à sa turne (où se trouve le fameux anneau[1]) et se garde de donner la lumière. La pièce n'est éclairée que par les loupiotes extérieures. Ces dernières suffisent à en faire apprécier la délicate élégance. Lit anglais à baldaquin avec des voiles blancs. Fresques peintes à cru sur les murs et représentant, me semble-t-il, des scènes du Paradis terrestre.

Elle m'entraîne jusqu'à la fenêtre cintrée comme des clopinettes. Une jalousie aux lames horizontales nous dissimule aux regards, mais on peut voir en bas avec le bénéfice de la perspective plongeante, et c'est vrai que ça fait un brin *Dallas*. Fête chez J.R., ce con à tronche de veau pas cuit ! De là, au moins, je peux retapisser l'assemblée. Mon pote Kazaldi est toujours attablé avec des gens qui doivent être aussi

1. San-A, naturellement, veut parler de l'anneau de Saturne.

La Direction Littéraire.

riches que lui, mais moins gros. D'ailleurs, plus mahousses, ce serait pas concevable. Tu trouverais peut-être ça dans le *Guinness des records*, à la rigueur, mais à la rubrique cétacés.

— N'est-ce pas merveilleux ? demande Graziella en me flattant le décolleté inférieur d'une main fuligineuse.

— On croit rêver, je lui admets-je.

— Je ne m'en lasse pas, assure la jeune donzelle.

Sa paluchette experte trouve illico la tirette de ma fermeture Éclair et la dégoupille d'un geste imperceptible de grande professionnelle. Le jour où sa vieille aura bouffé tout son blé avec des minets, elle saura sur quoi se rabattre, la belle. Le pain de fesses, elle en aura toujours des fournées en train (ou au train).

Moi, des manœuvres de ce style ne me laissent jamais insensible. Tu parles qu'il se met à caracoler de manière fringante, l'ami Chibroque. Un vrai cheval de cirque empanaché. Elle le fait sortir de son écurie et tombe à genoux devant tant de grâces si généreusement dispensées par la nature.

— Donnez-moi votre mouchoir, murmure-t-elle. C'est pour essuyer mon rouge à lèvres.

Prévoyante jeune fille. Qui entend ménager mes effets à défaut des siens. Qui me donne l'extase sans m'en laisser les inconvénients. Vaillante nymphowoman dont la sensualité ne se départ pas de cette prévoyance des bonnes ménagères. Chère femelle, emportée par la passion, mais qui veut te protéger de ses conséquences ! Combien rares sont les femmes qui pensent à leur rouge à lèvres en pareils instants ? Tant et tant n'en ont rien à cirer de composter tes fringues de la fatidique estampille rouge, façon Man Ray. Seul importe leur désir. Après ? Fume ! si je puis me permettre en l'occurrence. Aussi, que de gratitude éprouvons-nous pour les rares précautionneuses qui songent à « l'après ». Car, emportés par l'instant, nous aussi, nous nous foutons des conséquences. Rien, dans ces cas de fièvre ardente, ne nous retient. Les perspectives nous paraissent lointaines et conjurables.

Ému par la bienveillance de cette héroïque écrémeuse, je caresse sa tête presque tondue. Vue ainsi, on dirait le Grand Meaulnes. Ma bonzesse !

Elle a déjà dépouillé ses lèvres du rouge épais qui les renforçait. Et la voici, gloussante d'aise, préambulant de la menteuse en un somptueux frétillement longitudinal. Message reçu cinq sur cinq ! Bravo, la technique ! Du Fellini !

Encore quelques véroniques somptueuses ! Merci ! impériale fellatrice (ou teuse, ou comme tu voudras, ou simplement pipeuse, à la bonne franquette).

Le prélude étant enregistré, elle s'attaque à la symphonie. Belle histoire d'amour, en vérité. Jouez, hautbois, résonnez bals musettes. L'enchantement.

Moi, poli, car je sens que la mort douce ne tardera pas à me prendre, de proposer :

— Voulez-vous que nous changions de registre, sur votre lit ?

Comme sa maman lui a recommandé de ne jamais parler la bouche pleine, elle me libère un instant le chinois pour écrier :

— Oh ! non, c'est trop bon comme ça !

Qu'il en soit fait selon son désir. Je suis un homme sans parties prises !

Ma conscience professionnelle reste cependant en éveil et, malgré la magistrale félicité qui m'envahit, comme on disait puis dans les z'œuvres du dix-huitième, je continue de lorgner en direction de Kazaldi. Alerte ! Il vient de se lever et s'approche de notre hôtesse. Prend-il congé ? Si oui, je vais devoir jouer « brève rencontre » à Graziella. Mais non : la mère nourricière de Jean Noubly fait un signe d'acquiescement et désigne la maison au gros lard. Ce dernier s'y dirige de son allure de gros paquebot entrant dans la rade.

Un instant, l'idée me vient d'interrompre le solo de clarinette de ma bonzesse pour aller m'informer. Ce n'est pas la volupté qui m'y fait renoncer, mais la prudence. Surtout, ne pas faire de vagues.

Alors, poursuis ton enchanteresse manœuvre, fille de rien, fille de tout, fille d'amour ! Eh oui, comme ça ! Parfait.

Exactement ce que je n'osais espérer ! Quelle initiative opportune ! C'est cela le génie : aller à la rencontre du désir d'autrui, le précéder tout en le faisant naître !

Le brouhaha extérieur ne me permet pas de bien percevoir les bruits de la maison, pourtant il me semble entendre le cliquettement du téléphone. C'est donc un coup de grelot que l'immonde obèse est venu donner chez son hôtesse. Je concentre mes baffles.

Ça jacte en arabe dans le hall. Brièvement car Kazaldi réapparaît bientôt dans le jardin et gagne le buffet où il se fait servir une louche de caviar ; c'est sa potée auvergnate à lui.

Graziella force le rythme. Elle moule la romance de mise en train pour attaquer avec tous les cuivres « Gloire Immortelle de nos aïeux ».

Que j'en ai les cannes qui parkinsonnent à toute volée, moi. Debout, c'est exquis, mais épuisant.

Je voudrais pas trop carburer. Ça fait glandu, le gazier qui jette l'éponge au premier round. Faut du savoir-vivre en amour. Manière de retarder le moment de gloire, j'use de subterfuges. Je me pose des colles (buissonnières). Je me dis : « Le traité de Westphalie, en quelle année ? » La réponse me vient presque automatiquement : « 1648 ». Bon, et il a été signé par qui, ce traité de merde, ce traité de tous les noms ? La France, certes, l'Allemagne, ça va de soi… Et puis m'semble qu'il y en avait un troisième : l'Autriche ? L'Angleterre ? Ah ! ça me revient : la Suède ! On pense jamais à eux, ces pommes ! Suédois, tu penses, c'est bien pour dire. Je les trouve en rab, ces peuples savonnettes. Juste dans les films de Bergman, ils m'intéressent un peu, et aussi à travers Borg ou Villander, sinon, je t'en fais cadeau. Je me rappelle un soir d'été qui n'en finissait pas, dans une petite ville du nord de la Suède. Je clapais de fades nourritures devant une baie vitrée donnant sur la rue principale. Et dehors y avait des groupes de jeunes, moches et blafards, qui arpentaient la strasse pendant des heures. Une rue en pente. Ils la montaient, la redescendaient. Ils se croisaient toujours au même endroit, échangeaient quelques mots comme s'ils venaient de se rencontrer pour la première fois. Ils avaient l'air de monstrueusement se faire chier ; à tel point que je n'ai pas pu m'empêcher de me demander à quoi ils servaient. Exactement en ces termes : à quoi servent-ils ? C'est grave. Y aurait fallu poser la question à Dieu, mais j'ai pas osé. Et puis, m'aurait-Il répondu ?

Après le traité de Westphalie, je m'interroge sur la fin de la guerre de Sécession, mais là je sèche. Peut-être parce que je suis à bout de résistance ! Allez : en voiture, Simone ! Tu l'as voulu, tu l'as eu ! On part !

Comment qu'elle déguste, Augustine. Les vraies nymphos sont toutes pareilles : elles te savoureraient à la cuiller si elles osaient, à la pipette, façon tastevin ! Des cas !

Bon, ensuite, merci bien, mam'zelle. Je lui laisse se refaire une beauté après lui avoir bricolé un palais. Je l'assure de l'ô combien ce fut ineffable. Et que je la recommanderai à mes amis. Que si elle craint pas de se faire sauter les gonds de la mâchoire, je connais un surdimensionné qui l'intéresserait. L'aubaine du siècle. Son zigomar retenu par la Faculté pour, après lui, être exposé dans un bocal (un grand). On déconne, quoi ! Après l'amour, l'homme n'est pas triste : il bavarde.

Et puis je redescends dans la fiesta après un regard par la fenêtre pour m'assurer que Kazaldi est toujours là.

En sortant, je me cogne à Jean Noubly qui rit large comme une tranche de pastèque.

— Alors, commissaire ?

Sa jubilation pétille comme un feu de serments.

— Jeune surdouée, conviens-je ; le gars qui l'épousera devra faire gaffe à ce que ses amis n'aient pas le sida.

M'est avis qu'un canapé de caviar et une nouvelle flûte de Dom Pérignon resserreraient mes écrous.

En allant au buffet, je me trouve nez à nez avec un homme en gandoura blanche et fez que je suis certain de connaître. Où l'ai-je-t-il vu, y a pas longtemps ?

Et ça m'éclate *in the caberlot,* comme disent les Anglais, ces cons, que s'ils font trop les mariolles, le président m'a promis de renoncer au tunnel et de reculer la Grande-Bretagne de cinquante kilomètres du continent.

L'homme que je te cause n'est autre que Karim Harien, né natif de San'A, le domestique de Kazaldi qui m'a reçu à Pantruche.

Il sourit en m'apercevant et m'adresse un signe de tête déférent. Puis gagne la table où se tient son « maître » et lui tend quelque chose. Ils échangent des mots, me regardent. Voilà, j'ai tout pigé. Tout ! Pour une raison « X », Kazaldi a tiqué sur ma personne. Un détail (le nom de Saint-Antoine, sous lequel m'a présenté mon pote, peut-être ?) l'a induit à vouloir s'assurer de ma personnalité. Il a demandé à la maîtresse de Noubly, qui est également celle de maison, la permission de téléphoner chez lui pour se faire apporter ses lunettes, ou son bandage herniaire, ou un médicament. Il a alors prié son esclave, arrivé de Paris, de rabattre au trot jusqu'ici. Et voilà ! Brûlé, l'Antonio ! C'est dur à gober mais ce sont les impedimenta du métier ! Le grain de sable cher aux auteurs de polars.

Beau joueur, je souris à Kazaldi, vais chercher mon toast de caviar, ma coupe de rouille. Puis, tranquillos, je choisis une table à l'écart pour en finir ma joie de vivre. Sur le plan voluptas, ç'aura au moins été une soirée positive.

Tandis que je mords dans les grains gluants, je vois repartir l'homme natif de San'A ; et revenir Graziella, plus pimpante que jamais. Jean qui me passe à promiscuité, me chuchote en la désignant du menton :

— La voici de nouveau en piste. Il lui en faut au moins trois par soirée !

— Elle est vorace, fais-je. Ça ne se soigne pas, ce genre de maladie ?

Il se marre.

— Sa vieille l'a emmenée chez le plus grand neurologue de New York…

— Et alors ?

— Elle l'a sucé jusqu'à la moelle !

Il s'éloigne en pouffant.

L'obscurité s'étale sur ma table. Panne de lumière ? Non, c'est M. Kazaldi qui vient s'asseoir en face de moi.

Il me contemple aimablement. Ses bajoues floconnent par-dessus le col de sa limouille de smok. Je soutiens ses châsses et ne tarde pas à leur reconnaître un certain pouvoir hypnotique. Curieux homme. Réfléchi et intense, avec d'étranges vibrations intérieures et un je-ne-sais-quoi de vaguement pathétique qui provient probablement de son obésité. Faut être cinglé ou gravement malade pour s'abandonner ainsi à la graisse. Y a du fading dans son métabolisme, Prosper !

— Vous avez l'air d'aimer le caviar ? attaque-t-il de sa voix onctueuse.

— Moins que vous qui le mangez à la louche et sur pommes de terre, je revirgule.

— Vous connaissez mes petits caprices ?

— Et je devine les grands, monsieur Kazaldi.

Doubles sourires de cinéma. Tu sais, au saloon, le cove-bois et le forban, face à face, qui échangent des propos badins, la main à dix centimètres du Colt ? Eh bien, ça ! En plus tendu. Poil au bras !

— Je suppose que vous êtes ici pour moi ? il s'enhardit.

— Vous venez de gagner cent dirhams, plaisanté-je. Vous continuez ?

Il fait la moue.

— Je n'aime pas le jeu. C'est rare pour un Levantin, n'est-ce pas, commissaire ?

— Ou alors vous jouez carrément très gros ?

— Même pas.

Il réfléchit et laisse tomber rêveusement :

— Vous savez que nous sommes au Maroc ?

— Oui, pourquoi ?

— Parce que, ici, un policier français est un touriste comme un autre.

— Il ne manquerait plus qu'il en soit autrement !

— Il peut contempler ma maison, la survoler au besoin en hélicoptère, mais… c'est tout !

— C'est déjà beaucoup, monsieur Kazaldi.

— Peut-être… Mais c'est tout !

Son ton s'est durci, son regard est devenu livide comme l'éclat d'un sabre dans la lumière.

Machinalement, j'achève de grignoter mon toast.

— Puisque vous n'êtes pas joueur, nous pourrions mettre les cartes sur la table ? suggéré-je.

— C'est-à-dire ?

— Au Maroc comme ailleurs, un rapt est un crime monstrueux et punissable.

Il sourit.

— Vous connaissez la définition du mot « rapt », je suppose ? Dans vos fonctions c'est obligatoire et de plus vous devez être un garçon cultivé.

— Je la connais.

— Ça vous ennuierait de l'énoncer ?

Je récite :

— Un rapt est un enlèvement par violence.

Kazaldi se lève et défroisse sa veste.

— Exactement. Ne perdez jamais ça de vue, commissaire.

Il regarde sa montre en brillants.

— Je crois que je peux me permettre de me retirer ; mon temps de présence ici est suffisant. Au plaisir de vous revoir, commissaire San-Antonio.

Le paquebot tangue dans la houle des invités. Je vois Kazaldi s'approcher de la maîtresse de Machin. Baisemain.

Graziella est en converse avec un costaud dont les biscoteaux font craquer le smoking aux entournures. Ça carbure bien. Dans moins de jouge elle l'aura en bouche, le Tarzan mondain.

Je vide ma coupe et me lève. La vie est coinçante par moments, un peu couleur de bile dégueulée si tu vois ce que je veux dire ?

En passant près de Graziella, je marque un temps d'arrêt.

— À bientôt, merveilleuse hôtesse. Soyez gentille : lorsque vous aurez fini de vider les bourses de ce grand veau, dites à Mme votre mère combien j'ai passé une soirée mémorable !

Et de la route !

Plus de Kazaldi aux environs.

Je me rapatrie dans mon os de louage et fonce jusqu'à son domicile, espérant y parvenir à temps pour annuler l'opération prévue. Mais le Gros Sac a roulé fort et quand je me pointe, mon commando d'élite est déjà à pied d'œuvre.

Bois un coup, je te raconte.

Ça s'est déroulé de la façon ci-jointe. Au moment où la grosse BMW de Kazaldi a débouché de l'avenue, une voiture drivée par Slim, notre pilote d'avion-hélico-bolides-en-tout-genre, l'a emplâtrée superbe par l'avant. Béru et Alain Lambert qui se tenaient prêts à l'intérieur d'une autre tire en stationnement, ont jailli et se sont précipités à l'arrière de la BMW.

Sa Majesté appuie le canon d'un bidule de 9 mm sur l'énorme nuque du pashaderme au moment où je me pointe à mon tour, avec quelques effractions de seconde de retard.

Moi, c'est sur le siège avant, à la place passager, que je me pose.

L'instant qui suit est beau comme le *Requiem* de Mozart. C'est d'une félicité rare. Y a presque du recueillement dans l'habitacle de la grosse chignole.

Sur l'avenue déserte, Slim manœuvre pour ranger sa propre guinde froissée devant celle qu'il vient de télescoper, la bloquant de son pare-chocs arrière. Ensuite il descend, superbe dans son blouson de cuir noir, et allume une cigarette, comme dans la pub du cinoche, quand les cow-boys de Marlboro en grillent une dès qu'ils viennent d'entraver le bourrin sauvage qui galopait dans les montagnes Rocheuses embrasées par le couchant.

Il s'assied sur le capot, devant Kazaldi, bien montrer à ce tas de lard rance qu'il est neutralisé urbi et orbi.

Kazaldi, après un instant de panique, s'est rasséréné en m'apercevant.

— Tout ça pour en arriver à quoi, commissaire ? demande-t-il.

Certes, après notre converse chez les dames pineuses, ce coup de main tombe à plat, mais le bougre m'ayant pris de vitesse, je n'ai pas eu l'opportunité de le décommander.

Je désigne sa vaste demeure aux murs immaculés qu'éclairent des lampadaires.

— Alice Lambert se trouve ici ! assuré-je.

— Et alors ?

— Misérable ! gronde Alain en le saisissant par les cheveux, au risque de se foutre de l'huile d'olive plein les doigts.

— C'est le papa ! expliqué-je à Kazaldi.

— Je l'ai reconnu, déclare froidement celui-ci.

— Il vient récupérer sa grande fille, normal, non ?

— Non, répond le poussah.

— Quoi ! fait Lambert, le lâchant de saisissement. (Si je puis m'exprimer ainsi, et je voudrais bien voir qui m'en empêcherait, merde ! Je suis chez moi, non ?)

En fait, il n'a pas prononcé « quoi », mais plutôt un monstre râlement, dans le genre de « kkkquouaaaa ».

Kazaldi, de sa voix de loukoum, murmure :

— Mlle Lambert se trouvant majeure n'est plus sous tutelle parentale. Elle a parfaitement le droit de vivre avec qui elle veut, où elle veut ! Je vous conseille, monsieur Lambert, d'aller exposer votre problème à la police de Marrakech, laquelle pourra constater que votre fille vit ici de son plein gré et en toute connaissance de cause.

— Pourquoi la police ? objecté-je. Son père ne peut-il vérifier la chose par lui-même, avec nous comme témoins ?

Kazaldi réfléchit.

— Certes. Pourtant je crains qu'une arrivée tapageuse, en pleine nuit, ne perturbe Alice.

— Je vous interdis de l'appeler Alice, bougre d'infâme porc ! tonne Alain.

Et de balancer un chtard dans la tempe de Kazaldi.

— Vous perdez votre sang-froid, soupire le Levantin. Comment voulez-vous que je l'appelle puisque tel est le nom que vous lui avez donné ? Nous comptons nous marier, je vous préviens.

Lambert reste béant, puis il saisit sa pauvre tête dans ses non moins pauvres mains.

— Vous l'entendez ? Ce monstre de foire, épouser ma petite Alice, si fine, si belle !

— Elle est merveilleuse, en effet, dit Kazaldi d'un ton noyé.

Je perçois dans sa voix un tel accent de sincérité que j'en suis frappé. Ma parole, il est amoureux pour de bon, l'obèse (moi en levrette).

La scène est tellement tendue qu'un coup d'épingle la ferait exploser. C'est Béru qui le donne.

— Écoute, gros tas, tes grands mots poétals et sentimentiques, j'en ai rien à branler ; on veut la gosse à m'sieur Lambert et pointe à la ligne ! Si tu raclais[1], c's'rait tant pire pour ta sale gueule.

Kazaldi sourit.

— Vous n'allez pas me faire croire que des policiers français se comporteraient comme des malfrats en terre étrangère !

Bérurier me regarde.

---

1. Pour renâcler, probablement ?

— Tu crois qu'y doute pou'd'bon ?

— Il me semble bien, Béru.

— Tu crois qu'y croive qu'j'plaisante ?

— Ça m'en a l'air.

Mon pote a un grand soupir pareil à un hennissement.

— J'détesse qu'on m'croive pas, surtout quand t'est-ce j'sus sincère.

Il descend de la tire, la contourne et va ouvrir la portière de Kazaldi.

— Si m'sieur Sac-à-Merde voudrerait s'donner la peine de descend'.

Mais Kazaldi, interdit, ne bronche pas.

— Allez-y, lui conseillé-je, c'est un obstiné.

Voyant qu'il reste sans réaction, le Gravos se penche, saisit les revers du smoking blanc et ahane.

Le Levantin bascule hors de sa brouette et se retrouve les quatre fers en l'air sur le goudron de l'avenue. Bérurier attend qu'il se relève, ce que l'autre accomplit misérablement avec des mouvements grotesques de tortue de mer arthritique.

Dès lors, le papa d'Apollon-Jules démarre sa grande démonstration d'automne. Il se met en humeur d'un coup de tête dans le pif. Ça raisine. Ensuite c'est un une-deux à la face. Ça raisine. Suit un coup de tatane dans les roustons. Là, ça ne raisine pas, mais Kazaldi tombe à genoux en geignant. Béru lui shoote dans la denture. Ça reraisine et il s'ensuit en outre une pluie d'incisives. Kazaldi se couche lentement sur le sol. Alexandre-Benoît saute à pieds joints sur son énorme et flasque bedaine. Bruit du vent dans les branches de la forêt canadienne. Tel un kangourou farceur, Sa Majesté quitte le ventre pour la frime de Kazaldi.

Cette fois, plus rien. Sa victime est *out*.

Le Magnifique essuie ses semelles ensanglantées après le smoking qui, depuis un moment, a perdu sa blancheur Dash 3.

Slim jette sa cigarette devenue mégot et émet un sifflement admiratif.

— J'ai déjà vu arranger un mec de cette manière, mais c'était à Hambourg dans le quartier San Pauli et par des matafs chleuhs. Il a son taf, non ?

— Bougez pas, j'le requinque, annonce le Mastar. Un aut' qu'kidnappeur, j'me permettrais pas ; s'lement des mecs comm' lui, y a pas d'respecte humain à avoir.

Il dégage son instrument de travail de nuit, c'est-à-dire sa perforatrice à percussion, haut voltage, en use pour compisser cyniquement et abondamment la bouille effroyable du bel endormi.

Dix kilos de pression, ça réveillerait un député en séance. Kazaldi revient de sa virouze à *Apple Land* et ouvre la bouche pour crier. Là, il suffoque !

Dès que le jet béruréen cesse et qu'il peut retrouver l'usage de la parole, il déclare au Mastar :

— Vous êtes un homme mort !

Tu crois que ça déconcerte mon pote ?

— Plus mort que moi, tu vis ! il riposte.

Vlan ! Du tacot talc !

— Maintenant, reprend Sa Majesté, faut qu'on va récupérer la petite demoiselle ; allez, ouste ! Et si tu fais le malin, je te promets qu'tu pass'ras l'restant d'ta vie dans un tank transformé pour toi en p'tite voiture !

C'est Slim qui va tambouriner au donjon. Des domestiques se pointent. Il leur annonce que leur vénéré maître Gras-Double Ier vient d'avoir un accident et qu'il est inanimé sur le trottoir comme un objet doté d'une âme.

On s'empresse dans la strasse. Pour tout te dire, manière d'aller jusqu'au bout de mon propos, je viens d'administrer à l'obèse une dosette de sirop de songes. J'ai toujours de petites ampoules injectables dans un compartiment de mon larfouillet. C'est moins gros qu'une recharge de Waterman et l'effet soporifique est beaucoup plus puissant.

Les larbins crient et sanglotent en voyant leur monarque sur le macadam, ensanglanté et inconscient. Lambert les rassure comme quoi il est docteur et qu'il s'agit simplement d'un traumatisme passager. Faut le coucher, le panser, tout ça. Il s'en charge.

Seulement, ce que je crains se produit : le citoyen Karim Harien, né natif de San'A (Côtes-du-Nord) finit par sortir à son tour et d'emblée (en herbe) me reconnaît. Dès lors, il se met à égosiller dans sa langue materneuse. Le seul moyen de calmer les esprits, c'est qu'on dégaine nos pétoires, Béru et moi, et que le Mammouth administre quelques taquets opportuns. L'effervescence se calme et nous pénétrons tous dans la maison.

Quatre, c'est pas de trop pour investir et contrôler le petit palais. D'autant que Lambert, malgré sa bonne volonté, n'est pas un pro. Il fait ce qu'il peut, mais ça reste brouillon. Slim serait davantage opérationnel. Je connais rien de son pedigree, cézigue, mais je suis prêt à te parier tes couilles contre un abonnement d'un an au *Chasseur Français* qu'il a déjà traîné sa bosse dans des coups frelatés, l'artiste. P't'être qu'il a même fait mercenaire dans une république de la Nouvelle Afrique, va-t'en savoir !

La manière pleine de sang-froid qu'il participe. Son calme, sa rapidité d'exécution, sa vigilance.

On laisse le Gros Sac à détritus endormi dans les mains de ses esclaves, sous la surveillance d'Alain, et puis on s'agglomère Karim Harien et un autre type qui ressemble à Gandhi jeune et qui paraît doté de pouvoirs étendus dans la principauté de Kazaldi.

— Où est la petite ? je leur demande.

— Quelle petite ? aboie l'enfant de San'A.

Un uppercut de Béru lui fait traverser la pièce et il va emplâtrer une admirable table basse, marquetée « Mille et Une Nuits » qui éclate sous son poids.

Calmement, Kid Cyclone, père d'Apollon-Jules, le finit d'un coup de savate à clous dans le temporal.

Je me tourne alors vers le sosie de Gandhi :

— J'ai pas bien compris votre réponse, l'ami, où dites-vous qu'elle se trouve, la jeune Française ?

— Il n'y a pas de jeune Française ici !

Celle-là, il l'a pas vue venir. Et pourtant il aurait dû, avec ce qui précède. En deux enjambées, Alexandre-Benoît est à lui, pour lui et sur lui. Le soulève de terre d'un crochet au bouc, puis lui shoote dans les pendeloques à moelle.

Le gazier hurle à pleine voix des choses qui nous sont incompréhensibles et qui ressemblent à de l'arabe du golfe Persique déclamé par un tigre dont la queue est coincée dans l'engrenage d'un hachoir électrique.

Slim hoche la tête et sort. Félin, souple. Sûr de soi, quoi ! Je te répète que ce mec est une recrue idéale pour les coups de Trafalgar. Il paraît prendre un monstre panard à servir sous notre bannière.

— T'as encore des petites doses dormeuses ? interroge le président Bérurier en montrant les deux hommes tuméfiés.

— Une seule.

— Partage-leur-la qu'on aye la paix !

Nous voilà à draguer dans l'immense demeure. Du marbre blanc ou blond, des tapis superposés, des lustres gaufrettes, du stuc à se chier parmi, des meubles orientaux, des paravents orientables, des soieries accrochées aux murs. Moi, ça me pomperait l'air d'exister dans ce genre de crèche. J'ai pas l'hérédité propice. J'aime les baraques en sabots, celles qu'ont des poutres et où le bois craque de partout.

On se déplace comme des soldats investissant une ville, l'arme au poing, sur le qui-vive.

Une silhouette paraît et on se plaque au mur, le feu tendu, l'index chatouilleur. En général, il s'agit d'un domestique, femme ou homme, attiré par le ramdam. On lui fait signe de déguerpir, ce qu'il (ou elle) s'empresse de faire avec une bonne volonté touchante. Mais bibi lolo, dit ma pomme, le fils unique et donc préféré de Félicie, pense que ça ne va pas durer jusqu'à la Saint-Trou de Bite, notre fantasia. On s'est foutus dans une choucroute orientale pas possible, où les merguez remplacent les francforts. Il va vaser des pépins avant lurette, je pressens, si on s'attarde.

Et soudain : *the miracle.*

Slim !

Au tournant du couloir. Tenant par le bras, devine qui ? Oui : ELLE, t'as gagné. Elle, c'est-à-dire Alice, belle, blonde, l'air un peu lointain. Elle porte un déshabillé de soie crème à travers lequel on distingue ses formes émouvantes.

Elle se secoue en protestant.

— Mais lâchez-moi ! Vous me faites mal !

Slim la drive d'une main de fer forgé.

— Qui êtes-vous ? Que me voulez-vous ? Où est le prince ?

Le prince !

Parle-t-elle du pachyderme endormi ?

On fonce jusqu'au grand salon où Kazaldi gît toujours sur un amoncellement de coussins.

Lambert est là. En découvrant sa fille, il devient blême. Des larmes lui giclent des yeux à au moins un mètre ! Des vrais geysers ! Il balbutie :

— Oh ! Alice ! Mon enfant ! Ma petite fille !

Et il ouvre grand ses bras, et il sanglote, et il est ravagé par un bonheur quasi douloureux. Et c'est la vie qui lui revient ! C'est la lumière ! Il retrouve son sang, son âme, son essence humaine. Il s'avance vers la jeune fille. L'instant est suprême, indicible. Il fait de la musique.

On est tous étreints par son émotion. La Terre se remet à tourner dans le bon sens. On voudrait chanter, applaudir, s'embrasser, tous. On regarde avec des yeux trop petits pour contenir l'infinie grandeur du spectacle. On s'aime. On a des projets de prières, d'actions de grâce. Fascination complète.

Alors, après un instant d'immobilité, Alice s'avance, passe devant son père sans le regarder et s'abat en pleurant sur la masse ensanglantée de Kazaldi.

PAN !

L'effet est plutôt saisissant. On ne s'attendait vraiment pas à une réaction de ce genre de la part de la jeune fille kidnappée.

Moi, dans mes instants d'euphorie, quand j'imaginais les éventuelles retrouvailles d'Alice avec son père, je me jouais un grand morcif de bravoure ! C'était grandiose, émouvant et superbe comme du Shakespeare monté par Hossein. L'imagerie d'épinard ! comme dit Béru. Selon moi, tout le monde devait y aller de sa larme. On allait se gratuler, les assistants. Entonner un *alléluia* pas piqueté des charançons. Peut-être se sortir la queue, pour faire plus gai.

Et au lieu de la féerie escomptée, bernique ! La môme ne voit même pas son pauvre papa ravagé. Elle nous joue *Phèdre* à prix de faveur, penchée sur la montagne de viande pas fraîche en criant :

— Mon amour ! Mon amour !

Son amour, ce gonzier d'un quart de tonne ! Faut pas pousser ! Elle est sous hypnose ou quoi, Alice ? Il lui a fait boire un philtre magique très serré, Kazaldi, pour éveiller pareille passion rien qu'avec des brouettées de graisse pas fraîche et un regard de marchand de capotes anglaises d'occasion !

Même sous l'effet d'une potion magique, on a du mal à concevoir que cette ravissante poulette, si fraîche et pure, puisse vouer dix centimètres de passion à un tel monstre. Elle joue la *Belle et la Bête,* miss Lambert ! Cocteau le magicien est passé par là ! Le pouète a transformé l'ogre en prince charmant.

Alain est épouvanté, comme s'il découvrait avec une indicible horreur que sa chère petite n'était en réalité que la méchante sorcière de *Blanche Neige*. Il est là, bras ballants, yeux ballants, dos rond, bouche ouverte. Il croit pas à ce qu'il voit. Non, non : on lui a changé son Alice.

Au pays des merguez, elle est devenue autre. N'a plus rien de commun avec ce qu'elle fut. Adieu, la jeune personne intelligente, tendre et efficace, qui faisait le bonheur de son *father.* Ne reste qu'une créature maudite, une émanation des enfers !

Elle palpe le monticule de viandasse abominable.

— Son cœur bat toujours ! dit-elle. Il faut appeler un docteur, vite ! L'emmener à l'hôpital ! Il faut… Mais faites quelque chose, bonté divine, au lieu de rester plantés comme des statues.

Je me penche sur elle.

— Venez, mademoiselle Lambert, il est simplement endormi et aura récupéré dans quelques heures. Il a eu un léger accident de voiture et on lui a administré un puissant sédatif.

Elle me regarde sans me voir, m'écoute sans m'entendre.

— Votre papa est là, vous avez vu ? Venez avec lui, nous prendrons plus tard des nouvelles du prince.

— Jamais je ne le quitterai ! rebuffe-t-elle.

— Je vous dis que nous repasserons le voir plus tard.

— Laissez-moi !

Une colère verte, grande comme la Sibérie, et même un peu plus, tiens, ajoute le Turkestan pour faire le bon poids, m'investit.

Je la saisis par un bras, mais elle m'échappe d'une secousse.

— Ne me touchez pas !

— Dommage que t'ayes plus de dosette, soupire Béru ; tu veux qu'j'y remplace ça d'un mignon taquet pour jeune fille à la pointe de la galoche ?

Je hoche la tête. Je ne vois pas d'autres solutions dans l'immédiat, en effet car il faut que nous évacuions les lieux dare-dare, sinon on va plonger dans la grosse mitoune avant peu. Tu parles que notre opéra bouffe a dû déclencher le méchant dispositif d'alerte dans le repaire de ce Gros Vilain.

Mais le soporifique manuel, c'est bibi qui l'administre, tout comme l'autre, car le Mammouth ne sent pas sa force (bien qu'elle pue comme le reste de sa personne) et il serait capable de lui provoquer une décollation, Alice.

Je me fabrique un joli poing en acier trempé, voire en iridium (masse atomique 192,22, pour tout te dire). Je l'approche du menton d'Alice, puis l'en recule, comme le rugbyman s'écarte du ballon avant de le frapper.

Pan !

Très sec. Pas méchant, mais dur. Je vois chavirer son regard. Je la retiens de ma main libre. Slim s'est précipité pour la cueillir dans ses bras vigoureux.

— Allez, on se casse ! dis-je.

Lambert tend la main à Béru.

— Prêtez-moi votre arme, je veux tuer cet homme !

Le Gravos m'interroge du regard.

— Non, Alain ! fais-je fermement, la vengeance ce sera pour plus tard, et autrement. Venez !

Slim va déposer la petite à l'arrière de leur tire, Lambert se met près d'elle. Ensuite, notre pilote hors ligne s'installe au volant.

— Programme ? il demande.

— L'aéroport, décollage immédiat ! Alain, tu n'as pas oublié le passeport d'Alice avant de partir, comme je te l'avais demandé ?

— Je l'ai.

— Parfait, il ne faut pas perdre un instant.

Un cri forcené éclate dans la nuit tiède. Je me retourne. Bérurier se tient près de son auto de louage. Il émet une seconde clameur, encore plus stridente, plus terrifique que la première. C'est le contre-ut de la Callas enrobé de la plainte de l'auroch avec, sous-jacent, l'appel du diplodocus en rut. Il se tourne vers moi. Saisissant ! Il vient de perdre ses couleurs et cinquante kilos d'un coup.

— Apollon-Jules ! il me lance. On m'a volé Apollon-Jules !

J'incrédulise :

— Tu es sûr ?

— Comme il bieurlait sauvage à l'hôtel, j'l'avais pris av'c nous et y l'avait fini par s'endormir su' la blanquette arrière. Y n'y est plus ! On m'la kidnappingé !

Sa voix du sang lance dans le ciel de velours de la nuit marocaine :

— J'les but'rai tous !

Moi, ça phosphore à des fréquences d'ordinateur géant sous ma coiffe.

— Y a un problo, dis-je à Slim et Lambert. Rentrez d'urgence à Paris, collez la petite dans une clinique surchoix et attendez de mes nouvelles.

Slim fait la moue.

— C'est pas la joie de vous larguer dans une pareille béchamel, les gars ! déplore-t-il.

Non. Et c'est pas la joie d'y rester. Mais quoi, hein? quoi? Leur tire cabossée s'éloigne. Je suis du regard ses feux rouges dans l'avenue déserte.

T'avoueras, Éloi, que le sort est sinistrement cocasse. On récupère Alice de haute lutte, et pendant ce temps, des mecs s'emparent du chiare d'Alexandre-Benoît! Mais on est donc maudits, merde!

Faut dire que, comme papa gâteau, on fait mieux que le Mastar. Quand il n'assomme pas son bébé à coups de gnole, il l'abandonne à l'arrière d'une bagnole pendant qu'il part en croisade contre les infidèles!

Je réfléchis, prendre les mesures du drame. Tandis qu'on guerroyait chez Kazaldi, le mouflet se sera réveillé et se sera mis à brailler. Des passants l'auront pris, l'estimant abandonné. Si ça se trouve, il est en train de se faire du lard dans une crèche des alentours, Apollon-Jules.

Mais Béru fonce sur la maison que nous venons de quitter et martyrise la lourde du poing et des pieds.

— Ouvrez! Ouvrez immédiatement tout d'sute ou j'fous l'feu à vot'masure.

Comme le disait cette célèbre romancière dont j'ai oublié le nom, l'œuvre, et jusqu'à son numéro de téléphone : « Seul le silence lui répond ». Ils se sont barricadés méchamment là-dedans. Pas la peine de vouloir les intimider, ni essayer de se faire passer pour des colporteurs vendant de la poudre à chasser les éléphants roses de leur jardin.

— Arrête, Béru. Qui te dit que ce sont eux les auteurs de l'enlèvement?

— Eh, dis, y z'ont déjà prouvé ce dont quoi y sont capab'!

— Réfléchis : Kazaldi était évanoui, il n'a pu donner un ordre dans ce sens. Et on faisait leur fête à ses sbires! Et puis comment auraient-ils pu savoir que tu trimbalais ton chiare avec toi?

Il branle son pauvre chef accablé.

— Y sont tout un trèp' dans c'te cambuse, Sana, suppose qu'en aurait un qui s'rait sorti pendant qu'on f'sait l'ménage chez ce porque? Mon môme chiale, il l'avise et entrevoit l'aubaine... Non, non, faut qu'j'susse.

Il marche délibérément à la lourde et défouraille dans la serrure à trois reprises.

Ce qui réussit toujours à Bérurier, c'est sa certitude heureuse. Ses pires audaces, ses coups de tête les plus risqués se trouvent comme justifiés par sa parfaite sérénité. L'homme armé d'un mobile auquel il croit est invulnérable parce qu'il a son droit pour lui. Avoir « son droit » est beaucoup mieux que d'avoir celui des autres, crois-moi.

D'un grand coup de saton, il achève de déponner et nous rentrons dans la demeure de Kazaldi. En trombe, en force, revolver au poing pour ne pas changer. On est montés sur boucle, décidément ! Les occupants du petit palais doivent se dire qu'ils ont déjà vu le film, et que bon, ça va bien, si on leur passait un Mickey, maintenant, pour changer ?

Le Gros écume. Il est grandiose dans sa fureur de père blessé. C'est un typhon qui balaie la vaste maison. Il pousse de rares clamances d'animal préhistorique. Il débarque du tertiaire, le Mastar ! Droite ligne ! Il cogne tout le monde, au hasard, au jugé, soucieux d'oublier personne. Son môme ! Qu'on lui rende son môme ! Y croivent quoi, ces fumiers ? Ah ! non, pas à lui ! Le régime pigeon, c'est pas son blaud, le Dodu. Qu'on ravisse les chiares des autres, c'est de bonne guerre, mais pas LE sien, à lui, frais sorti de ses énormes couilles ! Il insurge ! Le monde n'est pas assez grand pour qu'on lui joue un tour pareil en espérant s'en sortir vivant. Notre galaxie aussi est trop étroite. Y a pas de refuge envisageable pour le mec qui lui a fait ce galoup.

Il coince les uns, les autres, leur fait éclater le pif, cracher des dents. Leur poche les lampions, leur décolle les étiquettes. Leur perce le burnous tellement qu'il leur plante fort le canon de son arme dans le bidon.

Ça dure une plombe complète, le sac de la maison Kazaldi. Qu'ensuite y a plus personne de valide, plus un meuble entier, plus un tapis qui ne soit percé, plus une tapisserie qui ne soit persane et en lambeaux, plus un mur blanc qui reste immaculé. Y a du sang, des cheveux, des ratiches un peu partout. Mais ce carnage atroce ne solutionne pas le cruel problème : Apollon-Jules demeure introuvable. Personne n'est au courant de son existence.

Épuisé, Sa Majesté s'abat tout à coup sur une pile de coussins et se met à hurler de malheur.

Je lui tapote le dos.

— Allons, viens, Alexandre-Benoît, nous devons le chercher ailleurs.

Il se redresse, les yeux bouffis, la morve longue de quarante centimètres et la bave de cinquante.

— Hein, quoi-ce ?

— Tu vois bien que ceux d'ici n'ont pas pris ton môme, gars. On va aviser, voir autre part…

— Si qu'on préviendrait la police d'ici ?

Curieux comme, tout soudain, il est devenu simple quidam dans l'infortune, le géant de la dérouille, comme il se fait humble citoyen placé sous la protection des autorités compétentes.

Le hic, si nous allons porter plainte chez nos confrères, c'est qu'il va falloir leur dire où se trouvait l'auto où se trouvait le bébé et où nous nous trouvions nous-mêmes pendant qu'on l'enlevait. Ils vont venir enquêter ici et, dès lors, apprenant nos exploits, renverseront la situasse et nous embastilleront. Surtout que je lui pressens le bras long, Kazaldi. Il est fort probable qu'il rameutera la garde après s'être réveillé et avoir découvert sa demeure saccagée. Ça nous pend au pif comme la morve du Ventru.

— Prends ta tire et suis-moi jusqu'à l'hôtel ! dis-je à l'épave.

Elle m'obéit mornement.

Tout en drivant ma calèche, j'essaie d'imaginer ce qu'il est advenu du poupard. Bon, il braillait. Un passant l'entend, l'avise...

C'est un fils d'étranger, de roumi, dans une bagnole. Y a de l'auber à affurer. La tentation est trop forte, il fait nuit, l'avenue est déserte... À moins qu'il ne s'agisse d'un fanatique désireux d'immoler l'enfant d'un infidèle ?

J'en frissonne. Pauvre petit Apollon-Jules ! Pas de chance de tomber sur des parents comme les Bérurier, avec une mère qui vous moule pour aller se faire troncher à Montbéliard, et un papa qui vous soûle et vous brinquebale aux quatre coins du monde, allant jusqu'à vous abandonner sur la banquette d'une auto non fermée ! Si on parvient à le récupérer, je demanderai à ses géniteurs de nous le confier, et Félicie l'élèvera dans les règles, ce gentil monstre. Elle adore faire l'élevage des humains, m'man. C'est une vocation chez cette sainte femme.

Parvenu à l'hôtel, mon pote demande :

— On va à la Rousse, hein ?

— Pas ce soir, Gros. On tombera sur un poulet de nuit ahuri, qui pigera ballepeau à ce que nous lui raconterons. Demain, on prendra les choses de haut ! On lancera le...

Il insurge (s').

— Tu voudrais pas que je vais me pieuter en ayant paumé mon chiare, mec !

— Tu dois prendre des forces ! Et moi aussi. Nous en aurons besoin demain.

Démantelé, il se résigne.

Je viens de faire une monstre connerie ; mais ces choses-là, c'est seulement par la suite que tu t'en aperçois.

Le ronfleur du téléphone retentit. En fond sonore, je perçois un ramage d'oiseau. Ça gazouille outrageusement dans les jardins de la Mamounia.

Le bigophe insiste. Je m'arrache des vapes tant mal que bien. Je me dis « Un chacal, des shakos ». Et puis, l'Himalaya en caleçon de bain me tombe sur la théière : Apollon-Jules !

Misère ! Horreur ! La réalité en cendres ! Pouâh !

Je tâtonne pour dégoupiller la grenade du téléphone.

La voix anonyme d'une standardiste m'annonce :

— On vous appelle de l'étranger, monsieur.

— Merci, que j'réponds.

Branchement. Une voix douce, sucrée, un brin zozotante m'investit la trompe droite.

— Commissaire ?

— Lui-même.

— Kazaldi.

Poum !

— Je ne reconnaissais pas votre voix, je dis-je.

— Parce que j'ai le nez cassé et la bouche fendue, probablement.

— Oui, c'est sûrement pour ça, conviens-je. On m'annonçait un appel de l'étranger ; où êtes-vous donc ?

— Marbella, Espagne.

Je me sens un peu mieux. S'il a traversé le détroit de Gibraltar, c'est qu'il renonce à porter plainte contre nous.

— Vous vous déplacez rapidement pour un type qui pèse deux tonnes.

Un silence, sa respiration oppressée d'obèse me file une bourrasque dans la portugaise. C'est pénible comme le bruit d'un appareil rendant compte du comportement cardiaque d'un malade dans le coma.

— Vous avez des méthodes assez singulières, pour un policier, reprend Kazaldi.

— Les vôtres le sont davantage encore pour un homme d'affaires.

— Cependant, passe outre mon interlocuteur (je dis « passe outre et non outrepasse »), il y a des lacunes dans votre formation policière.

— C'est possible.

— Non, c'est certain. Cette nuit, le bébé de votre compagnon a disparu devant ma maison. Vous vous êtes alors précipités comme deux sauvages chez moi pour molester tout le monde et ruiner mon intérieur. En revenant à moi, j'ai cru avoir été victime d'un séisme.

— Un père dont on a kidnappé l'enfant est capable de tout !

— Vous vous êtes montrés bien impulsifs en venant chez moi chercher ce marmot.

— On ne prête qu'aux riches, monsieur Kazaldi.

— Il suffisait d'aller au poste de police le plus proche.

Là, je renâcle.

— Expliquez-vous !

— L'enfant hurlait dans la voiture. Des policiers qui faisaient leur ronde l'ont entendu. Comme ma voiture défoncée se trouvait près de l'autre, ils ont pensé qu'à la suite d'un accident on avait évacué les blessés en abandonnant l'enfant par mégarde ; alors ils l'ont pris et conduit à la maternité.

Je respire. Dieu soit loué ! Et moi, triple con, qui ai refusé à Béru d'aller chez nos collègues marocains ! Là se trouvait la clé du problème. Donc, tout est bien qui finit bien.

— Merci du renseignement, monsieur Kazaldi, et pardon pour… pour le dérangement qu'on vous a causé cette nuit.

— Vous appelez cela du « dérangement » ?

Il a un rire légèrement sarcastique sur les bords et le pourtour.

Puis il reprend :

— Pensez-vous, monsieur le commissaire, que je vous appelle simplement pour vous informer de cette chose ?

— Une grosse carcasse peut cacher une grande âme, laissé-je tomber.

— Des personnes « à moi » sont allées récupérer le bébé à la maternité.

Un froid hideux me dévale dans les jambes. J'ai des bottes de glace, et elles sont pas à ma pointure.

— Les responsables de l'établissement le leur ont remis sans autres formalités ?

— Oui, car elles étaient accompagnées d'un faux policier.

— Vous êtes un technicien du rapt, si je comprends bien ?

— J'atteins toujours les objectifs que je me suis fixés.

— Quel est celui du moment ?

— Je veux avoir une entrevue avec Lambert, sa fille et vous.

— Dans quel but ?

— Vous le verrez bien. Cette rencontre ne devra pas avoir lieu en France, mais en terrain neutre, et je vous propose l'Espagne puisque je m'y trouve. À l'issue de celle-ci, vous récupérerez l'abominable enfant de votre non moins abominable ami.

— Alice Lambert ne peut se déplacer, elle est dans une maison de repos.

— Dont elle n'a nul besoin car elle se porte bien et ne demande qu'à être heureuse avec moi.

Je m'étrangle.

— Heureuse avec vous ! Non mais, dites donc, Kazaldi, avez-vous eu la curiosité de vous regarder dans une glace ?

— Hélas oui, et Alice aussi m'a regardé, cela ne l'a pas empêchée de répondre à mon amour. Désormais, elle et moi, c'est pour toujours, commissaire. Pour toujours !

— Vous lui avez fait avaler quelque saloperie qui agit sur son psychisme !

— Un philtre d'amour? plaisante Kazaldi. Vous vous croyez dans un conte oriental! Pensez-vous vraiment que mon poids neutralise mon charme?

— Albert Cohen affirmait que deux incisives manquantes pouvaient détruire une passion, dis-je.

— Peut-être, mais cinquante kilos de surcharge pondérale ne nuisent pas fatalement à son développement. Les femmes sont sublimes, mon cher, car avec elles, il n'existe jamais de critère : tout est possible.

— Bon, ça c'est la partie philosophique de notre entretien, tranché-je, passons au côté pratique : vous détenez l'enfant de mon ami et le garderez jusqu'à l'obtention du rendez-vous en question, si j'ai bien compris?

— Voilà la situation admirablement résumée.

— Vous savez que je suis assermenté et que vous allez bien vite vous retrouver avec toutes les polices d'Europe à votre gros cul? De plus, mon collègue Bérurier est un fauve. Si vous ne lui rendez pas son chiare immédiatement il vous tuera.

— Un homme prévenu en vaut deux! riposte Kazaldi.

Son rire douceâtre retentit.

— Vous venez de me prouver que les moyens extra-légaux ne vous font pas peur, monsieur San-Antonio. Alors, jouons cartes sur table au lieu de finasser. Je me sers de la monnaie d'échange dont je dispose. Et surtout n'essayez pas de récupérer le gosse : il est en lieu sûr; de plus, ne mêlez pas vos confrères marocains ou espagnols à cette douloureuse affaire, ils ne feraient que la compliquer. Vous avez de quoi écrire? Alors, voici mon téléphone ici.

Ce culot! Cette maîtrise! Cet aplomb! Comme un glandu, je note sous sa dictée.

— C'est fait?

— C'est fait.

— Ne tardez pas trop, j'ai hâte que nous en ayons terminé.

Non mais, il me commande, ce bloc de saindoux! Me prend pour son cireur de lattes!

On est terribles, les hommes. C'est fou comme il nous vient des bouffées meurtrières par instants. Et chaque fois, c'est commandé par l'orgueil exacerbé, tu remarqueras. On se prend pour quelqu'un.

Et peut-être qu'on l'est, après tout?

ET RRRAN !

Pas commode, la Bérurière. Faut la voir égosiller. Et l'entendre, donc ! Une marchande de poissons à la criée ! Violine, les peignes et les barrettes tremblotants au bout des mèches défaites, elle en casse des paquets, l'Ogresse. Comme quoi c'est un monde de ne pas pouvoir tourner le dos cinq minutes sans que son gros con moule le domicile conjugal ! Et qu'il a emporté le bébé, en suce ! Et où est-il été, je vous demande, Santonio ? Répondez-moi franchement si vous oseriez ! Soiliez un homme, dites-moi tout ! Il s'est taillé av'c une gourgandine, n'est-ce pas ? Une roulure pêchée dans un bistrot d'nuit ! Qui sait : en compagnie d'une vraie pute, p't'êt' ? La voie libre, lui il fonce par la brèche ! Il aurait laissé le mouflet à la concierge, soite, bon vent ! Qu'il aille se faire reluire ailleurs, le porc. Mais c'vice d'embarquer Apollon-Jules avec sa pétasse ! Que si ça se trouve, y le lui donne à langer, entre deux coups de bite, tel qu'j'l'connais ! V'v'lez-t-il parier, Tantonio ? Ce pauv' bébé qu'ouv' ses châsses innocentes sur les pires z'hideurs, elle voit ça d'ici ! Son père en train d'se faire turluter le braque pendant qu'il s'enquille son biberon, l'pauvret. Et quand elle cause du biberon, ell' le connaît, Alexandre-Benoît : prêt à l'arracher de la bouche au bébé pour l'finir, l'monstre ! Goinfre au point qu'vous savez, Santonio !

Je tente de la calmer, mais y a pas mèchouille d'en caser une broque ! Trop sur orbite, la Baleine ! Une vachasse projetée dans le cosmos, ça suit sa trajectoire, inexorablement.

Elle en est au divorce avec garde de l'enfant, lorsque la porte de mon burlingue s'ouvre et que dame Pinaud paraît, remontée à outrance, elle aussi. Tout comme Berthy, elle vient me réclamer des comptes à propos de son homme qui n'a toujours pas reparu depuis le baptême.

— Vous me cachez quelque chose, commissaire ! Et moi je meurs toute seule pendant ce temps. Mon emphysème m'a reprise et je ne peux plus respirer. Sans parler de mon eczéma. Regardez mes avant-bras, par curiosité ! De surcroît, je suis en pleine occlusion intestinale. Du sérieux ! L'*Inolaxine* ne me fait plus rien ! Pas davantage le *Pursernid* ! J'ai tout essayé : le yaourt, les pruneaux ! Il n'y a plus que l'huile de ricin ! Et encore, je suis obligée de me finir à la main quand je vais aux toilettes, si vous souhaitez des détails !

— Ça ne doit pas être triste, commets-je.

Elle s'arrête de grincer, girouette rouillée tournoyant dans le vent de sa rage.

— Ah ça, vous gaussez-vous de moi, commissaire ?

Je me lève, exténué par l'assaut des deux mégères aux styles différents mais tout aussi pernicieux l'un que l'autre.

— Mes gentilles amies, leur fais-je, permettez-moi de vous confier le fond de ma pensée la plus intime : vous me faites chier avec vos bonshommes ! Y a longtemps qu'ils auraient dû se barrer, l'un et l'autre.

Leurs réactions sont, là aussi, divergentes. La Pinaude porte les deux mains à son thorax comme pour une crise d'angine de poitrine et balbutie : « Ô Seigneur tout-puissant, je Te l'offre ! » Tandis que la Bérurière, elle, met ses poings de toucheur de bœufs sur ses hanches viragotes.

— Dites, Antoine, prenez-le pas su' c'ton, hein ! Parce que si c'est la merde qu'vous cherchez, av'c moi vous allez en avoir.

La Pinaude se retire comme la mer sur le sable. Dès lors, je fonce sur la Grosse.

— Dites-moi, Berthe, en ce qui concerne la disparition de Pinaud, vous avez peut-être un témoignage intéressant à apporter, non ? Car il se trouvait seul avec vous dans l'auto lorsque Béru et moi sommes venus ici. Or il n'y était plus à notre retour.

Le visage mafflu s'empreint d'une ruse maquignonne.

— Avouez-moi où est-ce que sont « mes hommes » et j'vous causerai du père Pinuche.

« Ses hommes ». Le voilà promu homme, par sa maternelle, l'infortuné Apollon-Jules. Où est-il, ce chérubin de triperie ? Je donnerais beaucoup pour le savoir. Quand, hier matin à Marrakech, j'ai fait part au Gros du marché de Kazaldi, il est devenu pâle, oui : vraiment pâle, d'un blanc livide tirant sur le violet foncé. Et il a murmuré d'une voix outre-tombale :

« — Et qu'est-ce tu comptes-t-il faire ? »

« — Décider Lambert et sa fille à se rendre au rendez-vous afin que nous récupérions ton enfant bien-aimé. »

« — Et si ce gros dégueulasse nous bite ? »

« — Pourquoi nous biterait-il ? Que veux-tu qu'il fasse d'Apollon-Jules ? »

« — Et tu croives qu'le Lambert qui vient d'récupérer sa gosseline, va la rapporter à Sac-à-Merde ? »

« — Je ne vois pas d'autre alternative, Gros. »

Son regard est devenu flamboyant comme dans la lumière la gelée de groseille.

« — Ah ! tu voyes pas d'autre alternateur ? Ben moi si ! Si tu voudrais avoir la bonté de m'attriquer un peu de flouze pour mes déplaceries, je jouererai ma partie en solo, ce qui n'en s'ra que mieux ! Chacun sa gagne. Toi, tu prends l'ch'min des aiguilles, moi çui des épingles. »

Je lui ai remis une liasse de talbins et il est parti, sans un mot, d'une démarche presque militaire. On eût dit qu'il venait de signer la capitulation allemande dans le wagon de Rethondes.

Après cette évocation éclair de la scène de la Mamounia, mon regard se concentre sur Berthe.

— Vos *hommes*, ils sont au Maroc, Berthy. Invités par un riche homme d'affaires du golfe Persique auquel nous avons rendu quelques menus services.

— Au Maroc ! tonne la Baleine. Au Maroc tandis qu'j'm'échinais à aider c'pauv'Alfred, à Montbéliard ! Alors là, il y a une pointe d'abus ! Au Maroc ! av'c not'enfant délicat, dont j'parie qu'il lui fait bouffer du couscous au lieu de Blédine, tel qu'j'le connais, Alexandre-Benoît ! C'est criminel, si vous voudrez qu'j'vous dise.

— Maintenant, parlez-moi de Pinaud !

Elle se calme. Un sourire indéfinissable lui vient.

— Ça restera ent' nous, Antoine ?

— Vous le savez bien.

— Alors, figurez-vous qu'l'aut' nuit, quand v's'êtes venu ici av'c mes hommes, me laissant seulette dans la bagnole en compagnie de Pinuche, l'vieux s'est réveillé en cerceau. Était-ce-t-il un effet de l'alcool ? toujours est-ce qu'il triquait comme un loup, l'Ancêtre. Il en r'venait pas d'une chopine pareille, et moi non plus. Ça f'sait trente-deux ans qui n'lui était pas poussé une telle aubergine sous l'bide ! Ça y f'sait gicler ses boutons d'braguette. L'événement, quoi ! Il en chialait d'émerveillance, César. Y m'disait : « Mais je vais en faire quoi, Berthe ? On ne peut pas laisser perdre une érection aussi folle ! » Et franch'ment, Antoine, on n'pouvait pas. C'tait ses feux d'la Saint-Jean, cet homme. Son champ du Cygne ! L'abandonner av'c un pareil monument classé, ce fût été inhumain. Une insulte à la nature. J'sais pas si vous imaginez, un mandrin comme ça, mon cher Sana ? Or, vous l'savez, polisson tel que je vous connais : juste au coin d'la rue, y a *l'Hôtel de Prague et du Printemps Réunis.* On y a foncé. Qui m'aurait dit qu'un jour j'eusse épongé l'Ancêtre, j'me serais marrée ! Mais dans c'cas, c'tait comme qui dirait d'l'insistance à personne en danger. N'importe qui à ma place : la comtesse de Paris, Mme Thatcher, Mme Reagan en auraient fait autant. Et puis, je tiens à vous l'rappeler : Pinaud, c'est l'parrain d'mon enfant, ce qui crée des obligations. En deux coups les gros, il me grimpait, le Vieux Fossile. Et v'savez qu'il est encore nerveux du coup de reins, l'animal ! Un vrai saint-cyrien ! Il m'a brossée en levrette, Antoine. Ç'a été mené rond'ment ! Qu'à peine fini, poum ! y s'est écroulé su'l'flanc, le beau mâle ! Qu'alors il s'est mis à ressembler juste à c'qu'il est en réalité : un petit vieux pas propr', tout flapi. Y v'nait d'jeter sa gourmette pour la dernière fois ! Toutes ses forces bien ultimes. J'ai senti qu'c'était sa r'présentation d'adieu ! Son testament, une pareille troussée d'Cosaque, Antoine. Doré de l'avant, y n'aura plus qu'un p'tit escargot r'croquevillé dans son bénouze, le César. Oh ! y s'en souviendra, Pépère, de sa dernière ramonée : av'c moi et pou'l'baptême d'Apollon-Jules ! Sa grande découillée d'automne, qu'après laquelle, il pouvait s'enfoncer dans l'hiver. Y l'avait tiré son feu d'artifice. La manière dont il en écrasait, fallait pas songer à l'réveiller. J'vous parille qu'y pionce encore ! C'tait de la dorme en bronze. D'ailleurs, j'ai prévenu à l'hôtel qu'on devait l'laisser roupiller jusqu'à société. Si vous s'riez t'inquiet, allez voir, mais s'lon moi, il dort toujours. Et après une bitée d'ce calibre, ça peut durer encore des jours. Il est en hivernance, vous comprenez-t-il, Antoine ? Comme les marmottes, j'saurais pas mieux dire. Faudra p't'êt'attend' les beaux jours pour qu'y rouv' les châsses, César. Mais, tout ça, j'pouvais pas en faire état d'vant sa femme. C't'une personne trop rigide, trop liquoriste sur les principes ; le cul pincé, l'esprit étroit, et qui pig'ra jamais rien à la vie.

Ainsi parla Berthe Bérurier.

Mikaël, le valet-chauffeur des Lambert, vient m'ouvrir. Saboulé esclave, gourmé, l'œil rigoureux.

Je l'amadoue d'un sourire connivent.

— Ça boume, Mikaël ?

Il a une moue guindée et me drive à la salle à manger. Lambert est seul à table. Il déguste une bisque d'écrevisses Liebig enrichie de crème fraîche et de petits croûtons grillés. Une bouteille de bordeaux, débouchée mais pleine, lui tient lieu de vis-à-vis. Je le trouve plus triste que jamais.

— Eh ben, dis voir, ça n'a pas l'air d'être le pied ? fais-je en m'asseyant familièrement à sa table.

Il hoche la tête.

— Tu dînes avec moi ?

— Volontiers.

La grosse Tania qui croise dans la pièce apporte sans mot dire du matériel à croque.

— Et la petite ? questionné-je.

— Je l'avais conduite dans une clinique, en arrivant, mais elle n'a pas voulu y rester.

— Où est-elle ?

Il désigne le plafond.

— Dans sa chambre.

Il a la gorge vachement serrée, Alain. Bisque bisque (de homard) rage ! Même les aliments liquides renâclent dans sa pauvre gargante coincée.

— Ça ne va pas ?

— Elle est prostrée, en pleine déprime. Elle ne parle que pour réclamer l'immonde type ! Seigneur, quelle malédiction nous frappe ! Mais qu'a-t-il pu lui faire pour qu'elle soit à ce point envoûtée ?

Je me sers une louche de potage. Quelques croûtons… Lambert a le bon réflexe : il me verse un godet de Château l'Angélus (si cher à mon camarade Millet).

— Elle va tomber malade si ça continue, ou bien faire une bêtise.

— J'ai une propose à te faire.

Et je lui raconte le coup de chantage de Kazaldi.

— Cet être ne mérite pas de vivre, assure-t-il. Allons le voir, Antoine, et quand il aura rendu l'enfant de Bérurier je le tuerai.

Bon, laissons-le rêver. Il n'oublie qu'une chose, mon pote Lambert : on ne tue pas les gens « comme ça ». Il ne suffit pas de les haïr pour leur ôter le goût du pain. Y a tout un mécanisme à la base. Toute une philosophie à s'ingurgiter.

Derrière la bisque, vient un rôti de veau des plus bourgeois, accompagné de légumes printaniers. Puis un brie large comme le cul de la reine d'Angleterre. Et une salade de fruits qui devaient commencer à fatiguer dans leur corbeille et qu'on a ravigotés au marasquin.

Lambert bouffe sans trop savoir. Merde ! À quoi sert qu'on lui ait récupéré sa grande fillasse s'il continue à traîner cette frime navrée ?

Au moment où on passe au salon pour le caoua, je murmure :

— Tu me permets de rendre une petite visite à Alice ?

Geste fataliste du père. Je grimpe au premier et vais frapper à la porte de la jeune fille.

M'a-t-elle dit d'entrer ? C'est pas certain ; en tout cas, je n'ai rien entendu. Je pénètre dans sa piaule pourtant si pimpante. Alice est allongée sur son lit, dans une robe de chambre de soie blanche à col saumon. Sa mine fait peur et ses yeux regardent je ne sais quoi à travers les murs.

La démarche floue, je me pointe jusqu'à son lit.

— Bonsoir, Alice.

Elle a un mouvement de recul en me reconnaissant. Ne suis-je pas celui qui l'a arrachée à son grand amour ?

— Écoutez, petite, demain, on va aller discuter le coup avec votre Roméo de deux cent cinquante livres, d'accord ?

Elle pose sur moi son regard intelligent, mais comme égaré.

— Vous me mentez !

— Parole que non. Il nous attend en Andalousie. Cela dit, j'aimerais que vous me racontiez ce qui s'est passé à partir de votre enlèvement.

Elle rebiffe.

— Je n'ai rien à vous dire. Je veux vivre avec lui. L'épouser, un point c'est tout.

Chapeau pour Kazaldi ! Il s'est livré à un sacré boulot. Elle est totalement ensuquée, la gosse. Docile comme un médium en transe. J'aimerais connaître sa méthode, à Bibendum. Des fois qu'un jour je banderais pour une frangine réticente sur qui – chose au demeurant impensable – mon charme resterait inopérationnel.

Elle ajoute :

— Je suis majeure et j'ai le droit de disposer de moi-même.

— Pensez à votre père…

— Mon amour pour « le prince » ne retire rien à celui que je porte à mon père !

Le prince !

Ce que je voudrais le démolir à coups de talon, ce prince pour abattoir.

Comprenant qu'elle est braquée, plein d'un infini mépris, je m'écrie :

— Alors, prépare ta valise, connasse ! Puisque tu raffoles du cochon, tu vas en avoir !

VRRROAOUMMMMMM !

Avant de te poser à Malaga, tu survoles la sierra pelée que sillonnent des routes en lacets de brodequins et dans les creux de laquelle se nichent d'adorables petits lacs bleus. On distingue des maisonnettes blanches, par-ci et également par-là, pour pas faire de jaloux. Mais d'hommes ou d'animaux, point ! La solitude brûlée s'étale à perte d'ovule jusqu'à la mer.

Le zinc va virer au large et se la radine vers l'aéroport où il se pose doucettement. Je passe chez Avis prendre livraison de la guinde que j'ai louée par tubophone : une grande Mercedes vert Nil. En route pour Marbella !

C'est joyeux comme un enterrement. Personne ne parle. On dirait franchement qu'on suit un corbillard.

Il fait un temps à tout caser. La route sent l'huile brûlée.

Je branche la radio, pour dire de meubler l'angoisse. Olé ! Olé ! Un air de fandango nous fouette l'inertie. On a l'accablement qui remue un peu, lézards réveillés par un bruissement. J'exprime avec poésie car telle est ma nature véritable et profonde. Bien sûr, connaissant ton aversion pour le beau, je tente de lutter contre ce lyrisme somptueux, mais de temps à autre ça m'échappe comme à toi le pet consécutif au cassoulet. Veuille donc me le pardonner, lecteur ami, fidèle compagnon des bons et des très bons jours. Dans la voie d'abnégation que j'ai choisie, le talent constitue une incongruité, je sais. J'essaie de me la faire pardonner. Attends, tiens, tout de suite un acompte, pour te prouver ma bonne volonté poil au nez et un aperçu poil au cul du désir de te combler qui m'habite poil à la bite. Ça va ?

Je poursuis donc.

Ma route, d'abord (et elle m'amène à Marbella, via Fuente Girola).

Mon récit, ensuite (et où il me conduira, lui, ça alors tu m'en demandes trop).

Le Sac-à-Merde m'a déclaré qu'il habitait dans le quartier de Marbella Hill, lequel est dûment balisé par panneaux. Sa villa se nomme *Hurricane Bird.* Nous voici partis dans des petites routes défoncées encombrées de conteneurs à poubelles. Et tout à coup, à un carrefour mal praticable, une chignole rouge me frôle l'aile avant, au point d'arracher mon rétroviseur extérieur.

Une bordée d'injures françaises déferle aussitôt en provenance dudit véhicule :

— Va donc, tête de con, merde en branche, fleur de fesses, jus de couilles, nénuphar de pissotière, tronche de bite, cul de guenon, balai de chiottes, espingouin de mes deux, furoncle trop mûr !

La voix ! *The voice !*

Je stoppe au mitan de la route chaotique. Oui, c'est bien le Gravos au volant d'une 205 pour pompiers. Je sors de ma guinde, lui de la sienne, que déjà il retrousse sa manche droite pour les « constatations d'usage ».

Me reconnaissant, il laisse retomber le beau poing en ordre de massacrage qui lui était venu, rapide comme une bandaison nocturne de collégien abonné à *Lui.*

On s'évite de se lancer les « Toi ! » « Moi ! » « Nous ! » etc., consécutifs à une telle rencontre.

— Tu allais chez « lui » ? je demande.

— Moui, et toi z'aussi ?

— Affirmatif !

— Avec la grenouille ?

— Évidemment !

Il rit, Béru. Un beau grand rire pour drapeau japonais, tout rond, tout rouge.

— Il était qu'temps, mon drôlet !

— C'est-à-dire ?

— Tu peux la rembarquer, la miss, j'ai récupéré Apollon-Jules !

— Non ?

Je coule un z'œil dans sa tire, mais, échaudé, il ne le trimbale plus dans ses déplacements.

— Pas folle, la guêpe, ricane l'Enflure ; j'l'ai confié à quéqu'un d'sûr.

— En ce cas qu'allais-tu faire chez Kazaldi ?

Il en bave de sidérance.

— C'que j'allais faire chez un bandit qui m'a kidnappingé mon lardon ! C't'une vraie question à dix balles, qu'tu m'poses, Sana, ou bien si c'est juste pour déconner un peu ?

Je change de registre :

— Où était-il, ton ange blond ?

— Chez des Arbis qu'habitent le coin, derrière la mosquée.

— Et comment l'as-tu retrouvé ?

— Par le chou ! déclare le champion en toquant son crâne qui sonne le plein, comme dit le Mastar. Je m'ai dit qu'pour transactionner, fallait qu'il l'eusse à portée d'main. Et que donc, ce fumier devait l'avoir planqué chez des potes à lui qu'habitaient l'secteur. J'm'ai mis en ch'ville av'c le jardinier espanche qui s'occupe d'son jardin et j'y ai soûlé les naseaux pour savoir les noms d'ses copains. J'ai passé deux jours à draguer autour des casas que l'Espingo m'avait indiquées. Et figure-toi-t-il pas que t't'à l'heure, j'aperçois mon blondinet derrière une baie.

Il ferme les yeux.

— Tu m'aurais vu !

— Je t'imagine.

— Les tauliers s'trouvaient à London, et c'tait une équipe d'larbins arabes qui gardaient la taule. Maintenant, sont tous dans la cave, ligotés. Fallait pas qu'j'perdisse d'temps. J'sus été confier mon môme à une dame dont à propos d'laquelle j'ai fait la connaissance, c'te noye. Un'personne très bien, malgré qu'é soye espagnole. Elle tient une boutique su' la route d'Cadiz. Et moi, j'viens discutailler av'c ton pote Kazaldi.

Lambert qui se demande ce qui se passe sort à son tour et apercevant Béru se précipite.

— Écoute, Alain, je lui fais. On n'a plus le temps de t'affranchir. Prends la voiture et va nous attendre au *Puente Romano* avec Alice ; raconte n'importe quoi à Alice, qu'il y a un contretemps de quelques heures, ce que tu voudras. Mais ne la quitte pas.

— Et vous deux ?

— Du train où vont les choses, on risque fort de la rendre veuve avant qu'elle ne soit mariée.

Il a un élan.

— Oh ! non, pas ça… Elle ne s'en remettrait pas !

Je lui souris. Ce qu'ils font de beaux cocus, les papas ! mieux encore que les époux. Qualité surchoix !

— Tu penses bien que je plaisante. Fais-moi confiance jusqu'au bout, d'ac ?

Il opine et retourne à la voiture dont il prend le volant. Moi, je monte au côté du Gros.

Nos routes se séparent.

Provisoirement.

Il doit en affurer des piastres, dollars, pesetas et sterling, le Casanova d'Alice, car sa maison de Marbella est presque aussi fastueuse et vaste que celle de Marrakech.

Une soubrette andalouse répond à notre coup de sonnette. Et qui cé qu'elle doit annoncer, la jolie Contraception ?

Lé coumissaire Sane Antônio ?

Tout dé suite !

Elle nous moule sur le vaste échiquier de l'entrée carrelée noir et blanc pour aller virguler mon blaze à son pote en tas.

Celui-ci nous reçoit aussitôt. Il est à table, bouffant un pot de caviar d'une livre sur des *potatoes* en robe des champs puisque tel est son ordinaire ! Lui-même est en robe de chambre, ou plutôt en gandoura blanche. Il clape voracement, faisant trembler ses multiples bajoues et claquant des babines.

Il nous regarde entrer par-dessus son compotier d'œufs d'esturgeon.

— Seuls ? il fait, la bouche pleine.

Je vais à sa table et, sans y être invité, prends place face à lui.

Deux personnages douteux se tiennent à l'écart, prêts à intervenir. Eux sont en civil et y a des renflements éloquents sous leurs blousons blancs de tennismen.

Il ne paraît pas apprécier que nous soyons rien que nous deux, Gras-Triple. Sa frime ! Tu jurerais un bulldog constipé.

— Et Alice ? demande-t-il rudement.

— Elle se languit de vous, fais-je.

Il a un sourire radieux, bourré jusqu'au trouduc d'un infini contentement.

— Où est-elle ?

Bérurier qui ne s'est pas assis, contourne la table et va choper Kazaldi par les plis amples de son vêtement.

— Et mon fils, dis, salope ? Il est où est-ce ? Tu vas le dire ?

Aussitôt, les deux sloughis de garde bondissent sur Béru et lui font lâcher prise. Des techniciens ! Pas de confuse, de précipitation excessive : gestes précis, violents et imparables.

— Y m'casseraient une aile, ces charognards ! gronde le Majestueux, surpris, en massant ses endolorissures.

Les gardes du corps le palpent. Il n'est pas armé. Ensuite ils le refoulent loin de Kazaldi.

Ce dernier farcit de caviar une nouvelle patate et mord dans le monticule noir et visqueux. Ça lui compose des moustaches gluantes. Avec ce qui subsiste autour de ses grosses lèvres, t'aurais de quoi donner une réception à l'ambassade d'U.R.S.S. Quand il a avalé sa gueulée, il se pourlèche pour récupérer le plus gros. Service de nettoiement !

— Écoutez, commissaire, je déteste perdre mon temps. Je vous avais proposé un marché et vous m'avez appelé de Paris pour me dire que vous l'accepteriez. Or, vous arrivez seul, j'aimerais comprendre.

— Quand je vous ai appelé, les choses n'avaient pas encore évolué, Kazaldi. Votre marché consistait à échanger Alice contre le bébé, exact ?

— Et alors ?

— Dans la mesure où vous n'êtes plus en mesure de tenir votre engagement, il n'y a aucune raison pour que je tienne le mien.

Là, il repousse sa platée de caviar, intrigué et vaguement inquiet car il est homme d'instinct et pressent soudain que la boîte de sel s'est renversée dans sa crème vanille.

— Pourquoi ne pourrais-je tenir mes engagements ? questionne-t-il.

— Parce que le fils de mon ami Bérurier ne se trouve plus chez votre ami Muhammad Jazirat.

Ça c'est le seau de gadoue en pleine poire ! En avançant ce nom je lui fais piger qu'on vient de récupérer le chiare.

Moi, jouissant de sa stupeur, je me gondole comme un disque trente centimètres oublié sur la plage arrière d'une bagnole stationnée sur la grand-place du Sahara.

— Si vous voulez en avoir le cœur net, essayez de téléphoner chez votre copain : personne ne vous répondra, car tout le monde est ligoté à la cave. Quant au môme, ne vous faites surtout pas de souci pour lui ; nous l'avons placé en lieu sûr. Avons-nous autre chose à nous dire ?

Il respire un grand coup, ce qui soulève quatre-vingts kilogrammes de bidoche pas comestible sur sa personne.

Et puis le tout retombe avec un bruit flasque.

— Ne vous faites pas d'illusions, je retrouverai Alice car elle me reviendra spontanément, à moins que vous ne la teniez enfermée. J'habite son esprit, ne le comprenez-vous pas ? Tôt ou tard elle vous échappera pour accourir vers moi !

Il pointe le *finger* sur Béru.

— Quant à toi, pourceau qui m'a infligé l'injure suprême en vidant ton infâme vessie sur mon visage, sache que tu n'élèveras jamais ton ridicule avorton.

Il se met à glapir en arabe. L'un de ses gardes du corps s'éclipse en courant.

— Tu te crois le plus fort parce que tu as su le retrouver, mais ne te réjouis pas, raclure de pus, cette triste chose sera morte dans un instant !

Son sbire revient, tenant une boîte grise munie de boutons rouges et blancs, assez semblable à un contacteur à distance de téléviseur.

— Dans les vêtements de cette petite charognerie, dans la tétine qu'elle suce stupidement, dans le ridicule médaillon accroché à son cou, dans les semelles de ses chaussures, a été introduit un explosif si puissant qu'il ne restera, quand il aura agi, qu'une tache de ton rejeton, crétin ! Il me suffit, tu vois, d'enfoncer cette touche rouge pour que l'enfant explose. La chair de ta chair va partir en lambeaux, que dis-je : en postillons !

Son énorme index boudiné volplane au-dessus du bouton fatal.

— Tu n'as pas eu le temps de l'emmener très loin, et ce merveilleux produit, d'invention japonaise, peut être commandé dans un rayon d'action de cent kilomètres !

Béru hausse les épaules.

— Si tu croyes qu'j'vais couper dans tes sonnettes, vieux cachalot, tu m'prends pou' un enfant d'Marie.

— Tu l'auras voulu ! hurle alors Kazaldi, fou de rage.

Il enfonce la touche et…

... nous nous retrouvons plaqués sur le tapis, Béru et moi, couverts d'ecchymoses gervaises, de sang, de plâtras, de merde, de caviar.

À l'endroit où se tenait le pachyderme, il y a un étalage de tripes et de viandasse fumantes. Ah ! si, voilà une bonne moitié de sa tronche, bon gu ! La zone supérieure à partir des sourcils. Le reste est parti en sucette. Il a dérouillé total, l'obèse. Chair à pâté (et donc à *pater* s'il était catholique). Le grand jeu ! Faudra ramasser tout ça à la pelle pour le foutre dans un cercueil, ou avec un grand buvard. Préparez vos serpillières !

On se relève. Avisant les restes du monstre, Béru balance une gerbe. Son petit déje qui choisit la liberté, à savoir : des œufs aux truffes, des saucisses, du poisson frit, des steaks, des pommes frites. Ça ajoute au désordre comme tu peux pas savoir.

On se casse en force, sans que les deux sbires, beaucoup plus endommagés que nous, fassent un geste pour nous en empêcher. Ils ont des trous partout, et des lambeaux de viande, et du sang… Alouette ! Gentille alouette…

Un grand calme ma bite, comme disait ce comédien qui jouait le violeur de bergères dans un film porno franco-bulgare.

La sensation du devoir accompli, malgré ce mort effroyable que nous abandonnons sur le carreau.

L'histoire pourrait se titular *L'assassin assassiné,* manière de parodier *L'arroseur à rosette.* En voulant tuer un innocent, par hideuse et très effroyable vengeance, il se tue lui-même ! Moral, non ?

— T'as des dons, fais-je au Mammouth, en claquant la portière de sa chignole. La manière dont tu lui as filé ses propres explosifs dans le burnous, lorsque tu l'as alpagué, c'était du grand art. Tu sais que je te surveillais et cependant je n'ai rien vu !

Satisfait, le Gravos rigole :

— Je pourrais faire pisse-poquette, si un jour j'me retrouve sans un. Note qu'il est plus fastoche de mett' dans la vague des aut' qu'd'retirer.

— J'ai eu une suée lorsqu'il s'est mis à énumérer les différentes manières dont il avait piégé Apollon-Jules.

— Biscotte ?

— Parce que j'ai craint qu'une partie de l'explosif n'ait échappé à ta recherche.

— Tu charreries ou quoi-ce ? J'ai foutu complèt'ment à loilpé, mon fils. Et j'y ai même carré l'doigt dans l'fion pour m'assurer.

— Qu'est-ce qui t'a fait découvrir cette odieuse manœuvre ?

Il caresse le tubercule qui lui sert à respirer et à soutenir ses lunettes de soleil lorsque, d'aventure, il en porte.

— Mon pif, mec. T'l'sais : j'ai toujours eu un odorat d'force 5 su'l'échelle de Bretécher. Donc, j'ai pas d'mérite. Son explosif a une odeur bizarre. Y r'nifle comme qui dirait le caoutchouc brûlé et la merde d'chat. C't'à cause que j'm'ai mis à dessaper mon lardon. J'me disais : c'chérubin aurait-il bédolé dans son pampers ? Pourtant, non. Mais c't'odeur continuait. La tétine surtout, de même qu'ses petits souliers mignons (y n'chausse que du 31, le biquet). En les egzaminant de près, j'm'ai aperçu qu'ils avaient été démontés et recousus. D'dans, j'ai trouvé la drogue qu'j'te cause. Et dans son médaillon d'la Sainte Vierge idem, plus un mignard détonateur, gros comme une tronche d'éping'.

« J'étais un père plexe, tout c'qu'a d'plèxe. Ça me travaillait l'cur ch'velu, c't'trouvaille. Alors j'me fends d'un coup d'turlu à Mathias. L'Rouqu'moute, tu l'ignores point, c'est l'génie du cercle dans son genre. Il m'écoute. Il réfléchit. Il répète : « Caoutchouc brûlé, merde de chat… » Y m'demande : « C'est d'un brun violacé ? » « Mouais », j'lu réponds. Alors, y m'fait comme ça : « Faites un teste : recueillez-en un peu à la pointe d'une aiguille, mais très peu ; aiguille que vous piquez au bout d'un bâton. Ensuite présentez-la à la flamme d'une bougie. » J'ai suivi ses r'commandances. Mon pauv' vieux, t'aurais entendu c'te conflagration ! Pourtant, y en avait pas plus gros qu'une virgule… »

Nous redescendons vers la mer entre des villas silencieuses. Il fait un temps sublime. Les bananiers sont en fleur.

Béru donne du poing sur le volant.

— T't'rends compte que cette ordure de mec allait m'bousiller mon héritier après qu'on lui eusse amené la môme Alice ?

— Tu lui avais pissé sur la gueule, rappelé-je. Un Arbi ne peut pardonner une telle affaire.

Dans les films d'épouvante, quand le vampire est mort selon le cérémonial prévu, l'héroïne qu'il a mordue au cou échappe à la vampirisation.

Lorsque nous débarquons au *Puento Romano,* tenant un Apollon-Jules vociférant dans nos bras (on se relaie car il est lourd comme une vache, le petit gueux), nous trouvons Alice et son père enlacés. Image noble et sereine. Superbe ! « Le cœur d'un père est une œuvre d'art », a écrit l'abbé Prévost qui savait de quoi il causait.

Lambert nous lance des éblouissements de bonheur. Il se dégage de l'étreinte de sa fillasse et vient à moi.

— C'est à n'y rien comprendre, murmure-t-il. Elle me parlait du gros vilain, me suppliant de la conduire à lui. Et puis, voici une demi-heure environ, elle a eu un sursaut, a poussé un cri et elle est devenue très pâle. J'ai cru qu'elle prenait un malaise. Alors elle s'est blottie contre moi en criant : « Papa, papa ! Quel bonheur de te retrouver ! Je t'aime, ne me quitte plus, jamais plus ! »

Il noue ses deux bras autour de mon cou et me serre contre lui.

— Je te remercie du fond de l'âme, Antoine.

Je renifle un coup. Tiens, merde, je vois trouble, ce qui ne m'empêche pas de me rendre compte combien Alice est ravissante et aussi qu'elle me considère avec intérêt.

Deux pigeons blancs roucoulent sur le muret derrière elle. Le mâle traîne une aile et s'apprête à fourrer sa potesse au bec rose. Ils s'emmerdent pas, dans l'ordre des colombins. T'aimerais pas être pigeon, toi ?

CONNECLUSION

On regarde « 7 sur 7 » à la téloche, ce dimanche-là, m'man et moi. La jolie Anne Saint-Clair interviouwe Jean Lanzi pour changer un peu de tous les cons qu'ils reçoivent.

Et on sonne.

Bon, très bien. M'man va délourder, vite dire que je ne suis pas là au cas d'un malotru casse-roupettes.

Mais c'est Béru portant Apollon-Jules sous le bras comme un fusil. Le môme raffole de cette position qui lui permet de déféquer avec davantage d'aisance (si je puis dire).

— Escusez l'dérang'ment, maâme Félicie, récite Alexandre-Benoît, voici ce dont il nous arrive. La mère à Alfred le coiffeur vient d'tomber paralysée, en Italie. C'pauv' ami fonce à son chevalet. Berthe, qu'est serviab', s'est proposée d'l'accompagner, pas l'laisser seul dans c'te pénib' circonférence. Et y s'trouve qu'j'ai rendez-vous c'soir av'c mes potes d'l'association « De la Grosse Veine Bleue », laquelle regroupe les hommes dont l'membre mesure quarante centimètres, sauf vot' respect que je vous dois. Si c'était un effet de vot' gentillesse…

Il tend son rouquin à m'man.

Un peu dégoulinant, Apollon-Jules. Et voilà qu'il se met à brailler.

M'man s'en saisit comme s'il s'agissait du plus beau des Jésus.

— Soyez sans crainte, monsieur Bérurier, j'en prendrai le plus grand soin.

— C'est pas la peine, assure Béru, si vous voudriez simp'ment y donner sa gamelle que voilà à bouffer et y faire boire un biberon de vin sucré pour qu'y dormisse bien. Surtout, pas la peine de le changer, j'vous assure. On a compris av'c ma Berthe : sitôt qu'on vient de l'approprier, il cagate à nouveau. J'ai jamais vu un chieur pareil. J'croye que s'il sera riche un jour, y n'fera qu'ça !

FIN

LE CASSE DE L'ONCLE TOM

AVANT-PROPOS *LE CASSE DE L'ONCLE TOM*

La quatrième de couverture du *Casse de l'oncle Tom* annonce rien de moins que « Le San-Antonio le plus copieux depuis la "Comédie humaine" de Balzac ».

Le fait est que ce 129e opus des aventures du commissaire épouse les préceptes de l'auteur du *Père Goriot*, qui avait déclaré vouloir faire « concurrence à l'état civil » dans son approche des personnages.

Si l'intrigue se crée de toute évidence au fil de l'écriture (un mystère vieux de plusieurs décennies qui refait surface à la suite du meurtre d'un vieil oncle du commissaire), le premier intérêt de ce titre réside dans l'épaisseur et la chair que Frédéric Dard apporte à chacun de ses protagonistes, même aux plus secondaires. C'est un San-Antonio qui prend son temps, fait l'écriture buissonnière, et nous offre une galerie de personnages tous plus authentiques les uns que les autres. Avec une prédilection pour les cabossés, les illuminés, ces « hurluberlus (…) en marge des routines et des sempiternelleries. Des êtres qui semblent délicieusement fous et riches de cette folie. » Une fois le roman terminé, on garde, comme une persistance rétinienne, ces silhouettes, plus ou moins fugaces, mais avec suffisamment de relief et d'aspérités.

D'autant que l'auteur y distille, comme à son habitude, beaucoup de lui. La victime étant un vieux membre de la famille, tous les souvenirs savoyards du commissaire appartiennent évidemment à l'auteur, et leur confèrent une nostalgie de toute beauté : « Ah ! mes ombres ! Personnages de ma petite enfance dont je traîne le deuil sur les rivages de la vie, pareil à une vieille veuve bretonne qui s'obstine à regarder la mer. »

On comprend encore mieux notre préfacier, Alain Mabanckou, lorsqu'il a déclaré sur France Inter : « C'est San-Antonio qui m'a appris que le personnage le plus important, c'est le personnage secondaire. »

Pour autant, ce *Casse de l'oncle Tom* n'est pas qu'un album photo aux clichés passés que l'auteur nous donnerait à feuilleter. Fidèle à une de ses habitudes d'écriture, les chapitres san-antoniens alternent avec des passages décrochés commençant aux États-Unis, puis se poursuivant en Europe, qui épaississent le mystère en nous narrant les agissements glaçants d'un terrifiant tueur à gages, dans une écriture beaucoup plus directe.

Et que dire du personnage de Jérémie Blanc ? Apparu dans le roman précédent (*La Fête des paires*), l'ex-balayeur sénégalais accompagne San-Antonio durant toute la première partie du roman, pour une formation expresse. *Exit* dans un premier temps Béru et Pinaud, juste Blanc et San-A. Avec la sagacité qui est la sienne, mais aussi son langage fleuri et son absence de filtre, Jérémie Blanc s'impose déjà comme un personnage clé de la saga. Les années 1980 marquent en effet l'affirmation politique de la série. Et parmi les combats de l'auteur/commissaire, la lutte contre le racisme lui tient particulièrement à cœur. Trois ans après la création de SOS Racisme, l'irruption de Jérémie Blanc est sans doute l'incarnation parfaite du slogan « Touche pas à mon pote ».

Certes, plus de trente-cinq ans plus tard, la revendication humaniste prend des aspects et des tournures que le militantisme d'aujourd'hui, plus policé sémantiquement, découvrirait d'un œil circonspect : ça se vanne, s'insulte, et se renvoie dans la face des vérités parfois crispantes : « Grand-père bouffait du missionnaire, tu saisis, mon vieux ? Et moi, c'est pas parce que je lis les articles de Michel Droit dans *Le Figaro* que je sais tout de votre putain d'éducation de merde ! Laisse-moi le temps de devenir hypocrite. »

Qu'on ne s'y trompe pas : le discours antiraciste de l'auteur est sans ambiguïté. Mais il ne cherche pas à effacer le passé ni les différences. Bien au contraire, Frédéric Dard a compris, depuis longtemps, que ce sont ces dissemblances qui nous enrichissent, ouvrent nos œillères et nous bousculent dans nos certitudes.

Maxime Gillio

À Suzanne Beaufils, en souvenir de tout,
avec ma tendresse.

S.-A.

— Qu'est-ce qui ne va pas ?
— La vie.
— Je connais : je l'ai eue.

*(Extrait d'un dialogue
entre Frédéric Dard
et San-Antonio.)*

FIRST PART

LES ENQUÊTES DE M. BLANC

On ne va pas loin de nos jours
avec un milliard de francs,
surtout si l'on est convoyeur de fonds.

Mes paire et mère m'ont enseigné qu'une seule bonne raison était préférable à plusieurs cacateuses. Certes. Cependant, à propos de l'oncle Tom, force m'est de déclarer qu'il devait son sobriquet à deux raisons plutôt évasives. La première était qu'il se prénommait Thomas, et la seconde qu'il fabriquait des tommes dans sa ferme savoyarde. En mon âme et conscience, je pense qu'il a fallu cette double justification foireuse car une seule n'aurait pas suffi. Comme quoi, tu vois, faut jamais prendre pour argent comptant les déclarations de tes aînés. Croire qu'ils ont toujours raison serait un tort, vu qu'ils sont, au moins, aussi cons que toi.

*
* *

Tout a commencé comme ça. Je me trouvais au Brésil en compagnie d'une somptueuse dame de quarante ans, qui en avouait vingt et en paraissait trente. Le genre de désœuvrée richissime et tapageuse pleine de caprices pour lesquels on peut peu et de désirs pour lesquels on peut tout. J'y menais une vie soyeuse, genre cris et chuchotements, avec beaucoup de lumières, de picole, de yachts blancs et de soirées s'achevant à l'aube. Cela ressemblait à ces films d'avant la dernière guerre où des détectives privés à frime de séducteur s'emplâtrent les filles de milliardaires.

Tu commences tes journées à quatre heures de l'aprème dans une piscaille carrelée d'émeraudes ; tu prends ton petit déjeuner au caviar ; tu troques ton maillot de bain contre un smoking blanc. On t'emmène en Rolls Camargue blanche décapotée à un raout où se bousculent les princes déchus, les vedettes déçues et les putes en vogue. Tu te pintes les naseaux au Chivas spécial en faisant des plaisanteries sur le sida. Tu danses. On te tripote la bite aimablement, tu roules des galoches à qui t'en demande. Des frangines « parties » (sans laisser d'adresse) te chuchotent leurs fantasmes à n'en plus finir, ce qui te colle des fourmis dans le calbute, et tu finis par te retrouver à nombreux, dans des lits profonds comme des tombereaux, pour y perpétrer des batifolances de mauvais aloi. Bref, t'es happé cinq sur cinq, tu déconnes, tu brosses, t'exiges que le violoniste qui te gouzigouzille le *Beau Danube bleu* se carre son archet dans le prose et il le fait volontiers parce qu'il n'a pas été engagé pour musiquer mais bien pour se faire introduire des objets oblongs – voire contondants – dans le cul.

Tu te sens devenir crapulard, sanieux, abject, dépravé. Tu te rejettes en loucedé, en attendant ton excommunication téléphonique. Ton sens moral branle au manche. Et surtout, tu te fais chier comme quinze rats morts derrière la grosse malle du grenier, celle qui contient un casque à pointe ramené de la 14-18 et l'ombrelle de grand-mère.

J'avais connu Daisy Casanova dans un palace parisien où sa femme de chambre venait de décéder d'une overdose. Comme souvent avec ma pomme, je le confesse Matthieu, l'enquête avait tourné au coït. Le temps d'une troussée au dépourvu, et la môme était devenue hystérique de moi. M'avait embarqué d'autor pour la Sud Amérique, ce qui coïncidait avec mes vacances.

Ça faisait quinze jours que je pratiquais ce forcing en me traitant de sous-ordure, arguant vaguement pour la paix de ma conscience que j'agissais de la sorte par curiosité, manière d'en savoir long comme la ligne du Transsibérien sur les mœurs dissolues des dernières filles à fric. J'entendais bien écrire ça un jour, histoire de changer des bienfaits de sœur Teresa. Donner un chouïa dans le stupre, tu comprends ? Que toujours l'abbé Pierre, toujours les Restaurants du Cœur de feu Coluche, toujours la manche pour les Abyssins, ça commence à peler le public. Fallait lui varier le menu, au public. Lui donner sa pitance de croustillant. Le cul à grande échelle, j'allais lui apporter ! La partouze mondaine, héroïque : tous derrière, tous derrière et *lui* devant, le pauvre ! Qu'on suce un peu à quoi s'en tenir sur ces follingues, bourrées d'osier et de bites.

Mais la matière première commençait à me filer la méchante gerbance. J'avais des couchers crapuleux, des éveils lamentables. Ma grosse bistougne criait pouce. Une gueule de bois permanente me descendait dans l'estomac. Et alors, cet express de Félicie m'est arrivé, qui a stoppé le compteur comme par enchantement. Je te le lis :

Mon Grand,

J'espère que tes vacances au Brésil se passent bien et que tu vas revenir tout bronzé. Mais prends garde au soleil : je me suis laissé dire qu'il était assez traître là-bas. Tu devrais mettre quelque chose sur ta tête.

Je viens d'apprendre par les journaux une bien pénible nouvelle. Te souviens-tu de l'oncle Tom ? Ce n'était pas ton oncle à proprement parler puisqu'il a seulement été le compagnon de ma sœur Mathilde pendant les dix dernières années de sa vie et qu'il ne l'a jamais épousée. Depuis le décès de ma chère aînée, on ne se voyait plus avec Thomas car c'était un être peu sociable ; il n'empêche que sa fin cruelle me peine. Figure-toi qu'on l'a retrouvé mort dans son cellier, pendu par les pieds. On lui avait infligé de terribles sévices, prétendent les journaux, sans préciser lesquels. De nos jours, décidément, la violence s'étend partout, jusque dans nos campagnes les plus paisibles. Voir des choses pareilles dans la belle Savoie ! On se croit revenu à l'époque de Mandrin.

Je ne sais pas si les crapules qui ont infligé une aussi triste fin à ce pauvre oncle Tom seront arrêtées. Et, si elles le sont, le châtiment qu'elles encourront sera bien dérisoire par rapport au forfait. Franchement, mon Antoine, quand j'évoque ma jeunesse et que je considère le monde d'aujourd'hui, je réalise que Satan gagne du terrain !

J'ai téléphoné à la mairie de Saint-Joice-en-Valdingue pour savoir quand aura lieu l'enterrement de Thomas, on n'a pas pu me répondre car c'est la Justice qui délivrera le permis d'inhumer. J'ai demandé qu'on me prévienne car je voudrais le conduire à sa dernière demeure en mémoire de ma chère Mathilde.

Épluche les fruits avant de les manger et ne bois que de l'eau minérale car tu es dans un pays plein de virus.

Je t'embrasse de tout mon cœur.

Amuse-toi bien.

Maman

« Amuse-toi bien ! » Elle en avait de savoureuses, Féloche. Ça m'a fouetté l'âme. J'avais de drôles de jeux en compagnie de Daisy Casanova et de sa clique de traîne-lattes !

Dis, j'allais pas sombrer dans la *dolce vita*, me noyer dans le scotch et les tringlées mondaines, merde ! Le fils de Félicie ! Elle venait de me l'écrire en toutes lettres, m'man : Satan gagnait du terrain et décrochait le maillot jaune ! Les esprits infernaux nous emparaient inexorablement. Le mal devenait épidémique. Peste noire ! Je devais réagir sèchement.

Pour éviter des explicances trop tumultueuses, j'ai préparé ma valoche pendant que Daisy s'onguentait le trésor et sa périphérie dans la salle de bains. L'exercice lui prenait deux plombes au moins. Y a du turf à abattre quand t'as quarante balais et que tu cherches à t'en sucrer vingt ! Faut pas chialer sur le Dermaderm, les algues marines en concentré, les massages au foutre de tigre et les enflaouteurs électriques.

Tout en rangeant mon smok de travail et mes slips de cérémonie dans ma Samsonite, j'évoquais l'oncle Tom. Ne l'avais vu que deux ou trois fois, ce vieux crabinche ! Me restait le souvenir d'une espèce de casse-noisettes en buis « ouvragé ». Une gueule de rapace déplumé sous une casquette à la visière luisante de crasse. Le nez crochu, le menton tombant. Des chicots plein la gueule comme des pépins noirs dans une tranche de pastèque. Il avait le regard froid, l'oncle Tom. Sans couleur réelle. Ça vaguait dans des gris délavés, mais ça exprimait l'ingentillesse, crois-moi.

J'étais petit garçon alors et mon papa vivait encore. On allait vacancer en Savoie et on passait « dire bonjour » à tante Mathilde avant de remonter sur Pantruche, la dernière semaine. On déboulait sans prévenir, comme ça se fait en province. La tante rayonnait de voir sa gentille frangine. Mais le père Thomas, oh pardon ! Chaque fois son humeur coulait une bielle en nous apercevant. Grigou jusqu'à l'os, il était malpartant pour l'omelette au lard, la salade du jardin aux croûtons et les matefaims qui sont des crêpes, là-bas. Plus le litron de piquette qu'il devait aller tirer au cellier !

On avait beau s'amener avec un pacsif de cochonnailles et un gâteau de Saint-Genix large comme tes fesses, il encaissait mal les festins familiaux, même frugaux, le vieux birbe ! Une fois pour toutes, il avait fait souder le fermoir de son morlingue au chalumeau oxhydrique, l'apôtre ! Pour sa pomme, visite équivalait à dépense. Et de débourser trois fèves, ça le plongeait dans des amertumes, des angoisses métaphysiques. On faisait semblant de pas s'en rendre compte, tous. On jouait les boute-en-train. Papa surtout ! Mathilde arrivait mal à réfréner son bonheur. L'idée qu'elle avait eue, la tante, de se maquer avec un pareil babouin ! On n'a jamais compris, à la maison. Une femme si délicate, qui avait fait institutrice et qui confectionnait de si ravissants abat-jour de parchemin, entièrement décorés main, je vous prie d'agréer ! Bon, elle tombe veuve, ce qui est de fatalité dans la famille, du côté de m'man. Quelques années passent. La voici à la retraite. Et puis un jour, poum ! Thomas Dugadin se met à la rambiner et se l'emporte dans sa ferme branlante. Ce qu'elle a pu lui trouver de positif à ce cynocéphale radin ? Mystère ! Peut-être qu'il la tirait comme un chef après tout ? Au chibre, il devait cartonner de première, l'infâme, je subodore. T'as de ces kroums abjects qui se montrent champions de pucier. Mais est-ce qu'une troussée goût bulgare vaut qu'on consacre sa fin de vie à un aussi sordide personnage ?

Elle a tenu dix piges, tantine, avant que le vilain crabe l'emporte. L'oncle Tom a poursuivi sa trajectoire. Dis, au moment où on l'a scrafé, il devait traîner un carat phénoménal, le vioque, car quand j'étais mouflet, je l'estimais presque centenaire. Bon, l'enfance apprécie mal l'âge des adultes, néanmoins mon faux tonton avait le record de Mathusalem en point de mire, c'est certain. Quatre-vingt-cinq ? Quatre-vingt-dix ou mèche ? C'est moche de finir ainsi, torturé à mort. Ses agresseurs sont-ils parvenus à lui faire dire l'endroit où il planquait son crapaud ? J'en doute. Le blé, c'était toute sa vie, à l'oncle Tom. Il y tenait davantage qu'à l'existence.

Ma valise prête, moi saboulé pour le voyage, je me penche sur une feuille de papier à lettres gravée au nom du palace. S'agit de prendre congé, sans trémolo ni cynisme. Du tact, de la sobriété, de l'élégance. J'écris :

Je vais à Paris acheter des cigarettes. Merci pour ces fabuleuses vacances. Je pars le cœur plein et les couilles vides. Kiss ! kiss ! kiss !

Ton flic d'amour

Beau, non ? Sobre. Son style à elle surtout sur la fin : le *kiss* trois fois écrit. Elle va gueuler, trépigner, mais elle appréciera.

Allez, *bye* !

Je m'aperçois que je ne t'ai pratiquement pas parlé de Daisy. Aucune importance. Une pute, tu veux en dire quoi ? Que sa chatte a un goût de framboise ? O.K. la chatte de Daisy avait un goût de framboise. T'es content ?

Ça ne m'intéresse pas tant que ça
d'être assis un jour
à la droite de Dieu ;
j'aimerais mieux être assis
en face de lui.

Ce qu'il y a de chouette, lorsque tu meurs assassiné, c'est qu'il vient beaucoup de monde à ton enterrement. Cela dit, la chose ne revêt qu'une importance secondaire, car : soit il n'existe pas de survie et donc tu ne peux pas le voir, soit il y en a une et alors t'en as plus rien à cirer des manifestations d'ici-bas !

Moi, tous ces cons, je t'en fais cadeau. Plus tu trouves de gens rassemblés, plus tu batifoles dans l'hypocrisie.

La mort de l'oncle Tom serait passée inaperçue si elle avait été naturelle. Qu'on trouve le vieux péquenaud raide comme barre dans sa cuisine, ça n'amenait pas un greffier. Privé de toute famille, il allait avoir droit à un enterrement vite-fait-bien-fait-sur-le-gaz, le Thomas ! En deux coups les gros : petite partie de goupillette en l'église de Saint-Joice-en-Valdingue, et puis trot attelé jusqu'au cimetière, où on l'aurait craché dans le caveau des Dugadin, bourré de vieux nœuds cannés octogénaires au moins, à l'exception du fils buté à la Quatorze et dont un médaillon serti dans la pierre tombale perpétue l'allure martiale. Graine de héros dont la mort est la germination logique. Ces salauds d'uhlans à la corne d'un bois. *Achtung !* c'est pas le fils Dugadin qu'on aperçoit là-bas ? Dugadin sauveur de Saint-Joice-en-Valdingue, Savoie ? Non mais visez un peu comme il requinque, l'enfoiré, dans son bel uniforme garance ! *Feuer* à volonté ! Pan, pan !

Oui, on aurait dû le basculer dans la terre glaise, l'oncle Tom, sans préambuler de trop, devant quatre pelés et un tondu de sa classe tout heureux de pouvoir planter un conscrit de mieux ! Ouf ! Les vieux, leur dernier bonheur, c'est d'enterrer les copains. Ils ressentent une âpre joie à leur survivre. Comme si la fin de leurs contemporains leur assurait un rab d'oxygène. Comme s'ils étaient les héritiers des quelques mois ou années que le défunt aurait pu vivre en plus.

Mais alors, mort assassiné, après avoir subi moult tortures, le voilà qui fait recette, le concubin de tatan Mathilde. Ça radine de tous les villages avoisinants, et même de Chambéry. Y a les anciens combattants, une délégation de la préfecture, le maire, la fanfare de Morzyleuil, les gendarmes, des messieurs étranges venus d'ailleurs, des journalistes du *Dauphiné Libéré*, les enfants des écoles pour chanter *Les Allobroges* au cimetière. À l'église, deux curés, l'harmonium chauffé à blanc, la chorale de Foumledan, des oriflammes d'associations reconnues d'utilité publique : « Les Amis de la Fondue », « La Boule Savoyarde », « Les Amateurs de la Roussette[1] », « La Confrérie des diots[2] », etc.

Un bouseux du cru, vieux comme un Stradivarius, pleurniche dans l'esgourde de sa fille que c'est beau comme des funérailles nationales. Et comme il a raison !

D'ailleurs en convient, la fumelle. Je parcours l'assistance des yeux à la recherche de m'man. Je sens bien qu'elle est présente, ma Félicie. Je capte ses bonnes chères ondes. Seulement elle doit se faire toute mignarde dans son coin, car elle ne se met jamais en évidence, ma vieille. Je parie qu'elle se sera plancardée derrière un pilier, ou dans le renfoncement du confessionnal. Alors je me détronche à m'en élonguer les cervicales.

— Tu cherches l'assassin ? me chuchote une voix.

Je découvre à mon côté le commissaire Bavochard de la Sûreté de Chambéry. On s'est connus jadis, je ne me rappelle plus dans quelles circonstances extrapolicières. Un congrès, peut-être. Le roi du calembour sous-cutané, de l'à-peu-près lamentable. Je me demande si le « Bonaparte manchot », ça ne serait pas de lui, de même que le fameux « comment vas-tu Yaudepoêle ». On ne prête pas qu'aux riches, mais également aux pauvres. Je lui presse les cinq francforts poilues qu'il me tend devant les larges miches d'une charcutière en prières.

— Content de te voir, assuré-je, sincère.

— Moi s'aussi-son-de-Lyon ! rétorque l'incorrigible.

— Tu t'occupes de l'enquête ?

---

1. Délicieux vin blanc de Savoie.
2. Délicieuses saucisses de porc cuites dans une délicieuse sauce au vin blanc ci-dessus.

— Tu crois que c'est pour écouter chanter l'*Ave Maria* de Gounod par dix connasses imbaisées que je suis ici ?

Il a toujours sa bonne bouille rubiconde, avec des paupières gonflées comme des ventres de crapauds. Son péché pas tellement mignon, Bavochard, c'est le Pastis 51. Il s'en cogne une trentaine par jour, par petites doses qu'on appelle ici « mominettes ». Il porte un costard marron à carreaux qui le grossit, une chemise à col ouvert, dans les tons jaune-pisse. Signe distinctif : il se trimbale toujours une douzaine de stylos dans la poche supérieure de son veston, laquelle est soulignée d'une traînée bleuâtre. Ce que je raffole, chez lui, c'est sa coupe de cheveux. Comme il a le tif raréfié, il ramène tout en avant, Bavochard, style Néron ou César, je sais plus bien. À première vue (éloignée) tu croirais qu'il a le chef ceint de lauriers. Sa trogne rubescente là-dessous, ça mérite le détour ; d'autant qu'il a de tout petits yeux de goret sur le point d'escalader sa truie préférée.

— On devrait aller se taper une momi, chuchote mon estimable confrère, je compte pas trop que le meurtrier fasse un numéro à l'enterrement de sa victime.

— D'acc, mais auparavant je voudrais repérer ma vieille. J'arrive du Brésil et elle était déjà partie pour les funérailles.

— Vous étiez parents avec Thomas Dugadin ?

— Il s'était mis à la colle avec la sœur aînée de ma mère, jadis.

— Ah ! alors c'est pour ça, murmure le commissaire comme se parlant à soi-même.

— C'est pour ça quoi ?

— Je te raconterai quand on sera à l'air libre ; je vais t'attendre au bistrot de la mairie, moi les services religieux me foutent les boules, je suis pas agnostique, mais claustrophobe.

Ce serait plutôt qu'il est en manque, mon pote ! Le Pastis 51, il va le consommer en intraveineuse un de ces prochains jours.

Juste à cet instant, l'enfant de chœur drelindrelingue et l'assistance s'agenouille. Je reste debout pour mieux balayer le secteur. J'avais vu juste : m'man est derrière le pilier du fond, sous la statue de saint Joseph. Je la rejoins le plus délicatement possible. M'agenouille à son côté en bousculant un peu Mlle Valentine Laruelle, soixante-quatre ans, sans enfants, pied-bot, tache de vin pleine poire, regard bigleux, bec-de-lièvre : un cas !

Abîmée dans ses ferveurs, elle ne s'aperçoit pas de ma présence, Féloche. Le regard clos, elle en écrit un saladier sur le cahier des implorations. Je te parie qu'il doit être question de moi. Elle Lui supplie de fond en comble de me protéger de tous maux, le gentil Seigneur. Pas qu'Il ait d'inadvertance avec ma pomme, jamais ! Toujours Sa protection pleins feux sur le bel Antonio. Ça, elle Lui demande avec des mots que je devine superbes d'humilité et d'amour. Oh ! oui, Seigneur, écoute-la ; écoute-la bien et fais pour elle ce qu'elle Te réclame pour moi ! Amen.

Au bout d'un moment, je murmure imperceptiblement à son oreille :

— T'es belle quand tu pries, tu sais !

Elle a un sursaut, rouvre les yeux, me capte en tout grand et balbutie d'une voix fabuleusement soulagée :

— Antoine…

Un alexandrin, presque ! La manière qu'elle balance mon blaze, m'man.

— Je suis rentré à temps, tu vois.

Un baiser sur les fins cheveux qui pendent sur son oreille.

— On se retrouvera à la sortie du cimetière, mon collègue de Chambéry m'attend.

Je m'esbigne. Les chants reprennent à tout berzingue. Gloire ! Gloire à ce con d'oncle Tom qui s'est laissé torturer et pendre par les pieds comme une vieille chauve-souris qu'il était.

Bavochard a déjà liquidé deux momis (mominettes).

— J'ai éclusé la tienne en t'attendant, explique-t-il après avoir enregistré mon coup de périscope aux deux godets vides. Faut les boire très fraîches, sinon ça écœure. Deux autres, patron !

Avec sa face rouge et sa chemise jaune, il ressemble au drapeau espagnol.

Bon flic, si j'en crois ses états de service et sa répute. Un brin pantoufle, ça, sûrement. Il aime son beau pays savoyard, ses potes, les mâchons, la pêche sur le lac d'Aiguebelette et sa maison qu'avec son humour consommé il a baptisée « Le poteau rose ».

Le taulier, un petit brun transalpiné de la dernière génération, renouvelle les momis. Il paraît distrait, cet homme, mais en réalité, il visionne la télé qui retransmet les prouesses de Boum-Boum Becker à Ouimebledonne.

— Alors ? me fait Bavochard.

— Alors ? je lui rétroque (je préfère écrire « rétroque », c'est plus marrant).

Nous voilà partis dans le *Dialogue des Carmélites* ! On ne sait plus par quel bout s'attraper.

— J'ai cru comprendre que tu avais quelque chose à me dire, Gaston ?

— Drôle d'affaire, commence mon collègue en s'entiflant sa dosette de perniflard 51 recta, comme s'il s'agissait d'un médicament à expédier d'urgence.

Il poursuit après avoir clapé de la menteuse :

— Nos crimes paysans, ordinairement, sont plus simples. Le garçon de ferme qui viole une gamine, les voisins en vendetta qui se balancent quelques volées de 12, la fermière putassière qui fout de l'arsenic dans la soupe de son bonhomme… Je pourrais te dresser une liste exhaustive des meurtres campagnards. Là, c'est à la fois sadique et mystérieux.

— Vraiment ?

— Bouge pas !

Il va pêcher sous la table un vieil attaché-case en carton véritable dont les fermoirs quincailleux ne ferment plus et qu'il maintient clos à l'aide d'une vieille ceinture à lui. Mon pote Gaston dénoue la lanière de cuir et dépone sa boîte de Pandore. Il sort une enveloppe format 18 × 24 en papier kraft et me la tend.

— Les photos de l'identité judiciaire…

Ayant soulevé la languette, j'extrais quatre clichés pas piqués des hannetons. Le premier représente un plan général de l'oncle Tom suspendu par les pieds. Sa tête n'est qu'à dix centimètres du sol et ses bras traînent sur le plancher. Peut-être a-t-il essayé de prendre appui pendant un bout de temps. Mais le sang descendant à son cerveau lui a fait perdre conscience. D'autant qu'il était sérieusement blessé. Il est sanglant, le pauvre vieux, avec des lambeaux effroyables qui pendent de son corps. Le deuxième cliché est un gros plan de son visage. Quelle abomination ! On lui a détaché les joues au rasoir : des ailes du nez jusqu'aux oreilles, si bien que la chair s'est rabattue et qu'on le voit tête de mort avant la lettre, tonton. On a découpé son pantalon dans la région du sexe et ouvert la peau de son ventre depuis le pubis jusqu'au nombril. Peu à peu, sous le poids, ses entrailles sont sorties par la brèche. En outre, on lui a fendu la bite en deux comme une banane. Les deux autres photos sont des plans rapprochés de ces mutilations.

— Sacré travail, hein ? murmure Bavochard en enjoignant au taulier de ramener deux autres mominettes, vu qu'il vient de boire la mienne pour la seconde fois, me jugeant trop peu empressé à le faire.

— Il y a de la haine là-dedans, fais-je. Ou bien le tortionnaire du vieux est un fou, ou alors c'est un gazier qui lui en voulait abominablement. Et les lieux, dans quel état se trouvaient-ils ?

— À l'unisson. Un vrai carnage. Tout était brisé, éventré, saccagé. Je ne parle pas de l'habitation elle-même, mais également des dépendances. On avait tué sa vache et ses chèvres, creusé le sol de l'écurie par endroits.

— Ce qui prouverait que le père Dugadin n'a pas révélé la cache de son magot, si toutefois il en avait un. Sinon on n'aurait pas fait des fouilles en différents endroits.

— Très juste, Auguste. Mais tu sais que nous l'avions pensé avant toi, lamatelas ?

— C'est indiscret de te demander où vous en êtes de l'enquête ?

— D'autant moins indiscret qu'elle est au point zéro, mon cher ! Tu sais que la ferme du vieux est éloignée du village et également du chemin vicinal qui y mène. Trois cents mètres d'ornières, un boqueteau en écran. Les conditions idéales pour tourner un remake des *Chauffeurs de la Drôme*. On a relevé des traces de pneus, et on pense qu'il s'agit d'une Renault 25, tu sais cette bagnole qui se permet de t'engueuler si tu as mal claqué la portière. Aucune empreinte. Le rasoir ou le scalpel ayant servi au charcutage de ton brave oncle a été emporté par le ou les agresseurs. Même la date du crime est approximative. Selon l'autopsie, celui-ci remonterait à jeudi ou vendredi de la semaine dernière.

— Bon Dieu, fais-je en tapotant la photo qui montre l'oncle Tom suspendu, il a saigné comme cent cochons, le pauvre bonhomme ! Vise cette flaque de sang sous lui ! Son meurtrier a pu évoluer sans mettre un bout de pied dedans ?

— Il faut croire.

— Et ta R 25, personne ne l'a retapissée dans ce bled ?

— On se couche tôt dans les petits patelins, soupire Bavochard. Mais bordel, qu'est-ce que tu attends pour boire ta momi ! Tu préfères une bière ?

— Celle de l'église me suffit.

Comme pour souligner ma saillie, les cloches se mettent à toutevoler. C'est la fin du service religieux. À présent, on va tirer Thomas Dugadin jusqu'au trou final. Y aura probablement une allocution quelconque d'un président quelconque de société quelconque. Voire du maire ! C'est ça, du maire !

— Maintenant, faut que je te montre autre chose, Sana. Je sais bien que ça n'est pas très légal, mais entre poulets on peut se permettre, hein ?

Seconde enveloppe. Il sort la photographie d'un document qui fut froissé, puis partiellement brûlé. Des spécialistes ont essayé de récupérer ce qui subsistait et ont réussi des prouesses techniques pour restituer le texte.

— Qué zaco, Gaston ?

— Le meurtrier a brûlé des choses dans la cheminée, entre autres le testament olographe du vieux. Miraculeusement, la plus grosse partie de celui-ci a été épargnée car il s'est coincé sous un landier.

Je lis :

Je… signé, Tho… Dugadin, sain de corp et d'… … …, déclare léguer la tot… … de mes biens à ma commune d'orig…

Toutefois, si je devais décéder de mort violente, je demande au com… … San-Anto… … de Paris, que j'ai connu t… enf… et qui fait fort dans la Police d'après ce que je sais, de retr… … mon ass… … S'il y parviendrait, c'est à lui que reviend… mon hérit…

Fait à St. J… … … …
le 12 jan… … 975.

(Signature parfaitement lisible)

Je dépose la photo sur le guéridon et bois enfin ma mominette avant que Bavochard ne me la siffle comme s'il s'agissait du *Beau Danube bleu*.

— Je suis sur le cul, fais-je.

— Belle pièce, non ? ricane Bavochard. Ce qui prouve deux choses : depuis plus de dix ans, le vieux s'attendait à être liquidé. Et sa méconnaissance des lois était telle qu'il croyait possible à une victime de désigner l'enquêteur chargé de courir après son meurtrier. Cocasse (noisette), non ?

Moi, ça me produit comme une espèce de petite musique de mendiant dans un recoin de l'âme. L'oncle Tom se savait menacé et c'est sur moi qu'il comptait pour le venger en cas de malheur. T'as déjà lu ça ailleurs que dans mes chefs-d'œuvre, toi ? Le croquant se rappelait un petit garçon au minois éveillé (merci pour lui) qui venait sans crier gare avec ses parents, certains dimanches d'août. Il avait suivi ma carrière, tonton Tom. Et, fatalement, à cause de la crainte qui le taraudait, j'avais pris une certaine place dans sa vie.

Je me lève :

— Où vas-tu, Célèbre ? s'inquiète mon confrère.

— Lui filer un petit coup de goupillon pendant qu'il en est encore temps. Mais rassure-toi, avant ta vingt-cinquième momi, je serai de retour.

Les femmes sont des chambres d'hôtel.

Personne à qui serrer la louche. Il est clamsé seulabre, le vieux gredin ! Après le recueillement devant sa tombe au fond de laquelle luisent les bimbeloteries du cercueil, on a un moment de flottement. On désempare un peu. Il fait beau, des abeilles savoyardes bourdonnent autour des fleurs fraîches. Les notables palabrent doctement, salués à tout-va par le capitaine de gendarmerie qui ne voudrait pas, pour une bricole, rater sa prochaine promo. Les croque-morts rengainent leur fourbi. M. le curé et ses péones se barrent à travers les allées. C'est la débandade. Qu'ouf! il va faire bon continuer, rattraper sa gueuse de vie en marche après ce léger tourbillon dans le courant de la mort.

Chemin revenant, je raconte à m'man l'histoire du testament. Elle en est retournée, la chérie. Des larmes lui viennent. Ce qu'elle éprouve ressemble à la réaction que j'ai eue en présence de mon confrère. Un truc confus, fait de nostalgie. Toujours cette putain d'elle : la nostalge. Avec ses pattounes à ventouses qui se posent sur ton cœur et le chatouillent. La bébête qui monte, qui monte et qui te démonte ! Tu tentes de la chasser, alors elle se tient coite. Tu l'estimes partie, tu fanfaronnes et poum ! la voilà qui remet ça !

— Tu vas t'occuper de cette affaire, mon grand ? demande-t-elle.

— Impossible, m'man; tout à fait impossible. D'abord ce crime relève uniquement de la justice et de la police savoyardes ; d'autre part, maintenant que mes collègues connaissent cette clause ahurissante du testament, ils croiraient que je fais ça par esprit de lucre.

— Hello, le Célèbre ! me hèle Bavochard.

Surpris, je me retourne et je le vois sortir du cimetière, son attaché-case rafistolé à la main, la trogne vermillon.

— Tiens, tu ne m'as pas attendu au troquet, noté-je.

— Je tenais à accompagner ton testateur jusqu'à sa dernière demeure.

Je le présente à Félicie, puis réciproquement. Ils se gratulent comme il se doit, dans le style gourmé.

— Ces funérailles t'ont appris quelque chose, Gaston ?

— Oui : qu'on est mieux debout que couché, rigole mon pote. Tu aimerais visiter les lieux du crime ?

— Pourquoi les visiterais-je ?

— Ben, je suppose que tu vas essayer de décrocher la timbale, non ? Opérer ta petite enquête personnelle. La ferme avec de beaux hectares cultivables, c'est motivant.

Le sarcasme sous-jacent m'irrite. Ils sont tous pareils les méchants, les gentils, les cons, les géniaux : le fric ! Jeune ou vieux, homme ou femme, ils n'ont de véritable considération que pour la fraîche. Du moment qu'il y a cet héritage en point de mire, ils sont tous convaincus que je vais me jeter sur l'aubaine, ruer des quatre fers, accomplir des prouesses (selon mon habitude) et les coiffer au poteau pour, aussitôt après mon triomphe, carillonner à la grille du notaire afin de lui réclamer mon dû.

— L'agriculture, ça n'entre pas dans mes perspectives d'avenir, Gaston. Aussi ne lèverai-je pas le petit doigt pour essayer de cibler l'assassin de tonton. Fais ton boulot, mon grand, et tâche de ne pas trop forcer sur la mominette : les petits godets font les grands alcoolos.

Je biche le bras de m'man et l'oblige à presser le pas. Affolé, Bavochard recolle au peloton.

— Attends ! Il me semble que je t'ai vexé ?

— Il me semble aussi.

— Je disais ça en plaisantant.

— Je préfère tes calembours, ils sont cons mais pas méchants !

— Antoine ! On ne va pas se fâcher pour ça !

Je ralentis et le mate droit dans les carreaux.

— Si, dis-je. Faut jamais lésiner quand l'honneur est en jeu.

Ayant donc mis les pendules à l'heure, comme on dit puis de nos jours pour un oui et pour un non, je nous rembarque *nach* Paris, m'man et moi, dans ma belle tuture blanche qui, avec ma montre Pasha, constitue le principal de mon capital. Comme ce début d'été incite aux excès, j'opère un détour par Vézelay où l'Histoire et la bouffe sortent de terre. C'est à une heure avancée de la nuit que nous atteignons notre pavillon clodoaldien (de Saint-Cloud).

Maman, toujours inquiète, fonce à la chambre de Toinet, histoire de s'assurer qu'il est là, en bonne santé et dûment endormi. Rassurée, elle vient me rejoindre.

— Maria a été à la hauteur ! assure-t-elle.

— Parce qu'elle lui a fait la bouffe et l'a empêché de foutre le feu à la maison ? ricané-je.

Je suis justement en train de me colleter avec un message de notre Portugaise, laquelle maîtrise mal le français. Il y est dit très exactement ceci : *Lo négro Blanco la pelé dos fous per ourgenté.*

Ce qui, traduit de son charabia, signifierait que mon ami noir, M. Blanc, m'a demandé à deux reprises pour un motif urgent.

Mais, avant que d'aller plus loin, force m'est de te poser, ami lecteur, une insidieuse question. As-tu lu mon précédent ouvrage, œuvre d'une grande inspiration et animée d'un souffle puissant, que j'ai judicieusement intitulée *La Fête des paires* ? Si c'est le cas, saute ce paragraphe qui te serait superflu. Sinon, laisse-moi te tirer les oreilles pour ta négligence et t'apprendre que, dans ledit bouquin, je fais incidemment la rencontre d'un brave balayeur sénégalais nommé Jérémie Blanc, père de famille nombreuse et époux comblé d'une dame qui s'appelle (à gâteau) Ramadé. Ledit M. Blanc, garçon athlétique, cocasse et intelligent, est devenu mon copain. Frappé par ses dispositions d'enquêteur, je l'ai fait entrer dans la police où il suit pour l'heure des cours d'instruction générale : exercices de tir, lecture des empreintes, rédaction de rapports, etc. Ses moniteurs ne tarissent pas d'horloges sur lui. Tous sont unanimes à penser que M. Blanc constitue une recrue, non pas de fatigue, mais de choix. Nota : sa venue parmi nous agace Bérurier que Jérémie abreuve des pires sarcasmes et qui se montre ulcéré par l'intérêt que je porte à ce nouveau venu.

Et à présent, ces choses essentielles étant dûment consignées en ces pages, poursuivons un récit qui ne laissera pas de te surprendre et t'entraînera très vite dans de folles péripéties, tu vas en avoir la preuve et le cœur net avant que le coq du clocher de Saint-Joice-en-Valdingue n'eût chanté trois fois.

Mon premier réflexe est de consulter ma tocante. Elle affirme trois heures dix du mat' ! Comme je n'ai aucune raison de mettre en doute la parole d'une montre de ce prix-là, je décide de renvoyer à deux mains (et à demain) mon coup de turlu au noirpiot.

Bisou miauleur à Féloche et je *go to bed.*

Curieusement, nous n'avons pas parlé de l'oncle Tom pendant le retour, m'man et moi. Comme si, d'un commun accord, on trouvait le sujet gênant après mon algarade avec le commissaire Bavochard. Cela ressemble à de la pudeur. Dans le fond, il s'est montré gênant, tonton, en me cloquant son héritage « à condition que je démasque son meurtrier ». Le premier moment d'émotion passé, je me rends compte que tout ça exprime bien sa mentalité de grigou qui souffrait mille morts à nous régaler d'une omelette au lard et d'une salade. « Démasque mon assassin et t'auras mon magot ! » Donnant, donnant, en somme.

Moi, ce qui me turlupine, ou turluqueute, ou turluzobe, ou turlupafe, ou turluchibre (choisis et biffe ceux que tu refuses), c'est cette prévision funeste du vieux Dugadin. Il se gaffait qu'on allait déménager son extrait de naissance un jour. Donc, il n'avait pas la conscience peinarde. Ou alors il savait des choses fatales pour sa santé. Et pourtant, le danger ne s'est pas pressé puisqu'on l'a zingué treize ans après qu'il eut prévu la chose sur son testament.

Que détenait-il de si important, l'oncle Tom, dans sa case de Saint-Joice-en-Valdingue ? Un objet, un document ou un secret ? Du pognon, des diams, des plans ? Ça paraît improbable de la part d'un vieux bouseux embastillé sur son petit territoire hérité de ses ancêtres, entre sa vache et sa chèvre, cultivant son lopin, confectionnant des tommes de Savoie (non pasteurisées) de façon artisanale. Il avait travaillé à la fruitière du pays, jadis, et y avait acquis un tour de main spécial pour confectionner ce bon vieux frometon moelleux, dont la croûte est pareille à de la peau d'éléphant. Il n'avait jamais quitté son bled, Thomas. Pour la guerre, peut-être. Sinon, c'était la foire de Chambéry, sa principale virouze annuelle. Et aussi d'aller regarder déferler le Tour de France quand il passait pas trop loin de chez lui. Comme il n'avait pas de bagnole, il utilisait son vieux Solex pétaradant qui fumait et crachait l'huile.

Moi, il me fait rudement chier, le bonhomme avec son testament à la con qui m'empêche d'agir. S'il s'était abstenu d'y inclure cette stupide clause, comment que j'allais me lancer sur le chantier de la guerre, parallèlement à mes collègues chambéryens. Hélas, maintenant il m'a coupé les ailes. Il croyait donc que tout s'achète ? Que tout le monde est à vendre ? Vieux pingre, va ! Cancrelat ! Il a bonne mine avec ses tripes à l'air, ses joues découpées et sa bite fendue en deux comme une banane épluchée. Ses (ou son) tortionnaire(s) ont-ils (ou a-t-il) trouvé ce qu'il(s) étai(en)t venu(s) chercher ? M'étonnerait que Bavochard et sa fine équipe trouent la nuit de ce mystère, comme l'a écrit si noblement M. l'abbé Soury dans le texte de présentation de sa célèbre Jouvence qui l'a fait élire à l'Académie française. Pas que je mette en doute la compétence de mes collègues savoyards, note bien, mais je sens que, dans cette affaire, il faut de l'inspiration, de la divination. Moi, j'ai connu le vieux. Certes, j'étais un momaque timide à l'époque, pourtant je savais déjà regarder les gens d'une certaine manière. J'ai eu tort de refuser la visite des lieux, poussé que j'étais par un sentiment de fierté. Le côté « Ne me prenez pas pour ce que vous croyez que je peux être ! ». Drapé dans sa cape, l'Antonio. Zorro est tarifé ! Altier ! L'Aiglon ! « On baptise à Paris mieux qu'on n'enterre à Vienne ! » Tout de suite « À moi, comte, deux maux ! ». On a maille à partir avec soi-même, les impulsifs. On se place devant des situations à chier.

Allez, allez, rumine pas, Tonio ! Au dodo ! Le meurtre à l'oncle Tom, c'est pas tes oignes. Prie pour le repos de son âme ingrate. Il voit peut-être la lumière, en ce moment, le tringleur à tatan Mathilde, la bonté de l'Éternel est si grande…

Je me zone rapidos. La grosse dorme profonde et immédiate. Pierre lâchée dans un puits et qui ricoche infiniment contre les parois avant de plouffer. Elle toque, la pierre. Ting, tong, tang, tong, ting… Mais au lieu que le bruit s'amenuise dans les profondeurs, il va croissant. Sursaut du valeureux commissaire : on cigogne ma lourde.

— Qu'est-ce que c'est ? haleté-je, ahuri comme tout dormeur du premier sommeil réveillé en sursaut.

— Cé Maria, Moussiou !

Je me lève pour lui ouvrir. Elle se tient devant moi, assez pas mal dans une chemise de nuit cousue de fil blanc, les cheveux en vrac sur les épaules, les pieds nus, les mollets pleins de poils. Je suis frappé par sa jeunesse. Elle est presque sexy, la môme. Sa chemise de nuit n'est boutonnée que du col, le reste bâille, découvrant une exquise poitrine bien plantée, pigeonnante, saine et drue, qui fait honneur au Portugal.

— C'esté lou téléphono. La Madame n'a pas entendou sonner.

Effectivement, c'est rarissime de la part de ma Félicie ; il faut croire que la fatigue, la bonne chère et l'heure tardive l'ont anéantie.

Maria ne s'étonne pas que moi non plus je n'ai pas perçu la sonnerie. Elle m'explique :

— C'est encore le négro, Moussiou.

Dis, il est casse-balloches, M. Blanc ! Y a le feu à la Seine ou quoi ?

Je descends en vitesse l'escadrin, car le poste de ma chambre est naze, à la suite de bricolages douteux opérés par Toinet qui adore autopsier les choses et j'espère bien qu'il en restera là.

La voix pimpante de mon sombre aminche est à dispose, prête aux vocalises.

— Enfin ! il s'exclame. Dis voir, mon vieux, t'es plus dur à obtenir que le président de la République !

Mais je ne suis pas sur sa longueur d'onde. Moi, les gazouillis, quand je viens de m'arracher des bras de Morphée, je t'en fais cadeau.

— Que veux-tu, Noirpiot ?

— Je crois que je suis sur un coup fumant, mon vieux.

— Il fume au point de ne pouvoir attendre demain ?

— Ça, j'en sais trop rien, mais ça se pourrait !

— Bon, soupiré-je, je t'écoute.

— Ce serait trop long, tu ne peux pas venir chez moi ?

Alors là, il me la baille saumâtre.

— Écoute-moi, Fleur des Tropiques, je me suis cogné dix-sept heures d'avion, puis douze cents kilomètres de bagnole, plus un enterrement et un gueuleton dans un trois étoiles, j'ai droit à quelques instants de repos, non ?

— Alors c'est moi qui viens, décide péremptoirement Jérémie.

— En taxi ?

— Taxi mon cul ! J'ai une bagnole depuis hier, qu'est-ce que tu crois ? Je suis un putain de flic, à présent, t'es au courant, mon vieux ? Une Renault 5 gonflée. À cette heure-là, je traverse la place de la Concorde en quatre secondes, tu paries ?

— Tu as eu le temps de passer ton permis ?

— Pas encore, mais j'ai une carte de poulet, mon vieux, et c'est bien plus bath qu'un permis de conduire ! Tout le monde a le permis de conduire, mais pas une carte de la Préfecture, ça c'est chié ! O.K., j'arrive !

Il raccroche. Je fais comme dans les films à la con. Tu sais, je t'en ai déjà causé : le gars cisaillé par une brutale nouvelle qui se met à visionner son combiné comme une boule de cristal avant de le replacer sur sa selle.

Je me décide enfin et me tourne vers Maria, laquelle m'a suivi et attend dans l'encadrement. Je m'aperçois seulement à cet instant que, selon ma bonne habitude, je ne porte pour vêtement que ma veste de pyjama. Qu'en plus, je tricotine un brin, biscotte la fatigue. Coquette bat la mesure à la langoureuse. Pas impétueuse du tout, mais confiante dans sa destinée. Prometteuse, quoi. Toujours est-il que la jeune bonne n'a d' yeux que pour elle. Fascinée, littéralement !

Ah ! non, dis, je vais pas m'embourber une ancillaire ! Ce sont des faiblesses néfastes à la bonne marche d'une maison. La soubrette que t'as tringlée se croit ensuite promue et te le fait sentir. Sans parler des plus garces qui, même en ces temps de pilules soldées en promotion, viennent te chiquer à la pauvre vierge enceintée par le gros patron dégueulasse !

Je tire sur les pans de ma veste en me penchant en avant pour pouvoir disposer d'un max de tissu. Je trottine en direction de l'escadrin. Mais ma zézette guerrière s'émoustille, se muscle à outrance et, floc ! échappe à mon contrôle pour jouer Chantecler. Le gag fait marrer Maria ! De bon cœur, vraiment ! C'est si spontané, si... sain, oui : sain, que je la juge illico incapable de donner une suite perverse à un éventuel rapprochement social.

— Elle est belle ! chuchote-t-elle, toujours rieuse (et admirative).

— Si ça vous intéresse de tâter du produit français, ma chère petite, on pourrait arranger ça.

— Je ne sais pas, fait-elle d'une voix consentante, en cherchant déjà du regard un endroit *ad hoc* où perpétrer cet accouplement impromptu.

Car elle sait bien qu'il serait téméraire de prétendre remonter l'escalier, ce trajet risquant de compromettre la flambée qui nous embrase. Ces choses-là c'est tout de suite ou jamais. À la minute, là, par terre. Pulsif, quoi !

Je la biche dans mes bras. Elle sent le lit et encore un peu Mir Lessive, plus la fille pauvre aussi. Toutes odeurs qui, réunies et appréciées par un expert de l'olfactif, engendrent d'exquis fantasmes. On exécute une espèce de danse de grizzlis en goguette qui nous conduit jusqu'au canapé du salon. Retrousser sa chemise de nuit est un bonheur. Elle est solide, la môme, légèrement épaisse, quoi ; avec des attaches un peu fortes. Je lui confirme mes intentions par quelques caresses polies. Merde, c'est pas parce que tu brosses la bonne qu'il faut la traiter par-dessous sa jambe ! Elle a droit aux égards de toutes les donzelles bénéficiant de tes ardeurs, moi je dis. Aux indispensables prémices. La plupart des animaux y souscrivent, non ? Je lui pratique donc une moulasse-partie circulaire avec médius incorporé. Je ne me risque pas à la minouche galante, compte tenu du fait qu'elle s'est réveillée au milieu de la noye pour répondre au bigophone et n'a donc pas eu l'opportunité de se *faire* une chaglatte de gala. Mais elle n'est pas exigeante. Elle, c'est à votre bon cœur, mon beau patron. Le cahier des réclamations, et celui des décharges, elle ignore. Ces choses-là ne viennent qu'à l'usage répété, or je compte bien m'en tenir là. Je lui fais son Noël et pointe à la ligne !

Pas qu'elle me prenne l'habitude. Juste une interprétation en trombe des « Lavandières du Portugal ». Avec, comme suite logique, une fois le forcing opéré, « Avril au Portugal », sur le mode mineur, pour la période douce qui conduit au déboulé final. Elle brosse bêtasse, la Maria. De vraiment voluptueuses, crois-moi, je ne te le répéterai jamais suffisamment, y a que les petites bourgeoises désœuvrées. C'est pourquoi tous les bourgeois sont cornards. Leurs nanas sont trop talentueuses, trop conditionnées pour la bagatelle ; elles peuvent pas se permettre d'être fidèles. Comme si une infirmière de classe ne soignait qu'un seul malade. Ma gentille Ibérique, c'est simplement le genre troussée. La botte sans complication. Vas-y, mon grand, je t'encaisse cinq sur cinq ! Elle baise parce que ça se fait, que l'instinct animal de reproduction est là qui pousse au cul ; sinon elle pourrait s'abstiendre, se faire servante du curé, nonne ou je ne sais quoi d'autre dans la chasteté. Une brave bougresse qui monte au fion comme elle va faire la vaisselle ou les chambres. Du plaisir ? Oui, sans doute, mais tout juste à la limite. Et encore parce qu'elle est bitée par un seigneur du radada ! Y a tout de même des ondes de choc qui lui glitouillent le clito. Elle fait des « rrran rrran wwwwraou » de bon aloi. Pas par politesse, non, au contraire : elle voudrait réfréner, craignant de se montrer indiscrète. La vague de fond qui la soulève, quoi. La vaillante pousse de son mieux, m'agrippe (espagnole), tourne la tête de gauche de droite, par saccades, comme elle a vu faire au ciné dans les films qu'ont pas la cote catholique. Je l'emporte jusqu'au septième ciel, lui laisse exécuter son lâcher de ballons, puis lui place ma botte secrète ultime.

Voilà. Ma bonne est servie ! Chacun son tour. En me retirant, je constate qu'elle se trouvait dans une posture vachetement triquante, Maria. Une jambe par-dessus l'accoudoir du canapé, l'autre allongée sur la moquette, les bras en croix, la chemise roulée jusqu'au menton, mais avec un superbe nichemard en vadrouille cependant. Composition de prestige ! Dans ces cas suprêmes, tu files un ultime petit bizou à ta partenaire en lui roucoulant une délicate fadaise. Moi, j'étudie notre *post coïtum*. S'agit pas d'engager l'avenir, non plus que de se montrer mufle. J'opte pour une gentille tape sur la joue, ponctuée d'un mutin :

— Eh bien, c'est du joli, petite friponne ! Si maman savait ça…

On est lâche, hein ? Et même pleinement dégueulasse, je trouve. En somme, par cette phrase je lui fais endosser la pleine responsabilité de notre étreinte. Le péché est tout à son crédit, je ne suis que le faible et presque repentant complice de cette galipette. Ah ! salaud d'homme ! J'ai honte. Mais c'est tellement mieux ainsi.

Maria se retire à petits pas courts dans ses appartements. Moi, je monte passer le pantalon du pyjama et ma robe de chambre en pomme de terre. Que déjà le négro carillonne, ce grand glandeur.

Il est là, somptueux, le nouvel inspecteur : jean qui moule son cul et ses longues jambes de danseur noir, polo blanc, blouson de faux cuir dans les rouge-bordeaux. Sur le polo, y a écrit en anglais « Oui, j'en ai une grosse, et alors ? ». J'aime bien ces espèces de messages indirects : ils situent celui qui les véhicule.

— Tu te laisses pousser la moustache, monsieur Blanc ?

— Ouais, un nègre avec des baffies, ça fout davantage les foies, je trouve, pas toi ?

— Peut-être bien. Alors, cosaque, ta nouveauté urgentissime ?

Il déballe une langue rose-frifri, la promène sur les craquelures de ses énormes lèvres noires ; bien s'humecter l'orifice avant de mouliner.

— Tu te souviens que j'étais balayeur avant que tu me fasses entrer dans ta putain de police de merde ?

— Je sais : toutes les commerçantes de Saint-Germain-des-Prés se masturbaient en te regardant usiner.

— Commence pas avec tes dégueulasseries, bordel ! Tu ne sais parler que de cul et de baise. Vous avez aucun respect pour l'amour dans ce pays de minables !

— On ne pense qu'à ça, mon pote, plaidé-je. Mais que ça ne te retienne pas de me narrer ta petite affaire.

— J'ai été remplacé par un collègue à moi : Melchior Troulala. Je passe de temps en temps, le matin dans le quartier, voir comment il s'en tire. Il est un peu con, mon vieux, un tout petit peu seulement, et alors il ne sait pas placer son sac derrière la bouche d'égout du caniveau pour arrêter l'eau, tu piges ? Sa foutue marotte de chiasse, c'est de le mettre trop en biais, ce qui fait que l'eau continue plus loin. J'ai beau lui dire… C'est pas qu'il soit franchement con, Melchior, mais il n'est pas très intelligent !

— C'est intéressant, approuvé-je, je suis heureux que tu viennes au milieu de la nuit pour me raconter ça. Quand je pense que j'aurais pu dormir bêtement !

— Arrête tes vannes, ça c'est le préambule.

— Si la suite est de cette qualité, on met tout ça noir sur blanc et on attend le passage du prochain Goncourt !

Jérémie hausse les épaules.

— C'est dur d'avoir une conversation sérieuse avec toi. Tu veux que je te fasse un café ? Moi, j'en boirais bien un.

— Je suggère que tu fasses comme chez toi, permets-je.

Nous nous déplaçons jusqu'à la cuisine où Jérémie se met à vaquer, trouvant sans problème les différents éléments d'ingrédients dont il a besoin.

— J'en reviens à mon pote Melchior, fait-il en garnissant la cafetière.

— J'allais t'en prier car j'ai une nostalgie folle de lui.

— Melchior a été intrigué par l'installation sur le trottoir de la rue Piquebise d'une cabane de cantonnier.

— Pourquoi ?

— Il ne la trouvait pas conforme.

— Conforme à quoi, mon sombre ami ?

— Aux autres dont les services de la voirie se servent pour travailler sur la voie publique. Il me l'a montrée et, effectivement, c'est une copie plus ou moins approchante de la cabane 28 ter améliorée actuellement en exercice dans la capitale. Quand on est du métier, on mesure la différence.

— Alors ?

— Toutes sont numérotées. J'ai pris le numéro de celle-ci et suis allé vérifier au dépôt. C'est le numéro 608 A tiret 08.

— Très bien, ensuite ?

— Ensuite, écoute ça, mon vieux avec tes putains d'oreilles de flic : la cabane 608 A tiret 08 existe bien, mais elle se trouve actuellement place du 29 Juin à Courbevoie[1] où l'on procède à des réparations de canalisations.

Une bonne odeur du caoua chaud se répand dans l'air à la ronde, attisant mon énergie défaillante.

— Éminemment intéressant, monsieur Blanc.

— N'est-ce pas ? Maintenant, il faut revenir à la fausse cabane. Elle est plantée devant une succursale du Crédit lyonnais.

— Je l'aurais parié.

— En ce moment, des hommes travaillent sous terre. On entend des pics pneumatiques, très assourdis. Si tu veux mon avis, grand chef, une bande de petits rigolos refait le coup des égouts de Nice. Une fourgonnette est stoppée près de la cabane et deux types sont à l'intérieur, qui font le guet, prêts à intervenir si un os se produit.

— Tu n'as prévenu personne d'autre, monsieur Blanc ?

— Pour me faire griller l'affaire ? T'es de plus en plus con, toi, mon vieux, ça s'arrange pas. Je raconte ça à nos supérieurs, ils organisent une traque et je suis marron !

Mon sourire l'agace.

---

1. Je précise pour les incultes qui, éventuellement se seraient glissés dans la foule de mes lecteurs, que le 29 juin est la date de mon anniversaire. Je remercie la municipalité de Courbevoie qui s'est plu à l'immortaliser.

San-A.

— Mouais, je sais que je le suis de toute manière, ricane Jérémie, mais ce coup-là, c'est moi qui l'ai levé. C'est mon affaire, m'sieur le commissaire. Je ne veux pas qu'elle soit réglée en dehors de moi. C'est pourquoi je t'ai attendu. On opère nous deux, vite fait bien fait, d'accord ?

— À deux, c'est un peu chétif, surtout si tes zèbres sont sur le qui-vive. Il nous faut Bérurier et Mathias. Mais tu es certain de ton fait, au moins ?

— Putain de merde, tu es comme saint Thomas !

Je tressaille. Saint Thomas ! L'oncle Tom !

Jérémie verse le café. Ça renifle chouette. Et il est corsé à souhait, heureusement, parce que c'est pas encore cette nuit que je vais battre le record du monde de la pioncette sur Épéda multispires.

Une heure plus tard, tout est paré. Je veux pas me moucher du coude, pas davantage me balancer des coups de tatane dans les chevilles, mais comme organisateur, franchement je mérite mon grade et ma répute.

Bérurier ronchonne à s'en décaper les muqueuses. Il dit qu'un mec comme moi, très peu merci ! À la longue, ça flanque des rhumatisses auriculaires aigus. Bon, je pars pour le Brésil en loucedé. Qu'à peine si j'en informe le Vieux. Les potes ? Zob ! Zob ! Et Bite ! Et puis je refais surface à des quatre plombes du mat' pour réaliser un coup de main, style commando suicide, contre des gars qu'un con de nègre, flic de deux jours à peine, répute malfrats de haut niveau ! Lui, il s'a endormi à point d'heure, biscotte Apollon-Jules, son rejeton, a la rougeole et qu'il bieurle comme un veau ! Et dites donc, les gars : il se fendrait le pébroque, Alexandre-Benoît, si les faux égoutiers c'étaient des vrais ! Il parie que le négro s'est foutu le doigt dans l'œil qu'il a énorme, ce grand serin. Alors là, il voudrait se claquer les jambons, le Gros, qu'on joue les Rambo contre d'honnêtes manars ! Cette crise dans la Rousse !

À la fin, M. Blanc, pincé, assure au Mastar que s'il s'abstenait de jacter comme une girouette rouillée dans la tempête, on s'apercevrait moins qu'il est con. Il préconise le silence complet dans les cas aussi désespérés que le sien, Béru. Il lui dit que, muet, avec des lunettes noires et le bitos rabattu sur la devanture, il risquerait de faire illuse. On pourrait le croire normal, obèse mais normal !

Comme il leur est arrivé d'en venir aux mains, je stoppe l'envenimure d'un fort coup de gueule. Mathias, quant à lui, s'occupe de son outillage : une espèce de sulfateuse à long bec, comme en ont les vignerons pour traiter les ceps. Je me livre à un récapitulatif de l'opération. Mes trois guerriers acquiescent. Bérurier, pour opérer ce coup de main, a absolument tenu à prendre sa propre voiture, ce qui est une bonne chose. Je te rappelle que le Mammouth possède une Traction Avant Citroën de l'immédiate après-guerre, tellement déglinguée qu'il faut en faire le tour à deux ou trois reprises avant de pouvoir se prononcer sur la marque. Le pare-brise a été remplacé par du contreplaqué dans quoi il a ménagé une meurtrière. Il n'y a plus de garde-boue avant ; les portières sont maintenues à l'aide de fil de fer et une malle d'osier, rachetée peut-être à l'exécuteur des hautes œuvres dont l'emploi a été supprimé, remplace le coffre à bagages.

— Bon, alors c'est laquelle est-ce ? râloche l'Enflure, debout près de son bolide comme un coureur de Grand Prix posant pour un magazine sportif.

— Une fourgonnette Juvaquatre blanche. Tu peux pas te gourer. Elle est stationnée deux mètres avant la cabane.

— Jockey ! Paré !

Il décarre de la rue avoisinante d'où nous lançons l'opération. Sa tire, au Gros, quand elle est en marche, t'as l'impression qu'il se passe un truc inexorable ; que plus rien (et surtout pas ses anciens freins) ne pourra l'arrêter ; seul un obstacle conséquent… Et encore ! Y a du char d'assaut dans cet engin. Son bruit de batteuse, déjà, crée l'angoisse. Son tintamarre comme cent casseroles aux queues de cent chiens ! L'opacité du pare-brise épouvante. On songe à un martien bricoleur qui aurait fabriqué soi-même sa fusée.

Et rrrra guelinggg tzzboum chpalff cliiiiing ! C'est parti. La vénérable caisse enquille la rue Piquebise. Je démarre à mon tour, Jérémie à mon côté, Mathias à l'arrière avec sa bordèlerie à pompe. Cette chignole dans Paname endormi, tu peux pas t'imaginer ! Ubuesque ! Un film du muet ! Elle fonce en louvoyant chouïette, car la direction est faussée et n'y a plus d'amortisseurs.

Il n'a pas mis sa ceinture, le Dodu, vu qu'il n'en a pas. Mais il va se cramponner sec. S'arc-bouter à mort. Choisir la pose idéale. Je vois sa pompe continuer de louvoyer en vomissant un nuage de fumaga noire.

Alerté par cette survenance tintamarresque, le conducteur de la fourgonnette Juva ne peut s'empêcher de mettre sa tronche à la portière. Tout de suite, il a cru à l'arrivée des Russes, cézigue. Quand il constate qu'il ne s'agit pas d'un régiment d'engins blindés, mais de cette relique échappée d'un Laurel et Hardy, il se marre.

Pas longtemps. La Traction s'est mise à rouler franchement à gauche de la rue, bien que celle-ci soit à double sens. Et puis, brusquement, comme si elle échappait au contrôle de son pilote, elle fonce sur la Juva.

C'est le crash ! Un fracas de tôles déguisées en papier chiotte dont l'emploi serait imminent.

Le silence qui succède paraît rouler encore les échos de l'impact. La fourgonnette s'est encastrée dans l'arrière d'une Mercedes stationnée devant elle. Moi je raboule en berzingue inouï. Coup de frein qui me jette le cul de traviole. On jaillit, M. Blanc et moi. Revolver au poing.

Deux bonds pour se porter à la hauteur de la cabine de la Juva. Son conducteur est coincé dans de la ferraille et gueule pire qu'une putoise en couches. Dans la partie arrière, se trouve un second gazier, seulement estourbi. Il a une mitraillette dans la main et la soulève dans notre direction.

Floc ! Floc ! fait le pétard de Jérémie. Le mec lâche son Raskolnikoff, car il a les deux mains éclatées. Ouf ! On est bonnards ! M. Blanc ne s'était pas trompé.

Where is Mathias ? Eh ben, il usine, le père de famille nombreuse. Et avec brio, espère. Son calme est impressionnant. Il ne s'occupe pas de la partie Verdun de l'opé, vu qu'elle nous incombe. Lui, il exécute sa partition et un point c'est tout. Pour débuter sa prestation, il a flanqué un grand coup de poinçon dans la tôle de la cabane, ce qui produit fatalement un trou. Il enfonce le bec de sa sulfateuse par l'orifice, actionne le levier d'éviction et le gaz contenu dans la sulfateuse passe de celle-ci à la cabane. C'est d'une précision et d'une promptitude telles que son boulot n'a pas duré dix secondes. Un rêve !

Impavide, le Rouquin tire de ses poches deux coins de bois très effilés qu'il glisse en bas et en haut de la porte et enfonce à l'aide d'un marteau.

Un léger temps mort s'écoule. Et voilà que ça remue et même remue-ménage dans la guitoune. Un grouillement affolé. Une précipitance noire ! Des plaintes. On cogne à la porte. Faiblement.

— L'effet est immédiat, nous dit Mathias. On pourra ouvrir dans trois minutes.

J'en profite pour, depuis ma bagnole, téléphoner à la Grande Cabane afin qu'on nous envoie ce qu'il faut : du monde, des ambulances, un panier à salade.

Bérurier examine sa tire qui n'a pas subi de déprédations nouvelles dans le télescopage volontaire, si diaboliquement exécuté.

— T'as vu dans quel état ils m'ont mis ma voiture ? m'apostrophe-t-il. J'espère qu'on va m'en payer une neuve, non ?

Van Gogh est, à ma connaissance,
le seul homme qui ait pu dormir
sur ses deux oreilles.

Aux aurores, nous sommes chez le Vieux, Jérémie et moi, pour le mettre au courant des péripéties de la noye. Quand je dis « chez le Vieux », je ne parle pas de son bureau de la Rousse, mais de son hôtel particulier de Neuilly. Il est rarissime que je force la porte de son donjon, Achille n'aimant point trop que ses subordonnés vinssent se rouler dans son luxe privé. La présence de mon nouveau compagnon le fait renifler un peu fort. Au sein de cet univers Louis XV pur fruit, avec les murs tendus de soie, les délicats Watteau et les Fragonard, les vitrines contenant des collections de tabatières en or ou de flacons de sels, il fait un peu « Mise à sac de la plantation », M. Blanc, voire « Les Insurgés chez le gouverneur ».

Chemin venant, je lui ai expliqué que, dans notre métier, ce que l'on nous pardonne le plus difficilement, ce sont nos prouesses. Les bévues s'oublient vite, les exploits engendrent de longues rancœurs.

— Ton coup d'éclat, Jérémie, lui ai-je dit, il faut à présent le faire endosser par les instances supérieures sinon il te retombera lourdement sur la gueule. Suis-moi, écoute-moi et dis *amen* à tout.

Et bon, donc, nous voici dans un des salons du Tondu. Debout. Lui en robe de chambre de satin pourpre à parements noirs. Plus impressionnant en fait que lorsqu'il est en bleu croisé dans son burlingue du Quai.

— Monsieur le directeur, fais-je, en préambule, j'ai le plaisir de vous annoncer que nous avons pu, grâce à vos directives, mener à bien la mission d'intervention que vous nous avez confiée.

Son œil droit s'écarquille et devient aussi grand que la grande rosace de Notre-Dame. Mais je ne lui laisse pas le temps de poser une question qu'il regretterait postérieurement.

— Lorsque, cette nuit, l'inspecteur Jérémie Blanc qui fut, avant d'entrer dans nos rangs, balayeur de première classe à la voirie, m'avertit qu'il avait repéré de faux collègues à lui en train de creuser devant une succursale du Crédit lyonnais de la rue Piquebise, je pris aussitôt contact avec vous…

À ce point précis de mon rapport, j'adresse une mimique hautement expressive à Mgr le Vieux Crabe, mimique qui amorce un clin d'œil mais ne l'exécute pas complètement, qui me fait avancer les lèvres pour un projet de baiser aussitôt réfréné et qui emplit mon regard éloquent d'une diabolique malice. Achille encaisse le message et gagne en imperturbabilité.

Je continue donc :

— Lorsque je vous ai prévenu que l'inspecteur Blanc avait également repéré des guetteurs dans une fourgonnette, vous eûtes la bonne idée de nous conseiller un télescopage de ladite voiture, dont Bérurier s'acquitta avec le punch que vous lui connaissez ; de même, votre ingénieuse idée de gazer la cabane protectrice masquant le forage des gangsters s'avéra-t-elle payante puisque nous cueillîmes toute la bande sans avoir à faire usage de nos armes. Seul, l'un des hommes de guet eut droit à l'intervention de ce vaillant Jérémie Blanc, en état de légitime défense, rassurez-vous. Bref, succès complet de l'opération qui a démontré combien vous fûtes bien inspiré en décidant l'inspecteur Blanc à entrer dans la police. Comme toujours, vous avez fait montre d'un flair étonnant, monsieur le directeur.

Sir Achille est parfait. Pas démonté le moindre. D'une majesté à se pisser dans les guenilles. Lorsque je me tais, il a un petit geste apaisant de la main.

— Voilà qui est très bien, mes amis, déclare-t-il. Asseyez-vous. Vous aussi, Blanc, ce n'est pas parce que vous êtes noir que vous n'avez pas droit à un siège. Vous ne déteignez pas, je suppose ?

Il rit. Je ris servile. Jérémie reste marmoréen. Le Vieux se frotte les mains en signe d'allégresse.

— Je donnerai une conférence de presse à midi, déclare l'Éminent. En attendant nous allons boire un bon café, vous l'avez mérité.

— Nous ne voudrions pas abuser, monsieur le directeur. Il se fait tôt et voilà une bonne soixantaine d'heures que je n'ai…

— J'ai des choses à vous dire, San-Antonio. « D'autres » instructions à vous donner. Je vais demander à mon valet de nous préparer un petit déjeuner.

Il sort. Jérémie se prend la tronche à deux mains.

— T'es chié, toi, mon vieux ! déclare la nouvelle et brillante recrue. Et lui aussi, il est chié ! Alors là, faut pas craindre la honte ! Comment qu'il se laisse mouiller la compresse, ce vieux schnock ! Les tartines de miel, il s'en fait péter la sous-ventrière !

— Que cette scène te serve de leçon, mon fils, réponds-je doctement. Il est prudent d'offrir à nos supérieurs ce qu'ils nous prendraient de toute façon, ainsi nous aiment-ils de leur garder bonne conscience.

Le caoua est délicieux et s'accompagne d'une foule de délicates pâtisseries anglaises, car le chauffeur-valet de chambre du Dabe est britannique à ne plus en pouvoir. Il fut livré au Vioque en même temps que sa Rolls Phantom, voici une trentaine d'années, et n'a plus quitté son service depuis.

— Vous aviez, disiez-vous, une autre mission à me confier, patron ?

Le monarque boit à frêles gorgées, le petit doigt écarté de la tasse. Il prend son temps.

— Figurez-vous qu'hier, en fin d'après-midi, j'ai eu une longue conversation avec nos confrères chambériens.

— Le commissaire Bavochard ?

— Si fait. Ils ont sur les bras, là-bas, une mystérieuse affaire d'assassinat dont ils ne sont pas fichus de se dépatouiller. Bavochard prétend être de vos amis et souhaite que vous soyez délégué sur cette histoire.

Sacré Bavo ! Il n'a pas supporté mon coup de sang et, pour se faire pardonner son sarcasme, use de moyens détournés pour que j'entre dans la danse. Brave mec !

— Ce n'est pas légal, argué-je.

Le Vieux fait un bruit de pet de rosière avec sa bouche.

— La légalité et vous, mon bon Sana, hein ? (Il rit.) Je ne vous ai pas élevé au garde-à-vous avec le texte des lois sur un lutrin ! Certes, au début j'ai renâclé, mais ce bougre d'homme s'est montré si convaincant qu'il a fini par obtenir gain de cause. Alors, en route pour Chambéry, mon petit vieux !

Un silence succède. Je gamberge à tout-va, puis :

— Le commissaire Bavochard vous a-t-il dit que je connaissais la victime ?

Sursaut du Scalpé.

— Non, il ne m'en a pas parlé. Vous connaissiez la victime ?

— J'étais hier à ses funérailles. Il s'agissait d'un vieux paysan avec lequel a vécu une sœur de ma mère.

— Eh bien alors, vous avez une bonne raison pour sauter sur cette enquête, mon petit !

Son *petit* ne lui rétorque pas qu'il en a une meilleure encore pour la refuser.

— Monsieur le directeur, je voudrais solliciter une faveur de votre extraordinairement haute bienveillance.

— Tout me porte à penser qu'elle est accordée d'avance, roucoule ce vieux pigeon ramier.

— J'aimerais que vous chargiez officiellement de cette mission l'inspecteur Blanc ici présent ; moi je resterai en marge et mon nom n'apparaîtra pas, à aucun moment. Si nous obtenons des résultats positifs, ils seront totalement crédités à Jérémie.

— Où diable voulez-vous en venir, San-Antonio ?

— À rien de particulier, monsieur le directeur. Disons que je me sens moralement exclu du fait que j'ai connu le mort.

Le Dabuche achève de gouloter son caoua. Il réfléchit. Quand il pense profondément, son crâne brille davantage, comme un globe terrestre éclairé de l'intérieur.

— Qu'il en soit fait selon vos désirs, mon garçon.

Harassé, l'Antonio. Trop c'est trop. Combien de fois, dans ma putain de vie, aurai-je tiré sur la ficelle jusqu'à son point de rupture ? Tu trouves que c'est bon pour la santé, toi, de rester des jours et des nuits d'affilée sans pioncer ?

— T'as l'air en pleine vape ! remarque Fleur de Baobab.

— Parce que j'y suis.

— Tu me racontes ton affaire de Chambéry ?

Mon premier mouvement est pour refuser, remettre à plus tard. Mais comme je dois le ramener jusque chez moi afin qu'il récupère sa bagnole, autant plonger. Jacter me tiendra éveillé. Alors bon, en phrases lasses, je lui résume le topo. Nous autres, jadis, qui rendions visite à tante Mathilde. Le grigou pas joyce de notre venue. Et puis, en 74, voilà qu'il teste en prévoyant sa mort brutale, il me confie pratiquement l'enquête qui en consécuterait. Et effectivement, douze ans plus tard, on le cigogne vilainement, l'oncle Tom ! La bite fendue, les tripes à l'air, les joues découpées, suspendu par les pieds jusqu'à ce que mort s'ensuive. Ni vu, ni connu ! Pas d'indices ! Une Renault 25, probablement. Sinon, *the black-out* total !

Je bâille, réprime une embardée de ma Maserati. C'est drôlement sournois, le sommeil quand tu pilotes. Il t'investit mine de rien. Tu crois le maîtriser encore quand, déjà, il t'embarque vers les extravagances.

— Gaffe, vieux, tu vas nous fraiser ! grogne Jérémie. Tu veux que je conduise ?

— Une Maserati, sans permis !

— Vaut mieux conduire sans permis et être bien éveillé que de conduire avec permis et roupiller !

J'achève la traversée du Bois et amorce la rampe de Saint-Cloud.

— Tu sais par quoi débutera l'enquête ? demande M. Blanc.

— Pas la moindre idée, on avisera quand j'aurai récupéré.

— Moi, je sais.

— Sans blague.

— Il faut commencer par le commencement.

— Et c'est quoi, le commencement ?

Il hausse les épaules.

— Ta mère !

Un con est un con,
dit Lamartine à Elvire.

Le vent léger de la nuit apportait des senteurs marines sur la plage de Calamitybeach (côte Est des Étages-Unis). À droite de la cité balnéaire se trouvait le petit port avec ses bateaux pressés en un vaste troupeau blanc. Beaucoup de voiliers. Leurs haubans agités par la brise produisaient ce petit bruit nombreux et irritant qui signale la proximité des ports de plaisance aux promeneurs solitaires. Le ciel était bas, gonflé, avec des zébrures livides qui lui donnaient un petit air d'apocalypse. Sur la gauche s'étendait la plage peu engageante puisque composée de galets grisâtres. À l'extrémité de celle-ci, une jetée de planches s'avançait dans la mer. Elle était inutile, très vieille et vermoulue. On l'avait construite avant le port pour y amarrer des barques de pêche ; mais depuis que le port était né, elle périssait lamentablement, noire et vaseuse, et onc ne songeait, au conseil municipal de Calamitybeach à la faire démolir. Calamitybeach ne comptait pas parmi les stations à la mode. Elle réunissait, l'été, de modestes vacanciers en provenance de Baltimore ou de Philadelphie qui s'entassaient par familles, souvent nombreuses, dans des cabanons de planches aux couleurs pimpantes.

L'homme portait un complet blanc froissé et une chemise bleu sombre. Il était âgé d'une cinquantaine d'années, ses cheveux grisonnants se raréfiaient sur le dessus de la tête. Il n'avait presque pas de cou, ce qui accentuait son aspect massif. Depuis plus d'une demi-heure il arpentait la jetée, fumant cigarette sur cigarette. Il les jetait à la mer, à demi consumées, en se demandant si on ne lui avait pas posé un lapin. Ce n'était pas la première fois qu'il travaillait pour ce « client ». L'homme lui avait déjà confié deux affaires dont il s'était parfaitement acquitté. Il avait perçu le montant de son contrat sans problème, et cependant, ce soir-là, peut-être (et même probablement) à cause de son échec, le doute s'emparait de lui.

On entendait, portée par l'eau, une musique de danse en provenance de Néo-Atlantic, de l'autre côté de la baie, dont il distinguait le miroitement, très loin là-bas, sur l'eau sombre.

Il regarda le cadran lumineux de sa montre de plongée qui indiquait onze heures dix minutes du soir : quarante minutes de retard ! « Il » ne viendrait plus. Et pourtant la voix au téléphone avait été formelle : « Soyez à dix heures trente sur le ponton de Calamitybeach et attendez. »

Un empêchement ? Il n'y croyait pas trop. Son client n'était pas du genre « fâcheux contretemps ». Alors ? Tenait-on à le laisser mijoter parce qu'on devait lui apporter un paquet de fric ? D'abord, il n'était pas certain qu'on le lui remît car, après tout, il n'avait pas respecté entièrement les clauses du marché. Certes, ce n'était pas sa faute, mais un contrat est un contrat et son client ne badinait pas. D'une chiquenaude, il expédia sa énième cigarette dans l'Atlantique. Elle produisit un petit bruit de succion au contact de l'eau.

Il allait en tirer une nouvelle de sa poche lorsque les phares d'une Cadillac noire trouèrent la nuit. L'auto était noire, non seulement par sa carrosserie, mais également par ses vitres. C'était une grosse masse géométrique, brillante et opaque comme un bloc de charbon.

Elle stoppa à la hauteur de la jetée. Une portière arrière s'ouvrit et un homme en sortit avec lenteur. Il était vêtu de noir, portait des lunettes teintées et il était coiffé d'un étrange chapeau à large bord de style espagnol. Il claudiquait en s'appuyant sur une énorme canne de bambou à poignée d'ivoire. Sans forcer l'allure, il s'engagea sur le ponton et sa démarche saccadée fit résonner celui-ci étrangement.

— Je commençais à me demander si vous viendriez ! fit l'homme en blanc à l'homme en noir.

— Je viens toujours quand je l'ai dit, riposta l'autre.

Sa voix avait un accent légèrement velouté qui trahissait des origines latines, et cependant elle restait impersonnelle, presque mécanique comme celle d'un répondeur du service des Postes. Il ne s'excusa pas à propos de son retard et continuait d'avancer sur le ponton, tâtant les planches usées du bout de sa canne, pour s'assurer de leur solidité. Il paraissait avoir hâte d'atteindre l'extrémité de cette jetée branlante, comme s'il redoutait que des oreilles indiscrètes fussent embusquées dessous. Un homme de précautions !

Le type en blanc éprouvait une espèce de malaise. Cet individu l'avait toujours incommodé par sa froideur. Il ne lui avait jamais vu les yeux, mais se doutait que ceux-ci ne devaient pas être les yeux de n'importe qui.

Ils cheminèrent sans parler jusqu'à la fin du ponton. À cet endroit, on avait l'impression de se trouver à la proue d'un bateau car on était environné d'eau. La forte houle jetait des vagues flasques contre les pilotis et le bruit d'éternité de l'océan s'enflait à donner le vertige.

— Comment cela s'est-il passé ? articula le boiteux.

— Pas du tout comme nous le souhaitions, fit l'autre.

— C'est-à-dire ?

— Je lui ai fait subir les pires… ennuis et il n'a pas parlé.

L'autre resta sans réaction, attendant un complément d'explications.

— J'ai même usé du sérum de vérité, ajouta le type en blanc. Une injection de cheval. Il a prétendu qu'il ignorait tout de cette histoire.

Son interlocuteur ne répondit pas.

— En tout cas, soyez persuadé d'une chose : ce qu'il a salement dégusté, personne n'aurait pu supporter ce traitement sans se mettre à table. S'il n'a pas parlé, c'est qu'il ne savait rien.

Toujours le silence. Le bonhomme sans cou se racla la gorge.

— Je lui ai fendu la bite en deux, fit-il en baissant la voix. Je lui ai découpé les joues. Je lui ai sorti les tripes en prenant garde de ne pas le tuer. Comme il me répétait toujours la même chose, j'ai entrepris des recherches dans sa maison et dans les dépendances. Tout fouillé, tout exploré à la loupe, tout sondé, j'ai creusé le sol, que sais-je ! Quatre heures de boulot et rien ! J'ai trouvé des paperasses mais toutes concernaient sa vie à lui. Je les ai brûlées à toutes fins utiles. Quand j'en ai eu terminé, il était mort comme une brique des suites de ses blessures.

L'homme noir prit enfin la parole :

— En somme, c'est un échec complet ?

L'autre tressaillit.

— Comme vous y allez ! Je ne pouvais pas découvrir des documents qu'il n'avait pas. Car il ne les avait pas, fatalement. Je vous répète qu'il est impossible de résister à mon traitement. Il pleurait, criait grâce, priait !

— Il n'y a rien de plus buté qu'un vieux paysan savoyard, fit l'homme à la canne.

— La résistance humaine a des limites. L'homme m'implorait pour que je l'achève ; croyez-vous qu'il se serait obstiné à fermer sa putain de gueule s'il avait eu le moyen de stopper la séance ?

— C'est un échec ! gronda le « client » de l'homme en blanc. Vous ne me ramenez rien du tout et maintenant ce vieux salaud est crevé ! J'ai eu tort de vous faire confiance, monsieur Burk.

Ainsi apostrophé, le tueur blêmit. Une bouffée ardente, rouge comme la mort, lui fit porter la main à son veston.

— Je ne vous permets pas de me parler ainsi ! dit-il. Je n'ai rien ramené parce qu'il n'y avait rien à ramener, alors payez-moi !

— Je vais vous payer avec ma canne, espèce de tocard ! grinça son interlocuteur en levant sa canne pour lui en porter un coup.

Subconsciemment, Burk fut surpris par la lenteur de son mouvement ; il n'en saisit pas moins la canne à deux mains dans un réflexe naturel. Alors l'homme en noir donna un coup sec en arrière, pour dégager la longue lame fine qui se cachait dans le tube de bambou, puis il fit le geste inverse et sa fine épée plongea dans le ventre de Burk, sans rencontrer de résistance. Le tueur se retrouva sur le ponton, continuant de serrer à deux mains le fourreau de bambou, avec cette tige d'acier qui le traversait de part en part. Son agresseur retira lentement sa lame du ventre de Burk, puis releva ses lunettes sur son front. Burk vit alors ses yeux pour la première et la dernière fois.

Ils étaient d'un bleu presque fluorescent. L'homme noir le fixait avec une rage incommensurable.

— Tocard ! répéta-t-il. Sale tocard !

Burk voulut se saisir de son pistolet, mais ce simple geste le déséquilibra et il tomba à genoux sur les planches visqueuses. La partie creuse de la canne-épée qu'il serrait toujours jusque-là dans ses doigts crispés lui échappa et roula sur le ponton pour tomber à la mer. L'homme en noir poussa une exclamation de rage. Il tenait beaucoup à sa canne dont il se servait depuis près de vingt ans. C'était un bel objet d'une certaine rareté, acheté jadis chez un antiquaire de Rome.

Il appliqua la pointe de sa lame sur la gorge de Burk, à l'endroit précis où se trouvait la carotide. Un coup sec comme l'estocade au bulbe qui met fin à la vie d'un taureau à l'agonie. Il se produisit un vilain gargouillis. Le veston de Burk rougit à l'emplacement du col et des revers. Son meurtrier se pencha sur le flot écumant. La houle emportait le fourreau de bambou vers le large ; dès lors il souhaita qu'elle l'emmène jusqu'en Afrique.

Tout corps plongé dans un liquide
reçoit une poussée de bas en haut,
sauf si ce liquide
est de l'acide sulfurique.

J'ai perdu la notion de l'heure lorsque je m'éveille. Un certain remue-machin règne dans la maison. J'à-tâtonne en direction de mon étable de chevalet pour y récupérer ma montre. Je lis, comme je te vois, six heures à son beffroi. N'aurais-je donc roupillé qu'une plombe ou bien… C'est *ou bien* qui gagne. Les rideaux tirés hardiment me révèlent un projet de fin de journée plein le ciel.

Je me traîne sous la douche. Plein les endosses ! Du froid, du tiède, du brûlant. *Very well* Saint-Cloud. Un nouvel homme est né. Un peu tard, mais enfin le voilà. Je me vêts en training. Pas que je raffole, mais m'man adore. Ça lui indique que je ne suis pas sur le point de la quitter. J'ai un bel ensemble bleu France avec du blanc aux épaules, qui met en évidence mes génitoires et mes pectoraux.

L'athlète déboule de sa chambre et se heurte à Maria, la bonne. Je lui souris. Elle est en train de fourbir la rampe à la peau de chamois. Loquée princesse. Des atours vertigineux. Un décolleté profond comme le gouffre de Padirac, de la dentelle, des zigoulis, des froulalas, qu'à peine elle a noué par-dessus un tablier du répertoire, celui que les soubrettes mettent pour annoncer comme quoi « Madame est servie. »

— Tiens, vous êtes de sortie, ce soir ? je lui adresse.

Un regard grand comme les deux tunnels percés dans la montagne de Lépine (mais y en a un qui n'est pas encore ouvert et qui ne le sera probablement jamais) et empli d'extase, de mélancolie, d'invitation à la valse m'enveloppe de la tête aux roustons. C'est alors que me revient en mémoire notre aimable troussée express de la veille. Mon sourire s'efface. S'agit pas de commencer un roman d'amour avec la gentille Portugaise poilue comme une mygale.

À mi-escadrin je m'arrête, troublé par une vision anormale. Un gosse noir vient de traverser le couloir en courant. Et puis un autre le suit. Puis Toinet, et un troisième noirpiot. Et encore trois à la fois : des filles en robettes jaunes.

J'achève de débouler et me dirige jusqu'à la cuistance. J'y trouve m'man, l'inspecteur Blanc et Ramadé, son épouse. Cette dernière est devant le sacro-saint fourneau de Félicie en train d'y frigousser des choses.

Je dis bonjour, éberlué par cette invasion sénégalaise.

— J'espère que ce ne sont pas les enfants qui t'ont réveillé, me dit Jérémie ; on a beau leur prêcher le calme, tu sais ce que c'est ?

Oui, je sais ce que c'est. Comment ne le saurais-je en apercevant les meubles renversés du salon, le balancier de notre pendule ancienne accroché au loquet de la porte, et la petite cabane confectionnée dans le couloir à l'aide des tableaux qui, d'ordinaire se contentent d'honorer nos murs.

— J'ai passé la journée avec ta maman qui est au poil, continue Jérémie. Elle me demandait comment c'était la cuisine de chez nous. Alors je suis allé chercher Ramadé pour qu'elle nous mijote un bouffement.

Je louche sur les dix kilos de piments rouges qui pyramident sur la table. Demain, nos chiottes entendront des plaintes, mon vieux, ça je te le dis !

M. Blanc est assis tout au bout de ladite table, devant un cahier d'écolier quadrillé dont il a noirci une flopée de pages.

— Tu écris un roman ? je demande. Une nouvelle version des *Misérables* ou de *L'Amant de lady Chatte à l'Air* ?

— J'ai pris des notes à propos de l'affaire.

— Quelle affaire ?

— Oh ! dis, tu dors encore ou quoi ? L'oncle Tom, mon vieux.

— Bravo ! tu n'as pas perdu de temps.

Je désigne un paquet de lettres posées en vrac devant lui.

— Et ça, des originaux de la marquise de Sévigné ?

— Non. Toutes les lettres que ta tante Mathilde a écrites à ta maman pendant la période où elle a vécu avec Thomas Dugadin.

Eh, dis, pas fou l'artiste ! Quand je t'affirme que c'est un surdoué de la Poule, mon Jérémie. Le soir où je suis allé toquer à sa lourde, j'ai fait beaucoup pour la gloire de la police françouaise[1].

Je m'assois à son côté, ensuqué par ma dorme diurne.

— T'as pas une giclée de caoua à la traîne, m'man ? je m'informe.

Tu penses que si, la chérie. Elle fonctionne à l'ancienne, m'man. C'est pour ça que ses frichtis sont *cool* et que ça baigne autour d'elle. Son fourneau, comme les hauts du Creusot ne s'éteint jamais. Et, en permanence, demeure près du tuyau une énorme cafetière émaillée, blanche, avec des motifs bleus représentant des cerises. Le goulot en col-de-cygne est jauni. Je crois que Félicie, qui est la propreté même, fait exprès de laisser cette couche brune se former. Elle maintient l'arôme profond du café.

Alors, bon, « la verse pour un ! » comme crient les loufiats dans les bars. J'aime bien le « jus » réchauffé. Pas réchauffé, non, je débloque, « maintenu ». Il faut qu'il reste à bonne température sans bouillir, surtout, puisque « café bouillu, café foutu ».

Elle laisse tomber « mes » trois sucres dans le bol.

Ramadé attend un mouflet pour la prochaine fois. Elle va battre le record de la mère Mathias, un jour, fatal. C'est une femme dodue, silencieuse et d'une gentillesse éperdue. Elle vit « après » son bonhomme comme le vanillier après le support qu'il parasite. L'épouse-liane, comprends-tu ? Sans Jérémie, elle tombe, dépérit et meurt.

Elle me regarde à la dérobée, impressionnée par la majesté qui rayonne de moi. Pour lui calmer l'angoisse inhérente à toute admiration, je lui ponctue des sourires bien dosés : légers, discrets, bienveillants.

L'affaire qu'elle entreprend de cuisiner commence à sentir la fange africaine. Ça vient d'ingrédients spéciaux « de là-bas » qu'elle a foutus dans l'huile de la cuisson. M'man, héroïque, continue de produire un visage « enchanté ». Comme si ce qui se perpètre la ravissait hautement, ma vieille ; toutes ces choses pas comestibles pour nos pauvres estomacs civilisés.

Et le tas de piments qui va se joindre au reste dans pas longtemps, je subodore. Ah ! il va pas être triste, le bouffement de Ramadé Blanc !

— Qu'as-tu trouvé d'intéressant ? questionné-je.

---

1. Écoute, sois pas con : il faut absolument que tu lises *La Fête des paires*. En vente dans toutes les bonnes gares du réseau national et banlieue. Si t'as pas d'argent, lis-le chez un libraire mais ne le vole pas, surtout. L'honnêteté étant le dernier luxe qu'on peut s'offrir de nos jours.

M. Blanc s'enfonce le capuchon de sa pointe Bic dans l'oreille pour se la curer. Il a cet air inspiré du gars qui va prendre son pied. Tout juste s'il se met pas à agiter une jambe comme un chien qui se gratte. Il retire l'objet de son entonnoir, recueille entre pouce et index le produit de ses fouilles, le roule et balance la boulette obtenue à travers la cuisine sans se soucier de son point de chute. Elle tombe à côté de la marmite où mijotent les obscures denrées cuites par Ramadé.

Je me dis que c'est comme une fatalité. Qu'ils soient noirs ou blancs, faut toujours que mes meilleurs potes se comportent comme des dégueulasses.

— Raté ! je lui dis.

— Quoi ?

— Ta boule de cérumen a manqué la casserole, tu crois que ça va être préjudiciable à la qualité du plat ?

Il me regarde, indécis.

— Oh ! je comprends. Ça ne se fait pas de se curer les oreilles.

— Dans sa salle de bains, c'est même recommandé, grand. Mais en public et dans une cuisine, c'est moins apprécié. Si un jour tu mènes une enquête dans la bonne société, ne chie pas dans les pots de fleurs du salon, on risquerait de trouver ça désinvolte.

Il opine.

— T'as raison, faut me dire tout, murmure-t-il. Grand-père bouffait du missionnaire, tu saisis, mon vieux ? Et moi, c'est pas parce que je lis les articles de Michel Droit dans *le Figaro* que je sais tout de votre putain d'éducation de merde ! Laisse-moi le temps de devenir hypocrite.

Il recapuchonne cette merveille du génie humain qu'est une pointe Bic.

— Bon, je te résume…

Il ferme son cahier et le rouvre à la première page.

— Ta tante est décédée en 1975. Elle a vécu neuf ans et sept mois avec Dugadin. Ces lettres reflètent donc une période de la vie de ce vieux allant de 65 à 75.

Il est méthodique, Jérémie. Analytique. C'est essentiel pour pratiquer avec succès ce métier de con.

Les fragrances sortant du chaudron infernal de dame Ramadé sont de plus en plus obsédantes. Franchement, je suis inquiet et me demande s'il est, non pas comestible, mais plus simplement « approchable », son brouet. De grandes angoisses stomacales me taraudent.

— À vrai dire, poursuit mon pote, l'existence de ce Dugadin paraît avoir été monotone. Il se levait avant l'aube, s'occupait de ses animaux, puis de ses champs, bouffait frugalement et allait se pieuter en même temps que ses poules. Ta tante, franchement, elle avait des instincts monacaux pour vivre en compagnie de ce grigou. On sent sa mélancolie en filigrane. La résignation complète. Elle avait la foi, non ? C'était pour préparer sa vie éternelle qu'elle acceptait cette vie ; par mortification. (Il hausse les épaules.) Enfin, chacun voit… comment dites-vous, déjà ? À sa porte ?

— Midi ! Chacun voit midi à sa porte, le renseigné-je.

Il rigole.

— Ce que c'est con, mon vieux, ces sentences ! N'importe quoi ! Plus ça paraît fumeux, plus vous mouillez ! Un besoin qui vous prend de vous gargariser de proverbes, de formules. Une phrase redondante et vous vous mettez à éjaculer de partout, tellement ça vous survolte, mon vieux.

Je pose délicatement ma dextre parfois manucurée sur son avant-bras d'ébène.

— Dis voir, Sublime. T'as jamais lu les z'œuvres de ton président-poète, M. Senghor, de l'Académie française ?

— Je les sais par cœur.

— Bravo. Alors, revenons à l'oncle Tom.

Il caresse, du bout de ses longs doigts, les Ray-Ban qui lui servent à se moucher.

— T'es un cas, mon vieux, murmure-t-il, franchement t'es un cas. Mais je t'aime bien tout de même. Donc, dix ans de la vie de tonton (65-75). Le bougre a écrit ce fameux testament en 74, tu me suis ?

— Il m'arrive même de te précéder.

— Si en 74 il s'estimait en danger de mort, c'est que la chose susceptible de motiver son assassinat s'était produite peu de temps auparavant.

— Pourquoi ?

Regard flétrisseur de ma gloire sénégalaise.

— S'il s'était écoulé des années, il se serait cru hors de danger et n'aurait pas évoqué cette éventualité.

— On l'a cependant buté plus de douze ans plus tard.

— Juste. Mais c'est ça le mystère. Lui, il devait craindre pour très vite parce que des éléments s'étaient produits qui l'amenaient à le penser.

— Je te fais mes compliments, Jérémie.

— Pour mes déductions ?

— Non, pour ton vocabulaire. Tu t'exprimes de jour en jour avec plus d'aisance, de recherche. Bref, tu te cultives.

— Dis, je lis comme une vache, mon vieux ! Une grande partie de mes nuits. Et j'ai toujours un *book* à portée de main dans la journée.

Il met la dextre à sa poche arrière et extrait de son jean un opuscule froissé dû à la maison Garnier que je salue au passage : *Mithridate*, de Jean Racine.

— La preuve, fait-il.

— Chapeau.

— Y a que les classiques, déclare-t-il, tout le reste est littérature !

Ramadé demande quelque chose en dialecte de son pays. M. Blanc traduit à m'man.

— Ma chère épouse souhaiterait de la graisse de chameau, dit-il, mais bien entendu vous n'en avez pas ?

Dénégation éperdue de ma Féloche.

Traduction inverse de l'époux. Puis réponse du cordon-bleu.

— Elle dit que de la cire à parquet devrait pouvoir remplacer la graisse de chameau en ajoutant du vinaigre.

Ces questions culinaires étant réglées, nous entrons sérieusement dans le vif du sujet.

— En vertu de mon sentiment quant à la date de l'événement, reprend Jérémie, je me suis attaché particulièrement aux petits faits signalés par ta tante et qui se sont produits de 72 à 75.

— Tu tiens vraiment à limiter « la chose » à cette marge temporelle de trois ans ?

— Je le sens, avoue-t-il, penaud après un instant d'indécision.

— C'est la meilleure des réponses, grand. Car ce boulot où tu t'engages repose avant tout sur le flair, tu viens d'en avoir la preuve avec cette affaire des faux égoutiers.

Il se penche sur le feuillet.

— 18 décembre 1972, Thomas Dugadin est hospitalisé à Chambéry pour une occlusion intestinale. Au début, tante Mathilde est alarmée, redoutant pour lui un cancer ; mais très vite, les investigations prouvent qu'il n'en est rien. On parvient à faire chier le vieux et trois jours après il est de retour dans sa ferme.

« 23 juillet 1973, il a un léger accident de mobylette. Sur la nationale : il est renversé par une grosse bagnole américaine. Bilan : un poignet foulé, des ecchymoses au visage, mais son engin est sérieusement endommagé. Le conducteur de l'auto, un étranger, s'arrange à l'amiable avec tonton et lui remet 5 000 francs pour qu'il se fasse soigner et s'achète une nouvelle pétrolette. Tonton se contentera de faire réparer le bolide et consultera un rebouteux des environs. Il placera les 5 000 francs en bons du Trésor.

Jérémie s'arrête pour reprendre souffle. Il hume le fumet qui s'échappe de la marmite dans laquelle sa Ramadé vient de balancer les piments.

— Ça sent bon, hein ? exulte-t-il, vous allez vous régaler, madame Maman ! Seigneur, on se croirait presque chez nous ! (Puis, revenant à son cahier :) Enfin, le 14 septembre dc la même année, il assiste à un accident d'hélicoptère. Alors qu'il travaille dans son champ, son attention est attirée par le vacarme d'un giravion volant à basse altitude. Soudain, il voit l'appareil se diriger tout droit sur les câbles d'une ligne à haute tension qui enjambe le panorama. Il semble que le pilote ne l'ait pas aperçue. Les pales touchent les fils. L'appareil explose, des corps voltigent de-ci de-là. Affolé, tonton court sur les lieux du sinistre. Il ne trouve que des débris fumants et trois cadavres noircis par la formidable décharge électrique. Il va donner l'alarme. Les gendarmes arrivent. On enregistre son témoignage.

M. Blanc se racle la gargane.

— Ça me fait saliver, mon vieux, le bouffement de ma chère épouse ! Il lui restait heureusement de la sauce noire qu'on appelle chez nous Oksékaka. T'en mets dans un plat, mon vieux, et ça parfume toute la rue !

— Je vois, dis-je. Y a déjà des voisins qui se rassemblent devant notre maison croyant qu'on vient de mettre à jour un charnier. Quand vous bricolez cette popote dans votre appartement, t'as pas le service d'hygiène ou les pompiers qui grimpent aux nouvelles, des fois ?

Jérémie hausse les épaules.

— T'es chié, toi, mon vieux. Le besoin de tout moquer, merde. Pourtant Mme Maman paraît si gentille ! Tu ne tiens pas d'elle, hein ?

— Hélas non, reconnais-je, je tiens de moi.

— T'as pas de chance, quoi. Bien, voilà c'est tout pour tonton. Juste après cet accident d'hélicoptère, ta tante Mathilde est tombée malade. Elle, c'était bien un cancer. Mais elle était courageuse et endurait le mal sans trop se plaindre, d'autant – ça se devine dans ses dernières lettres – que le vieux singe ne la dorlotait point. Quand elle est allée chez le médecin, c'était trop tard. On l'a opérée en catastrophe et elle est morte au début de janvier 74. Voilà.

Ma Félicie se détourne afin de cacher ses larmes.

Je me lève pour aller la prendre dans mes bras. On a nos morts, entre nous : papa, tante Mathilde, mémé, d'autres, qui nous étaient moins proches, mais dont l'évocation nous fait un peu saigner l'âme. Si on n'arrosait pas de temps à autre leur souvenir de nos larmes, ça servirait à quoi de vivre, tu peux répondre à ça ?

Jérémie, tout affligé du brin de chagrin qu'il vient de planter, nous rejoint. Sa grosse patte se pose sur l'épaule de Félicie.

— J' suis navré, madame Maman, balbutie-t-il. Un grand crétin de nègre, vous voyez comme c'est maladroit !

— Mais non, mais non ! proteste ma vieille d'amour.

Elle embrasse Jérémie. C'est lui qui a les yeux rouges maintenant. Allons bon !

Pour changer, Ramadé rote un grand coup. Un peu moins fort que ne le fait Béru, mais pour une dame c'est pas mal, franchement.

La portée des Blanc, à table, c'est du spectacle. Faut les voir bâfrer la ragadasse à leur *mother*, les petits gueux !

Toinet, lui, s'embarrasse pas de périphrases. Reniflant son assiette au milieu de laquelle s'étale une matière d'apparence excrémentielle, il déclare :

— Moi, bouffer ça, je pourrais jamais. Je veux bien essayer avec de la vraie merde pour prouver ma bonne volonté, mais un machin pareil, je vous jure, faut venir d'ailleurs pour se le taper !

— Toinet ! morigène m'man, scandalisée. Comment oses-tu ! Mme Blanc qui a mis tout son cœur dans la confection de ce plat.

Le garnement acquiesce.

— O.K. ! O.K. ! maman Félicie, alors montre-moi comme tu le dégustes, toi ! Allez, vas-y, on te regarde !

Pauvre chère Féloche. Ma tendresse de toujours, de pour toujours ! Je sais que cet instant prend déjà sa place dans les souvenirs cocasses de la famille. La voici à la tâche, ma vieille dearlinge, donc à l'honneur. À l'horreur, aussi ! Elle cueille une fourchetée de « la chose » cuite par Ramadé, la porte à sa bouche. Qu'aussitôt, ses bons yeux de constante compassion s'emplissent de larmes, m'man. Tant si tellement c'est fort, cette sauvagerie-là ! Très abominable au plus haut point. Agressif, corrosif, décapant. Lampe à souder qu'on s'enquille dans la margoule ! Stoïque, elle mâche, ma bravette. Un coup, deux coups, juste pour pouvoir avaler. Oh, hisse ! Voilà, c'est parti. Mais ça continue sa dévastation plus loin. Ça arrache notre pauvre chair européenne.

Contents, les Blanc se mettent à claper de bon appétit.

Ramadé consulte son julot d'un regard anxieux. Est-ce que c'est-y réussi ? Il répond qu'oui. Oh ! bien sûr, il manque la graisse de chameau, que veux-tu. Mais en rajoutant une poignée de piments, on l'oublie.

C'est à la troisième bouchée que m'man doit déclarer forfait, pour l'indicible triomphe de Toinet. Et le traître de s'écrier :

— T'aurais dû faire comme l'Antoine, m'man Félicie. Lui il a un sac en papier sur les genoux et il y fout cette saleté après avoir fait semblant de la mettre dans sa bouche !

N'empêche qu'on passe une bonne soirée.

C'est l'heure où, de l'autre côté de l'Atlantique, le sergent Springer de Calamitybeach dépose sur le bureau de son chef le fourreau d'une canne-épée que la marée a rejetée sur les galets.

Frère,
regarde ta queue qui pend ![1]

L'infirmière-cheftaine est une dame qui commence à avoir des heures de vol ; pas mal, merci, et toi ? La retraite en point de mire. Un petit sprint et, ouf ! elle l'atteint. Le genre grande creuse avec un début de cyphose consécutif à son métier qui la tient sans cesse courbée sur la misère d'autrui. Des rides partent de sa bouche, d'autres de ses yeux, ce qui compose trois espèces de petits soleils marrants dans sa face pâle. Elle potasse ses *books*, le nez chaussé de lunettes à monture de fer.

— Vous m'en demandez ! fait-elle, vous m'en demandez vraiment, messieurs !

Elle a un bon accent de tiroir (ou de terroir comme disent certains).

— Dix-huit décembre soixante-douze, réitère l'inspecteur Blanc.

— Ça y est, je le tiens. Dugadin, dites-vous ? Dugadin Thomas ?

— Affirmatif ! répond mon pote le bronzé avec une importance de chef de guerre prêt à déclencher la merde sur le champ de bataille.

La dame aux trois soleils rayonnants tapote de l'index une ligne écrite à l'encre.

— Il a été hospitalisé en chirurgie, dans une chambre de quatre lits, la 14.

— Il est indispensable que nous sachions l'identité de ses compagnons, madame, déclare Jérémie avec péremption (le mot péremption dont je prends la racine dans péremptoire, adjectif du 2e groupe, n'existait pas encore à ce jour, mais, ouf ! le voilà).

Elle soulève sa tête, ses lunettes et le bas de sa blouse.

1. À la mémoire de P.S.

— Hou ! là là ! Vous m'en demandez ! Vous m'en demandez ! Dites, ça fait une quinzaine d'années de passées !

Moi, en toute sincérité, je le trouve parfait, l'inspecteur Blanc. Il s'est payé un pantalon beige clair, un blouson vert, un polo bleu pastel. Tu jurerais un perroquet géant ! Son air grave, sa voix pondérée en imposent. Il paraît « blanchi » sous le harnois (de cajou) et chique les vieux routiers de la poulerie auxquels on ne la fait pas.

— On vous en demande parce qu'on en a besoin, chère madame, rétroque ce Blanc en négatif.

La phrase donne à réfléchir à l'infirmière-cheftaine. Au bout de quelques rangs de pensées tricotées à la va-vite, elle décroche son bigophone.

— Ici Germaine Pranduront, Fleur-de-Lumière est-elle de service, aujourd'hui ? Oui ? Alors envoyez-la-moi d'urgence dans mon bureau. (Elle raccroche.) Vous avez de la chance, nous dit-elle. Il s'agit d'une femme de service qui travaille ici depuis plus de vingt ans et qui possède une mémoire d'éléphant.

L'intéressée se pointe. Une Asiatique. Grande comme un pot à *tabacco*, le cheveu intensément noir coupé net au ras des portugaises.

Nous la saluons.

— Pourquoi surnommez-vous cette personne « Fleur-de-Lumière » ? questionne sévèrement Jérémie, prêt à entreprendre sa croisade contre le racisme, l'apôtre ; « Touche pas à mon pote ! »

Sans se démonter, la cheftaine répond :

— Parce que son vrai nom est Tû Lag Dân Lekû et que nous jugeons « Fleur-de-Lumière » plus facile à prononcer et plus seyant pour l'intéressée, dans nos contrées barbares.

Je ris sous cape. Acquiescement maussade de M. Blanc : le côté « soit, mais n'y revenez pas ».

— Ces messieurs sont de la police, fait l'infirmière-cheftaine. Ils ont des questions à vous poser concernant l'un de nos malades. Étant donné votre étonnante mémoire, vous allez peut-être pouvoir les aider. Je vous laisse.

Elle sort en emportant son début de bosse. Dans quinze ans elle sera à l'équerre, la mère.

— Asseyez-vous, mademoiselle Tû Lag Dân Lekû, invite Jérémie, cérémonieux, en soulevant son cul de sa chaise d'une sixaine de millimètres.

L'Asiate prend la place toute chaude de sa supérieure.

— Le dix-huit décembre mille neuf cent soixante-douze, on a hospitalisé dans le service de chirurgie, à la chambre quatorze, un vieux paysan nommé Thomas Dugadin, cela vous dit-il quelque chose ?

— Certainement, répond Miss Lajaunie.

On laisse filer un soupir de contentage, Jérémie et moi. Chère fille du pays des sampans et des coolies postaux, quel phénomène !

— Vous rappelez-vous l'identité de ses trois compagnons de chambrée, mademoiselle Vous Lavez Dân Lekû ? demande étourdiment mon enquêteur délégué.

Elle ne relève pas l'erreur, résignée qu'elle est aux multiples combinaisons qu'offre son patronyme et affirme :

— Il n'y en avait qu'un seul, car, au moment des fêtes de fin d'année, les gens s'arrangent pour ne pas se laisser hospitaliser.

— Vous pourriez nous parler du malade en question ?

Elle a un sourire.

— D'autant plus facilement que ça n'était pas un malade ordinaire.

— C'est-à-dire ? coassé-je, malgré ma décision de ne pas intervenir directement dans l'enquête de mon « élève ».

— C'était un malfaiteur, assure « Fleur-de-Lumière ». Il avait pris une balle dans le ventre au cours d'un hold-up qu'il avait commis à Chambéry. Un gendarme restait de faction en permanence dans le couloir.

On se regarde ardemment, le noirpiot et ma pomme blafarde. Eh, dis, Bazu, aurions-nous mis la main dans le pot de confitures, d'entrée de jeu ? C'est stimulant un résultat pareil.

— Vous vous rappelez son identité, à ce malfrat ?

— Non, car son nom n'était pas inscrit sur la porte comme pour les autres malades.

— Qu'importe, fais-je, ce ne sera pas difficile à trouver. Rien de particulier à signaler concernant le truand ?

— Il est mort le surlendemain de son opération, d'une hémorragie interne.

— Merci, mademoiselle Je Te Foû Dân Lekû, dit le mâchuré en se dressant. Votre aide nous aura été précieux.

— Précieuse, rectifié-je. Puisqu'on se dit tout, Jérémie, sache que « aide » est féminin.

— Merci de la leçon, mais ne me fais pas trop chier devant des tiers, riposte l'ingrat.

— Ça y est, j'ai trouvé ! m'exclamé-je dans ce petit bureau appartenant au *Dauphiné libéré* où l'on conserve la collection complète du journal, depuis le numéro spécial consacré à la bataille de Bouvines jusqu'à l'édition de demain matin.

Ça se trouve à la première page du numéro daté du 16 décembre 1972 : « Scène de western dans le centre de Chambéry. » Ça, c'est le titre. Il est superbe. Le sous-titre précise : « Un dangereux repris de justice attaque une bijouterie de la rue du Caquelon. Il tue le bijoutier avant d'être grièvement blessé par un gardien de la paix. »

Les gars de l'agence, très coopératifs, me tirent une photocopie de l'article et de la photo montrant l'agresseur sur une civière. Un certain Xavier Lagrosse, connu dans le milieu lyonnais sous le sobriquet (il n'y a pas de sots briquets, il n'y a que de sottes gens) de « Petit Mulet ». Le malfaiteur venait de quitter la prison Saint-Paul après y avoir purgé une peine de quatre ans pour attaque à main armée.

Une fois dans les rues, on cherche un petit restau sympa pour claper. En passant devant la fontaine des Quatre sans-Cul (ainsi nommée parce qu'elle se compose d'une splendide sculpture représentant quatre éléphants privés de leur train arrière), Jérémie s'arrête, rêveur. Je lui récite de l'Hérédia, histoire de souligner son coup de langueur :

— « Les éléphants poudreux, voyageurs lents et rudes,/Vont au pays natal à travers les déserts. »

Il réagit, soupire. Puis, me mettant la main sur l'épaule :

— La voilà peut-être, notre piste, non ?

— Pas sûr. Garde-toi de tout emballement, mon frère aux paumes claires.

— Enfin merde ; on découvre que tonton a passé plusieurs jours avec un dangereux truand, c'est pas du miel de Savoie, ça ?

— Continue ton idée.

— On peut supposer que, se sentant à l'agonie, il ait confié un secret juteux à l'oncle Tom. Par la suite, des complices…

— Tu mets à côté de la plaque, fiston. Ce type venait de tirer quatre piges de bigntz. S'il avait eu un trésor planqué, il aurait couru le déterrer à sa sortie au lieu de venir jouer fort Alamo chez un bijoutier d'ici !

M. Blanc est trop doué en flicaillerie pour ne pas réaliser le bien-fondé de cet argument. Il demeure silencieux, comptant les trompes des quatre moitiés d'éléphants (qui ne se sont jamais vus, disposés comme ils le sont, les pauvres !).

— Il n'empêche que je trouve troublant ce voisinage du vieux avec un malfrat, non ? Quand on sait de quelle façon il a fini ses jours…

L'après-midinche, on s'occupe de la seconde rubrique du programme que Jérémie a tracé, à savoir ce léger accident de Solex à la faveur duquel l'oncle Tom a récolté quelques bleus et cinq mille francs 1973 d'un voyageur pressé et généreux.

Là, on barbote dans l'évasif, la chose n'ayant été enregistrée nulle part. Mais l'inspecteur Blanc a tout de même sa petite idée, que je trouve valable. Aussi nous présentons-nous chez le marchand (et réparateur) de cycles de Saint-Joice-en-Valdingue. T'attends pas aux défunts établissements Manufrance. Le père Salcons, son entreprise tient dans un hangar de modestes dimensions jouxtant sa maisonnette. Un atelier ultra-cradingue où les araignées se paient du bon temps, et puis, sous cet atelier, un box de quatre mètres sur trois où sont entreposés quelques vélos et pétrolettes neufs mais poussiéreux que les chiares du village viennent admirer au sortir de l'école.

Le bonhomme, franchement, il doit être aussi vieux que l'était tonton au moment de clamser. C'est un gros mec tout de bleu habillé, mais le cambouis forme une espèce de carapace sur ses hardes de travailleur et tu dirais quelque énorme scarabée pour film d'horreur ou de science-friction. Des touffes de poils blancs jaillissent du col de sa chemise. Il a un gros tarbouif veiné, chaussé de lunettes rafistolées, aux verres épais ; sa casquette avachie lui dégouline de la tronche comme une bouse de vache fraîche.

Au moment qu'on se pointe, il est occupé à changer les rayons d'une roue voilée. Sa vue l'est davantage encore, si bien que son blair de sanglier touche la jante tel un phénoménal patin de frein.

— Ces messieurs ? il nous lance après un coup d'œil en chanfrein.

Je lui déballe les tartinettes habituelles : « Navrés de vous déranger, monsieur Salcons, nous appartenons à la police et nous sommes à la recherche de renseignements que vous seriez peut-être à même de nous fournir. » Ouf !

Il cesse de rayonner et se redresse.

— Lui aussi, il est policier ? demande-t-il en désignant M. Blanc à l'aide du chiffon ruisselant d'huile avec lequel il croit se nettoyer les pognes.

— Oui, pourquoi, ça ne vous paraît pas conforme ? égosille Jérémie.

— J'ai pas dit ça, mon gars, assure le vieux, seulement, dans nos contrées, on voit pas beaucoup de flics noirs, d'où mon étonnement. Alors, qu'y a-t-il pour votre service ?

Lui, faut que je me l'empoigne moi-même. Pas qu'il soit forcément raciste, le marchand de deux-roues, mais il l'avoue, « il n'a pas l'habitude » des *colored men*.

Je commence par lui dire qu'on est chargés d'élucider le mystère concernant la mort du père Dugadin. Alors là, je l'intéresse. Sa voix s'enroue. C'était son pote, Thomas, à Léonce Salcons. Ils étaient conscrits. La communale, engagés volontaires en 17 pour nous gagner la guerre ; sans causer des gueuses qu'ils allaient caramboler de concert dans les cabanes à outils des vignes accrochées à flanc de coteau. De belles luronnes avec des culs comme des lessiveuses. Si je vous disais ! Juste elles exigeaient le saut de carpe ultime, pas se faire enceinter en ces temps sans pilules. Son copain Thomas, s'il tenait le misérable qui a fait ça, vous savez quoi, mes bons messieurs ? Il lui carre dans le fion le bec de son gonfleur électrique et lui fout cinq ou six kilos de pression dans la boyasse, manière de lui faire éclater les tripes, à ce fumier ! Si de hasard on lui mettait la main au collet, ça nous contrarierait-il de repasser chez Salcons avec le type pour assister au spectacle ?

On promet. C'est entendu, on viendra le faire déguiser en montgolfière, le gredin abject, seulement, auparavant, s'agit de l'alpaguer. Et si le papa Salcons voulait bien nous aider…

Lui, il est partant à bloc, seulement il voit mal de quelle manière il peut coopérer avec nous autres. Ce crime atroce, il l'a appris avec tout le village. N'a rien vu, rien entendu, les gars ! Il vit seul à réparer les péteuses et les vélos. Sa pauvre femme est morte depuis six ans et sa fille unique, l'Adélaïde, est plus ou moins dans la putasserie à Grenoble, collée bassement avec un bicot.

— Je viens vous consulter pour une autre affaire déjà ancienne, monsieur Salcons, et qui n'a pas laissé de trace. Vous rappelez-vous cet accident qu'a eu le brave Thomas, en 73 ? Son vélomoteur en miettes et lui des ecchymoses plein la figure ?

— Pour sûr ! Il a insisté mordicus pour que je répare son Solex. J'avais beau lui dire qu'il aurait intérêt à s'en racheter un neuf, déjà rincé comme il se trouvait avant l'accident. Bernique ! Thomas : une vraie bourrique, les gars ! Tu pouvais lui chanter *La Marseillaise* en breton, quand une idée le tenait il n'en démordait pas. Ça lui a coûté cinq cents francs, prix d'ami, qu'il n'a jamais fini de payer, ce sale rapiat qu'aurait mangé sa merde.

— Monsieur Salcons, Thomas vous a-t-il raconté ses tractations avec l'automobiliste qui l'avait renversé ?

— Oui, il m'a dit qu'ils s'étaient arrangés à l'amiable, les deux. Le gars en question, c'était un étranger ; alors les problèmes d'assurance risquaient de traîner. Il a préféré remettre de la main à la main un dédommagement à mon ami.

— Vous connaissez la somme ?

— Deux cent cinquante balles, a prétendu Dugadin. Je lui ai dit qu'il s'était laissé niquer comme un bleu, vu que jamais ça lui rembourserait sa pétrolette. Les écorchures au visage, ça guérit tout seul, mais pas les avaries d'un deux-roues. Voilà pourquoi je n'ai pas trop râlé pour le reliquat de facture impayée.

Vieux gredin d'oncle Tom ! C'est signé ! Y a fallu qu'il exploite son vieux pote de toujours.

Jérémie sifflote ironiquement, tout en me roulant des œillades larges comme le sigle du drapeau olympique.

Moi, tu vois, je te le serine à tout bout de champ, mais je sens quand quelque chose va se produire. Comme si mon subconscient avait déjà lu le message longtemps avant et que, poum ! les choses enregistrées par lui s'annoncent dans ma pensée quelques morceaux d'instant avant leur accomplissement. C'est comme un signal. Une sorte de pâleur intense à l'intérieur de moi, ponctuée d'un bruit silencieux. Un bruit dont je ne percevrais que les vibrations, sans l'entendre réellement. Mon cervelet se branche dans la prise Salcons.

— Oui ? je lui murmure intensément. Oui ?

Pour l'aider, qu'il déballe sans douleur. Et il y va recta, l'ancêtre, son subconscient assujetti à ma volonté.

— Quand il est venu chercher son Solex, il a poussé des cris à cause de ma note. Il m'a donné les deux cent cinquante francs en égosillant qu'il me faudrait attendre pour le solde. Juste il venait de payer l'impôt et il restait sec. Je ne l'ai pas trop cru ; Thomas, son bas de laine, je l'aurais bien changé contre le mien, sans savoir.

— Ensuite, monsieur Salcons ?

Je le presse, en prenant la voix du jeune et tendre confesseur qu'une pénitente salope vient perturber en plein sacerdoce avec ses jongleries d'alcôve.

— Pour lors, je lui dis comme ça : « Dommage que t'aies pas pris le nom de ton bonhomme, t'aurais pu lui écrire pour lui dire que les frais sont plus forts que ce qu'il t'a donné ; et même que tu as des conséquences physiques graves, tout ça ! » Ah ! mes gars, vous l'auriez vu s'allumer ; ce sacré Thomas ! Je venais de lui ouvrir des perspectives qu'il avait pas songées. « Mais c'est bien sûr ! qu'il ronchonnait. Ça, t'as raison, Léonce. » Et voilà qu'il ajoute : « Son nom, d'accord, je le sais pas, mais j'ai retenu le numéro de sa plaque minéralogique. Du temps qu'il me causait, ajoute Dugadin, je la regardais et me la récitais, et maintenant je la sais par cœur. Tu crois que même une plaque étrangère on peut retrouver le proprio de l'auto ? » « Naturellement, vieille noix. » « Pour commencer, il me fait, c'était une plaque blanche, avec les numéros en noir dessus. En haut, y avait des écussons, un à gauche, un à droite. Çui de gauche représentait le drapeau suisse, çui de droite était blanc et bleu. Le numéro, je te le marque… »

Le miraculeux Léonce Salcons me biche par une aile et m'entraîne dans le box « d'exposition ». Au mur est scellée une console supportant le téléphone et pourvue d'un tiroir.

— Figurez-vous que ce sagouin a écrit contre le mur, comme s'il s'était agi d'une inscription de pissotière. Tenez, on voit encore !

Quand je te le disais que je prévoyais quelque chose ! Il a reproduit de mémoire toute la plaque, tonton. Une plaque suisse du canton de Zurich. Mais une plaque pour étranger qui se finit par un gros « Z » avec l'année « 1973 » écrite en blanc dans un petit rectangle rouge placé verticalement avant le « Z ».

Cher Léonce Salcons ! Oh ! digne vieillard, orgueil de cette merveilleuse Savoie qu'on a eu bien raison d'annexer, merde ! « Leurs cœurs allant où coulaient leurs rivières », ces chéris !

— Pourquoi a-t-il reproduit la plaque sur votre mur, monsieur Salcons ?

— Vous pensez que je ne l'ai pas vu faire ! Juste le petit Coindet, le fils à Jules Coindet, de la Barbonnière, le grand boiteux qu'est marié à une Rivière de Bonprantoux, est venu chercher son vélo dont j'avais rebrasé la fourche. Le temps de rejoindre mon salopiot de Thomas, il m'avait fait ce cadeau au mur. « Faut pas te gêner ! je l'ai engueulé, ma parole tu m'écrirais aussi bien sur les fesses ! »

« Il s'est excusé, continue le vieux mécano. Et puis il m'a demandé que je veule bien faire les recherches pour lui, comme quoi les écritures, les coups de téléphone, tout ça, c'était pas sa partie. "Je te dédommagerai, Léonce." Mon œil ! Les communications, elles ont été pour mes pieds.

— Car vous avez fait les recherches qu'il réclamait ?

— Pas moi, l'Adélaïde, ma fille qui faisait serveuse dans un café de Montmélian à l'époque. Elle se trouvait ici avec deux jours de congé et, comme c'est une débrouillarde, je lui ai demandé de s'occuper de la petite affaire à Thomas. Ça m'a coûté un saladier en téléphone et ce vieux ladre n'a jamais voulu me rembourser sous prétexte que ça n'a rien donné.

— Votre fille avait obtenu les coordonnées du type à la voiture américaine ?

— Bien sûr. Démerdarde comme Adélaïde, vous pouvez courir ! Elle est même allée à bicyclette porter le renseignement à Dugadin. Pour tout remerciement, il lui a foutu la main aux fesses, ce vieux dégoûtant. Parce que, lui, tout ce qui bronchait, il sautait dessus ! Le bruit courait que sa chèvre passait à la casserole plus souvent que sa femme ! (Il rit.) Enfin, dit-il, mourir de cette façon, le Bon Dieu doit vous accorder la remise de vos péchés, tel que je Le connais.

— Elle vous les a montrés, à vous, les résultats de ses démarches, Adélaïde ?

— Pourquoi fiche ? C'était point mon affaire !

Il sort de sa poche le chiftir huileux auquel il essuie ses pattounes cambouiseuses et l'utilise cette fois pour torcher son front en sueur.

M. Blanc a naturellement noté le numéro de la plaque ornant le mur immaculé du marchand (et réparateur) de vélocipèdes. Il exulte intérieurement, le brave garçon. Me brandit dans le dos du gros vieux mec son énorme pouce de noirpiot surmembré.

On en découvre des choses. Et mon pote Bavochard qui ne sait même pas que nous sommes à pied d'œuvre ! Il nous attend toujours, l'écluseur de mominettes !

Simulacre... six mulâtres...
six mille acres... six mules âcres
et un aborigène arboricole !

La propriété accaparait toute la colline. Au pied de celle-ci, une haute barrière électrifiée, elle-même sommée de quatre fils barbelés clôturait l'ensemble. Venait ensuite une espèce de *no man's land* planté d'arbustes épineux, où erraient en permanence une douzaine de dingos féroces, ces chiens sauvages d'Australie que deux dresseurs spécialisés seulement avaient le pouvoir de neutraliser. Puis il y avait un mur ordinaire, crépi de chaux blanche qui scintillait au soleil. À l'intérieur de cette seconde enceinte s'étalait la propriété de « l'homme en noir ». Un vaste jardin tropical parcouru par un ruisseau artificiel, un tennis, et une très vaste et très belle construction à un seul étage, couverte de tuiles romaines aux tons pain brûlé. La maison, de style andalou, comprenait plusieurs patios, et quatre ailes qui lui donnaient la forme de deux « U » accolés. Une vaste piscine au revêtement de marbre occupait tout l'arrière.

L'homme était en train d'admirer sa collection de monnaies anciennes lorsque l'interphone jeta son signal modulé. Il appuya sur la touche du récepteur. Une voix de femme susurra :

— Stephen Black vient d'arriver, monsieur.

— Qu'on l'introduise ! répondit l'homme.

Il pressa un bouton placé sous son bureau. L'épais plateau du meuble coulissait et sa chère collection se trouvait dans le cœur dudit plateau, chacune des pièces occupant un petit logement carré, à son module, aménagé au sein du bois. Son sous-main et différentes paperasses posées sur la partie amovible du plateau se rapprochèrent rapidement de l'homme. Le bureau avait retrouvé son aspect normal lorsqu'on sonna à sa porte.

Le timbre était à la fois grave et léger, feutré mais très présent. Une nouvelle touche pressée accorda aux arrivants l'autorisation d'entrer, en même temps qu'elle libérait l'ouverture de la double porte.

Une jeune Asiatique, pareille à celles qu'on peut admirer sur les gravures chinoises (yeux en amande, teint de pêche, lèvres sensuelles au rouge délicat, vêtue d'une robe de soie chamarrée), escortait un grand type, à gueule d'acteur pour film d'action. Stephen Black était d'un blond intense, il avait les cheveux bouclés serré comme les effigies sur les monnaies grecques anciennes, avec des yeux noirs atteints d'un léger strabisme convergent. La première impression était plutôt flatteuse, mais quand on s'attardait à l'examiner, on finissait par être incommodé par l'expression de dureté délibérée marquant son mâle visage. Il avait des mains menues pour sa taille et s'appliquait sans cesse à les dissimuler, comme d'autres dérobent leur regard. Son complet prince-de-Galles beige, bien coupé, avait dû lui coûter dans les mille dollars. L'homme en noir nota qu'aucune boursouflure insolite ne le déformait dans la région de la poitrine. D'ailleurs, un détecteur placé dans le porche d'entrée aurait signalé la présence d'une arme.

La Chinoise murmura :

— Voici M. Black.

Puis elle se retira.

L'homme noir regarda posément l'arrivant à travers les verres teintés de ses lunettes, puis il articula de sa voix lente, un peu chantante :

— Asseyez-vous !

Aucune formule de bienvenue, voire de simple politesse. Pour lui, c'eût été du temps perdu.

Stephen Black avait le choix entre trois chaises disposées en arc de cercle face au bureau. Il opta pour celle du milieu, croisa les jambes, noua ses mains sur le genou supérieur et attendit. Calquant son comportement sur celui de son vis-à-vis, il ne l'avait même pas salué, ce dont l'autre lui sut gré.

Le maître des lieux demanda :

— Vous parlez français ?

— Pas suffisamment bien pour traduire Flaubert en anglais, mais assez pour me commander des steaks-frites dans les restaurants de Paris, répondit l'arrivant en français.

Il avait un accent, mais très léger ; l'homme aux lunettes teintées se dit que ce n'était pas l'accent américain, cela faisait plutôt Europe centrale.

— Parfait, approuva-t-il, également en français.

Et, tout naturellement, la conversation se poursuivit dans cette langue. Il ne s'agissait plus d'un test, non plus que d'un exercice d'entraînement, plutôt d'une espèce de confuse rivalité, chacun des deux hommes voulant s'assurer qu'il maniait mieux que son interlocuteur la langue de Montaigne.

— Je ne sais de vous que ce qu'on m'en a dit, prévint l'homme en noir.

Stephen Black eut un pâle sourire :

— Ravi de voir que ç'a été suffisant pour que vous me convoquiez.

Ils s'observèrent rudement, hardiment, comme s'ils entendaient se défier, tels deux coqs prêts à se bondir contre.

— Je vous préviens que c'est une affaire délicate et surtout bizarre.

— Vous me mettez l'eau à la bouche.

— Avant que vous n'interveniez, un garçon en qui j'avais la plus grande confiance s'y est cassé les dents.

— Les dents et le reste, fit Black.

Son interlocuteur tressaillit.

— Qu'entendez-vous par là ?

— Je crois savoir que l'homme auquel vous faites allusion est mort de quelques coups de canne-épée. On a repêché son corps dans la baie de Calamitybeach. À ce propos, j'ai dans le coffre de ma voiture le fourreau de la canne-épée en question ; si vous voulez bien charger quelqu'un d'aller le chercher, cela me ferait plaisir de vous l'offrir, histoire de vous remercier d'avoir fait appel à moi. La clé du coffre est sur la serrure, monsieur Silvertown.

L'amateur de monnaies anciennes ressentit un sentiment désagréable : celui d'être dominé. La chose ne se produisait jamais. C'était toujours lui qui faisait peser son autorité et prenait l'ascendant sur les autres. Un second sentiment succéda au premier qui était un sentiment de crainte. Il convoquait un type dont la réputation d'efficacité s'étendait dans les milieux du crime, cherchait d'emblée à l'impressionner, et voici que l'autre déballait froidement le cadavre qu'il gardait dans son placard.

— Quel genre d'homme êtes-vous, Black ? demanda Silvertown.

L'interpellé haussa les épaules.

— Un homme qui se fait bien payer et qui n'oublie pas de mettre des bottes quand il va dans un marécage.

— D'où sort le fourreau auquel vous faites allusion?

— Du bureau de police de Calamitybeach. À vrai dire, il n'a pas été difficile de l'y récupérer; il a suffi d'un peu de culot.

— Et ce… cadeau représente quoi dans votre esprit?

— Une façon de vous dissuader de discuter mes conditions, monsieur Silvertown.

— Quelles sont-elles?

— Cent mille dollars lorsqu'il n'y a pas de sang, cinq cent mille lorsqu'il y en a. Payable d'avance. Plus mes frais en cas de lointains déplacements, bien entendu.

— C'est très élevé! sursauta Silvertown.

— Très, convint son visiteur : je suis la Rolls des hommes de main.

— Et en cas d'échec?

— Je travaille pour réussir, non pour échouer. Si je n'arrive pas à donner satisfaction, c'est vraiment qu'il était impossible de réussir, auquel cas ça ne modifie rien aux conditions. Simplement, je refuse les rendez-vous nocturnes sur le ponton de Calamitybeach.

— Supposons que je trouve votre prix trop élevé?

— C'est une supposition qui ne me viendrait même pas à l'esprit et à vous non plus maintenant que nous sommes réunis dans ce bureau.

Silvertown appuya de l'index sur la monture de ses lunettes comme si elles glissaient de son nez. Il était débordé par ce sale type. Jamais de sa vie aventureuse il n'avait affronté un requin de cette envergure. Il se promit de le tuer un jour de sa main; mais plus tard, quand l'autre aurait rempli son contrat.

Louis X, le Hutin, a inventé
la meilleure forme de divorce qui soit.

Il exagérait, papa Salcons, quand il nous prétendait que sa fille faisait la pute à Grenoble. Il est curieux de constater combien les pères, si indulgents de nature, font montre de mauvais esprit lorsque leur grande fifille se maque avec un gonzier qui ne leur revient pas. Tout bonnement, elle tient un bistrot un tantisoit louche, Adélaïde. Quelques dames radeuses à la jupe un peu trop courte et trop fendue viennent y consommer entre deux passes ; mais question de mettre la chatte à la pâte, faut plus y compter, Ninette ! Elle est en préretraite, au plan de la moule farceuse, l'héritière des cycles Salcons. Une gaillarde carrée, sans cou, qui n'a pas vu un coiffeur depuis qu'elle est allée fêter les noces d'or de ses parents. Elle souffle comme le gonfleur pneumatique de son dabe en trimbalant une poitrine de chez Olida qui doit faire peut-être les délices, voir les orgues, de son Nordaf, mais qui n'est plus monnayable qu'auprès de certains amateurs en voie d'extinction. De nos jours de cuisine moderne, la tripe à la mode ne fait plus florès (et n'est donc plus à la mode). J'en causais l'autre soir avec Maurice Rheims, qui me disait comme quoi lors de sa dernière vente à Drouot, un tanagra double n'est parti que parce qu'on lui ajoutait un Mayol en prime, et encore il n'a pas crevé le plaftard !

Pour t'en revenir à Adélaïde, c'est de la bonne vachasse recyclée (dirait son vieux) au rade après avoir traîné ses grosses miches cochères dans des bals et des hôtels à trois francs six sous. Haute en gueule ! On l'entend vociférer depuis le trottoir. Elle en crache contre un peigne-cul malodorant qui inflige ses effluves au bar sous prétexte d'un petit blanc limé. Qu'il aille se faire limer lui-même, l'apôtre, mais qu'il dégage vite fait ! Elles n'en peuvent plus les narines du *Café des Cimes* de respirer pareille abomination.

L'autre proteste que merde-faites-pas-chier, c'est pas donné à tout le monde de sentir la violette comme Marie-en-Toilette, la femme à Louis XVI. Il se lave le fion, les pattounes, le chauve à col roulé tous les matins, ou presque, qu'est-ce qu'on peut lui exiger de mieux ?

On arrive en plein mitan de sa plaidoirie. Il précise que cette odeur qu'il traîne, ça vient de ce qu'il était rouquin avant d'être chauve. Il sent l'homme, quoi ! Si elles ne savent pas de quoi il s'agite, c'est qu'elles bouffent du gigot à l'ail, ces dames ! Mais l'Adélaïde l'interrompt :

— Barka !

Attiré par le mot, son julot radine des profondeurs. Un teigneux à moustache turque, chemisette verte hautement maghrébine. Un chouette ballon de rugby dans le bénoche, contracté au comptoir. Les méfaits du travail ! Chaque profession comporte ses risques. Même un grand écrivain comme moi n'est pas à l'abri d'un gros dico qui lui cherrait sur les pinceaux, le rendant indisponible pour la fécondation.

Il veut virer l'ami Tufouettes.

Qu'à cet instant, l'inspecteur Blanc intervient, toujours partant pour défendre les minorités opprimées, cézigue. Ça risque de lui coûter sa carrière s'il s'emballe trop à jouer les Bayard. C'est bioutifoul, le courage, mais faut choisir ses causes. Pas rompre des lances hors de propos, que tu risques toujours encore de crever l'œil à Henri II (un roi qui en avait dans le buffet).

— Mande pardon, intervient Jérémie, l'odeur corporelle n'est pas un délit et ne justifie donc pas que vous chassiez monsieur (il désigne le père Fouetteur) de votre établissement.

Alors là, il l'a raide, le protecteur d'Adélaïde. Il égosille que de quoi se mêle-t-il ce chimpanzé ? S'il voudrait bien foutre la paix au monde et regrimper vite fait au sommet de son cocotier, ça dégagerait pour le service !

M. Blanc devient le plus pâle qu'il lui est permis par le Seigneur. Il riposte que c'est pas un enfoiré de melon de merde qui va le traiter de singe. Là-dessus, le taulier ouvre son tiroir-caisse et y prend un nerf de bœuf dont il frappe la paume de sa main gauche.

— Déguerpis, mouche à merde ou t'en prends plein les entrées de métro qui te servent de narines.

Faut le voir à l'œuvre, l'inspecteur Blanc ! D'une fulgurance, ma chère, que vous en souilleriez votre culotte ! Un geste, un seul pour s'emparer de la matraque. Il se met à jouer du xylophone avec sur les verres du comptoir. Ça fait *do*, *ré*, *mi*, *fa*, *sol*. Et c'est un Ricard, un café, un blanc-cassé, une Suze et un Orangina qui se répandent au pied de leurs verres brisés. Après quoi, Jérémie s'accoude au rade.

— Tu veux que je te montre ce que j'en fais, moi, de ce nerf de bœuf, gros mac ? Regarde !

Et tu sais quoi ? Non, tu peux pas savoir, ni deviner, ni même subodorer. *Il le mange !*

T'as lu ça, Dupaf, malgré que tu sois plus illettré qu'une machine à calculer ? Il porte la matraque à sa bouche, dégage en grand sa panoplie trente-deux pièces et la plante dans ce qui fut somme toute de la barbaque sur pied. Rrrrâoum ! Il arrache un morcif gros comme mon pouce et se met à le mastiquer. Un coup de glotte pour expédier et le voici qui en reprend. Pour lors, ça devient puissamment attractif. Les putes présentes, le taulier et sa rombiasse, le client malodorant, tout le monde mate l'exploit, fasciné.

Blanc déguste sans quitter le taulier des yeux.

— Je pourrais aussi bien te bouffer, toi, gros con ! il assure au moustachu. On est anthropophages de père en fils dans notre famille.

Ayant dit, il lui balance ce qui reste de la matraque à travers la frite. Puis il sort sa brème de flic.

— Bon, on a suffisamment plaisanté : police ! C'est à vous, Adélaïde Salcons, que nous souhaitons parler ; venez un peu par ici.

Sans vergogne, il pousse la porte vitrée donnant sur l'arrière-salle et y entre, ne doutant pas une seconde que la grosse ne le suive. Ce qu'elle fait après un long regard de détresse à son copain. Mais Mohamed, lui, il rengracie sec. Ce grand Noir qui malmène sa verrerie, bouffe son nerf de bœuf et finit par déballer une carte de perdreau, ça l'expédie aux abysses. Le voici calmos. Allant jusqu'à servir au nauséabond son blanc limé avec des gestes d'automate.

Je suis la grosse et nous nous retrouvons dans une resserre pas des mieux tenue, où sont empilés des cartons de spiritueux.

Jérémie a glissé ses grosses paluches dans ses poches. Il examine une vieille affiche réclame vantant les mérites de la Suze et qui montre un mec aux bras noueux se faisant chier la bite à arracher du sol hermétique des racines de gentiane pour fabriquer ce nectar.

— Parle-lui, toi, me jette-t-il par-dessus l'épaule, son cosaque m'a agacé ! J'ai les nerfs en pelote. Peut-être bien que je vais lui faire avaler ses dents gâtées avant de partir, à cet Arbi de mes fesses !

— Allons, du calme ! interviens-je. Tu ne vas pas déclencher un conflit inter-africain ! Si le tiers-monde s'entre-déchire, ça va être la marrade de gala chez les Occidentaux et les mecs de l'Est !

Adélaïde, on sent que ce cirque la dépasse. Elle a pris l'habitude de s'écouter grossir derrière son rade, et ce genre de déferlement policier lui révulse la quiétude.

— Vous me voulez quoi donc ? demande-t-elle.

— Juste un effort de mémoire, ma poule, lui réponds-je. Il y a une petite quinzaine d'années, un jour votre cher papa vous a demandé un service pour l'un de ses amis. Il s'agissait de trouver l'identité et l'adresse de quelqu'un habitant la Suisse par le truchement de ses plaques de voiture. Vous vous souvenez ?

La vie, je te jure, c'est payant par moments. « Toujours l'inattendu arrive », a dit Machin, ou peut-être était-ce Chose ? Et comme il avait raison ! Je te prends notre venue à Grenoble, dans le troquet de la grosse. Elle n'avait pour mobile que de secouer la mémoire de la fille Salcons pour tenter de retrouver l'adresse du touriste pressé qui couvrit d'or le vieux Tom. Franchement, j'avais pas d'idée préconçue.

Et puis voilà que je suis stupéfié par le comportement de la marchande de blancs limés. Est-ce à cause du préambule bruyant ? Du numéro de music-hall interprété par Jérémie Blanc ? Voilà que ma question innocente lui tombe dessus comme la fusée Ariane sur sa rampe de lancement après un petit bond dans l'espace.

Je pensais simplement la voir sourciller pour puiser dans ses souvenirs un renseignement plutôt badin, or, elle perd pied, la grosse. Et je pèse mes mots ! Tiens, regarde le cadran de la bascule : y en a pour cent kilos ! On dirait que je viens de lui balancer une horreur pur fruit, Adélaïde. De lui rappeler un événement vachement minant de sa vie. Elle fait de la sénescence instantanée. Des coliques frénétiques ! Elle biche des bubons partout. S'enfonce dans les angoisses.

Premier phénomène visible : sa pâleur. Tu croirais une banane verte, tellement elle est blanche ! Deuxième signe probant : son tremblement. Tout vibre en elle : ses lèvres, ses loloches, son ventre, la viande de ses cuisses ; à croire qu'elle se fait baiser en levrette par un type en train d'actionner conjointement un pic pneumatique. Les mots lui viennent pas. Son regard chavire. Elle a la gerbe. Chiche qu'elle dégueule sur mes Jourdan ! Il lui remonte des choses hâtivement ingérées. Elle tente de les contenir, de les domestiquer. En ravale une partie, mais doit entasser l'autre dans des wagons qu'elle accroche.

Moi, c'est comme si je venais de me filer une giclée de L.S.D. sur un sugar. Les murs s'écartent. Des visions surgissent. Y a des soleils partout, des nues enchanteresses, des petits amours grassouillets et des nymphes qui se grattent le trou du luth. La vache ! Ma petite question, c'est du courant à haute tension ! Je viens de la cueillir à froid. De lui porter sans le vouloir une estocade fatale. Olé !

Du temps s'écoule. Jérémie moule son pote de la Suze pour s'intéresser à la fille Salcons. Puis il me regarde. Un malin, ce noirpiot. Je trouve dans ses grosses prunelles tout ce qui tourbillonne dans mon ciboulоche. Pour Mémère c'est la cueillette à froid. Bon, elle dégueule, ce qui n'est pas grave, mais ce n'est pas là, je l'espère, le signe avant-coureur d'une crise cardiaque !

— Vous êtes malade, chère madame ? m'inquiété-je d'un ton fuligineux.

— Ça doit être les poivrons farcis d'à midi, balbutie-t-elle. Je supporte pas les poivrons farcis.

— En ce cas, pourquoi en mangez-vous, ma petite biche ?

— Ben, oui… Ben, oui… Je sais. Je vais boire une petite Arquebuse de l'Ermitage.

Elle marche en direction du troquet. Avec sa grâce féline, Jérémie s'interpose. Il lui barre la route et approche son rire carnassier de sa jugulaire. La grosse se fout à claquer des chailles.

— On répond d'abord aux questions avant d'aller boire de la saloperie d'alcool ! déclare péremptoirement le Noir.

— Mais j'ai la nausée ! proteste la donzelle.

— Tu peux dégobiller, ça me gêne pas puisque c'est pas moi qui passerai la serpillière.

Obligeamment, j'avance sous son énorme fessier de cantinière l'unique chaise du local. Elle est branlante et dépaillée, mais madame s'obstrue néanmoins les orifices avec.

À ce moment, son vilain moustachu entrouvre la porte.

— Qu'est-ce que vous lui voulez ? demande-t-il.

D'un coup de pompe dans le bas de la lourde, l'inspecteur Blanc propulse icelle dans le museau du « protecteur ».

L'autre lance :

— Vous n'avez pas le droit !

Alors Jérémie passe dans la partie troquet.

— Ça t'ennuierait de répéter ça, minable ? demande-t-il d'une voix presque affable.

Moustache rabat son caquet.

— C'est vrai, ça. Qu'est-ce qu'elle a fait ?

— Je te le dirai dans dix minutes, promet-il.

Et il revient à nous.

— J'ai l'impression, chère petite dame, que vos vapeurs se tassent un peu et que vous allez ainsi pouvoir répondre à ma question, fais-je à la bistrotière.

Elle respire un grand coup.

— Je me rappelle plus de ce que vous me demandiez.

— Allons donc ! C'est ce qui vous a déclenché cette malencontreuse crise de foie ! Les poivrons farcis ne supportent pas des questions de ce genre. Bon, je vous écoute ?

Nouveau silence. Sa poitrine doit être duraille à charrier car elle la soutient de ses deux mains.

— Oui, vous me demandiez…

— C'est cela.

— Je… j'avais téléphoné en Suisse, à une copine qui travaillait dans un cabaret de Genève.

— Et après, mon enfant ?

— Elle… Ça n'avait rien donné.

— Ah ! non ?

— Non.

— Votre brave papa assure le contraire. Il prétend que vous êtes tellement démerdarde (c'est son expression) que vous aviez eu le tuyau rapidement et aviez poussé la complaisance jusqu'à l'aller porter au père Dugadin.

— Il doit se tromper.

— Non.

M. Blanc s'étire, bâille.

— Bon, il dit, on commence à se faire chier. Va falloir renvoyer les clients et fermer le bistrot. T'es d'accord, vieux ?

J'opine :

— Sage décision, inspecteur.

Mon pote retourne de nouveau dans la rade.

— Allez, on ferme ! annonce-t-il. Réglez vos consos et sortez tous, mesdames et monsieur.

Encore une fois, je te répète que ça bifurque un poil, notre enquête. Le nom du propriétaire de la voiture, c'est de la crème vanille pour le retrouver. Si je me mets en cheville avec mes potes de la Sûreté genevoise, ils me dénichent le renseignement le temps que ta femme se rase.

Je suis venu bavarder avec Adélaïde pour connaître les réactions qu'eut l'oncle Tom lorsqu'elle lui fournit le renseignement. Nos investigations c'était « plein feu sur tonton ». Mais voilà que madame se pâme quand je l'interviewe à ce propos. Au lieu de me répondre, elle me restitue ses poivrons farcis. Alors, du coup, ça dévie l'angle de tir, comprends-tu ?

— Le bistrot est *closed* ? demandé-je à M. Blanc.

— Oui.

— Alors occupe-toi du taulier, je continue avec madame.

— Banco, mon vieux.

Dans un sens, il préfère ça, Jéjé. Le type à la chemise verte qui le traite de chimpanzé, il est pas près de partir en vacances avec ! Il me chuchote dans le cornet acoustique :

— Tu crois qu'une petite bavure serait mal tolérée de nos confrères dauphinois ?

— De nos jours, on est toujours à la merci d'un fan des Droits de l'homme. Sur le marché du crime, tu ne trouves plus que des brigands et des idéalistes.

Il hausse les épaules.

— Bon, je ferai au mieux.

Ma gamberge accomplit toujours le plus gros du travail. Mon raisonnement me précède à reculons, me dictant au fur et à mesure la conduite à tenir, les mots à prononcer.

— Adélaïde, murmuré-je, ton père est un rudement brave vieux. Le vrai honnête Savoyard. À quatre-vingts balais passés il continue de réparer des roues de vélo dans son gourbi. Tu sais ça ?

— Évidemment.

— Alors, tâche d'être un peu digne de lui avant qu'il crève.

— Pourquoi vous me dites ça ?

— Pour que tu me dises la vérité à propos de cette affaire de plaques d'auto suisses. Tu ne vas pas nier ce qu'il affirme en toute bonne foi, ma grande !

— Il n'a plus sa tête d'avant.

Salope ! Pas la peine de vouloir pincer la corde sensible : elle n'en a pas. C'est bouffi, c'est repu, c'est con et ça n'a plus de cœur. La veulerie de l'existence, la cupidité, la soumission au paf ont tout stoppé.

— Bon, bon, puisqu'on doit parler autrement… Le bistrot est à ton nom ?

— Bien sûr.

— Tu l'as acheté en quelle année ?

— 1974.

— Avec quel argent ?
— Bédame, mes économies !
— Avant de te mettre à ton compte tu étais serveuse de restaurant, m'a dit ton dabe, ou si c'est son ramollissement du bulbe qui le fait dérailler ?
— Non, c'est exact.
— Tu as contracté un emprunt auprès d'une banque pour cette acquisition ?
— J'avais assez.
— Heureusement, parce que, renseignements pris, un établissement de crédit aurait probablement refusé ton dossier.
— Qu'est-ce que vous en savez ?
Ça y est : elle sort ses griffes comme un avion son train d'atterrissage pour pouvoir se poser. Moi, maintenant, mon siège est fait, comme disait mon ami Poirot-Delpech au soir de son élection. Je suis prêt à te parier ma burne droite contre ta dent creuse que ces deux-là ont bricolé un petit coup d'arnaque sur la Suisse en 73. L'histoire du père Dugadin avec le touriste domicilié en Helvétie a dû les brancher sur une mine.
— Tu l'as payé combien, ce troquet, bien placé comme il est ?
— Trente briques de l'époque.
— Et toi, simple serveuse, t'avais trente bâtons dans ton bas de laine ! Dis donc, t'es la vraie petite fourmi !
— Moktar m'a aidée.
— Bien sûr : la fourmi et l'écureuil en ménage, fable !
Mon phrasé la déconnecte un peu. C'est pas une littéraire, Adélaïde. Mais son affaire naît dans ma comprenette, comme le dessin mystérieux naît des chiffres qu'il faut réunir par un trait de crayon à la page de « Jeux » des baveux. En somme, il espérait quoi de ces renseignements pris en Suisse, le tonton Tom ? Du blé ! Il voulait essayer de griffer une rallonge, le bon bougre jamais rassasié de picailles. Salcons le savait, il l'a dit à sa grande fifille qui l'a répété à son petit mac. Alors pourquoi n'auraient-ils pas eu l'idée d'affurer un pacsif dans ce trot attelé, les deux ?
Je rassemble le tout et le sers à la grosse en chuchotant : le mage Perlimpinpin dans ses œuvres. Elle m'écoute, secoue négativement la tronche, manière de repousser les évidences qui viennent lui chanstiquer le mental.
— C'était qui, l'étranger de Suisse ? Il faisait quoi ? Tu t'y es prise comment ?
— Non, non. On n'a rien fait. Je sais pas de quoi vous causez !

— T'es franchement bécasse de nier puisque tout ça va sortir au grand jour, comme dans une vente aux enchères. Ce qui m'intrigue – et toi aussi, je gage – c'est la raison pour laquelle le proprio de la voiture américaine aurait allongé trente tuiles. Après tout, ce n'était qu'un banal accrochage sans grandes conséquences et il l'avait déjà copieusement dédommagé, Thomas. Même par le circuit classique des assurances, il n'aurait pas engrangé plus, mon faux tonton.

Deux méthodes se proposent pour nous : soit y aller dans le troisième degré en essayant de contourner les bavures afin de les faire parler à tout prix, soit préparer un dossier substantiel qui nous offre une rampe de lancement solide, histoire de les confondre. Des images récurrentes m'amènent à pencher pour la seconde alternative, bien que mon tempérament de feu me porte vers la première. Dans l'immédiat, il leur suffit de nier, battre à niort à outrance et on ne peut rien contre eux, RIEN ! On aurait dû venir avec notre manger, mais je pouvais pas présager qu'il y avait du louche, côté Adélaïde. Si elle n'avait pas paniqué quand je lui ai sorti ma question à cent balles, je ne me serais gaffé de rien. Il lui aurait suffi de conserver son calme et de bonnir n'importe quoi d'évasif… À présent, elle sera sur ses gardes et son souteneur va… la soutenir. Ils vont mettre au point une version qu'on aura du mal à démonter. Rageur, je reprends :

— T'as eu la méchante diarrhée verte, ma grande, quand je t'ai balancé cette tranche du passé dans les oreilles, tout à l'heure. Tu sais ce que je pense ? C'est que cette affaire est brûlante. La preuve ? Thomas Dugadin en est mort. Quatorze ans après ! Et dans les pires conditions. Je te montrerai un de ces jours les photos que l'identité judiciaire a prises de sa carcasse : le visage découpé, la bite fendue en deux, les tripes dehors… Maintenant que l'abcès vient de crever, tu joues avec ta peau en ne t'affalant pas, la mère. J'imagine tes gros nichons pendant comme deux chauves-souris sur ton bide, et ta chaglatte surmenée incisée jusqu'au nombril ! C'est le style des tueurs qui se sont occupés du vieux. Des sadiques, ma fille ; des pros que rien n'arrête et qui ne respectent ni les vieillards, ni les femmes.

Elle est blafarde sous son début de couperose, Adélaïde. Pas une journée faste qu'on lui fait vivre.

Le fichtre foutre m'empare.

— Allez, tchao[1], mémère !

Je la quitte sans un regard.

1. Peut également s'écrire *ciao*, assure la comtesse de Paris.

Dans le bistroquet, M. Blanc ne paraît pas obtenir de résultats positifs avec l'Arabe. Je comprends ça à sa mine renfrognée. Il est beaucoup plus maître de soi que sa grosse, Moktar. L'hérédité, tu comprends ? Il laisse pisser le mouton, lui. Il a l'habitude. Des interrogatoires, il en a subi des chiées, alors : « Comprends pas », « J' sais pas où vous prenez ça », « J'ai jamais rien fait de répréhensible ». Il a eu beau s'escrimer à la limite des bavures, M. Blanc, filer des coups de genou dans les roustons, des baffes sur les oreilles, et frapper les orteils du bistrotier avec son talon, il en est au même point.

— Viens, lui dis-je, on va laisser monsieur et madame réfléchir et on repassera demain pour une plus grande discussion. En attendant, mon cher Moktar, pas question, évidemment, de partir en vacances, n'est-ce pas ?

On arpente à belles enjambées le bitume grenoblois. Jérémie est rageur. Alors, je lui vaseline un peu le moral :

— Pourquoi tu fulmines, grand Noirpiot ? On tient le bambou ! Ils sont à nous, ces deux cancrelats. Simplement, faut qu'on amasse des arguments et qu'on les laisse macérer dans leur pétoche. Car ils ont la pétoche !

— C'est clair qu'ils ont fait un coup foireux en Suisse, hein ?

— C'est évident, inspecteur.

L'ancien balayeur du 6e arrondissement casse une branchette de fusain à la terrasse d'un café et se met à la mâchouiller. Tu sais qu'il est superbe, ce diable noir. Grand commak, bien découplé comme on disait dans les bouquins à la con de jadis, aussi souple qu'un danseur. Tu t'attends à tout moment à le voir exécuter un numéro de claquettes sur le trottoir. Et sympa, mon vieux ! Alors là, sympa au point que t'as envie d'amener un fauteuil pliant afin de t'asseoir en face de lui pour le contempler, comme on regarde une ronde d'enfants, un feu de cheminée ou le coucher du soleil sur la Beauce.

— Et à présent ? me demande-t-il.

— Ah ! non, inspecteur Blanc, ne me demande pas des directives, voire même des conseils : c'est TON enquête. Tu diriges et je te mets des notes.

Il rit.

— T'es chié, mon vieux. C'est vraiment une putain d'aubaine que d'avoir rencontré un mec comme toi. (Puis, devenant grave :) D'accord, je décide et tu notes. J'ai droit à combien jusqu'à présent ?

— Seize sur vingt, mec.

Il fait la moue.

— T'es sûr que ça ne vaut pas plus ?

— Ça vaudrait vingt sur vingt si tu avais commencé par faire rechercher immédiatement par la police suisse le nom du propriétaire de la voiture américaine.

Jérémie se plante devant ma bagnole.

— T'as raison, admet-il. Alors là, oui, je conviens. T'es chié dans ton genre, et moi, pas si malin que je crois. Dans le fond, crédité d'une faute pareille, seize sur vingt c'est pas mal payé, mon vieux, je te remercie.

Plus j'y pense, plus je me dis
qu'il n'y a aucune raison
pour que le carré de l'hypoténuse
soit égal à la somme des carrés
des deux autres côtés.

Quand t'arrives à Montmélian, tu passes devant la fromagerie et t'arrives à la gendarmerie. Mais si tu es fromageophobe, tu peux tout de même gagner la gendarmerie sans passer devant la fromagerie ; je tiens un itinéraire de rechange à ta disposition.

Nous sommes reçus par un brigadier d'une quarante-huitaine damnée, et la chevelure poivrant et salant, au menton énergique et dont le regard clair reflète les cimes qui se profilent au loin, et qu'on aperçoit depuis la fenêtre de son bureau. Il nous regarde entrer d'un œil intéressé. Et tout à coup, il me reconnaît pour avoir vu ma frime dans des revues où figurent d'autres culs plus appétissants encore.

— Commissaire San-Antonio ! Je rêve !

Je l'empêche de se prosterner, avec toute la délicatesse que déploie le bon roi Hassan II lorsque ses sujets se jettent à ses pieds, train d'atterrissage rentré.

— Repos, lui fais-je, oui, c'est moi, en chair et os, touchez ! Mais restons simples et ne m'appelez pas Majesté quand nous sommes entre nous.

Il mouille plein son froc d'un aussi grand bonheur inopiné. Car pour que le bonheur soit vraiment le bonheur il doit surgir à l'improviste.

— Mais par quel prodigieux concours Lépine de circonstances de lieux vous trouvez-vous ici, monsieur le commissionnaire ? balbutie Jean-Baptiste Lechibré.

— J'accompagne l'inspecteur Blanc, ici présent, qui est chargé d'un complément d'enquête sur le meurtre de Saint-Joice-en-Valdingue.

Jérémie Blanc est nouveau dans la police, mais c'est une nature d'élite, un surdoué qui a déjà élucidé l'affaire du Courrier de Lyon, celle du Masque de Fer et qui prépare des conclusions époustouflantes concernant Louis XVII.

— Très honoré, fait le brigadier Lechibré, et complètement noir avec ça ! Tout de suite, je n'avais pas remarqué…

— Sans doute parce qu'il s'appelle Blanc ? suggéré-je.

— Oui, c'est probable.

Ce caprice d'auteur passé, Jérémie prend l'initiative. En termes précis, il évoque l'accident d'hélicoptère survenu à Saint-Joice-en-Valdingue le 14 septembre 1973. Notre bon gendarme est tout contrit.

— Mes seigneurs ! Mais je n'étais pas ici à cette époque. Je démarrais à Fouzydon-Danloc. Il est Vilain ; pardon : Elle est Vilaine ; c'est votre présidence qui me trouble !

— Remettez-vous, mon cher. Après tout, si on y réfléchit bien, nous ne sommes que des mammifères ; on pisse des résidus de boissons fermentées et on défèque les scories de nourritures prises dans des trois étoiles, c'est la seule différence qui nous distingue du bœuf. Plus quelques babioles telles que *Roméo et Juliette*, *La Joconde* et la pénicilline.

L'inspecteur Blanc, mon numéro commence à lui perturber la prostate.

— J'aimerais bien que tu réserves ça pour ton one mane chauve au Zénith, ronchonne-t-il. Travailler en déconnant, j'ai pas encore pris le rythme.

Il revient à son hélico et, montrant des casiers métalliques répertoriés, il suggère que lesdits doivent être bourrés de dossiers et qu'on peut espérer y trouver encore le rapport de l'accident.

Il est franchement époustouflé par tant de sagacité, Jean-Baptiste Lechibré. Il nous fait part de son abasourdissage. Il trouve que des cerveaux humains capables de pareilles trouvailles, faut les conserver dans du formol pour instruire les générations futures. Qu'elles puissent admirer leurs lobes, leurs pédoncules et leurs protubérances. Pas y laisser perdre, surtout ! Au moins prendre des macrophotos !

Et bon, nouvelle giclette d'extase dans son futal. Va devoir changer ses pampers, décidément ! Sous le guidage averti de M. Blanc, cependant peu familier de la paperasserie (ex-balayeur, tu penses !), il part à la recherche de l'année 73, laquelle s'éloigne de nous à tire-d'aile et larigot. La trouve, coincée, cette pauvrette, entre la 72 et la 74 (qui vit mourir notre pauvre Pompidou). Un épais dossier de toile grège épluché du dos et fermé par une sangle. Il le porte à son bureau tel un enfant blessé, et, toujours sous la houlette de Jérémie, l'ouvre et l'inventorie (et non pas lavatory, comme j'ai lu l'autre jour dans un sous-sol de gare). Il fait pas long pour trouver le rapport en date du 14 septembre (en anglais *september)*. Rayonnant, il dresse sur moi un regard ému, mouillé de fierté et de ce fait très lourd.

— J'ai ! annonce le brigadier.

Il veut me tendre le document, mais c'est l'inspecteur Blanc qui s'en empare prestement. Le voilà qui se fend comme une pastèque et qui se met à gratter furieusement ses testicules en jubilant.

— Ça alors ! Ah ! ben ça, alors, c'est chié, mon vieux ! Pour être chié, c'est chié !

— Il vous tutoie ? s'alarme à voix basse le gendarme. Vous ! Lui : un Noir !

— Du point de vue grammatical il n'en est qu'à la seconde personne du singulier ; mais quand il aura étudié la troisième, les choses rentreront dans l'ordre, rassurez-vous, réponds-je (à cul).

— Ah ! bien. Je me disais…

T'avoueras que je suis de belle composition (française) et que j'ai toutes les indulgences pour M. Blanc. Car enfin il me revenait de prendre connaissance de ce document avant lui. Mais je joue le jeu. Une fois de plus : c'est son enquête. Et ma pomme supervise seulement.

— Je pense que ma note va grimper quand tu auras lu ça, mon vieux ! déclare Jérémie avec un poil de suffisance qui fait friser ceux que j'ai sous les bras, parce qu'il faudrait pas trop pousser Sana dans les orties.

Si sa tronche se met à enfler, cézigus, crépue comme elle est, elle ressemblera vite à un édredon de grand-mère.

Je biche le document et déclare sèchement :

— Quel que soit son contenu, je te mets quinze !

— Mais j'avais seize tout à l'heure, proteste mon disciple, douché.

— Je t'enlève un point pour ne pas avoir pensé à consulter la collection du *Dauphiné* du temps que nous y étions. L'accident y était relaté avec tous les détails, moi je n'aurai pas besoin de lire ce rapport car j'en connais le contenu ; je vais le faire néanmoins par probité professionnelle, car je peux y trouver une précision omise par la presse.

Le grand Noir plonge du pif. Bon, j'ai remis le compteur à zéro.

— Pardonnez-moi de vous faire perdre votre temps, brigadier.

Jean-Baptiste Lechibré récrie bien haut que ma visite est l'événement de sa vie et que, dès ce soir, il va s'acheter un cahier quadrillé pour commencer d'écrire ses mémoires.

***

Il portait un costume infroissable, comme ceux que tu peux rouler serré et mettre dans ta poche si tu en possèdes un second. Malgré tout, le vêtement était bien coupé. Dans les bleu pâle avec de fines rayures roses. Il exaltait le bronzage de Stephen Black.

À Kennedy Airport, il avait repéré une jeune femme blonde et mince, avec des cheveux raides coupés sur la nuque, exactement comme il aimait. Elle s'infligeait un régime trop draconien pour avoir de beaux seins ; mais Black se disait qu'il aurait néanmoins volontiers joué avec eux. Le tailleur coquille d'œuf de la fille sortait de chez un grand couturier français. Stephen qui suivait la mode de près, l'élégance faisant partie de ses préoccupations, hésitait entre deux noms réputés. Il aimait l'encolure de la veste et le plissé de la jupe. Toujours, les jupes plissées l'avaient excité. Il nota qu'elle tenait une carte d'embarquement de *first* à la main, comme lui, et, bien qu'il eût rarement de conversation avec Dieu, il Lui demanda de placer cette créature raffinée à son côté et le Seigneur qui témoigne souvent de l'indulgence aux canailles exauça son souhait.

Avant le décollage, ils avaient déjà engagé la conversation. Il comprit tout de suite que son charme glacé opérait sur la passagère et il en profita pour « pousser son avantage ». Il apprit qu'elle était française et qu'elle représentait une agence de prêt-à-porter à New York. Elle se rendait souvent à Paris où son époux travaillait dans la publicité. Leur vie actuelle ne favorisait guère l'épanouissement d'un foyer, aussi retardait-elle le moment d'avoir des enfants.

L'hôtesse leur proposa du champagne et ils se portèrent un toast muet, plein de sous-entendus ; Black avait l'art du « non-dit ». Son regard éloquent suppléait les mots et certaines de ses expressions valaient des tirades.

On leur servit un délicat repas auquel la jeune femme ne toucha pratiquement pas. Black ne se gêna pas pour savourer le sien complètement, avec son solide appétit coutumier. Pareil à un athlète de haut niveau, il consommait toujours de fortes quantités de nourriture, en évitant toutefois les hydrates de carbone.

Quand on les eut débarrassés des plateaux, Stephen Black renversa son siège de quelques degrés. Ils se trouvaient assis au dernier rang des first et n'avaient derrière eux que la cloison les séparant de la classe Y.

— Vous ne lisez pas ? demanda-t-il.

— Non, répondit la jeune Française.

Sans lui demander son avis, il éteignit les lampes dont les minces faisceaux tombaient sur eux. Ils se trouvèrent alors plongés dans une discrète pénombre, propice au sommeil. Bientôt, les allées et venues des hôtesses cessèrent, l'éclairage général de l'appareil baissa de plusieurs niveaux et il n'y eut plus qu'une molle torpeur accentuée par le bruit soyeux des réacteurs, loin derrière leurs fauteuils. Stephen murmura quelque chose d'inaudible. Elle lui fit répéter.

— Je suis bien, soupira-t-il. C'est un instant marginal, de vrai bonheur; vous ne trouvez pas?

Elle dit « Si » et il lui prit la main. Elle eut un mouvement pour la lui retirer. Black accentua sa pression, mettant dans celle-ci une grande partie de son énergie. La jeune femme ne résista plus. Il se mit à caresser ses doigts, doucement. Ensuite il les porta à ses lèvres et les suça l'un après l'autre. Sa poitrine frissonna, subjuguée par l'étrange caresse. Elle éprouvait une indicible sensation comme s'il eût léché tout son corps. Elle eut intensément envie de ce beau mâle terrifiant auquel il était impossible de résister.

Elle rêva qu'elle se trouvait dans une chambre bien close avec cet inconnu et qu'il l'entraînait dans un tourbillon de folies. Ce qui la fascinait le plus chez son compagnon de voyage, c'était sa désinvolture, son autorité et sa lenteur étudiées. Contrairement à la majorité des hommes, toujours pressés d'arriver à l'aboutissement, lui prenait son temps et savourait les prémices.

Quand il eut longuement sucé ses doigts, il abandonna sa main et posa la sienne sur la jambe de sa voisine. Et il resta sans bouger. Sa chaleur, ses ondes, pénétraient la jambe de la femme, s'irradiaient à travers tout son corps. Elle songea qu'elle n'avait jamais connu peut-être de plus grande volupté qu'à cet instant, avec cette main posée sur sa cuisse. Tout naturellement, ce fut elle qui, après une longue et intolérable attente d'animal piégé, se mit à remuer sur son siège, quémandant ainsi des caresses plus intimes. Il fut inexorable et s'obstina à attendre encore, sans que sa main ne frémisse.

À la fin, elle se pencha contre son épaule et exhala une sorte de légère plainte qui ressemblait à un appel. Ce fut comme un déclic qui le fit se décider. Sa main se coula sous la jupe plissée et il en ressentit un grand bonheur et un grand sentiment de victoire, car rien n'est plus décisif ni plus comblant pour un mâle que de toucher pour la première fois le sexe d'une femme.

Il ne lutta pas contre le fin slip étroit, mais de sa petite main magique, il le déchira sans la meurtrir, et elle coula sur son siège, ses genoux touchant le dossier qui lui faisait vis-à-vis, les jambes ouvertes, offertes intensément.

Sur la même rangée de sièges, de l'autre côté de la travée, un gros homme apoplectique qui suivait leur manège depuis un moment émit un grognement de protestation.

Black retira sa main et, se penchant dans l'allée centrale en direction de son voisin, lui demanda, son regard planté dans les yeux de l'autre :

— Quelque chose qui ne va pas ?

Son expression devait être insoutenable car l'autre se mit à bafouiller :

— Si, si, tout va bien.

— J'espère ! dit Black.

Et il continua de fixer pendant un bon moment encore le gros homme éperdu qui finit par croiser ses mains sur son ventre et fermer les yeux.

Il était tôt lorsque l'avion se posa à Charles-De-Gaulle. La femme dit adieu à Black pendant qu'ils arpentaient le couloir mobile servant au débarquement des passagers.

— Et quoi, on se quitte comme ça ? protesta Stephen.

— Il le faut, car mon mari m'attend. À moins que demain…

— Demain, je ne serai plus à Paris, coupa Black.

Elle eut un sourire nostalgique et reconnaissant, puis elle pressa le pas pour s'éloigner de lui.

Peu de gens attendaient l'arrivée du vol. Stephen Black aperçut un homme mal réveillé, genre B.C.B.G., plein de suffisance et qui devait se croire irrésistible. Il fut aussitôt convaincu qu'il s'agissait du mari et une colère fulgurante s'empara de lui. Il obéissait souvent à des pulsions irrésistibles qui lui faisaient commettre des actes insensés. Pressant le pas, il rattrapa sa compagne de voyage et la prit par le bras au moment où l'homme s'avançait vers elle, la bouche en cœur. La jeune femme, anéantie par la stupeur et la crainte, essayait mollement de se dégager de la ferme étreinte.

Black s'adressa au mari d'un ton courtois :

— Voilà, dit-il, je vous la rends. J'ai fait un merveilleux voyage : y a que les Françaises pour sucer aussi bien. Et l'odeur de sa chatte est un enchantement.

Il avança ses doigts sous le nez du gars abasourdi.

— Vous ne trouvez pas ? Veinard, qui allez disposer d'une chambre pour baiser cette splendeur !

Il respira à son tour ses doigts, les yeux fermés. La jeune femme pleurait, anéantie par tant d'imprévisible cruauté.

— Quel dommage de devoir prendre un bain ! soupira Stephen Black en laissant retomber sa main.

Et puis il s'éloigna.

Rendu fou, le mari bafoué se précipita sur ses talons, le rejoignit et lui saisit rudement le bras.

— Dites donc, vous ! Vous ne pensez pas que ça va se passer comme ça ! hurla-t-il.

Black se retourna posément et regarda le cocu comme il avait regardé le gros type de sa travée, pendant le vol.

— Barre-toi, connard, ou je t'arrache les couilles ! articula-t-il.

Son adversaire en puissance perdit pied et détourna le premier les yeux.

Stephen Black reprit sa route. Comme il n'avait qu'un bagage à main, ils n'eurent plus à s'affronter devant le tourniquet et il se rendit chez Avis pour y prendre possession de la voiture qu'il avait fait retenir : une Volvo jaune souci qui ressemblait à un taxi new-yorkais.

Une heure plus tard, il roulait sur l'autoroute du Sud.

Quoi de plus beau qu'un fer à repasser
quand il dort ?

— Qu'est-ce que tu penses de tout ça, mon vieux ?

— *J'en* pense encore rien, *j'y* pense.

Sur le perron de la gendarmerie, le brigadier Lechibré est resté au garde-à-nous, main au kibour, kif si j'étais le fantôme du Général de Gaulle en tournée d'inspection. Je passerai lui crier « repos », ce soir.

On se dirige à pas comptés vers un bistrot pour y écluser un verre de Roussette. J'adore ce vin blanc de Savoie, fruité et légèrement râpeux. Jérémie ne moufte plus, sachant déjà que la méditation d'un supérieur est chose sacrée.

On s'abat dans un troquet aux tables cirées. Mes idées produisent une sorte de fumée qui emmitoufle mon cerveau. C'est ça, le confort intellectuel : une langueur de l'esprit avec tout plein de bulles qui naissent, montent, éclatent, se renouvellent.

— Ces messieurs ? demande un type en gilet de laine troué aux coudes.

— Deux verres de roussette !

— C'est quoi ? s'inquiète M. Blanc.

— Du vin blanc.

— Tu me draines l'air avec ton vin blanc ! Vous ne pouvez donc pas rester une heure sans vous alcooliser, merde ! Pas étonnant que vous soyez tous des débiles mentaux ! Patron ! Pour moi ce sera une limonade !

Mais les commentaires de Jérémie s'estompent dans mes trompes. Je commence à avoir une vue panoramique de l'affaire Tonton.

Le 14 septembre 1973, un hélicoptère Giroupette 118 appartenant à la compagnie suisse Pale-Air-Lémanique était affrété par trois journalistes de nationalité américaine désireux de réaliser un reportage artistique sur les Alpes savoyardes. L'un d'eux possédant son brevet de pilote et les intéressés ayant versé la caution demandée, et déposé leur plan de vol, ils purent louer l'appareil et décoller. Cinquante minutes plus tard, après avoir survolé la région d'Annecy, puis être passés à l'est de Chambéry, le pilote percutait la ligne à haute tension et l'hélico explosait. On devait retrouver les restes des trois passagers affreusement déchiquetés.

Déposition d'un paysan nommé Thomas Dugadin sur les terres duquel se produisit le crash :

« J'étais à placer une barrière électrifiée pour faire pâturer ma vache quand j'ai entendu le giravion. Il semblait vouloir se poser dans mon pré. Peut-être avait-il des ennuis de moteur ; c'est du moins ce que j'ai pensé. Un instant plus tard, il y a eu une forte explosion, des flammes ont jailli de l'engin et il s'est comme désintégré. J'ai même aperçu les passagers en feu qui tournoyaient dans l'air avant de s'écraser sur mes terres. Sur le moment, j'ai eu peur d'être touché par des éclats et je me suis jeté au sol. Et puis il y a eu le silence et alors je me suis relevé et j'ai couru sur les lieux. C'était épouvantable. Les corps continuaient de brûler. J'ai couru alerter du monde. J'espère que l'E.D.F. réparera très vite la ligne, vu qu'un pylône est tordu au-dessus de mon champ et que je redoute pour ma vache. »

Une gorgée de roussette. Fameux. Mon négro sirote sa limonade. Chacun ses goûts.

Je sors de mon rêve comme on sort de la brume dorée du matin lorsqu'on cabotine en barlu.

— Inspecteur Blanc, fais-je, je voudrais voir si tu es réellement intelligent ou simplement pas trop con. Quelque chose t'a-t-il frappé dans la déposition du vieux ?

Il me foudroie de son énorme regard globuleux.

— T'es chié, toi, mon vieux, avec tes colles à la noix. Évidemment que quelque chose frappe dans ce qu'a dit l'oncle Tom. Faudrait être un gros connard comme ton copain Béru pour passer à côté.

— Ne mets pas en cause un absent. Je te souhaite d'avoir un jour la moitié des qualités professionnelles d'Alexandre-Benoît. Cela dit, j'attends ta réponse !

— Ben, mon vieux, ce qui frappe, c'est quand le vieux dit, en parlant de l'hélico « qu'il semblait vouloir se poser dans son pré ».

— Très bien.

— Il semblait vouloir se poser dans son pré *parce qu'il était en train de se poser dans son pré*, ni plus ni moins ! T'es chié, toi ! Ça saute au bon sens, merde !

Brave M. Blanc. Quand on songe qu'il aurait pu balayer les alentours de Saint-Sulpice pendant encore une trentaine d'années !

— Si je te demande de me donner ton point de vue de l'affaire Tonton, parvenu à ce point de l'enquête, tu me racontes quoi ?

Il réfléchit, exécute avec la bouche un bruit que Bérurier produit généralement en s'aidant de son seul anus et commence :

— Un peu prématuré, monsieur le commissaire. Néanmoins, disons que je pressens dans tout ça des options fondamentales.

Dis, il a du vocabulaire, le balayeur d'étrons canins.

— Pour commencer, je devine que tout est lié : l'accident d'auto et l'accident d'hélico. À preuve, leurs protagonistes sont des étrangers venant de Suisse.

Il avale une gorgée de limonade.

— Ensuite, il est clair et certain que le Nordaf et la fille Salcons ont eu un rôle déterminant. Je suis convaincu qu'ils ont obtenu du fric de l'homme à la voiture américaine ; et pas qu'un peu : au moins trente briques, mon vieux, ces salauds ! À l'insu de Tonton, bien entendu. Tu vois, à vue de nez, il me semble qu'ils ont fait porter le chapeau au vieux pingre. C'est eux qui ont ramassé la fraîche et le père Thomas qui a écopé des ennuis.

« Tout ça est noué dans le temps. Il ne s'écoule pas deux mois entre l'accident d'auto et l'accident d'hélicoptère et pas un an entre le premier accident et le testament du vieux crabe. Après l'histoire de l'hélicoptère, il a dû subir d'autres attaques, d'autres menaces, seulement nous ne le savons pas car la tante Mathilde est morte et c'était elle qui assurait le reportage sur la vie de Dugadin. C'est à travers ses lettres que nous avons pu rassembler cette somme d'informations et d'indices. Si Tonton a subi des tracasseries par la suite, nous l'ignorons.

— Tu es un policier admirable et de grand avenir, monsieur Blanc. Je suis fier d'avoir un élève de cette classe.

Il rit de bonheur.

— T'es chié, tu sais, vieux ! Franchement, j'ai jamais rencontré un type aussi chié que toi !

— Alors, pour conclure, mon bon Sherlock, où se situe le grand mystère dans ce sac d'embrouilles ?

— Le temps, mec. Le temps. *Pourquoi s'est-il écoulé plus de douze ans avant qu'on ne bute le pauvre bonhomme ?*

— En effet, approuvé-je, *that is the question*.

— Qu'est-ce qu'on branle à présent, monsieur le commissaire ?

— En attendant d'avoir la réponse de nos confrères suisses, on pourrait aller visiter la maison du crime, non ?

— J'allais le proposer, assure Jérémie.

Et je le crois.

*
**

Quand il atteignit le village, Stephen Black surprit des regards curieux et regretta de s'être laissé louer une voiture aussi voyante que cette Volvo jaune canari. Il traversa Saint-Joice-en-Valdingue sans s'arrêter, ralentissant seulement pour obéir aux réglementations de la circulation. Il savait que le chemin conduisant à la fermette du défunt Dugadin était le deuxième à gauche après l'église et qu'il fallait monter près d'un kilomètre une colline plantée de vigne. Ensuite la campagne s'offrait, faite de prés, de haies, de champs de seigle ou de pommes de terre. On précisait sur son plan qu'il trouverait un gros noyer sur sa gauche, prolongé par une langue de pré en forme de Corse. À l'extrémité de ladite se dressait un boqueteau de châtaigniers et la maison de l'homme assassiné se nichait dans un vallon après le bois.

Il repéra les lieux, son coude gauche pointé hors de la portière. Stephen possédait un œil de rapace et une mémoire spontanée qui enregistrait tout au fur et à mesure comme l'aurait fait une caméra.

Il atteignit le gros noyer et continua tout droit sa route. Lorsqu'il eut franchi le bois de châtaigniers, il vit la vieille maison de pierres dont le grand toit savoyard tombait bas sur la façade. Mais il ne s'arrêta pas et poursuivit son chemin en direction de Conivance-le-Vieux, distant d'environ cinq kilomètres.

Une fois en rase campagne, il aperçut un chemin humide qui dévalait jusqu'au ruisseau et, sans hésiter, il y engagea la Volvo. Malgré la boue, le chemin était suffisamment empierré pour qu'il ne s'enlisât point.

Il continua jusqu'à l'eau limpide. Au bas du chemin se trouvait une clairière où des souches d'arbres pourrissaient. Black manœuvra de manière à placer l'auto dans le sens du retour. À cet endroit, de hautes fougères dissimulaient la voiture et il fallait vraiment venir jusqu'à la clairière pour l'apercevoir. Le soir, au creux du vallon, commençant de prendre ses aises, Black se dit qu'aucun promeneur ne risquait plus de s'aventurer en ces lieux virgiliens. Il sortit de la boîte à gants un petit walkman rouge dont il coiffa le casque fragile et qu'il brancha. Assis à son volant, dans une pose détendue, il attendit la nuit en écoutant son concerto de Rachmaninov.

À quoi te sert d'avoir le nez creux si tu ne prises pas ?

— Tu ne crois pas qu'on devrait attendre demain pour usiner ? demande Jérémie au moment où je stoppe ma Maserati sous le hangar de Tonton.

— Pourquoi ?

— Parce qu'il fait noir comme dans mon cul, mon vieux.

Je stoppe net dans la clarté lunaire si chère aux pouètes du siècle dernier que j'ai beaucoup fréquentés.

— Vous venez de vous faire ôter un demi-point, inspecteur Blanc ; je regrette, fais-je. Car un flic ne doit être timoré en aucun cas, n'importe les circonstances.

Il éclate :

— T'es chié, toi alors, monsieur le commissaire ! Je disais cela parce que j'estimais que, de nuit, on ne peut pas faire un aussi bon travail d'exploration que de jour !

— Vous ne réalisez donc pas, inspecteur Blanc, que c'est de nuit que tonton Tom a été torturé et assassiné, de nuit que cette maison a été fouillée et qu'ainsi donc, les conditions pour une reconstitution efficace sont réunies ?

Il ronge tu sais quoi ? Non, pas son frein, puisqu'on est descendus de bagnole : ses ongles. Je l'entends marmonner dans son patois sénégalais des choses dans lesquelles je me trouve très probablement impliqué et qui, de toute évidence, manquent de bienveillance à mon endroit.

Mon cœur se flétrit, comme l'écrit Mme Yourcenar dans le superbe feuilleton qu'elle a donné à *Nous Deux*, l'an passé, lorsque je contemple cette image de ma petite enfance. La cour de ferme, boueuse, fumière, le hangar où j'ai cloqué ma tire auprès d'une vieille charrette dont les bras d'imploration sont dressés vers les toiles d'araignées du toit, et puis la ferme carrée, avec son lourd chapeau de tuiles brunes qui paraissent noires sous la *moon*. On a fermé les volets et la façade semble dormir.

Je revois tante Mathilde sur le seuil de ciment, avec un grand sourire de joie, essuyant ses mains ménagères à son tablier de coutil. Y avait mon papa dans ce temps-là ; pas tellement joyce de se pointer chez Dugadin, mais faisant bonne figure pour ne pas contrister maman. Le vieux Tom ne se trouvait jamais là. À croire qu'il n'habitait pas sa ferme. Il surgissait d'ailleurs, toujours : de l'écurie, du hangar, du potager, d'un sentier qu'on n'avait pas remarqué entre les hautes touffes d'orties.

Je vais retrouver cette odeur de cellier et de vieux bois, de Javel aussi, car tante Mathilde, avant de balayer, arrosait toujours le sol avec un gros entonnoir à anse contenant une lotion javellisée. Elle décrivait des 8 à n'en plus finir, qui se superposaient et subsistaient longtemps sur le rude plancher. Ah ! mes ombres ! Personnages de ma petite enfance dont je traîne le deuil sur les rivages de la vie, pareil à une vieille veuve bretonne qui s'obstine à regarder la mer.

L'inspecteur Blanc, morigéné, se dirige vers la lourde. Il s'y cabre. Un léger sifflement lui part des lèvres ou du nez, je ne sais, car avec l'éteignoir de cierges qu'il se trimbale, il peut même imiter la sonnerie du clairon.

— Quoi donc ? m'enquiers-je.

— Vise !

La Justice avait posé les scellés sur la porte, mais quelqu'un les a fait sauter avec un parfait sans-gêne. Mieux : la lourde n'est pas complètement fermée et une simple poussée la fait s'ouvrir.

Je retrouve exactement les senteurs que j'escomptais, plus des relents de mort, car l'oncle Tom a agonisé ici et son cadavre suspendu a commencé gentiment à s'y putréfier. La corde ayant servi à le suspendre est encore sur l'énorme crochet fixé sur une poutre que j'ai toujours vu et qui me fascinait. Tante Mathilde m'expliquait qu'on y accrochait la balance à fléau lorsqu'on pesait le cochon après l'avoir saigné dehors. Je vois l'oncle Tom pendant de ce plafond bas, ses avant-bras traînant sur le plancher : la photo que m'a montrée Bavochard.

La lumière que j'ai actionnée tombe d'une ampoule très faiblarde (pas plus de 25 watts) noircie par les chiures de mouches. Tout est saccagé en effet : les meubles, la grande hotte de la cheminée. Il reste une chaise valide, je m'y assois et m'accoude à la grande table massive, lisse de crasse et meurtrie par plus d'un siècle de service paysan.

— Alors ? demande M. Blanc.
— Ben, fais ! lui dis-je avec lassitude.

Ça commençait toujours par du café, je me souviens. Tante Mathilde, comme maman, avait sa « dubelloire » sur le coin du fourneau.
« J'en sers une goutte au petit ? demandait-elle.
— Très peu, et avec du lait ! » répondait Féloche.
Et puis bon, tout ça c'est du passé, du fini. De ces gens d'alors, très momentanément rassemblés, il ne reste que m'man et moi.
Jérémie demande :
— Elle est où, sa chambre ?
Chose curieuse, marrante presque, pour évoquer Tonton il désigne le tronçon de corde au bout duquel il est clamsé.
— En haut !
Et je lui montre l'escalier de bois, au fond de la pièce commune.
La maison ne comporte que quatre grandes pièces : la cuisine-salle-à-manger-« salon » où nous nous trouvons, à côté de celle-ci un local qu'on appelle la « souillarde » (de souillon, je suppose ?) où se trouvent l'évier, le matériel à fromager, des denrées, des ustensiles, des caisses vides, des bidons pleins… Au premier : la chambre meublée d'un grand plumard haut sur pattes, d'une armoire murale aux portes de noyer ouvragées, d'une commode également en noyer, d'un fauteuil voltaire et d'une malle à couvercle bombé. Cette chambre, je ne l'ai vue qu'une seule fois mais je suis capable de te la dessiner sans omettre le moindre cadre à photos, ni le crucifix noir « agrémenté » d'un rameau de buis jauni. Quant à la seconde pièce du premier, c'est le grenier à grains.
Le pas souple de Jérémie fait à peine gémir les marches. Je te dis : un félin, l'artiste. Quelle carrière va-t-il faire ? Sera-ce pour lui un gros handicap que d'être noirpiot ? Ils ont beau la ramener avec leur pote auquel il ne faut pas toucher, c'est loin d'être fini, la ségreg, mes frères. Pas avant qu'on soit tous mulâtres (car nous le serons un jour, inexorablement). Non, pas avant ! Et même ensuite, ils trouveront encore des différences pour se hiérarchiser ! La bande doc !
Il se produit un gros bruit au-dessus de ma tête. De la poussière et des petits trucs du genre fétus de paille pleuvent sur mes épaules comme les pellicules d'un pouilleux qu'aurait jamais entendu causer de Pétrole Hahn (ma chère Hahn, ne vois-tu rien venir ?).
Le bruit dont au sujet duquel je te parle, c'est comme un gros toutou de race Sahara Bernard, qui se couche d'un bloc, épuisé d'avoir tiré un coup en levrette. Cézarin a dû renverser le fauteuil voltaire, je parie.

Ses pas continuent. Et puis y a de l'accalmie intégrale. M'est avis qu'il vient de trouver des choses intéressantes, le futé.

Curieux, ce rôle de prof que je joue. Plus exactement de superviseur. Je me vois bien interpréter ça dans une série télévisée. Sana guidant les premiers pas d'un jeune surdoué de la Poule. L'annotant, le conseillant, lui tenant la paluche quand il défouraille mal.

Est-ce que j'aurais des velléités à tourner vieux con? C'est ainsi que débute le départ sur le toboggan. La soif des honneurs. Illuminer le monde de ses propres rayons. Voir son prestige reconnu. Se faire connaître, c'est bien; mais se faire re-con-naître, alors là c'est le top, mon ami, le top!

Les coudes sur la table, je regarde la corde sinistros qui pend, rectiligne et effilochée du bout par le couteau qui l'a tranchée. Et je revois une fois de plus, en des bouffées de remémorance tarabustante, nos visites d'autrefois, quand l'oncle Tom déboulait d'on ne savait d'où, après que nous nous étions installés et que m'man avait jacté de l'essentiel avec sa sœurette. Il claudiquait un brin, Tonton. Il avait une casquette, un tablier bleu dont la poche centrale pendait comme un ventre d'hydropique tant il la bourrait d'outils : sécateurs, tournevis, peloton de fil de fer, marteau à grosse tronche. Il restait un instant sur le seuil pour nous considérer, puis feignait la surprise bien que notre bagnole fût sous le hangar, à l'endroit exact où je viens de remiser la mienne. Il disait, sans la moindre joie : « Oh! vous m'en direz tant! » Toujours la même phrase. Puis il entrait, maussade. Papa et lui commençaient par se serrer la louche, ensuite il embrassait m'man sur les deux joues et m'accordait à moi un baiser sec sur le front. Sacré vieux grigou, va! À son âge, se laisser embarquer dans une béchamel pareille, je te jure!

Je ressens tout à coup un petit chatouillis sur la main. Je regarde et tu ne devineras jamais ce que je vois, à moins que tu n'aies visionné quelques films d'épouvante classiques. Une tache de sang, mon vieux! Large comme une pièce de deux francs. Un sang rouge, brillant, épais. Le cachet de cire Cartier! Ça a chié entre deux lattes du plafond.

Le temps de réaliser et plusieurs autres gouttes tombent sur la table. Putain d'elles! Je me dresse et me mets à cavaler vers l'escalier. Dix-sept marches que je gravis quatre à quatre, ce qui donne trois grandes enjambées et une petite normale.

La porte de la chambre est ouverte et Jérémie gît sur la descente de lit râpée de l'oncle Tom. Le manche d'un couteau dépasse de son polo et le sang pisse dru de la blessure. Le choc sourd, c'était pas le fauteuil voltaire, mais lui-même.

Un kaléidoscope fulgure dans ma tronche. Je repense aux scellés de la porte brisés, à la lourde mal fermée, à ma négligence. On s'est pointés alors que quelqu'un se trouvait dans la chambre du vieux. Et ce quelqu'un n'a pas hésité à poignarder Jérémie quand il est entré.

La fenêtre ouverte m'en dit long. J'y cours. Elle ne se trouve qu'à quatre mètres du sol : de la rigolade pour un homme d'action…

Je calcule le temps qui s'est écoulé depuis que j'ai entendu la chute de M. Blanc. Con de Sana ! Superviseur de ses fesses ! Il rêvassait, l'artiste ! Faisait de la broderie mentale, le niais ! Il s'est bien passé deux à trois minutes avant que le sang ne tombe du plafond. Ce qui signifie que l'agresseur est loin.

Agenouillé auprès du brave Noir, je palpe son pouls. Il bat, mais la breloque. Un râle bulbeux sort de sa gorge. Il est dans le sirop complet. L'antichambre de la mort. Oh ! le connard de Sana ! Ce type heureux, avec sa chère Ramadé et ses chiares turbulents, qui balayait le pavé de Paname en rêvant aux rives du fleuve Sénégal… Et que je suis allé détourner de son humble mission pour en faire un super-flic.

Le pari fou d'un glandeur. Un nègre policier d'élite, grâce au fameux Santantonio qui a su détecter, etc. et qui, etc. Tartines ! Tartines !

J'hésite à arracher le couteau de la plaie, mais on m'a toujours enseigné que cela risquait d'être fatal à la victime. Comme si ce coup de rallonge dans le buffet ne l'était, fatal. Il se meurt, Jérémie ! Question de minutes.

Je cavale jusqu'à ma Maserati, laquelle, nul n'en ignore, est équipée du téléphone. Il me faut l'hôpital de Chambéry, dare-dare. Je l'obtiens. Police ! Urgent ! Une ambulance avec un équipement de soins intensifs et un médecin à son bord pour Saint-Joice-en-Valdingue. Dans la maison où fut torturé et tué un vieillard voici quelques jours. Et qu'on ne s'occupe pas des excès de vitesse.

Ma chemise est trempée car je suis en nage. En âge de commettre les pires erreurs ! Je raccroche et m'apprête à ressortir lorsque je pense que, depuis quelques mois, je me suis doté d'un équipement permettant d'apporter les premiers soins à un blessé. Mes connaissances médicales sont médiocres, pourtant nécessité fêle l'oie. Je sors la boîte de couleur crème, décorée du drapeau suisse en négatif (cher Dunant, que de reconnaissance nous te devons) et retourne au chevet (si je puis m'exprimer ainsi à propos d'un homme en train de gésir sur un plancher) de l'inspecteur d'élite Jérémie Blanc.

Je vaincs ma perplexité une fois la boîte ouverte. Qu'importe si je me goure, l'essentiel est d'agir. Agir à tout prix. Tenter l'impossible, l'inutile même, mais « faire quelque chose ».

Je choisis un tonicardiaque tout prêt dans une seringue aseptisée placée dans un conditionnement de plastique transparent. Intraveineuse. Ce n'est pas la première que je pratique. Ma sangle de caoutchouc enserre le bras du noirpiot au-dessus de son coude, après que j'ai retroussé la manche de son blouson. Je trouve une veine potable. Pas commode dans tout ce noir. Il est vraiment couleur d'ébène, mon pote. Et tu sais que c'est une œuvre d'art ? Tu sais que Léonard de Vin Cuit, Raphaël Géminiani, les autres, ils n'ont fait que copier la beauté. Le chef-d'œuvre, il est là, avec un ya dans le burlingue, mon ami ! Admirablement modelé, harmonieux au-delà du possible.

J'enquille doucettement la fine aiguille dans le pipe-line. Je presse imperceptiblement sur le piston. Ça dure... Ça n'en finit pas.

Quand, malgré tout, la seringue est vide, je cherche ce que je pourrais faire d'autre pour lui. Mais j'ai beau me creuser la calbombe, franchement je ne trouve pas. Ça n'est plus de ma compétence.

Alors je retourne à ma guinde pour tubophoner à la Sûreté de Chambéry. J'aurais dû le faire tout de suite après mon appel à l'hosto.

Faut que je me retire un point, mon vieux. J'ai beau être un type « chié », je fais des conneries comme tout le monde.

SECOND PART

LA CHASSE AUX GRANDS FAUVES

Par tradition,
tous les marins du monde
picolent, car il était bon,
dans la navigation d'autrefois,
qu'il y eût toujours
du vent dans les voiles[1].

— C'est la bière, me dit Béru en se mettant à compisser un arbre de Grossbrakstrasse. C'est la bière, ne cherche pas.

Je ne « cherchais » pas, néanmoins la confidence affûte mon intérêt.

Une dame suisse-allemande, coiffée d'un feutre vert à plumes, qui promène son chien, se met à pousser des clameurs devant la miction suicide béruréenne. Elle bonnit en swisdeutch des choses fustigeuses et hautement réprobatrices que nous avons le regret de ne comprendre que sur un plan très général.

— Vous causez français ? lui demande Béru sans cesser de dégarnir sa vessie.

La dame s'essaie dans notre dialecte, avec plus ou moins de bonheur, usant son peu de vocabulaire à malmener et à flétrir les mœurs de l'Hexagone.

Son Excellence la stoppe :

— Dites, votre toutou, s'il voudrait licebroquer, vous l'laissereriez faire cont' c't' arb', non ? Alors pouvez-vous-t-il me dire en quoi la

1. J'ai oublié de te dire, depuis le début de cet ouvrage qui marquera un tournant dans les lettres françaises, que les titres de chapitre, comme souvent, n'ont aucun point commun avec le texte qui les suit. Ils sont là uniquement pour ma satisfaction personnelle. Mais s'ils te font chier, tu peux soit les gouacher, soit les biffer au crayon feutre épais.

pisse d'homme est moins hyginique que celle d'un cador, chère p'tite maâme ?

Elle continue d'en balancer, la vioque. Ce qui défrise mon pote. Comprenant qu'il n'endiguera la fureur de cette excellente Zurichoise qu'en usant de la manière forte, il se détourne de l'arbre pour lui exzober le corps du délit.

— Si j'vous laisse caresser le joli zoiseau que voilà, ma jolie, vous m'donnereriez combien ? demande-t-il ingénument.

La mémère au chapeau vert est abasourdie par la surdimension de ce qu'on vient de lui montrer. Un braque de quarante centimètres, elle savait même pas que ça pouvait exister. Aucun des ouvrages d'anatomie qu'elle a eu l'occasion de feuilleter n'a jamais mentionné un tel phénomène.

— Vous comprenez bien, petite maâme, que quand t'est-ce on promène devant soi une bannière d'ce calibre, on est obligé d'y obéir, conclut l'Énorme.

Et ayant achevé de s'égoutter, il remise sa lance d'incidents ou d'incendie dans le nid de cigogne de son Éminence grise et nous poursuivons notre marche, diurétiquement interrompue, vers le 88 de la vaste artère paisible qu'est Grossbrakstrasse, dans le quartier résidentiel (mon mari !) de Zurich.

— T'as des nouvelles du noirpiot ? questionne Alexandre-Benoît.

— Je viens d'appeler l'hosto : il est toujours dans le coma et on ne me laisse guère d'espoir.

— Quand j'ai amené av'c moi sa femme, de Paris, elle me disait tout l'long comme quoi elle allait l'sauver avec des recettes cont' les coupures qu'ils ont là-bas dans leurs cases.

— Tu parles d'une coupure ! soupiré-je. Une lame de dix-huit centimètres dans la région du guignol, ça te gêne un peu pour tousser ! T'as conduit leur portée de négrillons à la maison ?

— Naturliche comme ils disent ici. Ta maman, tu voudras qu'j'te dise ? Une sainte ! Se farcir c't'escouade d'ouistitis, à la tienne ! Qu'à peine arrivés y s' sont mis à sortir les meub' d'vot'salon pour se construire une cabane ! Qu'est-ce tu veux : les rédités, mec, ce sont les rédités ! Chez eux, y vivent dans les arb'.

J'écoute mon pote avec délectation. Je raffole de sa musique. Solo d'hélicon basse ! La sonorité du con à l'état brut ! Après le drame, j'ai eu besoin de me raccrocher à la vie.

L'esprit de conservation conduit à toutes les lâchetés. Pendant que Jérémie perdait la sienne, moi je m'occupais du confort de la mienne.

Le poignardage de M. Blanc m'accable ? Vite, remontons-nous le moral grâce au tonus de Bérurier ! « Allô, Gros ? Besoin de toi ; radine ! » Il a grommelé « Banco », mais il s'est pointé avec plein de chiens de sa chienne, le Dodu. L'en avait sec de ma trahison. Il dit que je le trompe avec un enfoiré de négus. Que je me suis entiché d'un Sénégalais de chiottes, juste bon à balader, de la pointe du balai, des merdes sur les trottoirs. Alors il me monte sa présence en épingle. Le retour d'Eliott Ness ! Tu me reveux ? Me r'v'là, mais va falloir filer doux, mon drôle ! Le fait que Jérémie soit à l'agonie atténue un peu ses rancœurs. Un mourant, tu peux pas trop lui déclarer la vendetta, faut admettre.

Et voici-voilà le 88. C'est un buildinge en verre fumé d'une douzaine d'étages. Une entrée magistrale, en marbre noir. Des motifs d'acier. Des plantes qui font semblant d'exubérer. Un fronton avec des lettres chiadées, design, tu comprends ? « American Bank Company ». Dans le hall de réception, des guichets sophistiqués, en verre et acier. Des éclairages tamisés. Ambiance feutrée. C'est onctueux, presque morbide à force, kif un *funeral house*.

Je me pointe aux renseignements, là qu'une pin-up qui a fait ou fera le poster central de *Playboy* lit un article passionnant sur la fausse couche chez l'escargot du Nebraska.

Je toussote, manière de l'alerter, mais elle file jusqu'au bout du paragraphe avant de lever ses prunelles féeriques sur moi.

— Vous désirez ?

— J'ai rendez-vous avec M. Murchinston.

— De la part ?

— Commissaire San-Antonio.

— Comme la ville ?

— Sauf qu'il y a un tiret entre San et Antonio.

— Tiens, pourquoi ce tiret ? demande-t-elle.

— Parce que je l'ai mis, expliqué-je longuement.

— C'est intéressant, convient-elle.

— Très. Y a rien eu de plus sensationnel depuis le suicide d'Adolf Hitler dans ce bunker de la Chancellerie.

Elle me délicate un joli sourire qui contracte je ne sais quel muscle embusqué dans mon slip. Et puis la voici qui manipule un bigophone tellement moderne et chiadé que je serais mort de faim avant d'avoir trouvé le moyen de l'utiliser pour me commander un sandouiche pain-de-mie-jambon-beurre.

Elle obtient quelqu'un qui lui obtient quelqu'un qui lui obtient quelqu'un qui lui conseille de patienter. Vingt et une secondes plus tard, on a le feu vert pour grimper au quatorzième étage, ce qui t'indique que je me fourrais le doigt dans l'œil jusqu'à m'en grattouiller l'anus depuis l'intérieur en t'annonçant trop hâtivement que l'immeuble mesurait douze étages.

M. Peter Murchinston, même si tu ne le voyais que de dos en train de déféquer, tu saurais qu'il est états-unien. Plus américain que lui, y a que la bouffe à MacDonald. Carré de partout, cheveux gris, brillants, coupés court, nez large, teint allumé, vêtements fripés, il annonce la couleur, cézigue. Le drapeau étoilé planté à côté de son bureau, comme un pébroque de grand hôtel dans son porte-parapluie est superflu. Une tronche pareille, c'est de la franchise ! Il était fait pour être yankee, comme Dullin pour jouer *L'Avare*. Note que c'est précisément parce qu'il l'est, yankee, qu'il se traîne cette frime. M. Murchinston père peut dormir tranquille, sa bonne femme lui a pondu un chiare sans le concours de leur laveur de vitres portoricain.

Comme il a de la converse, à notre entrée, il nous crie « Hello ».

Pour ne pas être en reste je lui déclare : « Que c'est gentil à lui de bien vouloir distraire un peu de son précieux temps pour nous recevoir et que je me permets de lui présenter l'officier de police et ancien ministre Alexandre-Benoît Bérurier. »

Il refait « Hello » pour nous signifier qu'il biche comme cent poux dans la culotte d'Alice Sapritch, nous désigne deux fauteuils et se rassoit.

Alors je dépose mon petit problème sur le coin de son bureau (en verre noir, bien sûr).

— Dans ce merveilleux organisme qui apporte à l'Europe ce que la grande Amérique a de plus spirituel, c'est-à-dire son système bancaire, vous bénéficiez de voitures de fonction, n'est-il pas ?

— Yé ! commente le sous-directeur de l'American Bank Company.

— Ce que j'ai à vous demander, cher monsieur Murchinston, est à la fois simple et compliqué : en 1973 vous disposiez, dans votre parc automobile, d'une Cadillac dont voici l'immatriculation.

Je dépose un bristol dactylographié devant lui et continue :

— Bien que quelque quinze années se fussent écoulées depuis, il est primordial, je répète primordial, que je connaisse le nom de la personne qui s'en est servie à la date du 23 juillet de cette année 73.

Un temps.

Murchinston chausse de grosses lunettes d'écaille pour lire les lettres et numéros de la fameuse plaque. Mais ça ne doit pas évoquer grand-chose dans son esprit car il repose ses besicles comme un chirurgien coupe l'arrivée de l'oxygène à un mec en cours de réanimation dont l'électrocardiogramme est devenu aussi plat que la Hollande.

Moi, manière de le stimuler, je lui injecte quelques centimètres cubes de sirop de vanité.

— Je sais que les recherches ne vont pas être commodes, monsieur Murchinston, mais je sais aussi que vous autres Américains ne vous laissez jamais brimer par les difficultés.

Il ne réagit pas. Il pense et, pour ce faire, a arrêté de mâcher le chewing-gum gonflant sa joue droite. Respectons sa méditation. Et puis voilà qu'il décide de presser un bouton.

— Anita ? murmure-t-il. Venez !

Il raccroche. Son fauteuil étant pivotant, il se propulse de gauche à droite, ce qui produit un léger grincement agaçant. Cette fois, son esprit étant repassé au vert, il peut mastiquer son éjaculation d'hévéa en toute quiétude. Le ronfleur de sa lourde ressemble à certains rots de Bérurier, quand celui-ci fait dans la discrétion. Murchinston libère l'entrée et alors, oh ! pardon, docteur : attention les yeux ! La gonzesse qui entre dans le bureau a dû provoquer davantage d'infarctus qu'il n'y en a eu depuis l'invention du cholestérol.

Bérurier en laisse choir son chapeau et moi, j'ai soudain l'impression d'avoir un rat dans mon calbute, mais c'est une simple réaction de mon pote tricotin, lequel est hypersensible.

Une gonzesse pareille, c'est un vrai spectacle ! De longs cheveux qui lui dévalent jusqu'à la taille et qu'elle sépare dans le milieu. Un teint d'abricot. Des pommettes saillantes, une bouche plus belle que la chatte de ta femme. Mais surtout ya yaïe, oui, surtout : les yeux ! Une couleur comme ça, n'importe quel caméléon se meurt : vert d'eau, avec un zeste de bleu azur, et une auréole gris perle. Les cils sont longs, les sourcils minces au contraire, et obliques…

Pour compléter l'extase, je suis bien obligé de t'informer qu'elle est grande, avec des jambes fabules. Mais je te garde pour la bonne bouche ses jumeaux du diable. Des loloches de cette ampleur et aussi bien formés malgré leur dimension, j'en ai vu qu'une seule fois, et encore c'était dans un rêve, une nuit où j'avais trop picolé. Moi, pour me goinfrer de ces deux machins, je sortirais du goulag ! Je quitterais mon sous-marin par la porte de service, en douce, pendant qu'il est en plongée ! Je passerais des vacances avec Le Pen ! Je laverais la vaisselle !

Je me ferais tailler une pipe par la reine Fabiola ! Je lirais toute l'œuvre de Robbe-Grillet ! Et bien d'autres supplices encore !

Une occasion pareille, elle est à saisir à deux mains. Tu joues de la cornemuse avec un instrument commak ! Tu pars en voyage entre deux seins aussi prodigieux.

Dis, il peut travailler avec cette somptuosité déambulatoire, le Murchinston de mes deux ? Il peut faire autre chose que de s'installer entre ses jambes, à la miss Anita ? Mais alors, il est eunuque en plus d'américain, ce pauvre bonhomme !

— Ces deux messieurs ont un petit problème. Vous seriez gentille de les aider à le résoudre.

Voilà ce qu'il bonnit à la princesse. En cuir, elle est loquée, ma prochaine maîtresse (car l'avenir sans elle ne serait plus qu'un interminable purgatoire). Cuir noir avec des motifs de daim beige clair incrustés. Sur Mme Thatcher, ça paraîtrait sûrement bizarre, mais à elle, ça lui va admirablement.

Bérurier qui ne l'a pas quittée de l'œil depuis son entrée dans la pièce ne cesse de balbutier, sur un ton d'oraison :

— Dieu de Dieu ! Dedieu de Dieu de Dieu !

Murchinston nous prend congé dans un état second en ce qui me concerne. Il me tend mon bristol, je crois que c'est la main et je lui écrase le papelard dans la pogne. Renverse ma chaise. Marche sur le chapeau de Béru. Lequel me chuchote en le ramassant :

— Tu m'en laisseras un morcif, mec, quand tu la caramboleras ?

Il a des larmes de convoitise dans les yeux. C'est si intense, tout ça, comprends-tu ? Faut y vivre pour piger.

Elle marche devant nous et son fabuleux popotoche écrit huit milliards huit cent quatre-vingt-huit millions huit cent quatre-vingt-huit mille huit cent quatre-vingt-huit, depuis le bureau de Murchinston jusqu'au sien, cependant assez proche. Cette nière, je me demande comment elle a pu arriver sans encombre jusqu'à ce jour, belle et bandante à ce point ! Y a donc plus d'hommes sur notre planète, ou quoi ?

Elle ne nous fait pas asseoir mais se plante au milieu de la pièce, croise les bras par-dessous ses dix kilos de super-glandes et nous annonce qu'elle nous écoute.

Je repasse en seconde séance pour un nouveau récit de tu ramènes : la voiture, le numéro minéralogique que voici, le 23 juillet de l'an de grâce 1973, et t'essaieras et t'essaieras.

Ce qu'il y a de fascinant chez cette personne, c'est son physique, certes ! Mais il est transcendé par une formidable intelligence. Ce regard qui éblouit par sa lumière et ses couleurs se plante dans le vôtre et va capter vos pensées les mieux embusquées.

Dès que j'ai achevé mon exposé, elle murmure :

— Primo, dans les voitures de service, les Cadillac sont réservées aux directeurs de la compagnie. Depuis la fondation de notre maison, ceux-ci sont au nombre de trois. L'établissement a été créé en 1971. Je puis vous dire les noms des trois chefs placés à la tête des trois divisions.

Elle va prendre un livre richement relié, comme seuls les Suisses et les Ricains savent en réaliser pour célébrer la gloire et le prestige d'une entreprise. Couverture plein cuir au sigle de la société, papier couché, photos couleurs, lettrines artistiques.

Après la page de préface du Président Richard Nixon, après la profession de foi d'un certain Archibald H.G.W. Greenpeace, s'étalent trois photos en médaillon placées en triangle. Celle du haut représente Stanislas John Leczinsky, président-directeur général, beau con au regard de boxer bringé, grassouillet et blondasse. Au-dessous, à gauche, je te présente Steve Hooverhoufermer, directeur du service de privatisation, un gars à bouille d'éleveur de chevaux qui doit jouer au golf et manger des cornes-flasques à son petit déjeuner. Il ressemble à Lee Marvin à jeun. À droite, Diego de la Puente, un arriviste brun, au regard incisif, lequel occupe les fonctions de directeur du service de détergence.

— Ces trois directeurs ont changé depuis, et même leurs postes ont été occupés par plusieurs personnalités successivement, m'annonce miss Anita.

— Vous causez français, mon chou? lui demande Béru à brûle-parfum (y en a marre de toujours faire cramer les pourpoints).

— Très mal, répond la ravissante avec un adorable accent.

— C'est very dommage, my love, biscotte j'eusse t'eu many choses à vous bonnir, déplore l'Enflé-de-partout.

Mais elle paraît peu réceptive aux madrigaux, tout au moins à ceux du Gravos.

— En tout cas, fais-je, vous estimez que c'est l'une de ces trois personnes qui a dû utiliser la Cadillac ce 23 juillet 1973.

— Sans aucun doute. Attendez, je vais même pouvoir vous indiquer laquelle.

— Vraiment?

— En juillet et en août, c'est les vacances. On est un peu en effectifs réduits ici, et davantage en juillet qu'en août, à cause de l'Indépendance Day, le 4 juillet, que chacun tient à aller passer parmi les siens. Durant cette période, il ne reste qu'un directeur en service pour assumer la bonne marche de la compagnie.

— Youpi, fais-je, vous allez donc pouvoir vérifier, en consultant (du Maroc) vos archives, lequel de ces messieurs se trouvait de permanence à Zurich ?

— Exactement. Seulement cela va faire l'objet d'une petite enquête et il faut me laisser un peu de temps.

— Qu'appelez-vous « un peu de temps », mademoiselle Anita ?

— Jusqu'à la fin de la journée.

— Puisqu'il le faut.

On se défrime. Elle a beau se faire un visage impénétrable, la mademoiselle Miss, quelque chose me dit que je ne la laisse pas indifférente. Je sens cela à la légère lueur de lumignon qui brille dans son fond d'œil, comme une loupiote de tabernacle.

— Il est, je pense, indiscret de vous demander la raison de cette enquête, monsieur le commissaire ?

Ah ! les femmes ! Des petites curieuses, toutes. Ça les grattouille de savoir le pourquoi et le comment des choses.

— Je pourrais me retrancher derrière le secret professionnel, *dear* Anita, mais j'ai une honnête proposition à vous faire : dînons ensemble ce soir. Vous m'apporterez le renseignement que j'attends et moi, en témoignage de gratitude, je vous raconterai l'essentiel de cette histoire.

Elle ne sourit pas, réfléchit deux secondes au moins et murmure :

— D'accord.

— Je connais à peine Zurich, avoué-je, pouvez-vous m'indiquer un établissement digne de nous alimenter ?

— Eh bien, il y a un très bon restaurant italien dans Lékrustrasse : le *Tupeutla*, tenu par Pietro Dacco de Roma.

— Huit heures, ça vous convient ?

— Parfaitement.

Je m'incline, cérémonieux un rien. Période d'apprivoisance, piges-tu ? Mettre en confiance ; le côté main au cul sera pour plus tard. Au début, Lulu, c't' un conseil gratuit que je te donne : humour léger, politesse exquise, vocabulaire châtié, popaul tenu très court en laisse. Le bécébégisme, y a rien de mieux pour attaquer une frangine. Après, quand tu la calces, tu peux y aller à mach 2 dans les verdeurs. La traiter de pétasse, de truie en rut, de basse salope et toutim, ce seraient des madrigaux…

Dis-moi, beau grenadier,
à quoi te sert ce membre ?

Moktar et Adélaïde habitaient deux étages au-dessus de leur café, un appartement de deux pièces-cuisine qui ne se signalait pas par une trop grande propreté. Le logis bordélique était meublé chichement et encombré de linges sales. Il y en avait sur tous les sièges, non seulement dans la chambre, mais également dans la salle à manger et la cuisine. Quand ils voulaient s'asseoir, ils attrapaient une brassée de chemises sales, de slips souillés, de chaussettes puantes et la déposaient par-dessus un autre tas lestant une autre chaise.

Les coups de balai, c'était pour les grands jours, lorsqu'il leur arrivait d'inviter des potes à festoyer. Mais « faire » le ménage ne mobilisait pas trop leur énergie. Ils ressentaient, sans le savoir, une confuse volupté à vivre dans leur crasse, s'enivrant de leurs exhalaisons.

Après avoir fermé leur café, vers minuit, ils grimpaient chez eux, avec la recette de la journée enfermée dans une vieille sacoche de cuir. Et alors ils se confectionnaient un frichti de style maghrébin car Moktar, malgré sa moralité douteuse, observait les règles du Coran, à cela près qu'il buvait de l'alcool, mais du whisky exclusivement parce qu'il sortait d'une céréale et non de l'infernal raisin.

Ce soir-là ils « montèrent » un peu plus tard que d'ordinaire, ayant eu une tablée de francs buveurs qui ne parvenaient pas à quitter leur bistrot et dépensaient largement, ce qui incite des commerçants à la patience.

Moktar fit passer la recette de la sacoche de cuir à la boîte vide d'Ovomaltine qui leur servait de tirelire avant qu'ils n'aillent déposer l'argent à la banque. Après quoi, il se servit un whisky dont nous tairons la marque car nous n'introduisons jamais de publicité dite « rédactionnelle » dans notre prose, laquelle est parfois à louer mais jamais à vendre.

Pendant ce temps, la grosse Adélaïde avait ceint un tablier de cuisine pour préparer le repas. Elle chantonnait *La Bohème*, de Charles Aznavour, chanson pour laquelle elle avait une dilection (amplement méritée).

Elle en était à la strophe « Montmartre en ce temps-là accrochait ses lilas jusque sous nos fenêtres », quand il se produisit un fait singulier. La porte de leur chambre s'ouvrit et un homme parut, silencieux comme ce que vous voudrez, et même davantage encore. Il faisait si peu de bruit qu'on eût dit un film dont on a coupé la bande sonore.

Moktar lui tournait le dos et dégustait son (non, nous ne dirons pas le nom) avec satisfaction. Mais, depuis sa cuisine, la tenancière voyait l'homme, et l'homme la regardait en souriant. C'était un très beau garçon, blond à la chevelure bouclée serré, ce qui lui composait une espèce de casque. Il portait un pantalon bleu marine, une veste de cuir grise, une chemise de soie blanche à fines rayures bleues. Adélaïde, malgré sa trouille, songea qu'il était beau mais terrifiant, à cause de son regard qui faisait penser à la mort ; et aussi, bien sûr, du fusil-harpon pour pêche sous-marine qu'il tenait sous le bras, avec un doigt enroulé à la détente et la flèche indicatrice braquée sur le dos de Moktar.

Adélaïde s'immobilisa. Elle voulut prévenir son homme, mais une espèce de lacet de cuir lui serrait le corgnolon, l'empêchant même de déglutir.

Un temps infini s'écoula de la sorte. Ils ne se quittaient pas des yeux. Moktar, ce con, éclusait son scotch (car le whisky c'était du scotch) en rêvassant. Sa songerie restait indécise, un peu floue. Elle se composait d'envies plus ou moins formulées. Il avait faim, et puis besoin de baiser, ensuite de piquer un roupillon féroce. Qu'y avait-il au menu, déjà ? La grosse le lui avait dit, cependant. Oh ! oui : du taboulé, et des boulettes de mouton. Bonno ! Il la vergerait avant qu'elle ne desserve la table. Elle commençait à être blette, Adélaïde, mais elle avait toujours le coup de reins du siècle. Quand une gagneuse comme elle aime grimper au paf, il lui reste jusqu'à la fin de ses jours le « don », sans lequel un bonhomme ne s'envoie en l'air que du bout du nœud. À l'ouvrage, la grosse valait n'importe quelle pécore de magazine « artistique ». Elle jouait du chibre comme Yehudi Menuhin du violon, et peut-être mieux, après tout. Donc il s'en emparerait dès la dernière bouchée avalée et la tringlerait sur le plancher, à genoux, sur un rythme de valse viennoise. Après quoi : au dodo tandis que la mère s'occuperait de la vaisselle.

Il leva la tête pour contempler la bête, visionner ce cul où il porterait l'estocade. Il fut stupéfait de la trouver immobile, les bras morts, le regard en hypnose. Elle matait on ne savait quoi par-dessus lui. Machinalement il se retourna et eut une secousse en découvrant l'homme au fusil-harpon. Il plongea comme un fou sur un fauteuil pour se saisir du revolver qu'il planquait.

Le type blond, aux frisettes serrées, parut ne pas broncher, et pourtant la flèche de son arme alla se planter dans la cuisse de Moktar qui poussa un hurlement tout en s'obstinant à chercher l'arme.

— Il n'y est plus ! avertit l'intrus d'une voix basse.

Il ouvrit sa veste, plongea la main dans son pantalon et tira d'un étui de cuir noué à sa jambe une deuxième flèche. Il l'introduisit dans le fusil.

Il se mouvait avec lenteur et précision, de la même manière qu'il parlait. Quelque chose d'inhumain émanait de sa personne et terrorisait.

— Avance, toi, là-bas ! jeta-t-il à Adélaïde.

La grosse femme obéit. Elle respirait fort, comme lorsqu'elle prenait son panard avec l'Arbi. Elle passa de la cuisine à la salle à manger et se risqua à demander :

— Qu'est-ce que vous nous voulez ?

Son julot était resté agenouillé ou presque, accagnardé au fauteuil, gardant allongée la jambe dans laquelle était profondément plantée la flèche. Une douleur intense, brûlante, le défigurait.

L'homme prit un coin de la nappe sale sur laquelle le couvert était dressé et fit place nette avant de s'asseoir sur la table.

Ses yeux cruels allaient de Moktar à sa concubine. Il balançait une jambe.

— Zurich, 1973, annonça-t-il. On règle les comptes !

Le duc de Bordeaux ressemble à son frère.

Belle ambiance au *Tupeutla*. Sur les murs peints à fresques, t'as droit au Vésuve, à la grotte de Capri, à la tour de Pise, au pont des Soupirs et au Colisée. Des bouteilles de chianti, d'énormes salamis, des jambons de Parme marqués du drapeau italien forment une guirlande tout autour de la salle. En fond sonore, évidemment, toutes les mélodies napolitaines sur boucle. Les serveurs portent tous des gilets rouges et des bonnets à pompons. Sympa. Tu te crois à ce point en vacances que t'as plus besoin de partir en Ritalerie.

À peine viens-je de m'asseoir à ma table que je suis obligé de me lever car Anita arrive. *Mamma mia !* Elle passe pas inaperçue, espère. Les nuques affligées d'arthrite craquent quand elle passe comme si elle marchait sur des biscuits répandus.

Elle porte un ensemble bleu des mers du Sud (j'habille souvent mes héroïnes dans cette couleur à cause de ce nom qui chante) et elle a pour tout bijou un tour de cou Bulgari dont le médaillon est un tétradrachme d'argent (l'avers représente l'effigie de Bugnazé II de Macédoine et le revers le Quadrige des Lanciers). Elle est éclatante, sublime, époustouflante ; attends, qu'est-ce que je pourrais ajouter ? T'as pas un dictionnaire des synonymes ? Non ? Ben achète-z'en un, tu compléteras toi-même. S'afficher avec une déesse de ce calibre, crois-moi, ça la fiche bien.

Avant de venir, j'ai eu une scène épouvantable avec Béru, lequel entendait être de la fiesta et me traitait d'égoaste (il me met jamais de tréma sur le « i » d'égoïste). Il m'a fallu déployer beaucoup d'autorité et de diplomatie pour le convaincre qu'un beau coup ne se partage pas, du moins au départ et que je devais baliser le terrain d'abord, ensuite il jouerait sa carte. Le concierge de notre hôtel m'a indiqué la rue aux putes. J'ai transmis le renseignement à mon pote, plus un talbin de cinq cents pions en lui recommandant de marchander et de me rendre la mornifle.

— Merci d'être là et d'être aussi belle, fais-je d'un ton pénétré, comme si je prononçais l'horloge funèbre du maréchal Pétain.

Elle me sourit. En voilà une qui sait se farder ! Note qu'elle pourrait se passer du feu des artifices, la chérie. Se maquiller, dans son cas, c'est un must.

On passe la commande. Je vais te parodier les *books* ricains, où t'as toujours un couple qui va au restau et t'as droit à leur menu. Ces nœuds volants prennent immanquablement un poulet frit avec une tarte au foutre et un double bourbon manière de se blinder le tube. Nous on est civilisés, alors on choisit deux melons-Parme, et des pâtes vertes en gratin, avec une boutanche de Barollo.

Toujours galant à chier sur la moquette, tu penses que je me garde d'entrer dans le vif de mon problème. Non, non, on a le temps, Fernand. Faut de la converse, du rond de langue, de l'humide.

— Vous êtes américaine ?

— Par mon père, mais ma mère est suisse.

— Superbe croisement, béé-je, surtout ne perdez pas la formule !

Et bon, son histoire t'intéresse ? Attends, je t'en fignole une à la main. Voilà : elle a été élevée aux States, mais quand elle a eu seize ans, ses parents ont divorcé. Alors elle est venue s'installer en Suisse avec sa mère qui, quelques années plus tard, a épousé un avocat d'affaires, maître Schmeurk, tu te rappelleras ? Elle a fait ses études au gymnase de Zurich. Vacances à Boston pour voir son papa, lequel est dans la banque. Qu'est-ce que tu dis ? Pas Boston ? Tu préférerais une ville de la côte Ouest ? Alors, on dit San Francisco et m'emmerde plus.

En tout cas, Est ou Ouest, son dabe est forcément dans la banque puisque c'est lui qui lui a fait obtenir ce poste de secrétaire principale de direction à l'A.B.C. (American Bank Company) Elle a vingt-sept ans, ou plutôt elle les aura dans deux mois. Non, elle n'est pas mariée, étant devenue la maîtresse d'un médecin spécialisé dans les voies respiratoires, qui lui l'est, avec six gosses en prime. Leur histoire est en train de s'achever. Tu ne peux pas jouer toute ta vie les amantes résignées qu'on vient calcer à la sauvette entre deux visites et qu'on emmène avec soi une fois l'an dans des congrès pour les laisser lire l'annuaire des téléphones de Rome, de Manille ou d'Acapulco pendant que tu vas faire le géant aux séances. Pas plus tard qu'avant-hier, elle lui a donné son sac, au toubib ! D'autant plus volontiers qu'elle a découvert qu'il pointait son assistante, une blonde salope d'origine suédoise, tu penses ! Le feu au train, ces pétasses nordiques.

Bref, jolie histoire, hein ? Valable, moi je trouve. Si tu as mieux, je suis preneur. En tout cas j'arrive à pic dans sa vie, Anita. Un zob chasse l'autre, comme le dit toujours la reine Mary d'Angleterre, avec ce beau sourire farineux qui fait mouiller mes potes de *Jours de France*.

Ma sublime, ça la soulage, cette confession express. Gros sur la *potato*, elle avait. Comment se peut-ce qu'un julot néglige une fille de cette bioutifoulerie, ça je me demande ! Il est pervers ou quoi, son spécialiste des soufflets ?

Je lui prends la main, manière de commencer sans plus tarder ma thérapie de réconfort. Pas une seconde à perdre, je suis seulement de passage.

Pietro Dacco, le patron, un gros ténébreux qui se croirait déshonoré s'il parlait autre chose que l'italien dans sa boîte, nous apporte lui-même une assiette de rondelles de tomates équipées d'une tranche de mozzarelle, le tout vinaigré à souhait. Ça crée la diversion salutaire.

— À propos, commissaire, fait Anita, imaginez-vous que j'ai votre renseignement.

— Pas possible ?

— Avant de me perdre dans des exhumations de fiches et de cahiers, je suis descendue à notre parking, interroger le père Müller qui en est le gardien depuis la création de l'A.B.C. C'est un vieux Suisse des cantons primitifs, tatillon et scrupuleux, auquel rien n'échappe. Il veille sur le parc automobile de la compagnie comme sur ses économies. Il a vérifié sur son livre de bord, mais déjà il avait la réponse en tête : la Cadillac qui vous intéresse a été mise à la disposition d'une « huile » venue des U.S.A., en tournée d'inspection : un certain Ron Silvertown.

— Vous permettez ? dis-je.

Je tire un mignon carnet de ma fouille, pourvu d'un encore plus mignon portemine en argent ancien ; l'antiquaire qui me l'a fourgué prétendait qu'il avait appartenu à la princesse de Clèves ou à Raymond Poincaré, il savait plus très exactement. Vitos, je note le blaze du pékin en question.

— Il est toujours dans les hautes sphères de votre boîte, ce gazier, ma chérie ?

— Non, il paraît qu'il a poursuivi son ascension et qu'il est à présent à la tête d'un véritable empire des affaires.

— Vous avez une idée de l'endroit où il crèche ?

— J'ai entendu dire qu'il habitait Miami une grande partie de l'année et qu'il possédait un appartement à New York ; si la chose vous intéresse, je peux vous obtenir des renseignements plus précis ?

— Volontiers. Et alors, comment se fait-il que votre père Müller se souvienne, tant d'années après, que cet homme utilisait la Cadillac de cérémonie ?

— À cause d'une succession d'incidents qui lui sont restés en mémoire.

Elle tire de son sac à main une fiche de carnet à souches réclame vantant les fabuleux mérites de l'A.B.C.

— Le 24 juillet 73, Müller a constaté qu'une aile de la Cad' était légèrement défoncée. Il a signalé la chose à notre chef d'entretien qui lui a recommandé de confier la voiture à un carrossier, sans importuner Silvertown. Mais, quelques jours plus tard on a téléphoné à Müller pour lui demander le nom et l'adresse du conducteur ayant causé un accident sur une route de Savoie, le 23 juillet. Müller a fourni le renseignement en question.

— Qui l'appelait ?

— Une femme. Elle prétendait être la fille d'un certain Thomas Dugadin, la victime de l'accident en question. Müller n'a plus jamais entendu parler de rien. Il a failli, malgré l'interdiction qu'on lui en avait faite, parler de la chose à Silvertown ; ce qui l'a retenu, c'est la personnalité de ce dernier : un homme glacial qui ne lui adressait pas la parole et paraissait ne pas le voir derrière ses lunettes à verres fumés.

— Vous avez fait de l'excellent travail, Anita.

On nous apporte notre melon-Parme. Le melon est fruité, le Parme fondant. Le serveur m'a fait goûter le picrate, comme il se doit et a empli nos verres. Je lève le mien, ma compagne m'imite. On trinque.

— Santé ! fait-elle.

— À l'inoubliable nuit que nous allons probablement vivre, m'enhardis-je.

Tu crois qu'elle proteste ? Simplement elle me sourit, un beau sourire tranquille qui accepte les sortilèges de l'existence.

Après les hors-d'œuvre et en attendant le gratin de pâtes *verde*, je demande :

— Où pensez-vous que soit descendu ce Silvertown pendant son séjour à Zurich ?

— À la *Résidence*, très probablement.

Elle m'explique qu'il s'agit d'une luxueuse maison de maître du quartier huppé de Zurich où leur compagnie héberge les clients de marque. Cela fait partie du standinge de l'A.B.C.

J'en inscris également l'adresse, et puis bon, ça suffit comme ça, on moule un moment le turbin pour penser aux choses de la chair. Je lui explique que ma chambre du *Kratzmela Hotel* est très coquette, avec un lit à baldaquin et vue sur le lac ; salle de bains en marbre noir, robinetterie dorée que ça représente des dauphins ; pour te donner une idée du luxe ! J'ajoute qu'elle comporte un réfrigérateur bourré de champagne. Et que moi, d'après ce que je prévois, je compte bien en écluser une demi-bouteille en me servant de son frifri comme coupe. Là, d'entrée, ça la laisse rêveuse, Anita, pareil langage. Elle comprend qu'elle est tombée sur un garçon qui ne tire pas son coup à la papa, mais qui sait créer les rarissimes ambiances. Son glandu des voies respiratoires, elle saura dans une plombe que c'était de la pure gnognotte. Du paltoquet d'alcôve. Un besogneux de la brosse !

Le gratin de pâtes est une splendeur. Le patron qui nous a à la chouette exige qu'on goûte à sa *grappa* pour finir. Bon, on trempe nos lèvres dans le godet, pas le contrarier.

En route, Bébert ! J'ai des émois qui me tiraillent le calcif, donnent de la raideur à ma démarche. Mais en Suisse alémanique, ça passe inaperçu. Malgré cette bandouillerie préalable, je pense fort à mon pauvre Jérémie. Va-t-il s'en sortir, le grand bougre ? De toute manière, j'aurai la peau de son agresseur. Le fait qu'il se fût trouvé à la ferme de l'oncle Tom prouve que, lors de la première opération chez le vieux, les gredins n'ont pas découvert ce qu'ils cherchaient puisqu'ils sont revenus sur les lieux de leur forfait.

— À quoi pensez-vous, Antoine ? gazouille Anita.

— À nous deux, ma tendresse, mens-je précipitamment.

— Vous avez failli à votre promesse, déclare l'extra-belle.

— Moi ?

— Ne deviez-vous pas me raconter votre enquête ?

— Nous aurons tout le temps « après », déclaré-je.

Et j'enserre sa taille d'un bras invincible.

Elle apprécie terriblement le gag du champagne. Faut dire que c'est plaisant. Seule fausse note : celui dont j'use est bouchonné ; mais quoi, à la guerre comme à la guerre, non ? La recette, je l'ai lue dans une revue, y a lulure. Me rappelle pas si c'était dans *Le Pèlerin* ou *Le Chasseur français*. Elle nécessite une certaine agilité de la partenaire puisqu'elle doit faire l'arbre fourchu. Quand elle a bien trouvé son équilibre, tu lui aménages bien la case trésor et tu verses le champagne autant qu'elle est capable d'en contenir. Après quoi, tu bois. En principe, un quart de Pommery suffit. Mais tout dépend de la dadame. Il est évident que si tu entendais pratiquer cette figure amoureuse avec Berthe, il te faudrait un magnum, voire un jéroboam.

J'achève d'écluser mon quart de champagne lorsque la voix placide du Gros nous courjute :

— À ta santé, mec ! Si miss Mademoiselle le permettrait j'trinquerais bien av'c toi !

J'ai complètement oublié que nous disposions de chambres communicantes, le Gros et moi, et, dans ma frénésie sensorielle, j'ai omis de tirer le verrou.

— Espèce de butor ! clamé-je, furieux. Voyeur !

Le Mastar ne se départ pas de sa sérénité.

— Tu permets ! tonne-t-il. Service des urgeries !

Il me cligne de l'œil.

— Passe un instant dans mon cabinet d' travail, j'ai à t'causer. Escusez-nous, ma petite demoiselle : le boulot, c'est le boulot, on vous finira t't'à l'heure.

Et nous voici dans la chambre de l'ancien ministre.

— Eh bien ? je demande.

— Quand c'est qu'tu m'as z'eu quitté, j'sus été me respirer une p'tite gamine du quartier des putes : Lola, une personne charmante, blonde, avec des bottes d'cuir et un cul plus large qu' çu d' ma Berthe. Lorsqu' je j'y ai déballé mon outil, elle a poussé des cris et a appelé des copines, leur faire constater. On s'est bien marrés : une vraie partie de golf dix-huit trous.

— C'est pour me raconter ça que tu as interrompu mes ébats, espèce de grosse pantoufle !

— Non, pour te dire que j'ai téléphoné à l'hosto de Chambéry. Ton négro, je suis pas fana, mais ça m'ennuirerait qu'il calanchasse.

— Il est mort ?

— Au contraire. Paraîtrait que sa julie y a conflexionné une onguent à base de noix d'coco, d'graisse d'mouton, de piment pilé et de bananes écrasées. En douce des toubibs, elle l'a badigeonné, son mâchuré, et y aurait d'puis lors comme un mieux. Faut dire qu'elle prononçait en même temps des paroles magiques de chez eux. Son dabe, à la Ramadé, il est sorcier d' profession dans leur bled.

— Merci de ce que tu me racontes, Gros. Pour lors, oui, ça méritait que tu chanstiques ma partie fine. Qui t'a raconté ces choses réconfortantes ?

— Le commissaire Bavochard. Y s'trouvait au chevalet de Jérémie quand j'ai turluté. Y d'mande qu'on l'rejognisse dare-dare car ils sont sur la piste du mec qui a rectifié ton négus.

— Vraiment ?

— Le vaurien a eu un sac d'embrouilles et maintenant toute la Criminelle de Savoie et d'Haute-Savoie lui est aux trousses !

Ravi d'apprendre la chose ; j'aimerais me trouver parmi les troupes d'intervention qui sauteront ce fumier. Prie ma déesse de m'excuser un instant encore, il faut que je joigne notre collègue.

Je me fais une bigophone partie pas piquetée des charançons. Renseignements internationaux pour obtenir le numéro de la Poule chambérienne, après quoi valse dans des services en veilleuse où on te répond avec maussaderie ; tout ça pour apprendre que Bavochard vient de rentrer se pieuter. Et les malins de là-bas veulent rien chiquer pour me donner son fil *private*. Consignes, consignes, comprends-tu ? Ils ont la meilleure des argumentations : ils prétendent l'ignorer. Commissaire San-Antonio leurs miches ! Ils en ont rien à cirer des supermen parisiens, ces braves. Ne sont pas à l'unisson du brigadier Lechibré, eux. Zorro, ils lui offrent une mominette ou un canon de Roussette, et puis basta, à la revoyure ! Alors, je remets la gomme avec les renseignements. Mais Bavochard, le saligaud, ne figure pas dans les annuaires. Il tient trop à sa quiétude bourgeoise, le chevalier du contrepet.

Au moment pile que je renonce, un grand cri part de ma piaule. Moi, naturellement, de m'y jeter comme un désespéré se défenestre.

Tu sais quoi ? Oui ? T'as tout compris ? Ben, fatal, c'est la vie, que veux-tu. Bérurier est en train de planter miss Anita. La tenue de cette demoiselle, son début de fade avorté, il a poursuivi mon œuvre, le Monstrueux. P't' être qu'elle a regimbé au début, mais lorsqu'il lui a eu montré son casse-noix géant, elle s'est soumise, la môme.

Une qui aime le paf, d'en dégauchir un pareil à portée de fesses, comment veux-tu qu'elle résiste ? Au premier ras le bord elle croit rêver, pense à quelque prothèse pénienne, est tentée de vérifier. Puis, constatant que c'est de l'extra-vrai, entièrement fait en viande d'homme, elle oublie l'inséminateur, son bide, sa trogne, sa malodorance, ses dessous en haillons pour se laisser fourrer princesse. La curiosité sous-jacente ! Le côté, se pourra-ce ? Parviendra-t-il, cet énorme Médor à faire coucouche panier? Bien sûr, d'emblée, la chose semble impossible. Elle est douloureuse. Mais tu te piques au jeu, salope comme te voilà, baisant sans cesse. Tu t'escrimes, tu lubrifies. Le monstre va de l'avant, sans forcer trop, sachant bien que la victoire finale dépend de sa patience et de son obstination. Il pousse son avantage. La résistance s'affaiblit progressivement. Et l'instant du triomphe arrive ! Pure apothéose. Hip, hip, hip, hurrah ! Il a gagné, le sublime Gros, avec sa queue d'âne tellement rébarbative ; il l'a casé une fois de plus, son braquemard géant que toutes les facultés de médecine du monde ont retenu à l'avance.

Elle a la chaglatte vachement exorbitée, Anita. La frime, par contre, en révulsance infinie. Toute crispée par la violence d'une telle étreinte ; presque tragique, il semblerait. Bérurier donne de la poupe. Il pompe à grandes secousses organisées, en mâle surpuissant qui connaît son affaire. À peine il tourne la tête de mon côté. M'adresse un clin d'œil complice. Non, pas complice, « d'excuse ». Hiérarchiquement, il n'aurait pas dû, il le sait. Fait appel à notre vieille amitié. Plaide la faim jamais rassasiée, l'occasion, l'herbe tendre (et frisée).

Oui, oui, très bien, O.K., je te le répète : c'est la vie. Je vais pas péter une pendule pour un détournement de coup ! Qu'il s'éclate bien, le Gros, et la gentille Anita idem, à la santé de son toubib qui, tout compte fait, n'a peut-être pas été si mal inspiré que ça en restant dans ses foyers.

Je sors.

La nuit est brumeuse, comme je les aime. Y a du halo vaporeux autour des lampadaires. Presque plus personne dans l'avenue. Tout est riche en Suisse, et également le silence. C'est pas le silence de n'importe où. Il ne résulte pas d'une absence de bruits, mais d'une volonté de confort. Il est prévu, organisé comme le reste, comme tout ce qui participe de la vie courante.

Je m'arrête devant *La Résidence* et je suis impressionné par l'importance, le luxe de la construction. En pierre de taille, elle se dresse, opulente, au milieu d'un petit parc richement arborisé. Une vaste grille noire la clôt (comme Choderlos de) ; superbe portail à motifs qui fait presque la pige à la porte Stanislas, de Nancy.

On voit de la lumière au second étage, qui est aussi le dernier, alors, malgré l'heure tardive pour l'Helvétie, je carillonne. Une cloche sonne, sonne, sa voix, d'écho en… Mais qu'est-ce que je débloque, moi ! Presque immédiatement, les rideaux aveuglant la fenêtre éclairée sont tirés, une silhouette se dessine, puis on ouvre la croisée et un homme me demande en schweizerdeutsch ce que je veux, du moins je le présume car je ne pratique pas cette maladie du larynx.

Laconiquement, je réponds :

— Police !

En général c'est le parfait vademecum. Une fois de plus, les six lettres suffisent ; l'occupant de *La Résidence* me baragouine un truc pour m'annoncer qu'il descend.

On ne peut pas s'attendre à une telle apparition ! Tu connais *Clérambard*, la fameuse pièce de Marcel Aymé ? Non, puisqu'on est inculte de père en fils dans la famille. Tant pis, je retrousse les manches de ma machine à écrire et je te dépeins l'homme qui vient m'ouvrir le portail. Un vieillard très grand, très maigre, très chauve avec toutefois une couronne de cheveux blancs qui s'ébouriffent autour de sa tête qu'elle semble emballer. Un visage aristocratique. Le nez long et tortueux. Le regard sombre. Une moustache effilée, quasi dalienne, savamment teinte en noir, ce qui crée un anachronisme par rapport à la chevelure de neige. L'arrivant porte une robe de chambre qui lui tombe jusqu'aux pinceaux chaussés de mules vernies.

Illico, je me dis en le voyant que si ce personnage est suisse, moi je suis cambodgien.

Il me questionne sur l'objet de ma visite, du moins le supposé-je.

— Parleriez-vous un dialecte plus accessible à des oreilles latines, monsieur ? je lui questionne en français.

Son visage sévère se détend.

— Grands dieux oui, monsieur. Et avec grand plaisir car je suis italien.

— Moi français, comme vous l'entendez.

— Vous prétendiez être de la police ?

— Voici la preuve de ce que j'avance.

Je lui tends ma carte. Il la refuse avec distinction, pour témoigner qu'il me fait confiance. Je lui place le petit couplet de la confusion pour la visite tardive qui, que, quoi, dont, où…

Nouveau geste mousquetaire. Sa main diaphane achève sa trajectoire à la hauteur de mon extraordinaire nombril.

— Armando Bellazzezzeta, se présente-t-il.

Je presse avec onction les quatre crayons.

— Commissaire San-Antonio. Accepteriez-vous de m'accorder quelques minutes de conversation, *signore* ?

— Mais volontiers.

Il me guide au perron, me fait entrer dans la demeure patricienne dont la sévérité a été « corrigée » par un décorateur américain. Il en résulte une sensation de porte-à-faux, comme si on meublait en Louis XV un sous-marin nucléaire. C'est coloré, un peu extravagant et d'un confort douteux. Quant au goût, il n'était pas prévu sur le devis.

À la lumière adgiornesque balancée par des spots en tas[1], je mesure combien mon hôte est un être singulier et inattendu.

— *Signor* Bellazzezzeta, fais-je, avant de vous révéler l'objet de ma visite, puis-je vous demander quel rôle vous jouez dans cette résidence de l'A.B.C. ?

Il sourit triste.

— Le mot rôle est tout à fait indiqué, monsieur le commissaire. Effectivement, je joue un rôle, ce depuis plus de quinze ans. Je joue le rôle d'un majordome ou assimilé, moi qui suis comte et dont les aïeux possédaient un hôtel à Rome, un palais à Venise, un château dans l'Ombrie et une maison de vacances à Capri avant qu'un imbécile nommé Armando Bellazzezzeta ne perde tout cela au jeu.

Il écrase un pleur.

— Un vers de *Ruy Blas* me revient sans cesse, monsieur le commissaire : « Triste comme un lion rongé par la vermine. » Le lion, c'est moi ; la vermine c'est le vice du jeu qui m'oblige de finir mes jours sous la livrée d'un serviteur de luxe.

Re-larme qu'il tue dans l'œuf de son orbite, comme l'écrit Maurice Schumann dans son roman intitulé : *Saute ! C'est pas ta mère !*

— Si je comprends bien, vous vous occupez de cette demeure ?

— J'en suis le *manager*, comme disent ces affreux Yankees pour qui la goujaterie est un sacerdoce.

— Vos fonctions consistent en quoi, au juste ?

— À accueillir les hôtes de passage, à veiller sur leur confort.

Il ricane et désigne l'environnement.

— Ils croient que c'est cela le confort, cela le luxe, cela la classe ! Vous vous rendez compte ? Mais, monsieur, je préfère les Soviets. Le Kremlin est plus noble que ce bazar !

Il pleure une lichouille, et la larme va bon train sur sa joue parcheminée car il l'a versée à l'improviste, sans s'en apercevoir.

— Monsieur le comte, vous ne voyez pas d'objection à ce que je vous interroge ?

1. Attention ! Jeu de mots ; mets pas le pied dedans !

Il chope mes mains comme tu attrapes une mouche, vlan ! Les pétrit.

— Commissaire ! RIEN ne peut m'être plus agréable. M'interroger ? Mais c'est un bonheur que je n'attendais plus. Depuis des années, des années et des années, on ne m'écoute plus. Le drame de l'âge, mon ami. À compter de soixante-cinq ans, vos déclarations comptent pour du beurre. Il est inutile que vous preniez la parole ! Entre ce que vous dites et le silence, il n'existe aucune différence ! Un vieil homme n'atteint plus les tympans d'autrui. Il peut crier, cela ne change rien. Au début de ce que je considérais comme un phénomène, je ne comprenais pas. Je montais le ton, je lançais des « permettez ! » angoissés. Mais « ils » n'écoutaient pas, « ils » ne permettaient rien. Le naufrage commençait. Le dur naufrage dans cet océan qu'est l'indifférence. Nous mourons tôt, mon ami ! Nous sommes finis longtemps avant de cesser. Alors quand vous vous inquiétez de savoir si votre interrogatoire m'importune, je me claque les cuisses. Que peut-il m'arriver de plus précieux, de plus vivifiant que des questions, quand bien même, comme je le prévois, elles ne me concernent pas directement ? Demandez, commissaire ! Demandez ! C'est de l'oxygène que vous m'apportez ! Je suis prêt à mendier des questions, moi. À mon âge, on n'a plus peur d'être lâche !

Singulier personnage qui va enrichir ma collection d'hurluberlus. J'adore épingler, au gré de ma route et des rencontres, quelques-uns de ces types en marge des routines et des sempiternelleries. Des êtres qui semblent venus d'ailleurs, provisoires, délicieusement fous et riches de cette folie.

— Donc, vous êtes le majordome de cette résidence depuis que l'A.B.C. l'a acquise pour servir son prestige, mon cher comte ?

— Donc, oui, mon brave commissaire. Cette sinécure m'a dépanné à un moment critique de ma gueuse d'existence ; depuis lors, on semble m'avoir oublié ici. J'y fais de mon mieux ce que l'on attend de moi et je perçois un traitement confortable qui me permet de soigner les maux inhérents à mon âge.

— Gardez-vous en mémoire les hôtes qui défilent dans cette demeure ?

— Peut-être pas tous, mais je crois en effet me rappeler la plupart.

— Si je vous lance un nom : Silvertown ?

— Je vous réponds que c'est celui d'un homme pas commode, froid comme la glace, dur comme l'acier et aussi sympathique qu'une crise d'eczéma.

— Il a séjourné chez vous en ?…

Le noble vieillard gamberge très peu de temps.

— 1973, déclare-t-il.

— Je vois que nous sommes sur la même longueur d'onde, monsieur Bellazzezzeta.

Un instant s'écoule.

— C'est sur votre propre initiative que vous venez me trouver ? demande-t-il.

— Mlle Anita me l'a conseillé.

— Ah ! cette belle femelle aux yeux glauques ! Malgré les ans je me sens assez vert pour lui prouver l'ardeur des sentiments qu'elle m'inspire.

— Je n'en doute pas, comte. L'âge n'est qu'un prétexte invoqué par les impuissants ; il n'a pas prise sur les hommes de tempérament.

— Bien dit ! approuve Bellazzezzeta, satisfait.

Il me cligne de l'œil.

— Si je vous disais que j'exerce un droit de cuissage sur les soubrettes que j'emploie ici ! Rassurez-vous, je ne les surmène pas, mais j'aime à satisfaire mes élans quand, au détour de la journée, ils me saisissent. Généralement, elles sont dociles. Elles savent ce qui les attend en venant proposer leurs services. Ça se dit vite ces choses-là. Nulle n'ignore en gravissant le perron que le vieux comte aura deux mots à leur dire. Ma réputation me prépare le terrain, m'évite des travaux d'approche toujours sots et dégradants.

Il a un beau rire paillard et lisse sa moustache avant de la faire « rebiquer » entre pouce et index.

— Monsieur le comte, revenons à Ron Silvertown. Durant son séjour ici, avez-vous eu l'occasion de constater un incident quelconque à son sujet ?

Mon interlocuteur croise ses bras hauts sous son menton et passe une tranche de passé en revue.

— Qu'entendez-vous par incident ?

— A-t-il reçu des visites qui l'auraient contrarié ? Se serait-il plaint qu'on lui eût dérobé quelque chose ?

Bellazzezzeta acquiesce au fur et à mesure j'exprime.

— Si fait, si fait, si fait, mon bon !

Mon cœur exécute un double Nelson d'allégresse. Enfin ! Je touche à l'obus, comme disait un artilleur.

— Je vous écoute, comte, ne me cachez rien, parlez ! Parlez ! Vous vous plaignez de n'être plus écouté ? Dites-vous que jamais deux oreilles n'auront été à ce point à votre disposition.

Le noble majordome me donne une tape affectueuse sur la joue.

— Cher petit ! murmure-t-il. Comme vous êtes psychologue ! Il me revient qu'au cours de cet été 1973 une donzelle est arrivée dans cette maison en vitupérant. Une Française, ne vous en déplaise. Il faisait une chaleur à périr, assez rare dans ce pays pluvieux. La houri a fait le siège de la maison. Elle voulait absolument parler à Silvertown « pour une affaire grave », assurait-elle. On aurait pu penser que mon hôte l'avait engrossée et qu'elle venait demander réparation.

— Silvertown l'a vue ?

— Après qu'elle l'eut attendu plusieurs heures. Il l'a reçue dans ses appartements privés, au premier étage. L'entrevue a été brève car il l'a éconduite. La pécore hurlait des choses malsonnantes. Mais elle a fini par s'en aller.

— C'est tout ?

— Que non point. Figurez-vous qu'elle est revenue à la charge le lendemain. En la trouvant sur le pas de la porte, je m'apprêtais à lui refuser l'entrée lorsque Ron Silvertown est intervenu depuis la galerie pour me crier de la faire monter. Cette fois-là, leur conversation a duré près d'une heure. En partant, la fille paraissait satisfaite et riait sous cape. Je connais les gens, commissaire, je sais détecter leurs sentiments intérieurs même s'ils ne les expriment pas. Ainsi, je vois très clairement que je vous comble d'aise présentement, vrai ou faux ?

— Très juste, monsieur Bellazzezzeta. Je suinte de satisfaction. Si ma chère mère ne s'était pas saignée aux quatre veines pour m'assurer un semblant d'éducation, il serait à craindre que j'urinasse sur cette belle moquette non encore fauchée.

Il rit.

— Dieu a des gestes ! m'assure le doux vieillard. M'adresser un garçon comme vous en pleine nuit représente pour moi une marque de Sa clémence. Je me sentais si seul, ce soir. Nous devrions fêter la chose au champagne, mon bon. J'en ai toujours au frais pour des arrivées imprévues. Me feriez-vous l'amitié de trinquer ?

— Ce serait un grand honneur pour moi, comte.

Il se lève et va décrocher un tubophone intérieur. Cela sonne longuement. Puis une voix ensommeillée que je perçois vaguement demande ce qu'on désire.

— Apportez du champagne et deux flûtes au salon orange, Graziella, ordonne le comte. Inutile de vous mettre en tenue, car je suis avec un ami.

« Un bijou, m'annonce-t-il. Une Tessinoise dont le papa devait être allemand car elle est blonde comme un champ de blé. Ce Tessin subit de plus en plus une invasion teutonne qui, pour être pacifique, n'en est pas moins forte. Le Tudesque est rose, mais il aime le soleil, aussi les rues de Lugano sont-elles peuplées de porcins.

— La grosse fille qui harcelait Silvertown a-t-elle réapparu ? reviens-je à mes moutons-je.

— Jamais.

— Lorsqu'il y a eu des éclats de voix, au cours de la première visite, avez-vous perçu des phrases, voire des mots ?

Il réfléchit.

— Plus ou moins. L'Américain parlait de chantage. Il criait qu'il n'était pas un pigeon…

— Et lors du deuxième entretien ?

— Rien n'a filtré de ses appartements.

— La visiteuse tenait-elle un paquet à la main en partant ?

— Non, mais elle était munie d'un grand sac en arrivant.

— Quelle formidable mémoire, comte Bellazzezzeta ! Un homme qui se souvient des moindres détails d'épisodes sans portée pour lui est un homme qui bande !

— Oui, n'est-ce pas ?

— Vous pouvez en être certain. Le sexe et la mémoire sont des amis intimes. Autre chose encore, concernant Silvertown ?

— Oui. Un certain temps après l'épisode de la donzelle française, il s'en est produit un autre.

— Le vol ?

— Comment le savez-vous ?

— Pourquoi croyez-vous que je suis ici ?

Il aime cette légère joute où l'esprit reste en filigrane. Nous sommes comme deux vieux amis entretenant leur forme mentale par un peu de footing et qui trottent côte à côte en survêtement dans l'allée d'un sous-bois.

— Eh bien oui, le vol, mon cher. Le vol ! Celui d'une statuette gothique que Ron Silvertown plaçait sur la cheminée de sa chambre et à laquelle il tenait comme à ses yeux. Elle ne représentait pas un personnage religieux, du moins je ne le pense pas, contrairement aux statuettes de cette époque ; mais un notable en long manteau à plis, avec un visage affreux. J'ignore sa valeur, mais si vous aviez vu dans quel état sa disparition a mis l'Américain ! À croire qu'il allait devenir fou ! Il courait dans toute la maison en hurlant. Il trépignait, cassait les bibelots, fendait les portes en les claquant trop fort.

— On a prévenu la police ?

— Il n'a pas voulu. Toutefois, quelques jours plus tard, des hommes sont arrivés, qui se faisaient passer pour journalistes, mais qui devaient être en réalité des flics américains.

— Ceux-là mêmes qui ont eu un accident d'hélicoptère ?

Bellazzezzeta lève les bras.

— Pourquoi diantre êtes-vous venu, ami très cher ! Vous semblez en savoir davantage que moi.

— Je suis venu vérifier et compléter, comte.

Là-dessus (comme je dis souvent, mais la prochaine fois, je dirai « là-dessous ») la dénommée Graziella arrive avec un plateau chargé d'une boutanche de Dom Pérignon dans un seau à glace et de deux flûtes ciselées. Elle a suivi les directives de son chef et n'est vêtue que d'un slip transparent et d'un soutien-georges à cran d'arrêt. Totalement blonde ! Menue, presque gracile, mais avec néanmoins un petit fessier très convenable et deux pommes bien dures. De longs cheveux d'or, des yeux clairs, pas franchement rayonnant d'intelligence, mais quand elle les ferme pour crier « maman » en tessinois, où est l'importance, réponds ?

À son entrée, il s'établit un silence qui te permettrait d'entendre triquer un sénateur en séance. Il les choisit admirablement bien, les ancillaires, monsieur le comte.

La môme dispose les coupes, débouche péremptoirement le champagne, ce qui n'est pas à la portée de toutes les jeunes filles, nous sert.

— N'est-ce pas un enchantement ? me demande Bellazzezzeta en la désignant d'un hochement de tête.

— Pur ! conviens-je.

— Elle a une peau d'un satiné ! Touchez !

— Je n'ose, monsieur le comte !

— Je vous en prie ! Graziella, asseyez-vous sur les genoux de monsieur pour qu'il puisse vous caresser à son aise.

Docile, elle vient se percher. Auparavant, elle a dégoupillé le mécanisme de son soutien-gorge et me voilà avec ses fruits de printemps à portée de nez, de bouche, de joue et pas loin du reste. Dis, c'est un claque ou quoi, cette résidence de l'A.B.C. ? S'ils traitent tous leurs invités de cette manière, ça doit se bousculer au portillon, on prend des numéros d'appel pour venir crécher céans.

— Elle est complaisante, murmuré-je en caressant l'imperceptible duvet d'or qui ajoute au velouté de ses cuisses.

— Totalement. J'ai connu des friponnes plus expertes qu'elle, mais elle se comporte honorablement, sa sensualité se trouvant en éveil. Vous pouvez lui faire l'amour sur un canapé, mon bon. Je me retirerais, n'étant pas un vieux voyeur.

— Ce ne serait pas de refus, comte, toutefois j'aimerais que nous en terminions avec Silvertown.

— Bravo ! Vous êtes un véritable homme d'action qui ne se laisse pas détourner de son objectif par les charmes d'une petite sauterelle. Vous avez respiré cette mignonne ? Sentez-la, commissaire ! Elle fleure bon le sommeil de jouvencelle. La plus noble odeur du monde, selon moi. Que puis-je vous dire de plus concernant Silvertown ?

— J'aimerais revenir à la disparition de cette statuette gothique qui l'a si fort éprouvé. Était-elle grande ?

— Mais non, vous dis-je : une quinzaine de centimètres.

— Avez-vous eu l'occasion de la voir de près ?

— Je l'ai même prise en main. J'aime les objets d'art et ici nous sommes dans des souks américains où l'on vend du design.

— Avait-elle une particularité ?

— Le fait qu'elle était laïque et non d'inspiration religieuse, simplement.

— Aurait-elle pu servir à dissimuler autre chose : un document, un joyau, un flacon, que sais-je ?

— Rigoureusement pas. Elle était de bon aloi, pleine, massive, taillée dans un bois dur qui défiait le temps malgré quelques vermoulures. Vous pouvez me faire confiance : je l'ai longuement admirée et je crois m'y connaître.

— Rien ne s'y trouvait écrit ?

— Sur une statue gothique ! Vous plaisantez ! Non, ne vous perdez pas en vaines hypothèses, commissaire. Il s'agissait simplement d'un bel objet d'antiquité comme il en foisonnait dans les demeures de mes aïeux avant que je les sacrifie ignominieusement au tapis vert.

La gentille môme, contrite par mon inertie, prend en loucedé des initiatives et se met à me triturer Mister James par-derrière son exquis dargiflard. Elle y tâte, c'est le cas de le dire ! Une main de velours sur un corps sain ! Je me dis que son empafage va être une pure gourmandise !

C'est chouette à travailler un petit lot pareil, souple et mobile. Tu manipules ça comme un gant de toilette. En guise d'acompte, je lui verse une rapide volée de bisous mouillés sur la nuque, puis je lui mordille le lobe. Aucune mousmé ne résiste à ces marivaudages. Elle se met à frémir comme pour un début d'épilepsie. Je fais un effort histoire de ne pas couler à pic dans la volupté. Boulot, boulot !

— Ron Silvertown était donc désespéré par la disparition de la statue ? reprends-je d'un ton en liquéfaction.

— J'ai cru qu'il allait en mourir. Ses sbires, lorsqu'ils sont arrivés, ont fouillé la maison de fond en comble, y compris ma chambre. Ils ont interrogé chacun des occupants, et avec des manières d'une extrême rudesse.

— Vous aviez votre idée sur ce vol ?

— Oui, et je leur en ai fait part.

— Je peux la connaître ?

— Il était impensable de suspecter quelqu'un d'ici. Je connais mon personnel et sais mettre à l'épreuve, discrètement, son honnêteté. Je n'emploie que des gens dont je peux me porter garant, question probité. Et puis, qui donc, dans la valetaille, aurait convoité cette statuette rébarbative et même horrible ! Vous avez visité des chambres de bonne, commissaire ?

— Plus souvent qu'à mon tour, comte. Ce sont des lieux de grand bonheur.

— Y avez-vous aperçu autre chose que des grigris de bazar ? Des saloperies provenant de boutiques pour touristes ? Moi, jamais. Du gothique ! Ce serait à s'en claquer les cuisses.

— Pour vendre ? suggéré-je.

— Folie ! Vendre un objet aussi particulier ? C'eût été se jeter dans les bras de la police !

— Alors, selon vous, qui l'a prise, cette hideuse figurine de bois ?

— Mais, mon bon commissaire, quelqu'un qui connaissait l'attachement de Silvertown pour elle. C'est cet attachement qui en faisait la vraie valeur !

— Comment les « enquêteurs » ricains ont-ils accueilli votre suggestion ?

— Par un haussement d'épaules. Je vous l'ai dit tout à l'heure : on ne m'écoute plus.

Tout le monde poursuit un but dans l'existence. Celui de Graziella, cette nuit, c'est de me dégainer M. Triquano. Et voilà qu'à gestes feutrés elle y parvient. Ma gêne est vive car elle constitue le seul écran qui masque ma gloire de mâle au vieux mec assis en face de moi. Comme je n'ai pas l'habitude de montrer à des vieillards, aussi complaisants soient-ils, ce produit de la ferme familiale, je me hâte de le lui carrer dans la moniche afin de le dissimuler. Elle en sautille d'allégresse, ce qui n'arrange pas la situation.

Bellazzezzeta vide sa flûte et se lève.

— Je crois que je vais remonter dans ma chambre, dit-il.

Honneur à sa discrétion. Il ne me tend pas la main mais me tapote l'épaule.

— Bonne continuation, mon cher. Et merci de m'avoir fait parler.

— Hé ! comte ! Une ultime question.

— Volontiers.

— Pour voler cette statuette, il a fallu que l'on s'introduise dans cette maison ?

— C.Q.F.D. !

— Des soupçons ?

— Plus ou moins.

— Je vous écoute.

— Le jour du vol, quelqu'un est venu ici en mon absence, un homme âgé qui prétendait être, paraît-il, l'oncle de M. Silvertown. Il marchait avec des béquilles et portait un pansement à la tête. Il avait une grande sacoche dans le dos. La femme de chambre l'a conduit dans l'appartement de Ron Silvertown, tellement son assurance était grande. Il y est demeuré plus d'une heure, et puis il est reparti en prétendant qu'il avait dû se tromper d'heure pour le rendez-vous.

— Eh bien ! mais le voilà, le voleur !

— N'est-ce pas ?

— Les hommes de Silvertown ont suivi cette piste ?

— Je n'en sais rien, commissaire.

Il se retire noblement.

Que trente secondes plus tard, on se roule sur la moquette, Graziella et moi !

Ma vie n'est qu'un long chagrin cahotique,
entrecoupé d'éclaircies.

(Frédéric Dard)

Black détestait que le sort lui soit contraire. Il partait du principe que la chance est un élément permanent de la vie. Qu'elle se mette à lui foirer dans les mains le désorientait et le plongeait dans un noir courroux. Il aurait démoli la terre entière et rêvait de se trouver derrière une mitrailleuse lourde dont la bande de munitions serait sans fin et lui permettrait de tirer dans le tas jusqu'à ce que la fatigue due à la trépidation le terrasse.

Tout avait craqué si sottement !

L'autoroute. Un camion qui décrit une brusque embardée. Il freine à mort. Un connard du dimanche l'emplâtre par-derrière et la porte de son coffre valdingue dans un pré. Manque de bol : la maréchaussée se trouve là, plantée à vingt mètres pour surveiller le trafic. Black n'a pas le temps d'aller planquer son attirail bien en vue dans la malle arrière comme dans une vitrine d'armurier : deux pistolets, le fusil de plongée, une boîte de balles, une matraque, un stylet dans sa gaine de cuir, une autre gaine vide, l'arme étant restée dans la poitrine de M. Blanc.

Le gendarme paraît attiré par ce fourbi comme une mouche bleue par une merde fraîche. Il va droit à l'arsenal, sourcille, dégaine aussi sec son feu et intime à Black d'attraper les nuages.

Black s'exécute pour se donner le temps de la réflexion. Un flot de bile envahit son gosier. C'est trop con ! Trop con ! Trop con !

Tout en le couchant en joue, le gendarme va à sa grosse moto pour prévenir son compagnon par radio. Black se gaffe que voilà l'occase. Tu ne peux braquer convenablement un homme quand tu exécutes simultanément un numéro de phonie. Black plonge superbement sur la route, tête première, exécute un roulé-boulé et se redresse derrière une femme badaude qui en prenait plein les châsses. Il s'agit de l'épouse de l'emplâtreur. Genre congé mal payé, en petite robe imprimée avec auréoles sous les bras.

Le pandore n'a pas eu le temps de réagir. Tout ça trop prompt ! Et maintenant la gonzesse sert de bouclier à Black.

Celui-ci fait avancer la femme jusqu'au coffiot. Il s'empare des deux flingues, en glisse un dans sa ceinture, garde le second en pogne puis, après réflexion, se saisit également du stylet. C'est à cet instant que sa rogne se développe en lui, qu'elle monte, qu'elle l'étouffe. Saloperie de bagnole jaune de merde ! Il avait eu le pressentiment, en la louant à l'aéroport, qu'elle était porteuse de poisse ! Il avait même failli en exiger une autre, moins voyante. Et puis il s'était dit qu'il ne devait pas tomber dans la superstition de bas étage !

Alors, il est là, à chiquer les sombres héros de films d'aventures, son feu en pogne, la gonzesse collée à lui. Se faire piquer comme un petit malfrat de banlieue, lui, un super crack dont on prononce le nom en baissant la voix dans le Milieu américain.

Bon, il va s'en tirer, mais quel contretemps ! Heureusement qu'il a voyagé et loué la Volvo sous une fausse identité. Heureusement qu'il a des « points de chute » en France et ailleurs en Europe. Il loue intérieurement son esprit d'organisation, ses manières méthodiques. Tout ça, le temps d'un éclair, tu penses.

Il visionne la tire qui vient de le percuter : museau écrasé, essieu avant faussé, probable, la manière dont la roue avant droite dit merde à l'autre.

— Jette ton feu dans le champ, sinon je brûle madame ! dit-il.

Docile, le motard balance son revolver à dache. Très loin. Il aurait fait un bon lanceur de poids.

— O.K., approuve Black. À présent va le chercher !

L'autre hésite, conscient des regards braqués sur lui car trois bagnoles sont maintenant stoppées derrière les deux autos endommagées. Black se dirige vers la plus rapide : une Mercedes 500 de couleur saumon métallisé, conduite par un frimeur de trente ans. Il ouvre la portière arrière et enfourne la femme dans l'auto. Quelque part un mari proteste, mais en chiant dans son froc, donc c'est pas grave. L'automobiliste a repéré le feu de fort calibre et ne moufte pas. Black prend place au côté de la femme, claque la portière et dit au conducteur :

— Bon, ben on y va, hein ?

— Où ça ? balbutie le frimeur.

— Ailleurs, fait Black.

Il abaisse la vitre et place une balle dans le boudin avant de la moto du flic.

— Appuie ! ordonne-t-il au conducteur.

Le mec obéit. Peut-être que ça le grise, dans le fond, de vivre cette épopée. La femme, elle, sanglote ; chacun son métier ! Le conducteur murmure, d'une voix pâlichonne mais qui s'essaie à la désinvolture :

— On va se faire piquer au péage !

Le « on », employé ici comme pluriel, est destiné à se concilier la clémence du bandit en s'associant délibérément à son sort.

Black qui est psychologue en sourit de pitié. Devant eux, c'est libre parce que l'incident a formé bouchon.

— Tout de suite après le virage, là-bas, ralentis, franchis le buisson qui sépare les deux voies et reviens dans le sens contraire. Si tu réussis bien la manœuvre, t'auras droit à une récompense : peut-être que ce sera la vie sauve.

Le gonzier n'est pas fier.

— Applique-toi, lui conseille froidement Stephen Black. Sinon, en cas de pépin, ça risque de saigner.

La femme pique une vraie crise de nerfs. Black lui balance une formidable torgnole d'un revers de main.

— Arrête, connasse ! enjoint l'Américain de son ton glacial.

— Je peux pas, c'est plus fort que moi, je vous jure ! pleurniche la gonzesse.

Black la guigne du coin de l'œil.

— Branle-toi, ça te changera les idées.

Elle en est médusée, la pauvrette, tellement sans histoire jusqu'alors.

L'automobiliste vient de ralentir, il prend large et entame le franchissement de la séparation médiane. Le danger est constitué par la circulation inverse. Les plantes destinées à couper l'éblouissement des phares, la nuit, ne permettent pas de voir arriver les bagnoles.

— Tu t'engages mollo, qu'ils aient le temps de voir ton capot et de s'écarter ! conseille Black avec un calme forcené.

Le type obéit. Il porte une veste de daim beige, en provenance d'une grande maison. Les manches en sont retroussées et dégagent celles d'une chemise de lin bleu. Une montre Cartier scintille à son poignet. Sa nuque brune sent la lotion riche. Il a une bonne coupe de cheveux. Black se dit tout ça pendant que le gars opère le changement de voie. Gros bol ! Tout se passe bien. Deux ou trois automobilistes sidérés par une telle audace vident leurs batteries à klaxonner pour exprimer leur farouche réprobation. Les voici enfin dans l'autre sens.

— Impec, approuve l'Américain, t'as une chance de voir demain.

Puis à la femme, qui continue de chougner comme une perdue :

— Je t'ai dit de te branler ; t'attends quoi ? Que je me fâche ?

Il promène le canon de son feu sur ses nichons pendouilleurs.

— Enlève ton slip et fais-toi un doigt de cour, la mère. J'adore ce genre de spectacle.

Mais elle ne se décide toujours pas. Il lui place alors la pointe du pistolet entre les cuisses, l'orifice de l'arme braqué sur la banquette, mais le canon contre le pubis de la malheureuse. Il presse la détente. La femme hurle.

— C'est juste le coup de semonce. Le prochain je te tire en plein dans la chatte.

Puis, au conducteur :

— Si tu veux régler ton rétroviseur pour profiter de la séance, tu peux. Mais fais gaffe à la route tout de même.

Anéantie, la femme relève sa robe imprimée et ôte avec des gestes grotesques un slip qui ne l'est pas moins.

Lorsque le participe passé
est employé sans auxiliaire,
il peut être considéré
comme un véritable adjectif verbal
qui s'accorde en genre et en nombre
avec le nom auquel il se rapporte[1].

Quand je rentre à l'hôtel, après ma conversation avec le comte Bellazzezzeta et les joyeusetés qui s'ensuivirent, je trouve Bérurier dans la posture exacte où je l'ai quitté, à savoir entre les ravissantes jambes d'Anita, occupé à la contenter avec la force de pénétration et l'application qu'on pourrait attendre d'une foreuse à pétrole.

Ma venue lui fait tourner la tête. Il me jette :

— On joue le troisième set, mec. Mam'selle est drôlement entichée.

Son formidable cul velu, vergeté, crevassé, raviné, constellé de bleus et de cicatrices nombreuses est une bielle infernale activant son phénoménal piston.

La môme a trouvé une posture *ad hoc* pour profiter au maximum de l'engin. En fin de course, elle a un râle sec suivi d'un « houiiii » enthousiaste. À croire que chaque « brassée » (Béru dixit) lui permet de capitaliser quelque chose dont elle tirera encore profit par la suite. Peut-être des souvenirs sensoriels, après tout ? Encore que ceux-ci soient les premiers à s'effacer de la mémoire qui a d'autres plus beaux chats à fouetter. Personnellement, mes souvenirs de cul ne sont pas collés à la coque de mon cerveau. Moi, les remémorances concernent des instants

1. J'émets les plus grandes réserves sur cette définition que nous proposent MM. Sève et Perrot dans leur dictionnaire orthographique.

où le sentiment jouait du luth. La bitoune, c'est pour l'instant, juste pour l'instant. Le cœur, lui, c'est pour toujours.

J'admire la performance du Gros d'un œil blasé par mes propres prouesses avec la soubrette de *La Résidence*. Décidément, je donne fortement dans l'ancillaire ces temps-ci. Pour commencer, ma bonniche portugaise, et maintenant la petite femme de chambre (le terme convient au poil) tessinnoise. La loi des séries ! C'est kif les accidents de chemin de fer. Ensuite viendra le temps des duchesses. Je suis tout-terrain, pas sectaire du paf pour un liard.

Je laisse ces monsieur-dame se dégorger la glandaille à l'extrême, s'essorer jusqu'à l'os de seiche, total, complet, triple zéro ! Vais-je me jeter sur la litière du Gros puisqu'il copule dans mon lit depuis deux plombes d'horloge ? Ça pue le fauve bien qu'il n'y ait point encore dormi. La bauge innettoyée.

Mains sous la nuque, jambes croisées (l'une battant je ne sais quelle mesure bizarre), je passe en revue les révélations du comte Bellazzezzeta. Drôle de gazier, ce Ron Silvertown. La disparition de sa statuette gothique qui l'a tellement catastrophé représentait quoi pour lui ? Beaucoup plus que la valeur vénale de l'objet, c'est certain. Et pourtant, le bougre de comte est formel : la statuette n'était pas truquée. Il s'y connaît, Bellazzezzeta, il a dû fourguer de quoi garnir dix musées, le vieux flambeur. Un objet d'art de cette nature n'a pas de mystère pour lui.

Alors ? Comment se fait-il que Silvertown ait rameuté des spécialistes de haut niveau pour récupérer son bout de bois ? Franchement, j'arrive pas à cohérer dans cette affure. Tonton, la grosse dondon d'Adélaïde, ils viennent branler quoi ou qui dans ce bigntz ?

Autre question brûlante : pourquoi, lors de sa première visite à l'Américain, la gagneuse de Moktar s'est-elle fait jeter comme une lavasse, et pourquoi a-t-elle eu droit à un entretien d'une heure le lendemain ? Entretien à la suite duquel elle marquait paraît-il une vive satisfaction ? Qu'est-ce qui motivait ce revirement dans le comportement de Silvertown ?

Sans cesser de gamberger, j'attire le biniou à moi, je compose le zéro zéro pour « sortir de l'hôtel » (c'est écrit en français sur la notice du grelot) et, d'un doigt automatique, je tabule le numéro que je veux.

Qui était l'homme aux béquilles et au pansement à la tête, le faux oncle de Silvertown ? Celui qui, presque à coup sûr, s'est emparé de la statuette ? Pourquoi les sbires du Ricain ont-ils affrété un hélico pour se rendre chez l'oncle Tom ? Pourquoi cette période de tranquillité de douze années avant qu'il se mette à chier des hallebardes pour le père Dugadin ? Pourquoi ?... Pourquoi ?... Pourquoi ?...

On décroche à l'autre bout. Une voix pâteuse grommeluche un « Ici Mathias, j'écoute » qui ressemble aux ébats de quinze canards dans la vase d'une mare. Cependant qu'un immense cri de triomphe éperdu me vient de la chambre voisine.

— Je jouiiiiiis !

— Moi aussi, ma biquette, répond paisiblement le Gros, mais c'est pas une raison pour pousser c't'gueulante : tu vas réveiller l'hôtel !

— J'écoute ! insiste le Rouquin à l'autre extrémité.

— Moi aussi, lui dis-je. Béru vient de faire reluire une superbe créature et c'était beau comme le contre-*si* de la Callas à sa grande époque.

— Oh ! c'est vous, monsieur le commissaire !

— À cette heure indue, qui voudrais-tu que ce soit ? Tu as de quoi écrire ?

— Presque.

— C'est-à-dire ?

— J'ai un stylo-bille mais pas de papier.

— Note sur les miches de ta grognasse, tu recopieras plus tard.

— Allez-y !

— Je veux la biographie complète, détaillée, en couleurs et en stéréo d'un sujet américain nommé Ron Silvertown. Seul point d'ancrage : en 1973, il était le grand manitou d'une société bancaire intitulée American Bank Company. À toi de jouer, il me faut un rapport d'au moins deux cents pages sur ce mec : sa vie, son œuvre, la couleur de ses slips.

— Je m'y colle dès demain.

— Non, mon drôlet : dès tout de suite, car il faut tenir compte du décalage horaire ; il n'est pas encore six heures du soir, à Nouille York. Je te rappellerai aux aurores. Salutations à madame et grosses bises aux dix-huit enfants.

Béru réapparaît, vanné par son exploit, le chinois en berne. Il a le regard comme deux fois la grande rosace de la cathédrale de Chartres. Il s'arrête dans l'encadrement de la porte, s'accagnarde au chambranle, s'incline sur le côté, lève la jambe gauche et balance un pet qui roule longuement sous le haut plaftard de la chambre.

— Qu'en termes galants ces choses-là sont dites ! ricané-je.

— Formalise-toi pas, mec. J'y ai expliqué à Nini (d'Anita) que la baise me produisait toujours c'choc posthume. D'escrimer, ça affole les gaz qu'on coltine et c'est la grande décarrade. Tiens, en v'là un aut' pour la reine d'Angleterre.

Nouvelle déflagration plus conséquente que la précédente.

— Ça, c'est la vraie partie de brosse, jubile l'Infâme. J'te d'mande pardon d'avoir enfourché ta monture au pied levé, grand, mais ell' m'portait trop aux sens, cette grand-mère. Tu vas dire qu'c'est d'la confiture donnée à un cochon, vu qu' ma pomme je m'embourbe aussi bien une fermière du Berry ou une garde-barrière à varices ; d'acc, pourtant, j'pouvais pas laisser passer c't'occase, mec. Dedieu, la voyouse qu'a là ! Un vrai tire-joint ! J'ai cru qu'é l'allait m'arracher les bas morcifs ! Une frangine si tellement sensuelle, tu t'recomptes les couilles après l'emplâtrage, t'assurer qu' tout l' monde sont là. Sacrée Nini ! Quel hangar à biroutes tu me fais, ma puce ! Mais où qu'é l'est ? Dans la salle de bains, se dédoloriser le gourmand ? Niii-Niiii ! A répond pus ! Nini, bordel ! Merde, é s'est tirée. Moui, la lourde est toute verte. Tu sais quoi, Tonio ? Elle s's'ra gênée de toi, c'te gosse. Fatal. Tu la commences, tu lui blablutionnes l' bonheur du jour au Dom Pérignon, et puis c'est ma pomme qui se ramène pour la fourrée géante av'c sa trimarde chignole de cérémonie ; ça la gêne visse à visse d'vos premiers contacts. Tu l'allumes et je l'éteins. Elle confusionne, comm' une personne bien élevée qu'elle est.

— Refais ta valise, Gros, on s'emporte ! coupé-je sèchement.

— Où cela-t-il ?

— Grenoble. J'ai un couple de copains à qui je veux porter des croissants (d'autant que lui est arabe) pour leur petit déjeuner. Ça leur fera la surprise.

Béru regarde autour de lui.

— Ma valise, t'en as d'bonnes, j' l'ai pas défaite.

— Parfait.

— Et comment j'l'aurais défaite, malin : j'en n'ai pas !

Trois heures moins dix carillonnent à un clocher qui avance de dix broquilles quand on arrive devant le troquet d'Adélaïde et de Moktar. Une nuit riche en lune ridiculise l'éclairage municipal, plutôt faiblard dans ce quartier.

Je m'approche du café et j'aperçois un avis collé avec du scotch sur la vitre, depuis l'extérieur. Une écriture tremblée annonce, en caractères bâton pauvrets :

« Fermé pour cause de décès. »

— Merde ! m'écrié-je en français-dans-le-texte.

Je suppute en rafale. L'un des deux « associés » a-t-il eu un pépin ? À moins que ce ne soit le père Salcons qui ait pété un pipe-line au milieu de ses vélos ?

— On est marron ! constate l'Épuisé, fataliste.

— Minute, on va vérifier s'ils crèchent dans l'immeuble.

J'ouvre la porte d'allée (comme on dit là-bas) et actionne ma petite torche électrique pour passer en revue les boîtes aux lettres du couloir. J'y trouve effectivement le blase de Salcons Adélaïde (2e). Tout est à son nom, à la grosse, probable que Moktar se coltine un casier judiciaire cacateux qui ne lui permet pas de frimer de la raison sociale.

On s'engage dans l'escadrin pour gagner le second. Une carte de visite mesquine punaisée à une lourde indique que Salcons Adélaïde pioge bien ici.

— Tu sonnes-t-il ? murmure l'Essoré.

— T'es encore plein d'idée reçues, Gros, soupiré-je en bricolant la serrure avec mon fameux sésame.

Déponner est tout juste une rubrique de la page « jeux vacances » d'un magazine. Cric-crac, merci d'être venu !

Le logis fouette le cradingue à tout-va. Un chimiste qui bosserait sur un nouveau déodorant devrait absolument procéder à des essais chez Adélaïde. Si le test est positif, il peut commercialiser son bidule la tête haute. Un bout de vestibule où deux portemanteaux accolés supportent des monceaux de hardes. L'odeur est désastreuse : cuisine refroidie, crasse, merde, urine, collection de Tampax usagés. Et d'autres remugles bien intenses, chavirants. Des trucs qui te filent la gerbe et le tournis.

Voilà la cuisine. Et puis, à côté, le salon-salle à manger, comme toujours. Toutes les maisons du monde sont édifiées sur le même principe, dans le fond, les palais comme les chaumières, ce qui prouve que tous les hommes, puissants ou misérables, ont les mêmes nécessités de vie.

On s'arrête pour esgourder. Silence complet.

— Y a personne, décrète Béru.

— Je ne sais pas, réponds-je.

Mon sept ou huitième sens qui m'informe d'une présence. Je « sens » quelqu'un. Le faisceau de ma loupiote-stylo (une invention de Mathias qu'il devrait faire breveter, s'il voulait gagner du flouze, ce con : batterie sédimentaire bouturée avec performant circonstanciel ; le faisceau est mince comme un rayon laser, mais d'une folle intensité ; il ne diffuse pas mais illumine littéralement, de manière ponctuelle, la zone réduite sur laquelle il se pose) se promène dans la pièce. Je découvre une table encombrée d'un foutoir hétéroclite, avec une partie plus dégagée où deux couverts sont dressés. Il y a du pain coupé dans une méchante corbeille, le moutardier, la salière, un flacon de piment extra-dry. Cayenne !

Mon faisceau peint la nuit. Il fait jaillir du noir des éléments de vie : une chaise, un placard bancal, une affiche célébrant les Seychelles, punaisée au mur. Coco-fesse en gros plan !

Son travelling panoramique continue de balayer, et brusquement, le faisceau se met à trembler parce que ma main tremble. Faut dire que ce qui vient de jaillir dans notre focal est assez terrifiant sur les bords.

Tu me connais à comble, hein ? Tu m'as lu jusqu'aux poils des bras ! Tu sais tout de moi, comme moi je sais tout de toi, n'est-ce pas, chérie ? Tu te rappelles la fois que tu m'as accordé ta virginité et que je t'en ai refait une autre tout de suite après en t'attachant les poils du frifri : un de gauche, un de droite, etc. ? Ça crée des liens tous ces menus nœuds après l'introduction d'un gros, hein ? Bon, eh bien t'as beau me connaître, reconnaître, sur-connaître, tu devineras jamais ! Alors je t'y dis. Un homme basané, assis à califourchon sur une chaise tout contre le mur. L'homme, c'est mister Moktar, le julot d'Adélaïde Salcons. Sa tempe est appuyée contre la cloison à cause d'une flèche de métal qui lui traverse la tronche de part en part. On la lui a tirée à bout portant au moyen d'un fusil de pêche sous-marine. L'homme a les yeux ouverts, exorbités même, je peux te dire. Du sang, relativement peu, a coulé de la plaie et dégouliné sur son cou avant de disparaître sous ses vêtements.

Béru vient d'actionner le commutateur et la lumière conventionnelle nous rend compte de la scène. Du grand tragique ! Ce mec cloué comme un insecte dans une boîte d'entomologiste fait peur. Je note qu'une autre flèche est fichée dans sa cuisse. Je suppose que ça a été le coup de semonce destiné à le neutraliser d'entrée de jeu.

C'est aussi ton avis ? Ah ! bon. Tu le savais déjà ? Hein ? Parce que t'as lu le début de la scène du meurtre ? T'as de la chance d'être lecteur. Moi, je suis que l'auteur, comprends-tu ?

— Il ne perd pas de temps ! murmuré-je.

— Qui cela ? demande Patapouf.

— Le zig qui a planté Jérémie.

— Tu croives que c'est lui ?

— Si ce n'est toi, c'est donc son frère. Le type ou son équipe progressent. Ils vont plus vite que moi !

Je me dirige vers la pièce voisine : la chambre à coucher du couple. Le lieu où le désordre culmine. Le linge sale est empilé de partout, sur les chaises, la commode, le sol, même !

La grosse Adélaïde gît sur son lit, à plat ventre, sa robe retroussée jusqu'à la taille. Son énorme dargeot est devenu blafard dans la mort. Une mare brune s'étale sous son bas-ventre et ses grosses fesses sont sanglantes. Je m'approche de la femme, le cœur soulevé de dégoût, cherchant la cause de sa fin. Un cri m'échappe. Pourtant moi, hein ? Âme trempée, merde ! Coutellerie de Thiers ! Pas froid aux yeux, pas plus qu'aux claouis. Loin d'être obsolète, l'Antonio.

Mais devant ce que je vois !…

La pointe d'une flèche sort du dos de la vachasse, entre deux côtes. L'assassin l'a fait mettre à genoux sur son lit et lui a enquillé le canon de son fusil dans la moniche. Un sadique ! Puis il a tiré. Le harpon a déchiré tout l'intérieur de la malheureuse avant de réapparaître sous son omoplate gauche (ou droite, si t'es du Front national).

Je commente pour Béru. Alors il blêmit, Pépère. Y a une larme qui perle à ses cils de cochon. Il porte sa patte à sa hure. D'un ton brisé, il murmure :

— Faut être le dernier des derniers ! Il aurait pu la chibrer au lieu de lu jouer c'tour-là ! Promets-moi un truc, Sana : on va l'retrouver, pas vrai ?

— Oui, réponds-je derrière mes dents serrées, oui, Gros : on va le retrouver.

— Et alors on lui f'ra sa fête, tu m' promets ?

— Je te le jure, mon vieux pote !

— Faut qu'y va déguster, c't'ordure !

— On lui fera son gala d'adieu, promis.

Et j'étends la main au-dessus du corps d'Adélaïde pour ratifier le serment.

On se rend dans la cuistance pour un coup d'alcool. Béru, en véritable sanglier doué pour la chasse aux truffes, déniche une bouteille de scotch. Il la débouche et me la propose. Glou glou ! J'en entifle vingt centilitres sans respirer. Le Gros vide le reste.

Tandis qu'il s'arrose la voie royale, je réfléchis en stéréophonie.

— Curieux, l'écriteau sur la porte du bistrot, m'entends-je dire.

Je retourne fureter dans la chambre et j'y déniche ce que j'escomptais : un bloc correspondance et un stylo feutre.

— Il a fait écrire ça par la grosse, après avoir scrafé son mecton, hein ? murmure Béru qui m'a filé le train.

— Probable, oui. Il a voulu gagner du temps avant qu'on ne découvre le double meurtre.

— Y n'recule d'vant rien, ce cancrelat ! J'espère qu' les copains d' Savoie auront parvenu à l' sauter.

— En tout cas, soliloqué-je, il a trouvé ce qu'il cherchait.

— Biscotte ?

— Rien n'a été fouillé.

— T'as pas vu ce bordel ?

— Du désordre, mais pas une mise à sac, Gros. Utilisant les très grands moyens, il a obligé Adélaïde à se mettre à table. Elle lui a donné satisfaction, j'en suis convaincu. Il l'a butée ensuite pour neutraliser un témoin. Dans son cas, il y était contraint.

— Tout de même, il pouvait l'effacer autrement !

Je file un dernier coup de périscope à cette désolation sans nom. Dur métier que le nôtre. Y a des moments, on préférerait être berger et assurer la transhumance dans les alpages.

Je suis celui qui emporte
son nougat à Montélimar
et sa saucisse à Francfort.

Il a pas sa gueule pour calembours, l'ami Bavochard. Inrasé, le regard ternasse, avec dans la bouche un sale goût de mominette dégueulée, il fait un peu pitié en ce matin morose.

Nous sommes arrivés ensemble à la Grande Volière de Chambéry. Moi, venant de Grenoble, lui de sa chasse à l'homme dans la région Dauphiné où il est allé prêter main-forte à ses collègues de l'Isère. Bredouille. Il renaude vilain et en oublie ses « poils au nez » pourtant si facétieux dans une converse.

En plus, sa vésicule matraquée par la maison Pernod (l'alcool Pernod fils, comme il dit volontiers) déconne plein son sac membraneux, ajoutant à la dure réalité de l'aube.

— Du nouveau ? je questionne.

— Le gars a filé entre les mailles du filet ! annonce-t-il, lamentable.

— Y a pas que mailles qui lui aille ? je propose, histoire d'engrener sa pompe à déconne, désamorcée.

Mais je n'éveille aucun écho dans sa délabrance. Bavochard est amorphe comme une biroute d'eunuque regardant la photo de Régine.

Il me raconte que le type a eu un galoup sur l'autoroute. Mais on me dit que t'as déjà lu l'anecdote plus haut, alors je m'écrase, pas me montrer répétitif, au prix du papier, de l'impression et tout le chenil. Ce que, paraît-il, tu ignores, c'est que l'homme à la Volvo jaune a réussi à se casser en prenant une femme en otage et en contraignant un tomobiliste de lui servir de chauffeur. Il l'a forcé à traverser la séparation médiane de l'autoroute et à revenir sur ses pneus (on ne peut pas parler de pas).

Si ? T'es au courant de ça aussi ? Merde ! Qu'est-ce qui me reste à te raconter alors ? Moi, je trouve que ça fait un peu doublon, cette formule. Tu le sais aussi qu'ensuite, le tueur a demandé au conducteur de se remiser très à l'écart sur une aire de stationnement. Il a endormi les passagers à l'aide d'une bombe de gaz et les a abandonnés, après avoir fermé les vitres et répandu un surcroît de gaz dans l'habitacle. Ça tu l'ignorais ? Ah ! tout de même ! On a appris la chose par le propriétaire de la voiture qui n'a recouvré sa lucidité que depuis une heure.

Le fugitif a franchi la clôture séparant l'aire de stationnement de la campagne. Un cultivateur l'a accepté en stop et déposé à Saint-André-le-Gaz où il a pris le train pour Lyon. Fin de l'épisode.

— En haut lieu, ça chie des bordures de trottoir, m'avertit Bavochard. On va ramasser, c'est certain ! Putain, ce qu'on va ramasser !

— Qu'est-ce qui vous donne à croire que c'est cet homme qui a poignardé l'inspecteur Blanc ?

— Sa Volvo jaune avait été remarquée par des gamins de Saint-Joice-en-Valdingue. Et surtout, on a retrouvé dans le coffre un étui de poignard auquel s'adapte parfaitement le ya qui a servi à assaisonner ton négus. Tu as de ses nouvelles, à propos ?

— Toutes fraîches : il va s'en sortir.

— Tant mieux, la médecine fait des miracles car lorsque je l'ai vu en réanimation, il manquait de *look*.

— C'est pas la médecine, c'est sa femme, mon vieux. Elle le soigne à la merde de je ne sais quoi et prononce des paroles cabalistiques autour de son lit pour filer la pétoche aux mauvais esprits ; son vieux est sorcier professionnel dans leur patelin du Sénégal.

— C'est bon à savoir. Si un jour je prends un coup de saccagne, je saurai à qui m'adresser.

Il me fait entrer dans son bureau et va droit à un placard mural pour extraire deux petits godets et une boutanche toute neuve de pastaga. Qu'ensuite d'après quoi il dévisse le couvercle d'une glacière portable et pousse un cri façon steamer en perdition dans les brumes boréales.

— Cantasoy, bordel !

Un maigrichon qui ressemble à une touffe de poils de cul collée à un bâton arrive prestibus.

— Commissaire ?

Bavochard lui montre la glacière vide.

— Vous faites une tumeur du cerveau, ou quoi ? Et *mes* glaçons ?

L'armature à épouvantail se trouble comme, tout à l'heure, le pastis, quand on le transformera, par l'adduction d'eau potable, en mominettes.

— Je ne pensais pas que vous vinssiez si tôt, commissaire, bafouille le dénommé Cantasoy.

Bavochard lui lance le récipient à travers la pièce. Grâce à un réflexe de haute qualité, l'inspecteur s'en saisit.

— Je vous donne cinq minutes ! avertit mon collègue.

Cantasoy part dans une tornade blanche.

— Dis, c'est encore la cour de Russie, dans les Savoie ! plaisanté-je. Tes zèbres, tu leur donnes le fouet ou tu les fais empaler quand ils font des fautes d'orthographe dans leurs rapports ?

Il se marre.

— Mes glaçons, c'est sacré. Je badine pas. Et toi, « l'héritier », tu as du nouveau ?

Non, mais voilà qu'il me cherche derechef avec le testament de Tonton, l'apôtre ! Ça lui a pas suffi, ma sortie de l'autre jour. Faut que je casse quoi pour qu'il comprenne ? Sa bouteille de pastoche ou sa mâchoire ?

Tu sais qu'il me plume la prostate, mister Cézigue ! Faut toujours être en bute dans la vie. Les aminches plus venimeux que les autres, tu remarqueras. Jalminces, quoi ! Parce que t'es plus gradé, mieux membré, moins tarte. Ça se paie, la différence. C'est impardonnable. Pour passer à travers, faut drôlement serrer la corde, crois-moi. Slalomer à mort. Faire l'affable !

— Ouais, lui réponds-je, j'ai du nouveau : deux macchabes. Mais dans l'Isère, c'est pas de ton ressort, mon vieil Aboudin, bien que ce soit presque certainement ton superman à la Volvo qui ait accompli ce travail d'équarrissage.

Ça le deurondeflante vachement, Bavochard.

— Encore deux morts ! il s'exclame.

— Et c'est peut-être pas fini, ajouté-je. Je pressens que le plus beau reste à vivre.

— C'est une affaire glauque, on dirait, non ? murmure Mominet.

— On vient pratiquement de bouffer notre pain blanc, collègue. À présent la grande mouscaille va venir, je le sens : j'ai mes cors aux pieds qui me font mal.

Si j'avais pu me douter d'à quel point j'étais au-dessous de la vérité !

Dis-moi qui tu fréquentes,
je te dirai qui tu hais.

Dans son plumard aux draps blanc clinique, il ressemble à une grosse mouche noire en train de faire la planche dans une tasse de lait, Jérémie. Ce qui frappe, c'est sa maigreur brutale. Il a dû sucrer dix livres en trois jours, le brave inspecteur. Son regard lui bouffe la gueule et ses énormes lèvres font penser à deux mahousses limaces rouges qui s'enverraient en l'air.

Il respire avec difficulté, le coup de poignard lui ayant mochement esquinté la plèvre. À son chevet : Ramadé, l'imperturbable, discrète dans sa robe mauve dont les motifs rouge et noir représentent le *Titanic* en train de sombrer dans une mer d'apocalypse.

Ses yeux, pareils à deux sulfures presse-papiers, me sourient. Il voudrait articuler, mais ça lui coûte trop, alors je le calme d'une tape affectueuse sur la joue.

— On a eu chaud aux plumes à ton sujet, grand Noirpiot ! Tu as eu le temps d'apercevoir ton agresseur ?

— Ki kouyou baraka ! susurre Jérémie.

Sa souffrance et sa faiblesse sont telles qu'il ne parvient à s'exprimer que dans son dialecte originel.

Je me tourne vers Ramadé :

— Que dit-il ?

— Que ça s'est passé très vite ; il a été frappé par surprise. Dans un brouillard, avant de perdre conscience, il a cru voir un homme, grand, blond, avec les cheveux frisés serré, traduit-elle fidèlement.

— Kiwi barabo, reprend M. Blanc.

— Que dit-il ?

— Il voudrait que vous lui racontiez la suite de l'enquête. Il est navré de ne pas pouvoir la continuer, mais il veut qu'on le tienne au courant.

— J'ai peur de le fatiguer ! objecté-je.

— Baboué nouyé go, murmure l'inspecteur Blanc.

— Que dit-il ?

— Que vous êtes un enculé de flic de merde à toujours compliquer les choses et que s'il veut savoir, c'est qu'il peut écouter. Il déteste que vous le preniez pour une gonzesse, mon vieux !

— Très bien, chère Ramadé, je vais donc lui dresser mon rapport.

Je m'assieds au chevet de Trompe-la-Mort et lui narre en long, en large, en travers et en Gévacolor les événements, faits et incidents qui se sont produits depuis sa mise à l'horizontale. Il m'écoute, son regard béant fixé au plafond. Lorsque j'ai achevé mon récit minutieux, il continue de mater le plâtre blanc où deux mouches salaces s'enlacent et s'en mettent plein les baguettes. Dort-il ? Est-il inconscient ? Je m'apprête à lui tâter le pouls lorsqu'il murmure :

— Zikono Silvertown kaloubouré ?

— Que dit-il ?

— Il demande si vous avez fait établir le culcul-d'homme vitré de Silvertown.

— Naturellement, Mathias s'en occupe.

— Boutabou Lyon houllal ! jette le blessé.

— Que dit-il ?

— Il demande si la police lyonnaise a reçu le signalement de l'homme blond et si elle va surveiller les gares, l'aéroport et les hôtels.

— C'est l'évidence même !

— Zibzob nakoué ? insiste Jérémie.

— Que dit-il ?

— Il demande si vous avez pris quelqu'un avec vous pour continuer l'enquête.

— J'ai fait venir Bérurier, comme vous le savez, fais-je, après une hésitation, sachant que je vais sans doute attiser la jalousie de M. Blanc.

— Houbongu salo krado Béru ! soupire effectivement mon ami noir.

— Que dit-il ?

— Il dit que la suite de l'enquête vaut 14 sur 20, mais qu'il vous retire 2 points pour avoir choisi Béru, alors ça ne fera que 12, voilà ce qu'il dit. Et maintenant faut peut-être lui foutre un bon Dieu de paix, monsieur commissaire, j'ai pas envie que mon homme il retourne dans le trou à mort d'où je l'ai tiré, mon vieux. Pas envie du tout !

En roulant en direction de Lyon, je compose, depuis ma tire, le numéro de la maison, prendre des nouvelles de ma Féloche. Au moment où elle décroche, je perçois une forte détonation qui m'alarme (à l'œil !).

— Une bombe, m'man ? meuglé-je.

— Non, ce sont les petits Noirs des Blanc qui ont renversé la grande garde-robe de ma chambre.

— Ça se passe comment avec la tribu ?

— Des moments difficiles, avoue ma chère femme de mère, car ils sont plutôt turbulents. Mais ils ont bon cœur.

— Il reste quoi d'entier à la maison ?

— Plus grand-chose, convient-elle, nous ferons remettre tout ça en état par le père Baguenaude, le vieux menuisier de la rue des Siphons. Mais il vaut mieux attendre que ces enfants soient rentrés chez eux. (Elle murmure :) Tu ne sais pas la nouvelle ? Maria est amoureuse…

J'avale ma pomme d'Adam en trois exemplaires ; elle est pointue de partout.

— Ah ! bon ?

— Imagine-toi qu'elle travaille en robe de soirée. Toute sa paie passe en toilettes. Elle a décidé de ne plus envoyer un sou à son vieux père paralysé au Portugal. Je lui ai demandé la raison de cette révolution, elle m'a dit qu'elle était amoureuse de quelqu'un de la haute société.

Le « quelqu'un de la haute société » toussote, gêné. Je savais bien qu'on ne doit jamais s'attaquer aux domestiques. Voilà qu'il dégénère, mon coup de reins intempestif. Ça lui a déclenché la folie des grandeurs, à miss Poilaupattes.

— Si elle débloque trop, sépare-t'en, m'man, conseillé-je avec une superbe lâcheté. Faut pas garder quelqu'un qui se met à délirer.

— Oh ! penses-tu ! proteste Félicie. Elle continue de très bien faire son travail.

Bisou miauleur. Je raccroche sur un tintamarre de casseroles virgulées du haut de notre escadrin.

Béru paraît somnoler, mais je sais qu'il pense. Peu, mais il pense. La chose lui arrive uniquement au plan professionnel. Il a renversé le dossier de son siège, allongé ses paturons au max et rabattu son bitos sur sa bouille.

— T'espères sérieusement redresser ton mec à Lyon, Tonio ? demande le Fabuleux avec tellement de scepticisme dans la voix que je devrais écrire sa réplique à l'envers.

— Je vais essayer. Car il détient l'objet recherché et je souhaite le récupérer au moins autant que lui-même.

— Pas fastoche. Ce gars-là c'est un pro. Un zigus qu'a du chou à plus en pouvoir. Des moiliens, aussi.

— Le gendarme qu'il a braqué sur l'autoroute, assisté d'autres témoins, aide à fignoler son portrait-robot qui passera, dès ce soir, dans le journal télévisé des trois chaînes et qui s'étalera demain dans tous les baveux. Par Avis on a son identité, du moins celle qu'il a fournie au moment de louer la Volvo. Ses empreintes ont été relevées sur le volant de ladite ; bref, il baigne dans un somptueux merdier, tout diabolique qu'il puisse être.

— D'acc, mais tout ça il le sait ! Compte sur lui pour sortir l'grand jeu, mec. Cézarin, c'est du pas ordinaire, tu le sens bien ?

— Qu'est-ce que c'est que ça ?
— C'est rien.
— Alors si c'est rien pourquoi c'est là ?
— Pour rien !

Stephen Black, nous l'avons mentionné quelque part (nous ne nous souvenons plus où, mais ça l'a été, inutile de nous chercher des rognes, nous ne nous laisserons pas faire) possédait des points de chute un peu partout dans le monde. Il devait en avoir mémorisé un bon millier, sinon davantage. Ceux-ci étaient d'un genre tout à fait particulier : ses correspondants de secours ne le connaissaient pas et ignoraient jusqu'à son existence. Pourtant, ils étaient disponibles à cause de petits trucs que Black savait sur chacun d'eux. Des informateurs répartis sur la planète moissonnaient à son profit, et lui transmettaient des « dossiers » brûlants. À ses nombreux moments dits perdus, le tueur les potassait et les apprenait par cœur car il était doué d'une mémoire d'ordinateur.

Durant son trajet en chemin de fer, dans un wagon de première classe, il avait exploré son « fichier mental ». À Lyon, il disposait de deux « correspondants » potentiels. Une fois débarqué à la gare de Perrache, il consulta un plan de la ville et opta pour celui dont le domicile était le plus proche.

Il s'agissait d'un certain docteur Vagiturne, habitant place Carnot, c'est-à-dire pratiquement au pied de la gare.

Le soir tombait. Cette noble ville qu'on appelait jadis « la Cité de la Soie » et que mon cher Francisque Collomb gère de main de maire frémissait dans des grisailles encore marquées de mauve. Black quitta l'effroyable blockhaus à travers lequel s'effectue le trafic Paris-Midi et qui garde toute sa honte architecturale bien qu'on l'ait peint d'un rose ocré de sorbet. Jadis, une large avenue nommée cours de Verdun, accueillait les « vogues », c'est-à-dire les fêtes foraines, et des « pieds humides », à savoir des buvettes, servaient le beaujolais, le côtes-du-rhône et le mâcon blanc aux promeneurs qui avaient du mal à charrier leur pauvre foie surmené. Mais l'étrave de l'existence fend des flots de plus en plus saumâtres et pollués. Les villes et les paysages, de plus en plus défigurés, souillés, démantelés, finissent par contracter cette maladie honteuse qu'est la marée humaine. L'homme se multiplie dans une hystérie de laideur et fonce aux abîmes en saccageant ce que Dieu lui avait proposé de plus harmonieux.

Ce qui nous permet d'affirmer solennellement, une fois de plus, en toute certitude, nous, auteur à chevrons, que l'homme est un misérable con, un méprisable con, un con désespérant qui crève à chaque seconde, renaît à chaque seconde et déconne, déconne, déconne à perdre haleine. Amen ! Vive le retour des jarretelles !

Stephen Black monta au second étage d'un immeuble confortable aux relents bourgeois et s'arrêta devant une porte à deux battants sur l'un desquels une plaque de cuivre légèrement vert-de-grisée, annonçait : « Dr Joanès VAGITURNE, ancien Chef de clinique des Hôpitaux de Lyon. Gynécologie, maladies de la femme. »

L'arrivant actionna la sonnette et un roquet se mit à japper dans l'appartement. Une vieille femme vint ouvrir, le genre Mme Pipi, avec une veste de laine trop grande pour elle par-dessus une blouse blanche maculée de taches anciennes. Elle portait des lunettes aux verres tellement épais qu'on la devinait à la rupture de la voyance.

Elle releva haut sa tête chenue pour tenter de distinguer qui se tenait sur le grand paillasson.

— Qu'est-ce que c'est ? demanda-t-elle.

Sa voix semblait plus vieille qu'elle. On aurait dit qu'elle était imitée par un amuseur racontant l'histoire de la grand-mère à qui sa petite-fille demande depuis combien de temps elle n'a pas baisé[1].

— Je voudrais voir d'urgence le docteur Vagiturne, fit Black. Je me doute que son cabinet de consultations est fermé, mais il s'agit d'une chose de la plus haute importance pour lui.

1. Dans l'histoire, la petite-fille a parié qu'elle ferait « faire le loup » à sa grand-maman. Et, effectivement, quand elle a posé sa question, la vieille fait « hou ou ou »… C'est très con, mais ça fait toujours rire ! Et donc, c'est pas si con que ça puisque ça fait rire. Même si ça fait rire des cons !

Stephen Black avait le don de convaincre. Sa voix était douce mais péremptoire et personne n'y résistait.

La vieillarde dit qu'elle allait prévenir le médecin. Black fit un pas et pénétra dans un hall qui avait grand besoin d'être repeint. « Et les tableaux accrochés aux murs avaient besoin de l'être également », songea Black qui détestait les croûtes représentant des marines et des sous-bois. L'appartement mourait de vieillasse. Tout y était vernissé par la crasse, lézardé, poussiéreux. De lourds meubles noirs accumulés créaient une mauvaise impression d'antre de brocanteur. Les tapis usés montraient davantage que leur trame : le parquet lui-même ! Le tout, malgré ses dimensions, n'était éclairé que par une ridicule petite lanterne dont les verres de couleur abritaient une ampoule qui ne devait pas dépasser quarante watts.

Un homme surgit dans le hall. La cinquantaine, corpulent, presque chauve, avec le teint grisâtre et des cernes sous les yeux. Il achevait de mastiquer, ce qui indiquait qu'on le dérangeait pendant son repas. Il considéra Black avec une curiosité teintée de surprise.

— Monsieur ?

« Une voix de vieux prêtre », songea Black.

— Navré de vous importuner, docteur, murmura-t-il, mais il est indispensable que nous ayons une conversation.

— Qui êtes-vous ?

Stephen Black haussa les épaules.

— Mon nom ne vous dira rien; je m'appelle William de Sotto et je suis américain. Pouvons-nous parler dans une pièce plus… discrète ?

À la curiosité du praticien commençait à se mêler une obscure inquiétude. L'arrivée inopinée de cet étranger, chez lui, à une heure impropre aux visites le troublait.

— Passons dans mon cabinet.

Il poussa une porte et s'effaça pour laisser entrer le visiteur.

Black retrouva cette odeur d'antiseptique et d'éther propre à ce genre d'endroit. Le cabinet paraissait toutefois un peu moins délabré que le reste de l'appartement.

Il était peint en vert pâle et les livres de médecine garnissant les rayons d'une vaste bibliothèque l'égayaient quelque peu. Le docteur prit place derrière son bureau; Black s'assit en face de lui. Un stéthoscope reposait sur la plaque de verre du bureau et ressemblait à deux reptiles emmêlés.

— En deux mots, voici ce qui m'amène, commença Black sans attendre. Je suis un agent américain et j'ai de gros ennuis avec la police française. Il est indispensable que je me cache pendant quelque temps ; je viens vous demander l'hospitalité, docteur Vagiturne.

Le médecin resta sans voix.

— Vous êtes fou ! s'exclama-t-il.

— Oh ! pas du tout, docteur !

— Mais quelle impensable idée de vous présenter chez moi !

— Calmez-vous, docteur, fit Stephen Black en avançant sa main ouverte en éventail vers le médecin. Ma démarche est logique : je suis un meurtrier qui a des ennuis et je viens solliciter l'aide d'un meurtrier qui n'en a pas encore.

Le gros homme bondit. Il était devenu écarlate.

— Sortez immédiatement sinon j'appelle la police ! hurla-t-il.

— Je connais, fit Black, votre type de réaction : elle est immuable et propre à tous. Chacun a deux ou trois phrases clés à postillonner avant de se rendre à la raison. Après l'indignation, je vais avoir droit aux dénégations outragées. Et puis quand je vous aurai donné certains détails sur la mort de votre première femme, sur celle de sa mère, qui l'a précédée de quelques mois, et sur celle du professeur Alex Burtini, vous viendrez à composition. Nous sommes entre criminels, mon vieux ; nous nous devons aide et assistance.

Il eut un rire triste, inquiétant. Le docteur Vagiturne sentit son cœur s'arrêter. Il ouvrit son tiroir. Black avait un sixième sens qui l'avertissait du danger, mais là il savait que ce n'était pas une arme que son interlocuteur cherchait. Effectivement le toubib prit un tube bleu contenant des pilules et en goba deux, sans l'aide d'un verre d'eau.

— Ne nous lançons pas dans des assauts déplaisants, docteur, reprit le visiteur. Nous avons un dossier très complet sur vous. Je ne vous réclame pas d'argent et ne vous en demanderai jamais. Seuls votre hospitalité et votre silence m'intéressent. Vous m'hébergez quelques jours, ensuite, je disparais et vous n'entendrez plus jamais parler de ces vilains souvenirs.

Il y avait une pendule sur la cheminée du cabinet, dont le mouvement ne produisait qu'un bruit ténu. Pourtant le silence succédant aux paroles de Stephen Black fut si intense que l'infime tic-tac devint un vacarme de cataracte.

L'Américain attendait, les mains croisées sur le bureau, son regard pâle rivé à celui de son vis-à-vis.

— Ici, ce n'est pas possible, balbutia le docteur. Il y a Marthe, notre vieille bonne, plus mon assistante dans la journée, et surtout mon épouse. Ce soir elle est à un concert, mais…

Black ne broncha pas. Il continuait de fixer Vagiturne comme pour l'hypnotiser.

— Il serait préférable que je vous conduise dans notre propriété de Charbonnières, c'est dans la campagne environnante.

Black fit une mimique pour signifier qu'il n'avait pas de préférence.

— Nous n'y séjournerons pas avant juin, poursuivit le médecin.

— Ce sera suffisant, rassura Black. Vous avez une voiture ?

— Naturellement.

— Allez la chercher. Il y a des provisions dans votre maison ?

— Je n'en suis pas trop certain. Du vin, ça oui, et peut-être quelques conserves.

— Vous devrez prendre de la nourriture avec vous, docteur. J'ai faim.

Ils se levèrent. À côté de la pendulette au mouvement si discret, se trouvait la photo d'une jeune femme agréable et un peu surannée.

— Votre épouse actuelle ? demanda Black en la désignant du doigt.

— Oui, fit le médecin, après une hésitation.

— Mes compliments, elle est très romantique et valait bien, en effet, une messe… des morts.

Il se passe toujours quelque chose
aux Galeries Lafayette.

— C'est comme si qu'tu chercherais un bouton de braguette dans un plat d'offrande écossais, ronchonne Alexandre-Benoît, dit le Bienheureux, dit Big-Pomme, dit Queue-d'âne (et j'en passe). Comment voudrais-tu est-ce que quéqu'un se souvinsse d'un mec qu'a descendu hier de ce dur ?

Cette déclaration a lieu le lendemain de notre survenance à Lyon, 69 (essuyez vos moustaches, comme dit chaque fois mon vieux Lulu). Côté police, ici, ballepeau. Calmos sur toute la ligne. La tévé et les journaux ont rempli leurs bons offices, mais sans apporter encore de résultats. Quelques belles âmes téléphonent pour dire qu'elles croient bien avoir vu l'homme blond, mais faut vérifier ces informes et, comme toujours, c'est pas de la tarte !

Mon idée de me rendre à Perrache, d'attendre le même train qu'a pris hier le dénommé de Sotto William et d'interroger tous les gens se trouvant en place à l'arrivée du Grenoble-Lyon n'est pas lumineuse lumineuse, j'en conviens, mais elle a le mérite d'être préférable à brosser une péteuse dans un hôtel de passe ou à vider des pots de beaujolpif dans des « canis » de la Croix-Rousse.

Le flot de voyageurs débonde du dur et se présente vers les sorties. Je suis tombé (sans me blesser, rassure-toi) en arrêt devant un énorme contrôleur qui a des déboires avec sa veste qu'il ne peut plus boutonner. Il descend du wagon de tête comme le ferait une dame enceinte de jumeaux et de huit mois. Je le happe. D'abord ma brème. Police !

— Oui ? demande-t-il en respirant comme une portée de bœufs après cet effort surhumain accompli pour la prospérité de la S.N.C.F.

Pas inquiet. Trop brave homme de père en fils, chez les Flatulance pour se laisser intimider par une bourrique.

— Vous faites cette ligne régulièrement ?

— M'arrive de changer.

— Vous étiez dans ce train, hier ?

— En effet.

Je déballe de ma fouille un portrait robot du dénommé William de Sotto.

— Vous n'auriez pas contrôlé un gazier qui ressemble à ça ?

Sans s'émouvoir, il fait :

— Ah ! l'assassin de Grenoble ?

Il a lu le *Progrès* et déjà vu l'image. Sympa, Gonzague Flatulance. Une moustache en brosse, un gros nez dont une narine est calée par une énorme verrue. Il a un buisson de trois autres verrues au cou, et un papa verrue énorme au menton, avec son petit enfant verrue qui ne demande qu'à croître et enlaidir. M'est avis que ses papilles dermiques prolifèrent de trop (comme on dit dans le peuple) et qu'il va se farcir une charognerie à grand spectacle un de ces soirs, le gros contrôleur.

— Donc, ce serait oui ?

— Fectivement, commissaire (il a eu le temps de lire mon grade), je l'ai vu dans le train, hier. Mais je vais vous dire : ses cheveux sont bouclés plus serré que ça, et il a pas le nez un peu crochu comme ils lui ont fait sur ce portrait.

— Vous n'avez rien remarqué dans son attitude ?

— Il voyageait en première et faisait semblant de dormir.

— À son arrivée ici, vous l'avez revu ?

— Non, mais je l'ai aperçu un peu plus tard qui traversait le cours de Verdun en direction de la place Carnot. Moi je me trouvais dans mon bus. Il marchait en regardant les plaques des rues…

— Et puis ?

— C'est tout, rien d'autre.

Je pose la main sur ces trois cents livres de viande, d'os, de sang et de graisse qui pourraient fournir deux individus mais sont réservées à un seul. Saloperie de société de consommation !

— Merci, contrôleur, fais-je d'une voix émue, je suis content de vous. Poinçonnez ! Poinçonnez ! il en restera toujours quelque chose.

Et je le laisse à son ahurissement sanguin (mais non sans gains, heureusement pour sa chère famille).

Sa Bérurerie est plantée dans le hall, à me guigner. L'œil fécond, la lippe prometteuse. Sa queue remue comme la lave d'un volcan avant éruption. De toute certitude, le cher homme a quelque chose à m'apprendre.

— J'ai discutaillé av'c la marchande de baveux, là à droite, m'explique le Farineux. Elle a aperçu not' mecton qui r'gardait ce plan d'Lyon. C't' à cause de ses crins blonds frisés qu'elle l'a remarqué. Donc, poursuit l'Extrême, si y visionnait l'plan, c'est parce qu'il avait un endroit précis où aller, me gouré-je ?

— Bien ciblé, l'aminche ! Et je peux même t'apporter de mon côté une précision : il s'est rendu à pinces à l'endroit en question.

Je ne regarde ni l'or du soir qui tombe, ni les bus, au loin, fonçant sur Montplaisir. Je marche en mes pensées sans les ternir. Je me trouve cours de Verdun, à l'angle de la place Carnot. Une immense et farouche détermination me guide, me porte, me vole et les venge ! Je veux retrouver de Sotto ! Il me le faut ! C'est un meurtrier sadique de la pire espèce. Il a planté mon ami Jérémie, il a contraint une femme à le suivre et à se masturber. Il a fléché la tête de Moktar et le cul d'Adélaïde. Ne pourrais-je appeler *ça* un monstre ? Ma volonté est si intense qu'elle me rassure. Elle est bienveillante avec moi. Je réussirai. J'aurai ce salopard venu du Nouveau Monde pour foutre la mort dans mon paisible pays. Il réglera ses dettes. Il crachera le morceau. J'aurai le fin mot du mystère Tonton.

— Tu sais que t'es pas fastoche à suiv', mec ? proteste Alexandre-Benoît. Et tu causes en marchant. Tu prilles ou tu radotes, grand ?

— Je me fais des promesses, Gros.

— Tâche de les tiendre !

— Je les tiendrai.

Au centre de la place Carnot, il y a un square avec des bancs. Je m'y rends et me laisse choir sur l'un d'eux. Sa Majesté m'imite.

Jambes allongées, les épaules reposant sur l'arrondi du dossier, je considère la place. Du moins, sa partie est. Voilà : hier, à la même heure exactement, de Sotto se trouvait à ce point de la ville. Il lisait les plaques apposées aux angles des bâtiments. Preuve qu'il se rendait à proximité, *dans ce quartier* ! Qui donc a pu le remarquer ? Ce garçon de café, là-bas qui sert à sa terrasse ? Cette libraire qui rentre les journaux fichés dans un présentoir extérieur ? Cette concierge qui traîne contre la porte cochère une poubelle plus grosse qu'elle ? Ce garçon pâtissier en veste à petits carreaux ?

— Il va falloir plonger, murmuré-je.

— Où ? Dans quoi ? s'inquiète le Plantigrade.

— Aller à la cueillette, mon pote ! Ratisser menu. Je vais commencer par ce bout de la place, toi par l'autre. On interroge tout ce qui a deux jambes, deux bras, une tête, deux yeux et une bouche. Réciter notre petit compliment : « Police. Hier, à la même heure, auriez-vous remarqué un homme ressemblant à ce dessin ? »

— Tu croives, toi, qu' les gens remarquent les gens ?

— Ils ne font que ça, plus ou moins consciemment. Surtout que dans ce cas précis nous avons la chance de rechercher un homme possédant un signe distinctif très marqué : il est blond comme l'or et frisé. C'est pas commun. De plus, quand il jacte, il a un accent étranger. Crois-moi, mon biquet, si on retrousse nos manches, on l'aura.

— Si ça s' trouve, il est p't'êt' d'retour aux Amériques, ton gnace !

— Penses-tu ! Avec le dispositif qu'il a au fion, c'est un luxe qu'il ne peut pas s'offrir pour le moment. Il lui est arrivé un turbin tout à fait imprévisible et il doit laisser les choses se tasser coûte que coûte avant de se risquer dans un aéroport.

— Si y s'fait teindre en noir et décréper la tignasse ?

— Il ne peut pas faire ça dans la rue, ni même dans une chambre d'hôtel. Il a besoin d'aide. Nous disposons de quelques jours pour le dénicher. Courage !

— Je vous demande pardon : Police. Hier, à la même heure exactement, auriez-vous remarqué…

Vingt fois que je tends ma sébile. Vingt fois que mes terlocuteurs (ou trices) contemplent le portrait-robot et hochent la tête d'un air tantôt buté, tantôt désolé. T'as ceux qui répugnent à servir le potage aux poulets, et ceux qui voudraient bien, mais ne le peuvent. Plus les indifférents, les prudents, style « Oh ! là là, je ne me mêle pas de ça, moi ! ».

Mon vingtième client n'est autre que le loufiat que je regardais naguère depuis mon banc. Un petit sec brun, du genre maussade. Il bosse, alors, hein, au plan social, ça suffit. Faut pas lui tartiner les claouis au beurre de cacahuète. Déjà qu'il a emplâtré sa Suzuki à Vénissieux, lors de son dernier congé, tu permets !

— Non : pas vu !

Il dit, avec en presque sous-entendu : « Et même si je l'avais vu, tu pourrais te fouiller pour que je balance, perdreau de merde ! »

Puis s'emporte avec son plateau posé sur trois doigts que, chapeau, faut le faire !

Je ravale ma déconvenue. Et c'est alors que saint Antoine de Padoue, à qui cependant je ne demandais rien, me tire par la manche. Je me retourne. Saint Antoine de Padova va sur ses quatre-vingts balais. Il a une casquette claire avec un petit zizi sur le sommet, une couronne de cheveux blancs, un nez emmitouflé dans de la crépine violette et des lunettes batraciennes. Il porte un pantalon de bleu, une veste de coutil à boutons métalliques, un pull à col roulé et tient une canne entre ses jambes.

— Vous êtes de la police ? il demande.

Son regard bigleux est amène.

— En effet.

— Et vous recherchez quelqu'un ?

— Avec ardeur.

— Quelqu'un qu'était ici, hier à la même heure, dites-vous ?

— Et je le répète.

— Moi aussi, j'étais ici, hier à la même heure. J'y suis tous les jours sauf le dimanche, déclare le vieillard, non sans une légitime fierté.

— Vous permettez ? demandé-je en m'asseyant face à lui.

Puis je lui présente l'épreuve. Il fait une chose assez fréquente chez les binoclards, mais qui chaque fois me déconcerte : pour regarder, il ôte ses verres. Sa loucherie devient alors faramineuse. Son regard ressemble à un sablier, tout pincé du centre. Taille de guêpe, tu piges ?

Il colle son pif sur le cliché. Son gros tarin veiné, vineux, suintant, rampe le long du portrait.

— Oui, oui, je l'ai vu ! déclare-t-il avec ravissement. Un très blond ! Tout crépu. *Il est entré dans l'allée d'à côté !*

Ô grand saint Antoine, que de reconnaissance ! Quelle ineffable musique me joues-tu là avec ton luth en forme de canne. Je vous salue, toi et ton arthrose de la hanche ! Presque aveugle et ayant malgré tout décelé l'essentiel ! Ah ! que ton nom soit sanctifié ! Au fait, en dehors de ton sobriquet de Saint, comment t'appelles-tu ?

— Victorien Cottivet, me révèle ce béatifié d'exception.

Comme je voudrais m'agenouiller à cette terrasse et baiser ses grosses pantoufles qui malodorent à vingt mètres à la ronde ! Mais tu sais comme c'est con et mesquin, le respect humain ? Comme c'est bridant ? Comme il aveulit ? Je me contente de lui offrir un pot de beaujolais. On trinque. Je l'aime. Je devrais faire ma vie avec lui. L'emporter ! Lui servir une pension complémentaire.

— Vous êtes bien gentils, dans la police ! On croirait pas ! guillerette ce cher saint Saint (tagada saint saint !).

L'excellent beaujolpif que voilà ! Rien de commun avec ce qui t'est servi sous d'autres cieux, d'autres parallèles ou méridiens. Je le déguste comme s'il était consacré : avec dévotion rarissime.

— Dans l'allée d'à côté ? répété-je.

— Oui, oui.

— L'avez-vous vu ressortir ?

Et sais-tu ce qu'il me répond, l'amour ?

— Non.

Il répond « Non ». Ce qui veut dire qu'il se pourrait, j'insiste sur le conditionnel, que le fauve fût *encore là* !

— Ah ! bon, pendant qu'j'm'esquinte l'tempérament, môssieur se gamberge av'c les kroums du quartier ! s'exclame le Gros, essoufflé et furax.

Il est planté devant la terrasse, mains aux hanches, bitos en auréole.

— On dit « se goberger », rectifié-je, et non pas se gamberger.

— On cause comme on sait, fulmine le Sublime, l'essentiel, c'est qu'on fusse compris.

Il s'abat à notre table et, s'apercevant de l'âge chenu de mon compagnon de libations, le salue.

— Bonsoir, l'ancêtre, la santé est bonne ? Le Rhône et la Garonne coulent toujours à Lyon ? l'apostrophe-t-il.

Mon bigleux à casquette, croyant à une boutade, se plisse davantage, sous l'effet de l'hilarité.

— Rien de rien ! m'annonce Bérurier. J'ai fait tout le tour d'c't'putain de place et aussi les rues agaçantes, mais personne il a vu le blondinet.

— Heureusement que monsieur, lui, porte des lunettes, riposté-je.

Je mets mon cofinéquipier au courant. Il prend du recul pour considérer l'immeuble.

— Tu croives qu'il est encore là ?

Même réaction que bibi.

— Qui sait ?

— On ne peut pas se lancer rien que les deux à l'abordage, on risquerait de déjanter dans les virages, assure-t-il.

— Je déteste mobiliser les confrères, et pourtant il va bien falloir s'adresser à eux si on veut entreprendre une opé convenable.

Le Mastar récolte tout le regret contenu dans ma voix et se dresse après avoir empli, puis vidé mon verre.

— Bouge pas, j'vais couler un œil.

— Hé ! casse rien, c'est fragile.

Geste d'insouciance, mais qui se veut rassurant. La porte cochère l'absorbe.

M. Victorien Cottivet se lève à son tour. Il s'excuse, mais c'est l'heure de sa soupe que Mme Beauminoud, sa voisine, lui prépare quotidiennement. Une soupe comme les siennes, ça vaut un plat. Un petit bout de Saint-Marcellin pour finir, avec un coup de rouge, et au dodo ! La télé, il l'a jamais voulue, M. Victorien. Trop chère ! Sans compter la taxe. Et les programmes pulvérulents qui transforment la vie en poussière.

Il s'entraîne dans sa niche en raclant le trottoir de ses semelles feutre. Bientôt le cercueil : il se fait tard. Je lui aurai apporté une petite bouffée d'aventure. Bon à prendre ! Sa vie est devenue si vachement rampante ! Y a seulement cinq six ans, après la mort de sa bourgeoise, il faisait quelques bonnes manières à la Beauminoud ; rien de géant, car il était déjà en préretraite question bitoune, M. Victorien Cottivet. C'était des branlettes affectueuses, entre voisins. Elle a même essayé de le mâcher, mais devant l'inertie du bonhomme, a dû renoncer aux grandes fantasias charnelles. Lui aussi, a tenté de lui brouter la minouche, pour ressusciter le bon temps. Mais ça lui a flanqué la gerbe. Elle a le fion salé, la mère. L'existence est bourrée de chausse-trapes sournoises, quand tu ne te méfies pas. Le jour vient que t'as plus envie de rien, même pas d'exister.

Je le regarde disparaître sur ses trois pattes, le zizounet de sa gapette dressé comme un bouton de rose pompon. Tout chenu, tout voûté. Et l'idée me biche de lui courir après pour lui faire raconter sa vie grisâtre, froissée comme du papier cul. Ce serait bien d'écrire de Victorien Cottivet. Une œuvre à la Flaubert ! La vraie mission terrestre de San-Antonio. Et puis non, *ciao*, vieux mec ; je le laisse manger sa soupe.

Décidément, on renonce trop vite, voilà pourquoi on n'arrive à rien.

Sa Majesté Ronflante reste absente un bon quart d'heure. Quand elle revient, elle a sur sa large figure les éclats du triomphe.

Mon cœur n'en croit pas ses yeux, comme dit Sainte-Beuve dans sa correspondance secrète à Mme Hugo.

— Je tiens un truc, m'annonce-t-il. Recommande à boire !

— Dis d'abord !

— J'ai interviouvé une gamine que les parents sont divorcés et que la mère travaille à l'hôpital. Comme elle se plume, toute seule, elle joue dans l'escalier. Hier, elle a vu ton type blond sonner chez le toubib de l'immeuble, lagucho. Il y est resté une demi-heure, et puis l'est reparti av'c le toubib.

Sans broncher je hèle le loufiat pas sympa :

— Un autre pot de beaujolais, garçon !

Rien ne sert de tester,
il faut mourir à point.

Un des bons, des grands, des vrais restaurants de Lyon, c'est *Vettard*, place Bellecour. Tu peux y aller de ma part, tu y seras aussi bien soigné que les autres clients, te dire ! C'est là que nous nous présentons, Sa Majesté et moi, dans une délicate ambiance raffinée où tu vois déambuler des serveurs sympas, portant des assiettes coiffées de cloches d'argent. Et sous ces cloches, ma doué, une bouffe inattendue, jolie à regarder, délicieuse, odorante.

— Si on mangerait avant d'passer aux choses délicates ? suggère Béru. On a b'soin de se reconstituer avant d'entreprendre. Si Napoléon aurait eu le ventre vide, y n'aurait pas gagné la bataille de Ouatèrelo.

— Et puis quoi encore ? Tu veux p't'être ensuite draguer une sœur et te jeter en l'air au lieu d'intervenir sous prétexte qu'on est davantage disponibles avec les glandes essorées ?

Il replie sa gueule déjà déroulée comme un oriflamme. Et ma pomme, je vais en droite ligne à la caisse où la jolie patronne joue une sonate de Mozart sur une machine à calculer Sony.

On se salue, gratule, met à jour : « Comment tu vas-je, je vas-je bien et toi-ce ? » Tout ça.

— Je crois savoir, dis-je, que vous avez un dîner du Kimravi, ce soir ?

— En effet, dans notre grand salon du premier.

— Ne pourrait-on prévenir discrètement le docteur Vagiturne, qui participe aux agapes, que quelqu'un souhaiterait lui parler ?

— C'est facile.

Elle alerte un de ses péones et nous voilà grimpant l'escadrin à simple révolution pour gagner le premier où s'enfle un brouhaha de converses. Juste qu'on atteint l'antichambre douillette, avec canapé tendu de velours grenat, la jactance se tait au bénéfice d'un seul glandu chargé du discours.

— Grouille ! enjoins-je au jeune serveur, sinon tu vas prendre des postillons plein ta veste.

Il pénètre sur la pointe des panards. Par la porte entrouverte, on avise une immense tablée avec des notables saboulés heurff : hommes en bleu croisé, dadames en robes longues. Tout le monde attentif à roter avec élégance les bulles de son champagne dans le creux de sa main.

— Mes chers compagnons du Kimravi, attaque l'orateur, vous connaissez tous notre glorieuse devise qui est « Servir » !

Mon petit loufiat revient déjà car à lui aussi, sa devise c'est « Servir » et même qu'il est payé pour ça et qu'il doit se remuer le dargiflard parce que c'est le coup de chalumeau dans la strasse.

Un gros type pâlot, à l'œil souligné de bistre, le suit de peu. Il semble inquiet. En nous apercevant, Béru et moi, ses lèvres se décolorent tandis qu'au contraire, sa figure grisâtre rubiconne un brin. Je te parie une nuit d'amour avec ta femme contre une pipe de ta sœur que ce bonhomme trimbale un Himalaya de choses pas fraîches dans le casier à broutilles.

Je suis certain qu'il va bégayer en me parlant. Et de fait, ça ne manque pas.

— Doc… teur… Joa… nès… Vagi… turne, fait-il en mettant des points de suspension entre les syllabes. De quoi s'agit-il ?

Quelques centimètres carrés de carton plastifié, barré de tricolore et il commence un œdème pulmonaire, le bonhomme.

— Je… je nnnnne ccccomprends pppas.

Je tire le portrait-robot de ma seconde vague et le lui fourre sous le pif, sans un mot. Si je parlais, ça le réconforterait peut-être. Il s'accrocherait à ce que je lui dis. Mais mon mutisme et mon regard l'anéantissent.

Ça dure indéfiniment. Dans le grand salon, l'orateur raconte comme quoi ils vont préparer une grande fiesta en faveur des petits enfants constipés du Puy-de-Dôme ; le super gala avec des vedettes à en dégueuler partout : Lisette Remoulin, de l'Opéra de Mâcon ; le baryton Aristide Bruyant, le violoncelliste Jean-Clément Laracle, le…

Ma main ne tremble pas plus que ne tremblait celle du cher Adolf Hitler lorsqu'il saluait ses troupes en parade.

Béru a un pet causé par la faim (ensuite il en émet d'autres qui sont dus à la satiété). Il tente de l'étouffer, mais tu ne peux pas produire un son de flûte avec un hélicon basse. Alors son solo emplit l'antichambre de riches échos aux senteurs nocives.

Le médecin fixe le portrait robot, ses bajoues frémissent comme les lustres au début d'un tremblement de terre à San Francisco. La fixité de son regard lui emplit les yeux de larmes.

— C'est pas tellement ressemblant, hein ? finis-je par murmurer.

Il déglutit. Je rempoche le document.

— Suivez-nous, docteur.

— Mais je… ma femme est ici…

— On va l'informer que vous avez été appelé pour une urgence. Venez !

Pour le convaincre, je fais signe au Gros et le pétomane de garde tire une paire de menottes de sa poche, ramenant de ce fait à la surface : des élastiques tire-bouchonnés, des trombones cassés, une chaussette trouée, un couteau Opinel ébréché, de la monnaie, un quignon de saucisson moisi, une bougie de voiture plus quelques dents humaines dont certaines lui appartinrent.

Il dégage du foutoir les fameux bracelets nickelés qui assoient notre réputation.

— Jjjje vvvous en ppppric, balbutie le toubib.

Mais faut aller jusqu'au bout. Que, tant pis si on n'a pas de mandat d'amener. Clic-clac. Pas la peine de remercier, c'est pas un cadeau Kodak.

Jamais vu un client aussi docile que ce doc ! Effondré, il est. Passif comme une esclave nubile des *Mille et Une Noyes*, quand le sultan dégageait sa monstre rapière, pour le décapsulage de printemps. J'ai tout de même la charité bien ordonnée de quitter les lieux par la porte privée, manière de lui éviter la traversée du restaurant. À chaque pas je crains qu'il ne défaille. Ses cannes paraissent télescopiques comme des fourches de moto.

Bon, je le fourre dans ma tire, le Gros s'étale auprès de lui à l'arrière sur le cuir somptueux. Une fois au volant, je défrime le toubib dans mon rétro.

— Alors, où allons-nous, docteur ?

Il tergiverse pas. On se pige sans tartiner. Le monosyllabisme nous suffit.

— Charbonnières !

Je connais parfaitement cette aimable station thermale de la banlieue lyonnaise pour y avoir perdu quelques billets de banque et gagné le cœur d'une dame salope. Sans ajouter la moindre broque, je déhotte.

La maison part un brin en sucette. Sa peinture, jadis blanche, s'écaille, les volets semblent lépreux, le petit parc ceignant la demeure est retourné dans les friches burgondes.

J'ai stoppé dans un chemin bordé de grilles auxquelles s'accrochent des glycines odorantes que la nuit exalte. L'instant d'en savoir un tantisoit plus est venu.

— « Il » est là ? fais-je au médecin.

Acquiescement de Vagiturne.

— Seul ?

Rebelote.

— Est-il logique que vous veniez le voir ?

— Pour lui apporter du ravitaillement, balbutie le bonhomme, mais c'était prévu pour demain seulement.

Je vais prendre mon sac de voyage dans le coffre.

— Ôte-lui ses menottes, Gros !

Sa Majesté obéit.

— Allez-y, docteur ! Vous êtes convenus d'un code pour frapper ?

— Je dois cogner six coups à la porte de derrière.

— Faites-le !

J'adresse un geste péremptoire à mon pote et nous courons sur la pelouse intondue en direction d'un petit perron de quatre marches menant à une porte vitrée. Avant de nous embusquer, de part et d'autre de la lourde, je chuchote au Mastar :

— Pas question de chiquer les comiques, Gros. Ce mec, n'oublie pas que c'est de la dynamite !

— J'oublille pas ! riposte avec une certaine emphase mon valeureux compagnon.

Et alors, bon, toujours flageolant, le médecin se pointe, mon sac de cuir en main pour faire vrai. À pas de plus en plus mous il gravit les degrés envahis par une mousse de mauvais aloi. Toc ! toc ! toc ! toc ! toc ! toc !

Le bruit de ses phalanges contre la vitre déchaussée retentit dans le silence nocturne.

Et puis rien. Un long instant s'écroule.

Le propriétaire de la villa remet ça.

Toujours rien.

Indécis, le toubib se retourne comme s'il attendait de nouvelles instructions de ma part. Mais moi, placardé derrière des troènes, je ne bronche pas. On est en train de chasser le renard. Ce William de Sotto, j'en mettrais ta bite à couper, est bien trop madré pour déponner de but en blanc. Terré dans la masure, il observe. Pourvu que ce con de médecin pourri ne me parle pas ! Déjà, dans cette bizarre posture d'attente, il donne à penser qu'il n'est pas venu seulabre, le nœud !

Comme je ne me manifeste pas d'un iota, il frappe pour la troisième fois.

Je commence à me demander si le fauve n'a pas pris la tangente avant notre arrivée ! Mais mon célèbre quarante-cinquième sens m'avertit de sa présence. Je le hume, comme un chien détecte des rôdeurs invisibles.

Seulement quoi ? On ne va pas se faire passer un disque de Placido Domingo en attendant qu'il se manifeste ! Note que je l'adore dans « Ôtez l'Eau », le Placido, et encore mieux dans : « Elle me fait pouet pouet », mais y a un temps pour tout, non ?

La situation commence à nous plumer la nervouze, les trois. Pour couronner, voilà mon Béru qui loufe intense, comme en période de gibier dans les restaurants. Le pet à épisode, quasiment harmonieux, avec des modulations à n'en plus finir, des accords plaqués, des mouvements andante.

Un autre bruit lui succède. Un léger sifflement ponctué d'un choc sourd, puis d'un cri. Ensuite silence. Puis un gargouillis étrange retentit, qui fait songer à un gargarisme d'enfant.

Terré dans ma plate-bande en friche, je me pose une série de questions dont je vais tenter de te donner une vague idée en usant des signes de ponctuation suivants :

« ????? ! ?????! ?????! ?????!, etc. »

Tu m'as compris, tu m'as ? Jockey !

La nuit reste sereine malgré le gargouillis déplaisant.

Un deuxième sifflement se produit encore, avec, en fin de course, le même choc. Cette fois pas de cri, pas de gargouillis, mais le docteur Vagiturne tombe du perron à la renverse et demeure inanimé sur les opus incertum de l'allée.

Cette fois-ci, j'ai pigé. Tout ! C'est écrit en lettres de néon dans l'obscurité du parc. Je sais pourquoi de Sotto a exigé de son hôte qu'il lui rende visite par la porte de derrière. C'est parce que celle-ci se trouve à dix mètres à peine d'une petite resserre de jardinier. Et moi, Antonio, de te parier une carrière de marbre contre tes calculs rénaux que le fugitif a élu domicile dans la resserre et non dans la villa, manière de pouvoir filer en cas de danger.

Depuis la guitoune, il observe les allées et venues, piges-tu ? On le croit dans la maison, mais il se trouve à l'écart d'icelle. Notre venue ne l'a pas pris au dépourvu. Peut-être ne nous a-t-il pas vus nous pointer, le Gravos et moi, puisque nous marchions dans l'ombre, sur la pelouse. Seulement quand le toubib s'est annoncé et a frappé contre la vitre, il aura tout de suite aperçu le Gros placardé contre le perron, Béru se tenant en effet du côté de la resserre. Donc, c'est Grosse Pomme qui émet ce gargouillis ! De Sotto a-t-il défouraillé sur les deux hommes avec un feu équipé d'un silencieux ? Je ne le pense pas. Je connais trop bien le bruit d'un pistolet à silencieux. Là, il s'agit d'autre chose. Je crois deviner qu'il a neutralisé mes compagnons au poignard. Un lanceur de première !

Il faut que je porte secours au Gros ! *Quickly !* Seulement si je bronche, il va me liquider itou. Mon sentiment est qu'il ignore ma présence. Il doit penser que Vagiturne s'est apporté avec un homme de main dans l'intention de le liquider. Il se dit que si la police avait donné l'assaut, il aurait eu droit à l'opération d'envergure : quartier bouclé, projos, tireurs d'élite plein les frondaisons.

Me voilà confronté à un cas de conscience terrifiant. Voler vers les victimes, ou bien me terrer et attendre que le gars se manifeste. Car il reste terré, le misérable. Il veut s'assurer que personne d'autre ne faisait partie de la sauterie. Paré pour une troisième « intervention », il guette ! Alors moi, la rage au cœur, le sang en furie, les nerfs branchés sur la haute tension, je décide d'attendre. De l'attendre ! Silencieusement, je dégage le camarade Tu-Tues de son holster (équipement gracieusement mis à ma dispose par mes collègues lyonnais). Du pouce, je libère le cran de sûreté. Me reste plus qu'à prier pour Alexandre-Benoît et à dominer l'ankylose si je veux lui faire régler ses forfaits, le salaud !

Je continue de percevoir le râle de Béru de l'autre côté des marches. Signe qu'il vit encore, lui, ce qui ne doit plus être le cas du docteur, foudroyé au pied du perron. J'ai beau tendre l'oreille à l'extrême, je ne perçois que la plainte lancinante de mon ami et le doux froissement des branchages sur lesquels vagabonde la brise ; plus, de temps à autre, la complainte d'un chat-huant.

Les minutes se tissent, interminables. Le lanceur de navajas est-il parti ? J'ai des doutes. Pourtant je me dis que j'aurais perçu son pas sur les brindilles qui jonchent le sous-bois et s'y accumulent d'année en année.

Je réprime un tressaillement en voyant arriver une pièce de bois mort sur le perron. Celle-ci heurte la porte vitrée, produisant un boucan du diable. Ouf ! Il est toujours là, convaincu qu'il n'y avait personne d'autre que Béru, mais voulant tester néanmoins le calme ambiant.

Rien ne bronche. Du temps, encore, toujours… Ce temps qui nous entraîne si vite à l'abîme et qui nous paraît interminable parfois, cependant. Je ne sens plus mes jambes vaincues par l'immobilité.

Des milliards de sales fourmis les investissent, mais je resterai immobile, car au plus léger frémissement de ma part, « il » interviendrait.

« Allons, l'exhorté-je mentalement, vas-y, fumier ! Montre-toi un peu. Tu flanches, hein ? Ta prudence s'apprivoise ! C'est fou, l'optimisme, chez l'homme : il finit toujours par prendre le dessus. Tu hésites encore, sachant bien que choisir est un renoncement, n'importe ton choix. Viens, l'ami ! Approche ! L'air est léger, le silence capiteux, la nuit douce. Avance-toi, fleur de merde ! »

Je balance tout ce dont je dispose en fait d'ondes péremptoires. Ma volonté est si intense qu'elle doit fatalement investir la sienne.

« Plus rien ne bouge, l'ami. Deux cadavres gisent là, au clair de lune ; car Bérurier a cessé de râler. Tu contrôles absolument la situation. Viens regarder ton tableau de chasse ! »

Et alors, les branchages remuent, les fougères s'écartent. L'homme paraît ; il m'obéit ! Je le trouve plus grand que le duc de Guise que j'ai bien connu. Beau. Des cheveux blonds frisés serré, presque crépus, accaparent la clarté lunaire qui le nimbe d'un halo (ne coupez pas !) irréel.

J'attends encore, me réfrénant à mort. Il tient un fusil lance-harpon calé sous son bras. Décidément, c'est son arme de choc à ce tueur sauvage ! On dirait qu'il répugne à employer les armes à feu. Pour lui, tuer c'est enfoncer de la ferraille dans de la chair.

Tel qu'il est à présent, debout devant le cadavre du doc, je pourrais le farcir de plomb en quatre dixièmes de seconde. Lui vider le chargeur dans la poitrine. Tir groupé : rrrran ! Et son guignol explose ! Mais l'Antonio, tu connais sa sensibilité de jeune fille en fleur ? Il enrage, il endésespoire, il envieillessennemise, il promet crime et châtiment, mais à la fin de l'envoi, il touche pas. Renâcle ! Il regarde l'homme odieux en se disant que *c'est* un homme. Qu'il a fallu une somme inouïe de hasards pour qu'il soit là : qu'il se compose de milliards d'éléments fabuleux rassemblés par la nature. Tout ça… Et pourtant je suis grelottant de haine, sous ma philosophie de somnambule.

Je vise. J'ai dû faire un mouvement con, au moment où je presse la détente, je me morfle un choc à hurler dans la poitrine. J'ai le souffle absent, des sueurs vertes et glacées me sortent instantanément des ports de l'appeau[1]. J'aime ma fesse[2].

1. San-A. veut parler des pores de la peau. Faut-il que la commotion ait été violente pour qu'il commette une telle confusion !

2. Là, il a voulu dire « Je m'affaisse » ; décidément, on ne compte plus ses fautes de carre verbales.

Je ne perds pas conscience. Mais quand tu ne respires plus, hein ? Ferme la bouche, pince-toi le nez et compte jusqu'à dix mille, tu comprendras !

J'essaie de compenser. Ne trouve pas de solution. J'ai beau faire comme si je refusais de respirer, mes soufflets voraces sont en manque et réclament. Quelle chiasse !

Mes yeux fous aperçoivent le tueur agenouillé auprès du médecin. Non pour le fouiller ou l'examiner, mais parce que ma bastos l'a touché et que l'impact l'a mis au sol. J'avais dû bien viser car son épaule gauche m'a l'air naze. Y a un trohu large comme un coquetier pour œuf d'autruche dans son veston, un peu au-dessous de l'omoplate. L'homme fait un effort et retrouve la position verticale, qui n'est certes pas idéale, mais qui sied si parfaitement aux vivants.

Je halète, preuve qu'un peu d'oxygène se faufile dans mes éponges. Allons, l'Antoine, pense à maman ! Tu ne vas pas laisser ce cancrelat blond te ravir à elle !

J'ai la force de soulever mon pétard. Cette fois, je le prends plein cadre, le soi-disant de Sotto. Que justement il s'avance vers moi, tenant son fusil par le bout du canon.

« Braoum oum oum oum ! » fait mon soufflant dans le parc. La première fois que j'ai tiré, je n'ai pas perçu l'écho tellement j'étais commotionné.

Le tueur a bondi en arrière. Un instant, je distingue son visage arrosé par l'astre des nuits, comme l'écrivaient mes camarades Alfred[1]. En fait, ce beau garçon a une frime de reptile. Ma deuxième praline s'est fichée dans sa hanche. Il porte sa main droite à sa ceinture, pour palper sa seconde blessure, crois-tu ? Non : pour y prendre un revolver à barillet nickelé avec un petit groin de bulldog méchant.

Je m'allonge sur la terre humide, le gazon est mangé par une mousse vénéneuse. Des touffes d'orties cinglent mon visage. Ça fait mal, mais je respire. Je porte une main à ma poitrine. La flèche y est plantée, seulement, tu vas rire (ris tout seul, moi je ne peux pas pour l'instant) : mon ange gardien, qui n'est pas un lavedu, s'est arrangé pour qu'elle transperce mon portefeuille et seule sa méchante pointe en forme de hameçon s'est enfoncée dans mon téton gauche. L'impact a été d'une telle violence qu'il m'a coupé la respirance. Cela dit, j'ai tout de même quelques centimètres d'acier coincé entre deux côtes et l'émerillon me taquine laidement.

1. San-A. veut parler des duettistes Musset-Vigny, sans doute.

Je te raconte tout ce bigntz, mais pendant ce temps, de Sotto ne perd pas son temps et défouraille dans mon massif de troènes. Il composte comme pour figurer le 5 d'un dé à jouer : un coup au centre et quatre autres en hommage aux points cardinaux.

Si je n'étais pas allongé, j'écoperais de ses olives. L'une d'elles, d'ailleurs cigogne la pointe de ma godasse.

Un clic ! m'annonce que son barillet est vide. À mézigue, donc, pour le ballet final. Cette garceric de flèche bloque mes mouvements. Pas mèche de chiquer les fringants avec cet acier fiché dans le burlingue. Bon, ben, on va s'arranger autrement, Armand !

Je bande mon corps (qui ne rechigne jamais à accomplir ce genre de performance). Je prends appui sur mon occiput, histoire de relever la tête et de pouvoir regarder en arrière. Buffalo Bill !

« Braoum oum oum oum ! » « Braoum oum oum oum ! » « Braoum oum oum oum ! » « Braoum oum oum oum ! » Tout le potage ! Posément. Grandes manœuvres de printemps.

L'homme a valdingué en arrière. J'ai vu gicler du sang de sa personne. De sa gueule, peut-être bien ? Et d'ailleurs, aussi. De partout, quoi ! Passoire !

Maintenant, va falloir continuer à exister, les gars ! Pas fastoche après une telle nuit. Me mettre sur mon séant, avec la flèche qui me pendouille sur le devant en arrachant ma bidoche à cause de son poids, voilà qui implique un colossal effort.

J'y parviens pourtant. Puissance de la volonté. Première pause : assis. Deuxième : debout ! Au secours, maman ! Voilà ! J'ai l'air finaud, moi, avec ce truc planté dans la poitrine. Je ressemble à un cadran solaire ! Que faire ? L'arracher ? Trop dangereux. Ça nécessite une intervention. J'ai pas envie de me dépoter une livre de barbaque ! Alors, je soutiens la flèche de la main gauche et me mets en marche.

Le doc a été planté salement : en pleine gorge. Carotide sectionnée. Le couteau a été lancé avec une telle violence qu'il a la tronche à demi décollée. Pour lui, c'est finitos, en plein. Le cœur grondant, je m'approche de Béru. Il se tient tout bizarrement, l'Enflure. Tu croirais une pauvresse sous le porche d'une église, kif les gravures du siècle dernier dans *La Petite Illustration*.

Il respire encore, par légères saccades. Sa tête est appuyée contre le perron de ciment. Lui, il a morflé le ya entre les épaules. Il paraît si démuni, si plus rien, mon gros Béru, que j'en ai l'âme recroquevillée comme tes panards dans des pompes vernies trop petites de trois pointures. Il ressemble à un énorme petit garçon abandonné.

— Tu m'entends, Alexandre-Benoît ?

Un léger râle me répond.

— Tiens bon, mon mec, je vais appeler du secours. Économise-toi à bloc !

Je regarde alentour pour voir dans quel état se trouve de Sotto le tueur. Je ne découvre qu'une flaque de sang. Et puis une traînée rouge s'en allant en direction de la grille. Eh, dis voir, c'est Raspoutine, ce type ! Faut quoi pour le mettre aux absents ? Lui tirer dessus à bout portant avec un missile (dominicil) terre-terre ?

J'aimerais filer sa piste. Il n'a pu aller loin. Truffé de plomb comme le voici, il doit agoniser un peu plus loin, dans les fougères fricheuses.

Du secours ! Vite ! J'en ai promis à Bérurier. Moi-même j'en ai grand besoin. Alors je me rabats sur la villa. Elle a fatalement le bigophone : un médecin, tu penses ! Je place péniblement un nouveau chargeur dans mon casse-noix et je craque la serrure de deux balles. Pas le temps de m'atteler au jeu des sept erreurs avec mon sésame. Je ne fais plus dans la dentelle, le temps presse !

— C'est grave, docteur ?
— La moindre émotion peut vous tuer !

Poum !

— C'est grave, docteur ?

Un jeune interne brun corbeau, avec des sourcils en astrakan et des yeux à transpercer n'importe qui, voire n'importe quoi, pis qu'un laser.

Cette question s'applique à Béru, naturellement. Il me fait deux trous dans le front avec son regard, puis deux autres dans les joues, toujours par le même procédé, et enfin m'énuclée (je préfère être énucléé qu'écouillé).

— Très ! me répond-il.

— Il peut s'en tirer ?

— Improbable !

Tu crois qu'il va me faire un cours sur la blessure de Pépère ? Zob ! Il est vanné, le zélé. Deux heures d'opération en pleine noye, avec une équipe réduite. C'est pas du saint-honoré d'Eylau à la crème !

J'essaie d'avaler ma salive. Non, ça ne passe pas : j'ai du coton hydrophile au fond de la gargue. Je me contente d'un acquiescement confus. Juste signifier que j'ai entendu et pris note.

Le principal Monin, qui se tient à mon chevet, reste silencieux jusqu'à ce que l'interne se soit cassé. Puis il murmure avec compassion :

— Vous l'aimiez beaucoup, n'est-ce pas ?

Ce temps passé me flagelle jusqu'à l'os.

— Je l'aime ! rectifié-je. Je vais vous demander une faveur, monsieur le principal.

— Tout ce que vous voudrez, San-Antonio.

— L'épouse de mon confrère, l'inspecteur Blanc, se trouve à son chevet à l'hôpital de Chambéry. Je voudrais que vous demandiez à vos homologues savoyards de la faire amener d'urgence au chevet de Bérurier. Cette nuit même, en lui précisant que celui-ci a essuyé la même blessure que Jérémie.

Monin fait taire sa surprise et donne des instructions à son chauffeur qui l'attend dans le couloir. Ensuite il revient à mon auprès.

— Et vous, San-Antonio, comment vous sentez-vous ?

— Je souffre pas mal, merci, mais cela va aller. Le temps de me remettre des vapes consécutives à la petite intervention et je reprendrai la chasse au fauve.

Le principal hoche la tête.

— Nous ne parvenons pas à comprendre comment cet homme a pu se défiler après avoir perdu une telle quantité de sang. Du perron de la villa à votre voiture, il s'est vidé d'un bon litre, selon mes hommes.

— Un hyper-coriace, soupiré-je. Mais je l'aurai. Vous avez diffusé le signalement de ma tire et son numéro minéralogique ?

— Cela vient d'être fait. Avant midi nous aurons fatalement des nouvelles, car les Maserati blanches ne sont pas légion.

— Il le sait, je murmure. Aussi ne va-t-il pas garder ma bagnole très longtemps. À moins bien sûr qu'il ne soit au bout du rouleau.

***

Stephen Black abaissa le miroir du rétroviseur intérieur pour se regarder. Il se jugea épouvantable. Il était livide et ensanglanté à cause de sa blessure au cuir chevelu. Une balle l'avait atteint au-dessus de l'oreille gauche, sans toutefois briser le temporal, mais la plaie était laide et n'en finissait pas de saigner.

Black coupa le moteur et se laissa aller dans le cuir souple de son siège, la nuque contre l'appuie-tête. Il avait le corps en feu et la fièvre montait en lui. Il fit le bilan de ses blessures : balle à la tête, donc, balle dans l'épaule, balle dans la hanche, plus quelques vilaines zébrures à la cuisse et au ventre. Il s'était laissé arroser d'importance pour la première fois de sa vie. Et le comble c'est qu'il avait dû lâcher « ses positions » et s'enfuir comme un bleu ! Les papiers de service trouvés dans la boîte à gants lui avaient révélé que ce somptueux véhicule appartenait à un flic français et il enrageait. Ce salaud de commissaire San-Antonio l'avait contraint à fuir ! Il tenait absolument à le crever, car il ne doutait pas un instant qu'il se tirerait de ce mauvais pas. Jusqu'ici,

Stephen Black avait toujours bénéficié d'une bonne étoile et il continuait de croire en elle. Il sentait que ses blessures étaient graves mais non mortelles. En assistant au guet-apens du docteur Vagiturne, il avait cru que le médecin assassin comptait se débarrasser de lui en douceur ; pas un instant il n'avait pensé à une intervention policière.

Il ferma les yeux, tentant de dominer sa souffrance. Il devait dresser un plan d'action pendant qu'il disposait encore de sa lucidité et de quelque énergie. Black savait que le mal gagnerait peu à peu du terrain et finirait par le neutraliser. Si on ne le soignait pas énergiquement, il allait devenir une loque hagarde. Mais où trouver refuge ? Retourner à Lyon pour « exploiter » sa seconde adresse ? Trop risqué. On devait commencer à rechercher cette foutue voiture italienne, si aisément repérable.

Il venait de se ranger sur un parking presque désert de l'autoroute Lyon-Chambéry-Genève, non loin de la petite construction qui proposait aux automobilistes des toilettes, des lavabos et le téléphone. À une centaine de mètres devant lui, un camion semi-remorque italien stationnait. Sans doute le routier piquait-il un somme. Le tueur fut tenté d'aller « réquisitionner » le conducteur. Il se retint en songeant qu'il devait y avoir probablement deux chauffeurs et qu'il ne se sentait pas capable d'exécuter une action de commando avec le corps criblé de balles.

Il tourna la clé de contact afin de pouvoir actionner les glaces électriques. Il avait trop chaud. Comme il achevait cette manœuvre, l'habitacle de la Maserati fut illuminé par des phares. Stephen Black crut à une intervention de la police et dégaina son revolver. Ce n'était qu'un automobiliste normal qui stoppa devant le pavillon des toilettes. Il y avait un couple à bord ; la femme descendit et pénétra dans la construction. Black hésita. Une vague brûlante le submergeait. Il prit dans sa poche un petit étui pharmaceutique contenant des tablettes de couleur rose. Il en mit deux dans sa bouche, qu'il croqua avec une voracité de chien affamé. Il s'agissait de vitamines puissamment reconstituantes qui, dans les cas difficiles, lui donnaient le coup de fouet décisif.

Un mieux ne tarda pas à s'opérer. Il ferma les yeux. L'idée qu'il pût mourir de ses blessures ne lui venait même pas. Cet homme se sentait à ce point sûr de soi qu'il conservait un moral de vainqueur. Une période pénible allait suivre ; il allait devoir se faire soigner et la chose, dans sa position, n'était pas facile à régler ; mais il gardait confiance. Tout se jouerait au cours des deux heures à venir. Il fallait « tenir le coup[1] »

1. En français, dans la pensée de Stephen Black.

absolument. Cent vingt minutes d'énergie. Cent vingt minutes à conserver sa lucidité et « sa force de frappe ». Après cela, il pourrait se mettre pendant quelque temps en réserve de ses activités car sa « mission » se trouvait très avancée.

Il rouvrit les yeux. Les choses devant lui paraissaient stables. Rien ne « tournait », tout restait d'une banalité quotidienne.

Stephen actionna la portière gauche à l'aide de sa main droite. Avec une lenteur fantomale, il se coula hors de la voiture et, en titubant, s'approcha de celle qui venait de stationner derrière « la sienne » : une grosse BMW bleu métallisé. Le conducteur attendait son épouse en faisant un petit break, la tête renversée, les mains croisées sur son ventre. Stephen enregistra que le véhicule était immatriculé en Belgique. Un enfant enveloppé d'un plaid dormait sur la banquette arrière.

L'Américain se déplaçait silencieusement, cependant, lorsqu'il parvint à la hauteur de l'automobiliste, ce dernier tressaillit et redressa le buste. Un lampadaire répandait sur cette zone du parking une lumière blafarde. Le Belge constata que l'arrivant était plein de sang et s'en alarma.

— Un accident ? demanda-t-il.

— Non, on m'a agressé, répondit Black. Pouvez-vous me conduire à l'hôpital ?

L'interpellé regarda les vêtements rougis du blessé.

— Ce serait mieux que j'appelle pour une ambulance, fit-il. Je vais téléphoner à la police qui s'occupera de tout !

Il descendit à moitié de son véhicule. Il avait déjà ses deux pieds sur l'asphalte lorsque Stephen lui braqua son revolver entre les yeux.

— Pas de zèle ! fit-il sèchement. (Il ajouta :) Je tue facilement.

Pas une seconde, le touriste belge ne douta que ce fût vrai. Le regard de l'homme ensanglanté lui donnait froid aux fesses.

Black fit un effort supplémentaire pour pénétrer à l'arrière de la grosse automobile. Il replia d'un geste les jambes de l'enfant endormi, s'assit et lança au conducteur qui était demeuré assis de profil, les jambes toujours hors de sa voiture :

— Je tue même les gosses quand c'est nécessaire. Assieds-toi !

L'autre obéit, assommé par ce coup du sort. Sa femme revint sur ces entrefaites. C'était une personne encore jeune mais grassouillette, pleine de bijoux. Elle prit place dans la BMW sans voir Black. Ce ne fut qu'une fois sa portière claquée qu'elle eut conscience d'une présence insolite et se retourna. Elle eut un léger sursaut et regarda son époux.

— Tu prends des stoppeurs, maintenant, Aloïs ?

Sa voix était vibrante de reproches. L'époux resta muet.

— Oui, fit Stephen Black, il prend des stoppeurs, c'est très gentil à lui.

L'ouverture des portes avait actionné la lumière dans l'habitacle. La grosse femme réalisa alors que leur passager était couvert de sang.

— Vous êtes blessé ! s'écria-t-elle, sans compassion. Vous allez tacher les coussins !

— Ils le seront bien davantage quand j'aurai troué vos sacrées paillasses de merde ! riposta l'homme traqué. Allez, en route, on va à Genève !

— Mais nous, c'est l'Italie ! lança la grosse femme.

— Tous les chemins mènent à Rome ! soupira Stephen Black. On roule à bonne allure, mais sans dépasser la limitation de vitesse. À la frontière je cacherai mes blessures avec le plaid et je prendrai votre con de gosse sur mes genoux. Ne vous inquiétez pas, j'ai des papiers.

Il passa la main dans une poche anormalement aménagée dans la doublure de son veston et en ramena un passeport britannique au nom de Quentin Brink. Ce simple geste l'avait épuisé et inondé d'une sueur glacée. Il essaya de trouver une position supportable, mais son corps flambait comme s'il eût été livré aux flammes d'un brasier.

Celui de l'enfer ?

*
* *

C'est la douleur qui me réveille. Un mal lancinant, fouailleur. J'ai l'impression qu'on me charcute la poitrine à l'aide d'une fourchette à fondue chauffée au rouge.

Une douce infirmière entre sur ces entrefesses et s'approche de mon lit. Pile comme j'aime : menue mais bien proportionnée, châtain clair avec des mèches cendrées, une bouche terriblement charnue et un regard bleu sombre qui veut tout apprendre.

— Vous souffrez ? me demande-t-elle.

— Pas mal, merci. Vous n'auriez pas une petite piquouse calmante dans votre panoplie ?

— Le professeur n'aime pas trop ça. Il faut savoir endurer la douleur.

Facile à dire. Néanmoins, j'arrache un sourire de ma face, comme le chante à peu près mon pote Aznavour. Elle est nue sous sa blouse, que juste un slip (je distingue l'élastique). Un gabarit pareil c'est le module girouette, comme je dis puis toujours. Tu l'enquilles sur Popaul et tu fais tourner. Quand c'est vissé à bloc contre ton bas-ventre, tu opères la rotation inverse.

— C'est dommage, balbutié-je.

— Qu'est-ce qui est dommage ? s'inquiète la survenante.

— Souvent, dans mes *books*, je carambole une infirmière, lui expliqué-je. Si je recommence cette fois, les lecteurs vont prétendre que je ne me renouvelle pas.

Interdite, la petite grand-mère ! Elle croit au délire. Elle vient me tâter le pouls, et comme ma main se trouve à deux centimètres de sa blouse, je finis le voyage à pied en poussant mon vélo et mon impétueux médius se faufile par l'ouverture du vêtement. Me voici au contact d'une peau ferme et tiède. Dès lors, ma douleur ferme sa gueule pour laisser sa chance aux sens.

D'ordinaire, un gonzier qu'on sort d'un bloc opératoire a le zifolo plat comme l'encéphalogramme de Napoléon Ier. Mais dans ma tribu, la grosse veine bleue n'irrigue bien qu'à la verticale.

— Quatre-vingt-quatre de pulsations ! annonce l'infirmière.

— Ce n'est qu'un début, lui fais-je. Regardez un peu mon drap qui grimpe, là-bas ! Vous ne devinerez jamais avec quoi je fais ça !

Pas bégueule, la gentille. Elle fait mieux que regarder : elle passe sur le drap une main légère qui en a palpé d'autres.

— Vous êtes sûr que ce n'est pas une prothèse ? demande-t-elle.

— Goûtez, vous verrez !

Elle rougit un peu, pour la forme.

— Vous êtes un drôle de pistolet !

— À répétition, ma gosse, ce qui n'est pas négligeable. Quand j'entreprends une merveilleuse, je ne la laisse qu'après l'achèvement des travaux, lorsqu'on a obtenu le certificat de bonne fin de l'Urbanisme.

— Quand vous sortirez, on en reparlera, promet la féerique.

— Alors, parlons-en tout de suite car je compte sortir dans vingt minutes.

— Vous n'y pensez pas ! Le professeur dit…

— Le professeur dit et moi je fais, c'est ce qui différencie l'homme d'action de l'intellectuel. Embrasse-moi, môme, je suis pressé !

Cette fin de réplique empruntée à la filmographie de Marcel Carné subjugue la mignonnette. Elle se penche après un regard craintif en direction de la porte.

Galoche prolongée. À cet endroit, dans un film, le réalisateur colle de la musique douce pour souligner l'effet. À la place, nous avons droit à une toux. Désuniance spontanée. Un inspecteur lyonnais se tient dans l'encadrement, plutôt gêné et un rien égrillard.

— Mande pardon, commissaire, je ne savais pas que c'était l'heure de vos soins, il déclame plaisamment.

— Vous tombez bien, Hapique, rassuré-je. Soyez non seulement un confrère, mais un frère : sortez un moment dans le couloir et ne laissez entrer personne, strictement personne, pas même le directeur de l'hosto s'il en manifestait l'intention : j'ai un petit problème délicat à régler.

Il cligne de l'œil.

— Prenez votre temps, commissaire.

Et se retire physiquement, mais je parie qu'il reste avec nous par la pensée.

— Comme vous y allez ! murmure la petite.

— Tu sais ce qui nous reste à faire ? demandé-je en rabattant le drap sur mon triomphe.

— Je crois, fait-elle en laissant quimper ses sabots de bois à semelle caoutchoutée pour grimper sur mon pieu.

Galant, je déboutonne sa blouse. Amazone née, elle m'enfourche. C'est beau, tu sais !

En règle générale, c'est le piston qui se déplace à l'intérieur du cylindre. Dans le cas hautement et fabuleusement présent, c'est le cylindre qui s'active, tandis que le piston se contente de lui proposer l'inertie de sa masse. Mais quelle masse ! D'armes !

La jolie escalade et dévale alternativement mon mât de cocagne à une vitesse qui va croissant. Sa frénésie me file le tournis. Aussi, fermé-je les yeux et m'abîmé-je en des réflexions sans rapport avec notre activité de l'instant. Je pense qu'il faut être un sacré saligaud de tendeur, un forniqueur inguérissable, un goret en éternelle transe pour pratiquer ce sport charmant alors que le « monstre » m'a échappé après avoir mis à mal mon second coéquipier, tout comme il a terrassé le premier et s'être foutu de ma gueule en me fauchant ma Maserati de rêve. Le tueur au fusil sous-marin va encore frapper. Peut-être parviendra-t-il à nous filer entre les mains en fin de compte et à regagner les States pour remettre à Ron Silvertown ce qu'il voulait. Car, nul doute qu'il l'ait obtenu.

Mathias m'en a appris long comme la déclaration d'impôts de M. Doumeng sur le mystérieux Américain : un magnat louche, qui contrôlerait des syndicats, ferait jeu égal avec les plus grands caïds de la Mafia, coifferait quelques-unes des plus importantes banques des États-Unis. Riche à crever. Gardé par des spécialistes et des moyens de protection sophistiqués, il mènerait une vie mystérieuse tantôt dans sa propriété de Floride, tantôt dans son immense appartement de Park Avenue à New York. Pas de femmes, pas de gitons. Une unique passion : les affaires. Cet homme-là se fait laver les pieds par des politicards haut placés et les plus grands lui bouffent dans la main. Il inspire la peur et, pour lui, la mort de quelqu'un c'est un simple coup de téléphone à donner.

— Oh ! Oh ! Oh ! Oui oui oui oui ! crie soudain la petite infirmière.

Là, elle m'arrache aux méditances. Elle est devenue une machine en folle activité ! Putain, si elle lubrifiait pas comme un carter de bagnole, je coulerais une bielle dans les dix secondes. Je la vois mal, d'où je me tiens, manquant un peu de recul pour vraiment apprécier le tableautin, mais ce que j'en découvre me dynamise. Quelle superbe figure de Proust ! La bouche béante, mangeuse de vent, le regard surexposé, les narines pincées, elle se tient les seins à deux mains, les malaxe, les affûte.

Elle a cessé de s'agenouiller et n'est plus qu'accroupie sur l'objet du délire. Comment maintient-elle son équilibre, la chérie ? Alors là, mystère. Une vitesse pareille sans point d'appui, faut s'y risquer ! T'es le sultan de Fouynotour, tu vois ça, t'achètes. Tu la promeus cheftaine de harem ; avec le treizième mois payé et autorisation d'utiliser le godemiché du sacre pour te baliser le prosibe !

Étourdissante gamine ! Si vraiment faite pour guérir tous les maux, et avant tout, la bandaison à évolution rapide. La voilà, par contre, qui crie à la Terre entière qu'elle approche du panard.

La porte s'ouvre et l'inspecteur Hapique pénètre furtivement dans ma carrée.

— Je suis obligé de brancher la tévé pour couvrir les clameurs, me dit-il, sinon je réponds plus de rien, mais continuez, je vous prie.

Il me choisit « C'est encore mieux l'après-midi », où fort opportunément, le groupe Branlett'Song est à pied d'œuvre avec toute la haute tension souhaitable. En regagnant la sortie, il nous coule un regard admiratif et murmure :

— Seigneur ! Faut vraiment le voir pour le croire !

À peine a-t-il relourdé que mon amazone hurle que « Ça y ééééééééééééééé ». Le vociférateur des Branlett'Song affirme, de son côté, en chatouillant le nombril de son banjo que *Here is the love*.

Fin du chapitre dégueulasso-marginal.

Il vaut mieux
être l'héritier d'un homme économe
que d'un homme riche.

Moi

— Vous pouvez marcher ? s'inquiète Hapique, en arrondissant galamment son bras afin que je m'y agrippe.

— Non, dis-je, mais je vais faire semblant.

Effectivement, c'est pas de la tarte, quelques heures seulement après avoir subi une intervention accompagnée d'une anesthésie de mettre un pied devant l'autre et de recommencer. D'autant plus que la chevauchée fantastique dont je fus la monture (non moins héroïque) n'était pas des plus reconstituantes.

Je cahin-cahate le long du large couloir où des birbes déliquescents croupissent comme des plantes d'appartement non arrosées dans des chaises à roulettes.

— Vous avez vu Bérurier, Hapique ?

— Il est aux intensifs.

— Vous avez pu entrer ?

— Il a bien fallu que j'introduise votre négresse puisque vous l'exigiez. Ça a fait un de ces cris dans la bastide !

Il a l'accent d'en bas, Hapique. C'est encore un policier qui ne ressemble pas à un loubard. Au contraire, il est du genre tiré à quatre épingles, bien que son costard dans les vert Nil soit luisant au col et aux coudes et sa cravate légèrement en tire-bouchon. La quarantaine empâtée, le sourire graisseux, l'œil enfoui au fond de bouffissures hépatiques ; cela dit, plutôt sympa. On devine qu'il aime la table et la baise. Mon exploit amoureux avec l'infirmière l'a transporté d'admiration : je prévois qu'on en parlera longtemps entre Rhône et Saône.

— Et vous l'avez trouvé comment, mon Gros Lard ?

— Pas frais. Mais votre sorcière noire a déclaré qu'elle allait le mettre sur pied en deux coups de cuiller à saindoux ! Elle psalmodiait des incantations, tout de suite en état second, et s'est mise à l'oindre d'une saloperie qui puait la merde.

— Bravo !

— Vous y croyez, vous, à la magie nègre ?

— Non, mais j'en apprécie les résultats.

Il rigole.

— C'est elle qui vous permet d'enfiler une souris avant d'être sorti des vapes ?

— Non, ça c'est un don de famille.

— Je regrette de ne pas être votre cousin germain, commissaire, soupire mon chosefrère.

— Vous claudiquez de la membrane, Hapique ? indiscré-je.

— Pas précisément, commissaire, mais je suis loin de faire griller les fusibles de ces dames comme je vous ai vu le faire à l'infirmière ! Dedieu, quelle troussée géante !

J'en remets un peu, c'est la réaction de tous les gens flattés :

— Broutille, c'est elle qui s'est appuyé tout le boulot !

— On aurait dit une toupie à musique.

Nous voici dans le hall du pavillon de Grange-Blanche où l'on m'a réparé.

— Où allez-vous ? me demande Hapique.

— Et vous ? contre-questionné-je.

— Examiner votre bagnole qu'on vient de retrouver sur un parking de l'autoroute Lyon-Chambéry.

— Que ne le disiez-vous plus tôt !

— Vous étiez occupé, commissaire, narguise mon mentor (lequel est cuit à point puisqu'un mentor n'est jamais cru)[1].

Un lecteur anonyme.

Il possède une Citroën CX commerciale noire qui ressemble à un corbillard (si elle était blanche, elle ressemblerait à une ambulance). Je m'installe de mon mieux à la place du mort. C'est moelleux et ça convient parfaitement à un quidam frais émoulu d'un bloc opératoire.

— C'est la gendarmerie nationale qui a repéré votre bolide, commente Hapique (l'homme qui tombe toujours). On m'a prévenu juste

1. On voit que San-A. sort de l'hosto.

avant que je ne vienne à l'hôpital et j'ai ordonné qu'on le laisse sur place pour me permettre d'effectuer les premières constatations.

Une moche nausée me tracasse les intérieurs.

— Ça ne vous ennuie pas si je dégueule chemin faisant ? murmuré-je en abaissant la glace de mon côté.

Voilà, y a deux motards. Un assez gros et un assez grand, assis en amazone sur un banc du parkinge derrière leurs engins sur béquilles. Leurs gants blancs (dont ils se sont déchaussés) sont posés sur leurs guidons et leurs casques sur les selles, pareils à des potirons blancs. Il fait beau, des zizes gazouillent alentour sans se soucier de la pollution autoroutière.

Les gendarmes nationaux se dressent à notre arrivée, reconnaissant d'instinct la poulaille en nous. Salut rapide autant que militaire. Poignées de main. Hapique leur dit qu'il est l'officier de police Hapique et que je suis le commissaire San-Tantonio. Les motards se déclarent « enchantés », ce qui ne m'empêche pas de leur gerber en éventail sur les bottes.

— Le commissaire vient de subir une opération, m'excuse Hapique.

Ils répondent rien et vont se torchonner les tartines dans une touffe de groseilliers sauvages.

Je m'approche de ma tire. La porte avant gauche n'est pas complètement fermée et le petit signal d'alerte indiquant le non-verrouillage des lourdes palpite comme un perdu.

Ma doué ! Ce dégât. Du raisin partout ! Une flaque d'un demi-litron dans le creux du siège gainé de cuir. D'épaisses traînées contre le dossier et l'intérieur de la lourde. Du sang sur le volant poisseux. Du sang sur la moquette. Des éclaboussures de sang après les vitres ! Comment un homme exsangue a-t-il pu conduire ce barlu qui n'est pas une bicyclette à driver ?

Je constate une trace rouge sur le goudron du parking. Elle part du siège conducteur de la Maserati et se poursuit, presque sans intermittence sur trois ou quatre mètres. Là, une flaque. Puis plus rien.

— Il a abandonné ma bagnole pour braquer un automobiliste qui s'était arrêté pour pisser, fais-je. C'est écrit en rouge sur le sol.

L'un des motards, le gros, s'exclame :

— Parce que c'est votre voiture, là, commissaire ?

— Oui, brigadier, vous voulez voir la carte grise ?

Il hausse les épaules.

— Dites donc, vous êtes bien payés à Paris.

Je lui souris ineffable.

— Fortune personnelle, mon cher. Mon papa était dans les aciéries et ma mère est une fille Kennedy.

Épuisé, chavirant, le regard brouillé comme des œufs aux truffes, je vais m'affaler sur le banc qu'occupaient nos pandores.

— J'ai une topette de marc de Bourgogne dans mes fontes, propose le brigadier, bon mec.

— Envoyez ! je souscris un abonnement.

Hapique au turbin, il se met à ressembler à M. la Souris. Tu le verrais agenouillé à terre pour examiner le plancher de ma guinde ! Un poème ! Il ne laisse rien de côté. Le tout vrai besogneux formé à l'école de Sherlock Holmes. Au bout d'un moment, il passe à l'examen des sièges et alors c'est son gros cul d'empereur romain de la décadence qui nous regarde.

Je me suis entiflé une rasade de charretier dans le corgnif et voilà que je surmonte ma défaillance.

Je tends sa flasque au motard.

Il la refuse d'un geste.

— Gardez-la, commissaire ! Vous en aurez encore besoin, tel que je vous vois.

— Votre trousse de secours va être vide, objecté-je.

Il hausse ses épaules de matelassier.

— J'en ai une autre.

— Vous aviez enregistré l'avis de recherche de ma voiture ?

— Figurez-vous que non. Nous sommes passés une première fois par ici, ce matin, et l'auto se trouvait là. Une bagnole de cette classe, ça se remarque. Nous avons ensuite fait notre circuit de contrôle. Dans l'après-midi, nous sommes repassés. Du coup j'ai pigé que c'était anormal. J'ai mis pied à terre et vu tout ce sang…

Une grimace convulse mon physique de séducteur de bonniches ; ce n'est pas la douleur qui le motive, mais la déconvenue.

Il s'est pris une fumante avance, le soi-disant de Sotto. Au moins huit plombes !

Je pose mon bras sur le dossier du banc, puis ma tronche lourde sur mon bras. Dans l'obscurité de ma manche, je tente de voir clair. L'escarmouche de la nuit déloge le tueur de sa planque. Il saute dans ma bagnole pour s'enfuir. Logiquement, il devrait prendre la direction de Paris, son unique souci, selon toute évidence, étant de regagner l'Amérique. Seulement, non : il se lance sur cette autoroute des Alpes.

Pour aller où ? Retourner en Savoie dans la baraque de Tonton ? Ou pour gagner la Suisse proche afin d'y prendre un avion ?

De deux choses l'une : ou bien la grosse Adélaïde et son Moktar lui ont donné ce qu'il cherchait, et alors il a décidé de filer par la Suisse. Ou bien ils lui ont fourni seulement des indications pour lui permettre de récupérer « la chose » et il est allé la chercher à Saint-Joice-en-Valdingue.

Suisse ou Savoie ? Les deux sont voisines.

On aura bientôt la réponse à cette question. Grâce à l'automobiliste qu'il a contraint de le charger à son bord. S'il le tue avant de s'en séparer, on retrouvera son corps et sa bagnole. S'il lui fait grâce, le gars ira à la police. À moins que de Sotto ne le séquestre, évidemment. Mais son état d'homme traqué et grièvement blessé ne lui permet guère un tel luxe.

Hapique claque ma portière et me rejoint sur le banc.

— Rien trouvé, dit-il. Reste les empreintes. Je vais faire emmener votre voiture à notre garage pour que les experts puissent travailler dessus.

— Pendant qu'ils y seront, dites-leur de nettoyer le sang de ce salaud !

— Je n'y manquerai pas.

Il va à sa tire équipée du bigophone et virgule des instructions, puis revient s'asseoir à mon côté. Des Hollandais à la con stoppent. Une cargaison de blondinets aux yeux de lapin russe. Ce petit monde se rue vers les chiches sous la houlette de maman dodue, vachasse en plein : bourrelets, viande blanche, regard de bovidé triste.

Ces Bataves de merde ne s'occupent pas de nous. Tout juste qu'ils considèrent les deux motards avec curiosité.

Je m'enfile une rasade.

— Vous en voulez, Hapique ?

— Je ne bois pas d'alcool, commissaire, seulement du vin.

Un temps. Il murmure, indécis :

— Qu'est-ce qu'on fait ?

— Pour l'instant je réfléchis.

— Ah ! bon, fait-il, dérouté.

Il ne peut pas comprendre la gravité du moment, pas comprendre que mon sub est en pleine gestation et qu'il va, d'un instant à l'autre, accoucher d'une idée bathouze. Seulement, il ne faut pas bousculer Bébert. Le laisser accomplir sa lente dérive. Ça mûrit. Curieux bricolage mental. Je sens que c'est imminent. Comme on cherche un nom qui vous échappe et qui, tout à coup, déboule de votre pensarde au moment où l'on avait cessé de se triturer les méninges…

— Dites donc, Hapique…

— Commissaire ?

— Drôle de tueur, non ? Criblé de balles, deux litres de sang perdu, il continue son rodéo !

— Trompe-la-Mort.

— C'est une version démoniaque de *Superman*, hein ? Vous voulez bien alerter la police genevoise, et demander à nos braves zhomologues qu'ils surveillent l'aéroport de Cointrin et qu'ils enquêtent auprès des différents guichets pour voir si un gonzier répondant au signalement de notre tordu a pris un zinc, de préférence pour l'Amérique du Nord ?

Et voilà l'Hapique qui retourne à sa tire pour exécuter mes ordres. Jamais vécu un moment pareil. Moi, assis près des chiottes d'un parkinge d'autoroute, essayant de capter un rayon de soleil avec ma gueule refaite et filant des directives à un confrère tandis que deux motards se branlent les couennes à proximité, sans oser parler à voix haute. Je suis vaseux, avachi. J'ai la nausée latente. Mal dans tout le tronc ; juste mes branches sont épargnées.

Le mahomet est tiédasse. Je déteste le tiède. Le chaud, le froid, banco ! Mais le tiède, c'est ta queue qui pend et ta volonté en cale sèche.

— C'est fait, commissaire. Notez que le principal Monin avait lancé un avis de recherche ce matin, y compris sur Genève. Ils ont des gens sur place depuis six heures et ça n'a rien donné.

Les Hollandais repartent après que le dabe a recompté sa portée, pas oublier un lascar aux cagoinsses. Des mouches sont en train de se taper le sang de de Sotto. C'est jour de boudin pour ces dames.

— Hapique…

— Commissaire ?

— De Charbonnières à ici, il faut combien de temps, de nuit, avec ma tire ?

— Oh ! une demi-heure.

— Donc, une demi-heure après notre bataille rangée de la villa Vagiturne, ses blessures continuaient à pisser.

— Et pas qu'un peu.

— Si ce mec ne s'est pas fait soigner très vite, il devrait être crevé à l'heure actuelle ?

— Ou tout comme.

— Soyez gentil, appelez le commissaire Bavochard, de Chambéry, et dites-lui d'aller faire un tour à Saint-Joice-en-Valdingue, d'urgence… Des fois qu'il apercevrait notre Raspoutine…

Le pas de Hapique… Sa portière… Deux tires viennent se ranger sur le parking : une Renault 25, de l'Oise, une vieille Mercedes déglinguée couleur verts pâturages… Une gamine d'un roux anormal s'échappe de cette dernière. Son père lui crie par la portière, avec un fort accent transalpin (de jument, puisque je dis toujours transalpine de cheval !) :

– Tita ! Né mé pas les pieds dans la merdé, commé la dernièré fois. Qué la voiture elle a poué pendant houite jours !

Je souris. Et puis je ne souris plus.

Elle est arrivée, l'idée tant attendue ! Un déclic ! Et des claques, pour ne l'avoir pas enregistré plus tôt. Peut-être que si cette hyper-rouquine de Tita n'avait pas marché dans la merde, un jour, il ne se serait jamais produit.

Une dépanneuse se pointe pour s'atteler à ma Maserati. Hapique fait le nécessaire avec les deux convoyeurs et je regarde disparaître ma belle caisse blanche, tout humiliée de marcher sur ses pattes de derrière.

— Hapique, avez-vous du temps à me consacrer ?

— Naturellement, commissaire, tout le temps que vous voudrez.

— Alors emmenez-moi à Zurich et je vous achèterai une raclette en cours de route.

Ronsard me célébrait
du temps que j'étais belle.

(Ronsard)

— Tu sais, amour divin, que je suis revenu de France spécialement pour te voir ?

Elle rosit. Et pourtant elle vient de connaître des suavités imbanales, des délices inusitées et certaines extravagances de la chair qui feraient se désabonner tous les instituteurs à la retraite du *Matin* si je refeuilletonnais dans ses colonnes.

En pas une plombe, je lui ai fait, dans ma chambre d'hôtel : « Le bossu fantôme », « Le sadique du bois de Boulogne », « Le branché de la haute tension » et « Le Don du Cosaque ». Toutes figures d'exception que je pratique uniquement dans les périodes d'intense frénésie glandulaire ou lorsque je tiens à faire décoller totalement une gonzesse.

Graziella, la jolie petite Tessinoise, pantelle sur mon lit du *Kratzemela Hôtel* où je suis redescendu en compagnie de l'inspecteur Hapique.

Vannée, la môme. Heureusement que c'est son jour de congé, sinon je vois mal comment elle pourrait assurer son service après ce carambolage monstre.

Gavée d'amour, elle est à disposition pour la jactance. Je lui mordille encore un chouillet les bouts de loloches, manière de lui exprimer la perdurance de mes sentiments après la baise, ce qui est – tu le sais, mignonne – rarissime car, une fois leurs couilles essorées, la plupart des matous sautent dans leur bénouze d'abord et dans leur bagnole ensuite pour « *bye-bye*, à la prochaine ». Quand ils ont les burnes vidées, ils sont désentimentalisés, les bougres. Ne pensent plus qu'à fuir le cul de leurs exploits, pour, ailleurs, se refaire une conscience et du foutre.

— Nous allons prendre un cocktail pour nous remettre un peu de nos émotions, ma Radieuse.

Elle m'assure qu'elle ne boit jamais d'alcool. Je lui réponds que, « t'en fais pas : c'est doux et pas plus fort que le discours d'un général en retraite à un mariage ». Pour accréditer, je force sur le jus d'orange, ce qui atténue la véhémence de la vodka.

Elle en écluse deux, qu'ensuite de quoi, son regard ne manque plus que de quelques lamelles de truffe pour ressembler à des yeux brouillés. La voilà parée pour la jacte, cette exquise. Je branche la converse sur le sujet qui me préoccupe et elle dévide son moulinet sans opposer la moindre résistance. Un beurre !

Ce qu'il y a de plus tartant, dans notre pauvre job (pauvre comme Job) et de frustrant, bien souvent, c'est de planquer. T'es là, comme un grand con, à essayer de te rendre invisible, guettant une maison dans l'espoir que quelqu'un de précis va y entrer (ou en sortir). Les heures sont lentes, froides souvent. Elles t'apportent la faim, l'envie de pisser, des fourmis dans les jambes, des papillons noirs dans la pensarde. Tu t'obstines, tu t'exhortes, mais le découragement se met à croître lentement, inexorablement.

En général, il existe des spécialistes pour ça, chez nous. Généralement des vieux matuches résignés qui chopent, à trop planquer, des varices et des brûlures d'estom, de la couperose aussi. Chienne de profession !

Et nous sommes là, Hapique et mézigoche, dans Krakzibumstrasse, une voie discrète où il n'est pas trop duraille de parquer, nos regards fixés sur la rue et en particulier sur le numéro 84.

— Vous êtes sûr qu'il viendra ? demande l'inspecteur lyonnais.

— La soubrette m'assure qu'il ne rate pas un seul vendredi.

— Qu'est-ce qu'il fout dans ce studio ?

— Il y joue.

— À quoi ?

— Au poker. Il a toujours le même partenaire : un Libanais riche à crever, retiré à Zurich. Ils intéressent la partie, mettant de fortes sommes en jeu. Quand il lui arrive de perdre (car il gagne la plupart du temps) et qu'il n'est pas solvable, il offre Graziella à son gagnant afin de solder sa mise, si je puis m'exprimer de la sorte.

— C'est du proxénétisme ! effarouche mon collègue.

— Pur fruit, acquiescé-je. *Achtung : ecce homo !*

Fectivement, le comte Bellazzezzeta se pointe, à pincebroque, bioutifoul en plein dans son complet bleu écrasé et sa pelisse à col d'estragon. Il s'offre le luxe d'une canne à pommeau d'or (chérie, je t'aime, chérie je t'adore) dont il use avec grâce, à croire qu'il s'agit d'un élément naturel.

Il engouffre le numéro 84, lequel oblitère un immeuble cossu comme le chef d'Edgard.

— Quelles sont vos intentions, commissaire ? me questionne Hapique.

— Attendre l'arrivée du Libanais, l'intercepter en lui affirmant que le rendez-vous d'aujourd'hui est annulé, et monter retrouver le comte en ses lieu et place pour une explication de force 7 sur l'échelle de Richter.

— Comment reconnaîtrez-vous le partenaire du comte ?

— La mignonne Graziella m'en a fourni une description détaillée ; n'oubliez pas qu'elle le rencontre parfois, et d'on ne peut plus près !

Alors, tu vois : on continue de poireauter en écoutant les cassettes de l'inspecteur Hapique, toutes consacrées aux grands airs d'opéra.

Un quart d'heure s'écoule encore. Cette pauvre dame Butterfly est pile en train de nous raconter son bateau à vapeur que je dégage sec de la tire.

Un taxi s'est arrêté devant le 84 et le Libanais souhaité en descend. C'est un aimable vieillard au teint jaune, aux cheveux blancs, avec une épaule nettement plus haute que l'autre malgré les astuces de son tailleur. Il porte des lunettes à monture d'écaille et fume un cigare que mon cher Davidoff a dû lui vendre le prix d'un repas à la *Tour d'Argent*.

Avant qu'il n'ait ciglé son sapin, j'interviens :

— Excusez-moi si je vous demande pardon, monsieur, c'est bien vous qui avez rendez-vous avec Bellazzezzeta ?

Il sourcille. Tiens, il est bigleux, en sus.

— En effet. Pourquoi ?

— Bellazzezzeta a eu un contretemps à la dernière seconde et m'a prié de l'excuser auprès de vous, il vous rencontrera vendredi prochain.

— Fort bien, répond le vieillard élégamment bossu en remettant son strabisme dans le taxi.

Pas plus duraille que la fameuse bataille du même nom[1].

Quand le véhicule a disparu, je fais signe à Hapique de me rejoindre, ce dont il et nous partons à l'assaut du comte.

1. Ce diable de San-Antonio veut sûrement parler de la Bataille du Rail.
(Michel Droit)

Parvenu à cette cruciale période d'un récit exemplaire, tu te demandes sans doute pourquoi je m'intéresse soudain à Bellazzezzeta dont j'ai, naguère, croisé la vie avec un certain plaisir, n'est-il pas ? À cette question logique, je te répondrai par l'illogisme : l'instinct. De Sotto, grièvement blessé, se traîne jusqu'en Suisse, et ce n'est pas pour y prendre l'avion. Alors ? Alors c'est pour y rencontrer *quelqu'un*, mon jeune ami. Quelqu'un dont l'identité lui a été fournie par le couple Moktar-Adélaïde, fatalement, sinon il serait allé voir ce quelqu'un directement en débarquant en Europe, au lieu de fouinasser en Savoie et à Grenoble. Or, si tu y réfléchis un tantisoit, qui donc a connu tous les protagonistes de cette mystérieuse affaire ? Ne cherche pas : Bellazzezzeta ! C'est lui qui fut à l'intersection des rencontres Adélaïde-Silvertown. Lui qui a appris, le premier, le vol de la statuette gothique ! Personnage pittoresque et disert, il m'a balancé de la poudre aux yeux. Et cette poudre était si légère que je n'ai rien senti au premier abord. Ce n'est qu'ensuite, que ça s'est mis à me picoter.

— C'est ici ! fais-je en désignant une porte ne comportant aucun nom ; Graziella m'a précisé au quatrième à gauche.

Tranquille comme Baptiste, je sonne. Le vioque doit être aux chiches car il ne répond pas.

Je patiente un chouillet et je recarillonne avec davantage de véhémence en me récitant ce fameux dizain de Clément Marot : « Napoléon III, perdant ses dents, cédant Sedan ». Mais le silence seul retentit, comme l'écrivait Beethoven.

— Vous ne trouvez pas cela bizarre ou, à tout le moins étrange, voire surprenant ? propose Hapique.

Je baisse le ton, ce qui est préférable à baiser le thon.

— Peut-être que le Libanais doit sonner sur un rythme convenu ?

— Alors quoi ? On enfonce ou on bivouaque.

— Ni l'un ni l'autre.

J'extrais mon sésame de ma vague (l'ai brisé naguère dans une serrure rétive, mais l'ai fait rebâtir en piridium surcompressé par les Aciéries de Longwy et mœurs) et me mets à trifouiller la serrure. La plupart de ces demoiselles font des manières pour commencer. Protestent qu'elles ne sont pas celles qu'on pense, et ceci cela, patati patata, mais finissent par céder à mon insistance. Car tout homme obtient ce qu'il veut des serrures et des femmes pour peu qu'il le veuille vraiment. Et c'est très bien ainsi, bravo !

Le temps pour un ordinateur perfectionné de compter jusqu'à cent seize milliards huit cent quatre-vingt-quinze millions six cent trois mille neuf cent trente-deux et la porte se rend.

Que je te cause avant toute *thing*[1] du décor. Magine-toi une sorte d'entrée avec cuisinette à gauche, salle d'eau à droite. Mais y a pas de lourde pour l'isoler du studio. Celui-ci me semble d'emblée assez vaste (disons huit mètres sur cinq et ne me fais plus chier). Un lit bas à droite, une table et des chaises au centre, un canapé à gauche face à une cheminée.

Tu t'es mis le topo dans le cigare ? Jockey ! Cela dit je t'en viens aux occupants, car ils sont plus nombreux que je ne l'escomptais. Je m'attendais à un comte vétuste, et me trouve face à cinq personnes.

Sur le grand lit bas, les bras et les jambes entravés, se trouvent un couple et un enfant aux mines défaites. Sur la table, il y a le comte dont chacun des membres est attaché à un pied du meuble et dont le ventre est ouvert comme un traversin après une perquisition de la Gestapo ; le cinquième quidam n'est autre que le dénommé de Sotto.

Ce que je te narre succinctement, mon pote, je l'enregistre en bloc, comme t'enregistres un seau d'eau qu'on te balance à travers la gueule. Ça me fait tchlaofff ! dans l'entendement. Et mon plus pressé c'est de me jeter à plat ventre, nonobstant ma cicatrice à la poitrine.

Bien m'en prend, mais c'est au grand dommage de mon brave compagnon, lequel dérouille un couteau en pleine gorge, de la part de l'émérite lanceur.

Dans ces cas-là, tu ne te donnes pas le loisir de réfléchir au pourquoi du comment du qu'est-ce ? Si t'es un véritable Nantonio, t'agis en fulgurance. Pas le temps de dégainer mon camarade Tu-Tues dans cette sotte posture où je me trouve. J'oublie mes plaies, bosses et souffrances pour rouler jusqu'à de Sotto, lequel se tient accagnardé contre le dossier du canapé. Pas frais, le frère ! Mais venimeux pis que jamais, ça oui ! Il est émacié, les traits creusés, les yeux enfoncés au fin fond de leurs trous, la figure d'une sale couleur bronze. L'affreux porte sur lui le masque de la souffrance et de la haine. Il est pansé de partout.

Notre coup de sonnette l'a mis sur ses gardes et il s'est vite muni d'un de ses chers couteaux. Il devait espérer que, ne recevant pas de réponse, le visiteur se retirerait, mais quand il m'a entendu tutoyer la serrure, il s'est préparé au pire. Et c'est mon pote l'inspecteur qui

1. En français dans la traduction anglaise.

a morflé. Il est tombé, Hapique[1] ! Tombé à jamais. Tombé au champ d'horreur. Un flic de plus effacé des registres !

Mais moi, dans tout cela, hmmm ? Moi, le fils unique et préféré de Félicie, hmmm ?

La toupie, j'exécute. Vitesse grand V. Il est pris au tu sais quoi ? Oui, dépourvu ! Tu gagnes un kilo de sucre. C'est tant si tellement fulgurant, mon numéro, qu'il peut me croire blessé ou je ne sais quoi.

Une fois à ses pieds, je me redresse, d'un rétablissement qui flanquerait la colique verte au supermoniteur des pompiers de Paris. Un coup de boule dans sa frite décavée. Il bascule par-dessus le dossier du canapé et choit à la renverse, mais, malgré son piteux état, il a le réflexe d'une formidable ruade que je déguste en plein dans les frères Goncourt. C'est Edmond le plus touché. J'en dégueule sur la moquette.

Le tueur profite pour rétablir son équilibre. Il grimpe sur le canapé et bondit jusqu'à la table. Un couteau est planté dans le bas-ventre du comte d'Orgel. Il l'en arrache et le lève. Son regard est fou, tout là-bas, dans ses orbites. Il ne tient que par son énergie, de Sotto. Ah ! le gaillard qu'y a là ! Avec lenteur il lève son bras valide pour me planter, comme il en a poinçonné tant d'autres. J'ai la force de porter la main à mon soufflant. Seulement, il va lancer sa lame avant que je n'ai dégainé mon arquebuse. Tout va se jouer en un éclair, une poussière de seconde. Malgré sa faiblesse, il est trop finaud et rompu à ce genre d'exercice pour rater son coup. J'ai toujours ma pattoune sur la crosse de mon feu. Ma main frémit, la sienne aussi.

Et alors une détonation retentit. Un baoum ! du feu du diable. De Sotto a une terrible secousse et part en avant. Ce faisant, il dégage mon champ de vision, ce qui me permet d'apercevoir le bon Hapique, noyé de sang, le regard glauque, avec son flingue à la main. Il a tiré, le poignet posé sur le plancher, de bas en haut, et le tueur a dérouillé la balle dans le cul. Du beau calibre bien joufflu. La valda lui a fait éclater le coq six (au singulier, s'écrit coccyx) et a remonté la colonne vertébrale qui se trouve nazée à outrance. Le voilà paralysé complet. Raide comme barre, privé de tout, y compris de la parole ; avec juste des lambeaux de vie accrochés à ce qui subsiste de sa personne.

Pour lui, c'est râpé. Question de minutes. Que dis-je : de secondes ! Il a enfin son compte.

Je l'enjambe pour me pencher sur Hapique. Ça gargouille mochement sous sa pomme d'Adam. Des géraniums (ou gérania) pourpres

---

1. Ouf ! Je peux enfin le placer en situation !

foisonnent autour de la blessure. On voit, à travers ce bouquet, jaillir un filet de sang dru comme le lait tiré d'un pis de vache.

— Ne bougez pas, petit, lui chuchoté-je. J'appelle une ambulance. Il a raté la carotide, heureusement, on va vous réparer ça…

Mais il doit bien entendre que je mens, le pauvre sublime ! Même quand tu rôdes autour du coma, tu perçois les berlurades des potes. Ses yeux de brave fonctionnaire ont une vague expression d'incrédulité quasi moqueuse avant de s'assombrir sur le grand mystère. Ils deviennent salement inexpressifs : deux mouches mortes dans de la Chantilly ! Salut, inspecteur ! Et merci !

Si tu as du sable dans l'œil,
que tu ne puisses retirer,
attends qu'il y prenne sa place
et alors l'horizon redeviendra net pour toi.

(Proverbe saharien)

Les trois personnes ligotées sur le lit sont des Belges. Mais cela, tu l'as su plus tôt, dans une de ces parties du livre qui échappent à mon contrôle, le con de romancier ayant établi à mon insu ce fait du prince.

Trois Belges, donc : papa, maman et petit garçon. Dodus, les trois, le teint rose, l'œil clair et aimable, pourvus d'un accent qui fait marrer sans qu'ils eussent à raconter d'histoires.

La dame a une crise de nerfs, comme chaque fois qu'elle voit trucider trois personnes sous ses yeux. Le monsieur, hébété, mais courageux (son père a fait la Quatorze et son surarrière-grand-père Waterloo) pousse des exclamations comme une machine à emboutir crache de la pièce détachée. Il dit : « Ça n'est pas vrai ! Mais ça n'est pas vrai ! Oh ! non, ça n'est pas vrai du tout ! » Ensuite, il change la date et dit : « Ça n'est pas possible ! Mais ça n'est pas possible ! Oh ! non, ça n'est pas possible du tout ! »

Et cependant, c'est vrai, possible, exact, perpétré, présent, indéniable. Il y a bel et bien deux morts dans le studio ! Non, trois, car de Sotto vient de passer l'arme à gauche, enfin ! À l'instant, juste pendant que je te causais ! Pff… son dernier soupir, le monstre ! Et moi, me voilà bien, avec un mystère qui demeure entier comme un étalon de concours, que quoi, merde ! j'ai pas noirci tout ce faf pour déboucher dans un cul-de-sac à provisions, non ? Je vais pas me rentrer *at home* (de Savoie) avec les morts et les blessés de l'aventure en ignorant la genèse et la parthénogenèse de l'affaire Tonton, bordel !

Mais qui va parler, à présent qu'Adélaïde et son mecton sont scrafés ? Que le vieux comte Bellazzezzeta l'est également, ainsi que le tueur aux coups de couteau étranges, venu d'ailleurs ? Auprès de qui vais-je la mendier, cette sacrée vérité ?

En attendant je demande aux Belgiums les raisons de leur présence ici. Les parents se trouvant par trop commotionnés, c'est le môme Léopold qui me répond. Un loupiot de huit berges : taches de rousseur autour de son nez retroussé, dents du bonheur, mèches rebelles. Sympa.

Il me raconte que de Sotto est monté de force dans leur tire pendant un pipi de maman, au parkinge. Sous la menace, il les a contraints de l'amener à Zurich.

Une fois en Suisse, il s'est fait soigner par le couple, gardant le gamin et la mère en otages pendant que le gros allait acheter des remèdes et des provisions. Justement, elle était sage-femme, la mère Tartemolle de Bruxelles. Elle savait des choses, au plan médical, et elle a soigné le vilain avec beaucoup d'efficacité, sauf qu'il avait une praline dans la viande impossible à extraire. Elle n'a pu que désinfecter à outrance. Le mec tenait à force de vitamines et de bourbon. Une fois à Zurich, ils sont venus tout droit ici. De Sotto n'avait pas la clé, mais il n'a pas eu de mal à crocheter la serrure. Donc il connaissait l'adresse de ce studio. De qui la tenait-il[1] ?

Il les a attachés sur le pucier, tous les trois, et il s'est couché devant la porte, enroulé dans une couverture. Il délirait, poussait des plaintes, des cris. Les Belges croyaient qu'il allait mourir, mais au matin, il était à nouveau d'attaque, l'invincible !

L'invincible ? Voire ! Il gît sur le parquet poussiéreux ; percé de part en part, les chairs déchirées, le corps en lambeaux. Sa dette est-elle payée ? La mort nous purifie-t-elle vraiment ?

Je tente de causer avec les parents, mais ils ont été trop traumatisés et continuent leurs délirades. Ils ont beau se savoir sauvés, leur trouille continue de courir sur son erre, tu comprends ? « Ça n'est pas pensable ! dit le papa, mais ça n'est pas pensable ! Oh ! non, ça n'est pas pensable du tout ! »

La mémé, elle, hoquète sauvage. La voilà qui s'est levée et qui flanque des coups de pied dans le cadavre de de Sotto, invectivant le vilain qui voulait tuer son fils et qui l'a forcée de se faire des choses devant son époux et son gamin ! Jamais elle pourra oublier ! Elle voudrait le brûler. « Dites vouère, môssieur, une fois, il est-il possible de

1. Aparté de l'auteur fécond (fait con).

foutre le feu à cette charogne ? » Et elle demande à son vieux s'il a des allumettes.

Bon, grand temps de soigner ces pauvres gens. Je tubophone à la police.

— Moi je ne veux pas aller à l'hôpital ! déclare tout net le petit Léopold.

— Ça te dirait que je te paie un chocolat et des gâteaux ?

— Oui, monsieur, je préfère !

Les gosses, ça ne regarde pas la vie de la même manière que les adultes. Ils la prennent comme une aventure, un peu. Ainsi, lui, il vient de vivre un film. Le danger, il n'y a pas cru ; c'était « pour de rire ». Et même au final, quand de Sotto a charcuté le comte et puis qu'il a égorgé l'inspecteur et s'est laissé enfin dessouder par lui, même au sein de cette sanglante tragédie, il continuait de percevoir cette hécatombe comme un épisode violent de feuilleton télé.

La pâtisserie-salon de thé Branlmann nous accueille, superbe dans ses marbres blonds et ses banquettes recouvertes de velours saumon. Les serveuses y sont choucardes, fringuées Musset, avec des rires avenants et des culs plus avenants encore.

Léo se sélectionne une montagne pas dégueu de friandises où dominent l'éclair chocolat et la tartelette aux fraises des bois. Son Ovomaltine onctueuse lui fait déjà une moustache de grand-père.

— T'es un vrai petit julot, Léopold, je lui assure. T'as peur de rien, hein ?

— Si, dit-il, la bouche pleine, j'avais peur de mon père, mais maintenant que je l'ai vu chier dans son froc, il me fait marrer !

Il ajoute après un rot de bon ton, mal étouffé par le dos de sa main :

— Dis donc, tu t'es pointé pile, toi !

— Je pense, oui, mais pourquoi dis-tu ça ?

— Parce que comme le vieux lui avait dit tout ce qu'il voulait savoir, il allait plus avoir besoin de nous, tu comprends ? Et alors, tu parles qu'il nous aurait tués !

Pas mal déduit pour un morveux, non ? Heureusement que l'avenir appartient à la jeunesse. Elle est tellement moins conne que nous !

— Qu'est-ce que tu entends par : « le vieux lui avait dit tout ce qu'il voulait savoir » ?

— Il lui a posé des chiées de questions, quoi.

— Tu saurais me répéter lesquelles et les réponses que le vieux lui a faites ?

— Ben, évidemment, tu me prends pour un Belge ! Mais soye gentil : laisse-moi d'abord finir mon goûter : mon vieux m'interdit de parler la bouche pleine, ce con de pétochard !

Au lieu des U.S.A., je communiquerais avec le 22 à Asnières, la liaison ne serait pas plus claire. Tu jurerais qu'il est perché sur mon épaule, le fameux Ron Silvertown, et qu'on se jaspine dans le tuyau des feuilles, les deux.

Pour l'obtenir, crois-moi (mais si tu ne veux pas me croire, t'es libre, j'en ferai pas une coqueluche), ça n'a pas été fastoche. Y a fallu passer par haut lieu. Ni plus ni moins que le grand dirluche, dans un premier temps avant-coureur, pour prévenir que j'allais appeler depuis Zurich. Ça chiait des ronds carrés, je t'avertis. Les « injoignables », moi, je m'en sers comme cuvette de gogues. Alors, à présent que je le tiens, l'Immense, le Sur-puissant, le Parrain des Parrains, je prends mes aises. La voix glacée et pourtant marquée de petits relents latins, peu compatibles avec le blaze typiquement anglo-saxon, me demande ce que je désire.

— Vous annoncer deux nouvelles, monsieur Silvertown : une mauvaise et une bonne.

— L'on m'informe que vous êtes un officier de police, interrompt mon terlocuchose sans s'émouvoir.

— Exact, mais mon Service est spécial, très très spécial. Je dispose de pouvoirs et de libertés qui ne sont généralement pas tolérés de la part de mes confrères.

— Intéressant.

— Vous allez voir à quel point !

Un silence. Il ne me questionnera plus. Bras de fer silencieux. À qui cédera, à qui prendra l'initiative de la converse. Comme les courses de poursuite dans les vélodromes : c'est celui qui démarre en premier qui a la plus mauvaise position. Alors on s'observe.

On perçoit le petit signal sonore ponctuant les unités téléphoniques. Comme c'est mégnace l'appeleur, je suis en train de me taxer à mort. Bon, je vais quand même pas attendre la Saint-Ducon, qui tombe le jour de ta fête pour enchaîner.

— Bien, je ne voudrais pas vous faire perdre votre temps qu'on me dit sans prix, monsieur Silvertown, aussi vais-je commencer par la mauvaise nouvelle : votre envoyé, le dénommé de Sotto est mort après avoir perpétré un vrai massacre en Suisse et dans la région Rhône-Alpes, l'une des plus belles de France.

Lui, polaire :

— J'ignore de qui et de quoi vous parlez.

— Peut-être parce que l'individu en question disposait d'autant d'identités qu'une vedette de cinéma dispose de toilettes. D'après mes derniers renseignements, il s'appellerait en réalité Stephen Black.

— Connais pas.

— Un blond, crépu, au regard de serpent.

— Je vous répète que je ne le connais pas. Ensuite ?

— J'arrive à la bonne nouvelle : j'ai en ma possession votre statue.

Là, malgré son silence, je sens que je viens de dégoupiller ma grenade. Car le silence est si entier que, pour l'obtenir, il a dû retiendre son souffle, comme dirait le cher Béru. Cette fois, ce sera à lui de piquer la décarrade. Moi, je crèverai d'inanition dans cette cabine, mais je ne prononcerai plus une syllabe avant lui.

Je ne morfonds pas lulure.

— Quelle statue ?

— Vous savez bien, monsieur Silvertown. Trois hommes ont péri en hélicoptère en voulant la récupérer. D'ailleurs, même si le pilote ne s'était pas foutu comme un con dans les câbles de cette ligne à haute tension, ils ne l'auraient pas trouvée. On vous avait gentiment induit en erreur, monsieur Silvertown : ce n'était pas le vieux Dugadin qui vous l'avait volée, mais l'autre, le majordome italien. Pendant son jour de congé, il s'était déguisé en grand blessé pour revenir dans la maison perpétrer son larcin. Ses propres employés ne l'avaient pas reconnu, tant il possédait l'art du grimage. Il voulait, tout en se disculpant du fait de son absence, jeter le doute sur celui, qui, quelques jours auparavant, avait déjà porté le chapeau dans l'affaire du carnet rouge, par fausse fille interposée.

Re-silence intégral. Pas désagréable de tenir la dragée haute à un vilain de cette envergure.

J'attends. L'homme ne parle plus.

— Bon, soupiré-je, j'ai l'impression que mon histoire ne vous intéresse pas. En ce cas vous savez ce que je vais faire, monsieur Silvertown ? Je vais raccrocher et brûler cette statue. Sans doute est-ce dommage de sacrifier cet objet d'un gothique aussi rare, mais je sens qu'elle doit disparaître par le feu. Pardon de vous avoir importuné.

— Non !!!!!!!

Les cris désespérés sont les cris du pied-bot, comme l'a écrit Prévert (à moins que ce ne soit son cousin Marcel).

Cette clameur est une abdication totale. L'immense refus d'une mère dont on s'apprête à égorger l'enfant. Il y a je ne sais quoi de pathétique dans ce « non » immense comme le roulement du tonnerre en montagne.

Conduire ou choisir : il faut boire ! déclare la Prévention routière, toujours pleine de sollicitude. Je choisis d'en finir.

— Silvertown, vous êtes une fabuleuse ordure ! Un grand seigneur du crime, mais je vous tiens ! Vous avez fait tuer mon oncle Thomas Dugadin dans des circonstances atroces. Votre deuxième tueur a grièvement blessé mes meilleurs inspecteurs. Il m'a sérieusement blessé moi-même. Il a salement tué une demi-douzaine de personnes avec des méthodes dont la barbarie flanquerait la gerbe à des tortionnaires cambodgiens. Il a semé l'horreur sur son passage, humiliant et terrorisant femmes et enfants. Seulement c'est terminé. Vous êtes en mon pouvoir. J'ai votre destin entre mes mains. Et il est inutile de me dépêcher un nouvel ange de la mort : ce n'est plus un simple quidam qui détient la statuette, mais une institution composée de milliers de flics. Préparez-vous à suivre mes directives. Je vous appellerai lorsque je le jugerai utile pour vous les donner ! Salut !

Ne regrette pas l'argent
que tu as consacré à l'achat de ce livre.
Une pute t'aurait coûté infiniment plus cher,
ton plaisir aurait été infiniment plus bref
et avec ton manque de bol coutumier
tu aurais attrapé la vérole ou le sida ;
alors agenouille-toi et crie :
« Merci, San-Antonio ! »

Elle est adorable, Ramadé. Un peu grassouillette, avec le cul comme un compteur à gaz d'avant-guerre, mais ce qu'elle a de hautement désastreux, c'est son parfum. Côté patchouli, mon pote, t'es servi ! Renifle un grand coup et t'en auras pour ton week-end ! Moi qui suis allergique aux parfums, je trémousse des narines dans cette ambulance qui remonte mes chers amis blessés sur Pantruche.

On a affrété la toute grande tire ricaine. À gauche la civière de M. Blanc, à droite celle de Béru. Au centre deux sièges l'un derrière l'autre. Ramadé est placée devant moi. Je mate sans convoitise aucune ses miches débordantes. Pas seulement compteur à gaz ancien modèle, ça fait aussi comme un grand sac tyrolien qui lui aurait glissé du dos. Toujours est-il qu'elle te me les a sauvés de première, mes équipiers, la fille du grand sorcier gourou, avec ses remèdes perlimpinpins. Les voilà hors d'eau, les braves. En pleine cicatrisation, leur sève surchoix faisant le reste.

Ramadé, y a pas que l'odeur : elle chante, en plus ! Une mélopée très nasillarde. Elle fait comme ça, interminablement :

— Okoubé okoulala, okoubé okoulala, président Mitterrand, flagada. Okoubé okoulala, okoubé okoulala, Jacques Chirac tagada.

D'où j'induis qu'il s'agit d'une mélopée politique.

Bérurier ouvre un œil bordé de mayonnaise et me visionne. Un peu pâlot, le frelot. Ne reste de sa trogne violine qu'une trame bleue, semblable à une toile d'araignée étalée sur sa large face.

Il me sourit.

— Je lui dois un fier cierge, à la Ramadé, murmure-t-il. On a de la chance de l'avoir. Je sais pas comment m'reconnaître… J'y offrirerais bien un sac de chez Ernest, mais l'croco, elle, ça l'épate pas : elle a été élevée av'c. J'croive bien qu'é préférera un pot d'rillettes du Mans.

— Sans aucun doute, admets-je, ça fait moins d'usage mais c'est plus digeste.

Le Gravos bat des paupières, ce qui produit l'effet de deux gyrophares jumelés.

— Mouais : des rillettes, ça fait davantage mieux classe. Un pot d'un kilo ! Ou p't'ét' même d'une livre d'en cas qu'elle aimerait pas.

Satisfait de sa résolution, il se rendort. C'est au tour de M. Blanc de prendre la relève, d'un ton menu menu :

— T'es là, flic ?

Je me penche en avant, ce qui rapproche dangereusement mon sens olfactif de dame Ramadé. Une chavirance m'empare. Je vais pas tenir longtemps sans respirer.

— Présent, le grand !

— Tu as résolu le problème ?

— Dans les grandes lignes, oui.

— Dommage que j'aie été mis hors jeu, sinon c'est moi qui…

— Tu avais fait le plus gros, Jérémie, le conforté-je.

— L' plus gros mon cul ! grogne l'Enflure du fond de ses limbes. Faut pas chérer ! Y en a qu'pour ce con d'mâchuré. Qu'est-ce qu'il a fait-il de si prouessant ?

— Écoutez, Sac-à-merde qui se vide ! soupire M. Blanc. Jaloux comme un morpion, ce gros niais !

Bon, ils m'ont l'air bien repartis, les deux. C'est Ramadé qui met le holà ! Elle interrompt son hymne patriotique afin de déclarer qu'elle n'a pas réparé deux gugus pour qu'ils se sautent dessus avant d'être guéris.

Du moment que leur « sauveuse » se fâche, ils rengracient. Mais Jérémie repart, au bout d'un moment, c'est plus fort que lui :

— Alors, c'était quoi, ce bidule ?

— La simple histoire de deux larcins qui ont pris des proportions gigantesques. Le futur magnat du crime en Amérique tenait à deux objets. Le premier était un petit carnet rouge sur lequel figuraient les noms de ses clients disposant d'un compte numéro ultra secret dans la banque qu'il contrôlait à Zurich. Le second, le plus important pour lui, était une statuette gothique transmise de père en fils dans sa famille (d'origine sicilienne malgré son nom ricain). Cette figurine de bois détient un pouvoir maléfique, du moins en est-il convaincu. Depuis plusieurs siècles, elle servait à des expériences de magie noire.

Ma voix a dû prendre un ton sarcastique car Ramadé me rappelle à l'ordre :

— Faut pas rigoler, môssieur Antonio ! C'est sérieusement sérieux, ces choses-là. Je connais ! Tu jettes un sort, mon vieux ! Et, oh ! là là ! putain, dis : il arrive les pires combines à çui-là que tu veux démolir ! Parole, mon vieux, parole ! Si tu insistes : il meurt. La magie, c'est pas que du bon, tu sais !

— Te fatigue pas, femme Ramadé ! intervient son époux. Les Blancs, ils sont cons à crever ! Ils croient à ce que leur racontent leurs guignols d'hommes politiques, mais ces choses-là, ils haussent les épaules. Tu peux pas les refaire, Ramadé ! Et si tu pouvais, tu devrais les refaire noirs pour qu'ils soient moins cons !

Il passe sa langue plus chargée qu'un *boat people* sur ses lèvres sombres.

— Alors, flic, tu racontes ou tu racontes pas ?

— Je raconte en prenant le déroulement chronologique. Remontons à l'accident de Solex de mon tonton. Silvertown le dédommage, mais les dents lui poussent, à Dugadin, et il veut une rallonge. L'opération est confiée à Adélaïde Salcons. Elle mène sa petite enquête et, drivée par Moktar, décide d'éponger l'accidenteur au maxi. La voici à Zurich. Elle force la porte de Silvertown, lui expose ses revendications ; mais l'autre n'entend pas se laisser tondre et l'envoie chez Plumeau avec pertes et fracas. C'est là qu'il me faut parler d'un très étrange personnage digne de la Renaissance italienne : le comte Bellazzezzeta, vieux noblaillon décavé, joueur passionné, dont la vie consiste à dénicher quotidiennement des expédients lui permettant de flamber. Il a trouvé une voie de garage : majordome de l'hôtel particulier où la banque américaine reçoit ses hôtes de marque. Portant beau, discret, efficace, il gère la maison avec grâce. Mais c'est un fouille-merde de haut niveau. L'arnaqueur mondain de grand style. Omniprésent et invisible, il observe tout, fouille tout, dresse des plans, pose des collets, fomente des combinaisons florentines. Le jour où Adélaïde est chassée par Silvertown, il lui court après, lui fixe rendez-vous. Elle tombe à pic celle-là. Il a entendu la conversation de la grosse dondon et de Silvertown. Aussi, Bellazzezzeta va se servir d'elle pour griffer un sacré paquet d'osier au Sicilo-Américain. Il a piqué le carnet rouge. Elle va se charger des transactions pour le lui restituer moyennant rançon. Il lui fait la leçon. Fumière sur les bords, elle se montre bonne élève, la grosse ; d'autant que son Arbi est là pour lui servir de répétiteur. C'est lui qui appellera Silvertown afin d'obtenir un second rendez-vous. Le premier réflexe de Ron est de raccrocher. Moktar revient inexorablement à la charge. Il fait allusion au carnet rouge et, du coup, les portes s'ouvrent en grand. Silvertown, terrifié par les conséquences que pourraient avoir ce vol, est à merci. Il rachète son carnet. Cent briques ! Le pactole ! Bellazzezzeta remet le tiers de la somme à sa complice d'un jour. Et la garce ne donnera même pas un fifrelin à Tonton.

— Beau boulot ! apprécie Bérurier. Ça me donne soif, des histoires pareilles, tu pourrais pas demander à l'ambulancier de s'arrêter à un Restauroute.

— Buvez ça ! ordonne Ramadé en tirant de son cabas de faux cuir un flacon empli de liquide jaune.

C'est tellement péremptoire que le Gravos écluse une gorgée. Il tousse à perte de vue et proteste :

— On dirait de la pisse d'âne !

— Parce que ça en est, répond Ramadé en remettant son flacon.

— Et après ? demande Jérémie dont la vocation policière n'a pas été freinée par le coup de poignard du tueur à gages.

— Là, se situe un blanc dans mes informations, poursuis-je. Je suppose que Silvertown n'était pas homme à se laisser engourdir cent briques sans sourciller. Sans doute a-t-il mobilisé « du monde » pour retrouver la grosse Adélaïde et lui faire passer le goût du gras-double et de l'andouillette marchand de vin. Il y a probablement eu des contacts avec le vieux Dugadin pour retrouver sa « fille », mais un second coup du sort l'a percé jusque z'au fond du cœur.

— Le vol de sa putain de statue, mon vieux, je parie ? suggère M. Blanc.

— Dix sur dix, Sherlock.

— Et c'est encore le vieux Rital qu'a opéré ? décline Béru pour ne pas être en reste, montrer que ses méninges sont sur le qui-vive.

— Vingt sur vingt ! le comblé-je. Le vieux finaud, genre guette-au-trou, je vous le répète, n'était pas rital pour rien. Il avait surpris les « rites » pratiqués par son locataire et compris l'usage qu'il faisait de sa statuette. D'aucuns, voire d'aucunes, s'étonneront qu'un chevalier d'industrie de ce calibre, un homme aussi implacable que Silvertown ait la faiblesse de pratiquer la magie noire…

— D'aucuns, mais pas nous ! rectifie Jérémie. Pas de commentaires oiseux, flic ! Tiens-t'en aux faits, je te prie, t'es trop connement cartésien pour piger.

Là, j'ébroue vilain.

— Non, mais dis donc, Fleur de Suie, le commissaire, c'est toi ou c'est moi ?

— Ce mec, y t'pissera sur la gueule avant Longchamp ! prophétise le Gros. C't'une race, sitôt qu't'arrêtes d'y botter les noix, y s'croivent tout permis.

— Faut l'excuser, plaide Ramadé, il délire encore un peu. Je l'ai chargé en poudre de champignons à rêver.

— Oh ! merde, arrête ton blabla, Ramadé, et en voiture ! clame Jérémie. Je t'écoute, flic !

— Cause-z'y plus ! me conseille Alexandre-Benoît perfide, champignons pas champignons, je t' jure qu'y t' pissera dessus, je vois viendre.

Mais je sais me montrer magnanime et pardonner les offenses.

— Pourquoi avoir volé cette statue ? reprends-je.

— Moui, pourquoi ? demande l'Intense.

— Pas pour la monnayer auprès de Silvertown, ce qui eût été trop risqué mais… pour la posséder, tout bêtement. Le vieux comte voulait probablement en user, lui aussi, pour tenter de transformer sa vie, du moins le supposé-je. Il y a chez ces vieux Ritals un fond de superstition qui nous échappe à nous, cousins latins. Pour opérer le vol en toute sécurité, il a eu une idée diabolique.

Je me tais pour reprendre haleine.

— Si c' s'rait un vêtement[1] d'ta bonté d'm'y dire ? implore Sa Majesté.

— Comprenant qu'en dérobant la statuette les soupçons se porteraient sur les habitants de la demeure, il a décidé d'inventer un voleur venu de l'extérieur.

— Qui ? demande M. Blanc.

— Lui-même. Pendant son jour de congé il s'est déguisé… en grand blessé, donc, visage sous bandelettes ! Comédien naturel, il a interprété avec délectation le rôle d'un visiteur en s'arrangeant de telle sorte pour que, par la suite, Silvertown envisage que le vol avait été perpétré par « son blessé cupide », c'est-à-dire Tonton. Du grand dard[2] !

---

1. Il est évident que Béru a voulu dire : « Un effet de ta bonté » ; étourdiment, il a usé d'un synonyme.

2. Lapsus de Sana qui pensait à l'autre con en écrivant.

Déjà échaudé par le chantage au petit carnet rouge, Ron devait se croire la proie désignée d'une drôle d'équipe d'arnaqueurs.

— En effet, il a fait venir des spécialiss et a organisé une opération chez ton onc' ! continue le Mastar d'une voix nonchalante de Sherlock produisant sa démonstration à ce vieux con de Watson. En hélico, hmm ?

— Seulement le coucou s'est pris les pattoches dans une ligne électrique à deux pas de la ferme. Les occupants ont été tués. Et alors, cet accident a infléchi la conduite de Silvertown. Il y a vu une manifestation de cette statuette : elle neutralisait qui partait à sa reconquête, vous suivez la démarche mentale ?

— Un peu fêlé ! gouaille le Gravos.

— Ta gueule, homme au cerveau désert ! clame Jérémie.

Deux blessés qui s'engueulent dans une ambulance, c'est pas commun. Ça vous a un petit côté café-théâtre. Aussi, vite reprends-je le crachoir :

— Cet accident d'hélico a paniqué Tonton, savez-vous pourquoi ? Parce que, près des décombres de l'appareil il a trouvé des armes et un plan sur lequel figuraient son nom et la situation de sa ferme. Dès lors, il a compris qu'on en voulait à sa vie. D'autant que par la suite Silvertown a bien dû faire contacter mon oncle d'une manière ou d'une autre pour récupérer son bien. Il n'est pas homme à s'être avoué vaincu. On ne saura jamais très bien ce qu'il en a été de cette période, on en est réduit aux hypothèses. La peur de Tonton, le renoncement de Ron sont deux mystères que nous ne pouvons qu'interpréter à travers les faits réels que nous connaissons. Quelque chose me dit qu'il a piqué des trucs sur les morts de l'hélico, Dugadin. Peut-être du fric, peut-être des bijoux, ce qui lui a donné mauvaise conscience. Toujours est-il que le temps a passé. Silvertown est devenu un très grand brigand, mais qui gardait au flanc, comme un coup de lance, la perte de la statuette magique de sa famille. Un peu comme une mère dont l'enfant a disparu et qui continue d'attendre et d'espérer.

Jérémie geint pour changer de côté. La voiture filoche impec sur l'autoroute, Ramadé a repris sa litanie du docteur Gustin : « Okoulé okoulala, okoulé okoulala président Mitterrand flagada… »

Ayant trouvé une position dont s'accommode sa terrible plaie, Jérémie demande :

— Comment se fait-il que, treize ans après…

Il ferme les yeux, épuisé par l'effort. Pas encore le super pied, mais ça viendra.

— L'affaire ait rebondi ?

— Oui ?

— Bellazzezzeta, toujours lui. Son éternel besoin de fric, à ce vieux flambeur de merde ! Je crois l'avoir compris, le bougre, lorsqu'il est acculé, ferait n'importe quoi pour obtenir du combustible. C'est pis qu'un drogué. Un jour qu'il était pris à la gorge, il a essayé de vendre sa statue à Silvertown. Mais toujours prudent et fidèle à sa ligne de conduite, il lui a écrit comme s'il était l'oncle Tom, allant jusqu'à poster sa lettre à Saint-Joice-en-Valdingue. Dès lors, Silvertown a voulu prendre les devants pour ne pas se laisser mener en barlu. Il a engagé un premier tueur à gages et l'a dépêché en Savoie où le gars s'est livré à la fantasia que nous connaissons. Voilà, mes chers amis. Navré pour vous que cette enquête ait été aussi sanglante, mais soulagé pourtant que vous vous en soyez tirés !

— En somme, renouillasse Béru, c't'à cause de ton sale comte de merde si Tonton a été scrafé ! En y f'sant adosser un casse qu'il avait pas commis, l'pauv' bonhomme. Dans l'fond, il a eu c'qu'il méritait, le comte Beaupaf. C'est l'Adélaïde qui s'est affalée à son sujet, œuf corse ?

— Évidemment. Elle a balancé l'histoire du carnet rouge sous la torture. Cela a suffi pour que de Sotto comprenne que Bellazzezzeta était le nœud de l'affaire.

— La tête de nœud, mouais ! rectifie l'Infâme.

— Elle lui a même révélé l'adresse du studio du comte où ils opérèrent leurs petites manigances, elle et lui.

On roule, roule…

La nuit choit derrière les vitres trop dépolies pour être honnêtes. Le vaste véhicule roule en souplesse. Ça fouette de plus en plus dans l'habitacle : le parfum de Ramadé, les pets hospitaliers de Béru, les senteurs de fauve puissant de M. Blanc, et, aussi, mon eau de fleur de cédrat, mais si modeste que je ne la signale que pour mémoire tant est faible sa participation à ce concert nauséabond.

— Et dans tout ce cirque, grommelle Jérémie, qu'est devenue la statuette magique ?

— Avec moi, il suffit de demander pour être servi, dis-je en la sortant de ma poche qu'elle déformait.

Trois mains se tendent. C'est par galanterie, dans celle de Ramadé que je la dépose. Le visage du personnage a été polychromé. Il est d'un jaune blafard et les minuscules yeux noirs sont cernés de rouge. Le sommet de la tête a été creusé et une odeur vénéneuse s'échappe de la cavité.

Mme Blanc renifle.

— On y a mis du rabita koukouyé, assure-t-elle, en parfaite « connaisseuse » ; c'est la plante des maudits !

Chacun examine l'objet barbare auquel, quelque part aux *States*, un homme puissant et maléfique voue un culte anormal.

J'explique :

— Elle se trouvait au studio du comte, dans une boîte de fer emplie de gousses d'ail (ou d'aulx) chargées, je pense, de la dévampiriser.

Ramadé murmure :

— Vous allez en faire quoi, mon vieux ?

— Je ne sais pas encore.

— Ça vous ennuierait de me la donner ?

— Ça m'ennuierait si je pensais qu'elle puisse vous apporter du malheur, sinon ce serait avec plaisir.

Ramadé éclate de rire.

— Elle, m'apporter du malheur, à moi, la fille de Takatla, le dernier grand sorcier du Sénégal ! Tu charries, commissaire !

Elle prend son bonhomme à témoin :

— Alors là, il charrie, hein ? Du malheur, c'est pas moi, mais le sale type d'Amérique qui va commencer à en avoir.

Elle berce la statuette sur son bras, comme elle doit le faire avec ses marmots, allant même jusqu'à caresser l'inquiétant visage.

— Explique-lui qu'il charrie, Jérémie, murmure Ramadé la Mystérieuse. Explique-lui bien !

Mais le blessé, à demi groggy par ses récents efforts de concentration se tourne de côté et murmure :

— Laisse, Ramadé ma femme, laisse. Les Blancs sont trop cons pour comprendre.

FIN

POST-ROMAN

Lettre de Maître Aldebert Taimoudus,
Notaire à Chambéry, Savoie
à
Monsieur le Commissaire San-Antonio,
Police Judiciaire, Paris.

Monsieur le Commissaire,

Les services de Sûreté de Savoie, en la personne du Commissaire Bavochard Gaston, m'ont fait tenir un testament olographe du sieur Thomas Dugadin, décédé, document par lequel le sieur Dugadin vous léguerait la totalité de ses biens s'il venait à être assassiné et si vous découvriez son assassin. Le sieur Dugadin ayant effectivement été assassiné et les Services de Police savoyards me fournissant une attestation certifiant que vous avez élucidé le mystère entourant cet assassinat, vous devenez le légataire du sieur Dugadin et je vous serais reconnaissant de bien vouloir prendre contact avec moi dans les meilleurs délais. Croyez, Monsieur le Commissaire…

Lettre du Commissaire San-Antonio,
Police Judiciaire, Paris
à
Maître Aldebert Taimoudus,
Notaire à Chambéry, Savoie.

Maître,

Après mûre réflexion, j'accepte le legs de Thomas Dugadin. Son domaine deviendra un home d'enfants, grâce à la générosité d'un riche Américain nommé Ron Silvertown qui accepte de commanditer l'opération.

Ce home portera le nom de « Fondation de l'oncle Tom ». Je passerai en votre étude très prochainement et, dans cette attente, vous prie d'agréer…

FIN FINALE

AL CAPOTE

Roman détergent et légèrement aphrodisiaque

AVANT-PROPOS *AL CAPOTE*

Depuis son premier voyage au Texas en 1957, Frédéric Dard a toujours entretenu une relation forte avec les États-Unis, pays qu'il visitera une dizaine de fois. Au cours de ses aventures, le commissaire se rendra lui 17 fois outre-Atlantique, comme dans ce 153e opus, publié en 1992, dans lequel, assisté de Bérurier et Mathias, il tente de faire la lumière sur l'assassinat de JF Kennedy.

D'où peut venir l'inspiration d'un roman ? Bien sûr, le mythe autour de l'assassinat du Président, trente ans plus tôt, a inspiré les plus grands noms du thriller. Mais au-delà de l'imaginaire collectif, il faut sans doute chercher du côté de la biographie de l'auteur l'inspiration de ce *Al Capote*.

Décembre 1990, Frédéric Dard et sa famille passent les fêtes de fin d'année aux États-Unis. Au programme : Los Angeles – San Francisco – Las Vegas – New York. Comme le commissaire et ses adjoints quelques mois plus tard.

Volet 1, Los Angeles : Frédéric Dard et sa famille logent dans le quartier de Beverly Hills et se promènent dans des décors aussi superficiels que somptueux. C'est ce que ressent le commissaire lorsqu'il longe Sunset Boulevard pour se rendre chez Norma Cain, star de cinéma décatie, calque de Norma Desmond, interprétée par Gloria Swanson, dans *Boulevard du Crépuscule* de Billy Wilder : « Tout ce pauvre folklore de gens qui, n'ayant pas de passé, tentent désespérément de se fabriquer un présent de pacotille. » Tout au long de leur enquête dans la Cité des Anges, ils sont véhiculés par Nancy, magnifique chauffeuse noire, qui vit avec son vieux père malade. Personnage directement inspiré par la guide de la famille Dard lors de leur séjour.

Volet 2, San Francisco : Sans doute le point de départ de l'histoire imaginée par Frédéric Dard, qui visita lui-même l'ancien pénitencier d'Alcatraz. San-Antonio fait fonction de guide, narrant dans le détail le fonctionnement du pénitencier du temps de sa macabre splendeur. Mais il se fait aussi l'écho de la sensibilité de l'auteur, fortement impressionné par sa visite, la tristesse et le désespoir qui transpiraient de ces murs, et sa mythologie du grand banditisme.

« Toutes ces respirations, toutes ces toux composaient – je crois l'entendre – un grondement de fauve terré. Les incongruités, les branlettes, les soupirs ! Mon Dieu ! Et les gémissements ! Hein, dis : les gémissements ? Forbans ou pas, meurtriers ou non, y en a bien qui devaient souffrir, ou je me goure ? Souffrir dans leur viande, souffrir dans leur âme. Pleurer, peut-être, en faisant passer leurs sanglots pour des quintes de toux, pour des glaviots, voire des ricanements ? »

Volet 3, New York : Le beau-fils de Frédéric Dard y ayant effectué un séjour pour ses études, le romancier fut amené à s'y rendre à plusieurs reprises avec son épouse. Tous les noms de restaurants ou d'hôtels cités dans *Al Capote* étaient des points de chute du couple Dard dans Big Apple. Comme le restaurant *Smith et Volinsky* (clin d'œil à l'illustrateur Wolinski qui, jusqu'à l'année précédente, réalisait encore les illustrations des San-Antonio, ou authentique méprise orthographique, le nom de la chaîne s'écrivant « *Smith & Wollensky* » ?), un authentique restaurant de viande qu'appréciait Frédéric Dard.

D'autres anecdotes personnelles parsèment ce roman américain, où la gauloiserie de nos policiers français emporte tout sur son passage, avec les facilités scénaristiques habituelles (le priapisme de Bérurier et les gadgets de Mathias). Mais l'aspect autobiographique le plus intéressant de ce roman réside dans l'ambivalence du personnage de San-Antonio, plus que jamais double de papier de l'auteur.

Frédéric Dard connut la pauvreté. Le succès et l'aisance financière ne lui firent jamais oublier le petit garçon qui assista, impuissant, à la saisie des meubles de la famille par les huissiers. Cette ambiguïté du nouveau riche d'extraction modeste ne le quitta jamais. Si, dans *Al Capote*, San-Antonio aime le luxe des palaces et des restaurants raffinés, il éprouve une authentique empathie avec les habitants des quartiers les plus pauvres, Latinos ou Afro-Américains, qui sont, selon lui, le vrai sang de l'Amérique. Pourquoi, alors qu'il se trouve au cœur de New York, San-Antonio choisit-il précisément Harlem pour y cacher la preuve incriminant les commanditaires de l'assassinat de Kennedy ? Parce que Frédéric Dard était fasciné par ce quartier, qu'il visita à plusieurs reprises, dans des conditions parfois dangereuses. Laissons-lui le mot de la fin, qui résume, dans son style unique, sa vision de l'Amérique :

« C'est chaque fois une émotion pour moi de débarquer dans cette métropole occidentale peuplée de Noirpiots. La négrillade ! Un des plus grands crimes de l'humanité. Mais t'as vu leur vengeance, aux *colored* ? "Vous nous volez à l'Afrique ? OK, vous nous aurez !" Et les voilà à limer comme des fous, les chers esclaves ! Tel qui rit de Vendredi, dimanche pleurera ! Tu parles s'ils y sont allés à la ramonade, les surbraqués ! Pas feignasses du coup de reins ! Grand match Oncle Sam contre Oncle Tom, arbitré par Oncle Ben ! Et qui est-ce qui l'a dans le prose ? L'Oncle Sam ! N'était pas de force, le vieux con au gibus étoilé. Un Ricain, c'est quoi, si tu réfléchis ? Du Rosbif et de la Batavia mélangés. Un buffet froid, en somme ! Note qu'ils vont commencer à se fortifier grâce au sang noir qui se met à circuler dans leurs tuyaux. Un jour, quand ils seront tous café-au-lait, t'auras enfin un peuple valable. »

Maxime Gillio

À Pierre Sciclounoff

Pierre, tu es pierre, et sur cette pierre je bâtirai ma famille.

San-A.

Notre drame, c'est que le dernier des cons n'est pas toujours le premier venu.

San-Antonio

*
* *

La plupart des gens que je fréquente gagnent à être méconnus.

Patrice Dard

*
* *

Je crois en Dieu, mais je ne crois pas en ceux qui croient en Dieu.

Nicolas Hossein

1

LE VIEIL HOMME HAIT LA MÈRE[1]

Une jeune Martiniquaise, avec un cul comme un bénitier, m'entraîne à travers un dédale de couloirs moroses jusqu'à un dortoir puant le vieux et le médicament en vente libre.

Dix lits : cinq à bâbord, cinq à tribord.

Deux fenêtres garnies de rideaux blancs tachetés de rouille. Des tables de nuit en fer. Dix placards bancaux. Comment ? Tu es sûr ? Excuse-moi : dix placards bancals, donc ; un sol en bullgum brunâtre en pleine tumescence et deux ampoules aux ridicules abat-jour de raphia pour éclairer le tout dès potron-minette, tel est le lieu où le bonhomme que je viens visiter gère ses derniers jours, voire ses derniers instants.

La petite Martiniquaise me le désigne d'un mouvement qui occasionne une décharge d'odeurs ménageresques.

Elle annonce :

— C'est M. Alfred Constaman.

Puis me laisse en tête à queue avec lui.

Je dis en tête à queue parce que le vieillard, assis au bord de son lit, est en train de pisser dans un urinal de verre. Je voudrais, par décence, ne regarder que son visage, mais le panais introduit dans le récipient est d'une telle dimension que, franchement, il est difficile d'accorder son attention à autre chose. À vrai dire, une faible partie du membre se trouve à l'intérieur de l'urinal : son extrémité seulement. Le reste serpente et dodeline sur sa pauvre cuisse maigrichonne. À sa grande époque, il devait déballer devant les dames une bite olympique, le père

1. Chapitre dédié à Ernest Hemingway.

Alfred ; classée monument hystérique ! Son ombre chinoise, au gazier, était celle d'une pompe à essence. Le gazouillis de sa miction est le seul bruit perceptible. Sinon, tout est silence. Un sale silence sépulcral. Ayant vidé sa vessie, il dépose l'urinal dans le casier inférieur de sa table de chevet, puis, avec un ahanement misérable, se remet en position d'agonie.

C'est alors que je m'approche de son lit. Jusque-là, il n'a pas pris garde à ma présence. Déjà « ailleurs », le vieux ; il a raccroché sa clé au tableau et les choses d'ici-bas ne le concernent presque plus.

Je me penche sur son plumard malodorant.

— Comment ça va, monsieur Constaman ?

Ce qu'on peut poser comme questions connes au cours d'une vie ! Je le vois bien « comment il va », ce pauvre crapoteux en partance ! Un pied dans le néant et l'autre sur une plaque de verglas ! Il doit rôder autour des quatre-vingt-quinze balais, l'ancêtre ! D'une maigreur gerbante. T'as déjà vu une tête de mort mal rasée, toi ? Avec deux glaves dans les orbites en guise d'yeux ?

Ce qui lui sert de regard erre un instant sur ma personne.

Et, ô ironie, il articule, presque distinctement :

— Ça va, ça va !

J'avise une chaise en maraude qui passait dans la travée et l'affrète. Viens m'asseoir à califourchon au bord du fossile. Je me mets en biais pour ne pas risquer de voir l'urinal à demi plein de vilaine pisse. Moi, l'urine me dégoûte davantage que la merde ; j'sais pas pourquoi.

J'attaque :

— Vous savez qu'on a parlé de vous dans le journal, monsieur Constaman ?

Il a l'expression évasive. On devine que les mots ont du mal à forcer son entendement.

— Le journal ? il soupire.

— *VSD*, un grand hebdomadaire. Tenez, j'ai ici l'article qui vous concerne.

Et d'extraire de ma fouille une double page illustrée que je défroisse avant de la lui présenter. Il ne s'en saisit pas.

— Je n'y vois presque plus de mes yeux, allègue le vieillard qui n'est plus à un pléonasme près.

— Vous vous souvenez avoir reçu la visite d'un journaliste, il y a quelque temps ?

Ça ne lui dit pas chouchouille, au père Alfred. Je touille de la brume dans sa tronche, mais ça ne produit aucune étincelle, pas même de la crème fouettée.

Je répète :

— Un journaliste, vous savez ? Ces gens qui écrivent dans les journaux. Il faisait une enquête sur les derniers bagnards encore vivants.

Là, j'ai l'air de marquer un point car une mimique pouvant passer pour un acquiescement passe sur ses traits Emma sciée.

— Vous êtes un des derniers à vous être tapé le pénitencier de Saint-Laurent-du-Maroni. Vous y avez, paraît-il, tiré dix piges.

Voilà, il a reconnecté, Alfred. Sa boussole s'est remise plein nord. Il murmure avec un accent canaille retrouvé :

— Ça se fait pas sur une patte !

— Je m'en gaffe ! renchéris-je. Vous vous êtes évadé, tout comme Papillon que vous avez connu, semble-t-il ?

Il opine.

— Oui, un drôle !

— Vous avez passé un certain temps à Caracas, histoire de vous refaire.

— Un pays de merde !

— Vous l'avez assez vite quitté pour vous rendre aux States…

— Ah ! là-bas, ça a été la grande période.

— Une grande période qui s'est achevée à Alcatraz où vous avez pris pension jusqu'à la fermeture du pénitencier, en 63. Cette année-là, vous avez bénéficié d'une remise de peine.

— Exact.

— Vous aviez contracté la syphilis et vous traversiez une vilaine passe du point de vue santé.

Il grommelle :

— C'était ce petit salaud de Rocky qui me l'avait filée !

— Contrairement à la plupart de vos compagnons de captivité, quand on vous a élargi, vous êtes demeuré à San Francisco plusieurs années.

— L'hôpital.

— Il s'est passé, durant votre séjour à Frisco, un truc à peu près unique dans les annales : vous avez essayé de pénétrer dans Alcatraz !

Il a un vague hochement de tête encourageant. Alors, je poursuis :

— Vous avez loué un petit bateau de pêche et avez fait mine d'attraper du poisson dans la baie, à proximité de l'île. Vous vous y êtes rendu plusieurs jours de suite pour habituer les observateurs à votre présence.

« Un soir, vous avez installé un mannequin grossier à votre place et vous avez nagé jusqu'à Alcatraz. Vous vous étiez muni d'un matériel de serrurier afin de forcer les portes. Un veilleur de nuit vous a intercepté dans "Broadway", l'allée centrale du pénitencier.

« Vous avez été traduit devant le juge pour effraction. Vous avez chiqué au déséquilibre mental. Votre tentative était si folle, en effet, qu'on a mis sur le compte de votre syphilis cette démarche saugrenue de l'ancien convict désireux de retourner dans sa geôle. Le juge n'a pas poursuivi. Il semblerait qu'à compter de cet incident, vous vous soyez rangé des voitures.

« Au sortir de l'hôpital, vous vous êtes fait cireur de chaussures dans le centre de San Francisco, derrière le grand magasin *Macy's*. Après avoir vivoté de la sorte un certain temps, vous avez écrit à un fils naturel que vous aviez et qui est décédé accidentellement l'an passé. Ce type a payé votre voyage de retour en France et vous a trouvé un emploi de jardinier dans un hospice : celui-là même où vous séjournez actuellement. Ça cadre, comme curriculum ?

Alfred Constaman demeure un long moment à regarder une mouche, au plafond, qui en sodomise une autre avec tact et sans précipitation.

Il finit par murmurer :

— Il a écrit tout ça, le journaliste ? Je lui en ai pas raconté le dixième !

— C'est moi qui ai complété le topo.

— Vous êtes journaliste aussi ?

— Non, flic.

— Je me disais…

— Ça se voit donc ?

— Non, ça se sent. Je vous intéresse encore ?

— Pas moi, maman.

— Je comprends pas.

— Je suis directeur de la Rousse, monsieur Constaman, et j'habite chez ma mère. La digne femme est abonnée à *VSD* et a lu votre histoire qui l'a beaucoup intéressée. Elle m'a demandé d'en prendre connaissance. Sur la photo illustrant le chapitre qui vous est consacré, vous avez un air franchement malheureux et je pense que c'est cela surtout qui a touché ma vieille. J'ai chargé un de mes collaborateurs d'établir votre biographie, ce qui vous explique que je sois documenté à votre sujet.

Il ronchonne :

— Vous avez rien de mieux à foutre, à la Police ?

— Si, et on le fait aussi, réponds-je.

À cet instant, une forte religieuse à barbe se pointe, cornette au vent. Elle clame, d'une voix de marchande des quatre-saisons aphone :

— On m'a appris que tu as de la visite, Alfred ! Tu sais que tu ne dois pas te fatiguer !

— Va te chier, la grosse ! répond avec dévotion le vieillard.

La mère supérieure hausse ses robustes épaules.

— Je ne sais pas ce que Le Seigneur va pouvoir faire pour toi quand tu comparaîtras devant Lui, dit-elle, mais Il aura du boulot !

Puis à moi :

— Vous êtes un parent de ce mal embouché ?

— Un ami, ma mère.

— Il en a donc ? En tout cas, si vous êtes vraiment son ami, ne le surmenez pas trop, il ne respire plus que par habitude ! Encore cinq minutes et vous le laissez !

Elle se retire dans un froufrou de jupailles solennelles.

— Quel vieux tromblon ! grince le vieillard. Vingt ans et mèche que je supporte ce fagot ! Y a vingt piges, elle avait encore de beaux restes, maintenant, elle en a plus que des vieux ! Avec ça, un caractère de doberman, mon gars. Je la hais ! Reste ! Reste tant que tu veux. Si elle revient encore nous les briser, je lui ferai voir ma queue : ça la met en fuite !

Il rit Méphisto, le bougre. Commence à trouver quelque agrément à ma présence : elle attise son brandon de vie.

— C'est marrant, avec ces putes de nonnes. Quand elles te font la toilette, elles te fourbissent le chibre sans sourciller, mais si tu le leur déballes dans le courant de la converse, elles prennent peur comme si on allait le leur carrer dans le train !

Ça y est, le voilà en forme, Pépère, redevenu mâle par la grâce de la gaudriole.

— Ainsi, ta mère m'a à la chouette ? il murmure.

— Complètement ! C'est une sainte femme.

— Parce qu'il faut être saint pour s'intéresser à moi ?

— J'ai pas dit ça. C'est une simple précision que j'apporte pour vous faire comprendre son personnage. Cela dit, il y a une chose que j'aimerais que vous me disiez, monsieur Constaman, c'est ce que vous alliez foutre à Alcatraz après avoir eu la chance d'en sortir. Très franchement, je n'y crois pas beaucoup au coup de folie. C'est pas votre style. Et puis un fou n'échafaude pas l'histoire du bateau de pêche et ne se prête pas à cette comédie plusieurs jours durant.

Je me tais. Il a fermé les yeux et son souffle est court.

Soudain, il chuchote :

— Je crois que la grosse a raison : tu me pompes l'air, fiston. Casse-toi, ça m'a fait plaisir de te connaître. Et puisque tu diriges la Rousse, suis mon conseil : sois pas vache avec les malfrats, essaie de les comprendre. Moi, je suis tombé, jadis, parce que j'ai zingué une gonzesse qui avait déjà pompé cent mecs avant moi et qui en aurait pompé mille après sans ce coup de chaleur qui m'a fait perdre les pédales.

Je vais chercher sa main cradingue sur le drap.

— Alors vraiment, vous ne voulez pas me dire, monsieur Constaman ? Vous savez, les secrets c'est comme le pognon, vaut mieux en faire cadeau avant de partir.

Il soulève ses paupières cloaqueuses.

— Dis à ta mère de m'apporter des pâtes de fruits, j'en raffole. Si elles sont vraiment bonnes, je lui raconterai peut-être, à elle.

2

SALES LAMBEAUX[1]

Je la regarde avec attendrissement descendre le vieil escalier de pierre. Comme elle est menue dans son petit manteau de drap gris à col de fourrure synthétique (m'man est pour la protection de la nature et ne met pratiquement jamais le vison que je lui ai offert un jour, à Noël).

Ses jambes maigres tricotent les marches avec vélocité. Elle porte des gants de laine du même gris que le manteau et un petit chapeau pas croyable comme on n'en trouve plus qu'au nord de l'Écosse ou dans l'Appenzell. Tout autre qu'elle serait ridicule avec ce bibi, mais ma vieille tire parfaitement son épingle du jeu et il lui donne même un côté « cascadeur » qui m'amuse.

Elle s'avance vers ma tire à pas pressés. J'en jaillis pour l'aider à se glisser dans le véhicule sport, un peu trop surbaissé pour ses rhumatismes. Son souffle bref fait des petites boules de vapeur devant sa bouche, comme sur les dessins animés.

J'attends que nous soyons installés côte à côte avant de laisser tomber le « Alors ? » qui me démange.

— C'est pas un méchant homme, commence Félicie.

— Non, conviens-je : il n'a tué officiellement que trois personnes au cours de sa petite vie tranquille.

M'man ne fait pas un sort à ma remarque sardonique et enchaîne presto :

---

1. Chapitre dédié à Gustave Flaubert.

— En tout cas, il a adoré ma pâte de coings. Quand je lui ai dit que je la confectionnais moi-même, il a eu les larmes aux yeux et m'a parlé de celle de sa grand-mère.

— C'est réconfortant de penser que les pires bandits ont eu une grand-mère, fais-je. Il t'a confié son fameux secret ?

— Entièrement. Attends, j'ai pris des notes !

Elle déponne son sac à plis et ventru comme un accordéon et en extrait une enveloppe usagée qu'elle a éventrée pour prendre des notes sur sa face interne.

Armée de son pense-bête, elle monte au rapport :

— Pendant sa détention au pénitencier d'Alcazar…

— D'Alcatraz, m'man.

— Pardon, j'ai écrit trop vite et ne peux me relire correctement. Oui, d'Alcatraz. Pendant son incarcération là-bas, te dis-je, M. Constaman s'est lié d'amitié avec un de ses compagnons du nom de…

Elle rapproche le papier de son nez et articule difficilement :

— Tom Garden, surnommé Doc, un ancien médecin qui assassinait ses riches patientes pour les détrousser. Cet homme a été un des derniers condamnés hébergés à Alcatraz puisqu'il y est arrivé dix mois avant sa fermeture. M. Constaman prétend qu'il se droguait et qu'il parvenait à obtenir de la cocaïne en prison. Un jour qu'il était particulièrement « chargé », c'est le mot qu'a employé M. Constaman, j'espère que tu sais ce qu'il signifie ?

— Je vois parfaitement, m'man.

— Donc, un jour qu'il était « chargé », il a fait des confidences à son ami pendant la promenade.

« Il lui a déclaré qu'il savait de source sûre qu'on allait assassiner le Président Kennedy au cours de l'année et qu'il détenait la preuve du complot. Il prétendait qu'il ne lèverait pas le petit doigt pour empêcher la chose parce que, dès qu'elle serait commise, avec ce qu'il détenait, il pourrait se faire libérer en cinq sec.

« M. Constaman lui a objecté qu'il n'aurait peut-être pas la possibilité de récupérer cette preuve, le moment venu, étant incarcéré, alors le docteur Garden a éclaté de rire en assurant qu'elle était constamment à sa disposition, vu qu'il lui avait trouvé une planque idéale dans sa cellule.

Chère mère ! Elle parle avec le ton qu'elle emploie pour commander des escalopes chez notre boucher, sans perdre de vue son papier en forme d'étoile, couvert de son écriture penchée.

— Dis voir, c'est passionnant, exulté-je-t-il.

Elle opine gravement. Tout ce qu'elle fait est empreint du plus grand sérieux, Féloche, qu'il s'agisse de crêpes ou de questionnaires de la Sécu.

— Le docteur Garden est mort peu après, poursuit-elle, tué dans une rixe. L'un de ses codétenus l'a poignardé avec un coutelas dérobé aux cuisines où il travaillait.

— Constaman sait les raisons de ce meurtre ?

— Selon lui, il s'agirait d'une disputc « organisée ». Quelqu'un en voulait à la vie de Tom Garden, ou bien était chargé de le tuer.

— De plus en plus exaltant, ma chérie. Quoi d'autre encore ?

— À la suite d'une action menée par l'attorney général Robert Kennedy, frère du Président, la fermeture du pénitencier a été décidée, et le 21 mars 1963, le dernier détenu a quitté l'île. M. Constaman, gracié, a été hospitalisé à San Francisco. Pendant cette période, il se demandait ce qu'il pourrait bien faire pour se procurer de l'argent. Il commençait à en avoir assez de sa vie de truand. Alcatraz l'avait brisé, de même que sa maladie. Il rêvait d'un bon coup sans danger qui lui permettrait de se refaire et de rentrer en France pour y terminer calmement sa vie.

« C'est alors que lui revinrent en mémoire les confidences du défunt docteur Garden. Il se dit que si son ex-compagnon détenait réellement la preuve d'un complot contre le Président et que si cette preuve se trouvait encore cachée dans sa cellule, il lui fallait coûte que coûte la récupérer. S'il y parvenait, il se disait qu'avec beaucoup d'astuce et de prudence il pourrait grassement monnayer le document. Voilà pourquoi il mit au point sa pauvre petite expédition pour retourner dans la prison qu'il venait de quitter. Elle échoua. M. Constaman faillit être condamné de nouveau et n'insista pas. Il était cette fois complètement vaincu et n'aspirait plus qu'à la tranquillité.

« Alors il se fit cireur de chaussures, puis, au bout de quelques mornes années, put rentrer en France où il vivote depuis lors. Il sait qu'il va mourir et assure qu'il s'en fout. Vois-tu, Antoine, je le crois. Cet homme a fait un long, un très long voyage harassant et a du mal à traîner sa pauvre vie.

Elle chuchote peureusement :

— Ça t'ennuierait que je passe lui rapporter de la pâte de coings, de temps en temps ?

— Penses-tu, ma poule. Cela dit, je ne crois pas que tu aies encore beaucoup de voyages à faire, dans l'état où je le vois. Il t'a parlé de sa réaction au moment du meurtre de Kennedy ?

— Oui. Il prétend qu'au fil des mois, il avait oublié cette menace ou la jugeait comme étant une invention de camé. L'année 63 s'écoulait et rien de tel ne se produisait. Et puis, le 22 novembre, ce fut le coup de tonnerre qui secoua le monde. M. Constaman affirme que l'accomplissement de la prédiction du docteur l'épouvanta et que, rétrospectivement, il fut soulagé de n'avoir pu trouver le prétendu document de Tom Garden. Il te conseille de ne pas t'intéresser à cette question. Il déclare que le passé c'est le passé et qu'on n'a rien à gagner à rouvrir des cercueils. Je pense qu'il n'a pas tort, Antoine. Il ne subsiste de cette terrible affaire que des lambeaux, de sales lambeaux !

— Comme dirait Flaubert, marmonné-je, parce que je suis espiègle, même avec maman.

3

LES PLEURS DU MÂLE[1]

Il pénètre dans mon bureau, précédé de son ventre qui, selon moi, prend des proportions inquiétantes, depuis quelque temps. Il a l'air très enceint de lui, si j'ose m'exprimer ainsi. Il tient son infâme feutre à la main, comme s'il suivait un enterrement à l'intérieur de l'église, et ses cheveux clairsemés sont collés sur son crâne par une sueur ayant la consistance du saindoux en fusion.

Il rote en guise de salut et vient se déposer sur le siège me faisant face ; il emplit tout le fauteuil.

— Tu continues de grossir, l'avertis-je.

— Non, assure-t-il. D'puis qu'c'te salope d'Berthe a donné ma veste au nettoyage, elle a rétréci.

Il avance son poing fermé dans ma direction, fait éclore ses doigts et j'avise une petite clé chromée au creux de sa paume.

— Ça consiste en quoi ? demandé-je.

— Ça consiste qu' c'te fois, j'ai pris mes précautions, mon pote. Je viens d'louer un coffiot à la banque, dont seul j'ai l'droit d'déponner, si bien que ma Grosse est niquée à mort !

— Tu y planques ton magot ?

— Mieux : mes caillettes d' l'Ardèche, qu'cette pute-vache m'bouffait intranséquement. La dernière fois : vingt-quatre elle a clapées, toutes fraîches, en ord' d'marche. L'en a dégueulé plutôt qu'd'm'en laisser une seule. D'puis, j'me les fais espédier Poste restante par mon charcutier d' Privas et j'les dépose dans mon coff, mec ! L'sous-sol de la

1. Chapitre dédié à Charles Baudelaire.

B.N.P. est climaté, et puis j'ai fait la mise sous vide d'mes caillettes en respirant un grand coup devant la porte entr'bâillée avant d'la fermer ; j'croive sincèr'ment qu'é n' craindent rien. Berthy doit accompagner le pommadin à Abano où c'con va curer pour ses rhumatisses : j'm'ferai mes caillettes durant son absence.

Avec satisfaction, il rempoche sa clé, bouclier des fameuses caillettes soustraites à la voracité de sa femelle.

Le timbre de ma porte vrombit ; j'appuie sur le déclencheur[1] et Mathias paraît, un papier pelure à la main.

— Tu vas aux gogues ? lui demande Béru en montrant le document. Moi, du si fin, mes doigts passeraient à travers et y aurait des virgules sur la lourde des cagoinsses. Comme torche-cul, depuis ma primaire enfance, j' préfère des feuilles de plantes, c'est plus v'louté. Des feuilles, sinon rien ! Ma Baleine rouscaille biscotte ell' arrive pas à s'garder un philodendron à la maison.

— Tu as les renseignements ? fais-je au Rouquemoute[2].

Il agite son papelard.

— Bien, marqué-je-t-il ma satisfaction.

Puis, au Gros :

— C'est tout ce que tu avais à me dire, mon Bichon ?

Il la prend mauvaise, l'Obèse.

— Gênerais-je-t-il, maint'nant que môssieur est direqueteur ? maugrée l'Enflure.

— Quelle idée !

— Ah ! bon, pace qu'autr'ment sinon, j'saurais m'effacer, déclare le Poussah, en adoptant une posture languissante afin de bien marquer sa détermination à rester.

Mathias, sur un signe de moi, s'assied sur mon bureau, le dos tourné au Mastard. Il survole son document du regard.

— Ton vieux type de l'hospice a dit juste : Thomas Garden a effectivement exercé la médecine à Los Angeles dans les années 40 et 50. Il était spécialiste de la chirurgie faciale et a « bricolé » la gueule de pas mal d'actrices d'Universal Studios. Il a eu comme clientes quelques vieilles milliardaires qui ne juraient que par lui après qu'il les eut ravaudées. Deux d'entre elles l'ont couché sur leur testament, après l'avoir couché dans leur lit, et sont mortes peu de temps après. Les familles

1. Je n'arrête pas le progrès !

2. Un gentil à moi, roux comme un tournesol, croit que je me moque des rouquins ! Quelle sottise ! Je les adore, surtout quand je suis enrhumé.

ont porté plainte et les enquêtes qui s'en sont suivies ont conclu à la culpabilité de Tom Garden. S'il a échappé à la peine de mort, c'est uniquement parce qu'il a nié avec opiniâtreté et que le jury a eu quelques ultimes réticences. Il a été envoyé au pénitencier de Kalamity Beach sur la côte Ouest où, vu sa profession, on l'a affecté à l'infirmerie.

« Durant quelques mois, tout s'est bien passé pour lui. Mais il s'est mis dans l'idée de s'échapper et, pour cela, il a chloroformé un garde. Trop forte dose : le type a failli crever. Son évasion a échoué, et alors, étant catalogué comme un détenu dangereux, il a été expédié à Alcatraz, la prison des durs. Toujours comme l'a dit Constaman, il a effectivement été poignardé par un de ses compagnons de détention, mais c'était au cours d'une mutinerie au réfectoire provoquée par la qualité de la nourriture qui avait baissé, alors qu'on bouffait plutôt bien à Alcatraz. Le type qui l'a planté était un certain Robin Bolanski dit « Long Museau », fils d'émigrés polonais et pilleur de banques notoire. Il a plaidé la légitime défense et n'a écopé que de quelques jours de Q.H.S.[1], ce qui est assez stupéfiant. Rien que le fait de s'approprier le coutelas aux cuisines aurait dû lui valoir bien davantage.

« À la fermeture d'Alcatraz, il a été envoyé dans une autre prison. Mais six mois plus tard, il a bénéficié d'une remise de peine pour "bonne conduite" (sic) alors qu'il lui restait encore huit ans à tirer. Je n'ai aucun tuyau concernant la façon dont il s'est comporté depuis sa vie carcérale. Tout ce que j'ai appris, c'est qu'il vit toujours, ce qui n'a rien de surprenant puisqu'il n'est âgé que de 64 ans. Robin Bolanski partage la vie et la maisonnette d'une vieille maîtresse d'origine portoricaine du nom de Bella Rodriguez-Bueno à Venice, dans la banlieue de Los Angeles. Il a été frappé de paraplégie à la suite d'une attaque cérébrale. »

Ayant dit, l'Informé plie son texte en deux et le place devant moi, en forme de toit. Je souffle dessus et le document sur pelure prend un bout de vol pour s'abattre dans une corbeille à paperasse grillagée.

— Excellent travail ! complimenté-je.

Évidemment, le Sagouin, d'une jalousie sans cesse en éveil, grommelle :

— On peut en faire des choses avec le téléphone et un titre ronflant !

Mais Xavier ne se donne même pas la peine de réagir.

Je me lève pour gagner le petit bar planqué dans un casier d'apparence solennelle.

— Ça s'arrose ! dis-je.

---

1. Quartier de Haute Surveillance.

Je sors deux verres, puis trois.

— Bloody Mary pour tout le monde ? interrogé-je.

— Je préférerais du vin rouge, déclare Béru.

— Je n'ai à proposer *que* du Bloody Mary !

— Alors un bloudi-Marie sans tomate pour moi.

Manière plaisante de commander une vodka.

Je joue au barman. Béru est le premier sur les lieux ; le premier également à vider son godet.

Il clape de la menteuse, examine l'étiquette.

— Quarante-deux degrés ! s'exclame-t-il. J'ai senti, au goût, qu'j'venais d' toucher d'la boisson pour mauviettes.

Je lui virgule un regard flétrisseur.

— Il y a des moments où tu ne m'amuses plus, lui dis-je, et ils sont de plus en plus nombreux.

Il me fixe d'un œil stupéfait, sa lèvre en gouttière se met à trembler. Puis il bafouille :

— Tu voudras qu'j't'dise, Sana ?

Il émet en un synchronisme complet un pet et un rot qui réveilleraient un gisant de marbre.

— Message reçu, fais-je. T'as rien d'autre à me dire ?

Il sort de mon bureau sans un mot. Comme sur un dessin de Dubout, ses bretelles traînent dans son dos, pareilles à un appendice bicaudal.

— Tu es cruel avec lui, me reproche Mathias.

Il a raison : je regrette déjà.

Le Rouquemoute rêve à haute voix :

— Ce serait amusant, dit-il.

— Qu'est-ce qui serait amusant ?

— Que ce soit la Police française qui perce à jour le mystère Kennedy.

— Parce que tu crois que nous soulevons une piste avec l'affaire Tom Garden ?

— Ce n'est pas impossible.

— Conclusion, il faut partir là-bas renifler tout ça de près ?

— Ça pourrait devenir bien, répond-il.

— O.K. ! Je vais arrêter des dispositions me permettant de prendre quatre jours de congés.

— C'est peu.

— Mais mieux que rien, comme disait ma mère-grand.

Il a un petit acquiescement nostalgique.

— Ça risque d'être passionnant ; tu as de la chance.

— Toi aussi, puisque tu viens avec moi !

Illumination de sa frime déjà surexposée.

— Vraiment ?

— Va préparer ta valdingue.

— J'entends déjà gueuler ma femme !

— Laisse-la gueuler, c'est bon pour les nerfs et les cordes vocales. Cette gonzesse, il faut absolument que tu la mettes au pas, camarade. Un de ces jours, je me poivrerai la gueule et j'irai te la baiser ; tu surviendras en plein adultère, ce qui te fournira l'occasion de lui filer une monstre rouste et de raccourcir les rênes ensuite !

Il rit :

— Tu n'y vas pas par quatre chemins, directeur !

— La ligne droite, mon petit Xavier ; la ligne droite !

Comme j'achève de formuler ces pauvres lieux communs, indignes d'un esprit de mon niveau, quelqu'un réclame le péage. Je vais débloquer la goupille. C'est le brigadier Musardin Alphonse qui bondit dans mon antre comme un para dans l'espace.

— Venez vite, monsieur le directeur ! L'inspecteur principal Bérurier veut mettre fin à ses jours. Il pleure comme un veau en criant que vous ne l'aimez plus ! Si le cran de sûreté de son pistolet n'était pas bloqué, il aurait déjà commis l'irréparable !

— Pourquoi commençons-nous-t-il par « L'Os-en-gelée » ? demande Bérurier occupé à guigner son bagage devant le tourniquet.

— Parce que c'est là que le docteur Garden a commencé sa vie et là que son meurtrier achève la sienne, expliqué-je brièvement.

Ça ne l'éclaire pas beaucoup, néanmoins il fait « Ah bon ! » d'un air entendu.

Car, comme tu le vois, il fait partie de la virée ricaine, le Gros. Je lui devais cette réparation après le traumatisme que je lui avais infligé. Une authentique crise de nerfs, il s'est payée, l'apôtre ! Y a fallu trois inspecteurs pour le maîtriser et moi, son dalaï-lama, pour l'apaiser. Ses énormes lotos globuleux lui pendaient littéralement sur les joues. Il avait le devant de sa chemise déchiqueté, le crâne fendu pour avoir tenté de défoncer un mur de son bureau avec ! Il écumait comme s'il était en proie au delirium. Au bout d'un quart d'heure de tendresse forcenée et de quatre verres de beaujolais quéris en hâte à la brasserie du coin, il s'est calmé. Pour tout planifier, je lui ai dit de rentrer chez lui préparer une valise pour quelques jours et de ne pas oublier son passeport car nous partions pour les *States* avec Mathias.

« — C'est vraiment nécessaire qu'on l'emmenasse ? » a-t-il simplement répondu.

Dans l'avion, au lieu de regarder le film, on l'a affranchi de ce qui se passait. Il a suivi le récit attentivement, posant de bonnes questions judicieuses. Ensuite, comme il avait, tout en devisant, éclusé une bouteille de champagne (je nous suis offert des *first*) et deux de bordeaux, plus quatre Cointreau dégustation, il s'est endormi. Et nous voilà, deux heures (heure locale) après notre départ, mais onze heures (en temps réel) plus tard dans le vaste aéroport de « L'Os-en-gelée », comme dit le Fameux.

Nos bagages surviennent en dodelinant : une valdingue Vuitton pour ton serviteur, une valise Durand, en peau de porc véritable, pour Xavier Mathias, et un sac de mataf éventré et mal recousu pour l'Enflure.

Une Lincoln vert et gris nous emporte bientôt à travers cette immense ville invisible. Les maisons sont tapies dans la grande forêt couvrant Los Angeles et seuls les buildings de quelques centres commerciaux se dressent çà et là dans le paysage feutré. À Los Angeles, les distances sont si considérables qu'on ne peut s'y déplacer qu'en bagnole, si bien que tout piéton est suspect. Un gonzier qui arpente le fameux Sunset Boulevard incite les voitures de police à stopper et il lui est demandé où il se rend et pourquoi il s'y rend pedibus.

Pour te donner une idée de l'envergure de cette étonnante cité : le Sunset Boulevard en question mesure cent kilomètres de long ! Une gagneuse qui aurait à cœur de tout l'arpenter, se farcirait la distance Lyon-Grenoble, ce qui serait mauvais pour ses talons aiguilles !

J'ai retenu des chambres au *Beverly Hills Hotel* et nous avons droit à trois pièces donnant sur un grand jardin exubérant. On jette chacun sa valoche sur son lit et on se réunit autour d'une bouteille de vin californien pour tenir conseil. C'est Béru qui verse et qui boit. Mathias et moi le regardons en admirant sa santé. Les heures de vol, le décalage horaire, lui, connaît pas. Le picrate constitue sa génératrice, son carburant miracle, son élixir d'énergie. Il est là, rassemblé dans un fauteuil pullman, un verre en main, son autre paluche enserrant le goulot de la boutanche pour une imminente versée, le regard maquignonnesque, les lèvres saignant le jus de la treille, à la fois débonnaire et rusé.

Il dit :

— Si qu'on est aux Zétats-Zunis pour s'l'ment quat' jours, y s'rait bon qu'on s'bougeasse le fion sans trop tarder, mes mecs !

Exhortation pleine de sagesse.

— Que décides-tu ? questionne Mathias.

Je joins mes mains de pianiste devant mon nez délicat, comme le fait un père chartreux auquel l'un de ses frères convers vient confesser qu'il a foutu la fille du jardinier enceinte. Ce geste marquant une réflexion élevée intimide mes deux compagnons. Ils attendent, avec l'heureuse certitude qu'en fin de méditation quelque chose de noble et de grand tombera de ma bouche.

Enfin, le grand San-Antonio parle :

— Pour commencer, nous allons affréter une limousine avec chauffeur, dit-il, ce sera un gain de temps car nous ne connaissons pas cette ville tentaculaire. Dans un premier temps, nous nous mettrons en quête du dénommé Robin Bolanski, le meurtrier du détenu Garden. Si nous avons la chance de trouver cet homme, nous essaierons d'obtenir ses confidences, en admettant qu'il en ait à faire. Après quoi, nous tenterons d'enquêter sur le docteur Garden pour savoir ce qu'étaient ses fréquentations à l'époque où il exerçait. Ces deux objectifs traités, poursuit l'admirable San-Antonio, duquel je ne dirai jamais assez tout le bien que j'en pense, nous filerons à San Francisco afin de visiter Alcatraz. Qu'en sortira-t-il ? Je l'ignore, mais quelque chose d'instinctif (donc de sacré) m'intime de le faire.

— Pas mal, opine Mathias, ce qui me fournit déjà la majorité des voix.

Le bulletin du Gros tombe à son tour dans l'urne : c'est oui. Majorité absolue !

— T'es sûr qu' c'est pour nous, c'corbillard ? bée Béru en arrêt devant une interminable limousine noire aux vitres teintées.

— Du coffre arrière, au bouchon de radiateur, confirmé-je.

J'ai déjà eu l'occasion de rouler dans ce genre de véhicule lors de mes nombreux séjours aux States. Aussi maniables qu'un rouleau compresseur, mais d'un confort américain poussé au délire. Une vitre sépare les passagers du conducteur. L'habitacle est tout en acajou et en cuir. Les sièges se font face, séparés par une table-bar bien pourvue en bourbon, jus de fruits, biscuits secs et bonbons à la menthe.

La compagnie nous a dépêché, non un chauffeur, mais une « chauffeuse » noire, ravissante, bien sanglée dans un uniforme gris. On fait « tilt ! » tous les trois en l'apercevant. Le vrai prix de beauté ! Miss Black U.S.A. ! Elle est d'un noir assez pâle, porte un maquillage cyclamen (cycle amen). Dents et yeux éclatants, cheveux décrêpés, loloches dont on réalise illico la fermeté (à vingt-huit ans, tu penses !), ongles vernis du même violet pâle que la bouche et les joues !

— T'es sûr que y a pas gourance et qu'elle est pas en train de tourner un film ? murmure Alexandre-Benoît.

On grimpe dans le carrosse et je donne à la ravissantissime l'adresse de Mr. Bolanski.

— Tu croives qu'é nous bricol'rait un p'tit turlute à tous les trois ? s'inquiète le Mahousse qui se tient assis de guingois pour ne pas perdre du regard la déesse sombre.

— Très improbable, le découragé-je ; une pute ne fait pas le taxi !

— Ell' doit bien quand même s'laisser fourrager la perruque du bas !

— Je l'espère pour elle, mais c'est un homme de sa race qui doit avoir ce privilège.

Le Gros rechigne :

— Merde ! J'sais des Blancs qui sont encore mieux chopinés qu' des Noirpiots !

— Je crois savoir de qui tu veux parler, souris-je. Libre à toi de jouer ta chance, Gradu !

Fort de cette tacite autorisation, Bérurier fait coulisser la vitre.

— Hello, baby ! lance-t-il joyeusement.

La conductrice lui file l'éclat de ses trente-deux chailles dans la couperose et, gentiment, répond :

— Hello !

— Dou you spique inegliche ? demande (un peu inconsidérément) le seigneur de Saint-Locdu-le-Vieux.

— *Oh ! yes !* assure en riant la très belle.

— Mi z'aussi, assure le Gravos, voui canne pouvoir discutailler *the* morcif *of the* gras, *my* tchiquen. *And, if you are* sage, j' *you* f'rai louquer *the* muste considerabele zifolo *from* l'Europe *and his* banlieue.

Il referme la vitre.

— Et c'est parti pour la gagne ! déclare cet optimiste.

Venice, malgré son nom, n'a rien de commun avec l'autre, la grande, la noble, la vraie : celle qui s'écrit chez nous avec un « s ». Imagine une grande banlieue à la fois colorée et triste où errent des hommes-épaves de toutes les couleurs. C'est à la fois grouillant et désert. D'humbles commerces alignent leurs vitrines sales. Des marchands de choses frites, plus ou moins malodorantes, font fumer des chaudrons d'huile bouillante au coin des trottoirs. La puissante odeur du Pacifique se mêle à tous ces remugles d'épices, de goudron, de fritaille et de crasse.

L'immense tire va l'amble à travers cette vaste banlieue. Notre conductrice a déplié un plan et s'arrête à tout bout de champ pour l'examiner. Elle murmure des noms : Santa Clara, Washington Way, Venice Boulevard. Puis repart, son nez au vent. Tiens : elle n'a pas un tarbouif de boxeur.

En fin de compte, sa guinde monumentale enquille une voie sans trottoir qui descend en direction de la plage. Ruelle boueuse au centre de laquelle s'écoule un égout à ciel ouvert. De la marmaille noire s'écarte à peine pour nous laisser le passage, donnant des coups de poing contre la carrosserie en riant. Les mômes bouffent du pop-corn ou des beignets froids. Une cacophonie de musiques retentit, aux mille sources. Le reggae, le jazz, des succès de Sinatra et d'autres de Prince vous saisissent, plus puissants encore que les odeurs. La rue est bordée de petites maisons aux teintes vives.

La limousine chasse de l'arrière sur le sol limoneux et finit par stopper devant ce qui doit être la plus jolie maison de la rue : une petite construction d'un étage, entièrement peinte en bleu drapeau, avec la porte et les encadrements de fenêtres jaune vif.

— Je suppose que c'est ici ? demande la petite Noirpiote.

Comme je sors de la monstrueuse bagnole, une grosse femme brune, avec un air tellement pute que c'en devient de la franchise, paraît sur le pas de sa lourde, intriguée par l'arrivée d'une pareille bagnole si peu en rapport avec le quartier.

— Vous êtes la *señora* Bella Rodriguez-Bueno ? lui demandé-je en espagnol (langue que je parle moins bien que Cervantès, mais avec davantage de pittoresque).

— *Si ?*

Le point d'interrogation dont elle ponctue son affirmation pourrait servir de crosse au merveilleux évêque qui m'honore de son amitié.

Mathias est descendu à son tour.

Béru nous crie, par sa vitre baissée :

— Il est inutile que j'm'pointasse aussi : vous causez mieux l'étranger qu'ma pomme.

En réalité, il entend jouer son va-tout avec notre exquise conductrice, c'est couru.

— Que voulez-vous ? questionne la môme Bella.

— Parler avec Robin Bolanski.

— À quel sujet ?

— Nous nous proposons de le lui expliquer, coupé-je d'un ton rogue.

Notre calèche et nos mises impressionnent la gravosse. Elle fouette vilain : le lard rance, la culotte en fin de carrière, la poudre de riz de supermarché.

La voici qui rentre dans sa maisonnette. Elle a un monstrueux cul géométrique qui ressemble à la charge d'un sherpa himalayen en marche pour le camp de base. Ses jambes sont énormes, nouées par des varices en forme de troncs de lierre ancien. Elle se dandine plantigrade en se déplaçant.

— Robin ! (prononcer Robine, comme robinet) appelle-t-elle. Des messieurs pour toi !

Elle franchit un rideau de perles vertes et roses qui tintinnabulent. Cela compose une pluie de couleurs sur son cou en cours de gibbosité accélérée. On passe le frêle obstacle à notre tour.

Le livinge de la *señora* Rodriguez-Bueno est cucul, mais confortable : une desserte Art déco qui fit la gloire, autrefois, des établissements Dufayel, une table assortie, une pendule murale, des saint-sulpiceries espagnolisantes plein partout, et surtout, le trône mobile du roi Bolanski, monarque podagre, privé de l'usage de ses jambes, qui n'a plus d'humain que ses contours. L'infirmité l'a rendu obèse ; mais c'est de l'obésité « accidentelle », pire que l'autre, plus gerbante et presque intimidante.

Il est en pyjama de pilou sans teinte définie, avec un plaid à carreaux brisés sur les genoux. Il a le teint jaunassou, le cheveu de jais coiffé à l'huile d'olive. D'écœurants grains de beauté presque tumoraux (*to morrow*) parsèment son visage, avec un vrai archipel au menton. Son regard est viceloque, charognard et cruel sous l'assoupissement inhérent au quotidien abrasif. L'une de ses paupières tombe plus que l'autre et la seconde moins que la première. Un mégot de cigare est accroché à la commissure de ses lèvres. Il ressemble à un vieil Al Capone décati.

Animal à sang froid, le Sancho de Bella. Il nous regarde survenir sans exprimer la moindre curiosité. Tout son être n'est que défiance. Je sens qu'avec un client de cette trempe, ça ne va pas être du point de croix. Il ne prononce pas un mot, juste son regard qui est fiché en nous, pareil à deux fléchettes.

— Bonjour, monsieur Bolanski, le salué-je gaiement. J'espère que nous ne vous importunons pas. Mon nom est San-Antonio, je suis reporter à *L'Événement*, un grand hebdomadaire français, et voici M. Xavier Mathias, mon coéquipier. Nous réalisons une enquête sur les survivants d'Alcatraz, lesquels se font de moins en moins nombreux, tout comme les anciens combattants de la guerre de 14, et il est normal que nous venions vous interviewer afin que vous apportiez votre précieux témoignage au récit de cette période de la vie carcérale américaine.

Ouf ! D'une traite !

Mon sourire est plus engageant que celui d'un *gay* du bois de Boulogne proposant une pipe à un avoué de province. Robin Bolanski me toise, impénétrable.

Cela dure.

Je risque :

— J'espère que vous n'y voyez pas d'inconvénient ? Nous remplacerons les noms véritables par des initiales, bien entendu.

On entend enfin sa voix.

Elle est douce comme celle de feu le cher Tino Rossi.

Elle dit :

— J'en ai rien à foutre de deux merdes comme vous. Taillez-vous !

C'est le genre d'accueil, tu vois, qui intimide toujours, qu'on le veuille ou non.

Moi, stoïque, je mets baïonnette au canon pour repartir à la charge.

— J'oubliais de vous préciser, cher monsieur Bolanski, que notre important journal nous a débloqué des crédits pour dédommager les personnes qui accepteront de nous consacrer un peu de temps.

— Combien ? demande spontanément la compagne de l'ancien convict.

Je crois apercevoir une ouverture bleue dans ce ciel de plomb.

— Je pense, chère madame Rodriguez-Bueno, qu'avec un homme de la trempe de votre mari on pourrait traiter sur la base de mille dollars.

T'as vu ce que j'en fais, ma pomme, des piastres du contribuable ?

Le Robin des bois arrache son reliquat de cigare et, d'une pichenette magistralement ajustée, le propulse dans un cendrier de terre cuite sur le fond duquel un artiste surréaliste a peint une femme nue ayant un œil à la place du sexe (de là l'expression « Se mettre le doigt dans l'œil »).

— Mec ! m'interpelle cet homme de bien, tu peux te bourrer tes mille dollars dans le cul ! Maintenant, si vous ne disparaissez pas illico, je vous fais craquer un genou à chacun !

Il rabat son plaid et nous montre un étui à revolver fixé à l'accoudoir gauche de son fauteuil d'infirme.

D'un geste expert, il dégaine l'arme pour nous braquer.

— Allons, monsieur Bolanski, fais-je, tout ça c'est des mots. Si vous agissiez de la sorte, vous ne pourriez alléguer la légitime défense : nous ne sommes pas armés. Votre seul argument : « M'ont menacé de me donner mille dollars ! »

— Ne vous occupez pas de ça : je suis le chouchou des flics.

— C'est rare pour un ancien condamné de droit commun.

— Peut-être qu'ils ont leurs têtes ! raille Robin (son Crusoé).

De la pointe du canon, il nous réenjoint de partir. Comme c'est le genre de mauvais coucheur qu'on sait capable de tout et principalement du pire, on décide de renoncer. Seulement voilà que le gros Béru se pointe rapidos. S'il est lent à comprendre des sciences tortueuses, telles que la gynécologie dans l'espace ou la culture du Coton-Tige en Haute-Volta, par contre, il assimile en un éclair ce genre de situation. Au lieu de s'arrêter pour dire « bonjour-comment-ça-va », il fonce jusqu'à l'infirme et, sans vergogne, balance un coup de saton dans son fauteuil, lequel se met à reculer en accomplissant un demi-tour. Le siège roulant percute la desserte de laquelle choit un superbe éléphant de plâtre à défenses dorées. Brwaouf ! En miettes ! Dame Bella se met à bieurler à la destruction des chefs-d'œuvre (qui n'avaient pas l'air en péril). Sur sa lancée, le Mammouth a recueilli le feu du ci-devant bandit.

— Regarde c'que j' viens de trouver ! fait-il en l'empochant.

L'infirme se met à vociférer. Il crie « Au secours », ce qui est inusité de la part d'un mec qui a buté et détroussé nombre de ses contemporains. Toujours imperméable à la compassion, le Mastard le fait taire d'une manchette normande sur la glotte. Et puis, comme la Bella continue de pleurer la désintégration de son pote Jumbo, il la calme à son tour d'une formidable baffe. Et poum ! voilà la situation complètement assainie.

— On continue les opérations ou on s'en va ? me demande l'imperturbable Mathias.

À question de subordonné réponse de chef :

— On continue !

Il déboutonne alors sa veste et ramène sur son ventre une trousse de skieur qu'il portait à sa ceinture, sur le côté.

— Embarque la femme ! ordonne-t-il au Gros. Sa Majesté va mettre son bras tutélaire sur l'épaule grassouille de Bella.

— Pardonne ma vivacerie, ma jolie ; allons jusque dans ta chambrette refaire ton maquillage dont le rimmel est saccagé. T'sais qu'tu dois z'êt' bioutifoule, à poil ?

Ils sortent.

Mathias use d'une minuscule seringue pour injecter dans les pernicieuses veines du truand retraité sa petite toxine maison (celle qui incite au bavardage dans un premier temps et à l'amnésie dans un second).

— C'est l'affaire de quelques minutes, me dit-il. Tu te souviens d'Istanbul[1] ?

1. Lire, si ça n'a pas été fait, *Bosphore et fais reluire*, en vente dans toutes les librairies dignes de ce nom.

Nous attendons que la drogue fasse son effet. Au bout d'un rien de temps, Robin Bolanski rouvre ses vasistas.

— Qu'est-ce qu'il y a ? demande-t-il.

— Rien, ça baigne, lui réponds-je.

Il me vote un sourire presque amène (amen).

Et le rideau de perlouses se met à bruire très fort car trois personnes surgissent.

Notre petite conductrice noire flanquée de deux flics en uniforme bleu, casquette plate, harnachement de combat. Il y a un jeune mince, tout blond, et un vieux gros, tout roux.

La chauffeuse nous demande où se trouve notre copain, le gros dégueulasse. Elle ajoute qu'il a voulu la violer dans son bahut avec une « énorme chose horrible ».

Cette pétasse s'est servie de son bigophone de bord pour prévenir les bourdilles. On avait bien besoin de ça en un pareil moment !

Moi, je commence à brandir mes fafs de chef de la police parisienne en arguant qu'il s'agit probablement d'un malentendu. Tu parles d'un malentendu : une biroute de quarante centimètres ! Le gros pandore californien m'écarte d'un geste quasi brutal, bien me montrer que, chefs ou pas chefs, les flics *frenchies*, il en a strictement rien à masturber. Dans le mouvement, il aperçoit Robin Bolanski dans son fauteuil et marque un temps.

— Hello, Rob ! murmure-t-il.

— Hello ! rétorque Bolanski.

Mathias revient, suivi de Béru, suivi de Bella.

— Le voilà, c'est lui ! aboie la Noirpiote en désignant Queue-d'âne.

Le flic jeunot passe les menottes au Gros.

Le gros vieux poulaga demande à Robin Bolanski qui nous sommes.

— Des amis ! m'empressé-je de répondre.

— Exactement ! Des amis ! confirme cézigue, ensuqué jusqu'au trou de balle par la potion magique du Rouillé.

Indécis, mais radouci, le gros bédis demande alors la raison ayant poussé notre Obèse à vouloir obaiser la chauffeuse.

— Ce n'est pas de sa faute, chef ! plaidé-je. Notre copain est affligé d'un membre surdimensionné qui, lorsqu'il se dilate, lui comprime le plexus au point qu'il doit le sortir un instant de son pantalon pour rétablir les fonctions vasculaires, sinon il peut tomber en syncope. La Miss s'est méprise sur ses intentions et a pensé qu'il voulait la violer. Vous imaginez un inspecteur principal violant une jeune femme de la bonne société los-angélésienne en pleine rue ?

Il est perplexe, le poulardin. Se frotte le menton qu'il a rose comme un cul de porcelet.

— C'est possible de voir l'outil en question ? demande-t-il à Béru.

— Wat il say me ? me demande le Mastard, oubliant que je parle presque couramment le français.

— Il voudrait voir ta zézette, fais-je. Montre-la-lui sous ses meilleurs auspices.

— T'es marrant, m'faut le temps d'penser à des excit'ries !

— Eh bien ! pense, bougre de gros salingue !

Il ferme les yeux, cherchant l'inspiration. Puis il se lance dans des évocations salaces :

— Voilions… Berthaga, à loilpé, av'c just' sa culotte noire fendue, qui pose un pied su' une chaise, manière qu'sa moniche fasse la moue ; et Alfred, le coiffeur, à quat' pattes par de derrière qui y promène la gloutonne dans la raie ! La Gravosse se cisèle un doigt d'cour, style jeune fille de la haute pendant c'temps…

Il rouvre ses yeux splendides comme des sulfures.

— V'là, annonce-t-il, j'sus t'à point.

Alors il ouvre sa braguette, bien qu'ayant les poignets entravés et, avec mille peines, grognant et ahanant, extrait de la grotte miraculeuse un chibre qui attirerait cinq cent mille visiteurs au Grand Palais si on l'y exposait.

— *By Jove !* s'écrie le gros flic.

Dans les romans de ma jeunesse, les Américains s'écriaient toujours « *By Jove* » quand ils étaient surpris.

Son jeune coéquipier a fait un pas en arrière.

La dame Bella Rodriguez-Bueno, au contraire, en fait deux en avant et se signe en trois exemplaires.

Y a que la conductrice qui s'offre une crise.

— Oui ! Oui ! Oui ! égosille-t-elle : c'était ÇA ! C'était bien ÇA !

Et de couiner ! De se tortiller comme un ver de terre sectionné, en se tordant les mains, hystéro en plein.

La mère Bella lui ajuste une formidable mandale qui la fait choir sur son prose telle une poire mûre.

— Ta gueule, connasse ! lui lance-t-elle. Faut vraiment être une enfoirée de négresse de merde pour ne pas se recueillir devant un tel monument ! J'ai fait le tapin pendant vingt ans et, selon mes calculs, j'ai dû prendre quelque huit mille queues dans les fesses. Eh bien ! jamais, tu entends, Couleur-de-merde, jamais je n'en ai vu une de ce gabarit !

Mais c'est de la pièce unique, ça ! Les joyaux de la vieille connasse de Windsor ne valent pas un pet de lapin en comparaison !

Elle chope le gros perdreau par son baudrier.

— Dites voir, Al, vous n'allez pas faire des misères à un mec qui se trimbale une bite pareille ? C'est l'honneur de votre espèce, un type comme ça. Il assure le règne de l'homme ! Et cette petite foireuse qui a le toupet de vous appeler parce que notre ami *frenchy* sort son magistral panais de son froc ! Mais elle est lesbienne, cette morue ! Un membre comme ça, on s'agenouille devant. On lui donne des baisers. On le réchauffe dans sa bouche s'il peut y entrer. On s'assied dessus ! Pas vrai, Robin ?

Le Robin semoulé, ça lui échappe un tantisoit tout ça. Il acquiesce à tout. Murmure des « Pour sûr » entérineurs.

Les poulets, un peu sonnés par la tournure de l'incident, décident de se prendre par la main et de s'emmener promener. Le Gros déclare à la conductrice que si elle s'amuse à mobiliser la police pour rien, ça va « chier pour son cul ». Cette expression ne constitue pas exactement un euphémisme, non plus qu'une métaphore, mais n'est pas sans intérêt pour autant.

Les représentants de la *law* nous adressent un salut général, en réservent un, tout spécial, à la pine de Béru, toujours au garde-à-vous, et se retirent.

La Noire-à-la-limousine sanglote.

Alors, compatissant, je la prends aux épaules.

— Ne pleurez pas, ma douce, murmuré-je (en anglais « *my sweet* »), je l'ai déjà dit : ce n'est là qu'un malentendu. Vous êtes très belle et je suis sûr que votre bouche a un léger goût de cannelle, faites voir !

Je lui roule une délicieuse pelloche sur pneus ballons. Ses coquets nichemards durcissent contre moi. Je vais te dire : cette gosse est une délicate qui rebuffe les soudards puants. Par contre, quand un beau gosse distingué, aux manières exquises, l'entreprend, elle ne demande qu'à chanter avec lui le duo de *l'Escarpolette*.

— Allez nous attendre dans votre somptueuse limousine, ma jolie, ce ne sera pas long.

Quand elle sort, je constate que Béru et Bella en ont fait autant. Bientôt des clameurs d'allégresse émises par la dame Rodriguez-Bueno nous prouvent qu'elle est en train d'acquérir le fleuron de sa collection de pafs.

Grand bien lui en soit fait !

4

MAC BÊTE[1]

C'est un grand scientifique, Mathias, doublé d'un chercheur acharné et triplé d'un esprit curieux. Parfois, je me dis que si, au lieu de mettre ses fantastiques dons au service de notre modeste labo de police, il les avait exercés dans un institut apte à les promouvoir, il aurait déjà obtenu le Nobel.

Sa drogue annihilante, sérum de vérité à la puissance mille, et dont les effets disparaissent en ne laissant aucune trace dans la mémoire du sujet, est proprement confondante.

Ainsi ce bon Robin Bolanski, dur parmi les durs, féroce et jouissant (nous venons d'en avoir la preuve) de l'estime policière du cru est soudain frêle comme un agnelet, heureux de répondre à notre curiosité et soucieux de nous satisfaire.

On lui aborde le passé par des questions passe-partout :

— Dis voir, Rob, ç'a été dur, Alcatraz ?

— Au début, oui. Chienne de vie, là-bas. On te foutait au mitard pour rien !

— Vraiment ?

J'ai oublié de te dire que le prévoyant Mathias a enclenché son minuscule magnétophone de fouille afin que nous puissions conserver toutes les déclarations faites par l'ancien bagnard.

— Oui, vraiment, enchaîne Robin. Dans « l'île », les cellules de haute sécurité étaient sans lumière. De quoi devenir dingue. Un de mes potes avait une recette en y arrivant, il arrachait un bouton de sa veste

1. Chapitre dédié à William Shakespeare.

et l'envoyait en l'air d'une pichenette. Après quoi, il se foutait à quatre pattes et se mettait à le chercher à tâtons jusqu'à ce qu'il l'ait retrouvé. Puis il recommençait ! Ça l'empêchait de devenir fou. Un autre prétendait qu'il fallait fermer les yeux et penser fort à la lumière, paraît qu'elle finissait par se faire dans son crâne. Alors il imaginait toutes sortes de beaux paysages, des femmes, tout ça…

— Tu as dit que la vie a été dure « au début », Rob. Par la suite ça s'est arrangé ?

Sa physionomie brigande s'éclaire. Il éclate d'un grand rire fumier.

— J'en ai roté pendant plus d'une année tout de même, d'autant que je faisais pas partie des détenus faciles. Et puis un jour, ça a été la bonne aubaine.

— Raconte !

Il se pourlèche à l'avance de ce qu'il va nous dire. Ça doit lui humecter le slip autant que les lèvres.

— Un après-midi, pendant la promenade, un gardien est venu me chercher pour me conduire chez le directeur. Habituellement, on m'y menait quand j'avais fait une connerie, mais là, c'était une période où je me tenais à peu près peinard, aussi j'étais curieux d'apprendre ce qu'il me voulait. Avec lui, dans le bureau, se tenait un grand costaud avec un costume clair, un large chapeau de feutre qu'il gardait sur la tête et un regard qui vous attaquait d'emblée comme la flamme d'un chalumeau. Il m'a fixé sans broncher, puis a fait un signe de tête affirmatif au directeur. Alors celui-ci m'a présenté :

« — Voici Robin Bolanski, lieutenant Quinn, une sacrée charognerie de forte tête. »

« Le type a murmuré :

« — Hello, Robin ! »

« Il avait une voix de gonzesse à laquelle on ne s'attendait pas, étant donné sa gueule et son gabarit.

« — Je vous laisse ! » a fait vivement le directeur.

« Et il est sorti précipitamment. Le gars s'est assis sur le coin du bureau, une de ses jambes se balançait et le bureau couinait. Moi je me tenais devant lui sans trop savoir quelle gueule faire, ni s'il fallait poser des questions ou quoi. Je sentais que du pas banal se préparait. À la fin, le lieutenant a dit de sa drôle de voix haut perchée :

« — Vous ne seriez pas contre un petit marché, Robin ? »

« — Je suis pour tout ce qui pourrait m'arracher à cet établissement de merde, lieutenant. »

« — Justement, il a répondu. Je crois savoir qu'il vous reste encore près d'une dizaine d'années à y tirer, non ? »

« — Dans ces eaux-là, oui. »

« — Si vous acceptez ma proposition, dans moins d'un an vous serez sur la rive d'en face, à bouffer de la langouste dans un restaurant de *Fisherman* ! »

« — Et il faut faire quoi, pour ça ? Démolir l'Empire State Building avec une pioche ? »

« Il a sorti un paquet de Camel de sa poche, en a pris une et m'a lancé le paquet :

« — Vous pouvez le garder. Que pensez-vous d'un de vos compagnons qui se nomme Tom Garden, dit "le Doc" ? »

« — Un sale crâneur qui se prend pour le nombril de cette taule ! »

« — Ça vous ferait du chagrin s'il mourait tragiquement ? »

« — Vous rigolez ! Si j'avais la foi, je prierais pour ça tous les soirs avant de m'endormir. »

« — Eh bien d'autres que vous prient aussi pour la fin de ce type, Robin. »

« — Ah oui ? »

« — Si fort, même, que je vous laisse carte blanche pour réaliser leur vœu. »

« On s'est regardés bien fort. Il a allumé sa Camel qu'il n'en finissait pas de rouler entre ses doigts[1].

« — Si je vous comprends bien… » ai-je commencé.

« Il m'a coupé :

« — Vous m'avez parfaitement compris. Il faut que votre crâneur aille crâner sous terre. Si l'opération est menée à bien, vous serez libéré dans moins d'un an ! »

« Malgré son regard terrifiant, je crois que je me suis marré.

« — Vous pensez tout de même pas, lieutenant, que je vais couper dans vos promesses. Si je refroidissais le Doc, je serais condamné à perpète, pour le moins, et j'irais me faire bronzer en haute sécu ! »

« — Non ! Ma promesse sera tenue. »

« — Qu'est-ce qui me le prouve ? »

« — Rien. »

1. Je dis une Camel, mais ça peut être une Gauloise, une Marlboro ou toute autre source cancérigène du genre ! Je ne fais aucune pub payante.

« Il s'est levé, est venu poser ses mains sur mes épaules et m'a dit :

« — Vous êtes un homme, Robin, un vrai dur. Vous devez bien comprendre que, maintenant que je vous ai fait cette proposition, si vous ne butez pas Garden, c'est vous qui serez buté.

« — Si je le bute, également, j'ai soupiré. Vous êtes venu m'annoncer ma mort, somme toute ! »

« Il a grommelé un juron.

« — Une vraie tête de bois ! a-t-il poursuivi. Je vous dis qu'il s'agit d'un marché ; pas d'un marché de dupes : d'un vrai ! »

« Curieux, j'ai subitement cru à sa sincérité. Je lui ai dit :

« — Lieutenant Quinn, vous avez toujours votre mère ? »

« — Non, elle est morte la semaine passée ! Pourquoi ? »

« — Jurez-moi sur sa mémoire que ce que vous me proposez là n'est pas du bidon. Jurez-moi qui si je refroidis l'autre pomme, on ne me condamnera pas mais, qu'au contraire, je serai élargi l'an prochain. »

« Il a eu un air très grave et sa voix s'est raffermie, il a levé la main et a déclaré solennellement, comme s'il s'était trouvé devant un tribunal :

« — Je jure que le marché que je viens de vous proposer sera respecté. »

On entend gueuler la mère Bella sous les rudes assauts du Gros. Il y va du guiseau, l'artiste ! C'est le grand démantèlement de printemps ! Je sais pas si le Robin est également fané du chauve à col roulé, ce qui laisserait sa radasse en panne d'émotions glandulaires, en ce cas, dis-toi que messire Queue-d'âne lui compense ses années de frustration physique !

— C'est Bella qui crie comme ça ? s'inquiète tout à coup le forban.

— Non, non, le rassuré-je : c'est la chauffeuse de limousine qui se fait avoiner par notre gros pote parce qu'elle a prévenu les draupers d'ici qu'il voulait la violer.

Mathias, qui continue de brandir son charmant enregistrement de gousset, revient à l'interrogatoire :

— Et donc, vous avez refroidi le Doc, Mister Bolanski ?

— Je me le suis payé au couteau à désosser. Vingt centimètres entre les côtelettes, au bon endroit, croyez-le. Je m'y connaissais en anatomie autant que lui !

— Et les conséquences ?

Il tapote les roues de son engin avec jubilation.

— Zéro ! Quinn avait dit vrai. Tout s'est déroulé ensuite comme prévu au « contrat ». Quelques mois plus tard, le pénitencier a été fermé, on m'a libéré officiellement peu après.

— Vous avez une idée sur la raison qui a motivé l'exécution de Tom Garden ? Car on peut parler d'exécution, vous êtes bien d'accord ?

Il fait un bruit d'après cassoulet avec la bouche.

— Aucune et je m'en tamponne : c'est pas mes oignons.

— Et après votre libération, ça a été quoi, votre vie ?

Là encore il jubile pendant que son égérie, limée à mort, pousse un cri de triomphe qui déclenche la sonnerie du carillon.

— Quand on sort d'une pension comme Alcatraz, on est un peu désemparé. J'ai failli aller à New York pour essayer de travailler avec la bande de Kid Harvey dont j'ai connu le lieutenant dans « l'île », et puis je me suis dit qu'il y avait peut-être mieux à faire, pour peu que je stimule un peu mes méninges. Je me suis mis à la recherche du lieutenant Quinn et j'ai fini par le dégoter à Washington après pas mal de pérégrinations.

« Je suis tombé sur lui dans un couloir de la C.I.A. Il était en bras de chemise, avec toujours son putain de chapeau sur la tête (peut-être qu'il a la pelade ou un truc de ce genre ?). Sur le coup, il a pas eu l'air heureux de me voir, mais alors pas du tout. J'ai cru qu'il allait prétendre ne pas me connaître. Vite, j'ai pris les devants. Je lui ai dit : "Paraît que vous êtes le lieutenant Quinn ?" Il n'a pas bronché, alors j'ai poursuivi : "Moi, je suis Robin Bolanski, un ancien pensionnaire d'Alcatraz, libéré pour "bonne conduite". J'appartiens à ce genre de gars qui font confiance et auxquels on peut aussi faire confiance. J'ai pas envie de me relancer dans la grande truanderie, lieutenant. Ce que je cherche, c'est un boulot pépère "au coup par coup", si vous voyez ce que je veux dire ? On peut faire appel à moi dans les cas délicats. Je suis descendu à l'hôtel *Anticosti* pour quarante-huit heures. Supposez que quelqu'un aimant les marchés honnêtes ait un petit boulot à me proposer, il est sûr de m'y trouver jusqu'à jeudi. Allez, salut, lieutenant, heureux de vous avoir connu ; très heureux ! »

Robin se racle la gorge pour un glave de *first* importance. Il le rassemble puis l'expectore par la fenêtre ouverte.

— Et tu as eu du boulot, Rob ? lui demandé-je, sûr de la réponse.

— Un velours ! Deux ou trois fois l'an, je recevais une enveloppe. Dedans, y avait la photo d'un type, ses coordonnées et une botte de cent mille piastres ! J'ai pu m'arranger une existence pépère. Parfois, mon tempérament fougueux prenant le dessus, je commettais une petite bévue ; il me suffisait d'en informer le lieutenant Quinn et tout rentrait dans l'ordre. Les choses continueraient sûrement encore sans cette hémorragie cérébrale qui m'a déguisé en pot de fleurs.

— Et Quinn, tu as de ses nouvelles ?

— Non, mais à vrai dire je n'en ai jamais eu directement : une simple enveloppe je vous dis, sans nom d'expéditeur. Je continue d'en recevoir une, à Noël, avec cinquante billets dedans. C'est gentil, non ?

— En somme tu es pensionné de l'État ?

— Comme qui dirait. Je mène la bonne petite vie avec Bella. On s'est connus à l'époque héroïque et ça a été le grand amour. Évidemment, à présent j'ai plus les moyens physiques de la faire reluire, mais je lui propose une bonne manière quand elle a des vapes. Elle se couche sur la table, les pieds sur les accoudoirs de ma formule 1, et je la déguste scientifiquement. Comme racontait un éléphant dont un chasseur avait sectionné les balloches : je compense avec ma trompe !

On rit avec lui de sa boutade. Sa gagneuse revient, la démarche en crabe, le cul bas (dirait Castro).

Béru qui devrait être apaisé semble soucieux. Il vient à moi, le masque déformé par l'inquiétude :

— Tu sais ce dont je repense, Grand ? À mes caillettes dans mon coffiot à la banque. Tu croives pas qu'é s'ront nazebroques quand t'est-ce j'irai les récupérer ?

— Penses-tu. Du moment que tu as fait le vide en aspirant un grand coup l'air du coffre…

— Moui, hein ?

Il ne demande qu'à être heureux, le Gros. Il est fait pour. Alors il chasse son angoisse et sourit.

Désignant la dame Bella, il déclare :

— Un bon petit lot ! Pas feignasse du train, la mère ! Quand j'l'ai eusse eu monté la chatte en mayonnaise, elle a voulu que j'y défonce la porte de derrière ! Pas fastoche car elle avait jamais dérouillé du monumental dans la bagouze. Elle acceptait la visite dans la lune s'l'ment des michetons qu'avaient le braque format cigarillo. Alors tu penses, quand j'ai arrivé dans sa bétonneuse à chocolat av'c mon mandrin hors classe, ses miches jouaient plus *L' Beau Danube bleu*, fatal ! J' peuve te dire qu'elle a mordu l'oreiller pour pas ameuter la garde. « Tu veux qu' j'te signasse un armistice, mon trésor ? », j'y d'mandais. « Non, non, continue ! elle répondait, m'l'faut tout ! » Elle avait beau causer en espingouin, j'pigeais sa volonté. « C'est la dame de fer, cette grosse vache. Et même j'sus certain qu'la mère Tâte-Chair eusse pas pu enquiller une empétardée pareille, tout anglaise qu'elle soye été. Regarde-la arquer, Poupette ! Doit z'avoir l'couloir à lentilles kif l'tunnel sous la Manche ! C'est des enragées, ces anciennes radeuses. Tu croirais qu'é profitent de leur retraite pour oublier les choses du sesque, ben non, tu voyes ? Quand une superbe occase s'présente, é sautent dessus, la moniche grande toute verte ! »

Ainsi parle Bérurier le Grand, Bérurier le Gros. Bérurier l'Unique, Seigneur de la grosse veine bleue !

Avant de prendre congé du couple, je me penche sur Robin Bolanski.

— Hé ! Rob ! Tu sais des trucs à propos de l'affaire Kennedy, toi ?

Il sourcille. J'ai idée que la potion miraculeuse commence à cesser ses effets car il reprend sa sale gueule chafouine de gus en pétard contre tout ce qui bouge.

— Quelle affaire Kennedy ? il demande.

— Ben, l'attentat de Dallas, quoi !

Il hoche la tête :

— Qu'est-ce que j'en ai à secouer, moi, de Dallas ! S'ils l'ont refroidi, c'est qu'ils avaient leurs raisons, non ?

— Qui « ils » ?

— Ceux qui le voulaient viande froide, pardi ! Que d'histoires pour quelques coups de flingue !

— T'as raison, Rob ! Allez, salut !

On les met.

À notre vif étonnement, il y a foule devant la maisonnette bleue. Des gamins, des adolescentes efflanquées, des grosses commères joyeuses, des vieillards sarcastiques, des marchands de fritailleries, un pasteur noir, des filles de joie, des hommes de peine, un chamelier ayant égaré sa caravane, un pêcheur de perles de culture complètement inculte, plus quelques badauds en ordre dispersé. Un touriste japonais rembobine son rouleau de pellicule en riant magot.

Notre garce de petite chauffeuse se tient légèrement à l'écart et je m'informe de la raison de ce rassemblement : on ne distribue rien gratis, Jean-Marie Le Pen ne harangue pas, et l'épouse du Président Bush ne montre pas sa cicatrice de césarienne, alors ?

La *dark* môme m'explique que la fenêtre dépourvue de rideaux donne sur la pièce où Bérurier vient de perpétrer avec la dame Bella.

Un gamin alerté par les clameurs de la gagneuse de Robin a eu l'idée de mater. Ayant vu, il a donné l'alerte, ce qui dénote de la part de cet enfant un esprit altruiste, car il est rare qu'un individu tombant sur une pareille aubaine ne la garde pas pour sa satisfaction personnelle.

Lorsque Alexandre-Benoît passe la porte, il est littéralement ovationné. On l'entoure ! Des gens lui font signer des autographes, des dames lui proposent dix dollars pour avoir le droit de palper sa braguette et le Japonais insiste pour qu'il exhibe son membre devant l'objectif. Tu parles ! Dans un patelin où l'on fabrique des capotes anglaises format sapajou, la photo d'un tel braquemard aura davantage d'impact que le musée Bernard Buffet.

Sa Majesté assume avec brio son vedettariat. Il rechigne pas à produire son sexe, non plus qu'à le laisser caresser. Ce n'est pas la première fois de sa carrière de queutard qu'il connaît un tel succès de masse.

Aidé de Mathias, je finis par l'engouffrer dans la belle limousine.

Il n'a même pas le temps de réintégrer Popaul dans son studio, aussi son monstre du Loch Ness se met-il à folâtrer sur ses genoux.

— Si tu t'installais dans ce pays, remarque le Rouquin, tu aurais vite une réputation supérieure à celle de Sinatra.

Le Mastard a une expression de noblesse maîtrisée.

— Pourquoi, ici ? Partout ! fait-il, très simplement.

Je donne des directives à la Noiraude qui se prénomme Nancy, comme la vieille peau du père Reagan.

Béru remise tant mal que bien son instrument de forage en soulevant sa partie inférieure, le dos arc-bouté contre la banquette.

— Elle était sympa, c'te Bella, fait-il. Tout l'temps qu' j'y enquillais mon fox à poil ras dans l'joufflu, é m' criait un mot d'amour en espago. Pourtant, l'était pas à la noce, Ninette. T'as meilleur compte d' t'enfiler un oursin en guise de suppositoire dans le recteur plutôt qu' Mister Mandrake ! Elle m'hurlait commak : « *Mantequilla ! Mantequilla !* » C'est gentil, non ?

— Ça veut dire beurre, en espagnol, lui apprends-je.

Il bouche-bée[1] et la lumière inonde son esprit magmateux.

— Ah ! je comprends ! La pauvrette ! Comme quoi, faute d'causer français, on s'fait enculer sans confession ! Enfin, maint'nant qu'c'est fait, elle est parée, la chérie.

---

1. Verbe bouche-béer, 1er groupe.

Il sourit puis nous dit :

— Ma d'vise pour bien vivre, vous savez quelle était-ce, les gars ? La même que le P'tit Chapon Rouge : « Beaucoup de galette et un p'tit pot de beurre ». Avec ça, on est paré. S'l'ment, évid'mment, pour être riche, faut avoir les moyens !

Ayant proféré cette vérité première, il fait coulisser la vitre de séparation et lance rageusement à notre conductrice :

— Espèce de punaise !

Il referme brutalement, mais se sentant incomplètement soulagé, il rouvre et ajoute :

— De merde !

Il avait son cabinet à Hollywood, le docteur Garden. Le magicien Mathias a pu retrouver l'adresse de « Doc » dans Bloomfield, pas loin des studios Universal. On s'arrête devant un immeuble en pierre de taille, bâti dans les années 20, avec des ornements de bronze tarabiscotés sur la façade et une porte en bronze elle aussi évoquant quelque vieille banque de la City londonienne. Ça fait pas loin de quarante piges qu'il a quitté le quartier, le « paysagiste en gueules ». Pour retrouver quelqu'un l'ayant connu, ça va pas être « évident », comme ils disent tous, avec leur foutue manie des mots ou expressions à la mode. Maintenant, t'interviewes n'importe qui à la téloche, t'entends dire que « c'est pas évident ». Moi je trouve que ce qu'il y a de vraiment évident, c'est leur connerie. Alors là, te fais pas de souci : elle est toujours présente au rendez-vous !

Béru s'est endormi après ses exploits de sommier. Le repos du guerrier ! Ensuite il se réveillera et clamera qu'il a faim. C'est un animal authentique, ce mec !

Nous descendons, Xavier et moi, et nous demeurons plantés sur le trottoir d'en face à mater ce building d'une douzaine d'étages.

— En somme, tu espères quoi ? me demande Mathias.

— Je ne sais pas… Rien ! C'était pour voir où Garden vivait avant de plonger la tête la première dans le crime. Essayer de piger…

Et mon pote, impitoyable :

— De piger quoi ?

— Oh ! tu me les casses ! Tu sais bien que moi, c'est à la renifle que ça se passe. Il vivait là dans la fin des années 50.

Le Rouquemoute murmure :

— En tout cas ce n'est pas à l'époque où il habitait cet immeuble qu'il a pu entendre parler de l'assassinat de Kennedy puisque celui-ci n'était pas encore Président.

— Très juste, Auguste. Par contre, comme il évoluait dans un monde de rupins, il a pu connaître quelqu'un qui serait amené un jour à participer à un complot contre J.F.K.

— Il est parti d'ici pour vivre dans des pénitenciers, ce n'est pas le genre d'endroit où on rencontre des personnes d'influence.

Il veut toujours faire prévaloir la logique, l'Incendié. Y a rien de plus casse-bonbon que les cartésiens : ils vous mettent trop le nez dans la vie ! Et le rêve, alors ? Et le merveilleux ? Ils en font quoi, ces branques ?

Je traverse la chaussée pour pénétrer dans l'immeuble. J'avise un grand Noir loqué d'un jogging blanc qui est en train de briquer l'énorme boule d'escalier. Il a une joue enceinte de quatre plaquettes de chewing-gum mâchées simultanément.

— Hello ! l'abordé-je, manière de lui montrer que j'ai de la conversation.

Il me file une œillée en chanfrein et m'honore d'une onomatopée qui, si elle était répétée onze fois de suite, fournirait, ma foi, un honnête alexandrin.

— Vous êtes le gardien de l'immeuble ? insisté-je.

— Y a de ça, ouais.

— Savez-vous s'il y a un locataire habitant l'immeuble depuis les années cinquante ?

— J'étais pas né à cette époque, ricane le Noir ponceur-de-boules.

— Je n'étais pas né à l'époque de Lincoln, pourtant je sais qu'il a existé, j'objecte.

Pour tempérer le sarcasme, je lui tends un bifton de vingt dollars. Il l'enfouille sans hésiter et me remercie d'un signe de tête désinvolte.

Puis, comme je semble attendre, il déclare :

— Au 1102, y a les Minsky ; ils sont tellement vieux qu'ils ont dû arriver aux States avec le *Mayflower*, voyez toujours.

Puis il reponce sa boule de cuivre avec une telle énergie qu'elle a déjà perdu dix centimètres de circonférence. J'ai idée que cette pomme d'escalier, pour lui, c'est un peu le noyau atomique de la bâtisse ; son point névralgique.

Je dis merci et on va fréter un des trois ascenseurs pour se faire hisser jusqu'au onzième.

Une petite dame au nez pointu chevauché par des yeux de souris, aux cheveux blanc bleuté mistifrisés, et au maquillage de plâtre, nous ouvre. Elle porte une robe rose d'adolescente se rendant à la distribution des prix de son institution.

Elle nous considère avec une attention qui la fait loucher davantage.

— Mais oui, messieurs ? fait-elle gentiment.

— Je vous prie de nous pardonner, madame Minsky, mais nous souhaiterions avoir une petite conversation très brève avec vous. Rassurez-vous, nous n'avons rien à vous vendre.

Elle sourcille.

— Cet accent ! s'exclame-t-elle. Cet accent ! Ne seriez-vous pas français ?

— En effet !

Elle pousse un petit cri de joie et appelle :

— Scott ! Viens vite voir : des Français !

Là-dessus, elle me tend la main en gloussant des « *Hello, French boys ! Hello ! Hello !* »

L'autre moitié du couple se pointe (du Raz, ou plutôt du rase) avec une fausse barbe de père Noël consécutive à un savonnage exubérant. Il tient un rasoir à manche à la main et il ferait franchement nain s'il mesurait deux centimètres de moins. Il est en maillot de corps douteux (le corps comme le maillot) et caleçon court à rayures roses sur fond blanc.

À son tour, il pousse des « Hello » frénétiques, gambadant comme un gnome sur la lande bretonne, à qui une faunesse dévergondée montre sa petite culotte fendue.

Les Minsky délirants nous font pénétrer dans leur antre, ce qui nous permet de constater qu'ils sont, (lui du moins) « tailleurs en chambre ». Ils nous expliquent qu'étant juifs polonais, ils sont parvenus à s'évader du wagon qui les conduisait à Dachau, et par miracle ils sont tombés sur un camp de prisonniers français travaillant dans les bois, alors qu'ils erraient sans nourriture. Ces derniers les ont planqués pendant plusieurs jours dans les ruines d'une grange ; ils leur ont fourni des vêtements, un peu d'argent, une boussole et, grâce à cette aide inespérée, le couple est parvenu à gagner la Suisse où de la famille les a accueillis et leur a payé le voyage aux États-Unis.

Nous sommes « leurs premiers Français », depuis cette époque mémorable, d'où la liesse déclenchée par notre survenance.

Dès que je peux en placer une, je leur demande la date de leur arrivée dans l'immeuble de Bloomfield. La réponse me comble : 1948.

— Vous avez connu, par conséquent, le docteur Thomas Garden ?

— Très bien : il habitait le huitième ; c'était un homme charmant.

— Mais qui a mal fini ?

Pépère court achever son rasage, tandis que Poupette tient seulâbre le glaviotoir. À tout bout de champ elle nous attrape une main et la baise. Elle est exquise, cette petite vioque. Un bijou.

Je reviens à mon Doc :

— Il lui est arrivé de graves ennuis, n'est-ce pas ?

La souris couine de compassion.

— Il a perdu la tête pour une femme ! affirme-t-elle catégoriquement. Une petite actrice, mais qui a fait son chemin depuis, davantage avec son derrière qu'avec son talent ! On a projeté, en Europe, *Princesse Indigo* ?

— Pas que je sache, ou alors sous un autre titre, réponds-je.

— Eh bien, c'était elle la vedette, déclare la vieillette. Elle a également fait du théâtre à Broadway. Et puis elle est devenue la maîtresse quasi officielle du sénateur Della Branla. Elle s'appelle Norma Cain, ça ne vous dit rien ?

— Vous savez, j'habite Saint-Cloud et je lis peu les journaux américains.

— Une fieffée garce ! ponctue mamie Minsky.

— De qui parles-tu, ma colombe d'azur ? demande son nabot qui radine, superbe dans un pantalon de velours et un blouson de daim en chlorure de vinyle.

Ses vieilles joues flasques saignotent par les mille coupures qu'il s'est infligées et il lui reste des zones de barbe sous le menton, plus de la mousse à savon dans le pavillon des portugaises. Une fois qu'il est rasé, tu t'aperçois qu'il a une frime de marionnette jubilatrice.

— Je parlais de Norma Cain, mon bijou, l'affranchit sa bergère.

— Et qu'est-ce que ces gentils Français ont à voir avec une pute pareille ? s'étonne le cher vieillard.

— Ils me questionnent à propos de ce pauvre docteur Garden. Je leur racontais que si Thomas s'est mis à perdre les pédales, c'était pour faire une vie de rêve à la gueuse !

— En tout cas, elle est bien punie, ricane le gnome.

Je dresse l'oreille (la droite, ma meilleure).

— Pourquoi dites-vous cela, monsieur Minsky ?

Il grattouille son étagère à mégots avec le doigt que, dans sa grande mansuétude, le Seigneur nous a donné pour le faire, à savoir l'auriculaire.

— Tu leur as dit que cette sale garce était devenue l'égérie du sénateur Della Branla, ma libellule ?

— En quelle année ? coupé-je.

Ils réfléchissent à l'unisson.

— En 61, répond le faux nain.

— Je dirais plutôt 62, rectifie Baby-mémé.

Moi, driveur d'interrogatoires professionnel, je ramène l'eau de leur conversation dans le caniveau des révélations, comme l'écrirait, j'en suis intimement convaincu, M. Maurice Schuman de l'Académie française s'il savait écrire des romans.

— En quoi Norma Cain a-t-elle été punie ?

Ils vont pour jacter tous les deux, mais le gnome laisse la priorité à Colombine.

Elle narre :

— Le sénateur Della Branla était un homme extrêmement puissant et séduisant, vous avez vu sa photo dans le journal ?

— Je ne lis que *Le Courrier des Hauts-de-Seine*, petite madame, et il est rare que cet hebdomadaire, particulièrement bien fait, au demeurant, publie des photos de sénateurs U.S.

Elle a ce geste en chasse-mouches auquel rêvent tous les étrons abandonnés dans les chemins creux.

— Je vous disais que Dean Della Branla était un homme séduisant, donc un homme à femmes. Il ne comptait plus ses conquêtes et vivait au milieu d'une cour de pécores jalouses. Norma était la maîtresse en titre, certes, mais ce titre envié faisait grincer beaucoup de jolies dents blanches. Un jour, elle a été révolvérisée dans sa maison de Beverly Hills par un tueur à gages, et l'on n'a jamais su qui avait commandité le « travail ».

— Elle a été tuée ? demande Mathias.

La question me paraît saugrenue, la chose allant de soi. Un tueur à gages ricain, en général, ça ne pardonne pas. Mais contre toute attente, le vieux déclare, voulant prendre part à la converse :

— Elle en a réchappé après deux mois de coma. Seulement maintenant elle est non seulement défigurée mais complètement poreuse.

Le terme est amusant, ou alors je traduis mal le mot « *porous* », non ?

— Parce qu'elle vit toujours ?

— J'ai lu un entrefilet à son sujet dans un journal de télévision, annonce Alice (au Pays de la mère Veil), car on repassait un de ses films : *Touch me, Darling*. Il paraît qu'elle vit dans une petite maison de Sunset Boulevard en compagnie d'une femme de chambre et d'une infirmière car, après l'attentat, le sénateur lui a établi une rente à vie, ce qui était chic de sa part, ne trouvez-vous pas ?

— Il a la reconnaissance du sexe, conviens-je.

— Avait ! rectifie le farfadet, car il est mort aussitôt après dans un accident survenu à son Jet privé.

— C'était en quelle année ?

— Fin 63.

Mathias a enregistré toutes ces bavasses, en homme précautionneux.

On se retire après avoir fait la bibise aux Minsky et leur avoir promis de radiner à leur secours si un jour le Ku Klux Klan les faisait chier.

— Tu vois que j'avais raison de vouloir connaître cet immeuble, triomphé-je. Mon flair, Rouquin, mon pif d'homme bien membré ! Je n'ai qu'à marcher derrière mon nez : il m'emmène toujours là où je dois me rendre !

5

LES LÉSIONS DANGEREUSES[1]

Dans ma grande sagesse climatisée, je me dis que si la grande Norma Cain vit dans une vraie maison, c'est qu'elle n'est pas réduite à l'état de géranium, sinon elle serait dans un hospice pour riches gâteux. Premier point.

Et puis je me dis aussi, mais ça avec l'aimable participation de Xavier Mathias, que la version selon laquelle c'est une rivale jalouse qui l'aurait fait abattre par un tueur n'est guère satisfaisante.

Je veux bien que nous soyons aux States, pays de toutes les dingueries, mais je vois mal une pétasse jalmince se mettre à la recherche d'un équarrisseur pour lui faire zinguer une autre radasse. Qu'elle l'eût fait vitrioler, d'accord, c'est monnaie courante chez les frangines exacerbées. Mais buter froidement, c'est une autre paire de quenouilles, comme disait ta grand-mère qui en avait vu de dures.

— Sais-tu à quoi je pense ? me demande l'homme aux cheveux couleur de désastre-écologique-d'été-dans-l'Estérel.

— Toujours, réponds-je, car je le pense également.

— Le sénateur Della Branla est mort « accidentellement » à la fin de l'année 63.

— Et Kennedy a été assassiné le 22 novembre de la même année. Alors toi, graine de Sherlock, tu échafaudes l'hypothèse suivante : « Et si le sénateur Duchnock avait trempé dans un complot contre le Président J.F.K. ? Et si, cavaleur et mec à femmes comme il est, il en avait touché un ou deux mots à sa belle Norma ? Et si cette dernière

1. Chapitre dédié à Pierre Choderlos de Laclos.

avait confié le secret au docteur Garden ? Et si, en haut lieu, on avait eu vent de ces fuites et, pour assainir la situation, décidé de liquider les trois personnes compromises ?

Mathias hoche la tête.

— D'accord, je pense dans ce sens-là, mais on bute sur une impossibilité.

— Laquelle ?

— Comment Norma Cain aurait-elle pu affranchir Garden puisque, quand elle est devenue la maîtresse du sénateur, il se trouvait dans un pénitencier ?

On retrouve la rue, la longue limousine noire avec Béru pionçant à l'intérieur. Nancy écoute de la zizique que lui transmettent des écouteurs. Le léger casque écrase sa chevelure calamistrée. Elle me sourit, adossée à l'aile avant droite de son véhicule. Il fait beau. Au sommet de la colline, le mot « Hollywood » se détache sur le ciel en immenses caractères blancs.

— Où allons-nous ? s'informe la chérie noire.

— Sunset Boulevard, chez Miss Norma Cain. Vous pouvez demander son adresse précise aux renseignements, par votre téléphone de bord ?

Elle a ôté ses écouteurs et remonte dans le grand fourbi à la con. Le luxe vu par l'Amérique, je te jure, c'est quelque chose ! Bérurier a glissé de sa banquette. Il est agenouillé sur le plancher de la tire, le buste sur le siège, les bras en oreiller et il ronfle comme un meeting d'aviation.

On le repousse un peu afin de se loger dans le véhicule.

— Il n'y a qu'une personne qui pourrait nous affranchir, déclare Mathias.

— Je sais, dis-je : le lieutenant Quinn. Seulement pour le faire parler, celui-là !

Il tapote sa poche.

— Tu oublies mon petit nécessaire. Tu as vu comme après une injection le truand était docile et coopératif ?

— Pas commode de bricoler une injection à un homme de son importance. Il a dû monter en grade, depuis 63.

— Ou plus vraisemblablement prendre sa retraite, ce qui le rendrait davantage accessible.

Je feuillette mon petit calepin minable (qui me vient de papa). Couverture de moleskine noire, papier jauni, ligné, avec une marge rouge. L'avant-guerre, quoi ! Il nous en reste plusieurs paquets de cinquante au grenier ; je te l'ai déjà dit, c'était sa marotte à mon dabe, les calepins. Il va falloir des générations pour écouler son putain de stock !

— Avant de partir, j'ai pris le numéro du service de renseignements de notre ambassade de Washington.

J'ouvre la vitre et demande à Miss Bronzette de me composer le numéro. En moins de jouge j'ai en ligne un mec qui a l'accent du Midi. Parler le *yankee* dans ces conditions, ça devient un numéro de music-hall, l'aïoli corrige la nasillerie américaine.

Je me fais connaître et annonce mon chiffre de code secret. Après quoi j'exprime mon problème qui est d'obtenir l'adresse d'un certain lieutenant Quinn qui devait marner pour la C.I.A. au début des années 60. Mon terlocuteur me demande de le rappeler dans une heure.

En général, les crèches alignées sur le Sunset Boulevard sont plutôt opulentes, parfois même somptueuses, mais avec souvent la faute nouveau-riche-ricain : soldats peints, en tenue de grenadier sur les terrasses, personnages de la mythologie Disney disséminés à travers les pelouses, ponts chinois sur des cours d'eau en circuit fermé ! Tout ce pauvre folklore de gens qui, n'ayant pas de passé, tentent désespérément de se fabriquer un présent de pacotille. Tu as des maisons de style andalou, d'autres néogothiques, beaucoup de normandes à colombages, des crèches Art déco et même, même quelques maisons californiennes !

La demeure de Norma Cain est des plus simples : huit cents mètres de gazon avec, posée dessus, une construction cubique, blanche, qui ressemblerait à un dispensaire dentaire si elle était un peu plus grande.

Un chien danois à l'expression aussi avenante que celle qu'avait le regretté Adolf Hitler lorsqu'il souffrait de ses hémorroïdes, se jette contre le portail blanc quand nous sonnons. Pas le genre aboyeur : le genre déchireur de culs.

Au bout d'un temps, une donzelle noire se pointe. Elle n'est pas vêtue en soubrette puisqu'elle porte un pantalon de lin rouge et un gros pull, de cinq tailles trop vaste, bleu marine (d'ailleurs il est décoré d'une grosse ancre). Elle saisit le vilain toutou par son collier, s'arc-boute pour nous laisser entrer.

— Vous êtes les nouveaux ? demande-t-elle.

Nous répondons par l'affirmative et sans avoir l'impression de mentir. Effectivement, nous sommes nouveaux, n'ayant encore jamais mis les pieds céans.

Elle nous introduit dans un livinge-roome comme je n'en ai jamais revu depuis que Mme Ripaton a fermé son bordel plus ou moins clandestin, à Courcelles.

Deux personnes l'occupent pour l'heure : une monstrueuse obèse d'au moins trois cents livres, vêtue d'une blouse blanche défaite sur le devant, because l'ampleur du ventre, et qui gît dans un fauteuil club environné de bouteilles de bière vides. Elle en a une, à demi pleine, posée en équilibre sur l'accoudoir de son siège et elle se gave de pommes chips puisées dans un grand sac en papier transparent. Je la situe comme étant l'infirmière annoncée à l'extérieur. C'est une Blanche, et même une blonde, aux joues écarlates. Ces dernières sont si grosses que t'as l'impression qu'elle est en train de gonfler l'enveloppe d'un ballon d'observation.

Je ne vois que de dos le deuxième personnage, car il se tient devant un poste de téloche et nous tourne le dos. Tout ce que nous en savons, c'est qu'il s'agit d'une femme et qu'elle est en robe du soir avec un boléro de vison blanc sur les épaules.

La bonniche en civil nous montre un tapis roulé, le long d'un mur.

— Cette fois, vous allez avoir du boulot, nous dit-elle. C'est du vin rouge et du vernis à ongles qu'elle a répandus.

Je réalise dès lors qu'elle nous prend pour des nettoyeurs de tapis, gens auxquels on doit beaucoup faire appel dans cette maison, la propriétaire devant probablement les souiller à tout propos.

Je lui explique qu'il y a maldonne et que nous sommes des journalistes français venus faire un reportage sur les anciennes gloires d'Hollywood, dont Miss Norma Cain, l'inoubliable interprète de *Princesse Indigo*.

Là, c'est l'infirmière obèse qui nous prend en charge :

— Écoutez, les gars, vous vous êtes déplacés pour rien : Miss Cain n'est pas en état de vous répondre.

— On ne sait jamais, insisté-je en passant devant ses abominables cuisses écartées pour gagner le poste de télé.

Madoué ! Cette vision d'enfer ! Totalement défigurée, la vedette ! Elle a un grand trou sombre à la place de l'œil droit. La pommette a été pulvérisée par une balle, le lampion arraché, la bastos a traversé la tête et elle est ressortie par la joue gauche que laboure une profonde cicatrice à bourrelets.

De son œil valide, Norma Cain suit les roucoulades d'un couple. Dans les feuilletons *made in U.S.A.*, ils se cassent pas le chou : tout en gros plans ! Chaque fois tu as des couples jeunes, vieux ou entre deux âges face à face, champ contre champ ! Tantôt ils s'invectivent, tantôt ils se font des déclarations. *Dynastie, Santa Barbara, Mon cul sur la commode :* même circuit. Ça ressemble aux petits ruisseaux des luxueuses propriétés : c'est toujours la même flotte qui sert, qui fait des cascades, des pièces d'eau, des jets irisés. Histoires prémâchées, prédigérées. Elles te font simplement chier, point c'est tout !

— Hello, Miss Cain ! lui lancé-je.

La blessée tourne vers moi un regard gris et sans expression.

— Hello ! me répond-elle.

— C'est beau ce que vous regardez ?

La grosse infirmière boulimique essaie de s'arracher du fauteuil mais son prose apocalyptique est coincé dedans. De plus, son énorme anus fait ventouse sur le cuir, tu comprends ? Elle est là, à jambonner des cuissots en tirant sur les accoudoirs, mais elle reste soudée. Elle glapit :

— Laissez Mlle Cain tranquille, sinon j'appelle la police ! C'est de la violation de domicile !

— Calmos, ma blanche colombe ! lance Bérurier qui vient d'entrer.

Il s'est réveillé et veut être de la fiesta, le Gros, faire de la figuration inintelligente, mais participer, quoi, bordel ! Coubertin, merde !

— Le danois ne t'a pas inquiété ? demande Mathias.

Sa Majesté sourit finement.

— J'sais pas si tu l'sais et si tu l'sais pas, je te le dis : j'ai pratiqué les arts marsupiaux au service militaire ! Le *car raté*, le *jus d'os*, le *j'lu chie d'ssus* a pas d's'cret pour moive. Le cador, qu'à peine il me tirait des crocs gros comme des portemanteaux, il s'a r'trouvé su' le gazon, avec sa menteuse violette en guise de bavoir.

Il s'approche de l'obèse en blanc et mate entre ses formidables cuisses.

— Là, ma Berthy est battue ! reconnaît ce grand dissident de la Culture, tu parles d'un n'hangar à zobs, la mistress ! Y a tant tell'ment d'graisse su' l'parcours qu'on lui voye pas l'entrée des artiss' ! Non plus qu'l'tablier d' sapeur ! Moi, j'viendrais pas d'donner, ça m'amus'rait d'entr'prend' c'te dame, juste pour essayer d'me flécher un itinéraire dans c'te masse ! Notez qu'avant d'arriver z'au bute, on risque d'se gourer et d'emplâtrer un d'ses bourrelets !

L'infirmière lui tend sa menotte afin qu'il l'aide à se dégager de son carcan. Le Mahousse, galant, même avec les cétacés de haute mer, la saisit au poignet et tire de toutes ses forces qui sont grandes. Au point de la faire jaillir du siège et de se la prendre sur la coloquinte. Dans les meilleurs Laurel et Hardy t'as jamais vu ça : le monstre des profondeurs renverse le Gravos et s'abat sur lui, l'ensevelissant sous un éboulement de viande rance. La vision est féerique. Le prose de l'infirmière sans culotte fait songer au ballon d'Alsace sous la neige car elle est de peau blême.

Surpris par cet écroulage vivant, Bérurier suffoque ! Va falloir envoyer des chiens d'avalanche pour le repérer ! Mander des trucks, des pelleteuses, mobiliser la troupe ! Xavier profite du tumulte pour venir faire une petite piqûre amitieuse à Norma, sans que son dragon de garde s'en aperçoive.

La bonniche noire, héroïque, se lance courageusement dans la mêlée pour tenter de sauver ce qui est encore sauvable. Elle se penche sur l'amas et saisit un gigot antérieur de la garde-malade. Ce faisant, elle est troussée par sa position. Alors une main sort du tas d'immondices et s'engage résolument entre les cannes de la gentille Noiraude. Béru qui a, malgré son inconfort et la précarité de sa respiration, aperçu l'ouverture et compris le parti à en tirer, joue son grand air de « Je viens à toi, culotte chaste et pure ».

La bonniche couine, lâche l'infirmière pour tomber à genoux et mordre au sang cette main généreuse qui ne lui voulait pourtant que du bien !

Alexandre-Benoît crie de souffrance. Puis, d'une voix étouffée (et pour cause) tonne :

— Mais qu'est-ce é ont donc, ces mâchurées de merde à rebuffer les Blancs ! Aut'fois jadis, on lynchait les Noirs qui r'gardaient les Blanches, et maint'nant les Noires mordent les Blancs qui s'intéressent z'à elles ! Y a d'quoi s'les traire et s'la passer au brou d'noix !

Et puis vaille que vaille, ça se remet en place. Je me penche sur la malheureuse actrice défigurée. Elle est tragique, dans sa robe du soir en lamé vert qui la fait ressembler à une sirène qui se serait pris la frime dans l'hélice d'un barlu, et vieille, aussi ! On ne la teint qu'à la Saint-Trouduc, ce qui laisse le temps aux racines blanches de faire leur boulot.

— Miss Norma, lui fais-je, je suis l'un de vos fervents admirateurs. Seriez-vous d'accord pour que nous évoquions un peu le passé, vous et moi ?

Elle semble écouter des voix qui tombent du ciel, réfléchit un instant et acquiesce.

L'infirmière qui s'est remise droite (mais peut-on dire d'une boule qu'elle se tient droite ?) accourt :

— Pas de ceci, Betty[1] ! proteste-t-elle.

1. « Pas de ceci, Betty », est l'équivalent américain de notre « Pas de ça, Lisette ».

Et la voilà qui m'écarte d'un coup d'épaule dont la porte principale de Notre-Dame de Paris ne se remettrait pas, moyenâgeuse comme je la sais.

Agacé, je crie à Béru, dans notre langue maternelle que Miss Triplevache n'est pas censée comprendre :

— Emballe-nous ce tas de merde pendant un quart de plombe qu'on puisse jacter tranquillos avec la vioque, Gros !

— J't'interdille d'm'app'ler Gros en présence de médème ! rigole l'Enflure. J'm'sens tout mignard au bord d'elle !

Mais déjà conditionné pour sa mission, voilà qu'il se prend les siamoises à deux mains en geignant à pierre fendre.

— Naïce litele madame ! fait-il, avec des sanglots, ayame véri île ! You have écrased and broquène my baloches ! Look, plize ! Oh là ! Oh ! là là !

Il se lâche la couille gauche pour prendre la main gauche de Miss Robinson (je viens juste de retrouver son nom sur mon calepin) et la porter à sa braguette soi-disant sinistrée. L'infirmière palpe, pense instantanément à une orchite triple et – le professionnalisme avant tout – l'entraîne jusqu'à la cuisine américaine contiguë au livinge auquel elle est reliée par une ouverture équipée d'un bar-repas (ouf ! une vingtaine de mots sans virgule, faut être Proust !).

On peut ainsi continuer d'apercevoir la partie supérieure du couple, de même que celle de la soubrette en pull. Aux gestes, on devine que le Terrific baisse son pantalon. La supposition nous est confirmée par le « *Oh ! my god !* » incrédulard que lance le tombereau en blouse blanche.

Vite, j'entreprends Norma Caïn :

— Vous vous rappelez, Miss, le sénateur Della Branla qui eut des bontés pour vous ?

Elle réfléchit sitôt qu'on lui pose une question, car il lui faut un certain temps pour l'assimiler.

— Bingo, finit-elle par articuler, avec la difficulté qu'éprouvent pour s'exprimer certains pauvres enfants attardés.

— Comment ça, Bingo ? répété-je, ahuri.

— Ce doit être un sobriquet intime, propose Xavier, beaucoup moins con qu'il n'est roux.

Je demande à Norma :

— Vous l'appeliez Bingo ?

Elle opine.

Cette malheureuse me navre. Rien n'est plus terrible qu'une gonzesse défigurée et, de surcroît, « à la masse ».

— Il était gentil, Bingo ?

Elle fait « *yes* » de la tête[1].

— Il était fou de vous, n'est-ce pas ?

Une sorte de projet de sourire passe dans son regard « d'ailleurs ».

Y a remue-ménage dans la kitchenette américaine. Une assiette (voire un plat) est brisée. Glapissements de la grosse infirmière. Il n'est tout de même pas en train de la fourrer princesse, l'artiste ? Après sa séance avec l'autre gravosse de Venice, ce serait dur dur ! Mais en y regardant de plus près par l'ouverture du passe-plat, je crois que c'est la bonniche noiraude qu'il grimpe en danseuse, le Valeureux, l'Inextinguible ! Alors la garde-malade ronchonne comme quoi c'est pas des façons et qu'elle va appeler la police ! Qu'est-ce que c'est que ce trio d'étrangers qui pénètrent en force, houspillant une malade, tirant la servante avec une bite antédiluvienne ? Pas de ceci, Betty ! elle obstine !

— Va calmer le jeu ! enjoins-je à Mathias. Manquerait plus qu'on se farcisse les draupers de « L'Os-en-gelée » et qu'on soit enchtibés pour viol !

Il vaque prompto, ce Précieux. Toujours à la tâche, plus rarement à l'honneur.

Je me penche sur Norma Cain, lui saisis la main pour la réchauffer dans les miennes. Il faut l'apprivoiser, bien qu'elle soit « conditionnée » à mort. La seule entrave à cet interrogatoire bizarre, c'est son esprit dérangé, et même plus que dérangé : saccagé.

— Il vous disait tout, n'est-ce pas, quand vous étiez au lit ? C'était le genre d'homme qui a besoin de faire, à la femme qui le comble, l'offrande de ses secrets.

Mutisme ! Phrase sans doute trop élaborée pour un cerveau qui fait du delta-plane.

Je continue.

— Il vous a parlé du Président Kennedy ?

Ce nom la laisse songeuse.

— Le Président Kennedy qui est mort assassiné à Dallas, vous vous rappelez ? insisté-je.

Elle a une étrange lueur dans la prunelle. Elle articule faiblement :

— John ?

— Oui, c'est cela : John Kennedy. Della Branla vous a raconté ce qui se préparait contre lui ?

---

1. Le « yes » de la tête yankee rappelle le « oui » français à cela près qu'il est effectué plus lentement.

Elle répète :

— Contre lui ?

— Vous savez bien qu'on l'a tué à coups de fusil ?

Incompréhension de sa part. Nette, sans fioritures. Norma ne pige pas, c'est clair. À croire qu'elle a occulté le meurtre de Dallas. Elle se souvient du Président, non de sa fin tragique.

Je n'en tirerai rien, c'est couru. Avec une gamberge qui roule sur la jante depuis trente balais, ça n'a rien d'étonnant.

Je lâche sa main. Soupir de détresse de l'illustre Sana. On est venu foutre la merde pour la peau ! Je décide d'ordonner à mes troupes le repli général et je m'avance vers la cuistance pour ce faire. Mais qu'y découvré-je ? Tu donnes ta langue au chat ? Comment dis-tu ? Y a pas de chat ? Bon, ben garde-la ! M'agine-toi que Béru s'est emparé du fignard de la bonne en civil. Voilà qu'il vire sodomite, ce gros Gomorrhe ! Il ne lui suffit plus de se coltiner un braque qui ferait éclater la craquette d'une génisse, faut qu'il le carre dans des petites voies à sens unique, le sale dégueulasse ! Il déprave vilain, je te le dis.

Mais la surprise ne vient pas que de ses performances. Y a aussi Mathias qui me pose des problos. L'obèse a jeté sur lui son énorme dévolu et lui pelote les bas morcifs à travers le bénoche. Le Rouquemoute en est coi, de stupeur, de timidité ou de plaisir inavouable ? La bonniche, naturellement, part dans la complainte des pots cassés. C'est dantesque ! Tout cela dans une cuisine de pitchpin de deux mètres sur trois avec quatre protagonistes dont une baleine blanche.

Ulcéré, je reviens à la « chancetiquée du bulbe ». La contemple avec reproche. Je lui en veux d'être inapte aux confidences. J'ai honte. Si elle est inapte, la pauvre, moi je suis inepte !

Et voilà que, tu sais quoi ? Norma Cain m'adresse la parole.

Si je te répète ce qu'elle me bonnit, tu vas en avoir des fourmis rouges dans les testicules, Ursule.

Elle me fait comme ça, bien doucement :

— Il est mort, John ?

Tu juges ? Elle se rappelle Kennedy, mais ignore son trépas !

Et brusquementalement, la lumière m'inonde : elle a été révolvérisée *avant* qu'on ne tue le Président. Se trouvant dans le coma au moment de Dallas, et y flottant toujours plus ou moins, *elle n'a rien su de l'événement* !

Dedieu ! comme s'exclame à tout bout de champ le maréchal-ferrant où je fais changer les pneus de ma bagnole ; Dedieu de Dieu ! Ça modifie le tracé de notre entretien !

Pour lors, j'amène une chaise près de son fauteuil et éteins la téloche qui me fait passablement tarter avec ces blondes platinées qui n'en finissent pas de chialer ou de traiter de salauds des mecs à gueules de hockeyeurs.

— Mais oui, ma chère grande vedette, Johnny est mort.

— Comment ?

Et tu vas voir la feinte à Julot ! Un nectar (de forêt).

— Comme l'avait prévu votre cher Della Branla, Miss Cain, lui réponds-je.

Je sonde son visage détruit. Voudrais aspirer avec une paille ce qui se passe peut-être dans sa tronche trouée malgré les mauvaises apparences.

C'est l'inexpression intégrale. Elle semble avoir interrompu toute forme de réflexion.

— Vous vous rappelez Thomas Garden, naturellement ?

Toujours ce décalage qui donne l'impression d'une boule chromée lancée sur le plan incliné d'un billard électrique et qui dévale la pente en ratant ses objectifs possibles le plus souvent.

Répondra ? Répondra pas ? Pigé ? Non pigé ? Ma question produit des sortes d'ondes excentriques.

Puis, ce mot, pareil à une bulle éclatant à la surface d'un marais :

— Merveilleux !

— Thomas est merveilleux ? insisté-je, prenant soin d'utiliser le présent puisqu'elle est reportée trente ans en arrière.

Sourire béat.

— Oui.

Il devait la calcer comme un chef, le Doc !

— Il fait bien l'amour ?

— Merveilleux !

Qu'est-ce que je te disais ? Elle garde au toubib marron la reconnaissance de la chatte.

— Quand l'avez-vous vu pour la dernière fois ? risqué-je.

— Hier, je crois, ou avant-hier…

— Au pénitencier de Kalamity Beach ?

Elle rêvasse un peu, puis assentime.

— Vous lui avez parlé de l'affaire Kennedy ?

Elle se tâte la gamberge, et soudain, comme si une illumination s'opérait dans sa comprenette, elle a un sursaut :

— Dans le gâteau ! dit-elle.

— Quel gâteau, Norma ?

— Dans le gâteau.

— Vous lui avez fait parvenir un gâteau au pénitencier ?

— Dans le gâteau !

Et puis la voilà qui se met à piquer une crise de nerfs fracassante, la mère ! Au point de choir de son fauteuil et de se tordre sur le sol. Elle a les yeux révulsés et écume. Ses doigts se crispent. Elle émet des cris sauvages. La grosse garde-malade lâche le pinceau de Xavier pour radiner tel un muid pourvu de jambes. En voyant sa patiente au sol, elle se fâche :

— Qu'est-ce que vous lui avez dit, misérable ?

Elle hèle la bonniche pour de l'aide. Sans réplique. La môme se pointe avec toujours le paf à Béru dans la chambre à gaz ! Ils ont une drôle de démarche chaloupée, les deux !

L'infirmière a saisi Norma par les épaules. La bonne veut se pencher un peu plus (elle est déjà à l'équerre, compte tenu de son occupation de l'instant) afin de prendre les jambes, mais le terrible mandrin qui lui compose une armature interne ne cède pas à ce projet. C'est moi qui la supplée bien que la garde me récuse comme un avocat d'assises récuse un juré qui a une sale gueule.

Elle finit pourtant par se soumettre à la nécessité.

— Portons-la dans sa chambre ! m'intimide-t-elle (comme dirait Béru).

On gagne la pièce voisine. Immense lit rose, moquette rose, tapisserie rose, meubles roses, pralines dans un compotier d'opaline rose. Le nid de vedette U.S., quoi !

On étend la pauvre dame sur son couvre-lit. Elle se calme, devient inerte.

— Elle est cardiaque ? demandé-je à l'obèse.

— À outrance ! Vous l'avez contrariée, hein ?

— Pas le moins du monde : j'essayais de lui parler de sa carrière.

La monumente hoche son potiron et tire de sa poche un stéthoscope. Elle le coiffe et appuie l'embout chromé sur la poitrine de Norma Cain.

Son regard bouffi s'élargit. Chez les hypermahousses comme elle, ce qu'on peut le moins apercevoir, après le frifri, c'est le regard. Trop de bouffissures, de replis, de graisse, quoi !

La voilà qui se met à chevroter :

— Seigneur tout-puissant ! Mais elle est morte !

Oh ! ce seau d'eau glacée qui m'arrive dans la poire.

— Vous l'avez tuée ! gronde la garde. C'est vous ! La police !

Elle va de son plus vite possible au téléphone (rose), décroche.

Je la rejoins juste à temps pour couper la communication.

— Laissez-moi téléphoner, assassin ! Ou j'appelle au secours !

Joignant la gueulanche à la promesse, la voilà qui entonne des « *Help* », heureusement d'asthmatique. Je vais au plus pressé : ma carte de police.

On ne dira jamais suffisamment l'efficacité de ce mot aux riches voyelles.

Elle s'énuclée sur ces six belles lettres barrées de tricolore.

— Allons, Miss, réagissez ! dis-je avec autorité. Loin d'être des assassins, nous sommes des policiers et nous travaillons en pool avec la C.I.A. Je n'ai fait que poser d'anodines questions à cette femme ; peut-être lui ont-elles provoqué une crise cardiaque, suis-je pour autant un meurtrier ? Songez à ce qui se passerait si la police de Los Angeles arrivait ? Vous qui caressiez le sexe de mon second ! La domestique qui se laissait sodomiser par mon troisième ! Mon tout serait dès lors une catastrophe pour vous ! Toute la presse ferait des gorges chaudes car il me serait impossible d'étouffer le scandale !

Ces mots pleins de sagesse la convainquent autant que ma carte.

— Dès que mon collaborateur aura déculé, nous partirons et vous appellerez le médecin de Miss Cain. Inutile, dans l'intérêt général, de mentionner notre visite.

Il nous faut attendre une dizaine de minutes avant que ce chien lubrique de Bérurier puisse recouvrer la liberté.

Pendant qu'il tente de prendre congé de sa partenaire, je dis à Mathias :

— Dis voir, la Fournaise, ta drogue qui rend bavard, tu es sûr qu'elle n'est pas contre-indiquée aux grands cardiaques ?

Il hausse les épaules.

— Je ne saurais te renseigner sur ce point, avoue le savant, ça vient pratiquement de sortir et je n'ai pas eu le temps de procéder à des tests poussés.

— Quelque chose m'assure que tu devrais le faire à tes moments perdus, mec.

Un bruit de bouchon de champagne nous apprend que Bérurier a rompu sa chaîne du bonheur.

6

VOILAGES AU BOUT DE LA NUIT[1]

Nancy interrompt la radio en nous voyant.

C'est un boulot peinard que le sien, nonobstant l'empâtement de son char d'assaut qui la contraint à des manœuvres fastidieuses dans les rues étroites. Tu peux rêvasser à loisir, lire, te faire les ongles, écouter les disques d'Yvette Horner (qui est un peu à la musique ce que je suis à la littérature).

Nous reprenons nos places en silence.

Elle attend mes directives.

— Vous connaissez Kalamity Beach ? je questionne.

— Certainement.

— C'est loin d'ici ?

— Une soixantaine de *miles*.

— On y va !

Docile, elle lance sa batteuse.

— Demande-z'y si elle aurerait pas un peu d'vasline à mon service, murmure le Mastard. C'te bonniche m'a esquinté l'pompon, pire qu'si j'aurais flanqué Coquette dans une moulinette !

— Tu te crois chez une pute ! l'envoyé-je au bain.

Renfrognée, Sa Majesté déclare :

— Jockey ! Jockey ! J'veux pas faire d'vagues, j'm'sognerai av'c l'huilier du restau où qu'on va pas tarder d'aller, si j'en croive mon estom'.

— Alors, interroge Mathias, positif ?

1. Chapitre dédié à Louis-Ferdinand Céline.

— Il me semble. Positif, mais incomplet. Et de lui relater la scène avec la vedette du temps jadis.

— Il semblerait donc que nous ayons vu juste, conclut Mathias après mon exposé. Le sénateur Della Branla aurait trempé dans le complot contre Kennedy. Il a fait des confidences à sa belle, laquelle les a transmises au docteur… Elle lui rendait visite au pénitencier, car elle conservait un faible pour lui. Le Doc a vu là un moyen de négocier sa libération anticipée. Mais il lui fallait quelque chose qui ressemblât à une preuve, pour étayer ses dires.

— Ce quelque chose, elle le lui a fait parvenir à l'intérieur d'un gâteau.

Le silence revient. Nancy *drive* impec derrière sa vitre teintée. Je note qu'elle me coule de longs regards enamourés dans son rétroviseur large comme une psyché. Je te parie un kilo de caviar contre cent de ton fourrage préféré qu'elle n'appellerait pas les flics si moi je l'entreprenais.

Mathias demande :

— Tu espères quoi, du pénitencier ? En trente ans, tout le monde a changé : gardiens et prévenus !

— On trouvera bien quelqu'un ayant connu l'homme qui a vu l'homme qui a vu l'os !

— Ton éternel optimisme…

— L'optimisme est aussi vital que l'oxygène. Si tu ne fabriques pas celui dont tu as besoin, personne ne t'en cédera car tout le monde en manque.

Je fais glisser la vitre :

— Puis-je utiliser encore votre téléphone, mon petit cœur ?

Elle me confie l'appareil portable et je rappelle mon correspondant méridional de l'ambassade de France (l'une des plus belles du monde).

— Vous avez pu obtenir mon renseignement, cher ami ?

— C'est fait ! chantonne l'homme des renseignements généreux. Votre lieutenant Quinn fume depuis belle lurette les pissenlits par la racine.

— Il est mort accidentellement ? fais-je.

— Si vous considérez que prendre un chargeur de 9 millimètres dans le buffet est un accident, alors d'accord, il est trépassé d'un accident ! ironise mon nain terlocuteur.

— Et il est mort en 63 ?

— Vous brûlez : 64 !

— Dans quelles circonstances ?

— En pleine nuit, sur les bords du Potomac, près du cimetière d'Arlington.

— Le cimetière des héros, fais-je. Le Président Kennedy y repose.

— Exact. Je peux encore faire quelque chose pour vous ?

— Merci, ça va comme ça. À l'occasion je vous ferai parvenir une bouteille de pastis.

Il rigole :

— Ne vous fatiguez pas, j'en ai plein un placard.

— Qui a dit qu'on n'emmenait pas la France à la semelle de ses souliers ?

— Danton. Mais il ignorait la valise diplomatique ! Allez, salut, monsieur le directeur.

Je rends son appareil à la poulette *dark*. Nos doigts s'effleurent. Dans le rétro, je lui fais un bisou à vide et avide. Elle l'accepte et me signe l'accusé de réception d'une œillade pas farouche. De ce côté-là, ça baignerait plutôt.

— Décidément, ça a été l'hécatombe ! remarque Mathias.

— Oui : la grande lessive. Les balles tirées sur le Président ont tué beaucoup de monde !

Le pénitencier de Kalamity Beach s'étale dans une plaine sablonneuse du genre aride, à quelques kilomètres du Pacifique.

Alentour, c'est une espèce de savane broussailleuse agrémentée de boqueteaux aux arbres chétifs. Les bâtiments ne sont plus modernes et pas encore vieux. Fonctionnels et grisâtres, tu vois ?

Les hauts murs sont prolongés par une triple barrière de barbelés et quatre miradors marquent les angles de l'établissement. Je me dis qu'il ne doit pas être facile de s'évader de cette pension de famille car, outre ses défenses, le fait qu'elle soit environnée d'espaces vastes et dénudés complique singulièrement une « belle » éventuelle. Une seule route y conduit et tout arrivant est repéré de très loin.

Sonner à la lourde d'un pénitencier est presque aussi intimidant que de carillonner à celle d'un monastère.

Un vaste guichet s'ouvre et un visage découpé en neuf morceaux par les barreaux du judas m'apparaît. La vérité m'oblige à dire qu'aucun de ces neuf morceaux n'inspire la sympathie.

On me demande ce que je veux. Je plaque ma carte sur l'un des carrés vides et débite par-derrière ma petite histoire.

La bouche inscrite dans le carré du milieu me conseille de patienter.

Pour tromper la tante, comme disait mon oncle, je m'accoude à la portière de Nancy. Nous voilà à trente-deux centimètres l'un de l'autre. J'estime que c'est encore trop, c'est pourquoi je passe ma tête à l'intérieur de la limousine. Sa forte bouche est déjà humide. Que doit-il en être de sa chattounette ! Affaire à suivre.

— On peut goûter ? murmuré-je.

Elle a un sourire qui, précisément, l'oblige à écarter ses lèvres. L'ouverture est trop belle, d'où pelle aspirante, philippine de menteuses, crissement d'ivoire, cocktail d'amygdales.

— Après vous s'il en reste ! gouaille l'énorme sodomite vautré à l'arrière.

Mathias, soucieux de mon confort moral, fait taire le terre à terre. Notre baiser se prolonge infiniment, jusqu'à ce qu'une voix grasse comme un bac à friture lance derrière moi :

— Hé ! Vous !

Le « vous », qui est « moi » en l'occurrence, s'arrache, tout filamenteux, et fait front à deux gaziers en uniforme. L'un des deux m'apprend la bonne nouvelle : le directeur du pénitencier, M. Archibald Graigh, consent à me recevoir.

Pas très marrant, ce dirluche. Faut dire que sa fonction, non plus que l'endroit où il l'exerce n'incitent à la gaudriole. En voilà un, quand il va retrouver la grande Betty, pour son jour de congé, il doit lui faire mettre les pinceaux en bottes de radis avec les arriérés qu'il trimbale !

Il est assez épais, les cheveux rudes et gris, le menton carré, la paupière en peau de croco, le regard vigilant et fonctionne en bras de chemise derrière un burlingue paperasseux.

Il ne se lève pas pour m'accueillir, se contentant d'un hochement de tête. Il me désigne néanmoins le siège placé en face de lui. Moi je lui remontre ma carte et lui déballe une très mignonne histoire, qui, bien illustrée par un dessinateur de talent, constituerait un joli album de Noël pour la jeunesse. Une réforme pénitentiaire est à l'étude, en France, et je préside la commission chargée de visiter les établissements américains afin que nous nous en inspirions éventuellement.

À ces mots il rit comme un bulldog aboie après le facteur des recommandés et me déclare que sa taule est le prototype même de ce qu'il ne faut pas faire ! Une cage à cancrelats où l'on crève de chaud l'été et de froid l'hiver. Elle est loin de tout. Les gardiens sont plus mal logés que les prisonniers et il redoute davantage une mutinerie des premiers que des seconds. Les détenus sont à six par cellule de deux. Le sanitaire est naze, au point que les coupures d'eau sont fréquentes, etc. Le tableau qu'il nous dresse flanquerait la fièvre acheteuse (Béru dixit) à une vache.

Je le laisse se vider en prenant des notes dont je n'ai rien à cirer. Ça lui fait du bien à cet homme de déverser sa bile dans le giron pare-balles d'un étranger. L'administration doit l'envoyer aux pelosses et se torcher le fion avec ses rapports, alors il n'en peut plus, Archibald. Il me tient, il me garde ! Un homme lancé à cinq mille tours, si tu as la patience de l'écouter, c'est pas difficile ensuite de lui tirer les vers du pif. Tu joues un air de flûte et, tels les najas marocains qui sortent de leur couffin en se dandinant, le v'là qui répond « Présent ! ».

Il jacte à la mitraillette, le dirluche. Évidemment, il ne subsiste personne ici y ayant vécu au début des années 60. Par contre, à Kalamity Beach City, on peut rencontrer le vieux Hogland, un ancien gardien-chef de la boîte, qui faisait régner la terreur parmi les fortes tronches. À lui seul, il a maîtrisé une émeute dans la cour de la promenade, rien qu'avec sa matraque et sa tête d'Irlandais. Si je veux des histoires, c'est lui que je dois rencontrer. Il habite chez sa fille, sur le port. Elle tient un restaurant : *Au Bourlingueur*.

Alors là, oui, je prends note avec plaisir.

Les huîtres ressemblent à des belons. Elles sont énormes et sans saveur. Renseignement pris, la loi américaine oblige les restaurateurs à les laver avant de les servir. Je n'ignorais pas que les Ricains étaient des cons, mais je m'aperçois que ce sont également des béotiens et dès lors, je trouve logique leur défaite au Vietnam, pays qui, lui, sait admirablement manger quand il a de quoi.

Après les huîtres, on se cogne des steaks larges comme des pizzas mais cinq fois plus épais, avec des *back potatoes* pour garniture. Le picrate californien se laisse boire et la serveuse qui s'occupe de nous se laisse peloter par le Gros, ce qui rend ce restau convivial.

Une grosse dame de cinquante carats avec la poitrine comme un péristyle de théâtre, un peu de barbe grise et des cheveux de couleur abricot s'occupe de tout un chacun : clients et serveurs, avec une autorité joviale. Je te parie, chérie, ma belle grosse bite contre celle de ton époux, qu'il s'agit de la fille du père Hogland.

Dès que nous avons terminé notre gelée de foutre à la framboise[1] je hèle la dame *for the bill* et j'en profite pour lui demander des nouvelles

1. Ne commande jamais de gelée comme dessert dans un restaurant amerlock, non seulement tu ne sais pas ce que tu bouffes, mais c'en est !

de son cher papa. Elle me répond, sans grande joie, qu'il doit être quelque part « par là » tout en montrant le port.

On s'apprête à lever le siège quand Nancy, que j'ai conviée à partager nos agapes, demande à emporter les restes pour son chien, ce qui est l'usage dans les pays civilisés comme les États-Unis d'Amérique. Les restaurateurs ont des boîtes de carton revêtues d'étain pour cela. La chauffeuse nous explique sans vergogne qu'elle emporte nos reliefs (moins ceux de Béru qui n'en laisse jamais) pour son vieux père avec lequel elle cohabite depuis qu'il est veuf. Ce soir, elle va réchauffer cette ragadasse à l'oncle Tom qui, dès lors, se fera un gala gastronomique de première.

On le déniche dans le quatrième bar, l'ancien maton. Il y joue aux fléchettes avec un petit Noir déguenillé, morveux mais charmant, au sourire en tranche de noix de coco. Le vieux Hogland devait être aussi roux que Mathias avant de blanchir. Sa forte tignasse d'Irlandoche hésite entre la couleur queue-de-vache et le gris moisissure. Un pif monstrueux qui fait songer à une ruche, des yeux presque blancs, durs comme des cailloux de rivière, un menton trapézoïdal, il a tout du vieux fumier décrépit par le temps.

J'applaudis à l'exploit qu'il vient de réaliser en fichant sa fléchette au cœur de la cible, l'aborde en lui demandant s'il est bien lui – ce qu'il m'affirme avec autorité –, lui raconte la même histoire qu'au dirluche du pénitencier et le convie à prendre un verre avec nous, ce qui semble l'humaniser quelque peu.

Nous voici tous quatre à une table. Il se commande un « Dynamitero ». Béru, intéressé par ce breuvage inconnu, veut en connaître la composition. Par mon intermédiaire, le vieux l'affranchit : un tiers de tequila, un tiers de gin, un tiers de bourbon avec, pour finir, une giclée d'angustura. Autrement dit, il ne s'agit plus d'un breuvage, mais d'une lampe à souder. Six mois de ce traitement et te voilà avec une chouette cirrhose en bandoulière. Le Mastard, dont on ne dira jamais suffisamment l'héroïsme et l'esprit de découverte, se fait servir la même potion magique. Y ayant trempé ses lèvres, ce qui produit un bruit de pomme de terre plongée dans de la friture bouillante, il la déclare conforme à ses rêves d'alcoolo, déplorant de n'avoir pas connu plus tôt cette merveilleuse recette de cocktail qu'il est bien décidé à implanter dans la région parisienne.

Ce préambule achevé, je me mets à questionner l'ex-garde-chiourme sur son métier. Rien qui ne comble autant d'aise un retraité que d'évoquer ses activités passées. Faut voir comme il bondit hors de ses *starting-blocks*, l'ancien. Tout ce que je veux, comme je le veux, où je le veux, il déballe ! Son cher boulot basé sur la matraque et la brimade, les lascars expédiés au gnouf, les évadés qu'il a seringués dans des couloirs ou fait tomber du toit où ils faisaient les guignols ! Il est déjà humide du calbute bien qu'il ne fasse pas encore d'incontinence.

Doucement, je l'oriente sur le Doc Garden. Se le rappelle-t-il ? Tu parles ! Un malin qui endormait son monde avec ses airs de bon apôtre ! Seulement, il fallait s'en gaffer comme du sida, de ce vilain coco. Il a bien failli jouer la belle mais il aurait dû consulter son horoscope car c'était pas son jour de chance et il s'est fait niquer. Par la suite on l'a transféré à Alcatraz où un plus coriace que lui l'a planté avec un coutelas de la cuisine.

Je mets sur le tapis le blaze de Norma Cain, du coup il y va pleins gaz, le père Hogland. Cette pimbêche qui sentait la pute de luxe à cinquante mètres ! Quand elle venait au parloir, fallait ouvrir les fenêtres après son départ, tellement son parfum était tenace. Comment ? Si elle venait souvent le voir ? Chaque mois ! Recta ! Madame s'annonçait dans un froufrou. Les gardes se battaient pour « s'occuper d'elle », la driver jusqu'au box vitré. Elle leur en flanquait plein les naseaux, prodiguait des œillades salaces qui les rendaient flageolants des cannes. Un jour qu'il s'était personnellement « chargé d'elle », vous savez quoi, les gars ? Elle lui a caressé le machin à travers son pantalon. Textuel ! Une drôle de rapide qui se faisait le sénateur Della Branla ! Le politicard était dingue de cette ébouriffante ! On raconte qu'un jour, elle lui a taillé une pipe pendant une exposition qu'il inaugurait, consacrée à l'hyperréalisme américain. Derrière une toile immense représentant le Capitole grandeur nature, vous jugez, les gars ?

« Les gars » jugent. Moins sévèrement que ne l'espérait le bonhomme, parce que « les gars » sont français et que la baise et ses dérivés, eux, non seulement ils la comprennent, mais ils la pratiquent !

— Arrivait-il à Norma Cain de faire passer des colis à son cher détenu ? je questionne.

Pépère branle son chef (ce qui est une belle façon d'arriver à quelque chose dans la vie).

— Des colis, non. Mais chaque fois qu'elle venait, elle lui apportait un gâteau : une sorte de pudding qu'elle confectionnait elle-même et dont il raffolait, assurait-elle. Elle nous suppliait de le lui faire passer. Comme c'était la souris du sénateur, on se chargeait de la commission.

— Sans ouvrir le gâteau ?

Il éructe, Hogland, me fustige du regard et, pour me punir, se commande un troisième « Dynamitero », imité en cela par Béru qui lui file le train avec dévotion.

— Dites donc, mon garçon, vous nous prenez pour des enfants de chœur ? En quatre, le gâteau ! Toujours : tchloc ! et tchloc ! Deux coups de couteau ! Et on poussait le scrupule jusqu'à bouffer l'un des quarts. Alors venez pas insinuer !

— Je n'insinue rien, monsieur Hogland ! Je voulais une simple confirmation de la chose. Elle apportait donc à chaque visite son petit pudding au prisonnier.

— Exactement !

Je réfléchis, maussade. Que peut-on introduire dans un gâteau dont on sait qu'il va être découpé en quatre parts dont l'une sera consommée ? Ça ne colle plus, décidément.

Mathias demande :

— Il était mou, ce pudding ?

— En voilà une drôle de question, réplique Hogland ; pourquoi me demandez-vous ça ?

— Ça vous ennuie de me répondre ?

— Pas du tout. Comment il était ? Je réfléchis… Ben, oui, il était plutôt mou.

— Donc il reposait sur un carton ?

Génial Mathias ! Mathias *for ever* ! Si précieux ! Si fabuleusement et efficacement fouille-merde !

— Ben, je me rappelle plus, probable, oui. Un carton couvert d'étain. Pourquoi ?

— Comme ça, répond mollement Mathias.

Le sale requin ne s'en laisse pas conter.

— Je vous vois venir : vous vous dites que la pétasse pouvait écrire au dos de ce carton. Eh bien ! c'est non, mon gars ! Imaginez-vous que je regardais sous ce putain de carton ! Mais qu'est-ce que c'est que ces bleus *frenchmen* qui viennent me chercher des noises !

On se prodigue pour le calmer. On y parvient à coups de « Dynamiteros ». Si bien qu'au moment de quitter les lieux, Béru est incapable de marcher et que nous devons le soutenir jusqu'à la limousine. Il est blindé à mort, à ivre mort. Plus un mot ne sort de lui, plus un rot, plus un pet. Il est désert dans son ivresse, muet comme un violon dans son étui ! Nous nous rabattons au *Beverly Hills*. Justement, il y a un congrès, ou une convention ou une connerie du genre, avec plein de mecs saboulés de bleu marine et de pécores mistifrisées, en cape de vison ou de bonne espérance, qui parlent haut et du nez, et ne sont pas plus vulgaires que certaines marchandes de poissons marseillaises.

Notre arrivée avec le Mastard inanimé (mais qui a toujours une âme) fait sensation. Les gonsmen de la réception nous demandent s'il faut mander un médecin, je leur réponds qu'il ne s'agit que d'un malaise diabétique dû à de l'hypoglycémie, on va lui faire prendre de l'eau sucrée et il sera O.K. On finit par virguler cet alambic saturé sur son lit en entourant son minois de linges de bain pour le cas où il aurait des remontées au carburo et nous revoilà libres de nos mouvements.

Nous sommes dans la carrée de Mathias. Il a l'air sonné par la fatigue, le Brasero.

— Bilan ? demande-t-il.

— Plutôt positif, réponds-je. Je suis de plus en plus convaincu que le sénateur Della Branla a participé à une noire magouille, qu'il en a touché deux mots sur l'oreiller à Norma Cain et que celle-ci a vendu le morceau au Doc.

Il opine.

— Moi également, mais je me demande pourquoi Garden a tenté de s'évader du pénitencier de Kalamity Beach s'il disposait d'une pareille cartouche de dynamite ! C'était probablement un type intelligent qui aurait su négocier un secret d'une telle ampleur. Il y a un os !

— Il y en a sûrement plusieurs, appuyé-je, mais à chaque jour suffit sa peine. Goûtons une nuit réparatrice, comme on écrivait jadis dans la littérature d'après la grand-messe, et demain sera un autre jour !

Je le baise au front, tel un enfant, et me retire dans mon appartement. Là, je décroche le biniou et demande au concierge d'envoyer dire au chauffeur de ma limousine qu'il vienne prendre les ordres concernant la journée du lendemain. Me débarrasse de mon veston sur les épaules d'un serviteur muet, me file une giclette de « New York », mon eau de toilette d'élection créée par Patricia de Nicolaï et vais ouvrir car on frappe à la lourde.

Elle arbore un beau sourire pour arbre de Noël, Nancy.

— Entrez et asseyez-vous, lui dis-je en accrochant subrepticement l'écriteau *Do not disturb* au pommeau extérieur de ma porte.

Elle obéit.

— Ouf ! fais-je (car j'ai de la conversation) en me laissant tomber auprès d'elle sur le canapé.

— Vous paraissez épuisé, note-t-elle.

— Ce n'est qu'apparent, je possède encore des ressources que vous ne soupçonnez pas. Si on prenait un drink pour conclure la journée ?

— Pourquoi pas ? J'aimerais un whisky-Coke plutôt léger.

Je fais droit à sa requête bien que je n'eusse jamais été préparateur en pharmacie. Moi, je m'octroie un gin-tonic *fifty-fifty*. On trinque.

Elle boit, puis demande :

— Vous êtes satisfait de vos visites ?

— Pas mal.

— Vous recherchez quoi, si ce n'est pas indiscret ?

— À reconstituer un passé de trente ans.

— C'est beaucoup !

— Oui et non. Il reste encore des témoins.

Elle souhaiterait me questionner davantage, mais elle sait que dans sa profession il ne convient pas d'être curieux.

Quand elle a terminé son verre, elle le dépose sur la table basse.

— Quel est le programme de demain ?

— Je n'en sais encore rien, mais je peux vous indiquer celui de maintenant.

Avant qu'elle ne parle, je la prends dans mes bras et lui bouffe la gueule comme un sauvage.

Bien que tu sois un peu mou de la membrane, tu sais combien la fatigue stimule le désir. À peine ses nichebards me frottent-ils la poitrine que je me sens pousser, non pas des ailes, mais une tuyère grosse comme celle du lanceur « Ariane ».

Elle réfute pas, la Nancy. S'en ressent tellement pour ma pomme qu'elle fait l'impasse sur les petites rebufferies d'usage avant cession du fonds de commerce. C'est un oui franc et massif qu'elle me fait. La preuve : elle déboutonne elle-même sa veste de tailleur, puis l'ayant ôtée, procède de même avec son chemisier. Ses seins de bronze me jaillissent au visage. Tu parles d'un site à visiter ! Tu me verrais faire la brasse papillon au milieu de ces merveilles ! Ah ! je suis dans mon élément, ça je l'affirme très fort. Je m'en gnaf-gnaffe jusqu'aux oreilles.

N'ensuite de quoi, je la dévale avec la bouche. La jupe va rejoindre son complément supérieur sur le plancher et j'atteins la brousse équatoriale. Là, c'est pas pareil : faut s'expliquer avec son échinocactus, épineux mais gorgé d'eau comme préviennent les dicos. Les figues des Noirpiotes sont des figues de Barbarie, savoureuses, seulement faut savoir les éplucher avant de les déguster. Les poils de cul à ressort ne nous sont pas familiers à nous autres, pauvres et piètres Occidentaux habitués à brouter du soyeux. Mais la difficulté accroît le plaisir et quand tu as su vaincre le roncier de la chérie, ce qui se passe alors est plus exceptionnel qu'un requiem de Mozart. Ah ! le sublime breuvage, savoureux comme le lait de coco, si frais au sein du péricarpe garni de fibre !

Elle n'est pas accoutumée à ce traitement, Nancy ! Du chibre de zèbre, d'accord, mais un tel solo de tuba, c'est une grande première pour elle. La menteuse en tuile romaine à l'envers, puis ensuite en vrille, tel le pampre de la vigne, puis à plat et élargie au max, façon filet de limande, elle pouvait pas se douter, la merveilleuse ! Et moi, grand connétable de la minette chantée, tu imagines si je déploie mes dons ! Elle est pour ainsi dire en friche, cette chatte ! Toute une initiation à faire ! Heureusement que nous avons le temps. Je l'entreprends à larges traits, comme un peintre recouvre la toile avant de peindre vraiment. Et déjà ça l'enfolise, ma perle noire. Elle trémulse du valseur en exclamant de légers cris, mi de surprise, mi de plaisir.

Moi, je m'installe dans une posture durable, pas me mettre à ankyloser des postérieurs. Assis sur mes talons, tu vois ? Elle a ses mollets sur mes épaules et je les y maintiens pour pas qu'ils glissent. J'aurai besoin de mes mains un peu plus tard, mais rien ne presse. Une demi-heure de cette première phase, afin de ne pas bâcler. Ensuite je resserre mon propos, l'effectue de manière plus insistante, plus appuyée.

Alors, là, oh ! pardon : message reçu. Elle devient follingue, la miss ! C'est carrément la beuglante des savanes ! Des clameurs émises dans le dialecte de ses ancêtres d'Afrique et qui ont survécu à l'esclavage. T'as toujours un moment, chez l'homme, où l'hérédité ramène sa fraise, comme disait Henri III, reine de Pologne, puis de France et départements d'outre-mer.

Cette jouissance fortement exprimée en mangbetou me stimule les centres corrosifs. Le mangbetou est un magnifique dialecte qui fait songer un peu au bambara avec les sonorités du kwa, si tu vois ce que je veux dire ? Sauf que le « h » aspiré se prononce à l'envers, tu saisis ?

Nouvelle demi-heure pour la phase 2 ; c'est à partir de cet instant qu'il me faut récupérer ma main droite pour l'opération dite de la fourche Claudine (on prétend que c'est la grande Colette qui l'aurait inventée).

Cette fois, elle ne peut aller beaucoup plus loin, la Superbe. Alors c'est la pâmoison nègre avec youyous, agitation des mains, ce qui fait tintinnabuler ses bracelets d'argent riches en pendeloques, cambrement du dos, pédalage des jambes (j'en ai les oreilles chauffées au rouge). Un panard tout à fait exceptionnel. Après lequel elle se met à gésir sur le canapé, comme foudroyée par une décharge de ligne à haute tension.

J'en sais plusieurs milliers qui, à ma place, se diraient : « Et maintenant, à toi de jouer, Popaul ! » Ils enfourcheraient sans vergogne ni pitié cette exquise monture fourbue pour se dégager les voies respiratoires sud. La calceraient soudard, impétueusement et vitos afin de se mettre à jour au plus tôt, et puis retomberaient comme des cons sur la moquette, la zézette en compte-gouttes.

Mais la classe du Sana le retient d'animaler ainsi.

Au lieu de, il place la fabuleuse dans une position récamière, de repos. Lui baisote les tempes, ensuite les cabochons qu'elle a d'un brun foncé velouté. Pour finir, il pose sa joue sur le ventre plat de Nancy et, la queue toujours à l'équerre, éperdue de solitude insatisfaite, dodelinante et en cours de prélubrification, il glisse dans une somnolence proche de la volupté.

C'est doux, c'est tiède, c'est parfumé. J'aimerais écouter de la belle musique : le menuet de Boccherini ou l'ouverture de *Fidelio* de Beethoven, par exemple.

Moment ténu, impondérable, chuchotement du néant. Ma débande s'opère doucement, comme se ferme un volubilis à l'approche du soir.

Soufflés par l'aérateur, les voilages de la fenêtre produisent un imperceptible friselis.

Sublime !

7

LE SOULIER DE SAPIN[1]

Elle est partie tard dans la nuit. Je voulais la conserver avec moi, seulement elle tenait à rentrer, because la gamelle de son vieux papa.

Mais avant sa décarrade, on a fait trembler les montants de mon plumard, je te prie !

Il y a eu ce temps de récupération béni dont je t'ai fait un bref résumé dans l'excellent chapitre précédent. Qu'après quoi, j'ai renouvelé mes caresses expertes qui l'ont débusquée de sa léthargie, espère !

Cette fois, ce que je lui sers, c'est pas du réchauffé, c'est du Reichshoffen ! La Charge ! interprétée par la musique de la Garde républicaine sous la conduite du chef Radezobbinche. Passion, grandes orgues, amours ! Délices garanties.

Elle marchait en forme de diabolo en partant. Pour toi, ça ne veut rien dire, mais je me comprends sans sous-titres. Elle voulait savoir si j'allais demeurer longtemps à « L'Os-en-gelée ». Plein les baguettes, et elle préparait déjà en pensée sa tringlette du lendemain ! Je lui ai répondu qu'on ne partirait que par l'avion de l'après-midi et que je lui ferais volontiers voir les anges avant de m'en aller.

In petto, je me proposais de lui interpréter le minon-minette double gamahuche, la sangsue vorace, l'omnibus renversé, le portrait de Mao, le tire-bouchon moldave, la rose des ventres, le concert sur le grand Canal, le levier d'Hercule, l'hôtel du Pou Nerveux et la Corolle d'Aubépine, convaincu que ces pratiques lui laisseraient un souvenir perdurable et

1. Chapitre dédié à Paul Claudel.

affirmeraient dans son esprit le prestige français, préoccupation toujours présente en moi.

Donc, elle s'en est allée, la vaillante, et ma pomme qui escomptait tirer un bilan de nos pérégrinations californiennes, ma pomme, ce zéro au fou rire si con, de s'endormir plouk ! pof ! comme un bestiau délardé de sa semence.

Le rêve qui vient me visiter, ainsi qu'il est dit dans les grands textes, mêle Robin Bolanski à Norma Cain, M. et Mme Minsky, les anciens voisins de Garden à Alfred Constaman, maman à la grosse infirmière de Miss Cain, Mathias épouse la soubrette noire, et Nancy tape un rassis à Béru. Bref, c'est la fresque onirique à grand spectacle, mi-plaisante mi-angoissante. Pour ma part, je joue un rôle de fève des rois. Me sens réduit à la dimension d'un haricot sec et suis perdu dans un gros poudinge que le père Hogland taillade à coups de poignard. Une gigantesque lame passe et repasse autour de moi. Je reste immobile, blotti entre une amande et un morceau de prune confite, n'en menant pas large.

La grésillerie du téléphone vient me chercher au sein de mes étranges démêlés. Je retrouve ma chambre luxueuse dont un soleil matinal force les stores.

J'ai la faculté, consécutive à ma redoutable profession, je présume, de m'éveiller instantanément. Pas de *no man's land* comateux, de bâilleries à n'en plus finir, de brouillard difficile à dissiper. L'homme est présent à la seconde. Je décroche le turlu.

Un réceptionniste m'informe que le chef inspecteur Esbarraco souhaiterait me parler d'urgence.

Passablement surpris, j'interroge ma Pasha du regard. Elle m'annonce 8 heures 14. Je prie le préposé d'accompagner le chef inspecteur jusqu'à ma chambre. N'ensuite de quoi, je remonte les stores, ouvre la fenêtre en grand, m'introduis dans ma robe de chambre et mes mules de cuir, et reçois deux messieurs pas plus antipathiques que n'importe quels autres flics yankees (mais pas moins). Esbarraco est d'origine mexicaine car ses sourcils rejoignent sa moustache et il a le teint d'un gazier en train de mal se remettre d'une hépatite virale. Le mec qui l'escorte est blondinet au regard de porc-celaine (lui, ses origines seraient plutôt bataves).

Je prie cet aimable tandem d'entrer, lui montre le coin salon et m'y installe de concert.

— Qu'est-ce qui me vaut l'honneur de votre visite ? questionné-je.

Cette tournure de phrase européenne les fait chier. Esbarraco renifle de mépris.

Il dit :

— Vous êtes français, ainsi que les deux hommes qui vous accompagnent. À la rubrique, vous avez mis « fonctionnaires », exact ?

— Naturellement.

— Fonctionnaires, reprend-il, dans quelle branche ?

— Police.

Il sourcille.

— Comment ça ?

Je vais cueillir mon porte-cartes à l'intérieur de mon veston afin de lui apporter la preuve de mes dires.

Il la prend, la contemple avec un intérêt manifeste et s'en tapote les ongles avant de me la rendre.

— Hier, vous avez loué une limousine à la compagnie Californian Cars ?

— Exact.

— L'auto était pilotée par une Noire du nom de Nancy Pearl.

— Et alors ?

— Après ses prestations, elle est venue dans cette chambre et y est demeurée un sacré moment, paraît-il ?

— C'est un délit ?

— Ça, non. Ce qui en est un, c'est qu'elle ait été assassinée tout de suite après vous avoir quitté.

Je bondis :

— Qu'est-ce que vous dites ?

— Elle a quitté l'aire de stationnement devant l'hôtel et a gagné la sortie, mais elle ne l'a pas empruntée et a stoppé la limousine sous le couvert des arbres du parc. Là, on l'a d'abord bâillonnée avec des bandes d'albuplast. Puis on l'a molestée. Elle porte des traces de brûlures sur les seins causées par un cigare. On lui a également entaillé les joues au moyen d'une lame effilée. Ces sales manœuvres, je suppose, afin de la conditionner. Après quoi on a arraché incomplètement l'albuplast pour qu'elle puisse parler. Lorsque le, ou les tortionnaires ont appris ce qu'ils voulaient savoir, ils lui ont tranché la gorge. Une belle cochonnerie ! Elle s'est vidée pendant la nuit et un jardinier a trouvé son corps à cinq heures et demie ce matin.

— Mais c'est épouvantable ! m'exclamé-je, conscient d'émettre là un lieu commun tout venant, du genre de ceux qui me font hausser les épaules quand un suce pet me les sert.

— Oui, épouvantable, admet Esbarraco. Les premières constatations du médecin indiquent qu'elle a subi une agression sexuelle avant de mourir.

Il me darde de ses yeux noirs, pas généreux.

— Qu'appelez-vous une agression ? fais-je, mal à l'aise.

— Elle a eu des rapports récents et ne portait pas de culotte ; sans doute que son assassin, un vicieux, la lui a dérobée et l'a emportée.

Pendant qu'il dit cela, son coéquipier se penche à son oreille et chuchote. Esbarraco se soulève alors de son siège pour regarder un endroit précis de la chambre qui est le lit. Mes yeux font un brin de conduite aux siens. Ce qui me permet de découvrir l'objet de leur attention : le coquin slip noir de Nancy, bordé d'un liseré rose chargé d'en souligner la salacité.

Pour lors, mon guignol exécute un quadruple axel. Je sens un froid polaire envahir mes extrémités.

En moi, une voix qui a les inflexions de celle de m'man me dit :

« Ne te laisse pas démonter, Antoine ! Tu n'as rien à te reprocher. Alors, fonce ! »

Et je fonce :

— Je crains, monsieur Esbarraco, que votre légiste ait tiré des conclusions hâtives en prétendant que Nancy Pearl a subi des violences sexuelles. Il se trouve tout bonnement que nous avons fait l'amour ensemble avant son départ et que, dans son émotion sans doute, elle a oublié son slip ici.

— Vous vous tapez des Noires ? demande sèchement le chef inspecteur.

— Quand j'en ai l'occasion, avec plaisir. Je pense que, pour un expert, ce lit où j'ai dormi « ensuite » porte encore les traces de nos ébats. La malheureuse n'a donc pas été *violentée* dans sa voiture, mais *aimée* dans cet appartement ; la nuance est capitale.

Le policier ricain se lève pour arpenter la chambre. Puis il va ouvrir la porte-fenêtre donnant sur une terrasse.

— Venez voir quelque chose ! m'enjoint-il.

Lorsque je l'ai rejoint, il me montre une masse noire entre des haies de lauriers en fleur.

— Vous savez ce que c'est que ça ?

— Une voiture, non ?

— Exact, c'est une voiture : la limousine de la fille. Vous n'auriez eu que dix grands pas à faire en passant par la terrasse pour gagner la sortie, faire signe à la Noire de stopper et lui demander de se garer un instant à l'abri des arbres.

Je bondis :

— Non mais vous m'insultez, inspecteur ! Vous avez vu qui je suis ? Je dirige la Police judiciaire de Paris, je ne suis pas un meurtrier sadique !

— Vous faites l'amour avec des Noires ! s'obstine ce con.

— Et alors ? Chez vous aussi, les Blancs se font des femmes de couleur, non ? Je lis périodiquement des comptes rendus à propos d'hommes politiques qui ont des liaisons avec des Noires !

— En effet, convient cet enfoiré. Et savez-vous pourquoi on publie ces comptes rendus ? Parce que ce genre de chose fait scandale !

Là-dessus ma porte s'écarte et le museau mordoré de Mathias survient. Te dirais-je que son arrivée me fait le plus grand bien ?

Rapidos, je lui résume ma fâcheuse situation : j'ai baisé Ninette, peu après elle a été trucidée dans son carrosse et les soupçons se portent sur moi ! Un comble !

Il méduse, ce rat d'eau ! Joint son indignation à la mienne. Il proclame, dans son anglais de faculté, que je suis le plus grand policier de France ! Le plus célèbre ! Le plus honoré depuis Balzac ! Tout ça !

Mais autant pisser dans le violon du grand Yehudi Menuhin ! Je serais le président de la République française, une et indivisible (m'a-t-on enseigné en classe), qu'il montrerait la même intransigeance, le Mexicano dévoyé. Il trouve mon rôle ambigu, mon personnage contigu, mon comportement aigu.

— Je vais vous prier de vous habiller et de nous suivre afin que nous examinions cette affaire de plus près, décrète-t-il. Et j'aimerais bien que les deux hommes qui voyagent avec vous nous accompagnent également.

Je comprends qu'il n'y a pas à tortiller du prose pour déféquer droit. Je hausse les épaules.

— O.K. ! fais-je. Va réveiller Béru, Xavier !

Exit le Rouquemoute.

— Vous permettez au moins que je prenne ma douche ? demandé-je.

Esbarraco hésite.

— D'accord, mais faites vite !

Je gagne la salle de bains. Mes ratiches en priorité, puis le jet tiède et impétueux. J'enrage de ce contretemps. Va falloir attendre des résultats d'expertise et tout le circus, bordel !

Quand j'interromps la giclette, je perçois des bruits en provenance de ma chambre. Je suis prêt à te parier mon droit d'aînesse de fils unique contre un kilo de lentilles qu'ils profitent de mes ablutions pour fouiller la piaule, ces salauds ! La pré-perquise en douceur : examen du lit, exploration de ma valoche, plongée de rapaces sur mon passeport et nos biftons d'avion. Non seulement il va falloir que je me disculpe, mais je vais devoir en outre leur bonnir nos allées et venues d'hier et leur motivation.

Je passe le peignoir de *bath* au chiffre de l'hôtel et réapparais, luisant comme un paf de marié.

J'éprouve une légère surprise en découvrant les deux draupers yankees, verre de bourbon en main en compagnie de Mathias. Te dire que le Rouillé est rayonnant serait un pléonasme de bas étage. Il me fait songer à ces globes terrestres en verre éclairés de l'intérieur.

— Tu trinques avec nous ? me demande-t-il.

— Mais volontiers.

À ma venue, les flics ricains se sont levés et me matent d'un œil curieux.

— Voici monsieur San-Antonio, le directeur de la Police judiciaire, déclare Mathias. (Et, à ma pomme :) Le chef inspecteur Esbarraco et le détective Van Kontrer.

Je pige tout : le mâtin (des magiciens) vient de se les faire au sirop d'oubli. J'espère que ni l'un ni l'autre ne sont cardiaques. Comment s'y est-il pris ? Mystère. Il est diabolique, mon pote !

Nous trinquons (comme la lune). Bavardage à propos de la pluie et du Bottin[1]. Puis ces messieurs prennent congé.

— Raconte ! exigé-je dès que la porte est refermée sur leurs chers talons anguilles.

— Tu t'en doutes ?

— Évidemment, mais comment as-tu pu les piquer tous les deux sans qu'ils réagissent ?

Il tire de sa vague une minuscule seringue à l'aiguille arachnéenne.

— J'espère qu'aucun des deux n'a le sida, sinon l'autre risque de l'attraper : c'est la même aiguille qui a servi à les piquer. Ça a été facile. Ils fouillaient ta valise, j'ai frappé l'omoplate du premier, comme pour l'appeler ; il n'a rien senti. Ensuite j'ai trébuché et me suis retenu à

1. Je l'aime bien, celle-là. Elle était de mon ami Léon et je la ressors souvent en mémoire de lui.

l'autre qui n'a pas réagi non plus. Je finis par acquérir une certaine virtuosité.

Je le complimente d'un sourire admiratif.

— Seulement sommes-nous sortis de l'auberge pour autant ?

— Tu as dit la phrase clé, monsieur le directeur : *il faut que nous sortions de l'auberge*. Pour l'instant ils sont sans mémoire et ne se rappelleront plus être venus ici, mais les nécessités de leur enquête les inciteront à nous rendre visite, ou si ce n'est pas eux, ce seront leurs collègues.

— Tu préconises qu'on les mette ?

— Le plus rapidement possible.

— Il faut réveiller le Gros.

— Impossible. J'ai essayé, il est en plein coma éthylique. Les cocktails du vieux, hier, lui sont fatals. Je lui ai administré un tonicardiaque, par mesure de prudence, mais il lui faudra bien un jour ou deux pour se remettre.

— Et tu voudrais qu'on se casse ! Mais lui, alors ?

— Il servira de caution, le cas échéant. Comme nous l'avons rentré raide comme barre, à la vue de tous, il ne saurait être inquiété pour le meurtre de la petite Noire.

— Tu es certain qu'il ne risque pas d'en crever ?

— Il est bâti à chaux et à sable, notre gros lard. En partant nous préviendrons la réception qu'il n'est pas bien et doit garder le lit ; nous devrions conserver nos chambres pour que ça ne fasse pas débandade.

— Tu sais où nous allons ? lui demandé-je ironiquement.

Il cligne de son œil de renard[1].

— Ne sommes-nous pas venus aux States POUR ÇA, Antoine ?

— Mais oui, Mathias. C'est fou, c'est presque inconcevable, mais nous sommes en Californie POUR ÇA !

---

1. Le mot « renard » me fait penser à une blague. C'est Jeannot lapin qui passe devant une nichée de renardeaux.

« Salut ! leur dit-il, je viens baiser votre mère. »

Outrés, les renardeaux vont rapporter ses paroles à leur maman, laquelle, folle de rage, annonce qu'elle va égorger le goujat. Elle se lance à la poursuite de Jeannot lapin. Celui-ci plonge dans son terrier. La renarde en fait autant mais reste coincée, un terrier de lapin étant plus étroit qu'un terrier de renard. Comme elle a le derrière à l'extérieur, Jeannot sort de chez lui par l'autre bout du terrier et se met en position pour tirer la maman renard. Il soupire :

« C'est pas que j'en ai tellement envie, mais je l'ai promis aux enfants ! »

Je mets une chemise et un slip propres dans mon attaché-case ainsi que ma brosse à dents et nous partons en emportant discrètement la jolie petite culotte de Nancy.

Depuis le taxi qui nous conduit à l'aéroport, je la jette en loucedé sur Santa Monica Boulevard.

Elle avait un exquis frifri, la môme ! C'est bien, dans le fond, qu'elle ait pris son pied avant qu'on ne la glisse dans son soulier de sapin.

N'empêche que son assassinat me confond. Il est clair qu'il ne s'agit pas d'un meurtre sexuel et que c'est « à cause de nous » que la pauvrette est passée de vie à trépas. Quelqu'un s'intéresse à nos agissements et lui a fait raconter nos différentes démarches à « L'Os-en-gelée ». Ensuite il l'a bousillée pour l'empêcher de parler, ce qui est radical.

Questions, en passant :

Qui a eu vent de notre arrivée ? En quoi est-elle susceptible de gêner, voire d'inquiéter ?

C'est un métier de chien que le nôtre !

8

L'HAPPÉ DES PROFONDEURS[1]

Tu penses que notre siège est fait, comme disait un ébéniste. Elle s'ancre de plus en plus dans nos esprits, la belle certitude. Clair comme de l'auroch ! J'ai beau la redire, l'écouter répéter par Mathias, je la trouve seyante, d'une solidité à toute épreuve, comme disait un photographe. Les certitudes, ça se construit comme les maisons. Elles débutent par un plan, continuent par un gabarit, s'édifient brique à brique, tout ça. On en est aux finitions, l'Étendard-sanglant et ma pomme. À la peinture, aux rideaux, à la robinetterie de luxe, à la climatisation.

Une fois pour toutes, je te répète notre version sur l'embrouillamini Kennedy : complot (personne n'en doute plus de nos jours), et Della Branla en faisait partie. Il s'est confié à sa maîtresse, et celle-ci en a fait part à son ex-amant (de cœur), le docteur Garden. Elle a dû lui écrire tout ça dans le carton de ses puddings afin que ça puisse franchir les barrages du pénitencier. Dans l'esprit de la comédienne, un tel secret allait permettre au Doc de négocier son élargissement. Parvenu à ce point, je dis chaque fois au Rouquemoute :

— Pourquoi a-t-il tenté de s'évader de Kalamity Beach par la violence s'il disposait d'une telle monnaie d'échange ?

Et l'Amarillo de répondre imperturbablement, car c'est le bon sens même :

— Parce qu'il était trop tôt pour l'utiliser.

— Il lui aurait suffi d'attendre ! objecté-je, obstiné.

1. Chapitre dédié à Aldous Huxley.

Et le coriace de plaider :

— Tu oublies que Garden se camait. Il aura agi par impulsion, croyant à une occasion propice.

N'empêche que là est, à mon avis (et c'est un avis de premier choix), le point faible de notre beau roman. Passons outre, comme disait un caravanier. Garden échoue dans sa tentative de jouer la belle. Classé forte tête dangereuse, il est alors muté à Alcatraz. Il y emporte son secret avec lui, preuve que celui-là peut résister à n'importe quelles fouilles poussées. S'étant lié d'amitié avec Alfred Constaman, il lui confie que la chose se trouve bien planquée dans sa cellule.

Alors nous, on se dit quoi ? Que nous devons trouver la nature matérielle du secret. S'il s'agissait d'un texte oral, il se serait contenté de l'apprendre par cœur : la mémoire résistant à presque toutes les investigations. S'il s'agissait d'un texte écrit, c'est une autre paire de manches ! Qui vient de crier « À couilles » ? Oh ! c'est fin ! Tu peux être fier de ton humour ! Je disais donc que s'il est question d'un texte écrit, il faut que sa placarde soit bigrement astucieuse. DANS SA CELLULE ! C'est cela qui nous motive. Garden ayant été planté par Bolanski, il n'a pas eu le temps de récupérer « la chose ». *D'où il est facile de conclure qu'elle s'y trouve peut-être encore* ! Pas con, notre raisonnement, hein ?

Le ciel est bleu, la mer est grise, avec des reflets jaspés comme si un pétrolier venait d'y lâcher un pet foireux. Le barlu sent l'huile chaude, la ferraille et le pop-corn frit. Accoudés au bastingage, côté proue, on regarde l'île, droit devant nous, plate comme une grosse belon et sur laquelle s'élèvent une série de bâtiments rébarbatifs aux toits en terrasses. La masse du pénitencier domine les autres. Vue depuis San Francisco, l'île semble toute proche. Au premier abord, on comprend mal qu'il eût été presque impossible de s'en évader. La brochure, achetée en même temps que nos billets de passage, nous en fournit les raisons : les eaux de la baie sont froides (10 °C au maximum) ; elles sont parcourues de courants très violents ; les barreaux des cellules résistaient à tous les outils ; des barrières barbelées et des détecteurs de métal renforçaient l'efficacité des six tours de garde ; les gardiens étaient plus nombreux que dans les autres établissements du genre (un garde pour trois détenus) ; le comptage des prisonniers s'effectuait plusieurs fois par jour ; les gardes circulant parmi les « pensionnaires » n'étaient pas armés, mais des collègues qui l'étaient circulaient dans des « *gun galeries* » suspendues, auxquelles il était impossible aux prisonniers d'accéder ; enfin les plafonds se trouvaient pourvus d'ouvertures circulaires par lesquelles on pouvait lâcher des gaz, en cas d'urgence. Le même opuscule nous apprend que durant l'existence du fameux pénitencier, trente-six hommes seulement tentèrent de s'évader ; deux y parvinrent mais furent repris au bout d'une heure, et cinq disparurent à jamais. On ne retrouva aucune trace de leurs corps ; la version qui prévaut est qu'ils périrent noyés ou dévorés par les requins infestant la baie.

Par-delà l'île redoutable, on voit le fameux Golden Gate qui enjambe la baie d'un élan magistral. Il brille dans le soleil neuf et les voitures qui le sillonnent ressemblent à des jouets, comme ne manqueraient pas de le préciser les écrivaines du prix Femina-Tante Laure qui ont, pour la plupart, un beau brin de plume au croupion.

Le barlu se rapproche. Je lis, de loin, un immense écriteau placé au bord de la mer, sous le phare, et qui subsiste depuis la fermeture du pénitencier :

WARNING

Persons procuring or
concealing escape of
prisoners are subject
to prosecution and
imprisonment

Illico tu es dans l'ambiance.

Un chemin tortueux, raviné, hérissé de pavés inégaux et de ferrailles enfouies dans le sol, coupé d'escaliers aux marches gagnées par la mauvaise herbe, nous conduit au pénitencier. Des rangers en uniforme assurent la visite de l'île pour le compte des Parcs nationaux. Mais étant de nature indépendante, nous préférons voler de nos propres ailes ; aussi, parvenus aux quartiers cellulaires, nous louons une cassette explicative et des écouteurs pour prendre contact avec l'univers carcéral le plus redoutable que connurent les États-Unis d'Amérique.

Bien que désaffectée, la prison d'Alcatraz est angoissante. Il y flottera à jamais une atmosphère tragique, faite de peurs, de haines et de désespoirs rassemblés dans l'immense local.

Coiffés de nos écouteurs qui diffusent un texte captivant, nous déambulons le long des couloirs. Nous entendons tour à tour des gardes et des prévenus évoquer cette « prison des prisons », la discipline de fer qui y régnait, les « clients » les plus sérieux qu'elle hébergea : Al Capone, Robert Stroud, George « Machine Gun » Kelly, Thomas Limmerick, Sam Shockley, Rufus McCain, Marvin F. Hubbard et bien d'autres « seigneurs » du *Who's Who* criminel.

Tout de suite, je grimace.

— On l'a dans le sacotin, Xavier : ils ont vidé les cellules, à l'exception de deux qui servent « d'appartements témoins » !

Les visiteurs peuvent pénétrer dans ces dernières et se faire une opinion sur les pensées susceptibles d'occuper la vie d'un détenu. L'équipement se compose d'un lit étroit, d'une table et d'un strapontin rabattants qui pouvaient se plaquer contre la cloison, d'un chiotte de faïence, d'un lavabo, d'un portemanteau et de deux étagères destinées à recevoir des livres et des objets.

On attend que le flot des visiteurs soit passé pour pénétrer chacun dans l'une des deux cellottes en se posant l'un et l'autre la même colle : si j'avais un papier secret à planquer dans cette cage à homme, où le mettrais-je ?

Le lit ? C'est l'élément le plus exploré en cas de fouille. Le glisser entre deux pages d'un livre que l'on collerait ensuite l'une contre l'autre ? On peut à tout moment te confisquer le bouquin. Le fixer sous le strapontin ou sous la table ? Ça ne résisterait pas à un « épluchage » en règle des lieux. Alors ? Il reste la solution de le fixer au dos d'une photographie personnelle ; mais là encore la cache reste incertaine, fragile.

Comme un nouveau groupe se présente, je vais rejoindre Mathias dans le couloir.

— Tu as eu une illumination ? lui demandé-je.

Il opine.

— Oui, mais pas en ce qui concerne la planque. Je ne trouve aucune cachette valable, là-dedans.

— Ton éblouissement a trait à quoi ?

— Je crois avoir compris pourquoi Garden ne s'est pas servi du document pour s'évader.

— … ? fais-je.

— Il a eu peur, mon grand.

Voilà que l'Amérique rend le Rouquemoute familier.

— Peur de quoi, mon petit ?

— Qu'on le zigouille s'il faisait état de la chose, qu'on le zigouille comme on a buté le sénateur Della Branla. Comme on a essayé de tuer la belle Norma Cain. Il a compris que son fameux document, il lui serait impossible d'en faire état avant l'attentat contre Kennedy !

Comme je ne réponds rien il murmure :

— Tu crois que je me trompe ?

— Je te parie un trou de mémoire répertorié par Alzheimer, contre un trou du cul sublimé par Roger Peyrefitte, que tu as trouvé la solution de ce problème laissé en attente, Mathias.

Nous reprenons notre marche. La cellule d'Al Capone se trouvait au premier étage du quartier B.

Mais ce haut lieu ne semble pas intéresser Mathias qui, le nez au vent, se met à circuler dans les couloirs au pas des chasseurs alpins en parade. Le connaissant bien, je me doute que cette précipitation n'est pas fortuite et qu'elle correspond à un mouvement réfléchi. Je le suis jusqu'au quartier cellulaire « D », celui réservé à la haute surveillance.

Il étudie les numéros des cellules, s'arrête vers la fin du couloir, juste avant la porte donnant sur la bibliothèque et lève les yeux après avoir pris un maximum de recul.

J'attends ses explications.

Elles viennent.

Il me désigne une cellotte du premier étage où les visiteurs ne peuvent accéder.

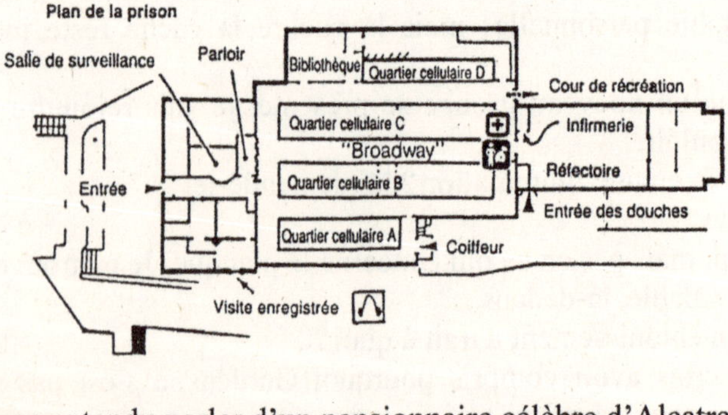

— Tu as entendu parler d'un pensionnaire célèbre d'Alcatraz appelé « *the Birdman* » : l'homme aux oiseaux ?

— Tu parles !

— Il occupait la cellule 594, là-haut. C'était un homme redoutable au pedigree chargé. Avant d'être transféré ici, il élevait des canaris au pénitencier de Leavenworth, mais n'en a jamais eu à Alcatraz. La cellule contiguë, c'est-à-dire la 593, fut celle du docteur Garden.

J'en reste comme deux flans de rond.

— Comment as-tu appris cela ?

— Avant de partir, je suis allé interviewer le vieux Constaman en compagnie de ta maman.

— Vous ne m'en avez rien dit, ni toi ni elle ! bougonné-je ; je déteste les cachotteries.

— Tu étais mobilisé par tes préparatifs, s'excuse Soleil-couchant.

Je considère le premier étage de cellules dont une lumière rasante éclaire faiblement le bas des barreaux.

— On n'est pas aidés, fais-je ; ça va être coton d'explorer l'appartement du Doc.

— Tu as un plan ?

— Tous les grands chefs en ont un, rengorgé-je.

Il sourit.

— On peut savoir ?

— Toutes les serrures sont du même modèle à clé plate. Tu vas prendre l'empreinte de quelques-unes d'entre elles et nous reconstituerons les clés. Cet après-midi, nous reviendrons ici pour la dernière visite de la journée. Je serai muni du matériel adéquat et je me laisserai enfermer dans la prison. Pendant la nuit, à l'aide des différentes clés et des outils qualifiés que j'aurai en poche, je tenterai d'entrer dans la cellule 593. Il est pratiquement certain que je n'y découvrirai rien, mais je dois en avoir le cœur net. Le lendemain matin, je me mêlerai aux premiers visiteurs et repartirai avec eux.

Il m'a écouté sans piper, le regard perdu.

— C'est bien ainsi que j'imagine les choses depuis le début de cette équipée, fait le Tournesol. Et moi, dans tout ça ?

— Tu viendras ce soir, repartiras avec les touristes et rappliqueras à nouveau demain matin.

— Pourquoi ne veux-tu pas que je participe à l'opération nocturne ?

— Parce que quelque chose me dit que tu peux m'être plus utile dehors que dedans.

Il amorce une moue incrédule, mais c'est un mec qui sait s'incliner devant la volonté de ses supérieurs, tout supérieur qu'il soit lui-même.

— Maintenant, prends les empreintes dont je t'ai parlé, fils.

— C'est fait, assure-t-il en tapotant sa poche droite. Je savais ce que tu allais me demander : ça tombait sous le sens !

— Unique, marmonné-je ; ce mec est unique ! Et quel doigté de gynécologue ! Je ne me suis aperçu dc rien.

M'étant haussé sur la pointe des pinceaux, je regarde par l'une des hautes fenêtres le Golden Gate et ses Lilliputiens affairés. Tu parles d'un supplice de Tantale pour les prisonniers de jadis !

Sans Francisco est faite de gigantesques taupinières rassemblées, que les fameux tramways (emblèmes de la ville) escaladent et dévalent à une allure vertigineuse avec des grappes humaines agglutinées sur leurs marchepieds. Les automobiles sillonnant ces montagnes russes paraissent toutes appartenir à quelque remake de *Bullit*, et l'on se demande, en les voyant perpétuellement sauter les bosses, si les amortisseurs sont bien d'un modèle standard ou s'ils sortent d'une chaîne spéciale de Detroit qui leur est exclusivement réservée.

Nous grimpons en direction de notre hôtel, lestés d'emplettes surprenantes de la part d'honnêtes touristes venus visiter l'une des villes les plus « attractives » des États-Unis.

À Frisco, les Asiatiques dominent, néanmoins la ville est un creuset où viennent se fondre toutes les races de la planète. Les gens y ont l'air à peu près heureux et les regards que l'on recueille au passage sont, pour la plupart, empreints de bienveillance.

Chaque fois que je croise une jolie fille noire, mon cœur se serre car je pense à la jolie Nancy qui savait si bien piloter des limousines et faire l'amour.

Une fois dans notre suite, nous déballons les petits paquets achetés chez *Macy's*, le super-*big*-magasin du centre-ville, et l'ami Mathias se met en devoir de me préparer mon paquetage, comme un moniteur de sauts aide son élève à plier son parachute. Il fait particulièrement porter sa science sur les clés.

— Vois-tu comme elles sont pratiquement toutes semblables, me dit-il. Le gars de la serrurerie m'a regardé drôlement et a murmuré : « Alcatraz ? » Comme la taule est fermée depuis 30 ans, il n'en a pas dit davantage.

— Peut-être pourrais-je ouvrir à l'aide de mon seul sésame ?

— M'étonnerait. Ces serrures au pêne étroit ne lui conviennent pas. J'ai acheté des limes en iridium de flocage parce qu'elles peuvent mordre dans les métaux les plus récalcitrants. Avant d'essayer les clés, prends l'empreinte de la 593, ce qui te permettra de voir le boulot à pratiquer sans inutiles tâtonnements.

Il poursuit son enseignement, et ma pomme, bon élève, mémorise toutes ses indications prodigieuses car, comme disent les dames de mon entourage : « San-Antonio a *aussi* une mémoire d'éléphant ! »

On se repose un peu ensuite en regardant un merveilleux dessin animé à la télé, que ça raconte l'histoire d'une girafe qui a introduit son cou dans le conduit d'une cheminée d'usine, tout ça. Bien. Très intéressant.

Rien de plus harassant que l'attente d'un jour « J », voire d'une heure « H ». Le sablier coule trop menu.

Après le film, on décide de descendre vers l'embarcadère et de boire quelques verres sur *Fisherman* en attendant la dernière rotation du barlu. Les éventaires de marchands de frigousse se succèdent. Tu trouves tous les produits de la mer : poissons, crustacés dans des bacs de friture qui te font redouter l'enfer. Ça pue le rance (le rance d'Arabie), la merde surconsommée et surchiée. Des nuages épais imprègnent tes fringues ! Presque gênants sont les appels des marchands ! Quelques-uns t'ordonnent pratiquement de leur acheter de la bectance, d'autres t'en supplient. *Struggle for life !*

— Je vais envoyer une carte postale à la maison ! décide Mathias.

Il choisit un coucher de soleil sur la baie qui ressemble à un portrait de lui surexposé, griffonne quelque formule de voyage et me demande de cosigner. J'écris en post-scriptum : « Voyage de rêve ! Les filles sont sublimes et peu farouches » et je me hâte de confier ce coup de pied de mon camarade Jarnac à une boîte des postes californiennes sans le faire lire à Xavier. Ça fera de la conversation assurée pour le couple lorsque Mathias rentrera.

Je fais l'acquisition d'un gros ceinturon de cuir pour Toinet, dont la boucle représente une tête d'Indien toutes plumes dehors. Il n'est jamais trop tôt pour enseigner le bon goût aux enfants.

Et on retrouve le gros barlu avec son pavillon ricain, sa rouille et sa cargaison d'obèses en train de se gaver de pop-corn, de beignets, de chips et de club-sandwiches pour s'occuper les maxillaires pendant les quelques minutes de traversée. L'Amérique est le pays qui fournit la plus grosse quantité de monstres au *mile* carré.

N'en plus d'être énormes, ils s'accoutrent ridiculement, ces nœuds, avec des hardes insensées aux couleurs grinçantes. Les caméléons explosent à leur approche et on a trouvé des gens malvoyants qui devenaient franchement aveugles en les examinant. C'est un bled *very dangerous*, les States, sans parler de leurs conneries atomiques qui commencent à lézarder kif celles des Popoffs ! Écolos, pas écolos, on va l'avoir dans le cul avant lurette, je pressens. Entre le trou de l'ozone et la pollution terre-mer, c'est du peu avant de jouer dans *La Planète des Allongés*. On y passera tous, mes frères. Ne restera plus, çà et là, qu'un alpiniste et un spéléologue qui se trouvaient en « situation » au moment du grand vilain clash et qui seront obligés de s'enculer pour tenter de perpétuer l'espèce.

C'est pas faute d'avoir été prévenus, pourtant ! Moi qui rêvais de laisser derrière moi un humus fertilisant, j'ai le bonjour.

— Tu crois que Béru dort toujours ? me demande Mathias.

— Essaie de lui téléphoner en rentrant de l'île.

Le Gros, à cet instant de tension nerveuse, j'en ai rien à triturer. J'ai enfilé un thermolactyl sous ma limouille, car, malgré tout, je crains que la nuit soit humide et peu bandante.

Il fait frisquet dans ce gigantesque pénitencier désert. Je me demande s'il est surveillé nuitamment ? À quoi bon ? Y a personne à garder, rien à prendre ! Mais les Yankees sont tellement chenilleux ! Tu veux parier que, juste pour le sport, ils ont foutu des signaux d'alarme ?

Je m'en confie à Xavier.

— Non, me rassure-t-il. J'ai observé les lieux et je n'ai rien vu d'inquiétant à ce propos. Mais je vais encore examiner les portes.

Il dit, et voilà qu'il se produit un petit turbin regrettable. Ma faute ! Sémaphore, sémaphore, c'est ma très grande faute !

J'avais allongé mes jambes et l'une d'elles débordait dans la travée ; une vieillarde dénuée de vision a buté sur mon tibia favori. Bien qu'elle fût agrippée au bras de sa petite-fille, elle choit, entraînant sa descendance dans sa chute !

La vioque cogne du cigare contre la banquette d'en face et se met à appeler sa mère ! Tu te rends compte ? Sa mère ! À elle qui est devenue trisaïeule par un ami de son défunt époux.

Elle a un bleu à l'âme, à l'arcane souricière, à la rotule, à la pommette, à la cuisse gauche ; sa dernière dent gît sur le sol et une touffe de poils pubiens, rêches et gris, tombe de ses jupes. Sa petite-fille, une exquise créature blonde, aux yeux presque verts et au tailleur tout à fait rouge, s'applique à relever ce *century* à terre, aidée du chevaleresque San-Antonio qui, après avoir fait gourder la mémé par inadvertance, s'active volontairement à la relever. On la fait asseoir, on la choie, on l'essuie, on la frotte, on l'oint, la console, l'emmitoufle de notre tendresse.

Ces attentions, puisqu'on se dit tout, me permettent de respirer à pleins poumons la belle fille blonde, de caresser ses doigts, de frôler ses cheveux de mes lèvres, bref, de lui interpréter cette danse incantatoire que je réserve aux personnes du sexe qui me procurent un émoi immédiat et impératif.

S'en aperçoit-elle ? Probablement puisqu'elle me vote des sourires éclatants qu'on a envie de bouffer sur l'arbre. Quand l'ancêtre est colmatée, étoupée, vulnérée (un bourbon sec), j'entreprends cette aimable créature sur laquelle, je le sens, mon charme et mon accent français agissent comme une application de pommade Eucéta sur une brûlure.

Elle me raconte qu'elles arrivent de Vaginston, la grand-mère et son petit chaperon rouge. Native de Frisco, mémé souhaitait revoir sa Normandie avant d'aller débiter des vers dans le sol du district de Columbia. D'où ce voyage. Le premier époux de la vioque a été secrétaire d'un des directeurs de la prison d'Alcatraz et ces dames viennent visiter la fameuse maison.

Elles sont descendues à l'hôtel *Whitekouilh*, lequel se trouve pile en face du nôtre qui s'appelle grand hôtel *Blackburn*. J'extasie devant la coïncidence et je lui demande à quelle heure on couche les vieillards en Californie. Elle me répond 9 heures p.m., ce qui va nous permettre de dîner en tête à tête demain, vu que ce soir j'ai un engagement antérieur. Le postérieur sera pour *tomorrow*, O.K. ? C'est par un *yes* franc et massif qu'elle accepte mon invitation. Rancard est pris à mon hôtel pour 9 h 30. Et moi, sa culotte, je la vois déjà grosse, non pas comme une maison, mais comme une main de bébé, et je décide que si elle est blanche, je lui demanderai de me l'offrir afin que j'en fasse une pochette pour mon smoking.

Le valdingue de la mère-grand la handicapant pour arquer, on la laisse dans la maison tenue par les rangers, près de l'embarcadère, et nous partons à l'assaut de la prison. Mathias fait la gueule, jugeant que j'ai mieux à faire en cet instant que de chambrer une nana. Mais tu connais le gars Ma Pomme, fils aîné, unique et préféré de Félicie ? Quand la digue le biche, il vendrait périmètre (comme dit Béru). Rien n'est plus primordial qu'un beau cul et je lui accorde priorité absolue.

Je te passe mes délicates et innocentes manœuvres d'approche (pour commencer), puis d'installation. D'abord je lui prends la main comme pour l'aider à grimper, puis le bras, puis la taille. Alouette, gentille alouette. On marque un premier temps d'arrêt comme à un chemin de croix et je lui fais face en riant éclatant, somptueuse image de santé rayonnante, d'assurance tranquille ; qu'on sente bien la vigueur déterminée de l'homme, ses inépuisables réserves physiques, son goût marqué pour la troussée cosaque. C'est plein d'ivresse retenue, de promesses échevelées. Elle sait déjà que le coup de rapière qui se prépare, ce ne sera pas du yaourt *fitness* et qu'elle aura la démarche du pingouin pour se rendre « ensuite » à la salle de bains.

À la seconde station de ce merveilleux rosaire, je me risque à une pelle mutine. Elle l'agrée, alors je lui vote une galoche à talon aiguille qui en raconte long commak sur mes capacités thoraciques.

C'est parti sur les bouchons de roue. Ils loueraient des piaules à Alcatraz, aussi sec je serais client. Que même (si tu ne me crois pas, va te faire mettre), que même, reprends-je, je caresse un instant le projet d'aller tirer Mary (elle se prénomme comme ça, et moi je raffole) sur le plumard d'une cellule témoin en demandant à la Rouillance de faire le gaffe ; ce serait bénaise, d'autant qu'il n'y a pas foule pour cette dernière visite de la journée. Malheureusement, un tordu de Japonouille, nikonné jusqu'aux roustons, n'en finit pas de se perpétrer un documentaire avec sa gerce aux cannes arquées et à la frime large comme un brie de Meaux, qui se tient assise sur le bord du plumard.

Il la prend à travers les barreaux, le gars La Jaunisse, ce qui lui est plus fastoche que de la prendre en levrette avec sa bistougne de sapajou. Donc, projet irréalisable, auquel je renonce à regret car j'adore calcer des sœurs dans des coins à hauts risques. Or, s'en faire une dans Alcatraz constituerait une prouesse amoureuse fort exquise, selon moi.

Xavier est de plus en plus en renaud.

Il me souffle :

— Tu as une façon de te préparer à un coup de main délicat, toi !

— Ne t'inquiète pas.

— Comment vas-tu faire ?

— Comme pour moi !

— Après le départ des visiteurs, il y a fatalement une ronde pour vérifier que personne ne traîne dans les locaux.

— C'est probable, oui.

— Tu sais où tu vas te planquer ?

— Je sais.

— Où ?

— Dans le local du coiffeur, où prend un escalier en colimaçon. Avant la fin de la visite, je le gravirai jusqu'à ce que je sois hors de vue ; l'inspection ne peut s'étendre au premier étage puisqu'il est fermé aux visiteurs.

— Et la môme ?

— Quoi ?

— Elle va trouver anormal que tu la largues à ce moment-là et que tu ne prennes pas le dernier bateau !

Il a raison, je sais. Furieusement raison. Il va me falloir trouver une feinte. Facile à dire. On se roffre un tour complet des lieux : réfectoire, bibliothèque, quartier de H.S., déambulation sur « Broadway »... Et d'elle-même, la gosse dit qu'elle doit aller rejoindre sa grande-vioque qui morfond. Elle s'attend à ce qu'on lui filoche le dur, mais j'allègue qu'avant de tracer je vais expédier des cartes postales (on en vend près de la salle aux écouteurs, ainsi que des brochures et des babioleries-souvenirs).

Un peu déçue, elle redescend donc seule.

Je commence à me rabattre côté *barber shop.*

Nobody.

J'enquille l'escadrin qui vibre sous mes pas. Tout m'a l'air bonnard. Je rejoins Mathias pour un au revoir ému.

— Maintenant, file retrouver la môme et sa grande-vioque, Xavier ! Raconte-lui que le gazier qui tient la boutique d'ici est un pote que j'avais perdu de vue et que je rentrerai avec la vedette automobile assurant le transport des rangers et du personnel.

Il opine.

— Je te dis merde, monsieur le directeur. Paraît qu'il faut jamais remercier dans ces cas-là : ça porte la cerise.

Étourdiment, je lui dis merci.

9

LA BATAILLE DURAILLE[1]

Longtemps je me suis attendri sur mon sort et j'ai dû trouver pour qualifier mes états d'âme quelques-unes des plus belles phrases de la langue française. Mon humilité naturelle m'incitait à penser que « mon cas » n'avait d'intérêt que pour moi, mais il m'intéressait beaucoup. Je me croyais malheureux au point que je le devenais plus ou moins. Cette situation inconfortable dénaturait les joies existentielles qui m'échurent et je vécus une sorte de convalescence morale sans vraiment avoir été malade. Du temps passa, et un jour je m'aperçus que j'avais guéri de cette longue non-maladie à séquelles sans m'en apercevoir. J'en fus soulagé mais troublé ; guérir sans pilules est toujours suspect pour les gens comme moi qui savent trop bien que tout a un prix et que la gratuité est un piège à cons.

Voilà où dérivent mes pensées tandis que je fais le point de ma piètre existence, assis sur la brève marche en fer de cet escalier en tire-bouchon.

Le silence s'amplifie, si je puis dire, en même temps que la pénombre. Les bruits ne sont plus qu'extérieurs et parviennent à l'état de chocs réverbérés. Ils montent de l'embarcadère.

Ensuite, quand la nuit sera là, je pressens que seule m'atteindra encore la rumeur de San Francisco, tout proche mais inaccessible. Frisco dont les lumières se mettent à flamber, puis à trembler à travers la brume du soir.

Je ne suis pas d'un tempérament couard, tu le sais ; pourtant j'avoue que ma raie culière est hermétique à cet instant. Se sentir seul dans le

1. Chapitre dédié à René Clément.

pire pénitencier d'Amérique a de quoi te filer la glaglate. Je me dis qu'il y a trente piges, à cette même heure, les vies des détenus devaient produire un monstre fourmillement. Toutes ces respirations, toutes ces toux composaient – je crois l'entendre – un grondement de fauve terré. Les incongruités, les branlettes, les soupirs ! Mon Dieu ! Et les gémissements ! Hein, dis : les gémissements ? Forbans ou pas, meurtriers ou non, y en a bien qui devaient souffrir, ou je me goure ? Souffrir dans leur viande, souffrir dans leur âme. Pleurer, peut-être, en faisant passer leurs sanglots pour des quintes de toux, pour des glaviots, voire des ricanements ?

Le froid me gagne. Je pose mes pompes pour ne plus faire de bruit en me déplaçant. Je retourne vers l'entrée : c'est bouclarès. Je ne perçois aucune présence au-delà des lourdes. Le dernier prisonnier d'Alcatraz, c'est moi !

Bon, au turbin ! La nuit sera rude.

Me croiras-tu quand je t'aurai dit que les clés confectionnées par l'Incandescent s'avèrent inutiles car mon éternel sésame est, à lui tout seul, à la hauteur de la situation. Je m'en étais douté.

Il suffit d'insister, pour le mettre au pas, ce farceur ! Cric ! crac ! et les serrures font leur reddition à qui mieux mieux ! Un beurre !

Je m'active silencieusement, avec précision, mais une angoisse irréfléchie m'investit. Tu m'imagines, cousine, dans ce pénitencier désert marqué par tant de souffrances, tant de violences, tant de déchéance et de misère ? L'absence des quelque trois cents forçats qui purgèrent là leurs peines constitue je ne sais quelle étrange menace ; à croire que chaque vilain a déposé en ces lieux ce qu'il y avait de plus pernicieux en lui. Des bêtes féroces ! Des tueurs, des kidnappeurs, des violeurs, des braqueurs. Tous ces ennemis publics classés *number one* ! J'ai lu qu'un jour, au cours d'une tentative d'évasion, un groupe de forcenés est parvenu à neutraliser les gardes avec des armes prises dans la *gun galerie* ; ils les ont enfermés dans les cellules 402 et 403, et le fameux Joe Cretzer les a abattus à travers les barreaux. La photo de Cretzer figurait au dos de la couverture du livre : un gars massif, jeune, le cheveu épais séparé par une raie presque médiane, avec un regard tranquille et homicidaire. D'ailleurs, ce qui caractérise tous ces convicts, ce sont leurs yeux implacables : Hubbard, Thomson Coy, McCain, Young, Karpis, sans parler de la vedette Al Capone… Des regards « d'ailleurs », qui condamnent impitoyablement, sans rémission. Des regards qui tuent !

Cellule 593.

Elle est plongée dans l'obscurité, le halo lumineux en provenance de la ville, s'arrêtant au ras de la galerie. J'actionne ma torche à halogène (qu'il ne faut pas confondre avec l'allogène qualifiant certaines populations). Le local est rigoureusement vide, à l'exception du lavabo et du chiotte qui sont demeurés scellés, l'un au mur, l'autre au sol.

Un vif découragement me saisit. Qu'ai-je à attendre de ces 4 ou 5 mètres carrés de ciment ? Malgré tout, puisque je suis là, je me mets à étudier le sol, le plafond et les murs centimètre par centimètre. Rien ! Pas une fissure, pas un orifice, sinon quelques trous peu profonds résultant de l'enlèvement de la table, du tabouret et des deux étagères. Je les examine néanmoins.

Mais je sais qu'ils ne me révéleront rien. À l'époque où Thomas Garden « habitait » cette gentilhommière, ces petits orifices abritaient chacun une vis, et même si Doc les avait utilisés pour planquer son secret (il aurait fallu que celui-ci fût très petit), on l'aurait découvert en évidant la cellule.

Un souffle glacé semble errer dans la prison et je crois déceler des odeurs écœurantes de sueur et d'excréments. Je vais m'accouder au bastingage de la galerie. Des découpes de lueurs géométriques éclairent faiblement cet endroit maudit, selon le caprice des fenêtres. Est-il arrivé que Doc s'accoudât ainsi sur cette main courante glacée ? En eut-il jamais la possibilité ? Délirait-il quand il affirmait à mon compatriote, la vieille canaille d'Alfred Constaman, qu'il détenait la preuve d'un complot contre J.F.K. ? Il se camait, le brave médecin. Peut-être que, dans ces périodes-là, il fabulait ? Pourtant, aux dires du « copain de Félicie », il parlait de l'attentat en 62, c'est-à-dire une année avant qu'il n'ait lieu !

Je m'ébroue et retourne dans la cellule 593.

Je viens de penser au siphon du lavabo. J'espère que les mâchoires de la pince dont je me suis muni seront suffisamment larges. Elles le sont. Le hic c'est pour dévisser le « collier ». Plusieurs décades qu'il est en place, tu juges ? Le calcaire, la rouille ont boulonné pendant ce temps-là. Je m'arc-boute, les pieds à plat contre le mur ; je tire sur le manche de la pince à m'en faire éclater les balloches. Mes biceps sont en feu ; je vais me faire une hernie, c'est couru ! Quand je fraiserai une frangine, elle croira que mon pneu a heurté un trottoir et craindra qu'il éclate pendant l'opération du ravitaillement en viol.

Au moment où je vais renoncer, je crois percevoir un frémissement. Au lieu d'insister, je reprends souffle. Inutile de me bousculer, j'ai toute la noye pour moi ! Je frotte mes mains aux paumes brûlantes sur mon pantalon. Paraît que dans l'hémisphère sud, en se vidant, l'eau d'un lavabo tourne de gauche à droite et non de droite à gauche comme dans le nôtre. À moins que ce soit le contraire, la physique et moi, tu sais; toujours est-il que c'est inversé. Marrant, non ?

Je crache dans mes pognes, pas qu'elles aient du jeu, et hardi petit ! Ho ! Hisse ! Et ça vient ! Triomphe de la volonté humaine ! On est loin de l'époque où on sautait de branche en branche en se retenant par la queue, hein ? Je braque le faisceau de ma loupiote dans le siphon. Ballepeau ! Zob ! *Nothing !* Évidemment, Garden ne disposait pas d'un outil comme le mien pour débrancher ce putain de tuyau. Et s'il y avait introduit un corps étranger, il n'aurait pas tardé à être obstrué, déjà que quand ça coule normalement il se bouche !

Je n'ai plus qu'à raccorder le siphon grosso modo, manière de cacher la merde au chat (J'ai connu une vieille bonne femme qui s'appelait Dauchas et tout le monde disait d'elle : « la mère Dauchas » ; ça faisait poiler ceux qui ne s'appelaient pas Dauchas).

Pour m'activer, je place ma torche verticalement sur le sol, son faisceau blanc éclaire le dessous du lavabo. Comme j'achève de revisser le collier récalcitrant, quelque chose me fait tiquer. Un rien ! Je note simplement que le scellement qui fixe le bac de faïence au mur n'est pas partout de la même couleur. Dans la partie supérieure il est blanc sale, par-dessous, il est d'un gris verdâtre. Effet de l'humidité ? Probablement. Malgré tout, je le gratte du poinçon de mon couteau « armée suisse ». Et que constaté-je-t-il, Achille ? Qu'il ne s'agit pas de plâtre ni de ciment, mais de chewing-gum archisec, comme les chemises de l'archiduchesse.

Tu sais, le changeur d'un électrophone quand il met un disque sur le plateau ? Cette lenteur solennelle, majestueuse en tout cas, qu'accompagne un léger cliquettement. Il dépose son disque, se retire ; puis le bras de l'appareil entre en piste (c'est le cas de le dire) et la musique éclate. Ici, c'est rutilant comme *Tannhäuser*.

Je vis un instant de folle intensité. Je touche au but. Je bouche au tut. Ai-je déliré sur ce sujet qui restera brûlant jusqu'à ce que la vérité éclate ? Était-ce de la fumée de gamberge ? De la poudre de perlimpinpin ? Une délirade collective entre mes collaborateurs et moi ? On a cru aux mouches ? On s'est embarqués sur un bateau de papier ? On s'est fait mousser le pied de veau ? Trituré le mental ? On a berluré de concert ? On navigue dans de la choucroute ? On patauge dans du caramel mou ? On croyait des choses ? On s'est gonflé l'espoir au pet de lapin ?

Je suis là, agenouillé, ce qui est la position d'humilité absolue. Caressant du bout des doigts cette frange rugueuse. Peut-il encore subsister des microbes dans cette gum mâchée voici trente ans ? Questions imbéciles, hors de propos mais qui m'assaillent en foule, en trombe !

Je cueille un petit burin d'acier trempé (dans quoi ?) au plus profond de ma trousse de dépannage. J'attaque le faux mastic (pourtant bien mastiqué). Il cède facilement, par copeaux. Je dégage de la sorte une rainure d'une dizaine de centimètres de long et large d'environ 2 mm (si je disposais d'une chaîne d'arpenteur, je pourrais me montrer plus précis, tu dois donc te fier à ma seule appréciation). Moment fatidique : je glisse un fil de fer terminé en crochet par l'ouverture en cigognant par saccades (pléonasme). Il ne se passe rien. Impossible de regarder dans la fente, l'épaisseur de mon temporal empêchant mon œil de se plaquer contre le mur. Serais-je bité ? Mon incommensurable allégresse va-t-elle se mettre à panteler comme le sexe d'un académicien diabétique[1] ?

La rage me stimule. Voilà que j'engage le bout de mon burin dans l'orifice, l'enfonce du talon d'un de mes mocassins (que j'ai posés, je te le rappelle) et qui me sert de marteau.

Lorsque l'objet est engagé de quelques centimètres, je tire dessus. Des bribes de plâtre choient. Je tire encore, m'arc-boutant sous le lavabo en essayant de le soulever avec mon dos. Lutteur forain ! Jean Valjean soulevant la charrette à l'essieu brisé du père Macheprot pour qu'on puisse dégager le vieux roulier.

Ça se met à branler au manche (comme disait le professeur Ackouille, de Boston). Et voilà que je perçois un léger choc. M'informe. Un machin vient de tomber par la rainure aux lèvres écartées. J'appelle cela un machin, malgré la richesse incontestée de mon vocabulaire, parce que, à première, seconde et troisième vue, il est inidentifiable.

C'est en métal léger, c'est plat, c'est de la dimension d'une grande carte de visite et trois lettres formant le mot CAO, se lisent encore en relief sur le métal.

L'ayant dûment trituré et examiné, je comprends qu'il s'agit d'un couvercle de boîte de conserve que l'on a aplati, découpé, puis plié en deux pour en faire une espèce d'enveloppe. On a dû glisser un papier à l'intérieur avant de rabattre les bords sur trois côtés et les avoir bien écrasés afin de rendre la chose hermétique.

---

1. Avant, j'aurais dit « comme le sexe d'un académicien », tout court, sans ajouter diabétique, mais depuis que Jean Dutourd a fait premier au concours d'éjaculation départ arrêté de Jouy-en-Josas, je préfère jouer la prudence.

Merci, petit Jésus ! Comme vous êtes bien toujours à la hauteur !

Renonçant à décapsuler l'étui sur l'heure, je glisse cette double plaque dans la poche de ma limouille sport. Tout contre mon cœur qui ne bat que pour moi !

Gagné ! Triomphe de l'esprit sur la matière. Une connasse qui ne pense pas plus loin que la mèche de son Tampax a déclaré que mes *books* abaissaient le niveau moral de l'homme. Cette pétasse qui doit se laisser tringler à tous vents, ne peut supporter mes baiseries à répétition. D'où sa scandalisation. Quand elle désenfourche son bidet, elle redevient pudibonde, la mère. La mise étant larguée, elle récupère sa fraîcheur adolescente ; pour elle, les bonnes manières et la vertu s'acquièrent avec une savonnette et un jet rotatif. Mijaurée de mes couilles ! Je pense à toi dans le sépulcral silence d'Alcatraz et je t'affirme, main tendue pour le serment d'usage, que ton mépris pour moi n'est rien en comparaison de la pitié agacée que tu m'inspires.

Je te rebute parce que tu es destinée au rebut. Vivement que tu sois vieille avec une chatte grise qui ne frise ni ne mouille plus ! Je te souhaite toutes les gibbosités de l'âge, toutes ses verrues et excroissances, ses rides, ses incontinences, ses abdications, et je t'espère desséchée et solennelle, bourrée de principes comme une peau de lapin est bourrée de paille pour rester tendue. Oui, je te souhaite longtemps mémé, ayant passé le temps des nostalgies pour aboutir dans la grande aridité de l'oubli. Et alors tu ne sauras plus San-Tantonio et ses pétasses en délire à l'ombre spermatante de ses forêts de bites ! Non plus que le gros paf de Bérurier. Les pipes baveuses, les enfourchements épiques de donzelles braillardes auront disparu à jamais. Et toi tu commenceras à apprendre l'horizontal à l'école des déclins.

Oh ! et puis à quoi bon t'en vouloir ? L'adrénaline est mauvaise conseillère. Peut-être que si je te baisais, au lieu de te maudire, tu aimerais ce que j'écris ; il suffit de si peu de choses pour faire capoter nos convictions ou nos destins !

Je rassemble tout mon petit chenil, le remballe soigneusement, récolte les déchets dans un sachet de plastique. Après quoi, je regagne le couloir en prenant soin de relourder les portes derrière moi.

J'ai faim, comme toujours lorsque je remporte une victoire. Heureusement que je me suis muni de chocolats et d'une pomme. Je décide de retourner au *barber shop* pour y attendre le jour. J'ai apporté, en guise de couvertures, deux grands sacs à poubelle. En les enfilant, un par le bas, l'autre par le haut après y avoir percé un trou pour le visage, je n'aurai pas froid, étant chauffé par la chaleur de mon corps. Le fauteuil à bascule du coiffeur subsiste encore, capitonné de cuir. Il peut s'allonger et comporte un repose-jambes : de quoi roupiller presque convenablement. Une supposition (improbable, mais sait-on jamais ?) qu'il y ait une ronde nocturne, il serait surprenant qu'on m'aperçoive, allongé sur ce siège plongé dans l'ombre.

Je croque ma pomme, glisse le trognon dans mon sachet et prends mes quartiers de nuit.

Je suis tenté – ô combien ! – de « décacheter » l'enveloppe métallique trouvée derrière le lavabo et de prendre connaissance de son contenu. Mais une sorte de « taquinerie perverse » réprime cet élan. Je décide de ne l'ouvrir que demain matin, en compagnie de Mathias, lorsque nous serons bien peinards dans notre piaule d'hôtel. Le supplice de Tantale est parfois excitant. C'est un peu comme lorsqu'une belle fille est à ta portée et que tu recules l'instant de l'enfourchement. L'assouvissement est toujours intense, mais il est si rapide que toute jouissance pour acquérir sa vraie dimension a besoin d'un long prologue. Ce sont les prémices qui font la fête.

Situation peu banale : moi, enveloppé dans mes sacs à poubelle et allongé sur un fauteuil vétuste de coiffeur qui accueillit les plus grands gangsters de l'entre-deux-guerres et aussi ceux d'un peu après. Moi, dormant comme dormait le pauvre petit agneau qui fit, à son réveil, la connerie de s'aller désaltérer dans le courant du nom de Pur Dormant au sein d'un immense pénitencier vide.

Quelle santé, n'est-ce pas ? Quel empire sur soi-même !

Car je roupille vraiment, et figure-toi que j'ai chaud sous ma pellicule de plastique. Le rectangle de métal léger placé dans la poche poitrine de ma chemise est pour moi un bouclier d'airain. Je vais laisser Mathias en relever délicatement les bords, puis l'ouvrir et me tendre le papier qu'il contient FATALEMENT. Alors je placerai ce document en pleine lumière et, avec un calme durement acquis, j'en prendrai connaissance.

Avant de sombrer dans le sirop d'ange, j'élève mon âme à Dieu pour un merci franc et massif. On Lui réclame toujours, au Seigneur, mais quand on obtient, on ne Le remercie jamais, ingrats que nous sommes.

L'âme en paix, je me place en chien de fusil. Un bon moment je tente de capter la rumeur creuse hantant les nuits d'autrefois à Alcatraz. Que sont devenus tous les méchants qui furent rassemblés en ce triste endroit ? Morts pour la plupart, bien sûr ; au bout de trente ans, tu penses ! Mais morts de quelle mort dite violente ? Morts en criminels à jamais marginalisés. Étranges destins.

Mon sommeil est riche en rêves variés. Je me vois, en plan subjectif, assis dans un fauteuil voltaire au milieu d'une roseraie qui embaume. Mon siège est tout à coup saisi de lévitation et décolle lentement du sol, dans un ralenti de fusée s'arrachant à sa rampe de lancement, le cul environné d'émulsions. Et puis le fauteuil s'élève dans les nues, il monte dans un azur ruisselant de soleil, monte vers l'infini. Bientôt, je ne distingue presque plus la Terre ; ne subsiste de la mère planète qu'une orange bleue annoncée par le poète…

Un peu plus tard… Quoi ? Je ne sais plus… Une voluptueuse sensation de mains féminines faisant la connaissance de mon corps. Un parfum, là encore ! Exquis mais obsédant. Et puis, à nouveau, cette magistrale impression de lévitation. Quoi de plus extraordinaire pour un individu que de s'arracher à l'attraction terrestre ? La liberté totale, enfin ! Ça doit être cela, mourir : ne plus toucher terre, tout simplement.

Des bruits extérieurs m'atteignent. Sirènes de bateaux. Appels lointains ! Rumeur de la mer… Il fait jour, une lumière, qui deviendra radieuse plus tard, joue dans les vitres des fenêtres. Je remue mollement. Tiens, j'ai déchiré mon sac à poubelle supérieur en bougeant. Je me défais de ses lambeaux, puis retire le sac inférieur. Contrairement à mon rêve, ça ne sent pas la rose, mais le crin humide, le cuir épuisé. Je m'assieds et bâille. J'avise une alignée de cellules au bout de l'impasse servant de salon de coiffure. Ça doit pas être joyce d'exister en vitrine, de déféquer sans le moindre paravent, de bouffer et de lire au vu des gardes. Bien sûr, l'accoutumance engendre la « blaserie », mais avant d'accéder à l'indifférence, que de renoncements successifs !

Il est temps de faire mon ménage. Je récupère mes plastiques, les roule serrés avant de les glisser dans mon pantalon. Je chausse mes targettes, passe mon veston, me recoiffe.

Je donnerais ta couille droite contre une tasse de bon café et ta bite contre une douche brûlante. Ta dernière burne qui te serait dès lors inutile, je l'échangerais volontiers contre ma brosse à dents. On est affaiblis par la civilisation ; dans le fond ça doit être bénaise d'être un Esquimau cuirassé de crasse et de graisse de phoque, à tringler sa gerce dans son igloo.

Je fais quelques pas en boitillant, biscotte l'ankylose. Les gaziers d'Alcatraz devaient à peu près agir de la sorte, au petit matin, en débutant une journée toute pareille à celle de la veille, ainsi qu'à celles des lendemains. Je regarde ma montre. Sept heures. Me rappelle plus très bien l'heure de la première visite : neuf plombes, je crois bien ! Je décide de faire un peu de traîninge dans les couloirs, histoire de me déverrouiller les muscles en plein… Coudes au corps, je me mets à zigzaguer dans le pénitencier, jusqu'à ce que le souffle me manque. Je m'arrête, haletant, comprimant ma poitrine de la main…

Et voilà que je reçois une décharge de dix mille volts dans les endosses. Ma dextre s'affole sur ma limouille froissée ! Misère et corde ! comme dit Béru : la plaque de métal léger n'est plus dans ma fouille !

Comment ? Qu'est-ce que tu dis ? Qu'un seul point d'exclamation est insuffisant, compte tenu de la gravité de la chose ? Tu as raison. Tiens, en voilà d'autres, rajoute ceux que tu jugeras utiles : !!!!!!!!!!!!!!!!!

Ce premier coup de grisou surmonté, je me dis : « Calmos, mec ; c'est en courant que tu l'as perdue. La plaquette métallique est sortie de ta poche et, comme elle est en aluminium, n'a pas fait de bruit en tombant. Alors, d'un pas lent, l'œil fureteur, je parcours tous les couloirs, allant jusqu'à inspecter au passage chaque cellule au cas où le « secret de Doc Garden » aurait glissé sous une porte. Mais c'est ultra-négatif.

Je reviens alors à mon lit, c'est-à-dire au fauteuil du coiffeur pour m'assurer que l'enveloppe métallique ne s'est pas échappée de ma vague pendant que je dormais. J'ai dû beaucoup remuer puisque mon sac à poubelle supérieur s'est déchiré !

Je le ressors de mon futal et l'étale sur le sol. Le regarde longuement. Quelque chose qui ressemble à un début de crise cardiaque bloque mes soufflets, mes éponges sont devenues dures comme l'acier : je respire avec deux enclumes, donc, pas très bien. Tu sais quoi, Éloi ? La grande poche de plastique ne s'est pas déchirée : « ON l'a découpée carrément dans le sens de la longueur avec un couteau. »

J'en ai connu des désilluses au long de ma garcerie de carrière ! J'en ai subi des avatars très monstrueux ! J'en ai effacé des échecs qui me flanquaient envie de me dégueuler entièrement ! Mais là ! Oui, là : je meurs ! Pour commencer, j'agonise, ce qui est la meilleure filière pour y parvenir.

J'avais gagné sur toute la ligne ! Je détenais le document fatal, et au lieu de me jeter dessus pour en prendre connaissance, non, je me le mets de côté comme le cigare qu'on vient de t'offrir et que tu décides de fumer après le repas. Tu trouves que je me comporte normal pour un flic de haut niveau, técoinsse ? Moi pas. Je me bannis, me destitue, m'expulse. Enfin, réfléchissons tout de même.

Nous avons attiré l'attention de « certaines gens disposant d'une puissance occulte », en déboulant à Los Angeles. On a torturé notre chauffeuse pour lui faire préciser nos allées et venues. Depuis lors on nous file. On a vu que je ne repartais pas d'Alcatraz lors de ma seconde visite. Alors on m'y a laissé faire ce que je souhaitais. Dans la nuit, on m'a neutralisé à l'aide d'un gaz puissant, on m'a fouillé et on a trouvé sur moi la plaquette. Je pense que je dois la vie au fait que je ne l'ai pas décachetée, ou plutôt descellée. On s'est contenté de me l'engourdir. Conclusion, j'ai été miraculeusement inspiré en ne prenant pas immédiatement connaissance de son contenu car, si je récapitule le nombre de gens qui ont laissé leur peau dans l'aventure, à commencer par le sénateur Della Branla et en continuant par le fameux lieutenant Quinn et le docteur Garden, les gars qui actionnent les ficelles ne sont pas à une viande froide près.

N'empêche que c'est abominable de se laisser détrousser de la sorte. En somme, j'ai retiré pour « ces messieurs » les marrons du feu ! En récupérant la plaquette, ils viennent de juguler l'unique fuite du complot.

Profané, meurtri, la dignité pleine de morpions, la conscience professionnelle en haillons, j'attends l'heure de pouvoir me casser.

Tu sais que j'entends un vilain bruit et que je finis par m'apercevoir que ce sont mes ratiches qui crissent de la sorte ? Putain de sa mère ! Si je tenais les mecs qui viennent de me jouer ce tour-là, je serais cap' de leur sectionner la carotide avec les dents !

Perdre une bataille dans ces conditions, ça vous transforme le dargiflard en congélateur !

Des lourdes qui s'ouvrent, des pas, des mots ! Déjà la visite ?

Non, ce n'est que l'équipe de nettoiement qui vient fourbir les sols avant le rush des curieux.

Presto, je me paie une croisière pour le premier étage.

10

LES POTS CÉDÉS[1]

Bien entendu, ce sont des Noirs qui viennent fourbir. Dans le quartier A, on a droit à deux costauds vêtus de combinaisons vertes possédant autant de poches que la physionomie du chancelier Kohl. Ils se mettent à laver à grande eau, puis à promener une sorte d'engin-balai aussi large que le couloir. L'un d'eux a une radio en bandoulière, laquelle diffuse les infos sportives du matin. L'autre fredonne une chanson du Sud qu'il ponctue de pets béruréens magnifiquement réverbérés par l'immensité de l'endroit. Pet sur la terre aux hommes de bonne volonté. C'en est un !

Ils passent, repassent, s'en vont.

Mon amertume tourne à la neurasthénie. Vois l'intensité de ma conscience professionnelle : tout en sachant que si j'avais ouvert l'enveloppe métallique je serais mort, ce qui domine en moi, c'est le cuisant regret de ne l'avoir point fait. J'ai eu dans la main, puis sur mon cœur, le secret de la mort du Président J.F.K. Et je continue de l'ignorer. Je l'ignorerai probablement toujours…

Je poireaute, assis sur les marches de fer. Venant du dehors, les bruits s'intensifient. L'îlot maudit prend sa vitesse diurne.

D'où je me tiens, je vois des cylindres dépasser du plafond. Les tubes permettant de balancer du gaz neutralisant aux détenus, en cas de mutinerie. Tu veux parier que c'est par cette voie toute préparée qu'on m'a poivré les naseaux pendant que je pionçais ? Ils jouaient sur le velours car un tube se trouve pile au-dessus du fauteuil basculant où j'ai passé la

1. Chapitre dédié à Fedor Mikhaïlovitch Dostoïevski.

noye. On n'a eu qu'à me vaporiser du sirop d'inconscience (parfumé à la rose), et Sana plonge dans le goudron. On attend un peu, puis on vient le palper. On trouve la plaquette dans sa poche de poitrine, on la prend, on s'en va. Les heures passent, le gaz se dissipe, messire Ducon se réveille comme une fleurette des champs. Le coup a été magistralement et très sobrement joué. Chapeau !

La première fournée de navigateurs se pointe, conquérants kodakés de fond en comble. Je descends l'escalier, noue mes paluches derrière mon dos et me mets à examiner les lieux avec cet air mi-curieux, mi-blasé du touriste sur le chantier de naguère (comme dit le Mammouth). La foule m'absorbe. Je me dis que si je possédais encore le document, je serais fou de joie, ma mission étant achevée et… réussie. Qu'au lieu de ça j'ai la queue entre les jambes (alors que je l'ai toujours entre celles d'une dame convenablement tournée).

Je guigne le surgissement de Mathias, ayant hâte de m'épancher, comme dit Synovie. Note l'honnêteté du mec. Je pourrais déclarer à mes collaborateurs que je n'ai rien trouvé et ce serait : point-à-la-ligne-on-rentre-coucouche-panier. Mais non, je ne suis pas l'homme à cela. Préfère passer pour un con, mais ne rien celer, *never* ! La vérité par-dessus tout ! Souviens-toi de la leçon, mon gamin, ça t'épargnera bien des emmerdes.

J'ai beau me détroncher, aller en direction de l'entrée, parcourir ensuite les trois couloirs desservant le pénitencier, plus ceux de chaque extrémité, ainsi que les passages de traverse : zob, zobi, zobinche, pas de Rouquemoute à l'appel. Le sagouin a dû oublier de se faire réveiller, et si ça se trouve, il en concasse encore, l'Ignominieux ! Il a toujours eu le sommeil pesant, mon pote. Sans cette propension à la dorme, sa multitude de chiares brailleurs auraient rendu ses nuits infernales.

J'attends un bout, puis je sors enfin de ces bâtiments de cauchemar, l'âme ébréchée par l'expérience que je viens de vivre.

L'air est frais, ça sent les ronces, la mer, le goudron. Les badauds continuent de gravir le dur chemin perfide, plein de trous et de bosses. Mes cannes ont la tremblote : je meurs de faim. En bas, chez les rangers, je trouve du café et un sandwich jambon tout frais. En bâfrant à pleines chailles, je rallie le bateau. Un vieux schnock déguisé en « Capitaine Crochet », avec une casquette et une veste de marine, s'étonne de mon retour prématuré. C'est lui qui contrôle les biftons.

— Ça ne vous plaît pas ? me demande-t-il en montrant du pouce la citadelle grise, là-haut.

— Il y a erreur, fais-je, on m'avait dit que c'était à vendre et ça m'intéressait pour ouvrir un « Relais-Château », mais il paraît que non.

Il se gondole comme un Vénitien. Puis, sérieux :

— Dites donc, mon gars, votre billet de retour : il est d'hier !

J'enrogne après Mathias qui m'a laissé quimper.

— Excusez, dis-je, j'ai dû déchirer mon retour d'aujourd'hui par mégarde !

— Et vous êtes reparti avec quoi, hier ?

— Avec mon billet d'aujourd'hui, mais si ça crée un problème, je peux payer mon passage…

Il me sourit.

— Allez, ça va : vous avez une bonne tête. Vous êtes italien ou quelque chose comme ça, si j'en crois votre accent ?

— Français.

— Nul n'est parfait, mon gars, faut bien être de quelque part, fait-il en me tapotant l'épaule.

Je gagne les flancs du barlu qui halète doucement contre le môle garni de vieux pneus. La gonzesse du bar prépare de nouvelles délices culinaires pour enchanter les palais du retour. Je lui emplette un deuxième sandouiche avec du *cheese* et des ronds de tomate, mais elle a foutu sur le tout une espèce de moutarde qui ressemble à de la merde et qui en a de surcroît le goût. J'en fais l'offrande aux mouettes.

La glace de l'ascenseur, impitoyable bien qu'elle soit légèrement fumée, me renvoie la triste gueule de l'échec. J'ai l'air d'un flambeur rentrant à l'aube, totalement ratissé, mal rasé et titubant de fatigue. J'essaie de me sourire, mais n'obtiens qu'une grimace de constipé au bord de l'occlusion intestinale.

J'introduis ma carte magnétique dans la fente de la serrure ; le voyant vert s'éclaire, j'entre.

Nous avons pris une suite avec deux chambres, l'Irradié et moi. Celles-ci sont séparées par un élégant salon (goût américain, naturellement), avec télé géante, frigo géant, canapé géant. Les baies donnent sur cette imbécile construction pyramidale dont les San-Franciscains sont si fiers mais qui dénature leur magnifique ville comme notre pyramide de verre, à nous autres Parisiens, dénature le Louvre. Parce que, je vais te dire une bonne chose : la pyramide, c'est dur à caser dans la conversation ; si t'as pas un chameau pour en faire le tour, vaut mieux ne pas y toucher !

Je traverse le salon et gagne la chambre du Rouillé. Qu'est-ce que je t'avais dit, P'tit Louis ? Il est là, le Lingot en fusion, vautré presque nu sur son lit défait. Juste un slip. Noir ! Tu dirais un boxeur flamand K.-O. Ses poils de porc brillent dans la lumière. Il y a une petite flaque de bave sur son oreiller.

— Debout, là-dedans ! hurlé-je-t-il.

Mais ça ne le fait pas réagir. Du coup, l'inquiétude me point. Je m'assieds près de lui et soulève une de ses paupières : le regard est dissout. Pas d'erreur, il est shooté à fond, mon pote ! Perdu dans les limbes.

Je mate alentour, très alarmé, tu penses ! Aperçois une seringue dans le cendrier. Minuscule. Il subsiste un peu de liquide à l'intérieur d'icelle. Je reconnais le tout, la seringue et le liquide : il s'agit de la potion magique inventée par le Rouquinos et qui rend les gens si diserts. C'est quand même pas lui qui s'est auto-piqué avec ce produit ? Par ailleurs, ledit n'endort pas. Alors ? Quelqu'un lui aura administré *un must* soporifique ? Dis, c'est des drôles d'acharnés que nous avons au fion ! Des coriaces, des implacables.

Maintenant que le coup est carbonisé, il vaut mieux regagner nos françaises pénates, sinon il finira par nous tomber des vilains virus sur le râble !

Le pouls du Rouillé bat normalement. Je pense que le plus simple c'est de le laisser récupérer à sa botte, sans forcer…

Je m'offre une douche de rêve, un rasage soigné, des fringues bien repassées. Un second café très fort accompagné de petits pains beurrés achève de me redonner l'éclat du neuf ! Monsieur Propre en personne ! Et une envie de baiser tout ce qui bouge vachement survoltante. C'est alors que je repense à la môme Mary et à sa grand-mère descendues à l'hôtel d'en face : le *Whitekouilh*. J'ai filé rambourg à la gosse pour ce soir, 9 h 30, mais peut-être qu'elle pourrait s'échapper vingt minutes et venir dire bonjour à mon petit soldat au casque rouge, non ? Il lui présenterait les armes avec beaucoup de parfaitement, espère. La couille, c'est qu'elle ne m'a livré que son charmant prénom. Je traverse la rue où déferle un tramway louvoyant comme un rabot sur une planche lisse, qu'écrivait Mac Orlan dont personne ne sait plus de nos jours qui il a été.

Le concierge du *Whitekouilh* est un gros lard qui ne peut plus boutonner ses frusques. Il a beau les faire élargir, le temps que le tailleur s'escrime et ce sac à graillon a morflé trois kilos de plus ; elles ne le rattraperont jamais.

Je commence par le début, c'est-à-dire par déposer devant lui le portrait de M. Hamilton (Alexander), ancien aide de camp de Washington et corédacteur de la Constitution américaine. Je rappelle que le portrait de M. Hamilton figure sur l'avers des billets de dix dollars. Le concierge, c'est pas un talbin de ce calibre qui l'incite à tomber à genoux pour te tailler une pipe.

Son regard de goret constipé m'ayant affranchi, je me grouille d'en allonger deux autres ; dès lors il laisse tomber d'un ton blasé :

— Oui, monsieur ?

Je lui dis qu'il a dans son hôtel deux dames : l'une très vieille, l'autre très jeune. La première a les cheveux bleus presque blancs, la seconde les cheveux blonds presque roux. Hier, cette ravissante portait un ensemble rouge.

Il réfléchit comme la boutique d'un miroitier.

— Si ce sont les personnes auxquelles je pense, dit-il, elles ont quitté l'hôtel ce matin, très tôt.

— Mais elles ne devaient pas s'en aller si rapidement ? objecté-je.

Il hausserait les épaules s'il n'avait peur de faire craquer la couture de sa manche.

— Les clients ont leurs problèmes, assure ce sage.

Puis, pour me signifier qu'il m'a assez vu, il rafle la mise que j'ai déposée sur son rade, avec la prestesse du gonzier qui, au pok, vient de déballer une quinte flush mineure au gus qui éjaculait déjà dans son Rasurel avec une quinte flush majeure !

Il faut remouiller la compresse. Je sors carrément un Franklin[1].

Là, incontestablement, je l'intéresse, et quelque chose qui ressemble à de la sympathie éclaire son visage de tête de veau sur lit de persil.

Il redit :

— Certainement, monsieur ?

— J'aimerais connaître l'identité des deux dames en question.

— L'identité ! s'exclame ce personnage de Labiche revu et corrigé par le caricaturiste de *News Week*. Mais, monsieur !

Vitos, le jumeau de Franklin rejoint son frère.

— Oui ?

Il empoche.

— Non, rien. Je vous demande un instant.

Et d'aller consulter cet immense bouquin relié de toile noire propre à tous les hôtels de la planète et qui est une survivance des grimoires d'autrefois.

1. Billet de cent dollars.

Tu vas penser que je balance le blé par les fenêtres ; à cela je t'objecterai qu'il s'agit de mon carbure personnel, gagné avec mes sublimes polars et que j'ai le droit de le dépenser à ma convenance.

L'obèse écrit un bout de note sur un minuscule carré de papier adhésif.

— Voici les noms de ces personnes, chuchote-t-il avec la frime d'un espion du K.G.B. d'antan, livrant à la C.I.A. les résultats des analyses d'urine de Staline.

Je jette un œil sur son timbre-poste :

Mary Princeval, Daphné Williams, 618 48e Rue W, N.Y.

Je colle le bout de papelard à l'intérieur de mon revers de veston.

— *Muchas gracias*, dis-je. Bien entendu, vous ignorez où elles se sont rendues après avoir quitté l'hôtel ?

Triple-menton sourit avec malice.

— Pas du tout : c'est moi qui ai réservé leurs billets d'avion.

Je mets la main à ma poche pour acheter leur lieu de destination, mais le concierge, magnanime, stoppe l'hémorragie de mon capital.

— Je vous en prie, fait-il, ces dames ont pris le premier vol pour New York.

— Vous êtes un concierge extrêmement coopératif, le complimenté-je-t-il ; je ferai part de ma satisfaction à la direction.

— C'est très aimable à vous, monsieur.

— Une ultime question, mon cher ami : à quel moment les personnes en question vous ont-elles chargé de réserver leurs billets ?

— Tard dans la soirée. La jeune femme est rentrée sur le coup de minuit environ ; elle était très décoiffée et paraissait surexcitée. C'est elle qui m'a prié de retenir ce vol du matin. Je me suis permis de lui demander si quelque chose de fâcheux lui était arrivé, alors elle a souri et m'a dit : « Non, au contraire, mais il est indispensable que nous rentrions, ma grand-mère et moi. »

Il accepte tout de même, malgré sa haute moralité, le troisième talbin que je lui tends.

Il profère des phrases incohérentes, d'un ton saccadé, avec des sanglots dans la glotte.

Il balbutie :

— Il faut me pardonner, ma biche : elle suçait si merveilleusement ! Toi, tu n'as jamais voulu prendre ma queue dans ta bouche, prétextant que ça te flanquerait mal au cœur. Mais il y a des femmes qui raffolent de ça, ma très belle. Des femmes pour qui l'amour commence par cela.

Ont-elles raison ? Oui, je le crois. C'est une démarche si généreuse, si altruiste, ma colombe ! Elle permet à l'homme de côtoyer l'infini. Une belle fellation, je veux te le dire, en mon âme et conscience, constitue une espèce d'œuvre d'art. Je me rappelle t'avoir vue pleurer, un soir, à l'opéra où Mme Chauviré interprétait *La Mort du cygne*. Eh bien, une pipe bien faite provoque une émotion de cette qualité ! Elle t'emporte dans l'indicible, ma colombe bleue. Cette personne s'est montrée particulièrement douée, ingénieuse, pleine d'initiative. Si je te disais qu'elle enfilait son médius dans mon cul en même temps, accédant à un synchronisme si parfait que j'en défaille rien qu'à l'évoquer !

« Il va falloir que tu t'y mettes quand je serai rentré, ma douceur infinie. Que tu me pompes la tige frénétiquement d'abord, puis avec lenteur pour reculer l'instant de délivrance. Je ferai ton éducation, chère chérie. Et à force de volonté, de persévérance, tu deviendras aussi experte qu'une pute de haut niveau. L'on m'a dit qu'au Danemark il s'organise des concours de turlute. Nous irons au pays d'Elseneur et tu participeras à ces joutes ! Tu triompheras, ma reine ! Je t'imagine glorieuse sur la marche supérieure du podium, les lèvres vernies de foutre. Ah ! comme je serai fier de toi ! Je prendrai des photos pour montrer à ta mère et à nos enfants, plus tard. Et puis non : je tournerai un film en 16 millimètres, ma fleur champêtre. Un documentaire où restera inscrite à jamais la preuve de ta vaillance, de ton savoir. Je sais que tu brilleras dans les imposées, toi si pugnace ! Que tu confondras les autres concurrentes aux figures libres, grâce à ton esprit d'initiative ! Que tu vaincras à l'endurance, femme infatigable. Tu pomperas dix, vingt, trente, cent nœuds au besoin, mais tu resteras seule en lice, exténuée mais sublime !

Le pauvre Mathias émet quelques onomatopées sans signification, tressaille, ouvre les yeux et se dresse sur un coude. Un air de gueule de bois mal surmontée. Il me regarde comme si l'on ne s'était jamais vus et qu'on vienne de se rencontrer dans l'autobus Bastille-Gare de Lyon.

— La première fois que je me suis masturbé, je devais avoir huit ou neuf ans, m'assure-t-il gravement. À vrai dire, c'est un camarade de classe qui m'a initié. Il s'agissait du cancre de l'école qui s'appelait Dieudonné Grominet. Il se branlait environ toutes les heures, ce qui faisait trembler le bureau que nous partagions. Moi, naïf, je croyais qu'il se grattait car il passait pour avoir des puces et procédait avec une relative discrétion sous sa blouse grise. Et puis un jour, comme il atteignait à une pâmoison d'une violence inaccoutumée, il a poussé un grondement d'express traversant une gare de village et il est tombé à la renverse.

« C'est alors que j'ai découvert son membre : une chose brève mais énorme, violacée et gonflée de veines aussi grosses que le tronc d'un vieux lierre. Sur l'instant, j'eus du mal à identifier un sexe dans cette excroissance monstrueuse, si éloignée de ce que ma mère avait baptisé : “ton petit oiseau”. Mais doué d'un tempérament déjà scientifique, la conclusion s'imposa à moi. À partir de cet instant, je n'eus de cesse de faire se dilater “mon petit oiseau”. À force de le tripoter et de penser à la founette de Maryse Lepelletier, notre petite voisine dont un carreau de la salle de bains était brisé et que les Lepelletier, gens d'une grande ladrerie, mirent deux ans à changer, je transformai le petit oiseau en moineau dodu, puis en merle repu, ce qui me conduisit à la découverte de sensations nouvelles, fort agréables au demeurant…

Il se tait enfin pour reprendre haleine.

— Mathias, mon biquet, appelé-je, tu ne veux pas remettre à plus tard le récit de tes branlettes ? Tiens, tu as du style et tu pourrais en faire un livre passionnant que tu intitulerais par exemple *Mémoires d'un tapeur de rassis*. Je suis certain que ça se vendrait.

Il ne pige pas très bien. Ce gars se serait téléphoné dix litres de rhum dans le cornet à piston, il aurait les idées plus claires.

— Tu me reconnais, Bébé rose ? je demande, à lui en brûler le pourpoint.

Il opine.

— Je m'appelle comment ?

— T'nio.

— Bravo ! Tu viens de faire un sans faute, mon lapin. Dis-moi, après avoir dûment sollicité tes chères méninges poisseuses : hier tu as pris le bateau pour rentrer d'Alcatraz. Tu as voyagé avec deux dames, une vieille et une jeune.

— Ma… ry ! énonce le massif de dahlias rouges.

— Je vois que vous avez lié connaissance.

Il retrouve soudain la magie de son verbe éblouissant du moment qu'il n'a plus d'effort de mémoire à fournir.

— Elle m'a magnifiquement sucé, déclare-t-il avec une vivacité rayonnante. Tout d'abord, un imperceptible titillement du gland avec ses longs cils. Effet garanti. Puis langue montante et descendante sur le filet : de toute rareté. Lorsque le membre atteint sa plénitude dilatatoire, la fellation commence. D'une lenteur suave qui te fait défaillir. Ce fut le point culminant de ma vie sensorielle ; je ne dis pas sexuelle, ce serait restrictif, mais sensorielle parce que TOUT participe. Tu la conjures d'accélérer le mouvement pour parvenir à la délivrance, mais penses-tu :

trop experte pour céder à tes implorations ! Inexorablement, elle poursuit son démoniaque va-et-vient, se permettant même de l'interrompre pour te placer un frétillement entre les testicules. Tu as les nerfs à bout de patience. Tu pries à haute voix, tu parles de mourir. Et la rouée continue sur le même rythme avec un mystérieux sourire.

« Lorsqu'elle te sent sur le point de lâcher la fumée, elle s'arrête net, abandonnant délibérément tes accessoires et te faisant boire un philtre mystérieux afin d'aiguiser encore ta fringale amoureuse. Une démone ! Tu veux la faire participer, en lui saisissant un sein, ou en lui glissant un doigt dans le bénitier de Satan, la moindre des choses, mais foin ! Elle te repousse, se garde pour elle afin de mieux s'occuper de toi ! Elle détient une science de l'amour digne des plus fameuses courtisanes indiennes, japonaises, voire lyonnaises. Ses philtres aidant, j'ai atteint la délivrance dans un état presque second. Je me suis anéanti dans l'extase. Où est-elle, cette création du ciel ?

J'ai grande envie de lui dire qu'elle a joué cassos, la pétasse déguisée en « Chaperon rouge », avec sa mère-grand et son petit pot de beurre. Et qui sait, avec mon enveloppe métallique ?... Bien que j'imagine mal que l'organisation à laquelle elle appartient laisse ce document inestimable à sa disposition.

Le Rouquin somnole, adossé à son oreiller. Je note une assez belle protubérance dans son slip.

— Je la veux ! pleurniche-t-il. Je la veux...

— Va prendre une douche glacée, conseillé-je, sinon tu vas défiler au pas de l'oie dans les rues de San Francisco.

— Pourquoi San Francisco ? murmure le Brasero.

— Parce que c'est là que nous sommes pour l'instant, Xavier. Je crois que tu as du mal à retrouver ton assiette, gars.

Je mate la seringue. Il a eu droit à un « complet », le savant Cosinus : « des philtres », sa propre drogue, une pipe classée monument hystérique, y a de quoi lui profaner le système glandulaire, plus les nerfs et le cerveau.

Je le force à se lever, le guide jusqu'à la salle d'eau et règle le mélangeur de la douche.

— Allez, bambin joufflu : on pose sa jolie culotte noire de pédé et on s'asperge jusqu'à ce que l'érosion t'ait rendu aussi chauve que M. Daniel Boulanger.

Je le fourre sous les chutes du Nid-à-Garat et le moule pour aller téléphoner au *Beverly Hills Hotel* de l'Os-en-gelée prendre des nouvelles de Bérurier Ier.

Comme décidément aujourd'hui n'est pas mon jour, on me répond que Mister Bérourière a quitté l'hôtel. J'insiste pour savoir si c'est momentané et s'il va bientôt rentrer, mais on m'assure que nenni, il s'agit bel et bien d'un départ franc, massif et définitif.

Une embrouille de plus, et une !

La vie fait la colle, en ce moment !

Et c'est bibi qui paie les pots cassés, les pots cédés. Comme ces pots sont des vases de nuit, des vases d'ennui, tu parles d'un zéphyr, Zéphyrin !

11

AUTANT EN EMPORTE L'OVIN[1]

Je me souviens, papa racontait un pauvre chanteur de province qui goualait des chansons à pleurer sur les scènes des cinés de province, pendant les entractes. Dans l'une de ses romances, ça disait comme ça :

« J'ai tout perdu : femme, enfants, pauvre père, je n'ai plus rien à la place du cœur. »

Et un loustic, peu sensible jusqu'à en être inepte, lui avait lancé :

« — Mets-y une merde ! »

Le pauvre chanteur, ça lui avait carbonisé son gala !

Papa, il avait plein d'anecdoctes de ce genre. Il raffolait du music-hall et avait même vu Mayol sur la fin de sa vie, au cours d'une de ses interminables tournées d'adieu. Il mimait le chanteur, grosse gonfle à toupet, pédé jusqu'aux dents du fond. C'était un marrant, mon dabe. Des vieux de la famille me le disent à chacune de nos rares rencontres. De lui, je tiens, probable. C'était le genre de farceur qui plaçait le plat de blanquette de veau sur la chaise du « président » pendant qu'il faisait un discours, en fin de banquet. Ça, aussi : il achetait des petites culottes de femme de style putassier et les glissait dans les bagnoles de ses copains qui avaient une épouse jalmince.

Ou bien encore, lorsqu'il faisait un voyage avec les mecs de sa « classe », il envoyait des télégrammes chez eux : « Nous regrettons tous ton absence. » T'imagines ce chabanais quand les malheureux regagnaient leurs pénates ?

1. Chapitre dédié à Margaret Mitchell.

Et pourquoi je pense à lui dans l'avion qui nous emporte à Nouille York ? À cause de la chanson que je te parle plus haut, précisément : « J'ai tout perdu : femme, enfants, pauvre père, je n'ai plus rien à la place du cœur. »

Moi j'ai tout perdu : Béru, la face, l'un des documents les plus importants de l'époque. Je me ravale lavedu, mon frère. Si un jour ce bigntz transpire, j'aurai tellement l'air d'un con qu'on me prendra pour un douanier flamand.

Mathias, qui occupe la place du milieu dans la rangée centrale du 747, a entrepris son voisin de gauche, une sorte de pasteur mormon (nœud) qui n'a pas l'air de tout comprendre de son anglais de faculté. Il est toujours entre deux eaux, M. Tournesol. Évasif sur le présent, surabondant quant à ses souvenirs sexuels. Il lui raconte son mariage avec sa mégère qu'il a drivée vierge à l'autel, puis à l'hôtel. Fille d'une bonne famille catholique de Lyon (rue des Remparts-d'Ainnay) elle portait, pour sa nuit de noces, une longue et chaste chemise blanche fendue au bon endroit, comme en mettaient les jeunes mariées du siècle dernier. De nos jours, y a des viceloques qui paient pour grimper une moukère ainsi attifée !

Sur le moment, ça l'a fait dégoder, la limouille virginale, Xavier. Il avait l'impression, avec son guiseau féroce, de chercher l'ouverture d'un rideau de scène fermé (y a rien de plus coton à trouver dans tous ces lourds plis, je connais).

Quand il a eu dégauchi la fente, le temps qu'il mette sa pièce de campagne en batterie, l'étoffe s'est retendue, alors, à bout de patience, il a embroqué sa chère Angélique sans plus s'occuper de la chemise, ce qui a failli l'étrangler, la chérie, vu qu'à chaque assaut impétueux, il lui en bourrait trente centimètres carrés dans la tirelire, ce con ! La moitié de la chemise y a passé et elle avait le menton au niveau du nombril quand son gagneur a défargué. Tu parles d'un drôle de préservatif ! La nuit suivante, il a convaincu sa femme de se pieuter à loilpé ; elle a fini par accepter, mais en restant très chichi du minouchet. Paraît que sa mère, quand elle a appris la grave entorse aux traditions familiales, a taxé son gendre de mille balles pour les œuvres de Sainte Marie Alacoque. Mille pions d'il y a vingt ans, ça mettait cher la passe ! Pour le prix, il aurait pu s'offrir du surchoix, le Rouquin, s'expédier au 7e ciel avec une personne d'expérience, à bas noirs et culotte lascive.

Le mormon (Zola), il a pas l'air d'entraver grand-chose au discours. Il hoche la tête de temps à autre pour montrer qu'il est bien élevé, mais autrement, on sent que ça ne le passionne pas, le dépucelage d'Angélique.

Mathias finit par se rendormir. Il roupille jusqu'au Kennedy Airport !

Kennedy ! En voilà un, tiens, qui me perturbe l'existence trente ans après sa mort !

Parfois, tu vois déambuler un demeuré dans la rue, au bras de sa maman. Tu détournes pudiquement les yeux, pas tomber dans le vilain voyeurisme. Eh bien, ma pomme, avec Mathias à mon aileron, je me mets dans la peau de la maman au petit dévasté du bocal. Les gens sourcillent en nous apercevant, puis vite regardent ailleurs. Un truc qui ne trompe pas : il lance ses pieds en avant pour marcher, Mathias. Son cul semble monté sur une fourche télescopique et sa gueule fait le mouvement des tortues articulées qu'on trouve dans les bazars. J'espère qu'il ne va pas rester commak, l'apôtre. Si je le rends dans cet état à sa rombière, elle gueulera au charron ! On est loin de sa chemise fendue !

Et puis ce serait une perte pour la science, vu qu'il en avait dans le chou, mon beau Blond. Ce qu'il aura pu inventer comme gadgets de toutes sortes, le Xavier. Des combines pas croyables, dans le genre de celles qui ont valu le Nobel à l'adorable Pierre-Gilles de Gennes, la coqueluche des Français-Françaises. Prix Nobel auquel s'adjoint le Grand Prix San-Antonio que je viens de lui décerner à l'unanimité de moi-même.

Maintenant qu'il a de la rémoulade dans le cassis, Mathias, et qu'il n'est plus cap' de soutenir une converse valable avec moi, j'entrevois des perspectives pas zobantes pour lui où y a de la maison de repos, avec grand parc solitaire et glacé où passent deux ombres en train d'évoquer le passé. Je suis bien loti avec ce gazman azimuté sur les bords. Temps à autre je tente de lui rincer la cervelle à l'eau de souvenirs, mais ça ne va pas loin. Et ma pomme de m'obstiner, vaille que vaille, et que Maille qui m'aille ! De la folie quelque part ! Un défi à la logique ! M'en secoue la membrane !

Nous sommes descendus au *Meridien* (un hôtel dont je suis dingue, avec vue sur Central Park), ce qui fait que l'adresse de la môme Mary est à deux pas (618, 48e Rue Ouest).

Il s'agit d'un immeuble des années 30, en pierre de taille, avec un hall de marbre et une oriflamme cradingue battant au vent coulis qui unit l'Hudson à l'East River (en Extrême-Orient, ce sont des vents coolies).

Des panneaux de cuivre annoncent les blazes des occupants, sur le mur de droite ainsi que sur celui de gauche. Je ne trouve pas de Mary Princeval, par contre je dégauchis une « Agence Williams » en caractères rouges, ce qui en fout un jus sur du cuivre.

Comme tu as une tronche où ce qu'on peut trouver de plus consistant c'est de la barbe à papa, tu auras déjà oublié que Williams est le nom de la grand-mère du Chaperon rouge.

À ce propos, tu connais l'histoire du loup qui va chez la mère-grand du Chaperon rouquinos avec l'intention de la becter ? Mais il la trouve encore pas mal et, au lieu de la claper, il se l'embourbe. Une fois par-devant, ensuite il veut par-derrière (question d'atavisme). Mais il est monté comme un âne, ce loup-là, ou peut-être que la vioque est trop étroite ? Toujours est-il qu'il ne parvient pas à concrétiser. Alors, arrêtant de s'escrimer, il demande : « Dites donc, la mère, elle arrive à quelle heure, la môme, avec son petit pot de beurre ? »

Juste en passant. Mais je veux pas m'éloigner du sujet, ni du verbe, non plus que de son complément. Je t'en reviens donc que Williams est le nom que le concierge du *Whitekouilh* m'a donné pour la grand-maman de Mary. Je ne la vois certes pas à la tête d'une agency, la pauvre égrotante, mais enfin je n'ai rien de plus honnête ni de plus urgent à ficher pour l'instant que d'aller regarder de près à quoi elle ressemble.

Ça se trouve au 12e. Une large lourde à double (tambour) battant, peinte en vert bronze, très classe.

Une indication : « Sonnez et entrez ».

Ce dont je.

Maison de qualité. Verre fumé, acier, reproductions du dandy Warhol. Des gonzesses choucardes dans des boxes vitrés triturent des téléscripteurs, des ordinateurs, des téléphones. Brouhaha de bon ton. Une large réception aux fauteuils et canapés de cuir havane. Des cendriers sur pied, en marbre vert.

Face à l'entrée, un burlingue tout seul, en avant des boxes, composé d'une large plaque de verre noir en demi-lune. Derrière, la réceptionniste, une vachement bandante blonde, avec des cheveux sauvages, une bouche comme un ballon de rugby, un regard noir qui ferait sauter les boutons de braguette comme des balles de mitrailleuse si la fermeture de mon camarade Éclair n'avait pas été inventée.

Je m'approche d'elle silencieusement, après avoir déposé mon pot de réséda (en l'occurrence Mathias) dans un fauteuil. La moquette est si épaisse que si t'oublies de la faucher pendant deux jours, t'es obligé de mettre des cuissardes pour te déplacer.

Dix mètres avant d'arriver à la môme, j'ai ferré ses yeux et je me trouve pris en charge comme un avion par la tour de contrôle.

— Hello ! lui fais-je, ce qui est le mot clé de la vie américaine.

Aux States, le gonzier qui ne sait pas dire « Hello » correctement peut retourner dare-dare dans la vieille Europe exténuée.

Elle répond « Hello ».

Je pose mes deux mains droites sur son bureau.

— Seigneur ! soupiré-je, dire qu'il m'aura fallu quarante ans pour trouver la femme idéale !

Mon discours ne l'émeut pas ; au contraire, une expression agacée lui fait plisser le front.

— Vous désirez ?

— Je cherche une Mme Daphné Williams, avoué-je.

— On n'a pas ça en magasin, répond la gonzesse.

— Non plus qu'une demoiselle Mary Princeval ?

— Non plus.

J'y vais d'une moue désolée qui fendrait le cœur d'un as de pique.

— Williams, reprends-je, ça existe tout de même, non ?

— Naturellement puisque l'agence porte son nom.

— Et ça se présente sous quelle forme ?

— Sous la forme d'un important P.-D.G. aux cheveux gris.

— On peut le voir sans avoir à faire la queue devant cette porte à partir de quatre heures du matin ?

— On peut le voir à condition d'avoir rendez-vous avec lui.

— Un rendez-vous, c'est envisageable ?

— Quand on a un motif suffisant, oui ; ou bien quand M. Hugh Williams a besoin de vous.

— Je crois que j'entre dans l'une et l'autre de ces deux catégories, ma jolie chérie.

Elle me désigne une boîte d'acajou dont le couvercle est ouvert. Dedans il y a des formules de demande d'audience.

— Vous remplissez l'un de ces documents, fait-elle, et vous attendez.

— C'est quand je l'aurai rempli que ce chiffon de papier sera devenu un document, assuré-je modestement.

Je cramponne un feuillet, j'écris mes noms et qualités et, à la rubrique « objet de la visite », j'écris : « Pour parler d'Alcatraz. » Nous verrons bien !

Je remets mon message à la réceptionniste. Elle le dépose sur un plateau d'argent et presse un timbre. Un Noir portant un uniforme bleu surgit. La belle blonde lui montre le plateau.

— Secrétaire du boss ! jette-t-elle négligemment.

Le Noirpiot se retire sans un mot en engourdissant le plateau.

Je ne quitte pas pour autant le burlingue de la déesse.

— Une supposition que je remplisse un autre formulaire à votre intention, pour vous demander de dîner avec moi, que répondriez-vous ? murmuré-je-t-il.

— Que je ne dîne jamais avec des inconnus.

— On pourrait faire connaissance avant ?

— Soyez gentil, allez vous asseoir, coupe la gonzesse.

— Vous êtes en main, bien entendu ? Toutes les jolies filles le sont, et même les pas jolies ! Cela dit la vie est une longue chaîne. On se donne, on se reprend, on se redonne. « Il » est américain ?

Je dois commencer à l'amuser ; les femmes ne détestent pas les mecs obstinés pour peu qu'ils les fassent marrer.

— Oui, répond-elle, « il » est américain.

— Alors je vais avoir un sacré boulot. Je suis français et quand je me charge d'éduquer la souris d'un yankee, tout est à reprendre de zéro. Vos gars d'ici ont des muscles, de belles dents blanches, mais pour ce qui est du petit ramoneur pervers, ils n'en savent pas plus long qu'un Zoulou analphabète à propos des tables de la loi. Tout ce qu'ils vous inculquent, c'est de mauvaises habitudes. Le côté jambes ouvertes haleine fraîche, tac-tac (ou toc-toc) et bonne nuit, maman, fais de beaux rêves ! C'est à l'amour ce que les premiers bâtons tracés sur un cahier d'écolier sont à l'examen d'entrée à l'école des mines !

À présent, la souris blonde se tord de rire. Je décide de lui placer ma botte secrète :

— Qu'est-ce qu'il fait dans la vie, votre copain ?

— C'est pas mon copain, c'est mon mari. Il est commandant de bord à la *Pan Am*.

— Moi aussi je suis de Paname, ma poule. Aujourd'hui, il ne fait pas le vol New York-Lima ?

— Non : New York-Tokyo.

— Donc, ce soir il mangera avec des baguettes et vous avec moi. Que diriez-vous de 9 heures chez *Smith et Volinsky* ? On y déguste la meilleure viande de Manhattan.

Elle paraît hésiter, mais à ses yeux, je sais que c'est pour la frime, histoire de faire femme sérieuse. Son acceptation est déjà entrée en vigueur.

— Je vais voir, élude-t-elle.

— C'est cela, mon petit cœur : voyez et venez, je vous attends déjà !

L'estafette noire radine et se plante devant le fils unique et très illustre de Félicie :

— Vous voulez bien me suivre ?

— Je suis ici pour ça, réponds-je.

Arthur Williams est un petit homme aux cheveux gris, comme l'annonçait la réceptionniste, et à l'expression incompatible. Par ce mot, j'entends que c'est exactement le genre d'homme qui ne coïncide avec rien d'autre que lui-même, si ce n'est le minuscule teckel noir et fauve endormi sur un coussin au beau milieu de sa table de travail. Il porte un complet en tissu écossais très sec, des lunettes à forte monture d'écaille véritable et deux sparadraps larges comme mon pouce : l'un au front, l'autre à l'arcane souricière chère à Béru.

Il me fixe dans les carreaux. Tiens, il est comme la Joconde : il ne cille pas. J'attends qu'il me prie de m'asseoir, mais il n'y songe pas, ou alors il me préfère debout.

À la fin, il pousse ma demande d'audience dans ma direction, comme pour m'inciter à la reprendre et demande :

— Ça veut dire quoi, ça ?

— Que j'aimerais m'entretenir avec vous, monsieur Williams.

— Pourquoi mentionnez-vous Alcatraz sur ce billet ?

— Pour vous inciter à me recevoir.

Il assure ses lunettes de l'index, dans un geste familier à tous les porteurs de besicles.

— Je déteste qu'on cherche à me forcer la main.

— Où voyez-vous que j'essaie de vous forcer la main ? Si ma présence vous importune, je me retire !

— Qu'attendez-vous de moi ?

— Quelques renseignements.

— À propos de quoi ?

— C'est à propos de qui, monsieur Williams. Deux femmes se sont inscrites dans un palace de San Francisco en donnant pour adresse 618, 48e Rue Ouest, New York.

Il hausse les épaules.

— Cet immeuble est grand, je ne sais pas si vous l'avez remarqué ?

— L'une des deux femmes se nommait Williams : Daphné Williams. Or, il n'existe pas d'autres Williams que vous au 618… L'autre personne, elle, s'appelait Mary Princeval. Ces noms ne vous disent rien ?

Il fait pivoter son siège afin de pouvoir croiser ses jambes.

— Vous faites preuve d'une ingénuité confondante, Mister… San-Antonio, déclare Hugh Williams, mi-enjoué mi-méprisant. Vous débarquez dans le bureau d'un des hommes les plus occupés de N.Y. pour venir lui dire que vous cherchez deux femmes dont il ignore l'existence. Agit-on avec cette désinvolture, à Paris ?

— Cela arrive, mais il est vrai que, comparé à Grosse Pomme[1], Paris n'est qu'une sous-préfecture. Je me permets de vous faire observer que cette excentricité inqualifiable repose sur le fait que l'une de ces femmes porte votre nom.

Il sort une boîte de pastilles de sa poche et s'en octroie une. Un truc pour la gorge, je suppose, car je crois voir un larynx dessiné sur le couvercle.

— Aux U.S.A., me dit-il, il existe davantage de Williams que de Diourande ou de Mârtine en France. Navré de ne vous être d'aucun secours.

Il m'indique cavalièrement de la main que l'entretien est terminé.

— Puis-je savoir de quoi s'occupe votre agence, monsieur Williams ?

— Demandez de la documentation à la réception.

Là-dessus, il se penche sur un dossier. Et ma pomme de se retirer tout penaud, tout foireux. Que pourrais-je faire d'autre ? Je ne lui dis même pas au revoir, ce serait de la salive perdue, et je préfère la garder pour l'exquis clitoris de l'épouse du pilote.

À ma surprise, je trouve Mathias en bavardage avec ladite. Comme, à la suite du traitement qu'on lui a infligé, il fait une fixation érotico-matrimoniale, il raconte à ma « presque conquête » la façon dont il s'y prenait pour honorer son épouse huit jours avant qu'elle accouche de leur premier enfant.

Il dit :

— Imaginez-vous, chère mademoiselle, qu'Angélique avait un tour de taille bien supérieur à celui qu'elle présentait lorsqu'elle attendait nos jumeaux Jean-Marie et Marie-Jeanne. Son ventre extrêmement bas excluait tous rapports traditionnels, mais le Seigneur, dans Son infinie bonté, m'ayant doté d'un esprit inventif, je parvins à résoudre

1. Surnom de New York.

ce difficile problème en confectionnant un double chevalet de bois dont je capitonnai les fourches supérieures, si bien que la chère âme en gésine avait l'opportunité de se mettre à la renverse sans que son ventre fût comprimé, me livrant ainsi l'objet de ma convoitise en toute plénitude, sans léser le moins du monde le chérubin qu'elle attendait et qui, présentement, est en deuxième année de droit à la faculté de Paris.

« Une totale franchise m'amène à vous avouer que je pris un très vif plaisir à cette combinaison, au point qu'après la naissance du bébé je voulus continuer à pratiquer mon épouse de la sorte. Hélas ! Angélique est une femme rigoriste qui ne conçoit l'acte sexuel que selon les préceptes de notre sainte mère l'Église. Je remisai donc mon invention au grenier. Pourtant, j'en avais une telle nostalgie que je n'eus de cesse de remettre ma femme enceinte. Voilà pourquoi nous sommes à l'heure où je vous parle à la tête de dix-huit enfants qui vont nous valoir le prix Cognacq incessamment.

La môme écoute en branlant non pas Mathias, mais le chef (ce qui est plus profitable). L'ennui c'est qu'il s'exprime en français et que la blonde ignore notre dialecte.

— Que me dit-il ? m'interroge-t-elle.

— Il vous parle de la France, mens-je ; de Paris, de la vue que l'on a du Pont-Neuf, le soir, avec les bateaux-mouches illuminés sur la Seine, chargés de cons japonais pleins de Nikon enchevêtrés.

Se fiant à ma voix mouillée elle soupire :

— Ce doit être très beau.

— Plus que ça : féerique. Vous y viendrez un jour et je vous attendrai à la gare Saint-Lazare, à la descente du train de New York ; je vous emmènerai à l'hôtel où la princesse Di descend quand elle vient à Paris sans son grand glandeur. Il y a des glaces au plafond et des jets rotatifs au bidet de la salle de bains. Sur les murs, vous pourrez admirer des gravures autrichiennes très intéressantes. L'une d'elles représente un homme nu, faisant l'arbre fourchu tandis qu'une délicieuse infirmière de la guerre 14-18 se livre à une fellation sur sa personne. Elle vous laissera perplexe. Détail qui a son importance : je sais faire l'arbre fourchu !

Pliée en deux elle est, la gosse.

— Et maintenant deux choses avant que nous ne nous retirions, ma suprême : je vais vous demander votre prénom et une documentation sur l'agence Williams. C'est Hugh lui-même qui m'a conseillé de le faire.

Elle se penche sur un casier niché sous sa banque et y prend un chouette dossier sur papier couché, avec des photos couleur. Ma lanterne sourde s'en trouve éclairée. Je lis : « H. William's Agency » « L'équipe d'enquêteurs la plus performante de la côte Est. Réseaux de documentation dans le monde entier. Agréée par les plus hautes instances de la nation américaine. Dans de nombreux cas, travaille en collaboration étroite avec la police officielle. Aucun problème ne reste insoluble avec la "H. William's Agency". Vingt-cinq ans d'expérience, vingt-cinq ans de succès ! »

Les photos concernent des causes célèbres résolues par Williams et ses précieux collaborateurs. Comme le père Hugh a l'air de bien s'aimer et de se vouer une admiration sans limites, il figure à différentes reprises dans le dossier. En première page, d'abord, où sa photo en buste trône majestueusement, dans les pages intérieures, ensuite, où on le voit présider son conseil d'administration, aussi avec son *brain-trust* de limiers suraiguisés et d'autres encore sur lesquelles il serre la louche à des géants de la politique ricaine.

— Merci, mon chou.

Elle murmure :

— Je m'appelle Barbra.

— Pardon ? fais-je, car j'ai l'esprit ailleurs, ce qui est un peu mufle sur les bords, compte tenu du fait que c'est moi qui lui réclamais son prénom.

Elle répète :

— Je m'appelle Barbra.

Je ne réponds rien, ni que c'est « très joli », ni que c'est un nom bateau, ni que ça fait bidon, film « B » amerlock ou autre.

Je suis assis dans le fauteuil engraissé au cuir rembourré. J'ai sorti mon stylo et je me mets à gribouiller la photo de première page de Hugh Williams. J'ai toujours eu des dispositions pour le dessin ; par moments je nourris des regrets (rien qui soit moins coûteux à nourrir que des regrets : ça bouffe trois fois rien, ces petites bêtes, et ça devient énorme en un rien de temps) en me demandant si j'aurais pas dû faire les beaux-arts. Je serais peut-être devenu Botero, avec mon sens de l'hénorme, non ?

La photo de l'ami Hugh se modifie sous ma plume. Je l'ai affublé d'une perruque frisée, de lunettes, non plus d'écaille, mais d'acier. J'ai accentué les rides et les lèvres. Lui ai offert un collier de perles (rien de plus fastoche à dessiner qu'un collier de perles, une grappe de raisin ou une assiettée de petits pois). Je pousse le scrupule jusqu'à le doter d'une poitrine de moyenne importance, mais très « lisible ».

Je contemple le résultat obtenu avec satisfaction. Puis j'écris sous la photo : « San-Antonio présente ses respects à Mrs. Daphné Williams. » Ensuite je déchire la page du dossier.

— Vous n'auriez pas une enveloppe, ma chérie ?

Barbra fait droit à ma requête comme disent les ampouleurs de frais. Je glisse mon surprenant message dans l'enveloppe à en-tête de l'agence.

— Qu'on fasse tenir ceci de toute urgence à Mr. Williams ! enjoins-je.

Sans se formaliser (maintenant que le « boss » m'a reçu, je suis tabou), elle mande à nouveau le descendant de l'oncle Tom, neveu direct de l'oncle Ben pour lui confier ma missive.

On dirait un mouton noir, ce gentil Noirpiot. Il s'empare du pli avec onction.

Je regarde disparaître ma petite bombe. Autant en emporte l'ovin !

— Cette fois, nous partons, dis-je à l'Exquise. Alors, quel est votre prénom, vous ne me l'avez toujours pas dit ?

12

L'AMARRE AU DIABLE[1]

Il reprend lentement pied, Mathias, mais continue de rester axé sur ses bonheurs conjugaux. À l'entendre, sa mégère lui a donné des chiées d'émotions fortes. Belle leçon : ils baisent chrétien et c'est délectable. Depuis la chemise fendue de la nuit de noces, en passant par le chevalet conçu pour les coïts d'avant accouchement, il révèle des instants de folle intensité où l'invention palliait les rigueurs de la foi. Ils ont eu un problème de société à résoudre, les malheureux, quand la prolifération de leur descendance les contraignit à héberger dans leur chambre matrimoniale quelques-uns de leurs rejetons. Leur quatre-pièces ne suffisant plus à loger la horde de rouquins, le Génial a inventé une bulle de plastique opaque pour en coiffer leur couche, à l'instar (expression tombée en désuétude) des courts de tennis qu'on veut utiliser en hiver. Ne reculant devant aucun sacrifice, Xavier a insonorisé sa cloche à baise afin que sa chère moitié puisse gémir de plaisir sans arrière-pensée. Ainsi continue-t-il d'honorer la femelle à l'abri des juvéniles et perverses curiosités.

Tout ça qu'il raconte, mon copain, saisi d'un vertige incoercible (comme disent les déménageurs de pianos) qui le pousse aux confidences les plus intimes.

Et moi, tout en lui accordant une oreille traînante, je gamberge férocement, mon regard errant sur Central Park. Je me dis que l'Agence Williams est sûrement aussi performante que le prétend son somptueux

---

1. Chapitre dédié à George Sand.

dépliant. Et j'organise dans ma somptueuse tronche climatisée l'hypothèse ci-après.

Des gens ayant traîné dans le complot contre J.F.K. ont tout de suite su qu'un trio de lardus *frenchmen*, nanti d'infos nouvelles, venait jouer les Zorro dans cette histoire, quelque trente années après son déroulement. Depuis lors, les grandes boutiques yankees, telles que la C.I.A. ou le F.B.I. ont beaucoup perdu de leur pouvoir et de leur « efficacité ». Désormais, les gens qui redoutent une couillerie de notre part doivent faire appel à de la main-d'œuvre privée. Alors que font-ils? Ils s'adressent à une agence dont les prestations sont réputées et qui dispose de grands moyens d'action. On a dû carmer un max à Hugh et s'assurer de sa discrétion absolue. Sans doute, comme c'est souvent le cas dans son genre d'activité, traîne-t-il quelque cadavre dans sa garde-robe et a-t-on barre sur lui? Moi, je sens les choses ainsi; mais peut-être que je me goure : je n'ai pas l'infaillibilité du Saint-Père.

Toujours est-il que Hugh Williams largue illico ses affaires en cours, histoire de « s'occuper » de nous. Déguisé en « mamie » et escorté d'une ravissante collaboratrice, il fait la balade d'Alcatraz en notre compagnie et, à cause de mes longues jambes, se paie un billet de parterre qui lui meurtrit durement la « gogne » comme on dit à Saint-Chef; à preuve, il a la physionomie constellée de sparadrap.

La captivante Mary Princeval n'a pas dû être le seul élément de sa fine équipe à l'accompagner. Il a fatalement disposé d'une main-d'œuvre compétente pour me niquer dans le pénitencier, après s'être annexé d'une manière ou d'une autre les surveillants habituels. Quand ils ont constaté que je ne rentrais pas par le dernier barlu, il leur a été clair que j'allais passer la noye dans la pension Mimosa d'Al Capone. Mary a vampé Mathias, lui a turluté le Pollux et administré ce qu'il fallait pour le mettre à merci. Quand il a été « mûr », il a commencé à jacter, l'apôtre. Il a même dû parler de son élixir de Perlimpinpin et, ô ironie, comme on dit puis à la Sorbonne, la garce n'a pas résisté au plaisir d'expérimenter le produit sur son inventeur! Je gage (« Mes gages! mes gages! » que crie Sganarelle à la fin de *Dom Juan*) que c'est cette accumulation de denrées néfastes qui ont ramolli l'entendement du Rouillé. Ces injections répétées lui ont brouillé la calebombe, au pauvre biquet, d'autant que la môme l'a fait reluire à fond la caisse, ce qui n'a jamais aidé un ancien élève des « Frères de la Consternation » à garder son cervelet au sec!

Va lui falloir combien de temps pour retrouver sa vitesse de croisière? J'ai encore pas pu discuter à fond des dernières péripéties.

Dès ma seconde phrase il se remet à me parler des règles douloureuses d'Angélique, de ses hémorroïdes proliférantes qui lui interdisent toute sodomie (de toute manière, cette pratique ne s'exerce que sur les ancillaires rue des Remparts-d'Ainnay).

La grisaille du soir est vaporisée sur le Park. Il commence dans les beaux quartiers et va finir tout là-bas au début de Harlem. Je vois des gens en survêtes rouges ou bleus faire du footinge dans les allées. Des couples sont encore vautrés sur les pelouses et les taxis jaunes circulent calmos par les voies carrossables. Des constructions de béton virent au blafard dans la brume. On distingue des pièces d'eau, des ponts en dos d'âne. Tout ça est d'une drôle de poésie qui produit sur moi un effet magique. Il existe des chiées de coins dans New York dont je suis amoureux, comme je le suis de certains quartiers de Paris.

J'abandonne le spectacle pour m'asseoir face à Mathias.

— Tu ne veux pas qu'on essaie de parler sérieusement, mon Beau-Souci ?

Il opine.

— Bien sûr.

— Mon petit doigt me dit que le message qu'avait placardé le docteur Garden dans sa cellule, et que j'ai trouvé, est maintenant en possession de Williams, à moins qu'il ne l'ait déjà remis à ses commanditaires. Mais je ne le crois pas. Un type qui se fait douiller probablement une fortune a intérêt à « faire mousser » le travail. En le remettant trop rapidement, il le déprécie en quelque sorte, tu comprends ?

Le Blondinet hoche la tête.

— Tu veux que je te dise ce que j'appréhende dans tout ça ? murmure-t-il.

— Vas-y !

— C'est le moment où Angélique va aborder sa ménopause ; je crains que nous entrions alors dans une zone de haute turbulence.

Tu sais qu'il me soûle, moi, ce mec, avec sa saloperie de bonne femme ? Je prends mal au cœur à l'entendre parler de cette charognerie de pécore ! Une houri impossible qui lui aurait fait mener une existence pareille à un perchoir de perroquet. Un mec de sa valeur ! Et bien sûr, c'est elle qui l'enterrera, compte là-dessus. Elle portera son deuil, ça peut pas lui échapper, le crêpe, à Angélique ; à croire qu'elle ne s'est mariée que pour devenir veuve un jour. C'est une espèce de vocation chez certaines Carabosse ! Elles sont usufruiteuses dans l'âme.

Je ravale mon courroux comme tu ravales un glave quand tu te trouves à l'Élysée sans mouchoir.

— Écoute, Lutin, tu n'es pas encore bien remis du décalage horaire, c'est pourquoi tu vas aller te coucher avec un bon petit cachet du cousin San-Antonio et, demain, tu seras frais comme un gardon. Compris ?

Il est pas contrariant, cela dit, mon gars de la maison d'Orange. Se dépiaute à la demande, fait son gros pipi, brosse ses jolies dents de non fumeur, pénètre les jambes les premières dans son pyjama à rayures, avale mon cachet de « Ténébral » *made in Zurich* et se glisse dans son lit de jeune homme.

Pour l'endormir plus rapidos, je lui raconte la belle histoire de la fée Marjolaine qui s'était laissé grimper par l'enchanteur Merlin. Comme elle trouvait la pointure de son zob un peu maigre, Merlin avait transformé sa zézette de sous-officier de carrière en un chibre d'éléphant (tu parles que ça lui était fastoche au Merlinuche : un enchanteur !) Turellement, c'était *too much* pour le frigounet à Marjolaine, alors vite, elle s'était offert une moniche grande comme un four à micro-ondes. Ça n'avait rien de duraille non plus : une fée !

Il pionce à boulets rouges avant que j'eusse achevé ce délicat récit adapté des *Mille et Une Nuits* de la comtesse de Ségur.

Je me fais extrêmement beau jusque entre les doigts de pied. J'aime bien « sortir » les collaboratrices des gens à propos desquels j'enquête. J'aime beaucoup les « rentrer » également. Confidences sur l'oreiller : tactique « vieille comme mes robes », assure Béru, qui ne manque jamais de mentionner aussi les gens « pauvres comme Zob ». Au fait, que fiche-t-il, mon Alexandre-Benoît ? « Dites-moi où, en quel pays, est Béru, le bon Normand ! » Notre trio s'est vachement distendu depuis quarante-huit plombes. Ça devient le Triangle des Bermudes, cette équipée ricaine !

Smith et Volinsky, tu peux guère trouver meilleure bidoche dans tout N.Y. Imagine un restau traditionnel sur la 3e Avenue. Avec la gonzesse du vestiaire, en entrant, dans une guitoune en vieux bois ; le bar sur la gauche et les salles de bouffe à droite, où s'activent une armada de loufiats saboulés comme leurs homologues de chez *Lipp*.

Des quartiers de barbaque, épais comme des matelas pneumatiques, passent sous ton pif. Tu crois qu'on va les jeter dans une cage aux lions, en fait on les dépose devant de jolies dames qui seraient bien emmerdées si on les contraignait à dévorer tout ça. Qu'aussitôt, tu songes au Biafra, à l'Éthiopie, aux faubourgs de Bombay ou de Calcutta, et une grande honte intime te chavire jusqu'au vertige devant les iniquités de la planète.

On me trouve une table pour deux personnes dans le fond. En attendant Barbra, je sirote un Campari-gin agrémenté d'un zeste d'orange et potasse la carte. Je prendrai un crabe en salade et une sole meunière, le tout arrosé d'une bouteille de vin blanc californien. Je relis entièrement le menu, commande un second Campari-gin et la péteuse n'est toujours pas là. Voilà qui sent le lapin. J'ai horreur de ça. Il est vrai que l'acceptation de la môme n'était pas franche et massive. Mais bibi, gonflé de cette belle assurance qui rend les mâles performants, ne doutait pas un instant de sa venue…

Une quarantaine de minutes de retard, ça fait beaucoup. Le maître d'hôtel commence à en être agacé davantage que moi : ici, il y a presse, et les clients font la queue au bar en attendant de la place. De guerre lasse, je finis par lui passer ma commande. Je renonce au crabe (trop long à décortiquer) au bénéfice d'une salade mêlée, mais je maintiens la sole. Belle bestiole, large comme un plat à gratin pour réfectoire. Délectable ! Tu t'en fous, mais je te le dis quand même. Maintenant je ne me fais plus d'illuse : c'est raté pour la réceptionniste et je vais rentrer à l'hôtel avec la bite sous le bras.

D'accord : une de perdue, dix de retrouvées. Ce que les proverbes sont cons ! Si je veux me dégorger le bigornuche, ce soir, va me falloir aller draguer une semi-pute dans une boîte. Or, je déteste le surgelé.

Mon dîner expédié, je carme et file jusqu'au vestiaire. Y a deux préposées : une qui s'occupe des harnais, l'autre du bigophone ; c'est à cette seconde adolescente que je m'adresse. J'écris sur une feuille de bloc *Mary Princeval* et la lui tends.

— Vous pouvez me trouver l'adresse et le téléphone de cette personne ? Je n'ai pas d'autres précisions.

En même temps que le feuillet, j'ai glissé un talbin de vingt dollars dans sa main. Elle me remercie d'un sourire beau comme un lever de soleil sur le mont Blanc et va se mettre au turf devant son cadran. J'attends en m'accrochant à des logiques. Je me dis que Hugh Williams a gardé son nom et son adresse professionnelle pour descendre à l'hôtel de San Francisco. Il doit probablement avoir dans son entourage une Daphné Williams dont il a emprunté le prénom. Partant de cette « tranquillité » dans l'action, je pense qu'il n'y a pas de raison que Mary Princeval soit un nom d'emprunt. S'il s'est travesti en vieillarde, le P.-D.G. de l'agence, c'est uniquement « à cause de moi », afin de ne pas éveiller ma suspicion. Il voulait m'approcher en restant relax et, si ça se trouve, c'est délibérément qu'il a chuté en butant sur mes cannes. Il s'est blessé, ce faisant, parce qu'il n'est plus très jeune et qu'il a mal calculé son plongeon.

Je suis arraché à mes réflexions par l'exquise téléphoniste :

— Vous avez Miss Mary Princeval en ligne, prenez la cabine !

Elle me biche au tu sais quoi ? Oui ; dépourvu, la gosse ! Y a gourance. Je ne lui demandais que les coordonnées de Mary et ne souhaitais pas qu'elle composât son numéro. Cela dit, la confusion est logique.

Bon, alors, qu'est-ce que tu décides, Bugnazet ? Mais tu crois qu'il lui est loisible de décider à ce con ? Il est déjà dans la cabine capitonnée ! Il décroche. Il lance un « Hello, Mary » (il faut quatre « r » à Mary si tu veux prendre l'accent américain).

Cette gonzesse, crois-moi ou va te faire sodomiser (d'ailleurs tu peux parfaitement te faire sodomiser sans me croire), elle n'a pas de la gelée de cerises à la place des méninges. *En trois syllabes elle m'a reconnu !* Stupéfiant. Cependant, mon « Hello, Mary » je le croyais conforme. Ben non, tu vois ? Il restait franchouille !

— Oh ! c'est vous ? fait-elle.

Remarque que le père Hugh a dû l'affranchir de ma visite, me sachant sur le sentier de la guerre, mon appel vespéral s'inscrit dans une logique certaine.

— N'étions-nous pas convenus de nous voir, à Frisco ? lui balancé-je. Hélas, lorsque je suis allé vous chercher à votre hôtel, vous l'aviez quitté.

— Oui, nous avons dû rentrer plus vite que prévu.

— J'ai pu constater que votre chère grand-mère ne souffrait pas trop des séquelles de sa chute ?

Un rire gêné en guise de réponse. J'enchaîne :

— Vous me devez une compensation, douce Mary. Puis-je passer chez vous prendre un verre ?

Elle marque un temps.

— C'est-à-dire que je ne suis pas seule, finit-elle par murmurer.

— À quelle heure le serez-vous ?

— À neuf heures demain matin.

— En ce cas, au lieu d'un bourbon, vous m'offrirez un café. À demain !

Je raccroche.

La petite tubophoniste me rend ma feuille de bloc qu'elle a complétée en y ajoutant l'adresse et le biniou de la môme Princeval.

Demain !

C'est loin, ça !

Y a plein de gens qui disent « à demain » et qui ne voient pas le jour se lever. Ils étaient convaincus d'avoir encore une chiée de « demains » à leur disposition, et puis, sans le moindre pressentiment, ils vivaient le dernier jourd'hui ! Comme quoi faut toujours être prêt pour l'embarquement immédiat. Être prêt, ça ne veut pas dire que tu dois y penser sans trêve mais que, quand « l'instant ultime » surgit, tu l'acceptes de bonne grâce. Puisque tu n'y peux rien, sois fair-play. Papa, lui, quand il s'est fait piquer par la grande faucheuse, il a juste eu une petite exclamation entendue qui équivalait au « Bon Dieu, mais c'est bien sûr ! » du commissaire Bourrel. Le côté : « Voilà, j'arrive ! »

Et puis il a eu l'air de se foutre de tout et on a compris qu'il venait de cesser.

Cette digression divaguante pour te dire que, demain, zob ! C'est illico-dare-dare que j'y fonce, moi, chez la mère Princeval. Aussi vite que mon taxi ferraillant, conduit par un chauffeur à turban, gras comme un eunuque et plus barbu qu'un ayatollah peut m'y conduire.

Elle habite le Village, un loft à verrières dans une rue pittoresque aux constructions de briques zébrées d'échelles d'incendie rouillées. Tout ça a été « aménagé » et doit valoir un saladier de dollars. À l'extérieur, dans une niche éclairée, se trouvent la liste des locataires ainsi que les boutons d'interphone. Je constate que Miss Mary habite le troisième étage. L'immeuble n'en comporte que cinq. Au Village, New York est provincial. Je m'abstiens de sonner et me mets à tutoyer la porte du hall. L'enfance de lard, comme dirait mon Bérurier perdu. Tellement fastoche que j'ai envie de renouveler l'opération en fermant les yeux.

Au lieu de prendre l'ascenseur, je monte à pincebroc par l'escadrin. Pas de la tarte, car ces appartements sont si hauts de plafond qu'une bonne trentaine de degrés les séparent. Au troisième niveau il y a deux portes. L'une indique « Alexander Pratt », l'autre « Mary Princeval ».

Courageusement, je sonne à la première en espérant qu'Alexander Pratt n'est pas un trop mauvais coucheur (non que je compte coucher avec lui) et qu'il ne m'enverra pas aux prunes, fruits que je ne pratique que modérément.

Il est près de onze plombes du soir et les visites ne sont pas fréquentes à cette heure tardive. Un coup de gong ne suffisant point, j'y vais d'un deuxième, puis d'un troisième qui ne fait que précéder le quatrième. N'à la fin, l'huis s'écarquille et huit centimètres de visage féminin s'insèrent par l'échancrure du corsage de la porte. Ce que je détecte dudit indiquerait qu'il s'agit d'un minois de jeune fille en fleur.

Je lui vote un sourire qui ferait fondre une motte de beurre ou celle d'une douairière, alors tu mesures son effet sur une pucelle !

— Pardonnez-moi-je, lui dis-je-t-il, je suis votre voisin du dessus. Je respirais l'air pur de New York à mon balcon quand, malencontreusement, j'ai laissé tomber ma montre et c'est sur le vôtre qu'elle a atterri. Me permettriez-vous-t-il de la récupérer ?

Un nouveau sourire accentue son humidification sud.

— Si, venez !

Je viens. Charmante gosse. Vingt ans, brune, cheveux courts coiffés en paquet de crayons. Regard à la fois joyeux et stupide, poitrine en capot de Cherokee, du cul avenant, les pieds propres, que demande le peuple ?

Elle porte un charmant pyjamoi rose sur lequel il y a un gros Mickey hilare sculpté sur le devant. Son prose ondule comme une barque à l'amarre quand il se produit de la houle. On traverse un immense atelier de peintre où s'entassent des toiles qui représentent pas grand-chose, mais en très grand. Des traits : rouges, noirs, verts, jaunes. J'en oublie ? Ah ! oui : bleus et violets. À part ça tout va bien. Comme le peintre est extrêmement courageux, il a signé ses œuvres ; très lisiblement de surcroît : Alexander Pratt.

— Vous êtes l'épouse de Mr. Pratt ? demandé-je à la jouvencelle.

— Non.

— Sa fille ?

— Oh ! non : il est trop jeune ! (Sous-entendu : sinon, je serais effectivement sa fille.)

— Quoi, alors, sa petite amie ?

Elle rosit si fort que je dois « brûler ».

— Je suis la baby-sitter de son petit garçon.

Je la presse de questions, en espérant, plus tard, la presser sur mon cœur.

Elle m'apprend qu'Alexander élève seul son enfant, son épouse les ayant lâchement abandonnés il y a six mois pour se maquer avec un critique d'art qui avait traîné Pratt dans la gadoue. Indignée sur l'instant, Geraldine Pratt s'était rendue chez le vilain pour le vitrioler, mais la discussion préalable s'était déroulée de telle sorte qu'en fin de compte elle lui avait taillé une pipe ; aimable prélude à sa fugue infâme. Depuis lors, Pratt fait appel à des baby-sitters, dont la principale c'est elle : Jessica. Comme le célèbre peintre en traits sort beaucoup, elle vient garder Bob presque toutes les nuits. Mais là, elle reste trois jours et trois nuits, l'artiste ayant dû se rendre à Montréal pour le vernissage d'une exposition consacrée à ses zœuvres.

Nanti de ces précieuses informations, je me rends sur le balcon.

— Pourriez-vous me prêter une lampe électrique, chère Jessica? sollicité-je, histoire de l'éloigner.

Dès qu'elle a tourné ses talons nus, je cours à l'extrémité gauche du balcon (il n'existe à ma connaissance pas d'autres mots pour qualifier l'espèce de rambarde et d'avancée de ferraille servant de support aux échelles d'incendie).

J'ai une vue imprenable sur le loft de Mary Princeval. J'aperçois cette coquine dans une robe de chambre légère, lovée sur un canapé à te lui en apercevoir la chagatte. Elle écluse un drink en écoutant les paroles d'un terlocuteur (ou trice) puisqu'elle prodigue moult acquiescements.

La baby-sitter revient, porteuse d'une bougie allumée.

— Tu peux te la foutre dans le cul après l'avoir éteinte, mon amour! lui dis-je en français et en brandissant triomphalement ma montre (que j'avais retirée de mon poignet)…

— Oh! vous l'avez retrouvée! se réjouit-elle. Elle n'est pas cassée?

— Je ne pense pas.

On rentre dans l'immense studio. Quelque part, entre deux croûtes, se trouve un canapé défoncé. Je m'y rends comme pour étudier de près ma Pasha.

— Regardez! appelé-je indirectement la jouvenceuse, intacte! C'est quelque chose, la fabrication française, non?

— Ah! vous êtes français?

— De bas en haut et tout particulièrement depuis les genoux jusqu'à la ligne de flottaison, mon trognon.

— C'est pour ça que vous avez un accent?

— Probablement. Mais je vous empêche de dormir, pardonnez-moi.

— Je ne dormais pas, je regardais la télé.

— C'était bien?

— Pas formidable : *Princesse de Miami*.

— Ça se passe sur la lagune, dans le quartier des milliardaires? Le père a un cancer et la mère un amant. Le fils aîné est homosexuel et son petit ami le fait chanter. C'est la fille qu'on appelle « Princesse ». Elle aime le fils de l'amant de sa mère dont il est avéré, à la fin, qu'il est son frère.

— Vous l'avez vu? s'extasie Jessica.

— Non, mais je connais toutes les possibilités d'affabulation hollywoodienne. *Princesse de Miami* est conçu sur le canevas 14 bis en vigueur depuis 1965. Vous savez que vous êtes très très jolie, Jessica ? Cette fois, je vous quitte, il ne serait pas correct que je m'attardasse. En France nous sommes très stricts sur les questions de bienséance.

Et tu sais ce qu'elle me répond, la nière ?

— Ici, nous ne sommes pas en France !

Dis, ce culot ! Cette manière de balancer le feu *green* ! Comme si on y était.

Et ma pomme, du tac au tac et à la tactique :

— Malgré notre sens des convenances, quand une femme répond de cette manière à un homme, il est dans l'obligation de l'embrasser.

Jessica y va d'une mimique à laquelle on peut trouver différentes significations dont toutes sont positives. Ça peut vouloir dire « Qu'attendez-vous ? », ou bien « Voilà une obligation qui me botte ! », voire « Donc, les Français sont moins cons que le bruit n'en court ! ».

Je lui tends la main, elle me confie la sienne. Je la hale à moi. Elle se laisse haler. Puis se laisse aller. Première pause sur mes genoux. Le baiser vorace : crissement de chailles, suçage de menteuse. Parallèlement : dextre coulée par l'ouverture du pyjamoi. Elle ne réagit pas, donc on n'est pas en période de ramadan ! Merci, Seigneur, de me manifester Votre auguste bienveillance jusque dans l'entrejambe des merveilleuses créatures que Vous avez conçues pour notre félicité terrestre, n'est-ce pas ? Ou je me goure ?

Quand je lui titille l'ergot, loin de se dresser dessus, elle se blottit plus totalement contre moi. Ne frotterait-elle pas sa joue contre le casque de mon ami Popaul ? Mais, si, madame ! Oh ! la petite voyouse ! Ce câlin ! Si je te disais qu'elle mordille le fauve à travers les étoffes superposées de mon bénoche et de mon Éminence (dérisoire en ce riche lieu !). Dis, elle n'est pas oie blanche le moindre, la Jessica ! On lui a déjà parlé du piston à coulisse (ou à cou lisse), de la clarinette baveuse, des violons du (trou de) bal, et de la flûte enchantée ! Son petit pyjamoi gît bientôt sur le plancher et ça fait une frime tout accordéonée à Mickey ; pour le coup il cesse de rigoler.

Sans avoir la fougue classée 5 sur l'échelle de Richter, elle possède déjà un joli tempérament, la baby-sitter. Tu penses que le barbouilleur Pratt doit pas lui donner que son moutard à bercer : il lui confie également son braque. Ça l'a dégrossie et je peux m'annoncer l'arme à la bretelle pour organiser les manœuvres de printemps dans son parc à moules. Jadis, c'étaient les filles dégrossies qui étaient engrossées, heureusement que la pilule a corrigé la perfide trajectoire. Autrefois, les gerces, suivant la fameuse méthode Trucmuche, calculaient les dates pernicieuses avant de se faire calcer. Elles bouillavaient avec une règle à calculer, la machine n'existant pas encore. Avant de les limer, t'attendais qu'elles eussent achevé leurs calculs en ayant l'impression qu'elles faisaient leur bilan de fin damné ! Maintenant ça baigne : c'est tout bon !

On tire une première guêtre sur le divan défoncé, histoire de se mettre en glandes ; mais comme ensuite ça va devenir sérieux, on poursuit les ébats dans le plumard du patron, auquel elle a accès sans payer de taxe de séjour.

Sur ces entrefesses, voilà Bob qui se réveille et bieurle comme un sauvage.

— Oh ! mon Dieu ! dit-elle en anglais, car elle parle couramment cette langue d'envahisseurs ; il va en avoir pour des heures à s'endormir. Servez-vous un whisky en m'attendant, chéri français.

Je !

Le marmot égosille à nous en disloquer les trompes d'Eustache.

Elle a raison de s'inquiéter, Jessi, c'est franchement la bramade sans retour. Tel qu'il est parti, il va donner son gala jusqu'au petit jour. Je me suis toujours demandé pourquoi des bébés sont silencieux et d'autres braillards, pourquoi certains dorment la nuit, comme des chrétiens, et d'autres le jour, comme des fêtards. Félicie répète à qui veut l'entendre que j'étais un poupard exemplaire, dormant ou suçant son pouce pour pas faire chier son monde. Je clapais le sein de m'man, je débourrais dans mes langes, tout ça en silence. « Tu avais l'air de réfléchir ! » m'assure-t-elle. Moi je crois que c'est très possible. J'avais déjà pigé le système ; peut-être pas encore la gravitation universelle mais en tout cas le plus gros, quoi. La vie, la mort, l'amour, la connerie. Tout le reste, tu le trempes dans la pâte, tu le balances dans la grande friture et t'en fais des beignets !

Bon, en tout cas me voilà à poil avec la queue qui bat la mesure. J'étais au zénith, me retrouve au nadir. En chômage technique, le beau chevalier des cœurs à prendre !

Je retourne sur le pseudo-balcon m'aérer les soufflets, mater également la voisine d'à côté. Oh ! pardon, le spectacle vaut cinq francs six sous, comme dans la chanson de salle de garde. Magine-toi que la môme Mary est en train de visionner une cassette vidéo classée X, Y, Z tant tellement elle paraît *hard* ! L'écran est tourné dans ma direction, on n'y voit rien que des messieurs en plein challenge Yves-Dumanoir. Ils sont pas suffisamment nombreux pour faire « ça » en couronne, n'empêche qu'à cinq ils élaborent déjà des combinaisons intéressantes. Le trombone à coulisse de l'exploit ! Le meneur de jeu ressemble comme deux gouttes de sperme à Pimprenelle, le grand tout-fou qui présente la météo en gloussant et trémulsant de l'oigne comme si un brigadier de C.R.S. lui téléphonait sa matraque de maréchal dans le gros côlon.

On vit une sacrée époque, mon fils : ou les cuisiniers sont décorés de la Légion d'honneur (pour les remercier de la qualité de nos excréments), ou le gars qui t'annonce la pluie fait un numéro de music-hall, ou le chômage s'accroît parce qu'on supprime la main-d'œuvre en la remplaçant par l'automatisation, tout ça… Des chiées d'autres choses encore qu'on peut pas dresser la liste car elle serait trop longue et par conséquent fastidieuse.

Je reprends toujours les choses où je les ai interrompues au moment de mes dérapages (preuve que ces derniers sont parfaitement contrôlés). La belle Mary qui se paie une lucarne cochonne. Pire : obscène ! Un beau film érotique de temps à autre, bon, ça réchauffe et puis ça éduque les empêtrés, leur donne des idées louables, des courages trop longtemps inemployés.

Mais ces basses turpitudes sont dégradantes, je proclame, moi le Gaulois toujours partant pour une partie de baisance. La chose que l'homme connaît le plus mal, c'est la limite ; il a toujours tendance à mettre un pied plus loin que permis.

Oui, oui, la belle Mary, te gratte pas, j'y arrive pour tout de bon. Elle n'est pas seule. Maintenant je peux apercevoir son compagnon qui n'est autre que le père Williams. Il est dos à moi, dans un fauteuil ; la petite Princeval est assise en tailleuse (de pipes) à ses pieds. Je te parie une soupe de courge contre les chances de Michel Rocard aux prochaines présidentielles qu'elle lui fourmille le chinois pour égayer la projection. M'est avis qu'ils doivent composer un bon tandem, ces deux : au boulot comme au dodo. Qui dira jamais assez la force d'un couple solidement uni ?

Je les contemple dans leur pauvre moment d'abandon. Pimprenelle est en train de s'en morfler une de première grandeur dans le couloir aux lentilles. C'est fou ce qu'il ressemble au petit mutin que je te cause : même faciès à la Stan Laurel, mêmes gestes aériens de prestidigitateur qui t'emprunte ta pochette pour en faire une guirlande ; le vrai bateleur de pissotière ! Là, il parvient, à lui tout seul, à une complète occupation du territoire : il en encaisse une, en turlute une seconde et en secoue deux autres. Faut le faire ! L'homme-orchestre de la membrane à balancier. T'aurais envie d'applaudir l'exploit si ce n'était aussi navrant.

Le gars Bibi (Sana pour les dames) retourne à sa veste précautionneusement déposée sur un dossier de chaise. Ce qu'il a été bien inspiré de nous

« garnir », Mathias. Il a insisté : chacun sa petite panoplie James Bond : la trousse de secours de l'homme d'action ! C'est placé dans le rembourrage des épaules, ainsi ça n'affecte pas ta liberté de mouvements, et ni vu ni connu. Deux minuscules fermetures Éclair astucieusement dissimulées à l'endroit de la couture. Cric, crac ! voilà ta boîte à outils à dispose !

La petite baby-sitter est en train de préparer un biberon d'eau sucrée au futur Pavarotti.

— Vous devriez y ajouter une mesure de bourbon, lui conseillé-je, c'est ainsi qu'on pratique chez nous, en Normandie et dans les terres froides du Bas-Dauphiné. Les Normands mettent du calva et les Dauphinois de la gnôle, mais dans les deux régions le résultat est garanti.

Je me saisis d'une percerette de poche et d'une capsule de caoutchouc et je droppe sur le balcon. J'ai passé mon slip, non par crainte des courants d'air, mais j'ai peur de me meurtrir les frères Goncourt en enjambant la rambarde rouillée. Moi si gauche quand je dois planter un clou chez nous pour accrocher un tableau ou réparer une branche des lunettes de ma Féloche, quand j'œuvre « en situation » je me découvre des doigts d'horloger. Ayant franchi (avec une rare témérité) l'échelle d'incendie unissant (et séparant par la même occase) les deux balcons, je me retrouve accroupi devant la baie vitrée du loft de la voisine. Les intempéries ont malmené le cadre de bois, bien que Mary l'ait payé le prix du teck, et ma petite mèche le perce (Julien) sans problème. Lorsque le trou est fait, j'en élargis le diamètre à l'aide de mon inséparable couteau de la vaillante armée suisse. Puis (suis bien le travail du grand) je perfore l'extrémité de la capsule grâce au poinçon figurant dans le corps du même couteau précieux.

Cette opération ne m'a pas demandé quatre minutes, te dire ma virtuosité !

Jessica berce le bébé avec une réelle tendresse. C'est déconcertant de les voir si garces et si maternelles, toutes !

Je retourne au lit après un passage à la salle de bains d'Alexander Pratt pour essuyer les traces de rouille dont je suis marqué.

J'attends le retour de la gosse. Rien ne presse.

D'après Mathias, le gaz comprimé soporifique que je viens de larguer chez la voisine a une puissance d'action de quatre à cinq heures et il est capable d'endormir tous les fidèles de la cathédrale de Chartres pendant la grand-messe de Pâques ; le loft de Mary Princeval a beau être grand, tu penses…

13

LE MYTHE DÉCISIF[1]

Le lardon finit par la boucler et la petite friponne réintègre le lit.

— Votre recette est bonne, exulte-t-elle, je m'en resservirai !

— Comment, vous avez réellement fait prendre du bourbon au gosse ? m'effaré-je.

— Non, me rassure-t-elle. Pas du bourbon, c'est trop raide, mais du Drambuy. La crème de whisky, c'est doux, il a beaucoup aimé, aussi lui en ai-je administré deux rations.

Je fais machine arrière et lui explique qu'il s'agissait d'une boutade de ma part, j'espère que Rembrandt junior ne sera pas trop perturbé par cette ingestion prématurée d'alcool.

Je reprends donc les choses là où nous les avions (d'Air France) laissées. Sans parcimonie, je lui pratique : *le chinois vert, Madame Vigée-Lebrun, la salade aux truffes, l'aimant de Lady Chatte-à-lait, le courtier de Lyon, la dégustation du paysage audiovisuel français, la quenouille en bâton, le porc frais de Dorian Gray, l'hélice dans l'avalé, le facteur tonne toujours deux fois, l'acculé de frais, remouille-moi la compresse, au bon beur, les pâleurs de Sophie, fulmine c'est du Belge, les accords déviants, le trou occulte, t'habites à Hungoux, prends plus haut je sens que ça vient, l'appeau de Charlgrin, l'arène des pommes, les violents du bal, ma lapine dans le train, le droit au culte, les dents de l'amer, l'apprenti saucier, les dindes galantes, tu me la sors bonne, le trou normand, Perrette et le poteau laid, les cinq sous pour l'avoir raide, viole de nuit*, et *pars pas toute seule j'arrive*, une figure libre

1. Chapitre dédié à Albert Camus.

mais que mon sens de l'harmonie m'imposait et qu'il m'a fallu un certain temps pour mettre au point.

Après cette longue étude de mon catalogue, je remets mon présentoir en place.

La môme est anéantie.

— Dites, balbutie-t-elle, vous n'avez pas le sida, j'espère ?

— Aux dernières informations je ne l'avais pas, assuré-je, mais suis mon conseil, chérie : à ta prochaine rencontre, pose la question *avant* plutôt qu'*après*, tu t'en trouveras mieux.

Une bise miauleuse, et je l'abandonne pour, prétends-je, « remonter » chez moi.

Regard sur le berceau. Le bébé dort comme un bienheureux. Curieux : je lui trouve un air de ressemblance avec Apollon-Jules, le fils des Bérurier.

Du genre coriace, la porte d'à côté. Du blindage, des serrures de sécurité, inventions puériles qui ne font que retarder l'inéluctable car, lorsqu'un vrai pro décide de pénétrer dans un apparte ou une casa, tu peux édifier la ligne Maginot tout autour, tu ne l'empêcheras pas d'entrer.

Je me rappelle Ferdinand, un vague cousin, casseur dans son âge fou, puis rangé des voitures, mais arsouille à jamais, un jour qu'on rendait une visite de Nouvel An à la tante Isabelle… La lourde de sa villa constituait un chef-d'œuvre de défense contre les cambrioleurs : elle comportait davantage de serrures qu'une soutane de curé de boutons. Encore que les soutanes, de nos jours, faut aller à Rome (et pour Mardi gras) si tu veux en voir ! Ferdinand écoutait la tantine déboutonner sa porte avec un sourire narquois. « La pauvre vieille, a-t-il murmuré, tout ça ne représente que dix minutes de plus. »

Cher Ferdinoche ! Il me racontait toujours des anecdotes savoureuses sur sa vie truande d'autrefois. Le jour, entre autres où, avec deux potes à la redresse, ils avaient engourdi le coffiot d'un vieux notaire, l'avaient chargé sur une camionnette et emmené promener au fond d'un bois. Des heures pour forcer la bête, leur matériel n'étant pas sophistiqué le moindre.

A la fin, quand ils avaient pu enfoncer la main dans les entrailles du vieux Fichet, ils n'avaient dégauchi qu'une paire de boutons de manchettes en plaqué or et les gendarmes étaient là, goguenards, alertés par les nabus du voisinage.

Il s'est fait la malle, Ferdinand, zingué par un méchant cancercrabe aux soufflets. Il y a déjà lurette : dix douze piges au moins ; le temps passe… Il est mort en vrai bonhomme, le sourire aux lèvres. Dans le fond, c'était resté un bandit. Un gentil bandit. Y en a.

Son histoire du coffre, Ferdinand, je l'ai déjà racontée. La raconterai encore. Nous autres, les tartineurs, on est un peu comme les peintres, y a des sujets qui nous tiennent à cœur. Alors on les reprend en espérant toujours les raconter mieux que la fois précédente. Faut pas nous en tenir rigueur : on fait un métier bizarre, bizarre, mon cousin !

Rétive ou non, elle finit par s'agenouiller et me demander pardon, la porte bêcheuse de la mère Princeval. Mais j'ai dû m'expliquer au moins quarante minutes pour venir à bout de cette teigne !

Comme Mathias ne laisse rien au hasard, il a prévu un masque de gaze à gaz pour qu'on puisse se pointer dans une zone qu'on vient de polluer. Il est soigneusement plié dans une boîte ronde et plate contenant un liquide verdâtre et qui pue fort. Je m'en affuble pour pénétrer chez la maîtresse et brillante collaboratrice du sieur Hugh Williams.

Elle doit affurer un max, tant sa cage est luxueuse. Bon, elle aime l'art chinois et moi je le dégueule, n'empêche qu'elle a rassemblé des pièces rares qui intiment le respect. Un vrai musée. Dans cet immense volume, son bouddha de deux mètres, plus gros que Béru et beaucoup moins sympa en jette, franchement. Tout le reste, dirait justement le Gros, est à lavement : des gigantesques défenses d'éléphants (les pauvres choux) diaboliquement sculptées.

Si je te disais que l'une d'elles représente un pont avec toute une populace en exode dessus : des coolies postaux, des pousse-pousse, des bœufs, des voitures à chevaux, des guerriers, des femmes, des enfants, des vieillards. Y a que mon cher Dubout qu'aurait pu imaginer une fresque pareille. Déjà, dessiner ça, bravo ! Mais le sculpter dans une espèce d'énorme os, tu juges ?

Pas surprenant que les Jaunes aient des petites bites. Tu ne peux pas miniaturiser de la sorte avec une grosse queue entre les jambes, im-pos-si-ble ! Les gonziers qui ont bâti les pyramides, eux, oui, ils devaient être braqués féroce. Ceux qui ont édifié Notre-Dame de Paname avaient aussi des chopines de taureau, je te parie la mienne ! Quant à ce titan de Victor Hugo, il se coltinait un braque à la hauteur de son œuvre, tu t'en doutes ! Sinon la mère Drouet ne lui aurait pas envoyé des milliers de bafouilles dégoulinantes. Mais faire ces petites conneries ! Ces œufs d'ivoire à l'intérieur desquels il y a un autre œuf qui en contient un troisième, là je crie « pouce ! » Ces sphères enceintes d'autres sphères, faut pas avoir envie de tirer la servante quand tu boulonnes là-dessus ! Ils y consacraient toute leur existence, les mecs !

Et, *excuse me, baby*, mais ça servait à quoi, très au juste, de telles mômeries ? Simplement pour qu'un Occidental, un jour, l'aperçoive et s'exclame : « Ben ! ma vache ! » Tu crois que ça valait le coup de se faire disjoncter la rétine ? Ils connaissaient pas Parkinson, ces Jaunets ! Ne se poivraient jamais à l'alcool de riz pour ne pas risquer la trembillette.

Ayant consacré suffisamment d'attention aux chinoiseries de la belle Mary, je m'approche du couple. Le film est achevé et l'écran ressemble à la surface du chaudron où bout un pot-au-feu. La fille est allongée sur la moquette, un sein à l'air. Hugh est couché en travers de son fauteuil, le pantalon écossé (et non écossais), le guiseau à l'abandon. Malgré sa crinière blanche, son paf a fière allure. C'est pas Hugh Williams qui sculpterait la statue de la Liberté dans une ratiche de cachalot ! Une chopine de ce calibre, c'est la marque de l'homme d'action. Et encore, elle fait dodo, mais quand elle interprète « Typhon sur la Jamaïque », les pucelles ont intérêt à se barricader la moniche.

Ils sont totalement *out*, les deux aventuriers et amants ; sont sur la liste des abonnés absents pour une durée indéterminée. Il propose toujours du premier choix, Mathias. Avec lui c'est la maison de confiance ; en England, il serait fournisseur de sa grassouillette Majesté.

« Bon, me dis-je en aparté, tu es ici dans quel but, au fait, Bazu ? Si j'avais à dispose le sérum de loquacité du Blondinet, je pourrais attendre que monsieur et madame se réveillent pour tenter ma chance et les faire causer. Mais ces veaux ont engourdi ce qui restait. Alors ? »

Je prends place dans un fauteuil en face d'eux, comme si j'étais l'invité d'honneur de la semaine, jambes croisées, mains nouées sur mon kangourou comblé. Je pense dans la sérénité... Ma force psychique est telle que je parviens à échafauder des hypothèses généralement conformes à la réalité. Un don ! Appelle ça comme tu veux : sens divinatoire, flair, pressentiment ou autre, ce qui importe, c'est le résultat.

Je considère ces gens jetés dans l'inconscience. J'évoque leur démarche à San Francisco. Je me remémore l'agence, avec cette petite garce de réceptionniste blonde qui m'a fait bouffer une sole dans un restau pourtant spécialisé dans la viande rouge.

Une énorme boîte, l'Agence Williams. Et prospère, ça se sent. C'est le genre d'établissement dûment épaulé de partout, « protégé » aussi, qui obtient « à coup sûr » des résultats. Pourtant, si l'Agence Williams frise parfois l'illégalité, je suis prêt à parier une nuit sur le mont Chauve contre un chauve qui peut, qu'elle sait garder son nez au propre, consciente que, quand on marne dans l'interdit, il n'est pas de « hautes protections » qui tiennent : un jour ou l'autre, une bavure irréparable se produit et tu l'as dans le scrotum. Le père Hugh, il doit piloter à vue son barlu, friser les récifs sans jamais s'y embrocher.

Bien, m'objecteras-tu, ce beau discours pour en arriver à quoi ? À ceci, camarade : on l'a chargé de quelle mission, en fait, papa Williams ? De « s'occuper » de nous, c'est-à-dire de surveiller nos agissements et de s'emparer coûte que coûte de ce que nous serions sceptibles de trouver. L'Agence Williams s'est acquittée admirablement (toujours ma folie des adverbes) de la tâche qui lui était confiée. Depuis hier, elle a donc mis la main sur le « secret » de Doc Garden.

La question me vient à nouveau : « Qu'en a-t-elle fait ? »

Quelque chose me chuchote tout au fond des trompes, que Williams ne s'est pas grouillé de remettre « la chose » à ses clients. C'est un commerçant, avant tout, cet homme. Je te répète que son intérêt est de faire mousser le boulot. Moi, à sa place, je mettrais le morceau d'aluminium martelé dans un coffre pendant quelque temps, je chiquerais aux grosses difficultés auprès de mes « employeurs » et je « triompherais » quand ils commenceraient à avoir la langue traînante, en réclamant une rallonge épaisse comme un Épéda multispires (publicité gratuite). Ce serait de tellement bonne guerre que je suis convaincu qu'il a adopté ce principe, mon pote Hugh.

Et puis un autre truc encore. Je suis prêt à te parier une pipe de Madonna contre une nuit d'amour avec la reine Babiola qu'il n'a pas décapsulé la plaquette du docteur. Tu veux que je t'explique pourquoi, dans l'hypothèse où t'aurais pas déjà compris ? Parce que c'est le genre d'homme qui sait SUR QUOI NOUS TRAVAILLONS et qui a une envie folle de mourir dans son lit le plus tard possible. Il connaît sur le bout des doigts son histoire occulte des Zuhessas et sait qu'il est des secrets d'État qu'il faut ABSOLUMENT IGNORER si on veut rester à la verticale.

Or, donc pour résumer cette somme de réflexions, un obscur sentiment m'avertit que ma découverte d'Alcatraz est encore récupérable. C'est peut-être fou d'avoir cette conviction chevillée au bulbe, mais je l'ai bel et bien et je n'y peux rien, pointe à la ligne.

Mais attends, Armand, c'est pas fini. Cette chose, si importante qu'elle fait trembler la nation américaine sur ses fondations, voire son fondement, crois-tu-t-il que papa Hugh est suffisamment pomme à l'huile pour la placer dans son coffre habituel ? Si tu penses une telle balourdise, j'avale une cuillerée d'huile de ricin et je te défèque tout cru avec ta montre et ton bandage herniaire.

Alors, parvenu à destination, du point de vue mental, il se dresse, l'Antonio. Rayonnant comme un moyeu de vélo ! Il s'arrête pour contempler le sein d'albâtre de Miss Mary. Tiens, elle a les cabochons très sombres, vieux rose, si tu vois ? Sur le blanc de sa peau, ça se détache très chouettos. Ayant déjà donné à profusion, sur l'heure, cette vision ne me perturbe pas trop les ganglions à crinière.

Les mains dans les fouilles, je fais le tour du loft, notant mentalement les points aptes à receler un objet qui doit absolument demeurer planqué.

D'abord, t'as le bouddha, mais il pèse une tonne, ce gros lard, et pour le remuer, faut s'y prendre à plusieurs. Tu as aussi un secrétaire de laque que je devine fourmillant de cachettes tarabiscotées, comme en raffolent les Asiatiques (le complexe de la petite bite, toujours). Je l'ouvre, l'explore. Trouve les tiroirs mystérieux. Fastoche ! Un prestidigitateur de patronage en rigolerait ! Vides ! Je m'en gaffais.

L'immense volume du loft est découpé selon les nécessités de vie. Tu as une galerie donnant sur une loggia servant de chambre à coucher ; dessous, la partie sanitaire-salle de bains que jouxte une cuisine à l'américaine ouverte sur le living. Un grand comptoir de bois épais permet de prendre ses repas face au plan de cuisson. Pratique.

Ma braguette de sorcier m'entraîne jusqu'à la cuistance, hommage irréfléchi à ma maman sans doute ? C'est pas une souillon, la Mary. On peut être femme d'action et avoir un logement bien tenu. T'imagines qu'une aventurière de sa trempe vit dans un milieu bordélique, plein de fringues inrepassées et de vaisselle sale empilée ? Que nenni, mon ami ! Tout est tiré au cordeau, propre, *clean*, en ordre.

Je mate la cuisinière électrique avec sa jolie hotte de cuivre, l'évier en granit rose, le frigo peint dans les mêmes tons, le plan de travail en bois que ça forme damier : regarde comme c'est joli.

Y a une étagère avec, dessus, une alignée de pots anciens (Félicie a presque les mêmes). J'ai vu une collection commak au *Relais* à Mougins. Douze séries, ils ont là-bas. *Very nice* (Alpes-Maritimes), va voir, et n'en plus tu boufferas de l'exquise tortore pas comme ailleurs.

Et donc, je te reprends ces six pots qui me font battre tu sais quoi ? Oui : le cœur, bravo, t'as gagné ! Ils ne m'émeuvent pas seulement à cause de la remémorance félicienne, mais parce que les mots de denrées écrits dessus le sont en français. Kif chez nous, je te dis. Et dans le même ordre croissant : sel, sucre, café, farine, pâtes.

Émouvant, non ? En plein Nouille York ! ces pots français qui ont traversé l'Atlantique !

« Souviens-toi d'une chose, Antoine, m'interpellé-je familièrement : les gens n'ont pas d'imagination. Pas VRAIMENT ! Les plus marles, les plus retors, ceux qui sont capables de mettre sur pied des coups fumants, y a toujours un moment où ils plongent, les mains jointes, dans la facilité, toujours en se croyant plus malins que tout le reste des mortels réunis. » Alors moi, qu'est-ce que tu veux, je me saisis du pot marqué « farine » (l'avant-dernier par l'importance de taille), le pose sur le plan de travail, ôte son couvercle en forme de bouton de rose (tiens, c'est vrai : on dirait le bout du sein de Mary). Ayant légèrement retroussé ma manche, j'enfonce mes doigts en pince de homard dans la fine poudre blanche. Je suis sûr de moi. « AVERTI », tu vois ce que je veux dire, Casimir ? Averti ! secrètement par une force obscure.

La farine immaculée déborde du récipient et tombe sur le fameux motif à damier. Je touche le fond. Ah ! voilà ! Voici, voilà ; voilà, voici ! Une surface rugueuse. Parviens à m'en saisir à deux doigts. Merci, saint Antoine de Padoue, c'est bien la plaquette qui est restée pendant trois décades derrière ce pauvre lavabo d'Alcatraz.

Intacte. Comme je l'avais scrupuleusement prévu, Hugh et Mary se sont abstenus de la décortiquer. Je la tapote sur le plan de travail, histoire de la désenfariner et, fou d'allégresse, la glisse dans ma poche intérieure.

C'est savoureux, le triomphe. Moins que l'amour, mais c'est un coït beaucoup plus « étiré ».

Je retourne auprès de mes deux « voleurs » endormis et verse sur eux le contenu du pot de farine pour me venger gentiment de leurs tracasseries.

C'est drôle et un peu pitoyable de les voir anéantis sous cette couche blanche. Je regrette déjà ce geste de cruelle moquerie. Je déteste la mesquinerie et voilà que j'agis en minable. Mais quoi, je ne vais pas faire leur toilette avant de partir.

M'approchant d'un bureau (chinois) j'écris sur une feuille de papier (Japon) le message ci-dessous :

Chère tante Daphné,

Lorsque vous vous réveillerez, « la chose » sera à tout jamais en sûreté.

Ne pensez-vous pas qu'il est mieux d'en rester là ? Nous sommes des gens de bonne compagnie, alors laissons la guerre aux imbéciles.

Navré de vous avoir fait rater une affaire, mais cet échec ne compromettra pas l'existence (non plus que la renommée) de votre honorable agence.

San-Antonio. Directeur de la Police judiciaire de Paris

On verra bien !

14

GUÈRE ÉPAIS[1]

— … Je me trouvais donc dans une situation inconfortable. Mon épouse souffrait d'une salpingite tenace lui interdisant de céder à mes instances. Devant cet état de chose, j'aurais donc dû m'incliner devant la fatalité et refréner mes instincts. Mais il se trouve que, sans vouloir passer pour un homme à l'appétit sexuel incoercible, je ne puis m'endormir si je n'apaise pas mes glandes reproductrices. La chose est si vraie que, lorsque ma chère femme est dans une période d'inaptitude, je suis contraint de prendre un somnifère si je veux trouver le sommeil… Comme, je vous le répète, cette fâcheuse inflammation de ses trompes utérines perdurait, n'y tenant plus, je lui proposai d'avoir recours à la sodomie pour sortir du cercle infernal, si je puis dire.

« La malheureuse poussa des hauts cris et, je suis obligé de le confesser, me brisa sur la tête un vase de Delft que je tenais de ma grand-mère et qui m'a laissé au cuir chevelu cette cicatrice rose que vous pouvez apercevoir sur mon front et que je dissimule sous une mèche qui n'avait rien de rebelle originellement. Vous voyez ? Là, sur la droite, elle forme un petit éclair.

« Malgré cette réaction brutale, je revins à la charge, mais en utilisant la ruse cette fois ; j'entends par là que j'usai de l'hypnotisme, science sur laquelle je me suis penché un temps et dont je conserve des notions précieuses. M'aidant au préalable d'un puissant sédatif, je réussis à endormir mon épouse et lui donnai à croire que j'étais le commissaire San-Antonio devenu, depuis lors, directeur de la P.J.

---

1. Chapitre dédié à Léon Tolstoï.

« Là, j'ouvre une parenthèse pour vous préciser que ma moitié, la tendre Angélique, bien que m'étant d'une fidélité exemplaire, nourrit une passion silencieuse pour cet homme, assez beau il faut en convenir, et doté d'un charme auquel les personnes du sexe ne résistent pas. Quand il fait appel à moi, de nuit, elle l'invective ; en revanche, elle garde comme un talisman sa photographie dans sa boîte à Tampax, et je l'ai surprise une nuit, qui la couvrait de larmes et de baisers. J'ai su faire taire ma jalousie, étant moi-même conquis par San-Antonio et donc sachant pertinemment que l'on n'échappe pas au sortilège de cet être d'exception.

« Donc, par le truchement de l'hypnose, je me fis passer pour lui auprès de son moi second. Elle l'agréa sans protestation, lui laissa même oindre son rectum de vaseline et poussa des cris de liesse lorsqu'il la força avec un maximum de tact. Certes, le lendemain, ayant occulté tout souvenir de la séance, eut-elle quelque surprise avec son fondement endolori. Mais comme nous avions mangé un couscous la veille, chez un de mes collègues maghrébins, elle mit sur le compte de l'harissa les séquelles de ma sodomie.

« Vous, monsieur, qui avez le teint bistre, peut-être vous êtes-vous fait enculer ? Si c'est le cas, vous savez de quoi je parle. Mais trêve de confidences. Je ne crois pas vous avoir remis de pourboire, n'est-ce pas ? En ce cas, voilà cinq dollars, vous seriez très aimable de m'en rendre trois demain matin si vous y pensez, car il serait inconvenant que je vous donne en pourboire davantage que la valeur vénale de ma consommation.

Estimant que la diatribe de Xavier Mathias est achevée, je quitte le salon où je me tenais à l'écoute pour venir dans sa chambre. Le trouve assis dans son lit, dos à l'oreiller, avec un plateau lesté d'une théière fumante sur les jambes. Un serveur probablement indien, le regard d'onyx et les pommettes poilues, s'efface pour me laisser entrer, puis se retire.

Mathias m'adresse un sourire éclairé de cent cinquante volts à l'intérieur.

— Je me demandais où tu étais passé, me dit-il, je me sentais inquiet. Pour tromper l'attente, je discutais avec ce valet de nuit dont la conversation est pleine d'agrément. Il faut que tu saches, Antoine, combien je me sens dispos. Tu as en face de toi un homme neuf et tu m'obligerais en me résumant toutes les tribulations qui nous sont advenues, à toi comme à moi.

Je le contemple, et c'est vrai qu'il m'a l'air en forme, complètement ragaillardi. Ne subsiste plus que cette idée fixe relative à sa vie maritale.

Est-ce le fait de s'être envoyé en l'air avec la sublime Mary qui lui a provoqué cette soudaine dépendance au fouinozof de sa mégère ? Sûrement. C'est un fragile, Mathias, un être dominé et perméable à tous les remords, qu'ils soient justifiés ou non. Il m'écoute, en élève studieux, soucieux de ne rien rater du cours. J'avais déjà tenté de stimuler sa mémoire, mais celle-ci demeurait poisseuse, avec trop de filaments qui festonnaient comme des toiles d'araignées à une charpente de grange. Là, il capte aisément et assimile bien tout.

Quand, pour terminer, je lui annonce que je viens de reconquérir le trophée Lancôme, ses grands yeux rouges s'emplissent de larmes.

— Ô mon Dieu, soupire le cher sodomiseur d'Angélique ; ô doux et bienveillant Seigneur si miséricordieux. Ô Vous le suprême ! Vous, l'Indicible ! Vous qui donnez tout et n'attendez rien ! Vous qui n'êtes qu'Amour pour nous, misérables pécheurs indignes de Vos grâces, je me prosterne à vos pieds de lumière.

Il se signe, en haut et à gauche.

— Montre ! fait-il. Montre vite !

— Je ne l'ai pas.

Son éberluance fait peine à voir. Tu dirais un baigneur californien qui vient de se faire becter une guitare par un requin blanc et qui n'a rien senti parce que c'est toujours comme ça avec ces sales bêtes : ils te dévorent sans que tu éprouves autre chose que de la surprise ; tous les gens qui se sont laissé bouffer les couilles par un requin blanc m'affirment la même chose.

— Comment ça, tu ne l'as pas ?

— Je l'ai mis immédiatement en lieu sûr avant qu'un commando de récupération ne soit lancé à nos trousses. Tu penses bien que Hugh Williams va passer la main après ce cuisant échec et qu'on va, cette fois, nous dépêcher une équipe de choc !

— Qu'en as-tu fait ?

— Je ne te le dirai pas.

— Merci de la confiance !

— Ce n'est pas par manque de confiance que je te tais l'endroit où je l'ai planqué, c'est pour te protéger. Si on s'empare de toi, au moins, tu ne sauras rien !

— Et si on s'empare de toi, Antoine ?

— J'essaierai de tenir le choc. Un seul point faible est préférable à deux.

— Tu as lu le texte, au moins ?

— J'ai failli céder à la tentation, mais j'ai eu la force de caractère de n'en rien faire.

— À cause ?

— Pourquoi crois-tu que Williams ne l'a pas lu non plus ? Parce que lire cela, c'est accepter le risque de mourir.

— Mais tu ignores ce que contient ta foutue plaquette !

— C'est ma meilleure chance d'avoir la vie sauve si les choses se gâtent complètement.

— Tu aurais pu l'ouvrir, lire et la refermer.

— C'est toi, l'hyper-technicien, le crack des labos qui dit une connerie pareille ? Mais, Fleur-de-Carotte, cette plaque métallique a été « usinée » et emboutie depuis un tiers de siècle, la déplier et la replier laisserait des traces voyantes et indélébiles !

— Exact !

— Bon, alors on change de disque. Parlons de notre programme.

— Tu y as déjà réfléchi ?

— Mieux que ça : je l'ai établi…

— Je t'écoute.

— Tu te remets dans tes hardes et tu te rends à la gare routière après avoir changé deux ou trois fois de taxi. Là-bas, tu achètes un billet pour n'importe quelle grande ville. Arrivé à cette destination que je ne connaîtrai donc pas, tu vas à l'aéroport et, sous un faux nom, tu prends un billet d'avion pour où tu veux ; de là, tu regagneras Paris. Grouille-toi, nous avons, comme capital temps libre, celui qui sépare l'émission de ton gaz magique de leur réveil.

— À quelle heure as-tu balancé le potage, grand ?

— Onze heures du soir environ.

Il mate sa montre.

— D'ici une ou deux heures le plus costaud des deux reprendra conscience…

— Alors démerde-toi !

— Et ton programme à toi ?

— Retrouver Béru ; jusqu'ici, pris par notre « mission », nous l'avons royalement laissé quimper.

— Mais ils vont t'alpaguer, Antoine !

— Pas sûr. En tout cas, ta disparition garantit ma sécurité. S'ils me serrent, je dirai pour débuter que tu as mis les voiles avec le gadget.

— Tu ne vas pas rester au *Meridien* ?

— Non, rassure-toi.

— Alors ?

— Alors, merde ! Je te demande de foutre le camp le plus vite possible. Tu devrais déjà être dans un bahut. Décidément, tu es un vrai bureaucrate, mon pote ! Tu as le cul plombé !

Il glousse des protestations, le Grand-cierge-scintillant, mais finit tout de même de se sabouler. Il part enfin dans la nuit new-yorkaise, non sans m'avoir donné une accolade napoléonienne.

Il est six heures de moins sur la côte Ouest. Soit, environ dix plombes du soir, présentement. Je risque le coup, avant de me tirer, d'appeler le *Beverly Hills Hotel* à Los Angeles. Comme je l'ai fait naguère, je redemande après Mr. Alexandre-Benoît Bérourier et, comme la fois précédente, on me répond qu'il a quitté l'hôtel. Au lieu d'en rester là, je pousse l'interrogatoire ; difficile de faire jacter une employé d'hôtel sans avoir de banknotes à lui faire renifler, mais au *Beverly Hills* c'est la classe et les gars qui y travaillent se comportent comme si tous leurs clients étaient des gentlemen.

Faut dire que j'exprime aimablement, en homme sachant conduire un interrogatoire et aussi en prévenant que je suis l'ami d'enfance de Mr. Sam Chatouilh, le principal actionnaire du palace.

Si bien que je réunis en moins de pas longtemps les indications suivantes :

a) Le Gros a quitté l'hôtel en compagnie d'une riche Anglaise qui y était descendue, Lady Keckett.

b) En partant, il a réglé non seulement sa note, mais également celle des « deux messieurs » qui l'accompagnaient et a emmené leurs bagages.

c) Lady Keckett a fait retenir deux billets en *first* pour le vol de New York.

Je te laisse entrevoir combien ces renseignements me sont précieux. Ainsi donc, mon travail de recherches va se trouver simplifié puisque, si j'en croive (dirait Béru) ces indications, il se trouverait à N.Y. Qu'est-ce qui a bien pu se produire qui l'amenât à quitter le *Beverly Hills* avec notre paquetage ? Pourquoi s'est-il rabattu directo sur Nouille York alors qu'il savait que je projetais de me rendre à Frisco ? Autant de sulfureux mystères qu'il me faudra bien éclaircir un jour très prochain !

Maintenant, il est temps de me fondre dans la Grosse Pomme avant qu'il ne m'arrive des pépins, si je puis plaisanter de la sorte sans perdre de mon crédit. Nonobstant l'aimable bafouille que j'ai laissée à mes enfarinés, je m'attends à du grabuge car ils n'ont pas d'autre solution que de prévenir leurs sponsors de mon coup fourré et là, je te prie de croire qu'il risque de pleuvoir des grêlons gros comme les diams de Liz Taylor.

Bon, je me tire ailleurs, comme disaient jadis nos braves Sénégalais. À leur propos, papa me racontait qu'ils étaient venus « en manœuvres », jadis, dans son village, et ce qui avait le plus impressionné mon futur vieux, c'était de les voir se raser le crâne avec des tessons de bouteille (authentique).

Je gagne les ascenseurs (ayant acheté un billet à la loterie dont ils constituent le gros lot) et appuie sur la touche d'appel. En Amériquerie, les ascenseurs sont fulgurants. Qu'à peine t'es dedans, ils font un bond de vingt étages qui te paraît durer l'espace d'un seul. Je frète donc la chouette cabine capitonnée, mais avant que je n'aie eu le temps de programmer le rez-de-chaussette, l'engin s'élance vers les sommets, ayant été appelé par saint Pierre, sans doute. En fait la personne qui attend est beaucoup mieux que saint Pierre puisqu'il s'agit d'une sublissime gonzesse, chinoisante sur les bords, somptueuse dans une robe de lamé or et une étole filante en vison noir. Son maquillage n'a pas souffert de la soirée d'où elle sort. Radieuse et énigmatique, elle me coupe le souffle. Je feins de considérer que le perpétuel sourire « accroché à sa face », comme dit mon pote Aznavour, m'est exclusivement adressé, et je le lui rends avec toute la charge émotionnelle dont tu me sais capable.

Voyant que je ne sors pas de la cabine, elle murmure :

— C'est moi qui vous oblige à monter au dernier étage.

Et ma pomme, dans la foulée :

— Ça me vaut le plaisir de redescendre en votre compagnie.

Elle ne rougit pas, étant chinoise, mais le cœur y est.

— La soirée était réussie ? fais-je en montrant son étole (des neiges).

— Vous avez déjà assisté à des soirées réussies ? objecte-t-elle.

— Oui, quand je les passe à deux avec une personne comme vous, m'enhardis-je.

— Vous allez vite en besogne, assure Fleur-de-Camomille, sans perdre son sourire dessiné au pinceau sur ivoire.

— Moins vite hélas que cet ascenseur, déploré-je.

Car nous sommes déjà parvenus à destinance.

Au moment que nous sortons, deux hommes se tiennent pique-plante (comme on dit chez nous) devant les élévateurs.

Pourquoi, à cet instant, ai-je un carillon d'alarme qui se déclenche sous ma coiffe ?

En les apercevant, dare-dare (peut également s'écrire dard-dard, voire dard d'art) le routier que je suis flaire un danger. Un je-ne-sais-quoi dans leurs regards, quelque chose d'attentif, de suspicieux et surtout de pas gentil. Aussi, des bosses significatives sous leurs vestons.

Sans en perdre une, je cramponne le bras de la Chinoise.

Elle est offusquée par mon geste, mais le temps qu'elle se dégage, les deux hommes « douteux » sont déjà dans l'ascenseur.

— Pardonnez-moi, dis-je à ma compagne de voyage (l'un des plus brefs qu'il m'ait été accordé de faire en compagnie d'une aussi fabuleuse Asiate), il était indispensable que ces deux types me croient en votre compagnie.

— Des ennuis ? demande-t-elle sans marquer un intérêt excessif.

— Qui n'en a pas ? soupiré-je.

Comme nous passons devant les caisses, le concierge de nuit m'interpelle :

— Monsieur San-Antonio, deux messieurs viennent de demander après vous. Ça ne répondait pas dans votre appartement, mais ils ont voulu monter quand même, vous avez dû les croiser dans les ascenseurs…

— Je cours les rejoindre ! assuré-je.

Courbette à la Chinetoque :

— Au bonheur de vous revoir, mademoiselle !

Ayant rebroussé chemin, une fois hors de la vue du concierge, j'enquille la porte secondaire du *Meridien*, celle qui donne sur la rue parallèle. Décidément, les prévisions du Rouquin concernant sa poudre à ronfler sont prises en défaut (ou battues en brèche, si tu préfères l'ampoulé, quoique en général, ce sont les blancs d'œufs qu'on bat en brèche), et mes anesthésiés n'ont pas fait long pour récupérer. C'est déjà l'hallali.

Je fonce au milieu de la chaussée pour stopper un taxoche. Ce genre de rodéo s'opère continuellement à New York. Voilà encore un Indien qui se pointe (Indien vaut mieux que deux tu l'auras, comme l'écrivait le bon Le Poulain). Il s'arrête ; je monte, mais la portière que je veux fermer me résiste. Mon sang ne fait, etc. Mais il ne s'agit pas d'un méchant, seulement de la Chinoise.

— Vous permettez ? fait-elle en déposant contre le mien le plus exquis cul extrême-oriental qui se puisse caresser.

Ma surprise est telle que ma glotte reste coincée comme une boule de pétanque dans mon gosier.

— Où allons-nous ? demande l'Indien qui est un tout petit peu plus patibulaire que sur la photo fixée à son tableau de bord.

Moi, franchement, je n'avais pas encore pensé à ça. Heureusement que ma compagne sauve la situasse.

— *Silver Palace !* jette-t-elle.

Le *driver* opère une décarrade qui écœurerait Senna.

Le plus charmant, c'est que nous restons sans parler le temps du trajet, lequel n'excède pas cinq minutes Fahrenheit. Je suis bourré de curiosité, tu le conçois, mais je ne trouve aucun mot valable pour l'exprimer.

Une fois à destination, je file quelques roupies à l'Indien et suis la jolie créature dans son propre hôtel. Le *Silver*, ça se voit à l'œil nu, c'est le top niveau (il en possède une bonne quarantaine). Je ne sais pas s'il existe un *Gold Palace*, mais je ne crois pas qu'il puisse être supérieur au *Silver*. Je ne te le décris pas parce qu'à une heure aussi tardive, t'en as classe de confectionner des compofrancs.

Elle n'a pas à se nommer au concierge, celui-ci, déférent à en lécher les tapis du hall, présente une clé d'argent (ben voyons) à ma princesse de Chine. Il se casse à ce point en deux que je crains un instant qu'il ne puisse se redresser. Sa vieille doit lui faire des enveloppements de *fuego* quand il regagne son clapier pour soigner ses tours de reins.

Nouvel ascenseur, tout aussi véloce que le précédent. On est lâchés au trente-huitième étage. Pile en face de la cabine, s'offre une double porte aux panneaux incrustés d'argent. *Silver ! Silver !* Partout *silver* : c'est le nerf de la guerre.

Je continue de filocher ma « protectrice » en me disant, par bribes de phrases, que des aventures aussi faramineuses n'arrivent qu'au rejeton de Félicie. Faut être conditionné, pour vivre des trucs pareils sans accumuler les infarctus.

Elle a droit à la suite royale du *Silver Palace*, la princesse. Un salon dans lequel tu pourras mettre le *Norway* (ex-pauvre *France)* en vitrine quand on le désarmera. À chaque bout, un apparte composé chacun d'une vaste chambre, d'un dressinge, d'une salle d'eau et d'une kitchenette (comme si les mecs qui louent cette cathédrale faisaient leurs œufs brouillés eux-mêmes !).

Ma compagne se déchausse à la manière des dames riches : en lançant ses pompes à travers la pièce d'un double mouvement des pieds.

— Asseyez-vous ! me dit-elle en me désignant un troupeau de fauteuils en train de paître l'épaisse moquette.

Je me dépose prudemment sur l'accoudoir de l'un d'eux, mais il est suffisamment large pour soutenir le valseur de Nancy Nordman.

— Vous pourriez m'expliquer ? finis-je par coasser misèreusement.

— Il n'y a pas d'explication, tranche-t-elle, péremptoire.

Elle me désigne l'une des extrémités du salon.

— Vous pouvez prendre l'appartement de mon mari qui est en voyage ; vous semblez tomber de sommeil et de fatigue…

— J'aimerais au moins savoir…

— C'est inutile, bonne nuit. Si vous vous réveillez tôt, soyez gentil : ne me dérangez pas. Je dors toujours jusqu'à midi.

Elle disparaît de l'autre côté, non sans me laisser son étole (polaire) de vison noir en otage.

15

LES PARRAINS TERRIBLES[1]

Palace, pas palace, les chasses d'eau ont partout un point commun : elles sont bruyantes. Ils peuvent marcher sur la Lune, inventer des miniaturisations forcenées, tout ça, mais nettoyer la merde silencieusement, c'est encore à l'étude. Ils ont beau piocher le problo, ils n'y arrivent pas. Voilà pourquoi, au plus profond, au plus intense de mon grand sommeil, la décharge cataracteuse d'une trombe vient nettoyer mes rêves sous les chutes du Niagara. Te dire le cauchemar que ce vacarme déclenche en moi est inutile. Je ne le ferai pas, et ce pour deux raisons : la première est que tu t'en tapes, la seconde que je l'ai déjà oublié.

Je m'arrache la tronche de l'oreiller. Cinq secondes d'hagardise, je m'offre, suivies de l'angoissante et brutale question : où suis-je ? Ces draps de soie, ce ciel de lit style plume-dans-le-cul-armorié-bidon me laissent perplexe.

Et puis la réalité revient : le *Silver Palace*, l'appartement super luxe de la belle Chinoise qui, par jeu sans doute, m'a sauvé la mise au cours de la nuit.

Ça doit être quelqu'un de huppé pour s'offrir une crèche de ce niveau. Avec le prix d'une nuitée, j'envoie tes cousins Dupont-Martin en vacances aux Bahamas, espère ! En tout cas, elle a bon cœur, cette darlinge. Se comporter ainsi avec un inconnu : chapeau ! Trois mots et un regard salace dans un ascenseur et la voilà mon alliée ! Décidément, et sans vouloir rouler mes rembourrages de veste, le charme du mec ne se dément pas et agit sur les femmes des cinq continents.

1. Chapitre dédié à Jean Cocteau.

Je retrouve une position relaxe dans l'immense plumard. Le genre de couche dans laquelle tu peux aussi bien baiser en travers qu'en long. Quand je pieute seul, j'aime me placer en chien de fusil, sur le côté droit, la tête sur mon coude. C'est la posture idéale pour évoquer quelque beau cul fougueux en s'endormant. Tu peux bandocher à l'aise, ton gros lézard folâtrant sur le drap dans l'attente de conquêtes prochaines.

Mais la dorme ne revient pas, malgré ma fatigue classée monument hystérique. Faut dire que le tireur de chasse de la suite voisine, réveillé par sa miction (ou sa défécation), chope des idées perverses et entend tringler sa camarade de pieu. La dame doit repousser ses honnêtes propositions car le voisin se fâche. Il a une voix épaisse qui, brusquement, me galvanise ! Ne dirait-on pas celle de… ?

Fissa, je saute de ma couche royale pour prendre dans ma poche mon inestimable couteau suisse. C'est le poinçon, une fois encore, qui m'intéresse. J'appuie la pointe d'acier contre le galandage et j'exerce une pression vrillante. Du plâtre fin, puis de la poussière de brique pleuvent sur l'abat-jour de velours de ma lampe de chevet.

À force d'escrimer, je finis par vaincre la cloison. Palace, pas palace, les constructions actuelles sont conçues pour durer une décennie. Passé ce délai, elles sont périmées et il faut les démolir pour en bâtir d'autres encore plus pacotilles que les précédentes. Si on continuait de fabriquer du solide, comme jadis, y aurait dix fois plus de chômeurs sur la planète. Note qu'ils travaillent en revanche sur la longévité de l'homme. Mais ils commencent déjà à s'en mordre les doigts et la bite. S'il est un domaine où il faut au contraire faire éphémère, c'est bien dans celui de l'*homo sapiens*. Déjà qu'on bouchonne de partout ! T'as vu ces files d'attente ? Même devant les crématoires ça engorge. Partout, je te dis : les écoles, les hôpitaux, les pissotières. Chicanes, tickets d'appel ! Tous à la queue, comme Leuleu ! Au suivant ! Il chantait déjà ça, le grand Brel ! Ben quand je le rejoindrai, je lui dirai que ça ne s'est pas arrangé de ce côté-là.

En appuyant, voilà que je me meurtris soudain les phalanges, tout bêtement parce que mon poinçon a traversé la cloison. Je mets ma meilleure oreille contre le nouvel orifice qui nous est né cette nuit au *Silver Palace*.

Mon palpitant chavire, se paie un galop d'essai. Bien sûr que c'est le somptueux organe de Bérurier que je capte avec délices, avec amour (pas avec orgues parce qu'elles couvriraient sa chère voix). Et y a des tordus qui prétendent ne pas croire en Dieu ? Dis, je rêve !

Envoie-me-les que je philosophe avec eux ! Je chercherais mon Groslard à travers les Amériques et il serait à trois mètres Fahrenheit de cet endroit où un invraisemblable concours de hasards circonstanciés m'a amené ? Tu penses qu'un tel prodige serait réalisable sans intervention divine, toi ? Tiens : fume !

J'essaie de regarder par le petit trou. Il suffit de si peu pour pouvoir « découvrir ». Tu peux contempler le pont de Brooklyn à travers le chas d'une aiguille ! Tu le sais au moins, Ducon ? Et tu peux admirer une chatte à travers un trou de serrure ! Simple question d'adaptation optique.

Oh ! je ne vois pas grand-chose, si ce n'est un fessier de dame à la crinière rousse avec, en amorce, une dextre large comme une tortue de mer.

Je préfère écouter.

Qu'ouïs-je ?

Le Gros : Voilions, ma Lady, tu veuilles pas que j'terminasse la noye av'c un chibraque d'c'module, bordel ! Tu croives qu'un saint homme comme ma pomme peut roupiller en s'traînant une chopine pareille, poupée ? *Let me* te la fourrer en camarade ; l'est tant tell'ment à point qu'en trois-quat' aller-retour elle balance sa casquette.

Lady Keckett : J'ai déjà dit vous : *no* sans *french* capote, *my dear*.

Sa majesté implose : Mais bordel à cul, j't'aye déjà démontré, la blonde, qu'des capotes, y n'en eguesiste aucun' qui peuve m'aller. J'sus membré d'trop ; c'est d'allieurs c' qui fait mon charme. V'là bientôt trois jours qu'on s'fréquente, et surtout trois nuits. J'ai dévalisé toutes les pharmaceries, tous les druguestors, tous les distributeurs automatiques sans pouvoir dégauchir un préservatif à mon pied ! Tu n'vas pas passer à côté d'la bite du siècle sous prétesque qu't'as peur du sida ! Putain d'elle ! Mais r'garde-moive, ma Lady, est-ce qu' j'ai une tronche à sida ?

— Il n'est pas d'insister, *darling* gros, s'obstine la dame. S'il faut, je ferai fabriquer vous *french* capote *at your* mesures ; mais *never* copulation *before* !

— Et tu n'veux pas me turluter le nestor pour m'dégager les centres nerveux, Lady de mes *two* ?

— *With te mouth it's* pareil, refuse Lady Keckett. *Only* avec *french* capote !

— Bon, se soumet le meurtri, j'vas essayer d'en chausser un autre de plus, mais j'comprende pas qu'y peuvent contiende deux litres de flotte ou encore qu'on peuve le gonfler avec la bouche jusqu'à tant qu'y ressemb' à des dirigeabes et que ma pine les fisse claquer. Non, ça, je pige pas. Tu veux essayer d'm'en affubler un, la rouquine? P't'ête qu'tes doigts d'fée auront grain de courge là qu'j'échousse pitoyab'ment?

La dame assure que c'est une *very good* idée. Elle explique qu'elle va préalablement vaseliner la grosse bébête à emprisonner, puis talquer l'intérieur du capuchon, toutes précautions qui semblent judicieuses.

Les minutes qui succèdent sont dominées par un silence crispé que troublent à peine de brèves appréciations, voire des conseils émis d'une voix tendue :

— Gaffe à la manoeuv', Ninette! Fais rouler! Fais rouler, qu'j'te dis! Doucement! Quand t'est-ce t'auras coiffé la tronche, l'boulot s'ra su' la bonne voie.

Tension insoutenable. Je ne perçois plus que la respiration haletante des deux protagonistes.

Puis, chuchoteuse, la voix de Lady Keckett qui n'ose encore triompher trop vite :

— *Good! It's right! No* remuer, *my love. Very delicately!*

— T'es marrante, ma gosse. Ça me compresse les tempes du gland! j' peuve plus respirer de la biroute! J'ai la collerette qu'étrangle! En plus ça me fait d'l'effet qu'tu m'tripatouilles le havane à mains nues.

— *Slowly, my big boy!* qu'exhorte la riche Anglaise. Je bientôt arrive *to our ends*. Voilà, le tête est dans la sac! Hip hip, hurrah!

Juste à ce moment, une courte et sèche détonation rappelant l'expulsion d'un bouchon de champagne retentit. Cris de consternation.

— Tu voyes bien, bourrique, que c'est macache pour ce qu'est d' m'embiberonner l'paf! L'jour qu'on f'ra des capotes pour les bourrins, alors là, oui, j'aurai p't-êt' ma chance! fulmine le Mammouth. J'vis dans une société dont ell' est pas à ma m'sure. Qu'y s'agissasse d'ma queue ou d'mon intelligence, j'ai pas ma place dans le concierge des nations!

— *Sorry, sorry!* psalmodie la noble Anglaise. Je étais pourtant près de la butte!

— En attendant, j'reste av'c mon calibre sous le bras, se lamente mon malheureux ami.

Je me dis qu'il serait opportun d'apporter une diversion dans sa détresse physique, c'est pourquoi je vais récupérer mon slip, puis mon pantalon afin d'être présentable à une dame de la noblesse britannique.

Une porte permet d'accéder au couloir directement depuis la chambre, mais elle est fermée à clé et cette dernière a dû rester accrochée dans le dos du concierge. Force m'est donc de sortir par le living. La vaste pièce est obscure comme le derrière d'un Blanc trempé dans du goudron[1] et c'est pourquoi je trébuche contre un obstacle invu de moi. En tentant de rétablir mon équilibre, je pose la main sur quelque chose de mou dont le contact me fait frissonner. C'est froid comme le bras d'un serpent. Je tiens à identifier la « chose », aussi me dirigé-je vers la silhouette d'un lampadaire. Après quelques tâtonnements qui le décoiffent, je trouve son commutateur. Lumière !

Alors là, c'est une engouffrance dans la quatrième dimension.

Figure-toi, ma petite chérie, qu'un homme en smoking est étendu entre les bras tutélaires d'un fauteuil club. Sa nuque repose sur le dossier et ses longues jambes sont allongées sur le tapis, ce qui a manqué me faire chuter.

Le gonzier en question est âgé d'une soixantaine d'années. Il a une belle gueule d'homme grisonnant, des traits aristocratiques. Deux détails importants le concernant : un étui à violon est posé sur la table basse qui jouxte son siège et il est extrêmement mort. Salement mort, ajouterai-je-t-il : comme un goret puisqu'on l'a égorgé en lui enfonçant un objet métallique pointu dans la carotide. Beaucoup de sang s'est échappé par la blessure, a détrempé son plastron amidonné, puis a dégouliné jusqu'au sol en utilisant sa jambe gauche comme chéneau. Le malheureux a dû mettre un sacré bout de temps à mourir. Comment se fait-il que je n'aie rien entendu? Probable qu'on l'aura estourbi auparavant avec un goumi capitonné pour ne pas laisser de traces.

Ma montre prétend qu'il est 5 heures 40 et je n'ai aucune raison de douter de sa parole. Je bombe à l'appartement de la Chinetoque et toque à sa lourde. Une fois, deux fois, trois fois. Adjugé : j'ouvre ! La chambre est vide, le plumard indéfait. Par acquit de conscience je jette un regard aux gogues ainsi qu'à la salle de bains. *Nobody !* À propos, tu sais que la compagnie *Air Algérie* va changer de nom? Elle va s'appeler *Aéro Bic*.

Qu'est-ce que je te disais? Oui : plus de Chinoise! Ne reste que ses « chinoiseries » parce que tu te doutes bien que je viens de piger les motivations profondes de son altruisme. Cette salope a sauté sur

---

1. Il est louable, de la part d'un grand romancier, de le voir bannir de sa prose toute comparaison à connotation raciste.

Harlem Désir

l'occase que je représentais pour buter son vieux. Je suis, elle l'a constaté, un homme en fuite. Bonne affaire ! Un velours pour me faire endosser l'assassinat de son bonhomme. Faut que je te le dise du temps que j'y pense : ce mec, je crois le reconnaître, à cause de son crincrin. C'est Tumor Mémich, le virtuose d'origine hongroise, l'un des quatre ou cinq grands violonistes actuels.

Je retourne auprès du corps pour en être certain. Et alors, tu sais ce que je constate, qui m'avait échappé dans l'effarement de la découverte ? L'objet pointu avec lequel on l'a égorgé n'est autre que mon sésame. Pressée contre moi, dans le taxi, la gueuse n'a eu aucun mal à me le subtiliser. La vache ! Cet esprit de décision ! Ce sang-froid, comme disait Sancho !

J'imagine que la gourgandine asiate a un amant de basse moralité et qu'ils ont décidé d'effacer le maestro pour engourdir son immense fortune. La môme aux yeux bridés croise mon destin à un moment délicat. Elle saute sur l'occase, m'amène après m'avoir chouravé ce qui peut servir d'arme (la preuve). Elle m'envoie à la dorme, alerte son julot. Le gars se pointe, s'embusque tandis qu'elle quitte ostensiblement l'hôtel pour aller se montrer dans un night-club. Alibi.

L'époux rentre d'une soirée prolongée au cours de laquelle il s'est produit. L'amant le zigouille et se casse en me laissant le bébé ; à moi de me dépatouiller au réveil ! Charmant ! Simple et d'un fonctionnement irréprochable. Qui donc peut s'arracher d'une telle béchamel ?

À propos d'arracher…

Dominant ma répugnance, j'extrais mon précieux appareil de la gorge du maître et cours le laver à grande eau (bouillante) dans le lavabo de l'Asiatique. Puis je récupère entièrement mes fringues et me trisse dans le couloir. Personne encore, mais la complainte des chasses d'eau se propage. Videz-vous, vessies et boyasses ! C'est l'aube aux doigts d'or qui vient vous essorer, mes drôles ! Faites le vide pour vous mieux remplir au cours du jour qui point.

J'actionne le timbre avec le désespoir de l'énergie, mais après leurs tribulations nocturnes, le couple dort à pierre fendre… Force m'est d'en venir aux poings. Je tremble d'être retapissé par un membre matinal du personnel. Enfin, l'huis s'entrouvre et une vache rousse cligne de son œil énorme par l'écartement.

— Qu'est-ce qui vous prend ? mugit le bovidé.

— Je suis un ami de l'homme à la grosse queue, assuré-je, je dois lui parler d'urgence, milady. Permettez-moi de vous présenter mes devoirs les plus acharnés. Mon ami a très bon goût et j'ai hâte de le complimenter d'avoir su réaliser une aussi merveilleuse conquête.

Cédant au discours que je tiens, la dame me fait entrer. Leur superbe chambre sent la ménagerie, les abattoirs en été et la grève des éboueurs dans un quartier populeux.

Mon Béru repose, nu comme un monstrueux Jésus. Il a une façon très particulière de dormir, Alexandre-Benoît. Il se tient à genoux, son énorme cul offert à toutes les convoitises de passage, la joue dans le pli du coude, le ventre et ses génitoires pendant bas, velu à l'extrême, comme chez tous les primates, ronflant et pétant pour bien montrer que sa machine infernale ne s'arrête jamais.

— *Hello ! Baby darling !* le hèle la bonne Anglaise.

Cette personne, je m'aperçois que je ne t'en ai pas assez bonni sur son compte, est très grande, plutôt maigre du haut (ses nichebars trempent dans sa soupe quand elle se met à table nue), par contre elle souffre d'éléphantiasis de la partie sud et son cul pourrait dissimuler une plaque d'égout. Elle a une peau tellement blanche qu'il faut être Bérurier ou un rat aveugle pour ne pas aller au refile en l'apercevant, et elle est d'un roux bizarre, pas lumineux du tout : un roux-roux de vache, c'est ce qui d'emblée m'a amené la comparaison. Des yeux d'un vert tirant sur le dollar fripé, des grains de café à profusion par tout le corps, une chatte quasi sans poils et une bouche qui, par contre, en est garnie. Bref : une belle sujette de Sa Majesté qui était si mignonne jadis quand elle montait le prince d'Édimbourg en amazone.

Décente, elle porte un baby-doll qui commence sous ses seins et s'arrête à dix centimètres de son pubis…

Après quelques nouveaux hélements enjôleurs, Sa Majesté sort du coma. Elle se met à mâcher à vide, puis lâche un long pet pareil à la sirène d'un navire pénétrant dans un port.

Le Gravos abandonne sa pieuse posture, propre à l'imploration ou à l'enculage, et examine les lieux jonchés de préservatifs éclatés. Comme son regard est parti pour exécuter ce que les cadreurs de cinéma nomment un cent quatre-vingt-dix degrés (Celsius), il m'accroche en fin de comte (comme disait Rodrigue).

C'est un individu inclassable, le Gros. En un tel moment, n'importe qui bondirait, exclamerait, glapirait, bref manifesterait sa surprise de me trouver là. Lui pas. Animal, quoi ! Tu peux montrer la photo de Le Pen ou de Tapie à un clébard, il ne bronchera pas, eh bien c'est du kif pour Bérurier.

— Il est quelle heure ? me demande-t-il seulement.

— Bientôt six plombes, l'informé-je.

— Ah bon ! Tu veux voir s'il resterait pas un peu de blanc dans la boutanche de sauvignon qu'est sur la table ?

Par miracle il en reste. Le Mastard tute le précieux breuvage.

— Alors, Grand, me fait-il en claquant une nouvelle louise façon corne de brume sur le Bosphore.

Je le prends sur son propre terrain d'indifférence.

— Alors j'ai pensé à votre problème de préservatifs, dis-je, et je suis en mesure de le résoudre.

Là, il s'éclaire pleins feux, le Gorille !

— T'entends c'qu'y dit, la Blonde ? lance le don Juan à sa partenaire inconsommée. Y l'a un moilien pour m'procurancer une capote anglaise à ma taille ! Ça n'm'étonne pas d'lu. Il est démerde, mon Sana ! Comment t'est-ce tu vas-t-il t'y prend', Grand ? Tu sais qu'j'la pile d'puis qu'j'ai dégauchi c'te grivoise. Y a pas mèche de la monter à cru, tell'ment elle a la trouille du sida ! Mais j'finis par m'd'mander si ell' est sincère.

« Quand j'm'ai bien manigancé le braquechi et qu'la v'là excitée comme une puce, la jolie médème s'calme les zémois au gode. L'en a toute une collection dans sa valdingue : en porcelaine, en cayoutchou, en bois, en cuir d'Russie ! Tous les diamèt' ! Des p'tits comme l'annuaire pour s'entr'prend' l'œil d'bronze, et d'aut', plus conséquents qu'des aubergines, histoir' d's'payer le grand gala d'la Couine à Pas-le-Moral[1] ou à Butine-Game. C'est une panoplie d'famille paraît, y en a même un, çui en or, qu'aurait servi à la couine Victoria !

« Milady, quand elle s'entr'prend l'intime, toute sa batterie y passe ! Et ma pomme de contempler le film X de médème en bavant d'l'escarguinche. Vitos qu'j' peuve la calcer en grande pompe, c'te Lady à la mords-moi-pas-le-zob ! Tu croives qu'elle m'consentirait n'serait-ce qu'une p'tite pogne vite fait, façon auto-stoppeuse reconnaissante ? Que tchi ! Ces Rosbifs, c'est l'égoïsse personnifié. J'ai même pas l'droit d'la brouter, elle craint aussi par la salive. Quand t'est-ce j'vais pouvoir gainer Follette ?

— Dans un instant, mon Gros.

Il sourcille, déjà inquiet.

— C'est toi qui vas m'la confectionner, ma capote ?

— Yes, Sir, et sur mesure encore ! Pas au bodygraphe, je souligne : à tes vraies mesures.

— Et comment t'y prendreras-tu-t-il ?

---

1. Il est à peu près certain que Bérurier parle ici de « Balmoral ».

— L'œuf de Christophe Colomb, mec ! J'utilise deux capotes, et même trois s'il le faut. Je les découpe chacune en quatre dans le sens de la longueur, après quoi je colle les morceaux bord à bord en rassemblant autant d'éléments qu'il en faudra pour faire le tour de ton membre, mon cher ami. Tu connais la qualité de cette colle inventée par Mathias. Avec une seule goutte, c'est un éléphant que tu peux fixer au plafond. T'en mets une autre entre les fesses d'un mec et il est contraint de se faire confectionner un nouveau trou du cul. Allez, Gros : aboule tes chambres à air !

Et me voilà, moi, directeur de la P.J., traqué aux U.S.A., en train de fabriquer une capote pour mammouth à la coiffeuse de Lady Keckett. Le couple me regarde avec une attention crispée. Tout en œuvrant avec des gestes menus de joaillier, je mets Sa Majesté au courant de ce qui s'est passé depuis que nous l'avons abandonné en pleine ivresse sur son lit du *Beverly Hills Hotel*. Lorsque j'ai fini, il tire la conclusion du récit :

— En somme, tu vas avoir les draupers de Nouille York au fion, plus la brigade sauvage qui veut fout' la main su' ton putain d'document ?

— Textuel !

— Tu voyes un moilien d't'en tirer ?

— Je l'entrevois. Si ta milady veut m'accorder son aide, je risque de me mettre au sec.

— Bien sûr qu'elle t'aidera, surtout quand j'y aurai fait l'grand jeu av'c ma capote su' mesure. Ell' s'ra fanatiquée à mort, espère !

— En ce cas voilà mon plan. Tu iras m'acheter de quoi modifier mon aspect. Ensuite nous louerons une bagnole et nous gagnerons le Canada. Une fois là-bas, avec l'aide de l'ambassade de France, je n'aurai aucune difficulté pour rentrer à Paris.

— C'est jouab', admet Bibendum. Dès qu't'auras fini mon imper, j'interprète à mâme sa féerie d'Noël, bien l'avoir à ma botte, c'est l'cas d'y dire, et on s'organise.

— Au fait, tu l'as connue comment, ta rouquine ?

— C'est elle qui m'a connu, mec. J'étais écroulaga à loilpé sur mon pageot, dormant à point nommé, quand c'te connasse se goure d'piaule. J'étais au bungalove 79 et elle au 89. Elle ent' et qu'est-ce qu'elle voye-t-elle ? Mon zob en pleine irruption ! J'croive qu'je fais des rêves ézotériques en pionçant car la plupart du temps j'ai un chibre gros comme un magnum d'Dom Pérignon qui monte la garde. La milady, tu parles d'un émoi quand elle découvre ce monument classé ! Ell' me s'approche, me touche le paf, voir si c'est du vrai véritab'. Constate.

Décide z'alors qu'le beau joujou est pour sa moniche. Entr'prend d'm'réveiller, ce dont je. Me chouchoute, me louloute, me promet les monts d'la mère Veil. M'dit qu'elle est richissiste, qu'elle va m'faire une existence d'rêve. Son Lord est clamsé y a quinze mois au Ténia dans un accident d'chasse. Son porte-flingue qui l'a rectifié en sautant une fourmilière. L'a été décoiffé d'une bastos en plein cigare, ce con! N'avait pas mis l'écran d'sûreté à sa carabine, l'jobastre. Toujours sûrs d'eux, les Britiches, à vouloir conquir l'Afrique et l'reste du monde! En pleine poire, paoff! Balle blindée de 9 millimètres cubes, merci, docteur!

— Et donc tu as suivi la dame?

— À la condition qu'on vinsse à Nouille York où qu't'avais prévu qu'nous passassions. D'main, donc aujourd'hui, j'allais tubophoner à tous les grands hôtels pour y laisser un message à ton attention.

Je lui souris.

— Voilà, Gros, c'est presque terminé, on devrait procéder à un essayage.

Lady Keckett glousse d'admiration, de reconnaissance, de pré-bonheur. Enfin, elle va pouvoir recevoir l'énorme offrande béruréenne. Le jour de gloire est arrivé! Sans la moindre gêne, Alexandre-Benoît dégage son panoche, le flatte dans sa main pour lui faire réintégrer sa consistance habituelle. Docile, la bête obéit à la sollicitation et prend une apparence qui ridiculiserait les fameuses quenelles au brochet de la mère Brazier à Lyon.

— Tu veux vérifier si c'est correct, Gros?

Il empare mon chef-d'œuvre, en affuble Coquette, hoche la tête :

— J's'rais plus à mon aise av'c une tranche d'mieux, Grand. Ces machins-là, c'est comme les pardingues : s'y t'gênent aux entournures, tu perds ta capacité d'mouv'ments.

Je rajoute donc un quartier de caoutchouc à ma création et j'obtiens une espèce de coupole plus ou moins régulière, mais baste, quelle importance? Comme l'assure spontanément l'intéressé : « C'est pas pour aller dans le monde! »

Je ne veux pas faire de triomphalisme, mais il a belle allure, Mister Chibraque avec MA capote! La Lady doutant de l'étanchéité, on a rempli de flotte ma montgolfière renversée et cette femme timorée a pu constater qu'aucune humidité ne sourdait de l'enveloppe. Alors Attila a chaussé cette gaine protectrice avec une réelle fierté, comme les saint-cyriens enfilaient leurs gants blancs à Verdun, avant l'attaque.

Pudiquement, je me retire dans la salle de bains afin de m'y doucher car je me sens dévasté par cette nuit insensée, si riche en péripéties.

Tout en faisant pleuvoir l'eau fraîche salvatrice, je décide de prendre quelque distance avec la réalité. Quand on est trop accaparé par ses préoccupations professionnelles, il convient de s'aérer un peu les méninges. Moi, dans ces cas-là, je choisis un sujet très éloigné de mes problèmes et le « traite » en profondeur. Là, je lance sur le tapis de ma réflexion Jean de La Fontaine… Un perruqué sympa, de prime abord, à la littérature plaisante. Mais pourquoi la faire étudier aux enfants ? Tout ça est si noir, en réalité, si amoral, si incohérent ! Les innocents, qu'ils soient ânes ou agneaux, se font dévorer, donc primauté de l'injustice ! Le héron baise le renard, donc notion de vengeance ! Perrette, cette connasse, perd toute chance d'acquérir une vache en renversant son lait ; mais il venait d'où, ce lait, sinon d'une *vache* qu'elle possède déjà ! Donc, incohérence ! La tortue nique le lièvre malgré sa lenteur, donc négation de la rapidité et, partant, du progrès !…

Des cris superbes m'arrachent à mes réflexions (partisanes, j'en conviens). Clameurs de la chair en liesse. C'est la fête des sens ! L'apothéose du fion ! Fabuleux duo : la Callas et Chaliapine réunis ! Le grand air de « Je jouis » interprété conjointement en anglais et en bas normand. L'orchestre fait donner ses cuivres. La petite flûte ? Le premier violon ? Le hautbois ? Chez Plumeau ! La harpe ? On n'en cause même pas. Cela est géant, cela est dantesque ! Cela fait penser aux cris d'un porc saigné qui se viderait sur une musique de Wagner. Le tout entremêlé de râles, de rots, de pets. Un tohu n'ayant d'égal que son bohu ! Et le sommier, dis ? Tu l'entends, ce malheureux, gémir dans la tempête qui tant pète ? Les chants désespérés sont les chants les plus beaux. La Lady est à bout de tout. Elle bieurle des *god*, des *good*, des Florence Gould ! Le vieux Lord est trucidé une deuxième fois et pour toujours, banni du Gotha, ses mânes sont conspués, la pauvre bitoune qu'il a pu tremper avec sa Lady jetée en pâture aux noirs corbeaux charognards de l'oubli.

Soudain, je pense qu'une arrivée pareille, faut pas la rater. Sans avoir un tempérament de voyeur, on se doit d'être là au moment de la consécration finale ! C'est liturgique, un truc pareil ! T'es impliqué ! T'as pas le droit de l'ignorer, ce serait un crime contre l'humain, un blasphème, une irréparable profanation. Alors je me ceins d'une serviette et gagne la chambre.

J'arrive pour le bouquet final. L'instant où milady étant arc-boutée des deux mains contre la commode avec le Gravos derrière elle, celui-ci la termine à dix coups seconde. Sa limerie est à ce point rapide que la rétine humaine a peine à suivre. Faudrait tourner ça au ralenti, comme on pratique pour suivre la trajectoire d'une balle de fusil. Tout tremble ! Ça pue le caoutchouc brûlé ! La dame n'est plus qu'une torpille hurlante et la commode qu'un fagot de bois (hévéas et palissandre).

Le Mastard touche à sa fin. Il a une recrudescence de va-et-vient inchiffrable sans le concours d'un matériel sophistiqué. Puis, ponctué d'un cri grégaire, un cri surgi du fond des temps, il flanque à sa partenaire un ultime et violent coup de bas-ventre qui fait s'écrouler la coiffeuse.

Lady Keckett choit dans des décombres de bois et de flacons parmi lesquels elle reste inanimée.

Quant à Béru, il demeure debout, haletant, les bras pendants, abasourdi par la folle intensité de son coït.

— Sublime ! murmuré-je dans son dos, animé d'une authentique sincérité. L'un des plus fabuleux coups de bite qu'il m'aura été accordé de voir. Et je pense même le plus beau. Une telle intensité, une telle fougue, une telle furia sensuelles, je ne savais pas que cela pouvait se produire. Tu prends ta place définitivement parmi les géants de la queue, Alexandre-Benoît. Si j'ai des enfants un jour, je leur narrerai cette troussée à laquelle il m'aura été donné d'assister.

Il se tourne face à moi.

Je l'espérais radieux : il est sombre.

— Mouais, fait-il, en attendant on n'est pas sortis de l'auberge !

— Pourquoi ?

— Merci pour ta capote sur mesure, mec ! Vaut mieux qu'tu fusses flic qu'tailleur !

Et il me désigne sa biroute tuméfiée par la séance. Joufflue, pataude, dodelinante, violacée, donc NUE !

— Y avait une taille en trop, mon pote : ton préservateur est resté chez Maâme Milady !

Eh ben tu vois, les Anglais, je dirai ce que je voudrai, mais dans les cas graves, ils savent se montrer à la hauteur de la situation.

Quand on l'a eue arrachée aux bris de bois et de verre, et portée jusqu'au lit, Bérurier lui a expliqué l'avarie de machine dont ils ont été victimes. L'irréparable était donc perpétré et la glorieuse semence du Gros s'égaillait à sa guise ; de plus elle allait devoir récupérer « la chose ». La veuve de Lord Keckett a fermé les yeux un instant, puis elle a soupiré :

— Soit ! Que la volonté du Seigneur s'accomplisse ; mais je tiens à déclarer ici que, si par malheur l'affreuse maladie s'abattait sur moi, je la subirais courageusement, sans regretter une seconde les sensations uniques qu'il m'aura été accordé de connaître entre vos bras, Alexander-Binoite.

Nous la félicitons pour son attitude courageuse et je lui certifie sur l'honneur que mon camarade est plus sain que le pain de campagne sortant du four, ou que la graine du haricot dans sa coque. Il ne s'est jamais drogué autrement qu'avec du beaujolais village, n'a sodomisé aucune petite frappe de rencontre et ne baise aucune putain pour la simple raison que les honnêtes femmes les suppléent avec fougue et en trop grand nombre pour qu'on ait besoin d'aller payer des professionnelles moins performantes.

Réconfortée – mais avait-elle encore besoin de l'être ? – Lady Keckett déclare qu'elle n'a plus qu'une idée en tête, qui est de recommencer.

À quoi le Gravos rétorque que très volontiers, mais qu'il souhaiterait s'alimenter auparavant, demande légitime à la suite d'un exploit sexuel aussi impressionnant.

Un copieux petit déje est donc commandé au room-service et, en attendant qu'on nous le livre, je vais m'enfermer dans la salle de bains.

Breakfastbouffant, nous ourdissons un plan relatif à mon départ des U.S.A. La chère Lady Keckett nous propose de nous rendre chez son beau-frère, qui fait de l'élevage de visons dans le Massachusetts. Il possède une vaste propriété à cinquante *miles* de Boston où nous pourrions passer quelques jours en toute tranquillité. La frontière canadienne étant toute proche, ce serait un jeu d'enfant que de la franchir sans encombre. Cette suggestion déclenche notre enthousiasme. La nouvelle conquête du Mastard ajoute que, pour nous rendre dans le Massachusetts, il sera mieux d'affréter une limousine que de louer une bagnole. Elle a encore une autre idée géniale : elle ira acheter une immense malle-cantine qu'elle se fera livrer au *Silver Palace*. Nous « l'aménagerons » pour que je puisse m'y lover et c'est dans cette malle que je pourrai quitter l'hôtel.

Comme toutes les richissimes désœuvrées, Lady Keckett est ravie de participer à une aventure qui la change des luxueuses torpeurs quotidiennes. Décidément, sa vie vient d'être télescopée par ces *Frenchies* incroyables, aux bites monstrueuses et aux existences périlleuses.

Et c'est ainsi que nous décarrons du *Silver Palace*, vers le milieu de l'après-midi, à l'heure tranquille où, au Kenya, les lions vont boire.

Je dois dire que son histoire de malle-cabine, mémère, j'y croyais pas trop. Ça me paraissait un peu Bibi Fricotin comme principe. Ça m'évoquait les films d'avant-guerre : les premiers Fernandel qu'on nous passe parfois à la téloche avec un avant-propos circonstancié comme quoi on va assister à un chef-d'œuvre, et puis bon, hein ? D'accord ! La malle-cabine (c'est ma cabine à moi), y a qu'aux States qu'on peut trouver un pareil monument. Cent soixante de long, sur quatre-vingts de large et cent de haut ! On pourrait y loger Béru ! Naturellement, je perce des trous discrets à l'endroit de la tête. On fauche un oreiller sur le rayon du haut du dressinge et mémère a acheté une couvrante. J'essaie cette espèce de cercueil et ça boume au poil. Je demande à mes amis, quand je suis à l'intérieur, de « malmener » la malle, ce qui me permet de mettre au point la position de blocage indispensable pour que je ne ballotte pas.

Paré ! En avant toute !

Deux bagagistes m'embarquent par le monte-charge réservé à cet usage. En cours de descente, ils disent – entre eux – qu'il faut être une vieille timbrée d'Anglaise pour voyager avec ce catafalque qui pèse une vache (merci, les gars !)…

On m'arrime dans un coffre de limousine où la malle ne tient pas complètement. Faut laisser le couvercle du coffre entrouvert et le maintenir dans cette position à l'aide de sandows. Et, fouette cocher, nous voilà partis.

J'avais encore jamais eu l'occasion de réfléchir à bord d'une malle-cabine. C'est enrichissant. D'abord parce que tu te trouves dans le noir et donc pas distrait, ensuite parce qu'étant à peu près privé d'exercice, tu ne peux te livrer qu'à des « mouvements cérébraux ».

Dans cette posture d'économie, je gamberge en toute relaxation. Je me dis que l'assassinat de Tumor Mémich n'a pas été découvert, sinon on aurait entendu le ramdam des poulets new-yorkais et ceux-ci seraient venus questionner les voisins de chambre afin de leur demander s'ils avaient remarqué de l'insolite. Conclusion, la perfide Chinoise n'est pas rentrée à l'hôtel et comme, en partant, je n'ai pas retiré le *Do not disturb* fixé au pommeau de la lourde, les femmes de chambre ne sont pas allées faire le ménage de la suite royale du maestro. Ce répit est bon à prendre. Si les perdreaux avaient investi le *Silver*, ma fuite aurait pu mal se passer.

Et puis, merde, l'idée me vient qu'ils vont trouver suspect que la voisine du violoniste ait quitté son appartement le jour même du meurtre.

Le coup de la malle ne va pas passer inaperçu. Ils en tireront les conclusions qui s'imposent, les Nick Carter de « la Grosse Pomme ». Voudront retrouver dare-dare ces étranges clients si pressés de les mettre quand on zingue leur voisin ! Voilà que je biche les mouillettes dans mon sarcophage. Tu parles qu'elle est facile à repérer, la grosse limousine, avec sa malle qui lui déborde du rectum ! Je me livre à des calculs serrés. Au moment où nous sommes partis, tout était calme. Il se peut qu'on ne trouve le cadavre que tard dans la soirée, ou qui sait même demain ? Elle branle quoi, la Chinoise ? Admettons que le pot aux roses ait été découvert tout de suite après notre départ, il faut un bout de temps pour alerter les perdreaux, qu'ils se pointent, que le bigntz habituel se mette en place, que les investigations gagnent les appartements proches, qu'on s'intéresse au comportement de Lady Keckett et de son gros copain franchouillard, qu'on diffuse le signalement de la limousine… Tu chiffres ça à combien, toi ? Deux heures ? Moins ? Parce que quoi, dis-tu ? Ah ! parce que les flics ricains sont des as, EUX ! Pourquoi tu crois malin d'ajouter ce « eux », tête de EUX ? O.K. ! admettons que ce soient des fortiches et qu'ils passent le turbo, on peut tout de même compter sur au moins une heure de grâce.

J'évoque la carte des États-Unis. Boston est à combien de N.Y. ?

Il faut en tout cas plus d'une plombe en bagnole ; ça roule mollo dans cet immense pays.

Alors prions et attendons.

Cette décision me branche sur Félicie, tu penses bien. Je me dis que je suis une belle ordure de pas l'avoir appelée depuis la chambre de Sa Grâce.

Ça lui aurait fait tellement plaisir, m'man, d'entendre la voix gaillarde de son grand. Bien sûr, je l'aurais chambrée en lui affirmant que tout baignait dans le beurre des Charentes (son préféré), mais n'est-ce pas ce qu'elle attend, après tout ? Chère vieille ! Qui vit pour moi chaque seconde de son existence et que je n'entoure pas suffisamment de tendresse ! Un jour, je paierai tout ça puisque, comme l'a dit saint Machin, on n'est pas riche de ce qu'on a fait, mais pauvre de ce que l'on n'a pas fait ! J'essaie toujours de placer cette devise devant moi : en point de mire. Mais je regarde ailleurs. C'est con, non ? À quoi sert que des types bien aient vécu pour nous si nous ne tenons pas compte de leur enseignement ?

Tu vois qu'on peut être recroquevillé dans une malle et faire un examen de conscience.

Le cadran lumineux de ma Pasha me rend compte de la durée du trajet. J'en suis à deux heures vingt lorsque enfin la limousine stoppe. Un moment supplémentaire s'écoule, puis des bras que je juge musculeux, vu la manière ailée dont je suis arraché de la bagnole, s'occupent de mon transfert. J'entends, à la sonorité des pas, qu'on traverse un hall, puis je perçois qu'on se fait un ascenseur. Nouveau cheminement, ma prison véhiculaire heurte le montant d'une porte. L'une des personnes qui me porte lâche un juron en italien : « *Mortacci !* », ce qui vaut mieux pour moi que de lâcher la malle.

Enfin on me dépose, les deux serrures parallèles jouent, le couvercle est ouvert et une intense lumière blonde m'éblouit.

Une large main, velue de brun, comme exprimerait un écrivain femelle dont j'ai oublié le nom (mais c'est pas grave : personne ne l'a jamais connue) s'offre obligeamment pour démaller le bel homme ankylosé que je suis devenu, avec des fourmis partout, y compris sous les roustons.

On me hisse d'une forte traction et ton bon petit diable jaillit de sa boîte à malices. La première chose que j'aperçois est une grande photo couleur du Président George Herbert Walker Bush, flanquée d'un drapeau américain fiché sur un socle à tube. Mon *first* sentiment, c'est que l'éleveur de visons, beau-frère de Lady Keckett, est bougrement patriote. Je constate que je me trouve dans une vaste pièce revêtue de boiseries claires.

Devant une grande baie en arc de cercle se trouve un bureau d'acajou surchargé d'appareils informatiques : cadrans, claviers, écrans. Derrière ce fourmillement évoquant une exposition de la FNAC, se tient un homme très corpulent, aux cheveux de neige et au teint rougeaud. Il porte un complet bleu, une chemise blanche, une cravtouze à rayures noires et bleues. Il se coltine deux valises à soufflets sous chaque œil et son regard sombre me rappelle celui d'un crotale (de Chavignole) qui me chambrait, un jour, au reptilarium de São Paulo.

Il y a des antipathies qui s'expriment au détour de la vie, d'homme à homme, voire d'animal à homme. Le crotale de São Paulo, appelé aussi serpent à sonnette, because les écailles terminant sa queue, se laissait regarder par des centaines de personnes quotidiennement sans marquer de sentiments hostiles, et puis je me suis arrêté devant lui et on aurait dit soudain que je l'intéressais et qu'il m'en voulait de provoquer cet intérêt. Son regard est devenu d'une insoutenable intensité. J'y lisais une fureur infinie prolongée par une formidable malédiction. J'ai essayé de soutenir ces deux yeux de l'enfer dardés sur moi. Mais quand j'ai compris qu'il pouvait demeurer ainsi jusqu'à la fin de son existence, j'ai rengracié et suis parti, emportant un cruel sentiment de malaise et d'échec.

Tout ça pour t'informer de ce que je ressens face à un bonhomme qui me fait songer audit crotale.

Ma moulinette farceuse s'emballe. Je me dis que ce que je redoutais s'est hélas produit. Dans ma putain de malle je n'ai pas entendu l'arraisonnement de la limousine. J'ai dû prendre cette halte pour un stop de carrefour, ou un engorgement de la circulance. Toujours est-il qu'en fait d'élevage de visons je me retrouve dans le bureau d'un haut fonctionnaire d'où je sortirai inculpé d'assassinat. Ça me pend au nez comme un sifflet de deux sous, comme on dit puis dans mes terres natales du Bas-Dauphiné. L'homme aux cheveux blancs et au regard de vipéridé m'adresse un signe de tête qui peut passer pour un salut, puis me désigne un siège en face de lui.

Il chausse des lunettes cerclées d'or pour consulter le papier étalé devant lui.

— Monsieur San-Antonio, depuis plus de six mois vous êtes directeur de la Police judiciaire de Paris ?

— C'est exact.

— Carrière extrêmement brillante, ajoute-t-il.

— Merci.

Il ôte alors ses besicles, les dépose devant soi et murmure :

— Qu'est-ce qui vous a pris de vous engager dans cette croisade ?

La question me déconcerte ; je la trouve étrange, dans un sens.

— De quelle croisade parlez-vous ? éludé-je-t-il.

— Oh ! non, fait-il avec une grimace d'ennui, on ne va pas sottement finasser. Vous n'êtes pas un voleur à la tire, je ne suis pas un inspecteur de police. J'appelle croisade cette impulsion qui vous a amené à abandonner vos récentes fonctions pour venir aux U.S.A. enquêter sur l'assassinat de J.F.K.

Cette fois, j'en prends plein les moustaches, et même plein les badigoinces.

Il reprend :

— Vous seriez journaliste encore, assoiffé de sensationnel, à la limite je pourrais comprendre. Mais de la part du directeur de la P.J. en personne, voilà qui est inconcevable. Quand bien même, monsieur San-Antonio, il y aurait sur cette déplorable affaire une vérité différente de la vérité officielle, à quoi cela vous avancerait de la découvrir ?

Il croise les mains et se confectionne une mentonnière provisoire.

— Question de vanité ? Gloriole française ? J'ai peine à le croire de la part d'un homme auquel tout sourit : vous accomplissez une magnifique carrière, vous écrivez des livres qui vous assurent une matérielle confortable, les femmes ne rechignent pas à vous accueillir dans leur lit, Mme votre mère, que vous vénérez, se porte comme un peuplier…

— Un charme, corrigé-je en souriant.

En fait je ris jaune parce que voilà un bonhomme qui sait déjà tout de moi et je ne serais pas surpris s'il citait la marque de mon slip ou mon plat préféré. Toujours est-il qu'une évidence me saute aux yeux : il ne me reste plus qu'à jouer cartes sur table. Je ne suis pas de force, comprends-tu ?

— Vous ne répondez pas à ma question, qu'attendez-vous de l'affaire Kennedy ?

Son regard s'intensifie, à ce stade, celui du crotale de São Paulo est aussi féroce que celui du bon Tino Rossi quand il chantait *Marinella*.

— Monsieur…, fais-je, espérant qu'il va enfin se présenter, mais je peux toujours aller à la chasse au dahu en attendant !

Les civilités, cézigue, malgré son aspect de gouverneur de l'Alabama, il s'en fait un coussin !

— Monsieur, l'attentat de Dallas remonte à trente ans, ne pourrait-on admettre que cette pénible affaire appartient désormais à l'Histoire universelle et qu'elle concerne de ce fait tous ceux qui s'y intéressent ?

Il est agacé par mon objection. C'est le genre droit-au-but, cézigo. Il fait un bruit d'importuné avec la langue et se lève. Sa silhouette massive se détache devant la baie vitrée. Je m'aperçois qu'il a les épaules un tantisoit voûtées, ce qui le fait paraître encore plus gros, mais cela n'enlève rien à son aspect redoutable.

Il se tourne vers moi brusquement :

— J'aimerais, dit-il, que vous me racontiez toute votre enquête depuis le début jusqu'à ce que vous ayez mis la main sur le foutu message du docteur Garden.

— À quoi bon, soupiré-je, la formulation de votre question prouve que vous avez suivi mes faits et gestes à la loupe.

— Je les ai pris en marche seulement, mon cher. Me manque le début. Et… la fin, naturellement.

Autant lui donner satisfaction.

Avec mon sens de la narration bien connu, je dévide une fois de plus l'historiette. Lui bonnis tout, ou presque…

— Quel dommage qu'on vous ait nommé directeur de la Police, déclare-t-il, vous êtes un homme d'action très rare, monsieur San-Antonio.

D'ailleurs c'est si vrai que vous continuez d'agir non pas comme un chef, mais comme un exécutant. Cela dit, vous devez bien réaliser qu'il nous faut ce foutu morceau de ferraille. Si vous voulez mon sentiment profond, je suis archiconvaincu qu'il ne contient aucune révélation nouvelle concernant l'affaire, mais je ne puis néanmoins prendre le risque de renoncer à cette chose.

— Je crains pour vous que vous ne deviez vous faire une raison, réponds-je. Le « message » de Garden se trouve en France désormais. Je l'ai confié hier soir à l'un de mes collaborateurs qui est rentré à Paris via le Canada.

— Vous faites allusion à M. Xavier Mathias ?

— Exact.

Il branche un appareil et fait pivoter un écran vidéo mobile de manière à le placer face à moi.

Ils sont très au point (13 au poing) dans ce service, puisque chez eux la vidéo interne est en couleur. Sur l'écran, je découvre un local sans fenêtre, chichement meublé d'un lit, d'une table, et d'une chaise à une place. Je me crois de retour à Alcatraz ! Mathias est assis sur le lit, dos au mur, en train de lire le *Financial Times*.

Ainsi donc il s'est fait alpaguer en un temps record, ce grand glandu ? J'adresse une courbette complimenteuse à mon vis-à-vis.

— Quand comprendrez-vous que vous n'avez plus les moyens de nous bluffer ? soupire ce dernier. Vous êtes dans une nasse, vous et vos zélés auxiliaires. M. Mathias ne possède pas la plaque métallique et ignore où elle se trouve. Il a subi un test de vérité et nous a appris que vous aviez dissimulé l'objet avant de le rejoindre au *Meridien*. Si vous ne nous remettez pas ce foutu message de plein gré, vous passerez par cette délicate épreuve, vous aussi. Ensuite nous vous relâcherons et les Fédéraux ne tarderont pas à vous appréhender pour le meurtre de Tumor Mémich.

Décidément, il sait tout, ce gros saligaud.

— Je ne l'ai pas tué, réponds-je, le plus sobrement possible.

— Je m'en doute, mais vous aurez du mal à en convaincre la police d'abord, la justice ensuite. De toute façon, nous veillerons à ce que la chose fasse scandale en France. Votre carrière sera interrompue net, monsieur le directeur. Déshonneur en fanfare ; la France sera trop petite pour que vous puissiez y cacher votre honte !

— Charmant programme ! admets-je en m'efforçant de sourire.

Là-dessus, la porte s'ouvre et Lady Keckett entre dans le bureau, sans frapper, en familière des lieux. Elle ne m'accorde pas un regard et s'approche du *Big* aux crins blancs.

— La situation se débloque, Harry ? demande cette chère femme.

— Doucement, répond Harry qui ajoute : de toute manière, elle ne peut pas ne pas se débloquer !

Je défrime la rouquine avec une pointe d'admiration. La salope ! Comment elle nous a enveloppés dans du papier de soie, dis donc ! Pourtant je suis du genre suspicieux. Mais là, cette bouffeuse de pafs m'a eu avec sa folie sexuelle et sa hantise du sida. Te nous a composé un personnage haut en relief que je ne suis pas près d'oublier et – je pense – Bérurier non plus…

— Je suppose que nous ne sommes pas à Boston ? fais-je au « regard de crotale mal réveillé ».

— Effectivement. Vous êtes à Washington.

— Alors, si vous voulez récupérer la plaque d'alu, il va me falloir retourner à New York.

— À quoi bon vous infliger ce nouveau transport, monsieur le directeur ? Où qu'elle se trouve, vos indications suffiront pour que nous remettions la main dessus.

— N'en croyez rien. Moi-même, je vais avoir quelque mal à la dénicher.

Il fronce le nez.

— Arrêtez vos conneries françaises, San-Antonio, je sens que je vais perdre mon sang-froid, et cela m'arrive rarement. Vos entreprises scoutes ont fait long feu et le temps presse. Je ne souhaite pas aller jusqu'à l'irréparable avec vous et vos deux types, mais si vous continuez vos putains de simagrées, je pressens que votre voyage aux States va s'achever par un terrible accident de bagnole. Nous possédons dans le Service un spécialiste qui réussit les meilleurs du continent américain. Son gag, c'est les piles des ponts autoroutiers. Il attache ses passagers avec des liens de chanvre avant de les arroser d'essence, ainsi que l'habitacle de la bagnole. Il connaît des autoroutes de dégagement où il ne passe que peu d'autos. Lorsque la voie est libre, il lance son véhicule contre une pile et saute avec brio, en grand cascadeur qu'il est. Tout crame, à commencer par les liens. On vous rapatriera dans des cercueils d'enfant qui seront encore trop grands pour vos restes.

Le salaud a lâché sa hargne. Il est rare que les gros soient bilieux comme ça !

La fausse Lady Keckett se tient tout contre lui et lui masse la nuque, ce qui est bon pour les atrabilaires. Je pige que (bon Dieu, mais c'est bien sûr !) il se l'embourbe, la rouquemoute, Harry. Une réchaudière de ce calibre, c'est une affaire à emballer !

— Compliments pour vos méthodes radicales, plaisanté-je. Laissez-moi parler au lieu de vous énerver comme un morbac qui vient de se fourvoyer dans la culotte d'une centenaire. Tenez, on va jouer au jeu des devinettes. Vous êtes un étranger traqué dans New York, vous avez une plaque métallique de la dimension d'une carte postale à cacher. Attention : il s'agit d'une cachette SÛRE. Que faites-vous ?

Un instant, je pense que son irritation va aller croissant, mais sont-ce les attouchements savants de la mère Lady qui le mettent en condition apaisante ? Voilà qu'il accepte le jeu.

— Il y a la possibilité de la confier à un ami ?

— Je n'ai pas d'amis ici.

— Alors je ne vois que deux possibilités : l'expédier par la poste ou la déposer dans une consigne.

— Une chose qui revêt un intérêt presque planétaire, vous la jetez dans une boîte aux lettres, Harry ?

Ça ne le trouble pas que je l'appelle par son prénom. Ici, c'est la coutume : sitôt que tu fais la connaissance de quelqu'un, au bout de cinq minutes, vous vous appelez par vos préblazes.

— Quant à la consigne, mon pauvre ami, c'est une cache vieille comme le film policier ! Vous êtes tributaire du temps et d'une clé, si bien qu'en aucun cas je n'appellerais cela « une bonne cachette ».

— Vous avez trouvé une autre solution meilleure ?

— Plusieurs.

— Qui sont ?

— Eh bien ! je me suis rendu chez un habilleur de Times Square ouvert la nuit pour y acheter une veste. Dans la cabine, j'ai décousu la doublure du vêtement, j'ai logé la plaque dans une basque du veston, puis j'ai recollé la doublure, disposant continuellement d'une colle surefficace. J'ai dit à la vendeuse que je prenais la veste mais que, n'ayant pas ma carte de crédit sur moi et très peu d'argent, j'allais verser cinquante dollars pour qu'elle me la mette de côté. Elle a accepté et a même consenti à me délivrer un reçu où étaient mentionnées les références de ce vêtement.

— Ingénieux ! complimente la môme d'Al Capote.

— Une fois dehors, reprends-je, il m'est venu une meilleure idée. Seulement, cette idée-là, y a qu'à New York qu'il est possible de la réaliser. Alors je suis retourné prendre ma veste, en alléguant qu'un ami venait de m'avancer l'argent. J'ai affrété un taxi piloté par un Noir, en lui demandant de me conduire à Harlem. Je ne sais pas s'il vous arrive d'arracher votre gros cul de votre grand fauteuil, Harry, et de vous rendre parfois à New York, mais je suis convaincu que, dans l'affirmative, vous ne levez pas votre petit doigt boudiné pour aller à Harlem.

« C'est un quartier qu'on dit dangereux. Il le fut, il l'est un peu moins si on sait faire la part du feu. Vous n'ignorez pas qu'un grand nombre d'immeubles sans locataires ont été désaffectés en attendant qu'on les restaure ou les démolisse. Les façades sont aveuglées par des briques ou des planches ; portes et fenêtres étant condamnées, les squatters ont été contraints de vider les lieux, à l'exception de quelques obstinés qui parviennent à creuser des brèches pour faire leur terrier dans ces masures. Je me suis fait déposer près de l'*Apollo*, parce qu'il constitue un point de repère facile, puis j'ai erré dans les alentours jusqu'à ce que je trouve ce que je cherchais, à savoir un vieil immeuble muré.

« Quand j'ai eu jeté mon dévolu sur l'un d'eux, je me suis débrouillé pour le forcer sans me faire remarquer. Déterminer une cachette à l'intérieur a été un jeu d'enfant car je n'avais que l'embarras du choix. Vous comprenez à présent pourquoi je vous dis qu'il me faut en personne me rendre là-bas ? J'aurais beau vous fournir un maximum de précisions, je ne parviendrais pas à vous téléguider convenablement car il me faut RETROUVER l'endroit. Les indications les plus serrées que je vous fournirais de mémoire vous contraindraient à remuer une partie du quartier avant de trouver l'aiguille dans cette meule de foin.

Mon interlocuteur passe sa grosse main aux ongles carrés sur ses joues teintées de couperose.

— O.K., murmure-t-il. O.K., vous allez y retourner, mon vieux. Accompagné, naturellement ! Mais pas d'entourloupes surtout, sinon vos deux bonshommes risqueraient de mourir dans un accident de la circulation !

16

PRÊCHEUR D'ISLAND[1]

Je te parie une chanson de carabins contre une chanson courtoise de Conon de Béthune que c'est un féministe convaincu, le gros Harry. Déjà, qu'il eût dépêché dans le circuit la fausse Lady Keckett constituait une sérieuse indication, mais quand je vois ce qu'il m'attrique comme « gardes du corps », mes ultimes doutes s'envolent. Deux gonzesses, mon pote ! Pour la première fois de ma carrière me voilà placé sous l'étroite surveillance de mousmés, exclusivement. Une Noire, une Jaune.

La Jaune, si tu insistes, je peux t'en faire cadeau (bien que sa bouche arrive pile à la hauteur de ma braguette) car, franchement, elle n'est pas jojo. Le pot d'échappement plus bas que sur la nouvelle Lamborghini, les cannes torses, la face plate, les yeux en trou de zob et pas visibles à l'œil nu, la bouche si mince et si minuscule que pour prendre sa température par voie buccale, elle est obligée d'oindre de vaseline son absence de lèvres. L'unique attrait de cette fille (pour les amateurs), c'est son énorme poitrine vaste comme le pont du porte-avions *Clemenceau*, si cher à mon ami Renaud.

La Noire, par contre, ô pardon, attention les yeux ! Le mot « beauté » est trop fastoche, trop galvaudé. Viens reluquer la petite grand-mère et t'auras les glandes ébouriffées. Elle me rappelle notre driveuse de Los Angeles, en plus éclatant encore. Elle est teinte en blond et ça lui donne un aspect irréel. Cette gonzesse, elle marnerait pour un grand couturier parisien ou romain, au lieu de fonctionner pour un gros con, à assurer d'obscures et basses besognes, y aurait son portrait dans tous

1. Chapitre dédié à Pierre Loti.

les luxueux magazines de mode ! Je sais pourquoi elle est blonde (et défrisée, œuf corse) : ses yeux sont vert émeraude.

Harry me les présente en ces termes :

— Miss Victoria (c'est « Fleur-de-Chrysanthème ») et Miss Lola (c'est la déesse d'ébène). La première, monsieur San-Antonio, a deux spécialités parmi tant d'autres : elle est championne de karaté et reine du lancement du couteau. Elle est capable de transpercer un as de cœur à vingt-cinq mètres. La seconde, quant à elle, est championne de tir au pistolet : dix sur dix en précision, dix sur dix en rapidité. Vous voulez montrer à monsieur, Lola ?

Pauvre ami ! T'as le temps de rien voir. Tu te demandes si elle a seulement remué ! Et pourtant la voilà avec un flingue en pogne ! De la haute performance. Si César Muguet, notre moniteur de tir voyait ça, il réclamerait sa retraite anticipée et irait fourguer son Colt au marché aux Puces !

— Joli, non ? me demande implicitement le Gros-sac.

— On croit rêver !

— Vous voilà donc informé, mon cher.

— Un homme inverti en vaut deux, renchéris-je. Prenez bien soin de mes deux bébés en mon absence.

— Soyez tranquille ; d'ailleurs votre absence sera brève. Il ne s'agit là que d'un aller-retour.

Fectivement, c'est en avion que nous quittons Washington. Un petit jet de six places, blanc comme un pot de yaourt. Il nous attend sur un terrain d'aéro-club au nord de la ville. On s'embarque. Derrière le pilote se tient la Japonaise, face à moi, les sièges étant disposés latéralement au coucou. La sublime Noire s'assoit à mon côté. Détail impressionnant : ma ceinture de passager comprend un verrouillage supplémentaire qui s'actionne avec une clé que la môme empoche. Elle porte un ensemble de cuir beige à col de fourrure et croise ses admirables jambes : oh, que ça fait mal ! La Japonaise est plus modestement fringuée d'un jean fatigué et d'un blouson vert pisseux qui s'harmonise avec son teint.

Dans le pâle soleil, je vois luire la Maison Blanche, au loin, et bientôt nous survolons l'immense cimetière d'Arlington où une flamme brille sur la tombe de J.F. Kennedy !

Sacré Johnny ! Il m'en fait voir, celui-là ! C'est vrai, ça, il a raison, Harry : quelle mouche m'a piqué pour que je me mette à guerroyer ainsi dans le fol espoir d'élucider le mystère de sa mort ? C'est pas mes oignons. Et puis, de toute manière, le passé s'est refermé sur son destin. Ils lui ont fait craquer le couvercle, au fringant Président, et il est redevenu poussière. Qu'importe maintenant que ce soit Pierre, Paul ou Jacques qui l'ait dessoudé au côté de sa gonzesse, laquelle a eu un veuvage exemplaire sur le yacht du père Onassis. La vie, bordel, tu parles d'une rigolerie ! Pourtant, je m'attache à contempler la tombe, là-bas, avec sa loupiote du souvenir… Souvenir mon cul, Mister Président ! Des marchands de cacahuètes et des cow-boys de cinéma vous ont poussé dans l'oubli. Ne subsiste plus de vous que l'image de votre tronche éclatée, celle aussi de votre gente dame cherchant la sortie de secours de l'Histoire à quatre pattes sur le coffre de la Lincoln. C'est cela, en réalité, « se faire la malle » !

Et, pendant ce temps, votre frangin s'apprêtait à faire boucler Alcatraz.

Tout s'enchaîne bien, merci.

Le réseau (que je devine occulte) du Crotale est bien organisé. C'est sur un autre aéro-club que nous nous posons en souplesse. Une tire nous attend au pied de la passerelle. On ne perd pas de temps.

Le chauffeur est un Noir, comme celui du taxi que j'avais choisi pour m'emmener à Harlem. Futile précaution, d'esprit très français. Comme si des malandrins noirs allaient se dispenser de m'arraisonner parce que mon chauffeur est un *colored* !

La Jaune s'assied près du conducteur, la Noire près de moi. Cette dernière murmure :

— Le patron vous a prévenu, n'est-ce pas ? Soyez persuadé que Victoria et moi nous nous tiendrons sur nos gardes jusqu'à ce que nous soyons de retour dans son bureau, tous les trois.

— Vous faites partie d'une chorale, j'espère ? demandé-je en forme de réponse (si j'ose dire).

— Pourquoi ?

— Vous possédez une voix irrésistible ! Je vous imagine, le dimanche matin, à l'église, dans un quartier noir du district de Columbia, vêtue d'un tailleur bleu marine et coiffée d'un chapeau rouge, genre capeline, chantant un de vos merveilleux cantiques tels que *Ô Jésus, Ta gloire est infinie*.

Elle ne répond pas, mais je pense qu'elle sourit intérieurement.

La Japonouille, illico de la ramener :

— On va nous conduire devant le music-hall *Apollo*, nous quitterons cette voiture et ce sera à vous, dès lors, de nous guider.

Jalouse ! Ah ! ce qu'elles sont chiantes, les mochetés. Tu crois qu'elles tenteraient de se faire pardonner leur laideur par des assauts de gentillesse ? Fume ! Elles pissent du vinaigre et chient du poivre moulu, comme dans la chanson.

On traverse des banlieues chiantes avec des alignées de petites maisons merdiques qui se tiennent par la main le long des routes. Des pubs tellement vieilles qu'elles raviraient le génial Séguéla. Si j'avais pas de boulot, c'est avec ce mec-là que j'irais travailler. Tu verrais ce qu'on dépoterait comme trouvailles, les deux ! On aurait « la force tranquille », espère !

On passe devant l'aéroport La Guardia. Bientôt ça épaissit et la banlieue devient grouillante. On attaque Harlem par le fond, si l'on peut ainsi s'exprimer (et on peut qu'est-ce que je fais en ce moment ?). C'est chaque fois une émotion pour moi de débarquer dans cette métropole occidentale peuplée de Noirpiots. La négrillade ! Un des plus grands crimes de l'humanité. Mais t'as vu leur vengeance, aux *colored* ? « Vous nous volez à l'Afrique ? O.K. vous nous aurez ! » Et les voilà à limer comme des fous, les chers esclaves ! Tel qui rit de Vendredi, dimanche pleurera ! Tu parles s'ils y sont allés à la ramonade, les surbraqués ! Pas feignasses du coup de reins ! Grand match Oncle Sam contre Oncle Tom, arbitré par Oncle Ben ! Et qui est-ce qui l'a dans le prose ? L'Oncle Sam ! N'était pas de force, le vieux con au gibus étoilé. Un Ricain, c'est quoi, si tu réfléchis ? Du Rosbif et de la Batavia mélangés. Un buffet froid, en somme ! Note qu'ils vont commencer à se fortifier grâce au sang noir qui se met à circuler dans leurs tuyaux. Un jour, quand ils seront tous café-au-lait, t'auras enfin un peuple valable.

Du temps que je débloque, on est arrivés devant l'*Apollo*. Je demande au chauffeur de conduire jusqu'à la seconde rue et de s'y engager si le jeu des sens interdits le permet.

C'est possible. Je reconnais illico « mon » immeuble. Il est haut d'une dizaine d'étages, sa façade noire est sinistre car on a muré les orifices en cimentant des briques. La désolation, je te dis ! Autrefois, il y avait un commerce en bas : une blanchisserie ! À Harlem, c'est foutral, non ? Le rideau de fer gondolé est baissé, rouillé, et un artiste de la rue a peint dessus un paysage représentant Haïti sous la neige !

Je demeure perplexe en constatant qu'on a déjà obstrué la brèche m'ayant permis de pénétrer dans la bâtisse. Ne perdent pas de temps. Doit y avoir un service de surveillance, payé par les propriétaires, qui veille à la non-squattérisation de leurs tas de pierres.

Je dis à mes gardiennes ma déconvenue :

— Il y avait un trou dans cette fenêtre hier, et il a été rebouché aujourd'hui.

La Jaune reste impavide. Fait un pas, vite, en direction de la porte. Elle s'arc-boute sur ses jambes Louis XV, décrit des moulinets avec son bras en aile atrophiée de manchot, pousse un cri sauvage et balance son petit poing dans le mur de brique. Si tu ne me crois pas, va te faire mettre (et je sais que tu iras par plaisir), mais un trou béant se fait dans la sommaire cloison. Elle agrandit l'ouverture à coups de talon cette fois et pénètre dans l'immeuble, achevant de mettre en fuite une horde de gaspards. Elle prend une forte torche électrique dans son sac-giberne et éclaire les lieux désolés. Sinistros. T'as une entrée décrépite avec, à gauche, une cage d'ascenseur sans cabine qui bée sur le vide ; son câble inutile pendouille dans le puits sombre. Au fond : l'escadrin.

— Entrez ! m'enjoint Lola.

J'obéis ; elle me suit. Au froissement que je perçois, je n'ai pas besoin de me retourner pour savoir qu'elle vient de dégainer son outil de travail.

— Où est-ce ? questionne la Japonaise.

— Deuxième étage !

Nous nous engageons dans l'escalier. Nos pas résonnent comme tu ne peux pas savoir, écrirait la marquise de Sévigné si elle vivait encore. À chaque étage les portes des appartements ont été récupérées et ces vides en grappe accroissent l'intensité de l'écho.

Premier niveau… On monte toujours. Second !

Je me rappelle avoir pénétré dans le logement du fond. Il se composait de trois pièces à la belle époque. Je suis allé cacher la plaquette dans ce qui fut la cuisine. Il y avait une fissure, au niveau d'un conduit d'aération, c'est là-dedans que j'ai glissé cette bordélique plaque d'aluminium. Pour la « ravoir » comme dit ma femme de ménage, il me faut utiliser mon couteau helvète.

J'explique la situation à mes « dragonnes ». De nouveau, l'Asiatique agit. C'est Miss Je-suis-partout, décidément. Elle s'agenouille pour récupérer ce qui a fini par acquérir force de document secret. Je me dis que si le facétieux avait écrit là-dessus : « Merde à celui qui le lira », ça serait une bonne chute ! Mais t'aimerais pas : bien trop cartésien, tu penses ! Il te faut du concret. T'ingurgites n'importe quelle culterie ricaine à la téloche, des choses que je mourrais de honte si c'était mon cousin Gaston qui les ait commises. Mais toi, du moment qu'on te dit à la fin « C'est l'antiquaire qui a tué sa concierge, laquelle l'avait surpris en train de sodomiser le facteur des recommandés », t'es joyce.

Elle a déjà saisi, à l'aide d'une pince à épiler (qu'est-ce qu'elle peut s'épiler, elle est lisse comme ma montre?) le coin de la plaque quand un remue-foyer se fait dans l'immeuble. Cavalcade forçenée dans la cage d'escadrin. Victoria s'est levée d'un bond. Surgissent alors quatre Noirs plus tibulaires encore que ce que tu peux imaginer. Des jeunes, des colosses, cheveux coiffés à la Hun, baskets, jeans, blousons de cuir à même la peau : l'uniforme, quoi! L'un d'eux a un couteau, les trois autres des barres de fer. Ils rigolent à pleins crocs dans le faisceau des lampes.

— Bienvenue au club! lance le zig au ya.

Un autre déclare :

— Y a une chouette gonzesse; c'est moi qui la tire en premier! La Jaune est moche, c'est Sammy qui va se la faire et Bob va se payer le mec qui est beau gosse!

C'est flatteur, non? Tu vois que je ne me vante pas quand je te raconte que j'ai un succès fou, tout azimut.

Lola entre en piste. Elle brandit son feu et ordonne :

— Foutez le camp, les gars, y a maldonne!

L'ennui, c'est que, nos loupiotes se trouvant braquées sur les cosaques, l'arme se trouve dans l'obscurité et comme elle est noire, ils ne peuvent la voir. Le garçon au couteau a le crâne rasibus avec juste une brosse à habits sur le dessus du dôme.

— Qu'est-ce que tu dis, connasse? Tu donnes des ordres? Défringue-toi tout de suite et pompe mon nœud pendant que Bob t'enculera, il adore ça!

Moi, si je te disais qu'il m'énerve ce grand gourou constellé de cicatrices. Alors, poum! voilà l'Antonio en exhibition! Coup de pied sur sa main qui tient l'eustache; l'arme choit. Je lui colle une manchette à la glotte et il va rejoindre son lingue sur le sol en produisant des gargouillis comme l'estomac de Béru quand il s'est par trop gavé de tripes à la mode de Caen.

C'est aussitôt le rush des archers aux barres de fer.

Alors là, tu verrais quelque chose d'inoubliable si tu étais à mon côté au lieu de péter dans le plumard de ta bonne femme que t'as même plus le courage de baiser! Mais t'as raison : vaut mieux bouquiner ce livre, c'est plus jouissif.

L'Asiate vient d'entrer en scène et, du coup, ce sont les punks qui rient jaune. Ce décrassage, mon pote! Ah! je comprends que le papa

Harry ne jure que par elle ! Les pales d'un mixer, l'aminche ! T'as pas le temps de mater, ça dégringole tout seul, tu perçois juste le bruit des horions et la chute des barres de fer sur le sol.

En moins de jouge, voilà les quatre mecs au tapis, soit allongés, soit à genoux, soit encore assis. Ils secouent la tronche comme si une guêpe leur butinait les cages à miel.

— *Go out !* gueule la Japonouille. *Quick !*

Le quatuor (de sac et de cordes) se traîne jusqu'au couloir, escorté par la petite houri[1].

Ils refluent jusqu'à l'escalier. J'entends la voix acide de Fleur-de-courgette qui déclare :

— Si vous revenez, même avec des renforts, on vous fera éclater la gueule à tous !

La bande se casse sans insister.

La démarche menue de la lutteuse ne fait presque pas de bruit, malgré la réverbération.

J'ai ramassé sa torche tombée et lui place la lumière dans les carreaux.

— Vous avez été extraordinaire, assuré-je tout en lui administrant un magistral coup de crosse à la tempe.

Championne de judo et de tout ce que tu voudras ou non, elle s'écroule sans proférer le moindre son. C'est silencieux dans l'âme, un Asiatique. Maintenant, moi qui te connais comme si ta mère m'avait fait, tu vas me dire : « C'est bien beau d'assommer la Jaunette d'un coup de crosse, mais où as-tu pris l'arme, gros madré ? » À quoi je répondrai : « C'est le pistolet de Lola, voyons. » Et ta pomme, dur à satisfaire, d'insister : « Comment est-ce que tu te l'es procuré ? »

Ce qui m'amène à t'expliquer que, pendant que Victoria (la reine… du judo) faisait le ménage avec les punks, j'ai chiqué au gars enamouré auprès de la superbe Noire (ne venais-je pas de la débarrasser de l'homme au méchant couteau ?) et avec une fulgurance digne de Papin[2] lui ai placé un monstre coup de boule entre les carreaux qui l'a affalée comme une vieille voile. S'emparer de son feu a été un jeu d'enfant (de salaud).

---

1. De nos jours, une houri est une mégère. Initialement, il qualifiait une vierge ou une très belle femme !

2. Je ne fais pas allusion à celui qui a découvert la force élastique de la vapeur, mais à celui qui n'a pas inventé l'eau chaude.

Et maintenant, les indomptables du gros Harry gisent sur le sol cradoche recouvert de gravats, de très vieilles merdes séchées et de papiers ignominieux. N'a pas fallu longtemps à Mister Sana pour se défaire des deux amazones malgré leur réputation d'invincibilité. Conférence au sommet d'urgence. Je peux profiter de l'embellie en récupérant le texte de Garden et en m'évaporant. Seulement papa Harry n'aimerait pas ça et ferait payer mon entourloupe à mes deux coéquipiers chéris. Si un jour il meurt étouffé, le Crotale, ce ne sera pas par des scrupules.

La voix de mon petit lutin intime se met à chuchoter des trucs à l'oreille de mon subconscient. Comme il a toujours été de bon conseil, je lui obéis.

Notre chauffeur noir attend un peu plus loin, adossé au capot de sa tire. Il fume un cigare qui pue comme l'incendie des abattoirs. Sa fumée âcre, poussée par la brise en provenance de l'East River, m'emplit les narines, me donnant envie de tousser…

Je lance un coup de sifflet de trident (Béru dixit). Ça se fait beaucoup aux States, le coup de sifflet. J'ai vu des dames en vison qui se filaient deux doigts dans la bouche pour héler un bahut.

Le grand brun se retourne et je lui fais « *come in* » avec la main. Il porte une tenue qui pourrait passer pour militaire : pantalon et blouson en gabardine beige. Il vient à moi, d'un pas alerte.

— Ces demoiselles vous réclament, lui dis-je : elles ont besoin de vous.

Je le précède dans l'escalier et, au lieu de m'arrêter au second, je continue d'ascensionner jusqu'au terminus de l'immeuble, ce qui vous en met plein les pattounes : dix étages, à la tienne !

D'une allure déterminée, je pénètre dans un des logements. Le chauffeur me suit toujours, sans méfiance. Je m'efface pour le laisser passer. Il passe. Manque de trépasser du solide coup de crosse que je lui administre. Ne me reste plus qu'à le ligoter solidement, usant pour cela de ses lacets de souliers, de sa cravate et de son T-shirt. À la fin, j'enfonce l'une de ses chaussettes dans le clapoir afin de le dissuader de crier. J'espère qu'il a les pinceaux propres ? Dans l'obscurité, je me rends pas compte.

Les frangines, c'est avec leurs collants que je les ai entravées. Et également avec leurs ceintures et leurs soutiens-loloches. À la fin c'est pas triste comme spectacle. La Noire en petite culotte blanche, les seins nus, c'est de la grande émotion qui te flanque un courant à haute tension dans la membrane chercheuse. Cette fille, après l'avoir tirée quatorze fois, tu te relèverais la nuit pour la sauter une quinzième !

La rue morte, à peine éclairée par des lampadaires trop espacés, te permet toutes les audaces, aussi prends-je mon temps pour installer ces deux gentilles demoiselles dans l'immense coffre de la Chevrolet. Elle est si vaste, cette malle, que la Japonaise y tient en long, sans devoir replier ses jambes.

Ce qu'il y a de chiant dans la vie moderne, c'est qu'on est toujours talonné par le temps. On veut faire entrer le maximum d'actes dans un minimum de durée.

Là, je me dis :

« Dans combien de temps le gros Harry va-t-il commencer de mouronner dans son beau burlingue de Washington ? Avait-il convenu avec ses gonzesses qu'elles lui téléphoneraient sitôt qu'elles seraient en possession de la plaquette ? Si oui, la marge n'est pas grande : d'ici une plombe, il se remuera le cul, l'Enflé. S'il attend, par contre, notre retour dans la capitale fédérale, alors j'aurai, comme dirait Son Obésité Béru « un lapsus de temps » d'à peu près trois heures. Insuffisant pour gagner le Canada par la route et je prendrais un risque extravagant en passant la frontière avec ces deux pépées à demi nues dans mon coffre. Non, mon Tonio, ne rêve plus. Tu dois jouer ce coup avec les moyens du bord et le jouer très vite. Après tout, t'es génial, non ? »

Imagine un clébard en train de gerber dans le pavillon d'un hélicon basse pendant qu'on en joue et t'auras une idée approximative de ce qu'est la voix d'Harry à cinq plombes du mat'.

— Je vous réveille, mon père ? m'enquiers-je aimablement.

— Qui êtes-vous ? grommeluche le Crotale.

— Ben, San-Antonio. Qui voulez-vous que je sois ?

Ça paraît l'asphyxier un brin. Mille questions lui grenouillent la pensarde ; il parvient à en émettre une.

— Comment avez-vous eu ma ligne secrète ?

— Par vos girl-scouts, mon cher vieux. Vous savez, quand vous voyez écrit ces deux mots : « femme » et « secret », cherchez l'intrus !

— Où êtes-vous ?

— En lieu sûr. Mais dites donc, vous fonctionnez au gin ou au bourbon ? Votre voix fait songer à une bassine pleine de nouilles qu'on renverserait dans un escalier.

— Arrêtez de faire le malin et passez-moi Victoria !

— Elle n'est pas en mesure de répondre, non plus que la belle Lola. Il manque dégobiller ses vieilles amygdales poreuses, ce gros con.

— Attention ! beugle-t-il, attention ! J'ai deux mecs à vous !

— Et moi deux gonzesses à vous, Harry. On pourrait essayer de les accoupler pour leur faire faire des petits ? Je suis pour le croisement des races.

— Espèce de…

— Laissez ces points de suspension en place, Harry, je suis un haut fonctionnaire du gouvernement français, m'insulter créerait un incident diplomatique, car tout ce que nous sommes en train de nous dire est enregistré.

Il gronde comme un dogue affairé gronde sur sa pâtée quand un roquet de passage vient lui respirer le dargiflard.

— J'ai un chouette marché à vous proposer, Harry. Il est simple comme l'œuf de Christophe Colomb, le type sans qui vous seriez irlandais ou teuton à l'heure qu'il est.

— Quel marché ? demande mon terlocuteur qui paraît un peu moins ivre qu'il y a un instant.

— Vous rentrez chez vous, vous prenez un bon bain, vous buvez deux litres de café fort et vous allez chercher mes copains. Ensuite vous rappliquez tous les trois à New York, au consulat général de France. Vous me rendez mes pieds nickelés, moi je vous rends vos pétasses, lesquelles, entre nous soit dit, sont plus fortes en esbroufe qu'en efficacité. Ça, c'est la première clause du marché, mon gros. Ce cérémonial de l'échange d'otages une fois réglé, nous nous installons à une table vous et moi, en tête à tête, et on dessertit la plaque d'aluminium du docteur Garden. J'en prends connaissance et je vous la remets à titre définitif. Pesez bien cette proposition, Harry, elle est vachetement crémeuse pour vous. En agissant ainsi, certes je saurai la vérité, si tant est qu'elle s'y trouve, mais sans en avoir la moindre preuve. S'il me prenait la fantaisie de la révéler, elle passerait pour une hypothèse supplémentaire. Cela dit, je ne veux chercher aucune noise à l'Amérique ni aux Américains. En France, nous avons pris la saine habitude de nous lancer dans des guerres que vous êtes obligés de finir pour nous, j'ai la reconnaissance du sang !

Il m'écoute sans piper, je ne perçois même plus son grognement de bulldog.

— Vous êtes toujours là, Harry, ou vous dormez ?

— Je réfléchis.

— C'est bon signe, la réflexion étant le meilleur remède contre l'impulsion, toujours fâcheuse.

Au bout d'un moment, il demande :

— Ainsi le consulat de France détient des citoyennes américaines contre leur gré ?

La vache ! En voilà un qui ne perd pas les pédales facilement.

— N'essayez pas de me contrer sur le plan de l'illégalité, ni de créer un incident diplomatique, vieux filou. Non, les autorités françaises de New York n'ont aucun comportement illicite, voire inamical envers les États-Unis d'Amérique.

— La conclusion que j'en tire est double, déclare ce retors. Cela signifie, soit que mes filles séjournent chez les Français de leur plein gré, ce dont je doute, soit qu'elles se trouvent ailleurs, ce que je crois…

— Et alors, ça changerait quoi qu'elles séjournent ailleurs ?

Il repique sa rogne, le Crotale. Son regard reptilien doit distiller de la haine pur fruit.

— Ça changerait que je ne vais pas me pointer avec vos deux gugusses sans avoir mes filles en échange, gros malin !

Je lui glisse un soupir de souffleur de verre dans le conduit auditif.

— Dites-moi, Harry, vous est-il arrivé une seule fois, au cours de votre lamentable vie, d'avoir confiance trente secondes en quelqu'un ? Je parie que vous avez dû faire analyser le lait de votre maman avant de téter son sein, de peur qu'il contienne des toxines. Réfléchissez un peu que le consulat de France de New York est situé sur le territoire des U.S.A., je ne suis à l'abri qu'à l'intérieur. Sitôt son seuil franchi, vous pouvez me faire alpaguer à votre convenance. Or, je n'ai pas l'intention de passer des années dans cette taule, à l'image du cardinal de Pologne qui est resté je ne sais plus combien de temps placardé à l'ambassade U.S. de Varsovie ! Nous traitons un marché. Et c'est quoi un marché ? Une convention qui satisfait deux parties. Rengainez vos rapières et retrouvons-nous comme je l'ai dit ; faut en sortir, non ?

Soudain, il est détendu. Et sais-tu pourquoi, Éloi ? Parce qu'il vient de se déterminer. Choisir, souvent, c'est se libérer.

— O.K. ! fait-il. O.K. ! Je marche. Mais dites-vous que si ça foire, votre mère risque d'avoir un gros chagrin.

Là-dessus, il émet un hoquet de poivrot qu'il avait eu du mal à contenir jusque-là.

17

LA BAISE DE CASTRO[1]

La France, on dira ce qu'on voudra, par exemple qu'elle n'a plus de positif que ses fromages, ses vins et ses parfums, bon, je veux bien. Mais tu peux ajouter aussi ses diplomates. Partout, à l'étranger, quand j'ai eu besoin d'aide, j'ai pu compter sur les mecs du Quai, n'importe leur coloration politique. Ils se sont toujours mis en quatre pour m'aider. Le consul général de France à Nouille York ne faillit pas à la tradition. Ma qualité de directeur de la P.J. me vaut d'être reçu immédiatement. Un homme bien : jeune, élégant, chaleureux. Sans entrer dans le vif du sujet, je lui explique que j'ai des démêlés avec une branche occulte de la C.I.A. La situation est explosive : ces vilains tiennent deux de mes collaborateurs en otages, et moi, en revanche, je dispose de deux de leurs agentes, lesquelles se trouvent présentement saucissonnées dans le coffre d'une voiture « empruntée ». Il me faut trouver une planque plus confortable et de toute sécurité pour ces belles et pour moi en attendant qu'il soit procédé à un « échange ».

— Il est évident, monsieur le consul, conclus-je, que vous ne pouvez pas séquestrer deux fonctionnaires américaines que j'ai kidnappées, sans douceur je le reconnais, mais auriez-vous un « conseil » à me donner ?

Il a un visage agréable, au regard pétillant.

Il pince le bout de son nez entre le pouce et l'index, puis, saisi d'une idée subite, décroche son interphone et appuie sur une touche.

— Enzio ?

---

1. Chapitre dédié à Henri Beyle, dit Stendhal.

— Oui, monsieur le consul.
— Venez !

Et Enzio est venu.

C'était un gus qui ressemblait à Travolta à l'époque des griottes. Basané, velu, coiffé en arrière à la gomina. Il devait s'en déflaquer des kilos sur la tronche car sa chevelure lui composait une espèce de casque noir qui brillait comme la lignite à la lumière des lampes.

Il regardait certainement la télé au moment de l'appel car son regard sombre semblait avoir été malaxé par les images de la foutue lucarne.

— Vous dormiez ? lui a demandé mon interlocuteur.

— Non, monsieur le consul : je regardais la boxe à la télé…

On lui avait cassé son coup avec cet appel, mais il ne paraissait pas nous en vouloir.

— Comment va la Petite Italie[1] ? a demandé le consul.

Enzio a fait une triste moue :

— Elle rétrécit de plus en plus, monsieur le consul : Chinatown la grignote.

— Il vous reste tout de même des amis, là-bas ? J'entends des amis… sûrs.

— Naturellement, monsieur le consul.

— En ce cas, je vous confie ce monsieur qui a un problème à résoudre et qu'il m'est impossible d'aider, malgré les hautes fonctions qu'il exerce à Paris… Assistez-le de votre mieux, Enzio.

— Certainement, monsieur le consul.

Ça s'est passé comme je te le dis.

Enzio, je ne sais pas trop ce qu'il maquillait au consulat de France, ce flambant Rital ; quelque chose me chuchote (mon lutin ou mon petit doigt) qu'il savait se rendre indispensable. Ça se voyait grand comme une enseigne de cinéma qu'il était terriblement démerdard, ce mec. À preuve, quand je lui ai eu dit qu'il me fallait un endroit sûr pour faire passer la nuit à deux tigresses, il m'a demandé :

— Elles ont des bandeaux sur les yeux, monsieur ?

— Non, mon cher.

Il est allé chercher du sparadrap large comme la main dans son apparte. Quand il est revenu, il était content parce que King Joyce

1. Quartier italien de N.Y.

venait de se faire allonger de première par Vittorio Bardone, le champion d'Italie.

— Avant qu'on fasse quoi que ce soit, aveuglez-les ! m'a-t-il ordonné. Il ne faut pas qu'ensuite elles puissent se repérer.

Après quoi, j'ai connu la famille Vardinetti. T'as vu jouer *Rocco et ses frères*, un classique ? Eh bien, c'était ça l'ambiance. Ils étaient cinq : papa, maman et les trois fils. Les garçons étaient fabriqués dans du bronze et arboraient des tignasses rousses peu méditerranéennes, à croire qu'un Polak était venu secouer leur arbre généalogique une ou deux générations plus tôt.

Enzio avait dû leur arranger des bidons car ils semblaient le vénérer.

Ils disposaient d'une maison étroite, bâtie dans une cour, avec un hangar où ils bricolaient des bagnoles de toutes sortes. Ça avait l'air d'être ça, leur job : le camouflage de tires volées. Ils en modifiaient la couleur, grattaient les numéros de moteur et leur posaient de nouvelles plaques minéralogiques, tout ça en vidant des fiasques de chianti et en bouffant de la mozzarella in carrozza ! Trois ogres sur lesquels la *mamma* régnait sans partage ; des mecs d'apparence douce mais qui devaient être capables de te balancer un mec importun dans l'Hudson avec des godasses de ciment aux pinceaux.

Je leur ai bien expliqué que mes deux fumelles, c'était de la dynamite, et que rien que la Japonaise pouvait les mettre groggy tous les trois en gardant une main liée dans son dos. Ils ne m'ont pas trop cru, néanmoins ils ont enchaîné mes greluses avec quatre paires de menottes dans leur pièce du fond. Par acquit de conscience, j'ai dormi avec mes prisonnières, et si je me suis retenu de calcer Lola, c'est parce que je suis un gentleman qui n'a jamais abusé d'une femme hors d'état de se défendre.

Quand elles ont gémi pour signifier qu'elles avaient besoin d'aller aux chiches, c'est la vieille Vardinetti qui leur a apporté un vieux pot de chambre ramené de Castella Nuove, jadis, et qui les a aidées à s'en servir pendant que j'allais écluser quelques godets de *vino rosso* avec ces messieurs.

Chose curieuse, cette courte nuit passée en compagnie de ces gens simples et rudes m'a ragaillardi. Je me disais que maintenant, je tenais le couteau par le manche et que d'ici peu de temps, j'emmènerais Félicie en week-end dans notre région originelle. Ça nous arrive, tous les trois ou quatre ans, de retourner aux sources pour un pèlerinage sentimental ; on a des tombes là-bas, et même de la « parenté éloignée » à laquelle on va dire bonjour pour s'assurer qu'elle vieillit plus vite que nous.

Le consul m'a accordé la disposition du hall, qui est un territoire pratiquement neutre, en somme. Nous étions jour férié et personne ne viendrait nous déranger. D'ordinaire, il y a un factionnaire dans l'entrée, derrière un petit bureau, mais, *today*, il doit faire la masse gratinée aux côtés de sa bobonne.

Je suis installé à sa place, sur sa chaise de travail, les jambes allongées loin, les paupières en code. Un *Times* de dix kilos est posé devant moi, que je n'ai pas le courage de parcourir. Ces baveux new-yorkais sont extravagants par leur nombre de pages, de cahiers. Ils contiennent tant de publicité qu'il faut partir à la recherche du texte à travers cet amas. Je me demande si la pub est bien rentable dans cet annuaire quotidien? Sans doute, car les Ricains ne balancent pas leurs budgets inconsidérément.

À demi assoupi, j'attends la venue de Harry et de mes hommes. C'est chiant d'attendre lorsque l'heure du rancard n'a pas été précisée. Chaque fois qu'une tire stoppe aux abords du consulat, j'ouvre un œil d'hippopotame somnolant dans son marigot. Avant de me reléthargér, je sors de ma fouille la terrible plaquette qui a tué déjà pas mal de monde. Elle est grossière, bêtasse. Composée d'un couvercle de boîte de conserve, je te l'ai dit beaucoup plus avant, mais avec ta mémoire plus courte encore que ta bite, tu as déjà oublié. À l'aide d'un objet contondant, Garden a aplati ce couvercle, puis il l'a découpé de manière à constituer une enveloppe développée. Ensuite, il a plié sa feuille de métal, a glissé dedans son message et a martelé les parties repliées pour écraser les rabats et les plis afin de constituer une plaquette extrêmement mince. J'ai dit, tout au long de ce plaisant ouvrage, que la plaquette était d'aluminium; ce faisant, j'ai commis une erreur. L'aluminium ne s'oxyde pas, n'est-ce pas? Or, celle-ci est piquetée de rouille. Alors? Vulgaire fer-blanc? (Comme disait Douglas.)

C'est au cours d'un de ces examens que la silhouette massive du Crotale se dessine sur le verre dépoli de la double porte en fer forgé. Vitos, je planque ma plaquette dans le tiroir du factionnaire absent, lequel doit être occupé à brouter la moulasse de sa légitime si j'en crois les onze heures dix figurant au tableau d'affichage de ma tocante[1].

1. Qu'à juste raison, Jean Dutourd écrit « toquante » dans le « catrain » qu'il a composé pour Frédéric Dard dans son délicieux ouvrage intitulé *Vers de circonstance*.

Je cours délourder et le père Harry est là, massif, dans son costar bleu et un imperméable blanc en harmonie avec sa crinière.

— Vous êtes virginal ! lui dis-je.

— Ne commencez pas, grogne cet ours mal léché (qui accepterait de le lécher d'ailleurs ?) en pénétrant dans le consulat.

Il n'est pas seul, un petit homme blond fade, à peau blême, affligé d'une myopie extravagante l'accompagne.

Il me le présente cérémonieusement, d'un coup de pouce par-dessus son épaule :

— Professeur Zigorsky.

Bien que ne comprenant pas l'utilité de cet homme de science dans le cas présent, je le salue pourtant.

— Voulez-vous vous défaire de votre imperméable ? proposé-je.

— Pas le temps.

Je désigne les banquettes et fauteuils de cuir proposés par la France aux culs américains (en majorité).

— Asseyez-vous !

— Pas le temps.

Je lui souris :

— Attention, Harry : ce sont les gens pressés qui meurent les premiers, ce qui est logique. Dites, vous vous blindez tous les soirs ? J'ai l'impression que vous teniez une muflée de première classe, cette nuit.

— Arrêtez vos sarcasmes, San-Antonio ; ce que ces salauds de Français me cassent les couilles avec leurs foutues parlotes ! Où sont mes filles ?

— Où sont mes garçons ?

— Je vous les rendrai quand j'aurai récupéré mes deux collaboratrices.

— Mais non, fais-je, les voilà !

Il se retourne et paraît stupéfait en voyant entrer Bérurier et Mathias.

Les deux hommes viennent à moi. Béru hilare, Mathias penaud de s'être laissé alpaguer comme une fleur après avoir quitté le *Meridien*. On échange des accolades surchoix. Harry les interrompt sans ménagement.

— Stoppez vos effusions de pédés ! hurle l'homme au regard de reptile fâché. Je veux mes deux bonnes femmes et tout de suite !

— Hypocondriaque avec ça ! soupiré-je. J'ignore votre âge, mon gros, mais vous avez eu un sacré bol d'y parvenir. Vos deux pétasses vous sont déjà rendues et se trouvent dans votre voiture. J'avais prévu que vous finasseriez et viendriez sans mes deux bambins, alors des amis à moi guettaient votre arrivée et ont procédé à l'échange.

Il sort comme un fou mais son absence est brève. Bientôt il réapparaît, le visage neutre, donc calmé.

— Bien, dit-il. Maintenant que le premier point est réglé, passons au deuxième. Ne me faites pas le coup du « l'objet est à la banque, les banques sont fermées aujourd'hui, revenez demain », ça ne marcherait pas !

Il me décape les rognons, ce mec !

— Mais bougre de grosse gonfle, m'emporté-je, ne commencez pas à gueuler avant d'avoir reçu ! Je l'ai, la plaquette, elle est là, regardez !

J'arrache le tiroir du petit burlingue dans ma précipitation et l'enveloppe de fer-blanc choit sur le marbre du hall.

— Prenez un siège et venez en face de moi, Harry, on va enfin la dépuceler !

— Minute, le professeur va vérifier qu'elle n'a pas été ouverte récemment !

Le blafard Zigorsky s'avance et s'empare du maudit objet. Il m'écarte sans tu sais quoi ? Oui : vergogne. Comme ça, d'une bourrade culière, s'assoit à la place que je me proposais d'occuper, sort une loupe de son imperméable et se met à examiner l'objet, millimètre après millimètre, avec une circonspection de philatéliste.

À la fin, il renfouille sa loupe.

— Alors ? demande Harry.

Le professeur éternue et sort son mouchoir. Pas en papier (cette dégueulasserie soi-disant plus hygiénique que les mouchoirs de toile, seulement quand il crève, merci bien, Damien !). Chose curieuse, mais que seul mon subconscient enregistre et dont il me rendra compte plus tard, le gros sac à merde d'Harry en fait autant. Et brusquement me voici pris de vertige, annihilé complet. Je n'ai que le temps de me déposer sur une banquette proximiteuse. Béru qui n'a pas cette présence d'esprit s'écroule dans un fracas de camion chargé de pommes de terre dont une ridelle a cédé, Mathias titube. Tout se brouille. Et c'est *the black*, le noir infini, profond.

Juste un angelot qui passait par là m'adresse un pied de nez entre les cordes de son luth. Il paraît gouailleur et semble me demander :

« Qui est-ce qui l'a dans le cul, Mister Director ? »

18

LETTRE[1]

SAN-ANTONIO
Directeur de la Police Judiciaire
PARIS

à

HARRY BUCHMAN
Directeur des Services Spéciaux (très spéciaux)
C.I.A.
WASHINGTON

Cher Gros Harry,

Je viens d'arriver à Paris avec mes collaborateurs, et ma première pensée est pour vous.

Bravo ! Je me doutais bien que vous chercheriez à me baiser ; vous l'avez fait avec brio et, en vaincu fair-play, je vous félicite. Je mesure ce qu'a été votre déconvenue, lorsque après avoir décacheté cette putain d'enveloppe, vous avez constaté que le message qu'elle renfermait était illisible. Que je vous explique, *dear* Harry, ce qui s'est passé. Comme vous savez tout, vous n'ignorez pas que nos ambassades et consulats généraux, tout comme les vôtres, sont équipés d'appareils de décryptage. Je leur ai confié la fameuse enveloppe en leur expliquant ce que j'attendais d'eux. Les Français parlent beaucoup, vous avez raison de le proclamer, mais il leur arrive également d'agir.

Dans un premier temps, ces aimables techniciens ont réussi à photographier (aux infrarouges, je suppose), le texte du message inclus

1. Conclusion dédiée à la marquise de Sévigné.

dans le fer-blanc. Je vous le dis tout de suite, il est de la main même du sénateur Della Branla, et sur son papier à en-tête encore ! L'encre avait un peu pâli, mais le document se lit néanmoins très aisément.

Dans un second temps, ils ont exposé notre gadget à je ne sais quels rayons, assez longtemps pour que le texte en soit effacé ; après quoi, mon bon ami, ils ont laissé macérer l'enveloppe dans une eau additionnée de dissolvant et ce durant plusieurs heures. Le pli ne pouvant être totalement étanche, le papier logé à l'intérieur s'est gonflé et a subi ensuite, au séchage, une contraction qui a achevé de détruire les traces en relief que laisse la plume sur le papier. De la sorte, en fin de compte, c'est je crois bien le Gros Harry qui l'a dans son gros cul !

Il est probable, aussi étrange que la chose puisse paraître, que vous ne connaissez pas TOUTE la vérité sur l'affaire Kennedy. Par pure charité chrétienne, et peut-être aussi par sympathie, allez donc savoir, je vous en expose les grandes lignes.

Certes, la C.I.A. a trempé dans cette sordide histoire comme le pense tout un chacun, mais elle n'était pas seule, grand Dieu non ! Il est très rare de voir tant de gens différents acharnés à faire mourir un même homme. Vous me suivez, Harry ?

Je vois d'ici votre trogne violacée, vieux faisan ; vous êtes au bord de l'apoplexie en apprenant que je vous ai fait marron, moi, un bavard de *Frenchman* ! Ressaisissez-vous, mon gros ; dans votre job dégueulasse, il faut savoir avaler les couleuvres aussi facilement que le bourbon.

Je disais donc que ce malheureux J.F.K. a défunté de la volonté homicide d'un tas de gens. Cela a commencé par une fronde de sénateurs à la tête desquels Della Branla ! Horrifiés par la politique du Président, ces bonnes gens sont convenus qu'il devait disparaître. Cette opinion est devenue projet, puis le projet complot. Votre saloperie de C.I.A. a été contactée : elle s'est aussitôt déterminée en faveur de l'assassinat. Seulement, *achtung* ! Doucement les basses ! Elle savait que l'affaire ferait un bruit terrible et provoquerait des ondes de choc à l'infini. Alors l'idée a jailli, lumineuse. Elle n'agirait pas directement, mais *ferait agir*. Pour cela, elle constituerait une espèce de consortium de mécontents.

Il s'est agi pour elle de rassembler tous ceux qui, en ce monde d'alors, rêvaient de voir la cervelle du beau Johnny sur le corsage rose de la mignonne Jackie. Contre J.F.K, il y avait les Russes qu'il avait bafoués avec l'affaire des missiles implantés à Cuba ; il y avait Castro, l'ennemi voisin ; il y avait les Cubains en exil que Kennedy s'était abstenu de soutenir lors de la baie des Cochons ; il y avait les politicards dont il contrecarrait les louches manœuvres ; il y avait enfin et surtout ceux qui attendaient la fin de son règne pour pouvoir commencer le leur. Le génie des maîtres d'œuvre (de basses œuvres) fut *de noyauter les assassins en puissance, de les laisser s'organiser séparément, mais de les orienter tous sur la date de l'attentat*. À chaque partie de préparer à sa guise son panier pique-nique, mais le déjeuner sur l'herbe aurait lieu à la même date, au même endroit.

C'est pas du grand art, ça, gros bouffi ? De plus en plus, le public sait qu'il y a eu plusieurs tireurs pour tuer Kennedy. Tu parles ! Si j'ose dire, il y en avait bien davantage, disséminés tout au long du parcours présidentiel. Dallas était truffé de tueurs ce jour-là et le brave J.F.K. ne craignait pas de finir sa journée à la verticale.

La diabolique méthode offrait l'avantage inestimable de brouiller les pistes à jamais. Comment les enquêteurs pourraient-ils trouver une piste solide et cohérente dans cet embrouillamini de flingueurs et de sponsors de l'assassinat ? Tout s'entremêle, se superpose et finit par créer un phénomène de kaléidoscope. Et tout cela fut lentement conçu, échafaudé, mis au point et perpétré.

Chère grosse loche, j'ignore ce que vaut ce document rédigé par un bagnard et demeuré plus de trente ans caché dans une cellule d'Alcatraz. Il n'aurait pas grand crédit, je pense. C'est pourquoi je viens de le classer, accompagné d'un long rapport circonstancié de mon enquête, dans les archives secrètes de l'honorable maison qui m'emploie. Je suppose que les noms célèbres qu'il contient, ajoutés à certaines révélations, sont le plus sûr garant de ma sécurité, car j'ai la phobie des piliers de ponts autoroutiers.

Oublions donc nos petits démêlés, *dear Harry*.

Si un jour vos louches manigances vous amènent à Paris, faites-moi signe. Je vous emmènerai dans un café du boulevard Haussmann ayant pour nom *Ma Bourgogne* où je vous initierai aux meilleurs vins de comptoir de la capitale ; ça vous changerait de l'infect bourbon à cause duquel votre foie doit ressembler à un étron de chien sur un trottoir.

Faites un gros poutou de ma part à la môme Lola. Dites-lui que je pense à elle chaque fois que je saute une dame, c'est-à-dire tous les jours. Des deux mains vôtre.

San-Antonio

RAJOUTS

Maman sent la naphtaline parce qu'elle a sorti son vieux manteau de drap noir pour se rendre à l'enterrement du père Constaman, mort avant-hier d'une crise d'urémie.

— Je vais aller avec toi, décidé-je. Comme cela, nous serons au moins deux à ses funérailles, et puis je lui dois bien cet hommage.

*
* *

Mathias affiche une frime décomposée. Figure-toi qu'il a ramené une bonne vieille chaude-pisse d'autrefois des États-Unis. Comme il n'a tiré qu'elle, là-bas, c'est fatalement Mary Princeval qui la lui a filée. Et tu diras, après ça, que les States sont en avance sur nous !

*
* *

Bérurier s'est fait radier de sa banque à cause de ses caillettes qui ont empesté pendant plusieurs jours la salle des coffres, bien qu'il les eût mises « sous vide ».

Cela dit, il a une belle consolation : Pinaud vient de le mettre en cheville avec un fabricant de préservatifs qui va lui confectionner des capotes à ses mesures. Il faut vivre avec son temps ! En contrepartie, Alexandre-Benoît permettra qu'il fasse photographier son gros mandrin, habillé par ses soins, et s'en serve pour sa publicité. Le nom de la nouvelle marque est trouvé : les préservatifs « Al Capote » ! Ça va faire fureur et Béru percevra des royalties.

*
* *

Quant à moi, R.A.S.

Ah ! si : une petite étudiante friponne que j'ai rencontrée au ciné, en faisant la queue.

Peu après, c'est elle qui a fait la mienne !

Le train-train habituel, tu vois.

Juste de quoi fouetter un chat !

FIN

#lisez! engagé
www.lisez.com
Pour plus d'information :
Imprimé sur du papier issu de forêts gérées durablement.

Imprimé en France en août 2023
par l'Imprimerie Maury S.A.S. à Millau (12)

N° d'édition : R15704/02
Dépôt légal : juin 2023
N° d'impression : G23/73628T